DESAFIO
AO PODER

ADAM JOHNSON

DESAFIO AO PODER

Uma história de amor e espionagem na fechada Coreia do Norte

Tradução
Andrea Gottlieb

Lafonte

Título original: *The orphan master's son*
Copyright © Adam Johnson, 2012
Copyright © Editora Lafonte Ltda., 2012

Todos os direitos reservados.
Nenhuma parte deste livro pode ser reproduzida sob quaisquer meios existentes sem autorização por escrito dos editores.

Edição brasileira

Direção editorial *Sandro Aloísio*
Diagramação *Linea Editora Ltda.*
Capa *Eduardo Nojiri*
Imagem *Shutterstock.com*
Produção Gráfica *Diogo Santos*

Dados Internacionais de Catalogação na Publicação (CIP)
(Câmara Brasileira do Livro, SP, Brasil)

Johnson, Adam
 Desafio ao poder : uma história de amor e espionagem na fechada Coreia do Norte / Adam Johnson ; tradução Andrea Gottlieb. -- São Paulo : Lafonte, 2017.

 Título original: The orphan master's son
 ISBN: 978-85-8186-238-5

 1. Ficção norte-americana I. Título.

17-06066   CDD-813

Índices para catálogo sistemático:

 1. Ficção : Literatura norte-americana   813

2ª edição brasileira: 2017
Direitos de edição em língua portuguesa, para o Brasil, adquiridos por Editora Lafonte Ltda.

Av. Profa. Ida Kolb, 551 – 3º andar – São Paulo – SP – CEP 02518-000
Tel.: 55 11 3855-2286
atendimento@editoralafonte.com.br • www.editoralafonte.com.br

Para Stephanie

SUMÁRIO

PARTE 1   A HISTÓRIA DE JUN DO   **13**

PARTE 2   AS CONFISSÕES DO COMANDANTE   **221**

    AGRADECIMENTOS   **541**

    SOBRE O AUTOR   **543**

Cidadãos, reúnam-se perto dos alto-falantes, pois temos notícias importantes! Em suas cozinhas, seus escritórios, no chão das fábricas – onde quer que seu alto-falante esteja localizado, aumentem o volume!

No noticiário local nosso Querido Líder Kim Jong-il foi visto oferecendo orientações aos engenheiros envolvidos no trabalho de aumentar a profundidade do canal do Rio Taedong. Enquanto o Querido Líder orientava os operadores das escavadeiras, vários pombos foram vistos reunindo-se espontaneamente sobre ele a fim de oferecer ao nosso General Supremo uma sombra muito bem-vinda num dia tão quente. Também precisamos transmitir um pedido do Ministro da Segurança Pública de Pyongyang, que pede que durante a temporada da caça ao pombo os cabos de detonação e as armadilhas sejam dispostos fora do alcance dos nossos camaradas mais jovens. E não se esqueçam, cidadãos: a proibição à observação das estrelas continua em voga.

Ainda durante esta transmissão revelaremos a receita vencedora do concurso de culinária deste mês. Centenas de receitas foram registradas, mas somente uma pode ser considerada a melhor forma de preparar... Sopa de Casca de Abóbora! Primeiro, porém, notícias do Mar Oriental, onde os agressores americanos flertam com atos de guerra declarada depois de interceptar e saquear um barco de pesca da Coreia do Norte. Mais uma vez, os ianques violaram as águas coreanas para roubar o precioso conteúdo de um navio enquanto nos acusam de tudo, de banditismo e sequestro a atos de crueldade para com os tubarões. Em primeiro lugar, são os americanos e suas marionetes que são os piratas do mar. Em segundo, não foi uma mulher americana que recentemente deu a volta ao mundo manchando o nome da nossa grande nação, um paraíso para os trabalhadores, onde os cidadãos têm tudo do que precisam? Só isso já deveria ser prova bastante de que essas acusações persistentes de sequestro são ridículas.

Mas *crueldade contra tubarões?* Não podemos deixar de comentar essa acusação. Conhecido como amigo do pescador, o tubarão compartilha uma velha camaradagem com o povo da Coreia. No ano de 1592 não foram os tubarões que ofereceram peixes da sua própria boca para alimentar os marinheiros do Almirante Yi durante o cerco ao porto de Okpo? Não foram os tubarões que desenvolveram poderes capazes de prevenir o câncer a fim de ajudar seus amigos humanos a viverem mais e melhor? Nosso Comandante Ga, vencedor do Cinturão de Ouro, não toma uma sopa de barbatana de tubarão antes de cada vitoriosa partida de taekwondo? E, cidadãos, vocês não viram com os próprios olhos um filme intitulado *Uma Verdadeira Filha do País* aqui mesmo no Cinema Moranbong de Pyongyang? Se viram, certamente se lembrarão da cena em que a atriz de sucesso nacional Sun Moon naufragou na Baía de Inchon enquanto tentava evitar o ataque-surpresa dos americanos. Foi um momento assustador para todos nós quando os tubarões começaram a circular em torno dela, indefesa no mar. Mas os tubarões não reconheceram a humildade coreana de Sun Moon? Eles não sentiram o cheiro do sangue quente do patriotismo dela e a ergueram com as próprias barbatanas para levá-la para a segurança na praia, onde ela pôde juntar-se à terrível batalha para repelir os invasores imperialistas?

Mas deixando esses feitos de lado, cidadãos, vocês precisam saber que os rumores que circulam em Pyongyang – a respeito de uma suposta paixão entre o Comandante e Sun Moon – não passam de mentiras infundadas! Tão infundadas quanto a invasão dos nossos inocentes navios de pesca por potências estrangeiras, tão infundadas quanto as alegações de sequestro feitas contra nós pelos japoneses. Será que os japoneses acham que nos esquecemos de que foram *eles* que um dia escravizaram nossos homens e fizeram de nossas esposas prostitutas? *Infundado* é pensar que qualquer mulher ama seu marido mais do que Sun Moon. Os cidadãos não viram quando Sun Moon entregou o Cinturão de Ouro ao marido, as bochechas vermelhas de modéstia e amor?

Vocês não estavam reunidos na Praça Kim Il-sung para testemunhar o ocorrido em primeira mão?

No que vocês estão dispostos a acreditar, cidadãos? Em rumores e mentiras ou nos seus próprios olhos?

Mas retornemos ao restante da programação de hoje, que inclui a retransmissão do glorioso discurso de Kim Il-sung de 15 de abril, Juche* 71, e um anúncio de utilidade pública do Ministro do Aprovisionamento, Camarada Buc, sobre o tópico do prolongamento da vida útil das lâmpadas fluorescentes compactas. Em primeiro lugar, porém, cidadãos, uma boa notícia: é um grande prazer anunciar que Pyongyang tem uma nova cantora de ópera. O Querido Líder apelidou-a de Bela Visitante. E aqui está ela para cantar para o seu prazer patriota as árias do *Mar de Sangue*. Assim, cidadãos, retornem aos seus tornos mecânicos e teares de vinalon, e dobrem sua produtividade enquanto ouvem esta Bela Visitante cantar a história da maior nação do mundo: a República Popular Democrática da Coreia!

---

* A ideologia Juche (expressão que aparecerá muitas vezes ao longo do livro) é um dos pilares da Coreia do Norte. Formulada por Kim Il-sung e Kim Jong-il, o Juche prega a autossuficiência do país, que deveria ser capaz de se construir e desenvolver sua tecnologia com seus próprios recursos e capacidades. A outra ideologia-pilar é o Songon, "o Exército em primeiro lugar", que estabelece o investimento nas Forças Armadas como o topo das prioridades.

Parte 1

A história de Jun Do

A mãe de Jun Do era cantora. Isso era tudo que o pai de Jun Do, o Chefe do Orfanato, dizia a seu respeito. O Chefe do Orfanato guardava uma fotografia de uma mulher no seu quartinho do Longo Amanhã. Ela era muito bonita – olhos grandes e que olhavam de lado, os lábios cerrados com uma palavra não dita. Como as mulheres bonitas das províncias eram levadas para Pyongyang, isso provavelmente era o que havia acontecido à sua mãe. A verdadeira prova disso era o próprio Chefe do Orfanato. À noite ele bebia, e dos alojamentos os órfãos ouviam-no chorando e se lamentando, fazendo pedidos baixinho à mulher da fotografia. Somente Jun Do tinha permissão para consolá-lo, para finalmente tirar a garrafa de suas mãos.

Sendo o mais velho menino do Longo Amanhã, Jun Do tinha responsabilidades – dividia a comida, encaminhava os meninos a seus respectivos alojamentos, dava-lhes novos nomes tirados da lista dos 114 Grandes Mártires da Revolução. Contudo, o Chefe do Orfanato fazia questão de não mostrar favoritismo pelo filho, o único menino do Longo Amanhã que não era órfão. Quando a coelheira estava suja, era Jun Do quem passava a noite trancado nela. Jun Do não se gabava para os outros meninos de ser o filho do Chefe do Orfanato, e não um menino qualquer deixado ali pelos pais a caminho de algum campo 9-27. Para descobrir isso, porém, bastava observar que Jun Do já estava lá havia mais tempo que qualquer um deles, e a razão pela qual nunca fora adotado era que seu pai jamais deixaria alguém levar seu próprio filho. E fazia sentido que depois que sua mãe tivesse sido roubada e levada para Pyongyang seu pai houvesse se candidatado ao único cargo que lhe daria sustento e permitiria cuidar do filho.

A evidência mais óbvia de que a mulher na foto era a mãe de Jun Do era a preferência que o Chefe do Orfanato tinha pelo filho na hora de aplicar punições. Isso só podia significar que no rosto de Jun Do o Chefe do Orfanato via a mulher na foto – uma lembrança diária da eterna mágoa sentida por tê-la perdido. Somente um pai que sofresse esse tipo de dor podia confiscar os sapatos de um menino no inverno. Somente um verdadeiro pai, de carne e osso, seria capaz de queimar o filho com a ponta quente de uma pá de carvão.

De vez em quando uma fábrica adotava um grupo de meninos, e na primavera homens com sotaque chinês vinham fazer suas escolhas. Fora isso, qualquer um que pudesse alimentar os meninos e dar uma garrafa ao Chefe do Orfanato podia passar o dia com eles. No verão eles enchiam sacos de areia e no inverno usavam barras de metal para quebrar as camadas de gelo nas docas. Nos chãos de fábrica, por tigelas de *chap chai**, eles limpavam as bobinas de metal oleoso que saíam dos tornos mecânicos industriais. Mas era na estrada de ferro que eles conseguiam a melhor comida: *yukejang* apimentado. Certa vez, enquanto limpavam os vagões de um trem, eles arrastaram com a pá um pó que parecia sal. Foi somente quando começaram a suar que perceberam que estavam com as mãos, os rostos e os dentes vermelhos. O trem havia sido carregado com produtos químicos para a fábrica de tinta. Eles passaram semanas pintados de vermelho.

Foi no ano Juche 85 (1996) que veio a enchente. Três semanas de chuva, e mesmo assim os alto-falantes não alertaram sobre os desabamentos, o rompimento das barragens, o desmoronamento de vilas uma sobre a outra. O Exército estava ocupado tentando salvar a fábrica Sungli 58 do aumento do nível da água, portanto os meninos do Longo Amanhã receberam cordas e arpões de cabos longos para tentar tirar as pessoas do Rio Chongjin antes que elas fossem arrastadas para o porto. A água agitada estava cheia de pedaços de madeira, galões de petróleo e tonéis usados como latrina. Um pneu de trator e uma geladeira soviética boiavam na superfície. Eles ouviram o barulho estrondoso dos vagões caindo no fundo do rio. Um caminhão com soldados passou por perto

---

* Misto de legumes.

com uma família gritando desesperada. Então uma jovem emergiu da água, a boca escancarada, mas sem emitir um único som, e o órfão chamado Bo Song tentou segurar seu braço – para em seguida vê-la sendo levada pela corrente. Quando chegou ao orfanato, Bo Song era um menino frágil, e descobriram que ele era surdo. Jun Do lhe deu o nome de Um Bo Song em homenagem ao 37º Mártir da Revolução, famoso por ter colocado lama nos ouvidos para não ouvir as balas enquanto metralhava os japoneses.

Não obstante, os meninos gritavam "Bo Song, Bo Song" enquanto corriam à margem do rio, logo ao lado do trecho onde Bo Song se encontrava. Eles passaram pela saída dos canos da Fábrica de Aço da União e pelas margens dos riachos de lixiviação, mas Bo Song não seria mais visto. Os meninos pararam no porto, suas águas negras cheias de cadáveres, milhares deles sendo levados pelas ondas, parecendo uma coalhada grudenta que começa a borbulhar até entornar quando a panela está muito quente.

Embora eles não soubessem, aquele era o início de uma grande onda de fome – primeiro foi com o abastecimento elétrico, depois o serviço ferroviário. Quando os apitos para os trabalhadores de choque* cessaram, Jun Do soube que a situação estava realmente ruim. Certo dia a frota de pesca se foi e não voltou mais. Com o inverno veio a geladura, e os mais velhos adormeceram para um sono eterno. Esses foram apenas os primeiros meses, muito antes de surgirem os comedores de casca de árvore. Os alto-falantes chamavam a fome de Marcha Árdua, mas aquela voz vinha de Pyongyang. Jun Do nunca ouviu ninguém de Chongjin chamá-la assim. O que estava acontecendo com eles não precisava de um nome – era tudo, cada unha que eles mastigavam e engoliam, cada sobrancelha erguida, cada viagem à latrina, quando tentavam defecar serragem. Quando não havia mais esperança, o Chefe do Orfanato queimou os alojamentos, e os meninos dormiram em volta do fogão, que queimou pela última vez. De manhã ele tirou as bandeiras

---

* A expressão designa trabalhadores que executam tarefas penosas ou urgentes. Surgiu na União Soviética por volta de 1925, quando operários industriais criaram "grupos de choque" e, em seguida, "brigadas de choque". Seu objetivo era melhorar a produtividade.

do Tsir soviético, o caminhão militar que eles chamavam de "corvo" por causa da caçamba preta. Agora restavam apenas 12 meninos, um número perfeito para a caçamba do corvo. Todos os órfãos acabavam no Exército. Mas foi assim que aos 14 anos Jun Do tornou-se um soldado de túnel, treinado na arte do combate na completa escuridão.

    E foi aqui que o Oficial So o encontrou, oito anos depois. O velho homem na verdade fora até o subsolo dar uma olhada em Jun Do, que passara a noite com a sua equipe dentro de um túnel que se estendia por 10 quilômetros sob a Zona Desmilitarizada, quase nos arredores de Seul. Quando saíam de um túnel, eles sempre andavam de costas para que seus olhos se adaptassem gradualmente à luz, e Jun Do quase esbarrou com o Oficial So, cujos ombros e costelas largas atestavam para alguém que cresceu nos bons tempos, antes das campanhas de Chollima.

    – Você é o Pak Jun Do? – ele perguntou.

    Quando Jun Do se virou, um círculo de luz brilhava em torno dos cabelos brancos bem aparados do homem. A pele do seu rosto era mais escura do que seu couro cabeludo e sua mandíbula, fazendo-o parecer um homem que acabara de raspar a barba e os cabelos densos.

    – Sou eu – respondeu Jun Do.

    – Esse é o nome de um mártir – disse o Oficial So. – É o sinal que indica que alguém é órfão, não é?

    Jun Do respondeu afirmativamente com um aceno da cabeça.

    – Sim – ele disse. – Mas não sou órfão.

    Os olhos do Oficial So detiveram-se no distintivo vermelho de taekwondo no peito de Jun Do.

    – Tudo bem – respondeu o Oficial So antes de lhe entregar uma mochila.

    Nela havia um jeans azul, uma camiseta amarela com um jogador de polo montado e tênis chamados Nike que Jun Do reconheceu de muito tempo atrás, quando o orfanato recebia barcas cheias de coreanos atraídos de volta do Japão com promessas de empregos no Partido e apartamentos em Pyongyang. Os órfãos agitavam bandeiras de boas-vindas e cantavam canções do Partido enquanto os coreanos japoneses desembarcavam, apesar do terrível estado de Chongjin e dos corvos que aguardavam para transportá-los para os campos de trabalho *kwan li so*.

Era como voltar ao passado e ver aqueles rapazes em perfeita saúde usando seus tênis novos e finalmente voltando para casa.

Jun Do pegou a camiseta amarela e perguntou:

– O que devo fazer com isso?

– É seu novo uniforme – respondeu o Oficial So. – Você não enjoa no mar, não é?

Ele não enjoava. Eles fizeram uma rápida viagem de trem até o porto de Cholhwang, onde o Oficial So comandava um barco de pesca, a tripulação tão aterrorizada de seus hóspedes militares que usaram seus broches de Kim Il-sung até alcançar a costa do Japão. Jun Do viu pequenos peixes com asas e a neblina do final da manhã tão densa que ficou sem palavras. Não havia alto-falante tagarelando o dia inteiro, e todos os pescadores tinham retratos das esposas tatuados no peito. O mar tinha uma espontaneidade que ele jamais vira – não dava para saber para onde seu corpo se inclinaria, e ainda assim era possível se adaptar a isso. O vento no cordame parecia se comunicar com as ondas que batiam no casco, e à noite, ao deitar-se sobre a casa do leme, com todas as estrelas lá em cima, Jun Do sentia que aquele era um lugar em que um homem podia fechar os olhos e exalar.

O Oficial So também trouxe consigo um homem chamado Gil que serviria de tradutor. Gil lia romances japoneses no deque enquanto escutava um toca-fitas com fones de ouvido. Contudo, antes de Jun Do sequer abrir a boca, Gil parou o toca-fitas e disse a palavra "Ópera".

Eles iam pegar alguém – que estava em uma praia – e levar esse alguém para casa. Isso era tudo que o Oficial So dizia à tripulação.

No segundo dia, quando estava escurecendo, eles avistaram as luzes distantes de uma cidade, mas o Capitão não quis se aproximar com o barco.

– É o Japão – ele disse. – Não tenho carta de navegação para essas águas.

– Direi como devemos nos aproximar – o Oficial So disse ao Capitão, e enquanto um pescador prestava atenção à aproximação do leito eles conseguiram aportar.

Jun Do se vestiu, apertando o cinto para ajustar o jeans.

– Essas são as roupas do último cara que você sequestrou? – perguntou.

A resposta do Oficial So foi:

– Não sequestro ninguém há anos.

Jun Do sentiu os músculos faciais se contraírem, uma sensação de terror que percorreu todo o seu corpo.

– Relaxe – disse o Oficial So –, já fiz isso umas cem vezes.

– Está falando sério?

– Bem, 27, para ser mais exato.

O Oficial So trouxera um pequeno esquife, e quando estavam se aproximando da praia ele disse aos pescadores que o arriassem. A oeste, o sol se punha sobre a Coreia do Norte e o tempo começava a ficar mais fresco, o vento mudando de direção. O esquife era minúsculo, pensou Jun Do, mal cabendo uma pessoa, muito menos três e uma vítima de sequestro se debatendo. Com um par de binóculos e uma garrafa térmica, o Oficial So desceu para o esquife. Gil seguiu-o. Quando Jun Do se sentou perto de Gil, balançou o barco, fazendo a água negra entrar e ensopar seus sapatos. Ele pensou se deveria revelar que não sabia nadar.

Gil dizia frases em japonês para Jun Do repetir. Bom dia – *Konban wa*. Com licença, estou perdido – *Chotto sumimasen, michi ni mayoimashita*. Você pode me ajudar a encontrar meu gato? – *Watashi no neko ga maigo ni narimashita?*

O Oficial So direcionou o barco para a praia, empurrando o motor externo, um antigo Vpresna soviético, com muita força. Rumando para o norte ao longo da costa, o barco inclinava-se para a frente e depois balançava para trás, em direção a mar aberto, quando as ondas o equilibravam.

Gil pegou o binóculo, mas em vez de apontá-lo para a praia estudou os prédios altos, o neon do centro da cidade ganhando vida.

– Vou dizer uma coisa – Gil disse. – Não houve nenhuma Marcha Árdua nesse lugar.

Jun Do e o Oficial So trocaram um olhar.

O Oficial So disse a Gil:

– Diga-lhe como dizer "Como vai?" mais uma vez.

– *Ogenki desu ka* – disse Gil.

— *Ogenki desu ka* — repetiu Jun Do. — *Ogenki desu ka*.

— Diga *Ogenki desu ka* como se estivesse dizendo "Como vai, meu compatriota?" — disse o Oficial So. — E não como se dissesse "Como vai, estou prestes a tirá-lo desta merda de praia".

Jun Do perguntou:

— É assim que você chama isso? Tirar?

— Um bom tempo atrás era isso que dizíamos — ele respondeu com um sorriso dissimulado. — Basta dizer com calma.

Jun Do disse:

— Por que não mandar Gil? Ele é o único que fala japonês.

O Oficial So voltou os olhos para a água.

— Você sabe por que você está aqui.

— Por que ele está aqui? — Gil perguntou.

O Oficial So respondeu:

— Porque ele sabe lutar no escuro.

Gil voltou-se para Jun Do:

— Você quer dizer que isso é o que faz? Esta é a sua carreira?

— Lidero uma equipe de incursão — disse Jun Do. — Na maior parte do tempo corremos no escuro. Mas sim, também lutamos.

Gil disse:

— E eu que achava que o meu emprego fosse uma droga.

— Qual era o seu emprego? — perguntou Jun Do.

— Antes de ir para a escola de idiomas? — perguntou Gil. — Minas terrestres.

— Desarmá-las?

— Bem que eu queria — respondeu Gil.

Eles se aproximaram mais alguns metros da praia e depois passaram a navegar ao longo das praias de Kagoshima. À medida que a luz diminuía, mais Jun Do conseguia vê-la refletida na arquitetura de cada onda que quebrava na praia.

Gil ergueu a mão:

— Lá — disse. — Tem alguém na praia. Uma mulher.

O Oficial So reduziu a velocidade e pegou o binóculo. Ele o segurou com firmeza e ajustou, as sobrancelhas brancas e cheias dobrando-se enquanto ele se concentrava.

– Não – disse, entregando os binóculos a Gil. – Olhe com atenção, são duas mulheres. Estão andando juntas.

Jun Do disse:

– Pensei que estávamos procurando um cara.

– Não importa – o velho respondeu. – Contanto que a pessoa esteja só.

– Como é que é? Vamos pegar qualquer um?

O Oficial So não respondeu. Durante algum tempo, só o que ouviram foi o som do Vpresna. Então o Oficial So disse:

– Na minha época tínhamos uma divisão inteira, uma verba. Estou falando de uma lancha, uma arma com tranquilizantes. Vasculhávamos o lugar, nos infiltrávamos e selecionávamos alguém com calma. Não pegávamos tipos com família, e nunca pegávamos crianças. Eu me aposentei com um histórico perfeito. Agora olhem só para mim. Devo ser o único que restou. Aposto que sou o único que conseguiram encontrar que se lembra de como se faz isso.

Gil identificou algo na praia. Ele limpou as lentes do binóculo, mas estava muito escuro para enxergar alguma coisa. Então, ele entregou o binóculo a Jun Do.

– O que você vê?

Quando Jun Do ergueu o binóculo, mal conseguiu discernir um homem andando pela praia, perto da água – na verdade, era apenas um borrão mais claro sobre um borrão mais escuro. Então um movimento chamou sua atenção. Um animal corria pela praia em direção ao homem – provavelmente um cachorro, mas muito grande, do tamanho de um lobo. O homem fez algo que fez o cachorro fugir.

Jun Do virou-se para o Oficial So e disse:

– Há um homem com um cachorro.

O Oficial So inclinou-se para a frente e colocou a mão no motor externo.

– Ele está só?

Jun Do balançou a cabeça afirmativamente.

– O cachorro é um akita?

Jun Do não conhecia as raças dos cachorros. Uma vez por semana os órfãos limpavam um criadouro local de cachorros. Eles eram animais imundos que atacavam a qualquer oportunidade – era possível ver os locais onde eles atacavam as estacas do redil, mastigando a madeira com os caninos. Isso era tudo que Jun Do precisava saber sobre cachorros.

O Oficial So disse:

– Contanto que o bicho abane o rabo. É tudo com que você precisa se preocupar.

– Os japoneses treinam seus cachorros para fazerem pequenos truques. Diga ao cachorro: "Senta, cachorrinho bonzinho". *Yoshi yoshi. Osuwari kawaii desu ne* – disse Gil.

Jun Do respondeu:

– Dá para parar com o japonês?

Ele queria perguntar se havia algum plano, mas o Oficial So simplesmente se aproximou da praia. De volta a Panmunjom, Jun Do era o líder do esquadrão de túnel, portanto recebia uma ração de bebida alcoólica e um crédito semanal para uma mulher. Em três dias ele lutaria nas finais do torneio de taekwondo das FACN.

O esquadrão de Jun Do varria cada túnel da zona desmilitarizada uma vez por mês, e trabalhava sem luz, o que significava andar quilômetros na mais completa escuridão usando suas luzes vermelhas apenas quando alcançavam a extremidade do túnel e precisavam inspecionar sua vedação e os cabos de detonação. Eles trabalhavam como se pudessem encontrar os poderosos sul-coreanos a qualquer momento, e exceto pela temporada das chuvas, quando os túneis ficavam lamacentos demais para ser usados, eles treinavam diariamente sem luz nenhuma corpo a corpo. Dizia-se que os soldados da Coreia do Sul tinham óculos infravermelhos e de visão noturna americanos. A única arma que os rapazes de Jun Do tinham era a escuridão.

Quando as ondas ficaram fortes e ele começou a entrar em pânico, Jun Do virou-se para Gil e disse:

– Então que emprego é esse que é pior do que desarmar minas terrestres?

– Mapeá-las – respondeu Gil.

– Por varredura mecânica?

– Não adianta usar detectores de metal – Gil respondeu. – Os americanos agora usam minas de plástico. Fizemos mapas de onde elas provavelmente se encontravam, usando psicologia e o estudo do terreno. Quando um trecho de terra força um passo ou raízes de árvores diretamente para o seu pé, presumimos que encontramos uma mina e a marcamos. Passávamos as noites em campos minados, arriscando nossas próprias vidas a cada passo, e para quê? De manhã as minas continuavam lá, assim como o inimigo.

Jun Do sabia quais eram os piores empregos – reconhecimento de túnel, submarinos para 12 homens, minas, bioquímica –, e de repente passou a ver Gil com outros olhos.

– Então você é órfão? – perguntou.

Gil pareceu chocado:

– De jeito nenhum! Você é?

– Não, eu não.

A unidade de Jun Do era composta por órfãos, embora no caso de Jun Do um erro houvesse sido cometido. O endereço no seu cartão das FACN era do Longo Amanhã, e isso o condenara. Havia sido uma falha que ninguém na Coreia do Norte parecia capaz de consertar, e agora aquele era o seu destino. Ele havia passado a vida com órfãos, entendia sua terrível situação, portanto não os odiava como a maioria das pessoas. Simplesmente não era um deles.

– E agora você é tradutor? – Jun Do perguntou a Gil.

– Depois de algum tempo trabalhando nos campos minados, eles nos recompensam. Mandam-nos para algum lugar agradável, como uma escola de idiomas.

O Oficial So deu uma risada amarga.

O barco agora atravessava a espuma branca do quebra-mar.

– A merda é que – disse Gil – quando ando pela rua só consigo pensar: "É ali que eu colocaria uma mina terrestre". Ou de vez em quando me vejo varrendo certos lugares, como a soleira de uma porta ou em frente a um urinol. Nem sequer posso ir ao parque.

– Parque? – perguntou Jun Do. Ele nunca vira um parque.

– Chega – disse o Oficial So. – É hora de arrumar um novo professor de japonês para a escola de línguas.

Ele virou o barco, e o choque com as ondas provocou um barulho alto, o esquife inclinando-se para o lado.

Eles conseguiam ver a silhueta de um homem na praia observando-os, mas agora não podiam mais se esconder, pois estavam a apenas 20 metros da areia. Quando Jun Do sentiu que o barco ia virar, saltou para fora a fim de equilibrá-lo, e embora a água estivesse na cintura as ondas estavam fortes. A maré levou-o para a areia. Ele levantou-se tossindo.

O homem na praia não disse nada. Estava quase escuro quando Jun Do aproximou-se.

Jun Do respirou fundo e depois sacodiu a água do cabelo.

– *Konban wa* – disse ao estranho. – *Odenki kesu da*.

– *Ogenki desu ka* – Gil gritou do barco.

– *Desu ka* – repetiu Jun Do.

O cachorro veio correndo com uma bola amarela. Por um momento o homem não se moveu. Então deu um passo para trás.

– Pegue-o – gritou o Oficial So.

O homem correu e Jun Do perseguiu-o com o jeans molhado, os sapatos cheios de areia. O cachorro era grande e branco, cheio de excitação. O homem japonês corria pela praia quase invisível, exceto pelo cachorro, que se movia de um lado dele para outro. Jun Do correu o mais rápido que podia. Concentrava-se apenas nas batidas dos pés na areia, como batimentos cardíacos. Então, fechou os olhos. Nos túneis Jun Do desenvolvera a capacidade de identificar a presença de pessoas que não conseguia ver. Se elas estavam ali, ele simplesmente sentia, e se conseguia se aproximar podia mirar nelas. Seu pai, o Chefe do Orfanato, sempre deixara entender que sua mãe estava morta, mas isso não era verdade. Ela estava viva e bem, simplesmente estava fora do alcance. E embora nunca tivesse tido notícias do que acontecera ao Chefe do Orfanato, Jun Do podia sentir que o pai não estava mais neste mundo. A chave para lutar no escuro não era diferente: era preciso identificar o oponente, senti-lo, e jamais usar a imaginação. A escuridão dentro da sua cabeça é algo que a imaginação enche de histórias que não têm nenhuma relação com a verdadeira escuridão ao seu redor.

De um ponto logo adiante veio o baque de alguém caindo na escuridão, um som que Jun Do ouvira milhares de vezes. Ele parou onde o homem tentava se recompor. Seu rosto estava coberto de areia, parecendo o de um fantasma. Os dois estavam ofegantes, as respirações unindo-se numa fumaça branca na escuridão.

A verdade era que Jun Do nunca se saía bem nos torneios. Quando se lutava na escuridão um golpe só servia para dizer ao seu oponente onde você estava. Na escuridão era preciso socar como se estivesse socando através da pessoa. O que importava era a extensão máxima – socos e chutes circulares que percorriam o máximo de espaço possível e tinham por intuito interceptar as pessoas. Em um torneio, por outro lado, os oponentes conseguiam ver golpes como esses a metros de distância. Eles simplesmente desviavam. Mas esse não era o caso do homem na praia. Jun Do executou um chute circular na cabeça, e o estranho foi derrubado.

O cachorro estava cheio de energia – Jun Do não sabia se de excitação ou frustração. Ele parou na areia perto do homem inconsciente, soltando a bola. Jun Do queria jogar a bola, mas não ousava aproximar-se daqueles dentes. Então Jun Do se deu conta de que seu rabo não estava balançando. Viu um brilho na escuridão – os óculos do homem, que haviam caído. Colocou-os no rosto e o brilho difuso sobre as dunas transformou-se em pontas nítidas de luz nas janelas. Em vez de grandes blocos de habitações, os japoneses viviam em alojamentos menores individualizados.

Jun Do colocou os óculos no rosto, pegou os calcanhares do homem e começou a arrastá-lo. O cachorro rosnava e emitia latidos curtos e agressivos. Quando Jun Do olhou por sobre os ombros, o cachorro estava latindo com o focinho perto do rosto do homem, usando as patas para arranhar sua bochecha e sua testa. Jun Do abaixou a cabeça e puxou. O primeiro dia em um túnel não é problema, mas quando você acorda no segundo dia da escuridão de um sonho para a verdadeira escuridão é aí que seus olhos precisam se abrir. Se mantiver os olhos fechados, sua mente produz todos os tipos de movimentos, como um cachorro atacando-o por trás. Mas com os olhos abertos tudo que você precisava enfrentar era o nada do que realmente estava fazendo.

Quando Jun Do finalmente encontrou o barco na escuridão, deixou o peso morto cair na barra transversal de alumínio. O homem abriu os olhos e olhou em volta sem entender nada.

– O que você vez com o rosto dele? – perguntou Gil.
– Onde vocês estavam? – Jun Do perguntou. – Esse cara é pesado.
– Sou apenas o tradutor – respondeu Gil.
O Oficial So deu uma batidinha nas costas de Jun Do.
– Nada mal para um órfão.
Jun Do virou-se para ele.
– Não sou órfão! – disse. – E quem diabos é você para dizer que já fez isso centenas de vezes? Chegamos aqui sem nenhum plano, eu simplesmente derrubando alguém. Você nem sequer saiu do barco.
– Eu tinha que ver do que você é feito – disse o Oficial So. – Da próxima vez usaremos nossos cérebros.
– Não haverá uma próxima vez – disse Jun Do.
Gil e Jun Do viraram o barco para enfrentar as ondas. Eles foram lançados para trás enquanto o Oficial So ligava o motor. Quando os quatro partiram em direção a mar aberto, o Oficial So disse:
– Veja bem, fica mais fácil. Basta não pensar. Menti quando disse que sequestrei 27 pessoas. Eu não contei. À medida que elas se forem, basta esquecê-las, uma após a outra. Pegue alguém com as mãos e depois os deixe partir com a mente. Faça o oposto de contar.
Mesmo com o som do motor eles ainda conseguiam ouvir o cachorro latindo na praia. Não importava quanto se afastassem, os latidos os acompanhavam, e Jun Do soube que os ouviria para sempre.

Eles ficaram em uma base de Songun, perto do porto de Kiniye. Ela era cercada por bunkers cavados na terra de mísseis superfície-ar, e quando o sol se pôs podiam ver os trilhos brancos dos lançadores ao luar. Como haviam estado no Japão, eles agora tinham de ficar alojados longe dos outros soldados das FACN. Os três ficaram em uma enfermaria, um cubículo com seis beliches. Só dava para saber que aquilo era uma enfermaria por causa de um único armário cheio de instrumentos de tirar sangue e um antigo refrigerador chinês com uma cruz vermelha na porta.

Eles trancaram o japonês em uma das estufas do pátio, e era lá que Gil estava agora, praticando seu japonês através do orifício para eliminação de resíduos. Jun Do e o Oficial So se debruçaram na janela da enfermaria, compartilhando um cigarro enquanto observavam Gil sentado na grama e desenvolvendo seu japonês com um homem que ajudara a sequestrar. O Oficial So abanou a cabeça como que para dizer que já vira demais. Havia um paciente na enfermaria, um soldado com apenas uns 16 anos, os ossos pontiagudos por causa da fome. Ele estava deitado em um dos beliches rangendo os dentes. A fumaça do cigarro lhe dava ataques de tosse. Eles afastaram sua cama para o lugar mais distante que puderam no cubículo, mas ele ainda não se calava.

Não havia um médico. A enfermaria era apenas um lugar onde os soldados doentes ficavam até terem certeza de que eles não se recuperariam. Se o jovem soldado ainda não tivesse melhorado pela manhã, a polícia militar tiraria quatro unidades de sangue dele. Jun Do já vira isso antes, e do seu ponto de vista aquela era a melhor coisa a ser feita. Só levava alguns minutos – primeiro eles ficavam com sono, depois começavam a delirar, e se entrassem em pânico quando o fim estivesse chegando, não importava, pois não conseguiam mais falar. Finalmente, antes de as luzes se apagarem, eles exibiam uma expressão de confusão agradável, como um grilo que tem as antenas arrancadas.

O gerador do alojamento foi desligado. Lentamente as luzes diminuíram e o refrigerador parou.

O Oficial So e Jun Do vestiram seus casacos.

Era uma vez um japonês. Ele levou o cachorro para passear. E depois desapareceu. Para aqueles que o conheciam, ele ficaria desaparecido para sempre. Era assim que Jun Do costumava pensar nos meninos escolhidos pelos homens com sotaque chinês. Há pouco eles estavam aqui, e logo em seguida haviam desaparecido, levados como Bo Song para um lugar desconhecido. Era assim que ele pensava na maioria das pessoas – elas apareciam na vida dele como crianças abandonadas à porta de uma casa apenas para algum tempo depois desaparecer arrastadas pela enchente. Mas Bo Song não havia ido para lugar nenhum – tivesse ele afundado para junto das enguias-lobo ou sido arrastado para a maré norte até Vladivostok, ele havia ido para algum lugar. O homem japonês também não havia desaparecido – ele estava na estufa, bem ali no pátio. E a mãe de Jun Do, ocorria-lhe agora, também estava em algum lugar naquele exato momento, em algum apartamento, talvez na capital, olhando-se no espelho e escovando os cabelos antes de dormir.

    Pela primeira vez em anos Jun Do fechou os olhos e se deixou lembrar do rosto dela. Era perigoso sonhar com as pessoas daquela forma. Caso se deixasse levar, elas logo estariam ali no túnel com ele. Isso acontecera muitas vezes quando ele se lembrava dos meninos do Longo Amanhã. Bastava um deslize para que um deles de repente estivesse seguindo-o na escuridão. A partir daí o menino começava a lhe dizer coisas, a perguntar por que havia sido ele, e não Jun Do, a sucumbir ao frio, por que não havia sido Jun Do que caíra no tonel de tinta, e ele tinha a sensação de que a qualquer momento um chute frontal o golpearia no rosto.

    Mas ali estava ela, sua mãe. Deitada ali, ouvindo o soldado tremer. Sua voz chegou-lhe aos ouvidos. Ela cantava "Arirang", a voz cheia de dor, quase um sussurro vindo de um lugar desconhecido. Até mesmo aqueles merdas de órfãos sabiam onde os pais estavam.

    Mais tarde Gil entrou. Ele abriu o refrigerador, o que era proibido, e colocou alguma coisa dentro. Depois jogou-se no seu beliche. Gil dormiu com os pés e braços para fora da cama, e Jun Do pensou que quando criança ele provavelmente tinha sua própria cama. Em um momento ele estava lá fora.

    Jun Do e o Oficial So se levantaram no escuro e foram até o refrigerador. Quando o Oficial So abriu a porta ele exalou um sopro frio. Lá do fundo, atrás de pilhas de sacos de sangue, o Oficial So tirou uma garrafa de *shoju*. Eles fecharam a porta rapidamente, pois o sangue seria levado para Pyongyang, e se derramasse eles teriam de pagar.

    Os dois levaram a garrafa para a janela. A distância, cachorros latiam em seus canis. No horizonte, acima dos bunkers dos mísseis superfície-ar, havia um brilho no céu, o reflexo da luz do luar vindo do oceano. Atrás deles, Gil começou a sufocar enquanto dormia.

    O Oficial So bebeu da garrafa.

    – Não acho que Gil esteja acostumado a uma dieta de bolo de painço e sopa de sorgo.

    – Quem diabos é ele? – perguntou Jun Do.

    – Esqueça-o – respondeu o Oficial So. – Não sei por que Pyongyang resolveu recomeçar esse negócio depois de todos esses anos, mas com sorte nos livraremos dele em uma semana. Basta uma missão, e se tudo correr bem não o veremos outra vez.

Jun Do deu um gole, o estômago contraindo-se pelo contato com o álcool.

– Qual é a missão? – perguntou.

– Primeiro, um teste. Depois iremos atrás de alguém especial. A Ópera de Tóquio passa o verão em Niigata. Eles têm uma soprano cujo nome é Rumina.

O gole seguinte de *shoju* desceu suavemente.

– Ópera? – perguntou Jun Do.

O Oficial So deu de ombros.

– Algum figurão de Pyongyang provavelmente ouviu um disco pirata e decidiu que a quer.

– Gil disse que sobreviveu a um campo minado – Jun Do disse. – Foi por isso que o mandaram para a escola de idiomas. É verdade? É assim que funciona? Somos recompensados?

– Vamos ter de aguentar Gil, ok? Mas não ouça o que ele diz. Ouça o que eu digo.

Jun Do ficou calado.

– Por quê? Você tem algo em mente? – o Oficial So perguntou. – Ao menos sabe o que gostaria de ganhar como recompensa?

Jun Do abanou a cabeça negativamente.

– Então não pense nisso.

O Oficial So foi até o canto do cubículo e se inclinou em direção a um balde que servia de latrina. Colocou a mão na parede e se contraiu. Nada aconteceu.

– Eu fiz um ou dois milagres na minha época – disse. – Fui recompensado. Agora olhe para mim. – Balançou a cabeça. – A recompensa que você deve querer é não ficar igual a mim.

Jun Do olhou para a estufa pela janela.

– O que acontecerá a ele?

– O homem do cachorro? – perguntou o Oficial So. – Provavelmente há alguém no trem vindo de Pyongyang agora mesmo para pegá-lo.

– Mas o que realmente acontecerá a ele?

O Oficial So tentou urinar outra vez.

– Não faça perguntas estúpidas – disse entredente.

Jun Do pensou na mãe em um trem vindo de Pyongyang.

– Eu poderia pedir uma pessoa como recompensa?

– Quem? Uma mulher? – o Oficial So abanou a cabeça com frustração. – Sim, você poderia pedir isso.

Ele voltou e bebeu o restante do líquido na garrafa, deixando apenas um dedo no fundo, que derramou a conta-gotas nos lábios do soldado moribundo. Deu, então, uma batidinha de despedida no peito dele e deixou a garrafa vazia escorada na dobra do seu braço.

Eles confiscaram outro barco de pesca e cruzaram o mar outra vez. Na Bacia de Tsushima, ouviram sons secos e fortes, como socos no peito, produzidos pelas baleias-cachalote que caçavam logo abaixo. Ao se aproximarem de Dogo, espirais de granito ergueram-se subitamente do mar, brancas de guano no topo e laranja logo abaixo por causa da grande concentração de estrelas-do-mar. Jun Do olhou para o promontório no norte da ilha, com solo vulcânico preto coberto por abetos. Era uma terra fértil, lavrada por natureza, sem testemunho algum da presença de um grande líder após outro.

Havia um resort famoso na área, e o Oficial So achava que eles conseguiriam pegar um turista sozinho na praia. Contudo, quando se aproximaram do sotavento da ilha, havia um barco vazio na água, um barco inflável para seis homens com um motor externo Honda de 50 cavalos. Eles se aproximaram com o esquife para investigar. O barco estava abandonado, sem sinal de ninguém nas águas ao redor. Os dois subiram a bordo e o Oficial So ligou o motor Honda. Depois desligou-o e tirou a lata de combustível do esquife, e os três viraram o barco, que afundou rapidamente com o peso do Vpresna.

– Agora somos uma equipe mais bem equipada – disse o Oficial So enquanto admiravam o novo barco.

Foi então que o mergulhador emergiu.

Depois de tirar a máscara, o mergulhador exibiu uma expressão de surpresa ao deparar com três homens no barco. Em seguida, contudo, passou-lhes um saco de abalone e pegou na mão de Gil para que este o ajudasse a subir a bordo. O mergulhador era maior que os três, os músculos visíveis sob a roupa de mergulho.

O Oficial So falou para Gil:

– Diga-lhe que tivemos problemas com o nosso barco, que ele afundou.

Gil falou com o mergulhador, que gesticulou um bocado e sorriu.

– Sei que seu barco afundou – Gil traduziu. – Ele quase bateu na minha cabeça.

Então o mergulhador percebeu o barco de pesca ao longe. Ele ergueu a cabeça para vê-lo melhor.

Gil deu uma batidinha nas costas do mergulhador e lhe disse algo. O mergulhador olhou bem nos olhos de Gil e entrou em pânico. Por acaso, os mergulhadores que pescavam abalone levavam sempre um tipo especial de faca nos joelhos, e levou um bom tempo para que Jun Do o dominasse. Finalmente, Jun Do agarrou-o pelas costas e começou a apertar, fazendo água sair da sua roupa de mergulho enquanto o mergulhador sufocava.

Quando a faca apareceu, Gil pulara para fora do barco.

– Que diabos você disse a ele? – Jun Do perguntou.

– A verdade – Gil disse enquanto batia os pés na água.

O Oficial So teve um corte terrível no antebraço. Ele fechou os olhos por causa da dor.

– Mais treino – foi tudo que pôde dizer.

Eles colocaram o mergulhador no porão do barco de pesca e seguiram para o continente. Naquela noite, às margens da cidade de Fukura, eles colocaram o barco inflável na água. Perto do longo píer de pesca de Fukura havia sido montado um parque de diversões, com lanternas e idosos cantando no aparelho de caraoquê sobre um palco. Jun Do, Gil e o Oficial So ficaram no quebra-mar esperando que as luzes de neon da montanha-russa apagassem e que a música do órgão cessasse. Finalmente, avistaram uma silhueta solitária no final do píer. Quando viram a ponta vermelha de um cigarro, souberam que era um homem. O Oficial So ligou o motor.

Eles se aproximaram devagar, o píer aumentando à medida que chegavam mais perto. Próximo das estacas o mar era caótico, com ondas quebrando umas sobre as outras, perpendiculares à orla.

– Use seu japonês – o Oficial So disse a Gil. – Diga-lhe que você perdeu seu cachorro ou algo assim. Aproxime-se. Quando tiver uma oportunidade, empurre-o por sobre o parapeito. É uma boa queda, e quando conseguir sair da água ele estará lutando para entrar no barco.

Gil saiu quando se aproximaram da praia.

– Entendi – respondeu. – Esse já é meu.

– Ah, não – disse o Oficial So. – Vão vocês dois.

– Você está falando sério? – disse Gil. – Acho que consigo sozinho.

– Saia – o Oficial So disse a Jun Do. – E use os malditos óculos.

Os dois chegaram à terra firme e foram até uma pequena praça. Havia bancos e um pequeno pátio com uma barraca de chá. Aparentemente não havia estátuas, portanto eles não sabiam quem a praça homenageava. As árvores estavam cheias de ameixas tão maduras que a casca estava abrindo e o suco sujou suas mãos. Parecia impossível, eles não podiam confiar naquela tranquilidade. Um homem sujo dormia em um banco, o que os deixou surpresos – alguém dormindo onde queria.

Gil olhou para todas as casas ao redor. Elas pareciam tradicionais, com vigas escuras e tetos de cerâmica, mas estava claro que eram novinhas em folha.

– Quero abrir todas aquelas portas – ele disse. – Sentar nas cadeiras, ouvir a música.

Jun Do olhou para ele.

– Você sabe – disse Gil. – Simplesmente ver.

Os túneis sempre terminavam com uma escada que levava até uma coelheira. Os homens de Jun Do disputavam para sair e explorar um pouco a Coreia do Sul. Voltavam com histórias sobre máquinas que davam dinheiro e pessoas que catavam cocô de cachorro para colocar em sacos. Jun Do nunca saiu. Ele sabia que as televisões eram enormes e que eles tinham todo o arroz que se podia comer. Não queria ver aquilo de perto – tinha medo de que, se visse com os próprios olhos, sua vida de repente parecesse não significar nada. Roubar nabos de um homem que ficou cego por causa da fome? Isso não teria significado nada. Mandando outro menino limpar os tonéis da fábrica de tintas no seu lugar? Por nada.

Jun Do jogou fora metade da ameixa.

– Já comi melhores – disse.

No píer, eles caminharam sobre tábuas manchadas por anos de pesca com isca. Logo à frente, no final, conseguiram ver um rosto iluminado pelo brilho azul de um telefone celular.

– Basta empurrá-lo por sobre o parapeito – disse Jun Do.

Gil respirou fundo.

– Por sobre o parapeito – repetiu.

Havia garrafas vazias e pontas de cigarro no píer. Jun Do avançava devagar, e percebia que Gil tentava imitar sua tranquilidade. Debaixo deles vinha o borbulhar do mar calmo. O homem logo em frente parou de falar ao telefone.

– *Dare?* – sua voz dirigiu-se a eles. – *Dare nano?*

– Não responda – sussurrou Jun Do.

– A voz é de mulher – Gil disse.

– Não responda – repetiu Jun Do.

Um capuz empurrado para trás revelou o rosto de uma mulher jovem.

– Não posso – disse Gil.

– Atenha-se ao plano.

Seus passos pareciam produzir sons impossivelmente altos. Jun Do se deu conta de que um dia sua mãe havia sido capturada da mesma forma por outros homens.

Logo eles estavam em cima dela. Por baixo do casaco, ela era pequena. Abriu a boca como se para gritar, e Jun Do viu que ela tinha uma estrutura de metal nos dentes. Eles agarraram seus braços e a empurraram sobre o parapeito.

– *Zenzen oyogenai'n desu* – ela disse, e embora Jun Do não soubesse falar japonês, sabia que aquela era uma confissão suplicante e crua, algo como "Sou virgem".

Eles a jogaram por sobre o parapeito. Ela caiu em silêncio, sem dar sequer uma palavra ou um suspiro. Entretanto Jun Do viu um brilho em seus olhos – não era nem medo nem a falta dele. Jun Do sabia que ela estava pensando nos pais e em como eles jamais saberiam o que lhe aconteceu.

Ao som do choque do seu corpo contra a água seguiu-se o de um motor sendo ligado.

Jun Do não conseguia esquecer a expressão nos olhos dela.

O telefone celular ficou no píer. Ele o apanhou e o colocou no ouvido. Gil tentou dizer algo, mas Jun Do mandou-o ficar calado.

– *Mayumi?* – perguntou uma voz feminina. – *Mayumi?*

Jun Do apertou alguns botões para fazê-la parar. Quando se inclinou por sobre o parapeito, o barco subia e descia sobre as ondas.

– Onde ela está? – perguntou.

O Oficial So olhava para a água.

– Ela afundou – disse.

– O que você quer dizer com afundou?

Ele ergueu as mãos.

– Ela caiu e desapareceu.

Jun Do virou-se para Gil.

– O que ela disse?

– Ela disse "Não sei nadar" – respondeu Gil.

– Não sei nadar? – perguntou Jun Do. – Ela disse que não sabia nadar e você não me impediu?

– Jogá-la no mar, este era o plano. Você disse para nos atermos ao plano.

Jun Do olhou outra vez para a água, profunda no fim do píer. Ela estava lá embaixo, o casaco como um remo na corrente, o corpo rolando na areia lá no fundo.

O celular tocou. Emitiu uma luz azul e piscou na mão de Jun Do. Ele e Gil olharam para ele. Gil pegou o telefone e ouviu com os olhos arregalados. Jun Do conseguiu ouvir a voz da mulher, a voz de uma mãe.

– Jogue-o fora – disse-lhe Jun Do. – Jogue-o.

Os olhos de Gil olhavam para o nada enquanto ele ouvia. Sua mão tremia. Ele acenou positivamente com a cabeça várias vezes. Quando disse *"Hai"*, Jun Do agarrou-o. Ele apertou os botões. Na pequena tela havia a imagem de um bebê. Ele jogou o aparelho no mar.

Jun Do foi até o parapeito.

– Como você conseguiu não contar? – gritou para o Oficial So. – Como conseguiu não contar?

Aquele foi o fim do treino. Era hora de pegar a senhora da ópera. O Oficial So atravessaria o Mar do Japão em um barco de pesca enquanto Jun Do e Gil pegavam a barca noturna de Chongjin para Nigata. À meia-noite, com a cantora de ópera em seu poder, eles encontrariam o Oficial So na praia. Simplicidade, dissera o Oficial So, era a chave para o plano.

Jun Do e Gil pegaram o trem vespertino para Chongjin. Na estação, famílias dormiam sob plataformas de carga à espera da escuridão para que pudessem fazer a viagem para Sinuiju, que podia ser alcançada a nado pelo Rio Tumen da China.

Eles foram a pé até o porto de Chongjin, passando pela Casa de Fundição da Reunificação, seus enormes guindastes estacionados, empoeirados, as janelas para a distribuição da ração cobertas por papel. Não havia roupas lavadas secando, não havia fumaça com cheiro de cebola no ar. Todas as árvores haviam sido cortadas durante a fome, e agora, anos depois, as mudas tinham o mesmo tamanho, os troncos com o diâmetro de um tornozelo, os talos saindo dos lugares mais estranhos – em barris cheios de chuva e escoadouros, uma das árvores saindo de um banheiro onde um esqueleto humano defecara sua semente indigerível.

Quando chegaram ao Longo Amanhã, ele não parecia maior que a enfermaria.

Jun Do não deveria ter apontado em sua direção, pois Gil insistiu para que entrassem.

O lugar estava imerso em sombras. Tudo havia sido removido a fim de ser usado como combustível – até mesmo as padieiras haviam sido queimadas. A lista dos 114 Grandes Mártires da Revolução pintada na parede era a única coisa que restara.

Gil não acreditou que fora Jun Do que dera nome a todos os órfãos.

– Você memorizou mesmo os nomes de todos os mártires? – ele perguntou. – Qual é o número 11?

– Ha Shin – disse Jun Do. – Quando foi capturado, cortou a língua para que os japoneses não conseguissem extrair nenhuma informação dele. Havia um menino aqui que era mudo. Dei esse nome a ele.

Gil correu o dedo pela lista.

– Aqui está – disse. – Mártir número 76, Pak Jun Do. Qual é a história dele?

Jun Do tocou a mancha preta no chão onde antes ficava o fogão.

– Mesmo apesar de ter matado vários soldados japoneses – disse –, os revolucionários da unidade de Pak Jun Do não confiaram nele porque era descendente de uma linhagem impura. Para provar sua lealdade, ele enforcou-se.

Gil olhou para ele.

– Você deu esse nome a si mesmo? Por quê?

– Ele passou no teste máximo de lealdade.

O quarto do Chefe do Orfanato não era maior do que uma paleta. E do retrato da mulher atormentadora só restou o buraco de um prego.

– Era aqui que você dormia? – perguntou Gil. – No quarto do Chefe do Orfanato?

Jun Do lhe mostrou o buraco do prego.

– Era aqui que ficava o retrato da minha mãe.

Gil inspecionou-o.

– É verdade, havia um prego aqui – disse. – Diga-me, se você morava com seu pai, como acabou com o nome de um órfão?

– Ele não podia me dar seu nome – explicou Jun Do –, pois todos veriam a vergonha de ter sido forçado a criar seu filho. E ele também não podia suportar a ideia de me dar o nome de outro homem, mesmo que fosse de um Mártir. Portanto, eu mesmo tive de fazê-lo.

O rosto de Gil não exibia nenhuma expressão.

– E sua mãe? – perguntou. – Qual era o nome dela?

Eles ouviram a buzina da barca *Mangyongbong-92* a distância. Jun Do disse:

– Como se dar um nome aos meus problemas fosse resolver tudo.

Naquela noite Jun Do ficou na popa do navio, no escuro, observando a turbulência causada pelo seu movimento. "Rumina", ele não parava de pensar. Ele não ouvia sua voz nem se deixava visualizá-la. Apenas se perguntava como ela passaria este último dia se soubesse que ele estava chegando.

A manhã já estava avançada quando eles chegaram ao porto de Bandai-jima, as casas da alfândega ostentando as bandeiras internacionais. Grandes navios de carga pintados com o azul humanitário estavam sendo carregados com arroz no ancoradouro. Jun Do e Gil haviam falsificado documentos e, usando camisas polo, jeans e tênis, desceram no centro de Niigata. Era domingo.

A caminho do auditório Jun Do viu um avião de passageiros cruzar o céu com uma grande nuvem seguindo-o. Ele observou-o embasbacado, o pescoço esticado – incrível. Tão incrível que ele fingiu achar tudo comum, como as luzes coloridas que controlavam o tráfego aéreo ou a forma como os ônibus se abaixavam como bois para as pessoas subirem a bordo. É claro que não havia barril de água nos banheiros, nem uma concha.

A matinê foi um *medley* com as obras de ópera que a companhia teatral encenaria na próxima temporada, com todos os cantores alternando-se para cantar árias curtas. Gil parecia conhecer as músicas, cantarolando-as. Rumina – pequena e de ombros largos – subiu ao palco com um vestido cor de grafite. Seus olhos eram escuros sob a franja curta. Jun Do soube que ela conhecia a tristeza, mas não sabia que suas piores provações ainda estavam por vir, que naquela noite, quando a escuridão caísse, sua vida se tornaria uma ópera, e que Jun Do era o personagem obscuro no final do primeiro ato que leva a heroína para uma terra de sofrimento.

Ela cantou em italiano, depois em alemão e depois em japonês. Quando finalmente cantou em coreano, ficou claro por que Pyongyang a escolhera. A música era belíssima, a voz leve, cantando sobre dois amantes às margens de um lago, e a música não era sobre o Querido Líder, nem sobre derrotar os imperialistas, ou sobre o orgulho de uma fábrica norte-coreana. Era sobre uma moça e um rapaz em um barco. A moça usava um *choson-ot* branco, e o rapaz tinha um olhar comovente.

Rumina cantou em coreano, seu vestido era grafite, e ela podia muito bem ter cantado sobre uma aranha girando na teia para capturar os ouvintes. Jun Do e Gil andaram a esmo pelas ruas de Niigata como que presos a uma teia, fingindo que não estavam prestes a sequestrá-la da vila dos artistas. Jun Do não conseguia esquecer o verso sobre como no meio da água os amantes decidiram parar de remar.

Eles andaram pela cidade num transe, à espera da escuridão. Os anúncios comerciais produziram um impacto em particular em Jun Do. Não havia anúncios comerciais na Coreia do Norte, e aqui eles podiam ser vistos em ônibus, cartazes e telas de aparelhos de televisão. Ao ver casais abraçados, depois uma criança triste, ele pediu quase implorando a Gil que traduzisse o que cada um dizia, mas as respostas eram sobre seguros de carro e contas telefônicas. Através de uma janela, viram mulheres coreanas cortando as unhas dos pés de mulheres japonesas. Por diversão, abriram uma máquina automática de lanche e receberam um saco de comida sabor laranja que nenhum dos dois ousava experimentar.

Gil parou na frente de uma loja que vendia equipamento para exploração submarina. Na janela havia um grande saco feito para armazenar equipamento de mergulho. Era preto e de náilon, e um vendedor mostrou-lhes como ele tinha capacidade para armazenar tudo que era necessário para uma aventura submarina a dois. Eles o compraram.

Perguntaram, então, a um homem que empurrava um carrinho se podiam pegá-lo emprestado, e ele respondeu que eles poderiam pegar um no supermercado. Dentro da loja era quase impossível dizer o que a maioria das caixas e pacotes continha. Não havia nem sinal de coisas importantes, como sacos de rabanete e baldes de castanha. Gil comprou um rolo de fita pesado, e, na seção de brinquedos para crianças, pegou um pequeno conjunto de aquarela arrumado numa lata. Gil pelo menos tinha alguém para quem comprar um presente.

A noite chegou, e as vitrines das lojas de repente foram iluminadas com neon azul e vermelho, enquanto de baixo dos salgueiros saíam estranhas luzes. Com os faróis dos carros passando como flashes pelos seus olhos, Jun Do sentiu-se exposto. E o toque de recolher? Por que os japoneses não respeitavam a escuridão como pessoas normais?

Eles ficaram em frente a um bar, pois ainda precisavam matar tempo. Do lado de dentro as pessoas riam e conversavam.

Gil tirou mais um iene:

– Não faz sentido levá-los de volta – explicou.

Do lado de dentro, ele pediu uísque. Também havia duas mulheres no bar, e Gil comprou drinques para elas. As duas sorriram e retomaram sua conversa.

– Você viu os dentes delas? – Gil perguntou. – Tão brancos e perfeitos quanto dentes de crianças.

Como Jun Do não deu nenhum sinal de concordância, Gil disse:

– Relaxe, ok? Acalme-se.

– É fácil para você – disse Jun Do. – Você não tem de dominar alguém esta noite e arrastá-la pela cidade. E se não encontrarmos o Oficial So naquela praia...

– Como se isso fosse ser o pior – disse Gil. – Você não vê ninguém aqui tramando para fugir para a Coreia do Norte. Não vê ninguém vindo tirar as pessoas das nossas praias.

– Esse tipo de conversa não ajuda.

– Vamos lá, beba – Gil disse. – Vou colocar a cantora no saco esta noite. Você não é o único capaz de bater em uma mulher, sabia? Não pode ser tão difícil.

– Deixe a cantora comigo – Jun Do disse. – Basta manter a calma.

– Posso enfiar uma cantora em um saco, ok? – respondeu Gil. – Posso empurrar um carrinho de compras. Beba, pois provavelmente nunca voltará a ver o Japão.

Gil tentou conversar com as japonesas, mas elas sorriram e o ignoraram. Então ele comprou um drinque para a garçonete. Ela se aproximou e conversou com ele enquanto se servia. Tinha os ombros estreitos, mas a camiseta era apertada, e o cabelo, absolutamente preto. Eles beberam juntos, e ele disse algo que a fez rir. Quando ela se afastou para atender a um pedido, Gil virou-se para Jun Do e disse:

– Se dormisse com uma dessas moças, saberia que ela quis, e não que é uma prostituta militar tentando conseguir nove carimbos por dia em seu livro de cotas ou uma trabalhadora de fábrica que quer se casar. Em casa as garotas bonitas jamais olhariam para você. Não conseguimos sequer comprar uma xícara de chá para uma delas sem que o pai venha exigindo um casamento.

"Garotas bonitas?", pensou Jun Do.

– O mundo inteiro pensa que sou um órfão, esta é a minha maldição – disse. – Mas como um rapaz de Pyongyang como você acabou nesses empregos de merda?

Gil pediu mais drinques, mesmo apesar de Jun Do mal ter tocado no seu.

– Morar naquele orfanato te deixou mesmo maluco – Gil disse. – Só porque não espirro mais com a mão no nariz não quer dizer que não sou um rapaz do interior, de Myohsun. Você também deveria seguir em frente. No Japão você poderia ser quem quisesse.

Gil bebericou seu uísque, bochechando-o e depois inclinando a cabeça para gargarejar.

– Você não bebe como um rapaz do interior.

– Você não bebe como um órfão.

– Não sou um órfão.

– Bem, que bom – disse Gil. – Porque os órfãos da minha unidade de mapeamento de campos minados sabiam que a única coisa que podiam fazer era roubar: seus cigarros, suas meias, seu *shoju*. Você não detesta quando alguém pega seu *shoju*? Na minha unidade, eles pegavam tudo em que conseguiam colocar as mãos, como um cachorro engolindo os filhotes, e para agradecer deixavam pequenos rolos de merda.

Jun Do sorriu, o tipo de sorriso que antecede um ataque. Gil continuou:

– Mas você é um cara decente. É leal como o mártir. Não precisa dizer a si mesmo que seu pai era isso, que sua mãe era aquilo. Pode ser quem quiser. Reinvente-se por uma noite. Esqueça-se daquele bêbado e do buraco do prego na parede.

Jun Do levantou-se. Deu um passo para trás a fim de abrir a distância necessária para um chute circular. Fechou os olhos. Podia sentir o espaço, visualizar seu quadril girando, a perna levantando, o som do peito do pé contra o ar enquanto virava. Jun Do lidara com isso a vida inteira. Era impossível para pessoas de famílias normais imaginar um homem sofrendo tanto a ponto de não reconhecer seu próprio filho, e não havia nada pior do que uma mulher deixando o filho, ainda que isso acontecesse o tempo todo, que "levar" fosse uma palavra que as pessoas usavam para aqueles que tinham tão pouco para dar que era imensurável.

Quando Jun Do abriu os olhos, Gil de repente percebeu o que estava prestes a acontecer. Ele parou com o drinque a caminho da boca.

– Opa! – disse. – Desculpe, ok? Sou de uma família grande, não sei nada sobre órfãos. É melhor irmos, temos algo para fazer.

– Tudo bem – Jun Do disse. – Vejamos como você trata aquelas belas damas de Pyongyang.

Atrás do auditório ficava a vila dos artistas – uma série de barracas ao redor de uma fonte aquecida. Eles podiam ver o vapor saindo da água que corria da casa de banho. Límpida e cristalina, ela descia pelas rochas brancas até o mar.

Eles esconderam o carrinho. Depois Jun Do ajudou Gil a pular a cerca. Quando Gil deu a volta para abrir o portão de ferro para Jun Do, parou por um momento, e os dois olharam-se através das barras antes de Gil destrancá-lo e deixar Jun Do entrar.

Pequeninos cones de luz iluminavam o caminho de pedra até o bangalô de Rumina. Logo acima, magnólias verdes e brancas bloqueavam as estrelas. O ar cheirava a coníferas e cedro, com um toque de mar. Jun Do rasgou dois pedaços de fita adesiva e os colocou nas mangas de Gil.

– Dessa forma – sussurrou Jun Do – eles estarão aí quando você precisar.

Os olhos de Gil pareciam excitados e descrentes.

– Então vamos simplesmente entrar aí? – perguntou.

– Vou abrir a porta – disse Jun Do. – E aí você coloca a fita na boca da mulher.

Jun Do arrancou uma pedra grande do caminho e a carregou até a porta. Colocou-a sobre a maçaneta e forçou o peso do quadril contra ela. A porta se abriu. Gil lançou-se sobre uma mulher que estava sentada numa cama, iluminada apenas pela televisão. Jun Do observou da porta enquanto Gil colocava a fita em sua boca. Foi então que, sobre os lençóis e a maciez da cama, a maré mudou. Finalmente ele encontrou o pescoço dela e eles caíram no chão, onde Gil conseguiu paralisá-la com seu peso, a dor fazendo seus pés se contorcerem. Jun Do passou um bom tempo olhando para aqueles pés: as unhas haviam sido pintadas de vermelho forte.

No início Jun Do estava pensando "Agarre-a aí, pressione-a ali", mas então uma sensação de repulsa tomou conta dele. Enquanto os dois rolavam no chão Jun Do viu que ela molhou a roupa, e a brutalidade da situação, do que estava acontecendo, de repente se tornou clara para ele. Gil estava conseguindo dominá-la, pressionando seus pulsos e tornozelos, fazendo-a se ajoelhar enquanto abria o saco. Quando ele o abriu, os olhos dela – grandes e molhados – tremeram e ela perdeu as forças. Jun Do tirou os óculos e se sentiu melhor com a visão embaçada.

Do lado de fora, ele respirou fundo. Conseguia ouvir Gil lutando para dobrá-la a fim de que ela coubesse no saco. As estrelas sobre os oceanos, agora difusas, faziam-no lembrar-se de como se sentira livre na noite em que atravessara o Mar do Japão, como se sentiu em casa no barco de pesca. Ao voltar para dentro, viu Gil fechar o saco de modo a deixar apenas o rosto de Rumina de fora, suas narinas tentando puxar oxigênio. Gil ficou de pé ao seu lado, exausto, mas sorrindo. Ele pressionou o tecido das calças contra a virilha para que ela pudesse ver a silhueta da sua ereção. Quando os olhos dela se arregalaram, ele fechou o zíper.

Rapidamente os dois examinaram suas posses. Gil pegou algum dinheiro e um colar de pedras vermelhas e brancas. Jun Do não sabia o que pegar. Havia frascos de remédio sobre uma mesa, cosméticos, uma pilha de fotos de família. Quando seus olhos pousaram sobre o vestido grafite, ele puxou-o do cabide.

– Que diabos você está fazendo? – Gil perguntou.

– Não sei – respondeu Jun Do.

Sobrecarregado, o carrinho produzia sons metálicos altos a cada protuberância na calçada. Eles não falaram nada. Gil estava arranhado, e sua camisa, rasgada. Parecia que ele estava usando uma maquiagem que havia borrado. Um fluido amarelo-claro saía do ponto em sua cabeça de onde a cantora arrancara um tufo de cabelo. Quando eles passavam por falhas no cimento as rodas vacilavam e parecia que o carrinho ia cair.

A rua estava cheia de pedaços de papelão. Tubos de lava-louças saíam das cozinhas para calhas. Um ônibus vazio iluminado passou. Perto do parque, um homem passeava com um grande cachorro branco que parou e olhou para eles. O saco contorcia-se um pouco para depois voltar a ficar quieto. Em uma esquina, Gil disse a Jun Do que virando à esquerda, descendo uma colina íngreme e atravessando um estacionamento eles encontrariam a praia.

– Vou ficar aqui atrás para me certificar de que ninguém está nos seguindo – Gil disse.

A cada passo o carrinho quase saía de controle. Jun Do agarrou-o com força.

– Ok – respondeu.

– Passei dos limites com a conversa sobre órfãos. Não sei como é ter pais mortos ou ser abandonado. Eu estava errado, agora vejo.

– Sem problemas, amigo – respondeu Jun Do. – Não sou órfão.

De trás, Gil disse:

– Então, diga-me qual foi a última vez que viu seu pai.

O carrinho parecia continuar tentando se libertar. A cada vez que isso acontecia, Jun Do tinha de se inclinar para trás com os pés.

– Bem, não foi em uma festa de despedida nem nada disso.

O carrinho quase virou para a frente, arrastando Jun Do por alguns metros antes de ele recuperar o controle.

– Eu havia passado mais tempo lá do que qualquer um. Eu não seria adotado, meu pai não deixaria ninguém levar seu único filho. De qualquer modo, ele se aproximou certa noite, depois que havíamos queimado nossos beliches, então eu estava no chão... Gil, ajude-me aqui.

De repente, o carrinho corria na frente. Jun Do tropeçou quando perdeu o controle dele, deixando-o descer a colina sozinho.

– Gil! – ele gritou enquanto o observava descendo.

O carrinho corria cada vez mais rápido à medida que atravessava o estacionamento. Por fim, bateu na mureta e foi arremessado no ar, jogando o saco preto na areia.

Ele se virou para trás, mas não viu Gil.

Jun Do correu para a areia, passando pelo carrinho, que havia aterrissado de forma estranha. Na praia, ele examinou as ondas do mar à procura do Oficial So, mas nem sinal dele. Checou seus bolsos – não tinha mapa, relógio, nem lanterna. Com as mãos nos joelhos, não conseguia recuperar o fôlego. Logo à frente, ondulando à brisa da praia, ele viu o vestido grafite enchendo-se e se esvaziando com o vento, rolando pela areia até ser levado pela noite.

Ele encontrou o saco, rolou-o e o abriu um pouco, sentindo uma onda de calor sair. Ele tirou a fita do rosto da mulher, que estava cheia de queimaduras de náilon. Ela falou com ele em japonês.

– Não entendo – ele respondeu.

Então ela disse em coreano:

– Graças a Deus você me salvou.

Ele estudou seu rosto desmazelado e ofegante.

– Uns psicopatas me enfiaram nesse saco – ela disse. – Graças a Deus você apareceu. Achei que estivesse morta, e entao você veio e me libertou.

Jun Do voltou a procurar um sinal de Gil, mas ele sabia que não encontraria.

– Obrigada por me tirar daqui – ela disse. – Muito, muito obrigada por me libertar.

Jun Do testou a fita adesiva com os dedos, mas ela havia perdido grande parte da aderência. Havia um tufo de cabelos colado na fita. Ele a deixou ser levada pelo vento.

– Meu Deus! – ela disse. – Você é um deles!

Entrou areia no saco, em seus olhos.

– Acredite em mim – ele disse. – Sei pelo que você está passando.

– Você não precisa ser mau – ela disse. – Há bondade em você. Posso ver. Deixe-me partir, e cantarei para você. Você não acreditará em como canto.

– Sua música me deixou perturbado – ele disse. – Aquela sobre o rapaz que decide parar de remar no meio do lago.

– Aquela era apenas uma ária de uma ópera inteira, cheia de tramas secundárias, reveses e traições.

Jun Do agora estava inclinado perto dela.

— O rapaz parou porque resgatou a moça e quando chegar do outro lado terá de entregá-la aos seus superiores? Ou o rapaz roubou a moça e, portanto, sabe da punição que o aguarda?

— É uma história de amor — ela respondeu.

— Entendi — disse Jun Do. — Mas qual é a resposta? Será que ele sabe que está marcado para ir para um campo de trabalho?

Ela procurou seu rosto, como se ele soubesse a resposta.

— Como a história termina? O que acontece com eles?

— Liberte-me e lhe contarei — ela respondeu. — Abra o saco e cantarei o final.

Jun Do pegou o zíper e o fechou. Ele falou com o náilon preto onde acabara de ver seu rosto.

— Fique com os olhos abertos — disse. — Sei que não está vendo nada, mas o que quer que aconteça não os feche. A escuridão e o espaço apertado não são seus inimigos.

Ele arrastou o saco até a água. O oceano, frio como gelo, molhou seus sapatos enquanto ele vasculhava a água à procura do Oficial So. Quando uma onda se ergueu sobre a areia e lambeu o saco, ela gritou lá dentro. Ele jamais ouvira um grito como aquele. Lá longe, uma lanterna iluminou-o. O Oficial So o havia visto. Aproximou-se com o barco inflável e Jun Do arrastou o saco na água. Usando as alças, os dois colocaram-no no barco.

— Onde está Gil? — ele perguntou.

— Gil se foi — disse Jun Do. — Ele estava logo atrás de mim, e em seguida desapareceu.

As ondas batiam nos joelhos dos dois, equilibrando o barco. As luzes da cidade eram refletidas pelos olhos do Oficial So.

— Você sabe o que aconteceu com os oficiais da outra missão? — ele perguntou. — Éramos quatro. Somente eu restei. Os outros estão na Prisão 9. Já ouviu falar desse lugar, homem do túnel? A prisão inteira fica no subsolo. É uma mina, e quando você entra jamais volta a ver a luz do sol.

— Veja bem, me assustar não mudará nada. Não sei onde ele está.

O Oficial So subiu no barco.

– Há um portão de ferro na entrada para a mina, e depois que você passa por ele acabou: não há guardas lá dentro, médicos, refeitório, nem banheiro. Você simplesmente cava na escuridão, e quando encontra algum minério arrasta-o até a superfície para trocar através das grades por comida, velas e picaretas. Nem mesmo os corpos saem.

– Ele poderia estar em qualquer lugar – disse Jun Do. – Ele fala japonês.

A voz de Rumina de repente saiu do saco.

– Posso ajudá-los – ela disse. – Conheço Niigata como a palma da minha mão. Deixem-me sair, e juro que o encontrarei.

Eles a ignoraram.

– Quem é esse cara? – perguntou Jun Do.

– O filho mimado de algum ministro – respondeu o Oficial So. – Ou pelo menos foi o que me disseram. Seu pai o mandou para torná-lo mais durão. Você sabe: o filho do herói é sempre o mais covarde.

Jun Do virou-se e observou as luzes de Niigata. O Oficial So colocou a mão no ombro de Jun Do.

– Você é valente – ele disse. – Quando chegar a hora, será dispensado. – Ele tirou a alça de náilon do ombro, fazendo um nó em uma ponta para formar um laço. – Gil colocou uma corda em torno dos nossos pescoços. Agora é a vez dele.

Jun Do andou pelo bairro dos depósitos com uma calma curiosa. A lua refletia-se em todas as poças d'água, e quando um ônibus parou ao seu sinal o motorista olhou e não pediu pagamento. O ônibus estava vazio, exceto por dois coreanos idosos nos fundos. Eles ainda usavam seus chapéus brancos de serventes. Jun Do falou com eles, mas os dois abanaram a cabeça.

Jun Do precisava da motocicleta para ter uma chance de encontrar Gil na cidade. Contudo, se Gil fosse pelo menos um pouco inteligente, ele e a motocicleta já teriam desaparecido. Quando Jun Do finalmente virou a esquina do bar, a motocicleta preta brilhou no meio-fio. Ele passou a perna sobre o assento e colocou as mãos no guidão, mas não encontrou a chave. Foi até as janelas do bar, e ao olhar pelo vidro viu Gil rindo com a garçonete.

Jun Do sentou-se ao lado de Gil, que estava completamente absorto na pintura de uma aquarela. Ele estava com o jogo de tintas que havia comprado, e colocou o pincel em um copo de cachaça com uma água verde-púrpura. Era uma paisagem com faixas de bambu e caminhos que atravessavam um campo de pedras. Gil olhou para Jun Do, molhou o pincel e começou a dar pinceladas giratórias para realçar os caules dos bambus.

– Você é um grande estúpido! – Jun Do disse.

– Você é que é estúpido – respondeu Gil. – Está com a cantora. Quem teria voltado por minha causa?

– Eu teria – respondeu Jun Do. – Pegue a chave.

A chave da motocicleta estava no balcão do bar, e Gil empurrou-a para ele.

Fez um círculo com o dedo no ar para indicar que queria outra rodada. A garçonete veio. Estava usando o colar de Rumina. Gil falou com ela, então tirou meio iene e deu a Jun Do.

– Eu disse a ela que essa rodada é por sua conta – explicou.

A garçonete serviu dois copos de uísque. Então disse algo que fez Gil rir.

– O que ela disse? – Jun Do perguntou.

– Ela disse que você parece muito forte, mas pena que é um veadinho.

Jun Do olhou para Gil, que deu de ombros:

– Talvez eu tenha dito a ela que brigamos por causa de uma garota. Eu disse que estava ganhando até você puxar meu cabelo.

Jun Do disse:

– Você ainda pode sair disso. Não diremos nada, prometo. Basta voltarmos e será como se você nunca tivesse fugido.

– Parece que estou fugindo? – perguntou Gil. – Além disso, não posso deixar minha namorada.

Gil entregou a aquarela à garçonete, que a colocou na parede para secar, ao lado de outra aquarela que a exibia radiante no colar vermelho e branco. Forçando os olhos para enxergar a distância, Jun Do percebeu que Gil não havia pintado uma paisagem, mas um mapa de um campo minado pastoral.

– Então você esteve nos campos minados – disse.

– Minha mãe me mandou para o Mansudae para estudar pintura – respondeu Gil. – Mas papai decidiu que os campos minados me tornariam um homem, então mexeu os pauzinhos.

Gil riu da ideia de "mexer os pauzinhos" para colocar o filho num destacamento suicida.

– Dei um jeito de fazer os mapas em vez de ficar com o mapeamento.

Enquanto falava, ele pintava rapidamente outra aquarela – uma mulher com a boca grande com uma luz ao fundo, de forma que os olhos se encontravam à sombra. À primeira impressão ela tinha os traços de Rumina, embora não fosse possível dizer com certeza se ela estava cantando com intensidade ou gritando por sua vida.

– Diga a ela que você tomará o último drinque – Jun Do disse e deu um iene a ela.

– Sinto muito por tudo isso – disse Gil. – Sinto mesmo, mas não vou a lugar algum. Considere a cantora de ópera um presente e mande meus cumprimentos.

– É o seu pai que quer a cantora? É por isso que estamos aqui?

Gil ignorou-o. Começou a pintar um retrato de si mesmo com Jun Do, os dois com os polegares para cima. Eles tinham sorrisos exagerados, forçados, no rosto. Jun Do não estava disposto a esperar que ele terminasse.

– Vamos – disse. – Você não quer se atrasar para o caraoquê desta noite no Yanggakdo ou o que quer que vocês da elite façam para se divertir.

Gil não saiu do lugar. Estava realçando os músculos de Jun Do, pintando-os de forma exagerada, como os músculos de um macaco.

– É verdade – disse Gil. – Experimentei carne de vaca e avestruz. Vi *Titanic* e já acessei a internet dez vezes. E, sim, também tem o caraoquê. Toda semana há uma mesa vazia onde uma família costumava se sentar, mas agora eles desapareceram, ninguém fala mais deles, e as músicas que eles cantavam não aparecem mais na máquina.

— Eu prometo – Jun Do disse. – Volte, e ninguém jamais saberá.

— A questão não é se eu irei ou não com você – disse Gil. – E sim por que você não vem comigo.

Se Jun Do quisesse desertar, teria feito isso mais de dez vezes. No final de um túnel fugir seria tão fácil quanto subir um lance de escada e abrir a porta.

— Em todo esse país idiota – disse Jun Do – a única coisa que fazia sentido para mim eram as mulheres coreanas de joelhos limpando os pés dos japoneses.

— Posso levá-lo até a embaixada da Coreia do Sul amanhã. Fica a uma pequena viagem de trem daqui. Em seis semanas você estará em Seul. Seria muito útil lá, um verdadeiro troféu.

— E sua mãe e seu pai? – disse Jun Do. – Eles serão mandados para campos.

— Não importa se você é ou não um bom cantor de caraoquê, eventualmente chega a vez do seu número. É apenas uma questão de tempo.

— E o Oficial So? Algum uísque caro será capaz de fazê-lo se esquecer dele cavando na escuridão da Prisão 9?

— Ele é a razão para partir – respondeu Gil. – Não quero me tornar ele.

— Bem, ele mandou lembranças – disse Jun Do, e então colocou o laço feito com a alça de náilon na cabeça de Gil, puxando o nó para apertar a alça em torno do seu pescoço.

Gil colocou o uísque na bancada.

— Sou apenas um ser humano – disse. – Sou apenas um ninguém que quer cair fora.

A garçonete viu a alça. Cobrindo a boca, disse:

— *Homo janai.*

— Acho que não preciso traduzir isso – disse Gil.

— Jun Do deu um puxão na alça e os dois ficaram de pé.

Gil fechou a lata de tinta e fez uma reverência para a garçonete:

— *Chousenjin ni turesarareru yo* – disse-lhe.

Com seu telefone, ela tirou uma foto dos dois, e depois serviu um drinque para si mesma. Ergueu o drinque para beber a Gil.

— Malditos japoneses — disse Gil. — É impossível não amá-los. Eu disse que estava sendo sequestrado para ser levado para a Coreia do Norte, e olhe só para ela.

— Dê uma boa olhada — disse Jun Do, e então pegou a chave da motocicleta na bancada.

Passado o quebra-mar, o barco avançava entre as ondas alimentadas pelo vento — o inflável preto subia e descia. Todos seguravam firme. Rumina estava sentada na proa com outra fita prendendo as mãos. O Oficial So havia colocado seu casaco nas costas dela — fora isso, seu corpo estava despido e azul de frio.

Jun Do e Gil estavam sentados em lados opostos, mas Gil não olhava para ele. Quando chegaram a mar aberto, o Oficial So reduziu a velocidade o bastante para que Jun Do pudesse ser ouvido.

— Dei minha palavra a Gil — ele disse ao Oficial So. — Disse-lhe que esqueceríamos que ele tentou fugir.

Rumina estava sentada com o vento batendo nas suas costas, os cabelos revoltos no rosto.

— Coloquem-no no saco — disse.

O Oficial So deu uma gargalhada.

— A cantora de ópera está certa — disse. — Você pegou um desertor, meu garoto. Ele apontou uma porra de uma arma para as nossas cabeças, mas não conseguiu ser mais esperto do que nós. Comece a pensar no que vai querer de recompensa. Comece a saboreá-la.

A ideia de receber uma recompensa, de encontrar a mãe e libertá-la de seu destino em Pyongyang agora o deixava enjoado. Nos túneis, eles de vez em quando atravessavam uma cortina de gás. Não era possível detectá-la — tudo começava com uma forte dor de cabeça, e a escuridão começava a parecer avermelhada. Era isso que ele sentia agora com Rumina a olhá-lo. De repente se perguntou se não era ele que ela queria colocar no saco, e não Gil. Contudo, não fora ele que lhe batera e lhe dobrara. Não fora seu pai quem ordenara o sequestro. E que opção ele podcria tcr? Ele não tinha culpa de ser de uma cidade sem energia elétrica, aquecimento nem combustível, onde as fábricas estavam congeladas pela ferrugem, onde os homens capazes se encontravam em campos de trabalho ou estavam morrendo de fome. Não era sua culpa que todos os meninos sob os seus cuidados tivessem ficado entorpecidos tamanha a sensação de abandono e desespero diante da perspectiva de serem recrutados como guardas carcerários ou destacados para esquadrões suicidas.

A alça ainda estava no pescoço de Gil. O Oficial So inclinou-se alegremente e a puxou com força para apertar o nó.

– Eu não me importaria de jogá-lo ao mar – disse. – Só não faço isso porque quero ver o que farão com você.

Gil se contraiu de dor.

– Jun Do agora sabe como fazer isso – respondeu. – Ele vai substituí-lo, e eles o enviarão para um campo para que você nunca possa falar nada.

– Você não sabe nada – respondeu o Oficial So. – É tão covarde e fraco. Fui eu quem inventou esse jogo. Sequestrei o sushiman pessoal de Kim Jong-il. Peguei o médico do próprio Querido Líder em um hospital de Osaka em plena luz do dia com minhas próprias mãos.

– Você não sabe como as coisas são em Pyongyang – disse Gil. – Depois que os outros ministros a virem, todos vão querer suas próprias cantoras de ópera.

Uma onda de água gelada mais forte molhou-os, fazendo Rumina puxar o ar como se quisesse se agarrar desesperadamente à vida. Virou-se então para Jun Do, encarando-o novamente. Ele via que ela estava prestes a dizer algo – uma palavra formava-se em seus olhos.

Ele pegou os óculos e colocou no rosto. Agora podia enxergar o hematoma na garganta dela, como suas mãos estavam inchadas e roxas abaixo da fita nos seus pulsos. Ele viu um anel de noivado e a cicatriz de uma cesariana. Ela não parava de olhar para ele. Seus olhos podiam ver as decisões que ele havia tomado. Podiam dizer que era Jun Do quem escolhia quais órfãos comiam primeiro e quais ficavam com a parte mais rala do caldo. Viam que era ele quem designava os bancos perto do forno e os bancos do corredor, onde a geladura abundava. Ele escolhia os meninos que ficavam cegos com o forno a arco. Ele escolhia quem ia para as indústrias químicas onde o céu ficava amarelo. Ele mandara Ha

Shin, o menino mudo, que não podia dizer não, limpar os tonéis da fábrica de tinta. Fora Jun Do quem colocara o arpão nas mãos de Bo Song.

– Que opção eu tinha? – Jun Do perguntou-lhe. Ele precisava saber, assim como precisava saber o que acontecera ao rapaz e à moça da ária.

Ela levantou a perna e mostrou as unhas do pé a Jun Do, a tinta vermelha vibrante no escuro. Falou algo, e então colocou o pé no rosto dele.

O sangue era escuro e escorreu pela sua camisa, usada pela última vez pelo homem que eles haviam sequestrado na praia. A enorme unha do dedão do pé de Rumina também cortou sua gengiva – mas tudo bem, ele agora se sentia melhor, pois agora sabia que palavra ela estava dizendo, que estava se formando havia tanto tempo em seus lábios. Ele não precisava falar japonês para entender a palavra "morra". Era o final da ópera também, ele tinha certeza. Fora isso que acontecera ao rapaz e à moça do barco. E, na verdade, não era uma história triste. Era uma história de amor – o rapaz e a moça no final souberam qual era o seu destino, e jamais estariam sós.

Muitos sequestros ainda viriam – na verdade, anos deles. Um deles foi o da senhora idosa que sequestraram na Ilha Nishino. Ela estava com as calças dobradas olhando através de uma câmera sobre um tripé de madeira. Seu cabelo era branco e despenteado, e ela seguiu-os sem protestar em troca do retrato de Jun Do. Outro foi o do climatologista japonês que encontraram em um iceberg no Estreito de Tsugaru. Eles também levaram seu equipamento científico e seu caiaque vermelho. Também sequestraram um rizicultor, um engenheiro de píer e uma mulher que disse ter ido à praia para se afogar.

Então os sequestros acabaram tão subitamente quanto haviam começado. Jun Do foi mandado para uma escola de idiomas para passar um ano aprendendo inglês. Ele perguntou ao chefe da controladoria se aquela era a recompensa por ter impedido a fuga do filho de um ministro. O oficial pegou o velho uniforme militar de Jun Do, seu vale para bebidas alcoólicas e o livro de cupons para prostitutas. Quando o oficial viu que o livro estava quase cheio, sorriu.

– Claro – disse.

Majon-ni, nas Montanhas de Onjin, era mais fria que Chongjin. Jun Do sentia-se grato pelos fones de ouvido que usava o dia inteiro enquanto eles faziam exercícios com tanques da 9ª Mecanizada, que estava estacionada lá. Os oficiais da escola não estavam interessados em ensinar Jun Do a falar inglês. A única coisa que ele tinha de fazer era transcrevê-lo, aprender o vocabulário e a gramática pelos fones de ouvido e, letra a letra, copiar tudo com sua máquina de escrever analógica. "Eu gostaria de comprar um filhote de cachorro", dizia a voz de mulher nos fones de ouvido, e então Jun Do datilografava. No final, pelo menos, o curso ganhou um professor humano – um homem muito triste, propenso a crises de depressão, que Pyongyang obtivera na África. O homem não falava coreano, e passava as aulas fazendo perguntas complexas, impossíveis de responder, aos alunos, o que os ajudava a dominar frases interrogativas.

Jun Do conseguiu evitar as cobras venenosas por quatro estações, sessões de autocrítica e o tétano, que acometia mais soldados praticamente toda semana. A doença começava de forma aparentemente inofensiva – um pequeno corte no arame farpado ou na borda de uma lata de ração –, mas logo vinham a febre, os tremores e, finalmente, os espasmos musculares que deixavam o corpo retorcido e rígido demais para entrar num caixão. A recompensa de Jun Do pela resistência foi uma colocação na escuta no Mar Oriental a bordo do barco de pesca *Junma*. Seus aposentos ficavam no porão à popa do *Junma*, um quarto de aço grande o bastante para uma mesa, uma cadeira, uma máquina de escrever e uma pilha de receptores removidos de aviões americanos abatidos na guerra. O porão era iluminado pelo brilho esverdeado do equipamento de escuta refletido na água de peixe que constantemente passava pelas infiltrações na antepara e molhavam o chão. Mesmo depois de três meses a bordo do navio, Jun Do não conseguia parar de pensar no que havia por trás daquelas paredes de metal: câmaras de peixes hermeticamente embalados que davam seu último suspiro na escuridão refrigerada.

Eles estavam em águas internacionais havia dias, a bandeira da Coreia do Norte a meio pau a fim de não atrair problemas. Primeiro, eles perseguiram cavalas em águas profundas, e depois cardumes de bonitos apavorados que emergiam brevemente na superfície à luz do sol. Agora estavam atrás dos tubarões. O *Junma* passara a noite inteira perseguindo-os na borda da fossa, e ao amanhecer Jun Do pôde ouvir o barulho do guincho e dos tubarões batendo no casco.

Do nascer ao pôr do sol, Jun Do monitorava transmissões: na maioria das vezes capitães de navios de pesca, a balsa de Uichi para Vladivostok e o contato de duas mulheres americanas que estavam dando a volta ao mundo a remo – uma remava à noite, enquanto a outra ficava com o turno do dia, arruinando a teoria da tripulação de que elas haviam ido para o Mar Oriental a fim de terem relações homossexuais.

Escondida entre os cordames e as vergas do *Junma* havia uma grande estrutura de antenas, e acima do leme ficava uma antena direcional que fazia giros de até 360°. Os Estados Unidos, o Japão e a Coreia do Sul criptografavam suas transmissões militares, que soavam como uma série de gritos e balidos. A quantidade desses gritos e balidos e sua localização, contudo, pareciam dados importantes para Pyongyang. Contanto que documentassem isso, a tripulação do barco podia ouvir o que quisesse.

Estava claro que os homens não gostavam de ter Jun Do a bordo. Ele tinha um nome de órfão, e passava a noite datilografando na máquina de escrever na escuridão. Era como ter a bordo alguém cuja única função era identificar e registrar ameaças à tripulação, composta por jovens do porto de Kinjye, farejando o ar à procura de perigo. O capitão, por sua vez, tinha razão para se preocupar, e cada vez que Jun Do o fazia mudar de curso para seguir um sinal incomum ele tinha de controlar a raiva pelo azar de ter um oficial no seu navio de pesca. Foi somente quando Jun Do começou a transmitir para a tripulação atualizações sobre as duas moças americanas remando ao redor do mundo que eles começaram a se mostrar mais receptivos.

Depois que Jun Do concluía o expediente diário exigido de escutas militares, ele começava a explorar o espectro. Havia transmissões dos leprosos, dos cegos e das famílias de prisioneiros de Manila, que transmitiam notícias para as prisões – todos os dias as famílias faziam fila para falar de boletins escolares, dentes de bebês e novas perspectivas profissionais. Havia também o Doutor Rendezvous, um inglês que transmitia "sonhos" eróticos todos os dias, assim como as coordenadas de onde seu barco ancoraria em seguida. Havia uma estação em Okinawa que transmitia histórias de famílias que os soldados dos Estados Unidos se recusavam a reivindicar. Uma vez por dia os chineses transmitiam confissões de prisioneiros, e não importava que elas fossem forçadas, falsas e transmitidas numa língua que ele não compreendia – elas deixavam Jun Do nervoso a ponto de ele mal conseguir ouvi-las até o fim. E então vinha a moça que remava noite adentro. Toda noite ela passava suas coordenadas e um relatório sobre suas condições físicas e as condições atmosféricas. Com frequência ela observava detalhes como os contornos dos pássaros que migravam à noite, um tubarão-baleia se alimentando de krills na proa do barco. Ela dizia estar desenvolvendo a habilidade de sonhar enquanto remava.

Como é que os anglófonos conseguiam falar por transmissores como se o céu fosse um diário? Se os coreanos falassem dessa forma talvez Jun Do conseguisse compreendê-los melhor. Talvez ele conseguisse entender por que alguns aceitavam seus destinos, enquanto outros resistiam e lutavam. Talvez ele descobrisse por que as pessoas de vez em quando iam ao orfanato à procura de uma criança em particular quando todas eram iguais: não importava o lugar onde estivessem, eram apenas crianças. Ele poderia descobrir por que todos os pescadores do *Junma* tinham retratos das esposas tatuados no peito, enquanto ele era um homem que usava fones de ouvido na escuridão do porão de um barco de pesca que passava 27 dias por mês no mar.

Não que ele invejasse aqueles que remavam durante o dia. A luz, o céu, a água – tudo isso eram coisas você olhava *por inteiro* durante o dia. Já à noite eles eram os protagonistas, coisas para as quais se olhava *dentro:* ele observava as estrelas, as ondas noturnas e sua superfície surpreendentemente platinada. Ninguém prestava atenção à ponta de um cigarro à luz do dia, e com o sol brilhando no céu ninguém jamais transmitiria um "alerta". À noite, no *Junma,* havia acuidade, tranquilidade, quietude. Havia uma expressão nos olhos dos membros da tripulação que era ao mesmo tempo distante e intimista. Talvez houvesse outro oficial que compreendia o inglês ali perto em outro barco de pesca, ouvindo transmissões do nascer ao pôr do sol sem nenhum propósito. Certamente era mais um transcritor como ele. Jun Do ouvira falar que a escola de inglês ficava em Pyongyang e estava cheia de *yangbans,* rapazes da elite que estavam nas Forças Armadas por ordem do Partido e que depois levariam vida de diplomatas. Jun Do conseguiu se acostumar a seus nomes patrióticos e roupas sofisticadas enquanto passavam o dia na capital praticando diálogos em que pediam café e compravam remédios no exterior.

Acima de sua cabeça, outro tubarão bateu no casco, e Jun Do decidiu que já era hora de encerrar a noite. Enquanto desligava seus instrumentos, ouviu a transmissão fantasma: uma vez por semana, ele ouvia uma transmissão intensa e curta em inglês – dois minutos no máximo. Hoje os interlocutores tinham sotaque americano e russo e, como de costume, a transmissão começou já no meio de uma conversa. Os dois estavam falando sobre uma trajetória, uma manobra de ancoragem e combustível. Na semana anterior, havia também um japonês. Jun Do foi até a manivela que virava lentamente a antena direcional, mas não importava para onde a apontasse a força do sinal era a mesma, o que era impossível. Como um sinal poderia vir de todos os lugares?

A transmissão parecia ter chegado ao fim, mas Jun Do pegou seu receptor UHF e uma antena parabólica portátil e foi para o convés. O navio era uma antiga embarcação soviética de casco de aço, feita para águas frias, e sua proa elevada mergulhava e voltava a emergir do mar ao sabor das ondas.

Ele segurou-se na mureta e apontou a antena para a neblina da manhã, varrendo o horizonte. Captou uma conversa de pilotos de navios cargueiros e, apontando em direção ao Japão, o relatório da embarcação entrecortado por uma transmissão cristã em VHF. Havia sangue no convés, e os coturnos de Jun Do deixaram trilhas que pareciam bêbadas ao longo de todo o caminho até a popa, onde as únicas transmissões eram os gritos e latidos de um diálogo naval americano criptografado. Ele fez uma rápida varredura do céu, captando o piloto da Taiwan Air que lamentava a aproximação do espaço aéreo da Coreia do Norte. O sinal que ele procurava, porém, havia simplesmente desaparecido.

– Algo que eu deva saber? – perguntou o capitão.
– Manter o curso – Jun Do respondeu.

O capitão acenou com a cabeça em direção à antena sobre o leme, projetada para parecer um alto-falante.

– Aquela é um pouco mais precisa – disse.

Havia um acordo pelo qual Jun Do não tomaria nenhuma atitude precipitada, como levar equipamento de espionagem para o convés. O capitão era mais velho. Ele havia sido um homem corpulento, mas depois de ter passado um tempo em um navio penal russo emagrecera e ficara com a pele flácida. Era fácil perceber que ele já fora um capitão notável, dando comandos perspicazes, ainda que fossem para pescar em águas disputadas com a Rússia. Além disso, podia-se ver que ele havia sido um prisioneiro igualmente notável, trabalhando de forma meticulosa e sem reclamar sob a supervisão intensa. E agora ele parecia ser as duas coisas.

O capitão acendeu um cigarro, ofereceu um a Jun Do e depois voltou a procurar tubarões, usando um contador manual para registrar rapidamente todos que o operador do guincho trazia a bordo. Os tubarões eram trazidos em cordas de chumbo e ao chegar a bordo estavam entorpecidos pela falta de oxigênio. Assim, moviam-se lentamente no convés, farejando ao redor como filhotes cegos de cachorro, as bocas abrindo e fechando como se estivessem tentando dizer alguma coisa. Como era jovem e novo no barco, a função do segundo imediato era retirar os ganchos, enquanto o imediato removia as barbatanas em sete cortes rápidos e depois jogava o tubarão de volta na água, onde, incapaz de nadar, ele afundava, desaparecendo na escuridão e deixando para trás apenas um rastro de sangue.

Jun Do inclinou-se na lateral e observou um tubarão afundar, seguindo-o com a parabólica. Quando a água passava pelas guelras do tubarão, revigorava sua mente e sua percepção. Eles agora se encontravam sobre a fossa, que tinha quase 4 quilômetros de profundidade, possivelmente meia hora de queda livre, e através dos fones de ouvido o zumbido do abismo parecia mais os estalos rastejantes da morte por compressão. Não havia nada para ouvir ali – todos os submarinos se comunicavam por sequências rápidas numa frequência muito baixa. Não obstante, ele apontou a parabólica em direção às ondas e varreu lentamente a área da proa à popa. A transmissão fantasma tinha de vir de algum lugar. Como podia ela parecer vir de todas as direções se não vinha de baixo? Jun Do sentia os olhares da tripulação sobre si.

– Você achou alguma coisa aí embaixo? – disse o operador do guincho.

– Na verdade, perdi algo – respondeu Jun Do.

Ao raiar do sol, Jun Do foi dormir, enquanto a tripulação – o piloto, o operador, o imediato, o segundo imediato e o capitão – passou o dia encaixotando as barbatanas do tubarão em camadas de sal e gelo. Os chineses pagavam em dinheiro vivo, e gostavam muito das barbatanas.

Jun Do acordou antes do jantar, que para ele era o café da manhã. Ele precisava datilografar alguns relatórios antes do cair da noite. Houvera um incêndio no *Junma* que atingira a cozinha, a proa e metade dos beliches, deixando para trás apenas os pratos de metal, um espelho enegrecido e um vaso sanitário que rachou no meio por causa do calor. Contudo o fogão ainda estava funcionando, e eles estavam no verão, portanto todos se sentaram no convés para comer, com uma rara vista do pôr do sol. No horizonte havia uma frota de porta-aviões americanos, navios tão grandes que pareciam incapazes de se mover, para não mencionar flutuar. Parecia uma cadeia de ilhas, tão fixa e antiga como se tivesse seu próprio povo, sua língua e seus deuses.

Eles haviam capturado uma garoupa na pesca com espinel, tendo comido as guelras logo em seguida, além de uma tartaruga, o que era incomum. Levaria um dia inteiro para preparar um ensopado de tartaruga, mas o peixe foi assado inteiro, com as espinhas retiradas pelos marujos com as próprias mãos. Uma lula também havia sido capturada, mas o capitão não as permitia a bordo. Ele considerava o polvo o animal mais inteligente do oceano, e a lula o mais selvagem.

Eles tiraram as camisetas e fumaram enquanto o sol se punha. O *Junma* estava sem piloto, trotando sobre as ondas, boias rolando no convés, e até mesmo os cabos e as vergas exibiam um brilho alaranjado à luz que parecia vinda de uma fornalha. A vida de um pescador era boa – havia um número interminável de cotas industriais para preencher, e num navio não havia alto-falante trombeteando relatórios do governo o dia inteiro. Havia comida. E mesmo apesar de eles estarem preocupados com o fato de terem um oficial de escuta a bordo, isso dava ao *Junma* todos os cupons para combustível de que o barco precisava, e se quando Jun Do requisitava uma mudança de rota a captura era menor, por outro lado todos recebiam cartões de ração extra.

– Então, terceiro imediato – disse o piloto –, como estão suas garotas?

Era assim que eles chamavam Jun Do de vez em quando em tom de piada.

– Estão se aproximando de Hokkaido – ele respondeu. – Pelo menos era onde estavam ontem. Estão remando 30 quilômetros por dia.

– Elas ainda estão nuas? – perguntou o operador.

– Só a garota que rema à noite.

— Dar a volta ao mundo a remo – disse o segundo imediato. – Somente uma mulher sensual faria isso. É algo tão sem propósito e arrogante. Somente americanas sensuais seriam capazes de pensar que o mundo é algo que pode ser conquistado.

O segundo imediato não tinha mais que 20 anos. No peito, havia acabado de tatuar o retrato da esposa, e estava claro que ela era bonita.

— Quem disse que elas são sensuais? – Jun Do perguntou, embora as imaginasse da mesma forma.

— Eu simplesmente sei – disse o segundo imediato. – Uma garota sensual acha que pode fazer tudo. Confie em mim, lido com isso todos os dias.

— Se sua esposa é tão sensual – disse o operador –, como é que eles ainda não a levaram para ser anfitriã em Pyongyang?

— É fácil – respondeu o segundo imediato. – O pai dela não queria que ela acabasse se tornando uma garçonete ou prostituta em Pyongyang, então mexeu uns pauzinhos e a colocou na indústria pesqueira. Uma garota bonita como ela, e é aí que eu entro em cena.

— Só acredito vendo – disse o primeiro imediato. – Por que ela nunca vai se despedir de você quando embarcamos?

— Hokkaido – disse o piloto. – O gelo lá é pior no verão. As plataformas desabam, as correntes sobem. É o gelo que não vemos que nos pega.

O capitão falou. Como estava sem camisa, era possível ver todas as suas tatuagens russas. Elas pareciam enormes de perfil, como se houvessem crescido quando sua pele se tornou mais flácida.

— No inverno daqui – disse –, tudo congela. O mijo endurece no pau e o peixe fica grudado na barba. Você tenta cortar algo com uma faca e não consegue largá-la. Certa vez estávamos na sala de corte quando batemos num *growler*.* O impacto balançou o barco inteiro e nos derrubou. Pudemos ver o gelo rolar na lateral do barco, amassando o casco.

Jun Do olhou para o peito do capitão. A tatuagem de sua esposa estava um pouco apagada e borrada, como uma aquarela. Certo dia, quando o barco do capitão não voltou, deram um marido substituto à sua esposa, e agora o capitão estava só. Além disso, haviam acrescentado

---

* Um tipo de iceberg.

os anos que ele passara na prisão à sua dívida para com o Estado, portanto ele não podia se aposentar.

— O frio pode comprimir um navio — o capitão acrescentou de repente —, contraí-lo inteiro, as padieiras de metal, as trancas, prendendo-o nos tanques de refúgio, e ninguém, ninguém virá salvá-lo com baldes de água quente.

O capitão não olhou para ele nem deu nenhum sinal em relação a isso, mas Jun Do se perguntou se a conversa da prisão não era um recado para ele, por ele ter levado seu equipamento de escuta para o convés, levantando a possibilidade de tudo acontecer outra vez.

Quando escureceu e os outros desceram, Jun Do ofereceu três maços de cigarro ao segundo imediato para poder subir no leme e escalar o poste onde ficava o alto-falante.

— Tudo bem — disse o segundo imediato. — Mas, em vez de cigarros, quero ouvir as remadoras.

O rapaz estava sempre perguntando a Jun Do como eram cidades como Seul e Tóquio, e não acreditava que Jun Do jamais estivera em Pyongyang. O rapaz não escalava rápido, mas estava curioso de descobrir como os rádios funcionavam, o que era meio caminho andado. Jun Do o fez praticar puxando o contrapino para erguer a antena direcional e apontá-la em direção à água.

Depois disso, os dois sentaram-se na casa do guincho, que ainda estava quente, e fumaram. O vento era alto em seus ouvidos. Ele fazia as pontas dos cigarros reluzirem. Não havia nenhuma outra luz na água, e a linha do horizonte separava a escuridão total das águas da escuridão leitosa do céu estrelado. Alguns satélites cruzavam o firmamento, e ao norte estrelas cadentes traçavam raios.

— Essas garotas do barco — disse o segundo imediato. — Você acha que elas são casadas?

— Não sei — respondeu Jun Do. — Qual é a importância disso?

— Quanto tempo leva para dar a volta ao mundo a remo? Dois anos? Mesmo que elas não tenham maridos, e todas as pessoas que deixaram para trás? Elas não se importam com ninguém?

Jun Do tirou um pouco de tabaco da língua e olhou para o rapaz, que estava com as mãos atrás da cabeça enquanto observava as estrelas. Era uma boa pergunta: e as pessoas que eram deixadas para trás? Contudo era uma pergunta estranha para ser feita por um segundo imediato.

– Mais cedo, esta noite – disse Jun Do –, você só pensava em remadoras sensuais. Elas fizeram alguma coisa para irritá-lo?

– Só me pergunto o que deu nelas para levá-las a partir e remar ao redor do mundo.

– Você não faria a mesma coisa se pudesse?

– É aí que quero chegar: eu não poderia. Quem poderia enfrentar todas essas ondas, e o gelo, em um barco minúsculo? Alguém deveria tê-las impedido. Alguém deveria ter tirado essa ideia estúpida das cabeças delas.

O rapaz parecia estar raciocinando de verdade pela primeira vez. Jun Do tentou dissuadi-lo.

– Elas já estão na metade do caminho – argumentou. – Além disso, devem ser atletas profissionais. Treinaram para isso, provavelmente é o que amam fazer. E quando você diz "barco", não pode estar pensando que é a mesma coisa que este balde em que estamos. Essas garotas americanas devem usar equipamentos de última geração, com conforto e muita eletrônica. Você não pode imaginá-las como esposas de representantes do Partido remando em um balde de lata por aí.

O segundo imediato não estava ouvindo.

– E se você realmente conseguir dar a volta ao mundo? Como pode voltar a esperar na fila para o banheiro do dormitório depois de ter estado na América? Talvez o painço tenha um gosto melhor em outro país e talvez os alto-falantes não sejam tão pequenos. De repente sua água potável não tem mais um cheiro tão bom. O que você vai fazer?

Jun Do não respondeu. A lua estava subindo. Acima, eles podiam ver um avião vindo do Japão, deixando lentamente o espaço aéreo norte-coreano. Algum tempo depois o segundo imediato disse:

– Os tubarões provavelmente as comerão. – E deu um tapinha para jogar o cigarro fora. – Então, qual é o propósito disso? Apontar a antena para um lado e para o outro? O que há lá?

Jun Do não sabia ao certo o que responder.

– Uma voz.

– No oceano? O que é? O que ela diz?

– Há vozes americanas e russas falando em inglês. Certa vez também havia um japonês. Eles falam de ancoragem e manobras. Esse tipo de coisa.

– Sem querer ofender, mas parece o tipo de conversa sobre conspiração que as viúvas do meu bairro estão sempre repetindo.

Parecia mesmo algo um pouco paranoico quando o segundo imediato falava assim, em voz alta. Mas a verdade era que a ideia de conspiração atraía Jun Do. A ideia de que as pessoas estavam se comunicando, de que os pensamentos das pessoas tinham um propósito, intenção, significado – ele precisava acreditar nisso. Ele achava que pessoas normais não precisavam pensar assim. A garota que remava durante o dia tinha o horizonte de onde havia vindo quando virava a cabeça para trás e o horizonte para onde estava indo quando se virava para a frente. A garota que remava durante a noite, porém, só tinha por companhia o som dos remos batendo e saindo da água e a crença de que cada um contava para levá-la para casa.

Jun Do olhou para o relógio.

– Já está na hora da transmissão da remadora noturna – disse. – Ou é a remadora do dia que você quer?

O segundo imediato de repente ficou irritado.

– Que tipo de pergunta é essa? Qual é a diferença? Não conheço nenhuma das duas. Minha mulher é a mais bonita do bairro. Quando olho nos olhos dela, sei exatamente no que ela está pensando, sei o que ela dirá antes de ouvir. Essa é a definição do amor, basta perguntar a qualquer pessoa mais velha.

O segundo imediato fumou outro cigarro e o jogou ao mar.

– Digamos que os russos e americanos estejam no fundo do mar. O que o faz pensar que eles estão aprontando?

Jun Do estava pensando em todas as definições populares do amor, que ele era um par de mãos vazias abanando uma brasa para mantê-la viva, que ele era uma pérola que brilha para sempre, até mesmo na barriga da enguia que come a ostra, que o amor é um urso que se alimenta de mel diretamente das garras. Jun Do visualizou aquelas garotas: alternando-se no trabalho e na solidão, no momento em que os toletes eram passados de uma para a outra. Depois, apontou para a água.

– Os americanos e russos estão lá embaixo, e estão tramando alguma coisa. Eu sei. Você já viu alguém usar um submarino em nome da paz e da merda da humanidade?

O segundo imediato reclinou-se na casa do guincho, o céu vasto sobre suas cabeças.

– Não – respondeu. – Acho que não.

O capitão saiu da cabine de piloto e disse ao segundo imediato que ele tinha baldes de merda para limpar. Jun Do ofereceu um cigarro ao capitão, mas quando o rapaz já havia descido o capitão dispensou a oferta.

– Não coloque ideias na cabeça dele – disse, atravessando o passadiço a passos largos até a proa elevada do *Junma*.

Uma grande embarcação passava ao lado, o convés cheio de carros novos. Quando ela passou, Jun Do observou que provavelmente estava indo da Coreia do Sul para a Califórnia, a lua iluminando milhares de veículos numa rápida sucessão.

Duas noites depois o porão do *Junma* estava cheio e eles seguiam para casa, a oeste. Jun Do estava fumando com o capitão e o piloto quando eles viram uma luz vermelha piscar na casa do piloto. O vento norte tornava o avanço ritmado, portanto o convés estava calmo, e parecia que estavam parados. A luz piscou outra vez.

– Você não vai ver o que está acontecendo? – o piloto perguntou ao capitão, que tirou o cigarro da boca e olhou na direção da casa do piloto.

– Quem se importa?

– Quem se importa? – repetiu o piloto.

– Sim, quem se importa? É alguma merda mesmo.

Finalmente, o capitão ficou de pé e ajeitou a jaqueta. O tempo que passara na Rússia o curara do alcoolismo. Não obstante, ele andou até a casa do piloto como se com destino à inevitabilidade implacável de um drinque, e não a uma chamada de rádio do Ministro da Navegação em Chongjin.

— Esse cara já passou por poucas e boas — disse o piloto.

Quando a luz vermelha apagou, os dois souberam que o capitão atendera à chamada. Não que tivesse escolha: o *Junma* nunca se afastava o bastante para perderem contato. Os antigos donos russos do *Junma* o haviam equipado com um rádio tirado de um submarino — sua antena comprida fora projetada para transmitir do fundo do mar, e era alimentada por uma bateria úmida de 20 volts.

Jun Do observou a silhueta do capitão na casa do piloto e tentou imaginar o que ele estava dizendo no rádio pela forma como mexia no quepe e esfregava os olhos. Em seu porão, Jun Do só escutava. Ele nunca havia feito uma transmissão na vida. Na verdade, estava montando secretamente um transmissor em terra, e quanto mais perto chegava de concluí-lo mais nervoso ficava com o que diria através dele.

Quando o capitão voltou, sentou-se na abertura do parapeito por onde passava o guincho, as pernas penduradas. Tirou o quepe, uma coisa imunda que usava de vez em quando, e o colocou ao seu lado. Jun Do estudou o brasão com uma foice e um machado, modificado para parecer um compasso e um arpão. Não se produziam mais quepes como aquele.

— Então — disse o piloto —, o que queriam?

— Camarão — respondeu o capitão. — Camarão vivo.

— Nestas águas? — perguntou o piloto. — Nesta época do ano? — Balançou a cabeça. — Impossível.

Jun Do perguntou:

— Por que eles simplesmente não compram os camarões?

— Perguntei a mesma coisa — respondeu o capitão. — Disseram que os camarões precisam ser norte-coreanos.

Um pedido como aquele só podia vir lá do topo, talvez da posição mais elevada de todas. Eles haviam ouvido falar que a procura por camarão de água fria estava em alta em Pyongyang. Era uma nova moda comê-los vivos.

— O que faremos? — perguntou o piloto.

— O que fazer? — disse o capitão. — O que fazer?

– Bem, não há nada a ser feito – disse Jun Do. – Recebemos ordens para pescar camarão, então precisamos pescar camarão, certo?

O capitão não disse nada. Reclinou-se no deque com os pés no parapeito e fechou os olhos.

– Ela era uma mulher de muita fé, entende? – disse. – Minha esposa. Ela achava que o socialismo era a única coisa que podia nos fortalecer outra vez. Ela sempre dizia que haveria um período difícil, alguns sacrifícios, e que depois tudo melhoraria. Eu não sabia que sentiria falta disso. Não percebi como precisava de alguém para me relembrar o motivo disso tudo.

– Por quê? – o piloto perguntou.

– Porque outras pessoas dependem de você. Todos precisam de você. Imagine se o segundo imediato não tivesse você para fazer perguntas estúpidas o dia inteiro.

O capitão não lhe deu atenção.

– Os russos me deram quatro anos – disse. – Quatro anos em um navio de limpar peixes, sempre no mar, jamais pisamos num porto. Convenci os russos a deixarem minha equipe me acompanhar. Eles eram jovens, a maioria rapazes de vila. Mas se houver uma próxima vez duvido que seja assim.

– Só temos de encontrar camarões – disse o piloto –, e se não conseguirmos, qual é o problema?

O capitão não disse nada sobre o plano.

– Os pescadores de arrastão estavam sempre vindo – disse. – Eles passavam semanas fora e então apareciam para transferir sua pesca para o nosso navio-prisão. Você nunca sabia o que aconteceria. Ficávamos lá embaixo, no andar de limpeza de peixes, e de vez em quando precisávamos ficar em cima das mesas de serragem porque na calha ficavam milhares de peixes: olhos-de-boi, lucianos e até pequenas sardinhas. E de repente eles estavam nas nossas cinturas, e aí disparávamos nossas serras pneumáticas porque ninguém saía até todos estarem limpos. Às vezes os peixes estavam congelados depois de terem passado seis semanas no porão, e outros haviam sido pescados na mesma manhã e ainda estavam meio vivos. À tarde eles lavavam os escoadouros, e então milhares de litros de entranhas caíam no mar. Sempre assistíamos, nuvens de aves aquáticas apareciam, e depois peixes, tubarões, acredite, um verdadeiro frenesi. E depois vinha a lula, lulas enormes do Ártico, sua cor albina parecida com leite na água. Quando elas ficavam agitadas, sua pele ficava vermelha e branca, vermelha e branca, e quando se preparavam para atacar suas vítimas, brilhavam com uma luz intensa. Era como assistir a um relâmpago submerso. Certo dia dois pescadores de arrastão decidiram pescar aquelas lulas. Um deles jogava uma rede que mergulhava profundamente na água. O fundo da rede ficava amarrado ao outro pescador, que servia de rebocador. As lulas emergiam lentamente, algumas com cem quilos, e quando começavam a brilhar a rede era rebocada sob elas e fechada. Sempre observávamos do convés. Gritávamos e aplaudíamos, acredita? Depois voltávamos ao trabalho como se centenas de lulas, elétricas de raiva, não estivessem prestes a descer a calha e nos inundar. Era melhor que mandassem mil tubarões, pois eles não têm dez braços e bicos pretos. Tubarões não ficam com raiva nem têm olhos gigantes ou ventosas com ganchos. Deus, o som das lulas descendo a calha, os jatos de tinta, seus bicos contra o aço inoxidável, suas cores brilhando. Havia um cara baixinho a bordo, vietnamita, jamais o esquecerei. Um bom homem, com certeza, meio tolo, parecido com o nosso jovem segundo imediato, e eu meio que o acolhi debaixo da minha asa. Ele era apenas um garoto, não sabia nada sobre nada na época. E seus pulsos não mediam mais que isso.

Jun Do ouviu a história como se ela estivesse sendo transmitida de um lugar distante, desconhecido. Histórias verdadeiras como aquela, humanas, podiam levá-lo à prisão, e não importava sobre o que falavam. Não importava se a história era sobre uma senhora idosa ou o ataque de uma lula – se ela tirasse o foco do Querido Líder, era perigosa. Jun Do precisava da sua máquina de escrever, precisava registrar essas coisas, aquela era a única razão pela qual ficava ali, ouvindo no escuro.

– Qual era o nome dele? – perguntou ao capitão.

– O problema é que – respondeu o capitão – não foram os russos que a levaram de mim. Tudo que os russos queriam eram quatro anos. Depois de quatro anos eles me deixaram ir. Mas aqui isso nunca acaba. Aqui não há limites para nada.

– O que isso quer dizer? – perguntou o piloto.

– Quer dizer vire o leme – respondeu o capitão –, estamos indo para o norte outra vez.

O piloto disse:

– Você não vai fazer nada estúpido, não é?

– O que vou fazer é conseguir camarão.

Jun Do perguntou:

– Você estava pescando camarão quando os russos o pegaram?

Mas o capitão fechou os olhos.

– Vu – disse. – O nome do rapaz era Vu.

Na noite seguinte a lua brilhava forte, e eles já estavam avançados a norte, nos bancos de areia de Juljuksan, uma disputada cadeia de recifes vulcânicos. O capitão passara o dia inteiro dizendo a Jun Do que prestasse atenção a qualquer coisa que ouvisse:

– Qualquer coisa ou qualquer pessoa, em qualquer lugar perto de nós.

Contudo, quando se aproximaram do atol mais a sul, o capitão ordenou que desligassem tudo a fim de que a energia de todas as baterias fosse para os faróis.

Logo eles conseguiram ouvir faixas de quebra-mar, e ver a espuma branca da água bater contra a invisibilidade do púmice negro era enervante. Nem mesmo a luz da lua ajudava quando não se conseguiam ver as rochas. O capitão estava com o piloto no leme, enquanto o primeiro imediato estava na proa com o farol maior. Usando um farol móvel, o segundo imediato estava a estibordo, e Jun Do, a bombordo, todos iluminando a água na tentativa de medir a profundidade. Com os porões cheios, o *Junma* estava rebaixado e respondia lentamente aos comandos do piloto, de forma que o operador se encontrava no motor para o caso de precisarem de potência com urgência.

Havia um único canal cortando faixas de lava congelada que até mesmo a maré tinha dificuldade de atravessar, e logo ela começou a puxá-los rápido e quase de lado através do canal, o brilho escuro do fundo revelando-se à luz lançada por Jun Do. O capitão parecia revigorado, no rosto, um sorriso de quem não tem nada a perder.

– Os russos chamavam esse canal de "foxtrote" – disse.

Ao longe Jun Do avistou uma embarcação. Ele chamou o primeiro imediato, e juntos eles a iluminaram. Era um barco de patrulha quebrado com um bar ao lado. Não havia mais marcação de chapa, visto que já fazia algum tempo que ele se encontrava nas rochas. A antena era pequena e espiralada, de forma que ele concluiu que não havia equipamento de rádio que valesse a pena resgatar.

Jun Do não tinha tanta certeza disso. O piloto não dizia nada.

– Procure o barco salva-vidas dele – disse-lhes o capitão.

O segundo imediato estava irritado por estar do lado errado do navio.

– Para ver se há algum sobrevivente? – perguntou.

– Só aponte o farol – disse-lhe o piloto.

– Alguma coisa? – perguntou o capitão.

O primeiro imediato abanou a cabeça negativamente.

Jun Do viu o vermelho de um extintor de incêndio amarrado à popa do barco, e por mais que desejasse que o *Junma* tivesse um extintor, manteve a boca fechada. Logo eles haviam passado pelo barco e o perdido de vista.

– Acho que não vale a pena naufragar por nenhum barco salva-vidas – lamentou o capitão.

Eles haviam usado baldes para apagar o incêndio do *Junma*, portanto o momento de abandonar o navio, o momento em que o segundo imediato teria sido informado de que não havia barcos salva-vidas, nunca chegara.

O segundo imediato perguntou:

– Qual é a importância do barco salva-vidas deles?

– Só continue operando o farol – disse-lhe o piloto.

Eles passaram pelo quebra-mar e, como se libertado de correntes, o *Junma* alcançou águas mais calmas. A parte anterior escarpada da ilha estava acima deles, e no seu sotavento finalmente encontraram uma grande laguna movida pelas correntes exteriores. Provavelmente era ali que os camarões se reuniam. Eles apagaram as luzes e desligaram o motor. Logo em seguida entraram na laguna lentamente, pelo simples impulso da inércia. Logo estavam sendo levados pela corrente circular. Ela era constante e calma, ascendente, e mesmo quando o casco tocava o fundo ninguém parecia preocupar-se.

Bem abaixo de penhascos inclinados de obsidiana havia uma praia escura cuja orla rochosa parecia cheia de pontas, pronta para sangrar os pés de quem tentasse desembarcar ali. Na areia, árvores anãs retorcidas ancoravam-se, e à luz azulada era possível ver que o vento havia dobrado até mesmo suas folhas. Na água, a lua revelava massas de detritos trazidos dos estreitos.

O operador baixou as forquilhas e as redes, ensopando-as para que mergulhassem na espuma. Os imediatos seguravam as linhas e os moitões, e depois puxaram as redes para ver se havia camarões. No náilon verde viram alguns camarões, mas havia algo mais.

Eles derramaram o conteúdo das redes no convés, e, entre algumas dúzias de camarões, viram alguns tênis de corrida. Os tamanhos variavam.

– São sapatos americanos – disse o operador.

Jun Do leu o que havia escrito no tênis.

– Nike – disse.

O segundo imediato pegou um.

Jun Do identificou a expressão em seus olhos.

– Não se preocupe – disse Jun Do. – As remadoras estão longe daqui.

– Leia a etiqueta – disse o segundo imediato. – É um sapato feminino?

O capitão aproximou-se e examinou um dos tênis. Ele o cheirou, e depois espremeu a sola para ver quanta água saía.

– Não se preocupe – disse o capitão. – Isso nunca foi nem usado.

Ele disse ao piloto que acendesse os faróis, que revelaram centenas de tênis boiando nas águas cinzentas. Talvez até milhares.

O piloto varreu as águas.

– Espero que não haja nenhum contêiner nessa banheira conosco – disse – esperando para furar nosso casco.

O capitão virou-se para Jun Do.

– Você captou algum pedido de socorro?

Jun Do respondeu:

– Você sabe qual é a política em relação a isso.

O segundo imediato perguntou:

– Qual é a política para pedidos de socorro?

– Conheço a política – disse o capitão. – Estava apenas tentando descobrir se há embarcações vindo em nossa direção em resposta a um pedido de socorro.

– Não ouvi nada – respondeu Jun Do. – Mas as pessoas não pedem mais socorro pelo rádio. Elas agora têm faróis de emergência, coisas que transmitem coordenadas de GPS automaticamente para satélites. Não consigo captar nada disso. O piloto está certo: provavelmente um contêiner caiu de um navio e foi trazido pela corrente para cá.

– Não respondemos a pedidos de socorro? – perguntou o segundo imediato.

– Não com ele a bordo – disse o capitão, e entregou um tênis a Jun Do. – Muito bem, cavalheiros, vamos jogar essas redes na água. Vai ser uma longa noite.

Jun Do encontrou uma estação comum, alta e clara, vinda de Vladivostok, e a colocou para tocar em um alto-falante no convés. Era Strauss. Eles deram início a uma varredura da superfície, e não havia muito tempo a perder com os sapatos americanos que pouco a pouco formavam uma pilha no convés.

Enquanto a tripulação pescava tênis, Jun Do colocou os fones de ouvido. Havia muitos guinchos e latidos ali perto, o que provavelmente deixava alguém, em algum lugar, feliz. Ele sentia falta das confissões dos chineses que ouvia depois do seu turno, vozes que sempre pareciam ter perdido completamente a esperança, o que para ele queria dizer culpa. Mas conseguiu sintonizar as famílias de Okinawa fazendo apelos para os pais que ouviam em seus navios, mas era difícil sentir pena dos rapazes que tinham mães e irmãos. Além disso, o bem-humorado "adote-nos" era o bastante para deixá-lo repugnado. Quando as famílias russas não transmitiam nada além de mensagens de esperança para parentes presos, tinham a intenção de transmitir-lhes força. Entretanto, tentar pedir a um pai que voltasse? Quem eles estavam tentando convencer? Quem gostaria de estar perto de um garoto tão desesperado, patético?

Jun Do adormeceu na sua estação, algo raro. Ele acordou com a voz da moça que remava na escuridão. Ela já nadava nua havia algum tempo, dizia, sob um céu "negro e enfeitado como um cravo pintado com tinta". Ela teve uma visão de que os humanos um dia voltariam ao oceano, criando nadadeiras e brânquias, que a humanidade se tornaria uma unidade outra vez no mar, e não haveria mais intolerância nem guerra. Pobre garota, precisava de uma folga – Jun Do pensou, decidindo não transmitir isso para o segundo imediato.

Na manhã seguinte o *Junma* seguia para o sul novamente, a rede de pesca cheia de tênis. Havia centenas de tênis espalhados pelo convés, o primeiro e o segundo imediato organizando-os de acordo com os modelos e pendurando-os em cordas para secarem ao sol. Estava claro que eles haviam conseguido formar poucos pares. No entanto, mesmo depois de uma noite em claro, eles pareciam animados.

O primeiro imediato encontrou um par azul e branco e o colocou embaixo do seu beliche. O piloto estava encantado com um tamanho 46, perguntando-se que tipo de ser humano usaria um tamanho daquele, e o operador havia montado uma alta pilha de tênis que pretendia levar para sua mulher experimentar. Os prateados e vermelhos, com detalhes e listras brilhantes, os mais brancos dos brancos, eram como ouro: equivaliam a comida, presentes, subornos e favores. A sensação de calçá-los era a mesma de se estar descalço. Os tênis faziam as meias da tripulação parecerem horríveis, e com razão, enquanto suas pernas pareciam sarapintadas, queimadas demais pelo sol em meio a cores tão perfeitas. O segundo imediato inspecionou cuidadosamente todos os tênis até encontrar um par do que chamava "tênis americanos". Eram tênis femininos. Um era vermelho e branco e o outro era azul. Ele jogou os próprios sapatos no convés e em seguida atravessou-o com um Nike diferente em cada pé.

Logo à frente, uma grande nuvem formara-se a leste, com um turbilhão de aves aquáticas. Era uma ressurgência com água gelada vinda das profundezas pela fossa que emergia até a superfície e condensava o ar. Era nessas águas profundas que as baleias cachalote caçavam e que o tubarão-de-seis-brânquias chamava de lar. Na superfície avistavam-se águas-vivas negras, lulas e camarões de águas profundas, brancos e cegos. Dizia-se que esses camarões, com seus grandes olhos fechados, eram mergulhados ainda vivos em caviar pelo próprio Querido Líder.

O capitão pegou o binóculo e inspecionou o local. Depois tocou o sino, e os imediatos se prepararam para entrar em ação.

– Vamos lá, rapazes – disse o capitão. – Seremos os heróis da revolução.

O próprio capitão começou a preparar as redes, enquanto Jun Do ajudava o operador a improvisar uma fonte com dois barris de chuva e uma bomba de lastro. Contudo entrar na ressurgência provou-se mais difícil do que haviam pensado. O que a princípio parecia neblina tornou-se uma massa de nuvens densas com quilômetros de profundidade. As ondas vinham de ângulos estranhos, de modo que era difícil manter o equilíbrio, e massas rápidas de neblina percorriam a crista das ondas, formando flashes de visibilidade.

O primeiro içamento foi bem-sucedido. Os camarões estavam bem ali, brancos na rede içada, sendo logo em seguida colocados na fonte improvisada, suas antenas longas agitadas. Quando o capitão ordenou que as redes fossem lançadas outra vez, as aves haviam desaparecido, e o piloto começou a avançar através da neblina à sua procura.

Era impossível acompanhá-las da água, mas os imediatos prepararam as redes e se inclinaram na mesma direção das ondas. Houve um movimento rápido nas ondas.

– Os atuns os encontraram – gritou o capitão, e o segundo imediato lançou a rede na água outra vez.

O piloto girou o leme e deu início a um "círculo interno" enquanto o peso das redes por pouco não fazia o barco inclinar-se para o lado. Duas ondas convergiram e atingiram o *Junma*, o impacto derrubando os tênis na água, e as presas resistiam, de modo que quando o operador puxou a manivela a rede brilhava como se houvessem pescado candelabros. Enquanto isso, os camarões que já estavam no tanque, como se para demonstrar solidariedade, começaram a brilhar também.

Todos precisaram unir forças para colocar as presas na fonte improvisada, pois a rede podia inclinar-se para todas as direções sobre o convés. O operador não soltava a manivela, mas no último momento o capitão gritou para que ele segurasse firme, pois a rede estava balançando muito. O capitão debruçou-se na amurada para enxergar além da neblina. Todos pararam, olhando para algo que não conseguiam identificar, surpresos com a quietude logo à frente do navio e com o comportamento das presas, que giravam. O capitão fez sinal para que o piloto soasse os apitos, e todos ficaram à espera de uma resposta.

– Vá lá embaixo – o capitão disse a Jun Do – e me diga o que ouve.

Mas era tarde demais. Em questão de segundos, em meio à neblina, a proa imóvel de uma fragata americana tornou-se visível. O *Junma* empregou toda a sua força na tentativa de desviar, mas o navio americano mal se movia, sua amurada cheia de homens com binóculos. Logo em seguida uma embarcação inflável aproximou-se deles, e os americanos jogavam cordas. Ali estavam os homens que usavam sapatos tamanho 46.

Nos primeiros minutos os americanos estavam completamente concentrados no procedimento, que consistia em apontar rapidamente seus rifles pretos. Eles alcançaram a cabine do piloto, a galé e os demais aposentos lá embaixo. Do convés era possível ouvi-los percorrendo o navio, gritando "limpo-limpo-limpo" o tempo todo.

Havia um oficial da Marinha sul-coreana com eles, que ficou no convés enquanto os americanos inspecionavam o navio. O oficial usava uniforme branco e seu nome era Pak. Seu capacete era preto e branco, com listras azul-claras, coroado por um prata polido. Ele exigiu que o capitão informasse a origem do navio e mostrasse sua licença, nenhuma disponível. "Onde estava a bandeira do navio?", perguntava Pak, e "por que eles não haviam respondido à saudação?".

Os camarões agitavam-se na rede. O capitão disse ao primeiro imediato que os jogasse na fonte improvisada.

– Não – disse Pak, apontando para Jun Do. – Ele é quem vai fazer isso.

Jun Do olhou para o capitão, que balançou a cabeça positivamente. Jun Do foi até a rede e tentou segurá-la firme apesar do balanço do navio. Embora tivesse visto os rapazes fazerem isso várias vezes, nunca havia puxado a manivela. Conseguiu liberá-la. Tentou colocá-la sobre a fonte improvisada, acreditando que os camarões pulariam, mas quando puxou a corda eles caíram num fluxo dentro do barril e sobre todo o convés, sobre as tábuas de limpeza e, finalmente, seus sapatos.

– Você não parecia mesmo um pescador – disse Pak. – Vejam a pele dele, suas mãos. Tire a camisa – ordenou.

– Sou eu quem dá as ordens por aqui – disse o capitão.

– Tire a camisa, espião, ou vou mandar os americanos tirarem-na para você.

Jun Do só precisou abrir alguns botões para que Pak visse que ele não tinha uma tatuagem.

– Não sou casado – Jun Do explicou.

– Você não é casado – repetiu Pak.

– Ele disse que não é casado – disse o capitão.

– Os norte-coreanos jamais o deixariam ir para o mar se você não fosse casado. Quem poderiam mandar para a prisão se você desertasse?

– Escute – disse o piloto. – Somos pescadores e recebemos ordens de voltar para o porto. É só isso.

Pak virou-se para o segundo imediato.

– Qual é o nome dele? – perguntou, apontando para Jun Do.

O segundo imediato não disse nada. Olhou para o capitão.

– Não olhe para ele – disse Pak, aproximando-se. – Qual é o posto dele?

– Seu posto?

– No navio – disse Pak. – Ok, qual é o posto dele?

– Segundo imediato.

– Tudo bem, segundo imediato – disse Pak, apontando outra vez para Jun Do. – E o cara sem nome, qual é o posto dele?

– Terceiro imediato – respondeu o segundo imediato.

Pak começou a rir.

– Ah, sim, terceiro imediato. Ótimo, essa é boa. Vou escrever um romance de espionagem e chamá-lo de "O Terceiro Imediato". Malditos espiões, tenho nojo de vocês. Estão espionando nações livres, regimes democráticos que estão tentando sabotar.

Alguns americanos subiram para o convés. Seus rostos e ombros estavam sujos com manchas pretas depois de terem passado por corredores apertados e enegrecidos de fumaça por causa do incêndio. Mais calmos, com os rifles nas costas, eles riam e faziam piada. Era surpreendente como eram jovens. Um marinheiro apanhou um tênis.

– Droga – disse. – São os novos Air Jordans, não conseguimos encontrá-los nem em Okinawa.

– São evidências – disse Pak. – Todos esses caras são espiões, piratas e marginais, e vamos prender todos.

O marinheiro com o tênis na mão olhou surpreso para os pescadores, dizendo:

– Fumar? – E ofereceu cigarros a todos.

Só Jun Do aceitou a oferta, um Marlboro. O brasão do isqueiro era um míssil cruzador cuja asa era um bíceps contraído.

– Meu irmão – disse o marinheiro –, os norte-coreanos ficam com toda a bandidagem.

Dois outros marinheiros balançavam as cabeças, impressionados com as condições do navio, especialmente com os parafusos enferrujados das cordas de segurança.

– Espiões? – um deles perguntou. – Eles não têm nem um radar. Estão usando uma merda de bússola. Eles não têm mapas na sala de mapas. Só têm a bússola para se localizar.

– Você não sabe como esses norte-coreanos são maquiavélicos – Pak contra-argumentou. – A sociedade inteira está baseada em mentira. Espere só, vamos depenar este barco e então vou mostrar que estou certo.

Ele abaixou-se e abriu a escotilha para o porão da proa. Dentro dele havia milhares de cavalas com as bocas abertas depois de terem sido congeladas vivas.

Jun Do de repente entendeu que eles ririam do seu equipamento se o encontrassem. Eles o destruiriam, o arrastariam para a luz e ririam dele. Ele jamais voltaria a ouvir um conto erótico do Doutor Rendezvous, não saberia se os prisioneiros russos seriam libertados, ficaria para sempre perturbado pelo mistério em relação ao destino das remadoras – e já estava farto de mistérios eternos.

Um marinheiro saiu da cabine do piloto usando a bandeira da República Democrática Popular da Coreia como capa.

– Filho da puta – outro marinheiro falou. – Como você conseguiu isso? Você é o marinheiro mais patético da Marinha, e isso fica comigo.

Outro marinheiro veio do porão. Seu crachá dizia "Tenente Jervis", e ele segurava uma prancheta.

– Vocês têm coletes salva-vidas? – perguntou à tripulação.

Jervis tentou desenhar um colete salva-vidas no ar com gestos das mãos, mas a tripulação do *Junma* abanou as cabeças negativamente. Jervis marcou com um "x" uma caixa na lista que tinha na prancheta.

– E uma pistola sinalizadora? – perguntou sinalizando um tiro no ar.

– Nunca – disse o capitão. – Não há armas no meu navio.

Jervis virou-se para Pak.

– Você é ou não é um tradutor? – perguntou.

– Sou um oficial da inteligência – Pak respondeu.

– Será que você poderia ser uma porra de um tradutor pelo menos desta vez?

– Você não me ouviu? Eles são espiões!

– Espiões? – perguntou Jervis. – Este navio foi incendiado. Eles nem sequer têm uma privada. Só pergunte se eles têm um extintor de incêndio.

Os olhos de Jun Do se iluminaram.

– Escute – disse Pak. – Aquele entendeu tudo que você disse. Provavelmente todos falam inglês.

Jervis desenhou um extintor de incêndio no ar, imitando também seu som. O operador juntou as mãos como se estivesse rezando. Apesar de ter um rádio, Jervis gritou para o navio:

– Precisamos de um extintor.

Houve discussão lá em cima. Então veio a resposta:

– Está havendo um incêndio?

– Cristo – gritou Jervis. – Apenas mandem um.

Pak disse:

– Eles o venderão no mercado negro. São criminosos, uma nação inteira de criminosos.

Quando Jun Do viu um extintor de incêndio vermelho descendo do navio de guerra por uma corda, de repente entendeu que os americanos os deixariam partir. Ele falara inglês pouquíssimas vezes, pois isso não fizera parte do seu treinamento, mas conseguiu balbuciar:

– Balsa salva-vidas.

Jervis olhou para ele.

– Vocês não têm uma balsa salva-vidas?

Jun Do abanou a cabeça.

— E mandem uma balsa inflável — Jervis gritou para o navio.

Pak estava prestes a perder a calma. Ele tirou o capacete e correu os dedos ao longo de sua extremidade.

— Não está óbvio que eles não têm permissão para ter uma balsa?

— Tenho de concordar com você em algo — Jervis disse a Pak. — Acho que você está certo quanto àquele ali entender inglês.

Na cabine do piloto, alguns marinheiros mexiam no rádio. Era possível ouvi-los transmitindo mensagens. Um deles pegou o telefone e disse:

— Esta é uma mensagem pessoal para Kim Jong-il de Tom John-son. Interceptamos seu barco de luxo, mas não conseguimos localizar seu spray de cabelo, seu macacão nem seus sapatos, câmbio.

O capitão estava esperando por um barco salva-vidas, de modo que quando uma massa amarela que não chegava a ter o tamanho de um saco de 20 kg de arroz veio pela corda, ele ficou confuso. Jervis mostrou-lhe o dispositivo de desdobramento e gesticulou com os braços longos na tentativa de explicar como ele se expandiria.

Todos os americanos tinham pequenas máquinas fotográficas, e quando um deles começou a tirar fotos o restante fez o mesmo, fotografando as pilhas de Nikes, a pia marrom onde a tripulação se barbeava, o casco de tartaruga secando ao sol, a fenda que o operador fez na amurada para poder defecar no mar. Um marinheiro pegou o calendário do capitão com fotos da atriz Sun Moon em seus últimos filmes. Eles estavam rindo sobre como as *pin-ups* norte-coreanas usavam vestidos compostos, mas o capitão não achou graça nenhuma: ele aproximou-se e arrancou o calendário das mãos do marinheiro. Depois, um dos marinheiros saiu da cabine do piloto com o retrato emoldurado de Kim Jong-il. Ele conseguira tirá-lo da parede e agora o erguia para todos verem.

— Deem uma olhada — disse. — É ele mesmo.

A tripulação do *Junma* assumiu uma atitude grave. Pak ficou imediatamente nervoso.

— Não, não, não — disse. — Isso é muito sério. Coloque de volta.

O marinheiro não estava disposto a devolver o retrato.

— Você disse que eles eram espiões? Ladrão que rouba ladrão, certo, tenente?

O tenente Jervis tentou acalmar os ânimos.

– Deixe os rapazes levarem algumas lembranças – disse.

– Mas isso não é piada – disse Pak. – As pessoas vão para a prisão por causa disso. Na Coreia do Norte isso pode levar à morte.

Outro marinheiro saiu da cabine do piloto depois de ter retirado o retrato de Kim Il-sung:

– Peguei o irmão dele – anunciou.

Pak levantou as mãos.

– Espera aí – disse. – Você não entende. Você pode estar mandando esses homens para o túmulo. Eles precisam ser detidos e interrogados, não condenados.

– Olhem o que tenho aqui – outro marinheiro disse, saindo da cabine do piloto com o quepe do capitão, e em dois passos rápidos o segundo imediato sacou sua faca e a colocou na garganta do marinheiro.

Meia dúzia de rifles foram erguidos, com cliques quase instantâneos. Logo acima, no convés da fragata, todos os marinheiros com suas xícaras de café congelaram. O silêncio era rompido apenas pelo ruído familiar do cordame e da água agitada na fonte. Jun Do podia sentir como as ondas perturbadas pelo casco da fragata balançavam o *Junma*.

Com muita calma, o capitão disse ao segundo imediato:

– É apenas um quepe, filho.

O segundo imediato respondeu ao capitão, mas não tirou os olhos do marinheiro.

– As pessoas podem atravessar o mundo inteiro como quiserem, mas existem regras, e as regras precisam ser seguidas. Não se pode sair por aí roubando os quepes das pessoas.

Jun Do disse:

– Desta vez vamos aliviar a barra do marinheiro.

– Sei onde ficam os limites – disse o segundo imediato. – Não estou passando dos limites. São eles que estão. Alguém precisa pará-los, alguém tem de tirar essas ideias das cabeças deles.

Jervis ergueu o braço.

– Pak, por favor, traduza que este homem está prestes a ser baleado.

Jun Do deu um passo à frente. Os olhos do segundo imediato estavam impassíveis, brilhantes, cheios de incerteza, e o marinheiro olhou para ele pedindo ajuda. Jun Do tirou o quepe cuidadosamente da cabeça do marinheiro e depois colocou a mão no ombro do segundo imediato, que disse:

– Um homem precisa ser impedido antes de fazer algo estúpido. – Depois deu um passo para trás e jogou a faca no mar.

Com os rifles erguidos, os marinheiros olharam para Jervis. Ele aproximou-se de Jun Do:

– Obrigado por ter acalmado seu homem – disse, e com um aperto de mão entregou seu cartão de oficial a Jun Do. – Se você um dia estiver no mundo livre... – Deu uma longa última olhada no *Junma* e acrescentou: – Não há nada aqui. Vamos fazer uma retirada controlada, cavalheiros.

E então, no que pareceu mais um balé – baixar rifles, recuar, rifles apontados –, os oito americanos deixaram o *Junma* com os rifles voltados para tripulação o tempo todo. Assim, em uma série rápida de movimentos silenciosos, o convés estava limpo e o barco se afastou.

Logo o piloto estava no leme para redirecionar o *Junma*, enquanto a neblina já envolvia o casco cinzento. Jun Do forçou os olhos para tentar olhar dentro do navio, imaginando seu deque de comunicação e o equipamento que tinham lá, como ele era capaz de captar qualquer coisa proferida no mundo inteiro. Ele olhou para o cartão que tinha na mão. Na verdade, aquilo não era uma fragata, mas um interceptor, o *USS Fortitude*. Foi então que ele percebeu que suas botas estavam cheias de camarões.

Mesmo apesar de estarem com pouco combustível, o capitão ordenou que seguissem para oeste, e a tripulação esperava que ele tivesse em mente as águas seguras da Coreia do Norte e não de uma enseada para afundar o desgraçado *Junma*. Eles deslizavam sobre as ondas a toda velocidade, e com terra à vista era estranho não ter uma bandeira ondulando acima. O piloto no leme mantinha os olhos concentrados nos dois quadrados brancos na parede onde ficavam os retratos de seus líderes.

Exausto no meio do dia, Jun Do varreu os camarões que havia derramado para as calhas e depois para a água, devolvendo-os para o que quer que fosse o mundo de onde haviam vindo. Mas esse trabalho era em vão, assim como seus companheiros também seguiam com suas tarefas em vão, a chave inglesa segura pelo operador agora não mais que um objeto cênico. O capitão percorria o convés cada vez mais irritado, a julgar pelos murmúrios que proferia falando sozinho, e embora geralmente ninguém quisesse ficar perto dele quando o capitão estava assim, desta vez ninguém tampouco queria tirar os olhos dele.

O capitão passou por Jun Do outra vez. A pele do velho homem estava vermelha, o negro das suas tatuagens praticamente gritando.

– Três meses – ele disse. – Três meses neste barco e você nem sequer consegue fingir ser um pescador? Você nos viu esvaziar a rede mais de cem vezes neste convés. Você não come nos mesmos pratos e não caga no mesmo balde que nós?

Eles observaram o capitão caminhar até a proa e depois voltar. Os imediatos pararam de fingir estar trabalhando, e o piloto deixou o leme.

– Você acampou aqui com seus fones de ouvido, sintonizando seu rádio e datilografando a noite inteira na sua máquina de escrever. Quando você subiu a bordo, eles disseram que sabia taekwondo, que podia matar. Achei que quando chegasse a hora você seria forte. Mas que tipo de oficial da inteligência você é? Não consegue nem fingir ser um camponês ignorante como o resto de nós?

– Não faço parte da inteligência – disse Jun Do. – Sou apenas um cara que mandaram para a escola de idiomas.

Mas o capitão não estava ouvindo.

– O que o segundo imediato fez foi estúpido, mas ele tomou uma atitude, estava nos defendendo, e não nos colocando em perigo. Mas e você? Você congelou, e agora tudo pode estar acabado para nós.

O primeiro imediato tentou falar, mas o capitão olhou para ele.

– Você poderia ter dito que era um repórter, que estava escrevendo um artigo sobre pescadores humildes. Você poderia ter dito que vinha da Universidade de Kim Il-sung, que estava estudando os camarões. O oficial não estava tentando ser seu amigo. Ele não dá a mínima para você.

O capitão apontou para a praia.

– E eles são ainda piores – disse. – As pessoas para eles não têm a mínima importância, não são nada.

Jun Do olhou impassível nos olhos do capitão.

– Você entende?

Jun Do balançou a cabeça afirmativamente.

– Então repita.

– As pessoas não têm a mínima importância para eles – disse Jun Do.

– Certo – o capitão disse. – Eles só se importam com a história que vamos contar, e essa história poderá ou não ser útil para eles. Quando lhe perguntarem o que aconteceu com a nossa bandeira e nossos retratos, o que diremos?

– Não sei – disse-lhe Jun Do.

O capitão, então, virou-se para o operador, que disse:

– Houve outro incêndio, desta vez na cabine do piloto, e infelizmente os retratos foram destruídos. Podemos atear fogo à cabine, e quando ela parecer queimada o bastante apagamos o fogo com o extintor. É melhor que o barco ainda esteja cheio de fumaça quando entrarmos no ancoradouro.

– Muito bem, muito bem – disse o capitão, e perguntou ao operador qual seria o seu papel.

– Queimei minhas mãos tentando salvar os retratos.

– E como o incêndio começou?

– Combustível chinês barato – disse o segundo imediato.

– Bom – respondeu o capitão.

– Combustível sul-coreano adulterado – disse o segundo imediato.

– Melhor ainda – o capitão falou, e o piloto disse:

– E eu queimei meu cabelo tentando salvar a bandeira.

– E você, terceiro imediato? – perguntou o capitão. – Qual foi o seu papel no incêndio?

Jun Do pensou um pouco.

– Joguei baldes de água?

O capitão olhou para ele desapontado. Pegou um tênis e examinou suas cores – verde e amarelo, com o losango da nação brasileira.

– Não há explicação para dar em relação a eles – disse, jogando o tênis no mar.

Pegou outro, branco com a logomarca prateada da Nike, que também jogou no mar.

– Alguns pescadores estavam nos mares abundantes da Coreia do Norte, unindo forças para multiplicar as riquezas da nação mais democrática do mundo. Embora estivessem cansados e já houvessem preenchido suas cotas revolucionárias, sabiam que o aniversário do Grande Líder Kim Il-sung estava se aproximando, e que representantes do mundo inteiro viriam demonstrar sua admiração.

O primeiro imediato pegou o par de tênis que havia recuperado. Respirando fundo, num suspiro cheio de dor, jogou-os ao mar. Então disse:

– O que eles poderiam fazer, os pobres pescadores, para demonstrar sua admiração pelo grande líder? Eles decidiram pescar deliciosos camarões norte-coreanos, cobiçados pelo mundo inteiro.

O piloto chutou um tênis para o mar.

– Em honra do Grande Líder, os camarões pularam de bom grado do oceano para as redes dos pescadores.

O operador começou a empurrar pilhas de sapatos para o mar.

– Escondidos em meio à neblina como covardes estavam os americanos – disse –, em um navio gigante comprado com o dinheiro manchado de sangue do capitalismo.

O segundo imediato fechou os olhos por um momento. Tirou os sapatos e ficou descalço, pois agora não tinha mais nada para calçar. Seu olhar dizia que a pior coisa que já havia acontecido estava acontecendo justamente agora. Então ele soltou os sapatos na água. Depois, fingiu estar contemplando o horizonte a fim de que ninguém pudesse ver seu rosto.

O capitão virou-se para Jun Do.

– E nesta história de agressão imperial clara e cristalina, que papel você interpretará, cidadão?

– Testemunhei tudo – disse Jun Do. – O jovem segundo imediato é humilde demais para falar da sua própria bravura, mas eu vi, vi tudo: como os americanos subiram a bordo em um ataque de surpresa, como um oficial da Coreia do Sul liderava os americanos como cachorros numa correia. Vi-os insultar nosso país e desfilar com nossa bandeira, mas quando tocaram nos retratos de nossos Líderes, agindo rápido, num verdadeiro ato de sacrifício pessoal, o segundo imediato sacou sua faca e atacou o pelotão inteiro de porcos americanos. Em questão de segundos os americanos estavam se retirando para salvar suas vidas, tamanha a bravura e o zelo revolucionário do segundo imediato.

O capitão aproximou-se e deu um tapinha nas costas de Jun Do. Assim, todos os Nikes foram jogados ao mar, deixando para trás apenas marcas de tênis. Enquanto levara a noite inteira para recolhê-los, eles agora haviam desaparecido em minutos. Então o capitão pediu o extintor.

O operador trouxe-o até a extremidade do navio, e todos o observaram ser lançado ao mar. Logo ele afundava nas águas. Então chegou a hora da balsa salva-vidas, que jogaram pela amurada. Eles deram uma última olhada nela, sua cor ainda mais amarela sob a luz da tarde, e quando o primeiro imediato aproximou-se para empurrá-la o capitão interrompeu-o.

– Espere – disse, e parou por um momento para tomar uma decisão. – Ao menos vejamos como isto funciona.

Assim, puxou o dispositivo vermelho e, conforme prometido, a balsa se abriu e inflou antes mesmo de atingir a água, mostrando ser grande o bastante para acomodar todos. Uma luzinha vermelha brilhava no topo, e juntos eles assistiram enquanto o barco de resgate se afastava.

Jun Do dormiu até chegarem ao porto de Kinjye naquela tarde. Toda a tripulação usava seus broches vermelhos do Partido. Esperava-os um grande grupo – vários soldados, o ministro da Marinha de Chongjin, alguns representantes locais do Partido e um jornalista do escritório regional do *Rodong Sinmun*. Todos haviam ouvido os insultos transmitidos pelos americanos pelo rádio, embora a última coisa que estavam dispostos a fazer fosse enfrentar a frota americana para salvar o *Junma*.

Jun Do contou sua história, e quando o jornalista perguntou seu nome Jun Do respondeu que não importava, já que ele não passava de um humilde cidadão da maior nação do mundo. O jornalista gostou da resposta. Ele usava um terno cinza e tinha cabelos brancos à escovinha. Suas mãos, contudo, eram algo impossível de esquecer – elas haviam sido quebradas, e não haviam cicatrizado bem. Na verdade, pareciam ter sido puxadas pelo guincho do *Junma*. Quando tudo acabou, o homem mais velho e o jornalista levaram o segundo imediato para confirmar sua história e extrair mais declarações.

Na escuridão, Jun Do percorreu a trilha do carrinho de peixe que levava até a nova fábrica de conserva. A antiga produzira um lote de estanho alterado que levou muitos cidadãos à morte por botulismo. O problema provou-se impossível de ser localizado, e a única solução foi construir uma nova fábrica perto da antiga. Ele passou pelos barcos de pesca e pelo *Junma*, agora amarrado e com homens sem camisa descarregando-o. Sempre que burocratas de Chongjin eram flagrados sendo menos do que supremamente obedientes, precisavam fazer uma peregrinação até Wonsan ou Kinjye para algumas semanas de trabalho revolucionário. As tarefas incluíam rebocar peixes noite e dia.

Jun Do morava na casa do Mestre do Enlatamento, uma bela e grande habitação que ninguém mais queria ocupar por causa do que havia acontecido ao Mestre e sua família. Jun Do usava apenas um aposento: a cozinha, que tinha tudo de que ele precisava – luz, uma janela, uma mesa, o fogão e o beliche onde dormia. Ele só passava dois dias por mês em terra, e se havia fantasmas na casa eles não o incomodavam.

Espalhadas na mesa estavam as peças do transmissor que ele vinha construindo. Se ele fizesse transmissões curtas, da mesma forma que os americanos faziam no fundo do mar, era possível que conseguisse usá-lo sem ser detectado. Contudo, quando mais perto chegava de concluí-lo, mais lentamente trabalhava, pois não sabia o que poderia transmitir para o mundo. Falar o quê? Do soldado que dissera "Fumar, fumar?" Talvez contasse ao mundo sobre a expressão no rosto do capitão quando percorreram o sul, passando pelas vastas praias desertas de Wonsan, para onde dizem que os burocratas de Pyongyang vão quando entram no paraíso da aposentadoria.

Jun Do preparou uma xícara de chá na cozinha e se barbeou pela primeira vez em semanas. Pela janela, observou os homens descarregando o *Junma* no escuro, homens que certamente rezavam pelo momento em que as luzes se apagariam e eles poderiam se retirar para os seus alojamentos. Primeiro, ele tirou a espuma ao redor da boca, e depois, em vez de terminar seu chá, tomou o chá chinês enquanto passava a lâmina no rosto, o som como a faca que cortava a pele dos tubarões. Ele sentira certa excitação ao contar a história ao repórter, e se surpreendera ao ver como o capitão estivera certo: o repórter nem sequer fizera questão de saber seu nome.

Mais tarde naquela noite, depois que as lâmpadas se apagaram e a lua passou a ser a única fonte de luz, Jun Do subiu até o teto na escuridão absoluta e foi até a chaminé do fogão. Ele esperava armar uma antena que subiria até o topo da chaminé puxada por uma corda. Naquela noite, contudo, ele se limitou a preparar o cabo, e até mesmo isso teve de fazer oculto pela escuridão total. Jun Do conseguia ouvir o oceano ao longe, sentir a maresia no ar que batia no seu rosto. Mas não conseguia enxergar nada dele. Jun Do vira o mar à luz do dia, estivera no mar inúmeras vezes, mas e se não tivesse sido assim? O que uma pessoa poderia imaginar que havia lá, na escuridão infindável do mar? Os tubarões sem nadadeiras, pelo menos, já conheciam o que havia sob a superfície, e seu consolo era saber para onde estavam afundando.

De madrugada os apitos soaram para os trabalhadores de choque, o que geralmente era o sinal para Jun Do ir dormir. O alto-falante foi ligado e começou a transmitir os anúncios matutinos.

– Saudações, cidadãos! – começou.

Bateram na porta, e ao abrir Jun Do deparou com o segundo imediato. O jovem estava completamente bêbado e se envolvera numa briga terrível.

– Você soube da notícia? – ele perguntou a Jun Do. – Eles me fizeram um Herói da Revolução Eterna, incluindo todas as medalhas e uma pensão quando me aposentar.

A orelha do segundo imediato estava cortada, e eles precisavam encontrar o capitão para dar alguns pontos em sua boca. O rosto do rapaz estava todo inchado, com alguns pontos claros isolados. Afixada ao seu peito havia uma medalha, a Estrela Carmesim.

– Tem alguma coisa para bebermos? – perguntou.

– O que acha de tomarmos uma cerveja? – Jun Do respondeu antes de abrir duas garrafas de Ryoksong.

– Gosto desse seu jeito, sempre pronto para beber de manhã. Qual é o brinde? *À noite mais longa, à manhã mais curta.*

Quando o segundo imediato bebeu da garrafa, Jun Do viu que ele não tinha marcas nos nós dos dedos.

– Parece que você fez novos amigos ontem à noite.

– Vou contar uma coisa – disse o segundo imediato. – É fácil praticar atos de heroísmo, mas se tornar herói é uma merda.

– Bebamos aos atos de heroísmo então.

– E ao que vem com eles – acrescentou o segundo imediato. – E por falar nisso, você precisa conhecer a minha esposa. Espere até ver como ela é bonita.

– Vou esperar ansiosamente – Jun Do disse.

– Não, não, não – disse o segundo imediato, indo até a janela e apontando para uma mulher que estava sozinha na trilha do carrinho de peixe – Olhe só para ela. Não é linda? Diga-me se ela não é linda.

Jun Do deu uma olhada pela janela. A moça tinha olhos grandes, tristes e lacrimosos. Jun Do conhecia aquele olhar: era como se ela quisesse desesperadamente ser adotada, mas não pelos pais que a visitavam todos os dias.

– Vai dizer que ela não é incrível? – disse o segundo imediato. – Quero ver você me mostrar mulher mais bonita.

– Não há como negar – disse Jun Do. – Fique à vontade para convidá-la a entrar.

– Desculpe – disse o segundo imediato, voltando-se a sentar. – Ela não vai colocar os pés neste lugar. Tem medo de fantasmas. No próximo ano provavelmente lhe darei um filho, e então seus seios ficarão inchados, cheios de leite. Posso dizer-lhe para se aproximar se você quiser olhar mais de perto. Talvez lhe peça para cantar. Você cairá da janela se a ouvir.

Jun Do tomou um gole de cerveja.

– Mande-a cantar aquela sobre os heróis que recusam todas as honras.

– Você tem um senso de humor estranho – disse o segundo imediato segurando a garrafa gelada de cerveja contra a cintura. – Sabia que os filhos dos heróis vão para as escolas do escalão vermelho? Talvez eu tenha vários filhos e vá viver numa casa como essa. Talvez nesta mesma casa.

– Fique à vontade – respondeu Jun Do. – Mas acho que sua esposa não se juntará a você.

– Ah, ela é só uma criança – ele disse. – Fará tudo que eu disser. É sério, vou chamá-la para vir até aqui. Você verá, ela faz tudo que eu mando.

– E quanto a você? Não tem medo de fantasmas? – perguntou Jun Do.

O segundo imediato olhou em volta, observando a casa com mais atenção.

– Eu não gostaria muito de pensar em como as coisas acabaram para os filhos do Mestre do Enlatamento – respondeu.– Onde aconteceu?

– Lá em cima.

– No banheiro?

– Há um quarto de criança.

O segundo imediato levantou a cabeça e olhou para o teto. Depois, fechou os olhos. Por um momento Jun Do pensou que ele estava dormindo, mas então o segundo imediato falou:

– Crianças. É só isso, certo? Pelo menos é o que dizem.

– Sim, é o que dizem – respondeu Jun Do. – Mas as pessoas fazem cada coisa para sobreviver, e depois que sobrevivem não conseguem mais conviver com o que fizeram.

O segundo imediato era uma criança nos anos 1990. Assim, para ele, os anos que se seguiram à fome provavelmente foram muito abundantes. Ele deu um longo gole de cerveja.

– Se todo mundo que tivesse uma vida de merda e batesse as botas virasse um peido – disse –, o mundo afundaria até as copas das árvores, se é que você me entende.

– Acho que sim.

– Então não acredito em fantasmas, ok? O canário de alguém morre e a pessoa ouve um piado no escuro e pensa: "Oh, é o fantasma do meu passarinho". Mas para mim o fantasma é exatamente o oposto. É algo que podemos sentir, que sabemos que está lá, mas que não conseguimos explicar. Como o capitão do *Kwan Li*. Os médicos acabaram tendo que amputar. Não sei se você ouviu falar disso.

– Não ouvi – disse-lhe Jun Do.

– Quando ele acordou no hospital, perguntou: "Onde está meu braço?". E os médicos responderam: "Sentimos muito, mas tivemos de amputar". E o capitão diz: "Sei que não tenho mais meu braço, onde ele está?" Mas eles não dizem. Na banheira ele pode sentir a água quente bater no braço que está faltando. Mas onde ele está? No lixo ou incinerado? Ele sabe que está em algum lugar, pode senti-lo literalmente, mas não pode fazer nada.

– Para mim – disse Jun Do –, o que ninguém entende sobre os fantasmas é a noção de que eles estão mortos. De acordo com a minha experiência, fantasmas são pessoas vivas, pessoas que sabemos que estão em algum lugar, mas que estão fora do nosso alcance.

– Como a esposa do capitão?

– Como a esposa do capitão.

– Não a conheci – disse o segundo imediato. – Mas vejo seu rosto no capitão, e é difícil não me perguntar onde ela está, com quem está, e se ela ainda pensa no capitão.

Jun Do ergueu a garrafa de cerveja e bebeu a essa ideia.

– Ou talvez seus americanos no fundo do oceano – disse o segundo imediato. – Você os ouve lá embaixo fazendo alguma coisa, sabe que são importantes, mas eles simplesmente estão além do seu alcance. Faz sentido, entende? Está completamente de acordo com o seu perfil.

– Meu perfil? Qual é o meu perfil?

– Ah, nada de mais – disse o segundo imediato. – Só algo que o capitão falou uma vez.

– Ah, é?

– Ele apenas disse que você era órfão, e que órfãos estão sempre atrás de coisas que não podem ter.

– É mesmo? Você tem certeza de que ele não disse que era porque os órfãos tentavam roubar as vidas de outras pessoas?

– Não fique chateado. O capitão disse apenas que eu não deveria fazer amizade com você.

– Ou que quando morrem os órfãos gostam de levar outras pessoas consigo? Ou que sempre há uma razão para alguém ficar órfão? As pessoas dizem mil coisas sobre os órfãos, entende?

O segundo imediato ergueu a mão.

– Veja bem – ele disse. – O capitão disse apenas que ninguém nunca te ensinou sobre lealdade.

— Como se você soubesse alguma coisa sobre isso. E se você estiver interessado nos fatos, eu nem sequer sou órfão.

— Ele disse que você falaria isso. Ele não falou por mal — disse o segundo imediato. — Simplesmente disse que as forças militares colocam todos os órfãos em treinamento especial que os fazem não sentir nada quando coisas ruins acontecem a outras pessoas.

Pela janela, o sol começava a brilhar nos cordames dos barcos de pesca. A jovem do lado de fora se afastava para o lado sempre que um carro de duas rodas com peixes passava.

Jun Do disse:

— Não está na hora de você me dizer o que está fazendo aqui?

— Eu já disse — respondeu o segundo imediato. — Queria lhe mostrar minha mulher. Ela é muito bonita, você não acha?

Jun Do olhou para ele.

O segundo imediato continuou:

— É claro que ela é bonita. É como ímã, entende? Ninguém consegue resistir à sua beleza. Minha tatuagem não lhe faz justiça. E nós praticamente já temos uma família. É claro que agora eu sou um herói, e provavelmente um dia me tornarei capitão. Estou apenas dizendo que sou um cara que tem muito a perder.

O segundo imediato fez uma pausa, escolhendo bem as palavras:

— Mas você não tem ninguém. Você está num beliche na cozinha da casa de um monstro.

Do lado de fora, a mulher acenou chamando-o, mas o segundo imediato a ignorou.

— Se você tivesse simplesmente socado aquele americano — o segundo imediato disse —, agora provavelmente já estaria em Seul. Estaria livre. É isso que não entendo. Você não tem nada que o prenda. Se alguém não tem nada prendendo-o, o que o impede?

Como explicar ao segundo imediato que a melhor maneira de se livrar dos seus fantasmas era encontrá-los, e que o único lugar onde Jun Do poderia fazer isso era ali? Como explicar o sonho recorrente em que ele ouvia seu rádio, que ele estava tentando juntar restos de mensagens importantes da sua mãe, dos outros meninos do orfanato? Era difícil sintonizar as mensagens, e ele já havia acordado com a mão no suporte do beliche, como se fosse um sintonizador UHF. Às vezes as mensagens vinham de pessoas que transmitiam mensagens de outras pessoas que haviam falado com pessoas que haviam visto sua mãe. Ela queria transmitir mensagens urgentes para ele. Queria lhe dizer onde estava, lhe dizer o porquê, ficava repetindo seu nome uma vez atrás da outra, embora ele não conseguisse ouvi-la. Como explicar que em Seul ele sabia que as mensagens parariam?

– Venha – disse Jun Do. – Precisamos encontrar o capitão para dar alguns pontos nesse ferimento.

– Você está brincando? Sou um herói. Agora posso ir para o hospital.

Quando o *Junma* deixou o porto outra vez, eles tinham novos retratos do Grande e do Querido Líder, Kim Il-sung e Kim Jong-il. Também tinham uma nova mesa na galé, um novo vaso sanitário, pois não era certo um herói defecar num balde – ainda que os heróis da Coreia do Norte já tivessem aguentado muito mais sem reclamar. Eles também tinham uma nova bandeira da República Democrática Popular da Coreia, que baixaram a 11 quilômetros da praia.

O capitão estava de bom humor. Havia um novo paiol no convés, e com um pé sobre ele o capitão reuniu a tripulação. Primeiro ele tirou do paiol uma granada.

– Isto – disse – foi-nos dado para o caso de os americanos voltarem. Devo colocá-la no porão da popa e afundar nosso querido barco, o *Junma*.

Os olhos de Jun Do se arregalaram.

– Por que não colocá-la na sala de máquinas?

O operador olhou-o como se quisesse xingá-lo.

O capitão, então, jogou a granada ao mar, onde ela apenas assobiou antes de afundar. E disse a Jun Do:

– Não se preocupe, eu teria batido primeiro.

O capitão abriu o paiol para revelar uma balsa salva-vidas inflável, claramente retirada de um antigo avião de passageiros soviético. Ela já fora laranja, mas agora havia desbotado e assumido uma cor de pêssego. Seu ativador vermelho tinha um alerta sinistro que recomendava não fumar no momento de inflar a balsa.

– Depois que a granada explodir e nossa amada embarcação afundar entre as ondas, minhas ordens são para inflar a balsa a fim de salvarmos a vida do nosso herói. Não preciso dizer-lhe a confiança depositada em nós para recebermos esse presente.

O segundo imediato deu um passo à frente como se estivesse com medo da balsa, para inspecionar suas inscrições em cirílico.

– É maior que a outra – disse.

– Os passageiros de um avião inteiro poderiam caber nessa balsa – disse-lhe o operador – Ou a grandeza de um herói.

– Sim – disse o primeiro imediato. – Posso dizer que me sentiria honrado por enfrentar o mar com uma balsa contendo um verdadeiro Herói da Revolução Eterna.

Mas o capitão ainda não havia terminado.

– E imagino que tenha chegado a hora de tornar o terceiro imediato um membro oficial da nossa tripulação.

Ele tirou do bolso um pedaço dobrado de papel encerado. Dentro dele havia cinco finas agulhas de costura cauterizadas juntas. As pontas das agulhas estavam escuras depois de terem feito tantas tatuagens.

– Não sou russo – ele disse a Jun Do. – Mas você verá que me tornei muito bom nisso. E aqui nem precisamos nos preocupar com a possibilidade de a tinta congelar.

Na galé eles deitaram Jun Do sobre a mesa e lhe disseram que tirasse a camisa. Quando o piloto viu o peito nu de Jun Do, disse:

– Ah, um virgem – e todos riram.

– Veja bem – disse Jun Do. – Não sei se quero mesmo fazer isso. Nem sequer sou casado.

– Relaxe – disse o capitão. – Vou lhe dar a esposa mais bonita do mundo.

Enquanto o piloto e o segundo imediato folheavam o calendário da atriz Sun Moon, o capitão colocava a tinta em pó em uma colher e a misturava com água até obter uma pasta. Já havia muito tempo que o calendário estava pendurado na cabine do piloto, mas Jun Do nunca lhe dera muita atenção, pois ele lhe lembrava o patriotismo transmitido pelos alto-falantes. Ele só vira uns dois filmes durante a vida inteira – filmes de guerra chineses exibidos para os militares em dias chuvosos.

Certamente havia muitos pôsteres dos filmes de Sun Moon, mas ele provavelmente não lhes dera atenção até então. Agora, enquanto observava o primeiro imediato e o piloto percorrerem os pôsteres de filmes, discutindo qual tinha a melhor foto e a melhor expressão para uma tatuagem, ele sentiu inveja de como eles se lembravam de cenas e frases famosas da atriz mais querida da Coreia do Norte. Jun Do observou uma profundidade e uma tristeza nos olhos de Sun Moon, as linhas fracas ao redor deles transparecendo uma determinação diante da perda, e precisou de todas as suas forças para não se lembrar de Rumina. E havia ainda a ideia de um retrato, de qualquer pessoa, gravado no seu coração para sempre, o que parecia irresistível. Por que as pessoas não tatuavam todos que amavam em si para sempre? E então Jun Do lembrou que não amava ninguém, e que era por isso que sua tatuagem seria de uma atriz que jamais vira, tirada de um calendário pendurado no leme de um barco de pesca.

– Se ela é uma atriz tão famosa – disse Jun Do –, então todos na Coreia do Norte a reconhecerão e saberão que ela não é minha esposa.

– A tatuagem – disse o capitão – é para americanos e sul-coreanos. Para eles, será apenas o rosto de uma mulher.

– Honestamente – disse Jun Do –, não sei nem por que vocês fazem isso. Por que precisam tatuar o rosto das suas esposas no peito?

O segundo imediato respondeu:

– Porque você é um pescador, só por isso.

– Assim podem identificar seu corpo – disse o piloto.

Até então quieto, o operador disse:

– Então, o que acha? Aí está ela.

– Ah, isso parece nobre – disse o primeiro imediato. – Mas é para dar paz às esposas. Elas acham que nenhuma outra mulher dormirá com um homem que tenha uma tatuagem dessas, mas é lógico que isso não é verdade, há garotas dispostas a tudo.

– Há apenas uma razão – disse o capitão. – É porque a tatuagem a coloca em seu coração para sempre.

Jun Do pensou nisso. Ocorreu-lhe uma pergunta infantil, que deixava claro que ele era alguém que jamais conhecera nenhum tipo de amor.

– Vocês estão colocando Sun Moon no meu coração para sempre? – perguntou.

– Ah, nosso jovem terceiro imediato – disse o capitão sorrindo para os outros. – Ela é uma atriz, você a vê nos filmes, esta não é ela de verdade. É apenas um dos personagens que ela já interpretou.

Jun Do disse:

– Não vi nenhum de seus filmes.

– Lá vai você – disse o capitão. – Não há problema nisso.

– Que tipo de nome é Sun Moon? – perguntou Jun Do.

– Acho que ela é uma celebridade – disse o capitão. – Talvez todas as *yangbans* de Pyongyang tenham nomes estranhos.

Eles escolheram uma imagem de *Tiranos à Vista*. Era um close, e em vez de parecer uma serva da nação à frente de um exército imperialista ou de estar olhando em direção ao Monte Paektu em busca de orientação, aqui Sun Moon saudava o espectador com uma reverência por tudo que teriam perdido juntos quando os créditos do filme subissem.

O piloto segurou o calendário firmemente e o capitão começou com os olhos. Ele tinha uma boa técnica – desenhava com as agulhas para trás, penetrando e a retirando da pele com o tipo de vibração usada num nó de contramestre. Dessa forma, doía menos, e as pontas da agulha entravam em um ângulo, ancorando a tinta. O capitão usava um pedaço de pano molhado para limpar a tinta e o sangue.

Enquanto trabalhava, o capitão perguntou-se em voz alta:

– O que o terceiro imediato deveria saber sobre sua nova esposa?

– Sua beleza é óbvia. Ela é de Pyongyang, um lugar que nenhum de nós jamais verá. Foi descoberta pelo próprio Querido Líder e escalada para *Uma Verdadeira Filha do País*, o primeiro filme norte-coreano. Quantos anos tinha ela na época?

– Dezesseis – disse o primeiro imediato.

– Acho que é isso mesmo – disse o piloto. – Quantos anos você tem? – perguntou ao segundo imediato.

– Vinte.

– Vinte – repetiu o piloto. – Esse filme foi feito no ano em que você nasceu.

O movimento do barco não parecia incomodar o capitão.

– Ela era a queridinha do Querido Líder, e ela era a única atriz. Ninguém mais podia estrelar um filme, e foi assim por anos. Além disso, apesar da beleza dela, ou até por causa dessa beleza, o Querido Líder não permitia que ela se casasse, para que todos os seus papéis fossem apenas papéis, já que ela mesma não conhecia o amor.

– Mas então veio o Comandante Ga – disse o operador.

– Então veio o Comandante Ga – repetiu o capitão no tom ausente de alguém perdido em pensamentos. – Sim, ele é a razão pela qual você não deve achar que Sun Moon está sendo cravada muito profundamente no seu coração.

Jun Do já ouvira falar no Comandante Ga – ele era praticamente adorado nas forças militares como um homem que liderara seis missões assassinas na Coreia do Sul, ganhara o Cinturão de Ouro no taekwondo e limpara o Exército de todos os homossexuais.

O segundo imediato disse:

– O Comandante Ga enfrentou até mesmo um urso.

– Não estou certo em relação a isso – disse o capitão enquanto traçava os contornos sutis do pescoço de Sun Moon.

– Quando o Comandante Ga foi para o Japão e venceu Kimura, todos souberam que quando voltasse a Pyongyang escolheria um prêmio. O Querido Líder tornou-o Ministro das Minas Carcerárias, uma posição cobiçada, já que não há trabalho a fazer. Mas o Comandante Ga exigiu possuir a atriz Sun Moon. O tempo passou, a capital passou por problemas. Finalmente, o Querido Líder cedeu. Os dois se casaram, tiveram dois filhos, e agora Sun Moon está longe, melancólica e só.

Todos ficaram quietos quando o capitão disse isso, e de repente Jun Do percebeu que gostava dela.

O segundo imediato lançou-lhe um olhar desapontado.

– Isso é verdade? – perguntou. – Foi mesmo esse o fim dela?

– Esse é o fim de todas as esposas – respondeu o capitão.

À noite, sentindo dor no peito, Jun Do desejou ouvir a moça que remava no escuro. O capitão dissera-lhe que usasse água do mar para que o ferimento não infeccionasse, mas Jun Do não arriscaria ir até o convés buscar um balde e perder a chance de ouvi-la. Ele tinha a sensação cada vez maior de ser o único no mundo que a compreendia. Era a maldição de Jun Do ser uma criatura noturna numa nação sem energia elétrica à noite, mas aquele também era o seu dever, o mesmo que pegar um par de remos ao pôr do sol ou deixar os alto-falantes encherem sua cabeça enquanto você cai no sono. Até mesmo a tripulação imaginava-a remando em direção à escuridão, como se a escuridão fosse uma metáfora para algo transcendente ou utópico. Jun Do entendia que ela remava até o amanhecer, quando, cansada e realizada, conseguia ir para a cama e dormir. Já era tarde da noite quando ele finalmente sintonizou seu sinal, fraco por estar viajando de tão longe a norte.

– O sistema de navegação está quebrado – ela disse. – Está dando informações erradas. Não estamos onde ele diz que estamos, não é possível. Há algo por perto na água, mas não conseguimos ver.

A linha ficou em silêncio e Jun Do tentou sintonizar melhor o sinal. Então ela voltou.

– Isso está funcionando? – disse. – Está funcionando? Há um navio por perto, um navio sem luzes. Disparamos uma pistola sinalizadora em direção a ele. A faixa avermelhada bateu no casco. Há alguém aí? Alguém pode nos salvar?

Quem a estava atacando?, ele se perguntou. Que tipo de pirata atacaria uma mulher que não desejava nada além de nadar na escuridão? Jun Do ouviu um ruído na linha – foi um tiro? – e visualizou mentalmente uma série de razões pelas quais era impossível resgatá-la: ela estava longe demais a norte; os americanos a encontrariam; eles nem sequer tinham mapas para aquelas águas. Tudo verdade, mas é claro que a verdadeira razão era ele mesmo. Jun Do era o motivo pelo qual eles não poderiam traçar um curso para resgatá-la. Ele desligou o receptor, a luz verde dos mostradores apagando lentamente diante de seus olhos. Sentiu um golpe súbito de ar frio quando tirou os fones de ouvido. No convés, varreu o horizonte à procura do arco vermelho da sua pistola sinalizadora.

– Perdeu alguma coisa? – o capitão perguntou.

Era apenas uma voz vinda do leme. Jun Do virou-se para ver a ponta do seu cigarro aceso.

– Sim – disse. – Acho que perdi.

O capitão não saiu da cabine do piloto.

– Aquele garoto já está muito perturbado – disse. – A última coisa de que ele precisa agora é outra de suas ideias loucas.

Usando uma arrida, Jun Do pegou um balde de água do mar e despejou no peito. Sentiu a dor como se fosse uma memória, algo de muito tempo atrás. Olhou para o mar por mais algum tempo. As ondas negras subiam e desciam, e nos pensamentos que havia entre elas era inevitável imaginar todo tipo de coisa que existia no mar. "Alguém a salvará", ele pensou. "Se você aguentar o bastante, alguém com certeza a salvará."

A tripulação passou o dia pescando com espinel, e quando Jun Do acordou ao pôr do sol eles estavam trazendo os primeiros tubarões a bordo. Agora que haviam sido abordados por americanos, o capitão não temia mais essa possibilidade. Ele pediu que Jun Do transmitisse os sinais captados por um alto-falante no convés. Jun Do avisou que, se era para ouvir a remadora nua que esperavam, já estaria tarde quando ela começasse a transmitir.

A noite estava clara, com ondas regulares vindas do nordeste, e as luzes do convés penetravam na água, mostrando o brilho avermelhado dos olhos de criaturas que estavam lá no fundo, sendo impossível identificá-las. Jun Do usou as antenas em fase e percorreu o espectro inteiro para que a tripulação ouvisse, de sequências ultrabaixas de comunicações entre submarinos aos latidos dos *transponders* guiando pilotos automáticos noite adentro. Ele deixou-os ouvir a interferência causada quando o radar de embarcações distantes as atravessava. Mais acima no mostrador ele sintonizou as batidas agudas do transmissor de um livro em braile, e no topo ficava o assobio entorpecente da radiação solar do Cinturão de Van Allen. O capitão estava mais interessado nos russos bêbados cantando enquanto operavam uma plataforma de perfuração *offshore*. Ele de vez em quando balbuciava um verso, e dizia que se lhe dessem um minuto seria capaz de se lembrar do nome da música.

Os primeiros três tubarões que eles trouxeram a bordo haviam sido comidos por um tubarão maior, e nada restara sob as guelras. Jun Do encontrou uma mulher em Jacarta que lia sonetos em inglês em ondas curtas, e se aproximou quando o capitão e os imediatos examinavam o raio da mordida e as cabeças vazias dos tubarões. Ele também lhes mostrou dois homens de países desconhecidos que estavam tentando resolver um problema matemático através do radioamadorismo, mas o que diziam era muito difícil de traduzir. Por um momento Jun Do olhava em direção ao horizonte, e depois se forçava para virar a cabeça. Eles ouviram aviões e navios, e também os ecos estranhos vindos da circunferência da Terra. Jun Do tentou explicar conceitos como Fedex, e os homens discutiram se era mesmo possível um ser humano enviar um pacote para outro em qualquer lugar da Terra em 24 horas.

O segundo imediato não parava de perguntar sobre a remadora nua.

– Aposto que os mamilos dela são como sincelos – disse. – E suas coxas devem ser brancas como a penugem de um ganso.

– Só a ouviremos de madrugada – disse Jun Do. – Não adianta falar sobre isso até lá.

O operador disse:

– Você precisa tomar cuidado com aquelas longas pernas americanas.

– Remadoras têm costas largas – disse o primeiro imediato. – Aposto que ela conseguiria partir uma cavala ao meio com as mãos.

– Ela podia me partir ao meio – disse o segundo imediato. – Espere até ela descobrir que sou um herói. Eu poderia ser um embaixador, poderíamos fazer um acordo de paz.

O capitão disse:

– E espere até ela descobrir que você gosta de sapatos femininos.

– Aposto que ela usa sapatos masculinos – disse o piloto.

– Fria por fora e quente por dentro – disse o segundo imediato. – É assim que deve ser.

Jun Do virou-se para ele:

– Será que você pode parar de falar sobre isso?

A novidade do rádio de repente perdeu a graça. Jun Do continuou transmitindo o que captava, mas os tripulantes agora trabalhavam em silêncio, ouvindo-se apenas o som de guinchos, nadadeiras e facas. O primeiro imediato estava virando um tubarão para cortar sua nadadeira anal quando algo se abriu, liberando uma bolsa viscosa de filhotes de tubarão, a maioria ainda respirando. O capitão jogou-os na água e depois anunciou um intervalo. Em vez de afundarem, eles ficaram boiando na superfície, seus olhos ainda em formação olhando para um lado e para outro.

Os homens fumavam cigarros Konsol, sentindo o vento no rosto. Eles nunca olhavam em direção à Coreia do Norte em momentos como esses – era sempre para o leste, em direção ao Japão, ou até mesmo além, para a imensidão do Pacífico.

Apesar da tensão, Jun Do foi tomado pela sensação que às vezes tinha quando menino depois de trabalhar nos campos do orfanato ou em alguma fábrica. A sensação aparecia quando, trabalhando com seu grupo de meninos, embora ainda houvesse algum trabalho duro pela frente, o fim se aproximava, e logo haveria um jantar coletivo de painço e repolho, e talvez até uma sopa de casca de melão. Depois viria o sono, também coletivo – cem meninos em beliches de quatro andares, toda a sua exaustão coletiva articulada como se fosse uma só. Não era uma sensação de segurança, nada particularmente profundo ou intenso, mas apenas o melhor que ele havia conseguido até então. Desde então Jun Do passara a maior parte da sua vida tentando ficar só, mas havia momentos a bordo do *Junma* em que ele se sentia parte de algo, e então vinha uma sensação de que não estava dentro dele, mas pairava entre todos os tripulantes do barco.

Os seletores percorriam as frequências, transmitindo seleções curtas de cada uma, e o segundo imediato foi o primeiro a inclinar a cabeça à maneira de alguém que identifica algo familiar:

– São eles – disse. – São os americanos fantasmas.

Ele tirou as botas e começou a subir descalço até a cabine do piloto.

– Eles estão lá embaixo de novo – disse. – Mas desta vez os pegamos.

O capitão desligou o motor do guincho para que eles pudessem ouvir melhor.

– O que estão dizendo?

Jun Do correu até o receptor e isolou a transmissão, sintonizando-a com mais cuidado mesmo apesar de o sinal estar forte.

– Rainha para cavalo quatro – disse Jun Do. – São os americanos. Há um com sotaque russo, outro que parece japonês.

Todos os americanos riam, suas vozes claras e cristalinas no alto-falante. Jun Do traduziu:

– Cuidado, comandante – disse. – Dmitri é um trapaceiro.

O capitão foi até a amurada e olhou para a água. Ele forçou os olhos e balançou a cabeça:

– Mas é uma fossa – disse. – Nada pode ir tão fundo.

O primeiro imediato juntou-se a ele.

– Você ouviu-os. Estão jogando xadrez lá embaixo.

Jun Do levantou a cabeça para olhar para o segundo imediato, que havia subido no mastro e estava tentando desprender a antena direcional.

– Cuidado com o cabo – gritou, e depois checou seu relógio: quase dois minutos de transmissão.

Então Jun Do pensou ter ouvido uma interferência coreana na transmissão, uma voz falando sobre experiências ou algo do tipo. Jun Do tentou sintonizar o sinal rapidamente para isolar a outra transmissão, mas não conseguia se livrar dela. Se não era uma interferência... ele tentou não pensar que também havia um coreano lá embaixo.

– O que os americanos estão dizendo? – perguntou o capitão.

Jun Do parou para traduzir:

– Os peões estúpidos continuam flutuando.

O capitão olhou outra vez para a água.

– O que eles estão fazendo lá embaixo?

Então o segundo imediato retirou a antena direcional do mastro e a tripulação ficou em silêncio no momento em que ele a apontava para as profundezas. Silenciosamente, aguardaram enquanto ele varria a água com a antena na esperança de identificar a fonte da transmissão, mas eles não ouviram nada.

– Há algo errado – disse Jun Do. – Ela deve ter saído do plugue.

Então Jun Do viu uma mão apontando para o céu. Era a mão do capitão apontando para um ponto luminoso que passava entre as estrelas.

– Lá em cima, filho – disse o capitão, e quando o segundo imediato ergueu a antena direcional e a alinhou com o arco de luz eles ouviram um guincho agudo de retorno. E, de repente, parecia que as vozes americanas, russa e japonesa estavam bem ali no barco com eles.

Jun Do disse:

– O russo acabou de dizer "É xeque-mate", e o americano está dizendo "Uma ova, as peças saíram do lugar, temos de começar de novo", e agora o russo está dizendo ao americano "Vamos lá, desista. Talvez tenhamos tempo para outra partida entre Moscou e Seul antes da órbita seguinte".

Eles observaram o segundo imediato tentando seguir o ponto luminoso no horizonte, e quando a luz circulou a curva da terra a transmissão desapareceu. A tripulação continuou olhando para o segundo imediato, enquanto este continuava olhando em direção ao céu. Finalmente ele olhou para baixo.

– Eles estão no espaço juntos – disse. – Supostamente deveriam ser nossos inimigos, mas estão lá em cima rindo e se divertindo.

Ele abaixou a antena direcional e olhou para Jun Do.

– Você estava errado – disse. – Você estava errado: eles estão fazendo isso pela paz e pela merda da humanidade.

Jun Do acordou no escuro. Levantou os braços para sentar no beliche, em silêncio, os ouvidos atentos – a quê? A fumaça de condensação produzida pela sua respiração parecia ocupar o espaço antes dele. Havia luz suficiente apenas para ver a água brilhando no chão, agitada pelo movimento do barco. O óleo de peixe que passava pelas frestas da antepara, geralmente um brilho negro nos rebites, estava duro e havia adquirido uma cor branca por causa do frio. Das sombras do seu pequeno quarto, Jun Do teve a impressão de que uma delas era uma pessoa, completamente imóvel, mal respirando. Por um momento ele também prendeu a respiração.

Quase ao amanhecer Jun Do acordou outra vez. Ele ouviu um zumbido baixo. Ainda dormindo, imaginou o casco, tentando ver através do aço a escuridão das profundezas do mar antes do nascer do sol. Encostou a testa no metal, ouvindo atento, e sentiu a pancada de algo na lateral do navio percorrer sua pele.

Lá em cima o vento frio invadia o convés. Ele fez Jun Do revirar os olhos. A cabine do piloto estava vazia. Foi então que Jun Do viu uma massa perto da popa, algo irregular amarelo-cinzento nas ondas. Ele observou por um momento antes de identificar a balsa salva-vidas do avião comercial russo. Perto de onde ela estava amarrada ao navio havia uma pilha de latas de comida. Jun Do ajoelhou-se e segurou a corda sem acreditar no que via.

O segundo imediato ergueu a cabeça da balsa para pegar as últimas latas.

– Ah – ele disse, ao ver Jun Do.

Depois, respirou fundo, se recompôs e disse:

– Dê-me essas latas.

Jun Do entregou-as a ele.

– Já vi um homem desertar – Jun Do disse ao segundo imediato. – E vi o que aconteceu com ele quando foi capturado.

– Se quiser, pode vir comigo – disse o segundo imediato. – Ninguém nos encontrará. A corrente aqui vai para o sul. Ninguém conseguirá nos capturar.

– E a sua esposa?

– Ela tomou sua decisão, e nada a fará mudar de ideia – ele respondeu. – Agora me dê a corda.

– E o capitão? E o restante de nós?

O segundo imediato se inclinou e desamarrou ele mesmo a corda. Liberando o navio, ele partiu flutuando, livre.

– Somos nós que estamos no fundo do oceano. Você me ajudou a ver isso.

De manhã a luz estava clara, e quando a tripulação foi para o convés lavar suas roupas descobriu que o segundo imediato havia partido. Eles ficaram perto do armário vazio, tentando vasculhar o horizonte, mas com a luz refletida pelas ondas era como olhar para mil espelhos. O capitão pediu ao operador que fizesse um inventário da cabine, mas no final das contas descobriu que pouco além da balsa estava faltando.

Quanto ao destino do segundo imediato, o piloto deu de ombros e apontou para o leste, em direção ao sol. Então eles ficaram ali parados, ao mesmo tempo contemplando e evitando pensar no que acontecera.

– Coitada da esposa dele – disse o operador.

– Com certeza a mandarão para um campo – completou o primeiro imediato.

– Talvez mandem nós todos – disse o operador –, nossas esposas, nossos filhos.

– Prestem atenção – Jun Do disse. – Diremos que ele caiu no mar. Uma onda traiçoeira o derrubou.

O capitão não dissera nada até então.

– Na nossa primeira viagem numa balsa salva-vidas?

– Diremos que a onda também levou a balsa.

Jun Do apontou para as redes e boias.

– Também jogaremos isso tudo.

O capitão tirou o quepe e a camisa, jogando no chão sem olhar onde caíram. Ele sentou-se no meio do convés e apoiou a cabeça nas mãos. Foi só então que os homens foram tomados por pavor.

– Não posso voltar a viver daquela forma! – o capitão disse. – Não conseguirei dar mais quatro anos de mim.

O piloto disse:

– Não foi uma onda traiçoeira, mas uma onda provocada por um cargueiro sul-coreano que quase nos levou também.

– Vamos afundá-lo perto de Wonsan e nadar. Então diremos que o segundo imediato simplesmente não sobreviveu. Nadaremos até uma praia cheia de aposentados, e haverá várias testemunhas – disse o primeiro imediato.

– Não há aposentado nenhum – disse o capitão. – Isso é o que eles dizem para nos fazer aguentar e seguir em frente.

– Nós poderíamos procurá-lo – Jun Do falou.

– Como quiser – disse o capitão.

Jun Do apertou os olhos e percorreu as ondas outra vez.

– Vocês acham que ele conseguirá sobreviver? Acham que ele conseguirá?

O primeiro imediato repetiu:

– Merda, coitada da esposa dele.

– Sem nem a balsa nem o homem, estamos perdidos – disse o capitão. – Sem nenhum dos dois, nunca acreditarão em nós.

Havia escamas de peixes no convés, secas e brilhando à luz do sol. O capitão passou o dedo em algumas.

– Se o *Junma* afundar e afundarmos com ele – disse –, as esposas dos imediatos, a esposa do operador e a esposa do piloto receberão pensões. Todas serão poupadas.

– E viverão com maridos substitutos – disse o primeiro imediato. – Meus filhos sendo criados por um estranho?

– Pelo menos continuarão vivos – disse o capitão. – E fora dos campos.

– Os americanos se vingaram – disse Jun Do. – Eles voltaram para pegá-lo.

– Que ideia é essa? – perguntou o capitão olhando para Jun Do.

– Eles queriam vingança – ele explicou. – E voltaram para pegar o cara que conseguiu expulsá-los do barco. Invadiram o *Junma* outra vez e sequestraram o segundo imediato.

O capitão deitou no convés numa posição estranha. Parecia que havia caído do cordame e se encontrava naquele momento em que não nos movemos, tentando descobrir se quebramos algo. Ele disse:

– Se Pyongyang acreditar que um cidadão foi sequestrado pelos americanos, eles nunca desistirão. Vão investigar até esclarecer a história, e aí descobrirão a verdade. Além disso, não temos como provar que os americanos voltaram. A única coisa que nos salvou da última vez foram aqueles idiotas mexendo no rádio.

Jun Do, então, tirou o cartão de Jervis do bolso com o selo da Marinha americana e entregou ao capitão.

– Talvez os americanos quisessem que Pyongyang soubesse exatamente do que são capazes. Na verdade, foram exatamente os mesmos caras. Todos nós os reconhecemos. Podemos contar praticamente a mesma história.

O operador entrou na conversa:

– Estávamos pescando com espinel quando os americanos subiram a bordo. Eles nos pegaram de surpresa. Agarraram o segundo imediato e zombaram um pouco dele. Depois o jogaram para os tubarões.

— Isso – disse o primeiro imediato. – Jogamos a balsa para ele, mas os tubarões a rasgaram com os dentes.

— Boa – acrescentou o piloto. – Os americanos ficaram assistindo com as armas em punho, rindo enquanto nosso camarada morria.

O capitão estudou o cartão. Estendeu a mão e o ajudaram a levantar. Seus olhos agora exibiam um brilho selvagem.

— E então, sem pensar nem por um momento na própria segurança, um de nós pulou no mar cheio de tubarões para salvar o segundo imediato – disse o capitão. – Esse tripulante sofreu ferimentos terríveis com mordidas ferozes no corpo todo, mas não se importou, pois só estava preocupado em salvar o segundo imediato, um herói da República Popular Democrática da Coreia. Mas era tarde demais: com parte do corpo devorada, o segundo imediato afundou entre as ondas. Suas últimas palavras foram uma saudação ao Querido Líder. Por pouco não conseguiríamos salvar o outro tripulante, sangrando e quase morto.

Todos de repente ficaram em silêncio. Então o capitão disse ao operador que ligasse o guincho:

— Precisamos de um tubarão – acrescentou.

O capitão foi até Jun Do e agarrou seu pescoço, puxando-o delicadamente até suas testas encostarem uma na outra. Ninguém jamais fizera algo assim com Jun Do, e parecia que não havia mais ninguém no mundo. Foi quando o capitão disse:

— Não é só porque foi você quem colocou todas aquelas ideias estúpidas na cabeça do segundo imediato. Ou porque é você quem tem uma atriz tatuada no peito, e não uma mulher de verdade em casa que depende de você. Não é porque foi você quem teve treinamento militar para suportar a dor. É porque ninguém jamais lhe ensinou sobre o que é se sacrificar pela família e fazer o que quer que seja preciso para protegê-la.

Os olhos do capitão estavam abertos, calmos, e tão perto dos de Jun Do que pareciam comunicar-se com ele silenciosamente. A mão do capitão atrás do pescoço de Jun Do era firme, e ele surpreendeu-se concordando com a cabeça. O capitão completou:

— Você nunca teve ninguém para guiá-lo, mas aqui estou eu lhe dizendo que esta é a coisa certa a fazer. Nós somos sua família, e sabemos que você fará qualquer coisa por nós. E isso será nossa prova.

O tubarão passara a noite inteira pendurado na corda e estava tonto, quase morto. Quando saiu da água, seus olhos estavam brancos, e no convés ele abria e fechava a boca ao mesmo tempo em busca de oxigênio e tentando expelir o que quer que estivesse matando-o lentamente.

O capitão disse ao piloto para segurar o braço de Jun Do com força, mas Jun Do interveio:

– Não – ele disse. – Eu mesmo o segurarei.

O imediato e o operador levantaram o tubarão, que tinha quase dois metros. Jun Do respirou fundo e se virou para o capitão.

– Tubarões, armas e vingança – disse. – Sei que fui eu que a inventei, mas nem todo mundo vai se convencer com uma história desse tipo.

– Você está certo – disse capitão. – Mas é o tipo de história que eles podem usar.

Depois que pediram ajuda pelo rádio, um barco-patrulha escoltou-os até Kinjye, onde uma multidão havia se reunido na rampa onde os peixes eram descarregados. Estavam presentes alguns representantes do Ministério da Informação, dois jornalistas do *Rodong Sinmun** e alguns policiais locais – tipos que você nunca teria encontrado, a não ser que tivesse bebido. A nova fábrica de enlatados emitia fumaça, o que significava que um ciclo de esterilização estava sendo realizado. Assim, os operários estavam sentados em baldes de cabeça para baixo, esperando para dar uma olhada no homem que havia lutado com tubarões. Havia até mesmo bebês e crianças aleijadas para assistir à cena pelas vidraças dos tanques, o que fazia seus rostos parecerem grandes e distorcidos enquanto cardumes de *aji* passavam.

Um médico aproximou-se de Jun Do com uma bolsa de sangue. Ele procurou uma veia no braço ferido, mas Jun Do interrompeu-o.

– Se você colocar sangue nesse braço, não vai vazar?

---

* Jornal oficial do Comitê Central do Partido dos Trabalhadores da Coreia do Norte. É considerado uma fonte dos pontos de vista oficiais sobre muitas questões.

– Preste atenção, só cuido de heróis – disse o médico. – Então sei como aplicar sangue. E é exatamente onde está sangrando que precisamos aplicar.

Depois, ele colocou a agulha em uma veia perto da articulação, dando uma batidinha nela e entregando a bolsa a Jun Do, dizendo-lhe que a erguesse o mais alto possível com o braço bom. O médico desenrolou a camiseta suja de sangue, e então não havia como negar que os ferimentos eram graves. Como lâminas de vidro, os dentes do tubarão haviam causado um bom estrago, e quando as faixas em carne viva foram lavadas em cada uma revelou-se a extremidade branca do osso.

Para o jornalista e o ministro, Jun Do deu um breve relato do seu encontro com os agressores americanos. Eles não fizeram muitas perguntas. Pareciam mais interessados em conseguir uma corroboração. De repente, diante dele estava o homem mais velho com o cabelo cortado à escovinha e mãos quebradas que havia levado o segundo imediato. Ele usava o mesmo terno cinza, e quando se aproximou Jun Do pôde ver que suas pálpebras eram pesadas, dando a impressão de que ele descansava os olhos enquanto falava.

– Precisarei confirmar os detalhes da sua história – ele disse, exibindo um distintivo prateado que não tinha o nome de agência nenhuma, mas apenas a imagem de uma parede de blocos maciços flutuando.

Jun Do foi levado, o braço bom segurando a bolsa de sangue e o outro numa atadura. Logo à frente estava o capitão, que conversava com a esposa do segundo imediato. Eles estavam perto de uma pilha de tijolos, e ela chorava. Olhou para o homem idoso e depois para Jun Do. Então virou-se para o capitão, que passou o braço em torno dela para consolá-la. Jun Do observou a comoção na doca, os imediatos gesticulando enquanto contavam a história, mas de repente tudo pareceu distante.

O homem idoso levou-o para a fábrica de enlatados. Tudo que restava do galpão de teto elevado eram as gigantescas câmaras de vapor, tubulações de gás solitárias e os trilhos enferrujados incrustados no chão de cimento. Réstias de luz passavam pelos buracos no teto, e então Jun Do viu uma mesa de dobrar e duas cadeiras.

Na mesa havia uma garrafa térmica. O homem sentou-se e a abriu lentamente, suas mãos parecendo mais luvas pesadas. Mais uma vez ele parecia estar com os olhos fechados, mas era apenas velho.

– Então, o que você é? Um tipo de inspetor? – Jun Do perguntou.

– Qual seria a melhor resposta? – refletiu o velho. – Fui implacável na guerra. E, depois que vencemos, ainda estava pronto para tudo.

Ele se inclinou para a frente sob a luz, e Jun Do pôde ver que havia várias falhas no seu cabelo branco curto.

– Na época eu teria dito que era um inspetor.

Jun Do decidiu não arriscar.

– Foram homens como você que venceram a guerra e expulsaram os agressores imperiais.

O velho colocou chá na tampa da garrafa térmica, mas não bebeu – simplesmente segurou a xícara com as duas mãos, fazendo movimentos circulares lentamente.

– É uma história triste a desse seu jovem amigo pescador. O que é engraçado é que ele era realmente um herói. Confirmei a história pessoalmente. Ele de fato enfrentou americanos armados apenas com uma faca de pesca. Loucuras desse tipo nos trazem respeito, mas nos fazem perder amigos. Sei como é. Talvez tenha sido isso que aconteceu entre a tripulação e o jovem imediato.

Jun Do disse:

– O segundo imediato não pediu aos americanos que voltassem. Ele não estava procurando problemas, e muito menos a morte. Você ouviu que ele foi comido vivo por tubarões, não ouviu?

O velho não disse nada.

– Você não deveria ter um lápis, ou papel, ou algo do tipo?

– Encontramos seu amigo numa balsa esta manhã antes mesmo de vocês terem transmitido a história do suposto ataque. Ele tinha muitos cigarros, mas quando procurou os fósforos descobriu que haviam se molhado. Disseram que seu amigo estava chorando pelo que havia feito, que não conseguia parar de soluçar.

Jun Do pensou no pobre garoto estúpido. Pensou que os dois estavam nessa juntos, mas entendeu que estava só, e tudo que tinha era a história.

– Queria que essa mentira que você acabou de contar fosse verdade – disse Jun Do –, pois então o segundo imediato estaria vivo. Não teria morrido na frente de todos nós. Se isso fosse verdade, o capitão não teria de dizer à esposa dele que ela nunca voltará a vê-lo.

– Ele realmente jamais tornará a ser visto, isso é verdade – disse o velho.

Mais uma vez ele pareceu ter adormecido.

– Você não sabe a razão pela qual ele desertou? Acho que ele mencionou seu nome.

– O segundo imediato era um amigo e um herói – disse Jun Do. – Acho que você deveria mostrar algum respeito pelos mortos.

O velho ficou de pé.

– Acho que o que eu devo fazer é confirmar sua história – ele disse, e o primeiro golpe foi rápido e frontal: vários tapas no rosto, e com um braço ferido e o outro segurando a bolsa de sangue, não havia nada que Jun Do pudesse fazer além de recebê-los sem reação. – Diga-me de quem foi a ideia – exigiu o velho.

Ele deu um soco em cada clavícula de Jun Do.

– Por que vocês não o deixaram mais ao sul, perto da zona desmilitarizada?

Jun Do estava preso à cadeira, e depois de dois golpes nas costelas ficou definitivamente indefeso.

– Por que outros de vocês também não desertaram? Ou foram vocês que o expulsaram?

Numa rápida sucessão, uma dor lancinante percorreu o pescoço, nariz e a orelha de Jun Do, e depois disso ele não conseguiu mais enxergar direito.

– Os americanos voltaram – disse Jun Do. – Eles vieram com uma música alta. Usavam roupas informais, incluindo sapatos com letras prateadas. Um deles ameaçou atear fogo ao navio. Tinha um isqueiro com um míssil cruzador nele. Haviam rido de nós porque não tínhamos uma privada, mas desta vez zombaram de nós porque agora tínhamos.

O velho socou Jun Do diretamente no peito, onde a tatuagem nova ainda ardia, e o rosto de Sun Moon tornou-se uma silhueta ardente no seu coração. O velho parou para se servir de mais chá, mas não bebeu.

Ele o usava apenas para aquecer as mãos. Agora Jun Do entendia como seria. Nas forças militares, seu mentor no treinamento para suportar a dor era Kimsan. Eles passaram a primeira semana inteira sentados a uma mesa, não muito diferente desta, contemplando uma vela que queimava entre os dois. Havia a chama, pequena e quente na ponta. O brilho aquecia seus rostos. Mas havia também a escuridão sob a vela.

– Nunca deixe a dor empurrá-lo para a escuridão – dizia Kimsan. – Lá você não será nada e estará só. Depois que se afastar da chama, tudo estará acabado.

O velho recomeçou, desta vez fazendo perguntas não sobre o segundo imediato na balsa, mas sobre o segundo imediato no *Junma*, sobre os tubarões, sobre a maré, se os rifles dos americanos estavam com a trava de segurança. O velho não tinha pressa, dando longas sequências de golpes calculados nas bochechas, na boca, nas orelhas, mudando para partes mais macias do corpo de Jun Do quando suas mãos pareciam doer. *Ao encostar na chama, a ponta do dedo dói, embora todo o resto do corpo continue iluminado pela sua luz. Mantenha a dor na ponta do dedo e seu corpo na chama.* Jun Do começou a dividir o corpo em partes – um golpe no ombro deve provocar dor apenas no ombro, e assim ele o isolava do restante do corpo. E quando os golpes eram no rosto, Jun Do virava o rosto a cada golpe para que o mesmo lugar não recebesse dois golpes seguidos. *Mantenha a chama nos dedos, mantenha os dedos em movimento, deixe o resto do seu ser relaxar na chama.*

O rosto do velho contraiu-se de dor, e ele parou para alongar as costas. Inclinando-se para um lado e outro, ele disse:

– Há muito papo furado sobre a guerra. Praticamente todos foram declarados heróis. Até mesmo árvores foram declaradas heroínas. É verdade. Todos os membros da minha divisão são heróis de guerra; exceto, é claro, pelos caras novos. Talvez você não tenha gostado do fato de seu amigo ter se tornado um herói. Talvez você também quisesse ser um.

Jun Do tentava continuar na chama, mas não estava conseguindo se concentrar. Não parava de pensar em quando viria o golpe seguinte.

– Se quiser saber o que acho – disse o velho –, heróis são instáveis e imprevisíveis. Eles fazem o que têm de fazer, mas como é difícil trabalhar com eles. Acredite em mim, sei do que estou falando – continuou, apontando para uma cicatriz comprida no seu braço. – Na minha divisão, todos os caras novos são tipos universitários.

Quando os olhos do velho voltaram a brilhar, ele agarrou o pescoço de Jun Do para se apoiar. Então veio uma série de golpes abafados no estômago de Jun Do.

– Quem o jogou na água? – perguntou antes de socar o esterno. – Quais foram suas últimas palavras? – Mais um, dois, três golpes. – Por que você não sabe o que o capitão estava fazendo? – Os punhos deixavam seus pulmões sem ar. – Por que vocês não pediram ajuda pelo rádio? – Então o próprio velho respondeu a todas essas perguntas: – Porque os americanos nunca estiveram no barco. Porque vocês cansaram daquele garoto maluco e o mataram e o jogaram no mar. Todos vocês vão para campos, e sabem disso, já foi decidido. Então é melhor você me contar a verdade.

O velho se afastou. Andou de um lado para outro por um momento, as mãos juntas no peito, os olhos fechados, com uma expressão no rosto que parecia de alívio. Então Jun Do ouviu a voz de Kimsan como se ele estivesse muito perto, ali mesmo naquela sala. *Você é a chama*, dizia Kimsan. *O velho está tocando a sua chama apenas com as mãos.* Kimsan sempre lhe dizia para bater também com os cotovelos, os antebraços, os pés e os joelhos, *mas apenas suas mãos tocam sua chama, e veja como ela o queima.*

– Não posso dizer que eu estava pensando – disse Jun Do. – Mas quando pulei e senti a água salgada na minha tatuagem nova entrei em pânico. Os tubarões davam mordidas pequenas, brincando com a gente antes de cortar nossa carne, e os americanos estavam rindo com os dentes brancos, e as duas coisas se tornaram uma só na minha cabeça.

O velho virou-se com uma expressão de frustração.

– Não – ele disse – É tudo mentira.

Então, voltou ao trabalho. À medida que os golpes se sucediam ele dizia a Jun Do o que havia de errado na história, que eles ficaram com inveja do título de herói do imediato, que Jun Do não conseguia se lembrar das roupas que eles estavam usando, como... *a chama é minúscula. Levaria um dia inteiro para queimar toda a superfície do seu corpo. Você precisa ficar na chama. Não pode em nenhum momento entrar na escuridão, pois então estará só, e as pessoas não voltam*. Kimsan dizia que esta era a lição mais difícil para Jun Do, pois fora isso que ele fizera quando menino, havia entrado na escuridão. Aquela era a lição que seus pais haviam lhe ensinado, quem quer que fossem. Se você entrar na escuridão, se se desligar dessa forma, pode fazer qualquer coisa – limpar tanques na fábrica de tinta de Pangu até sua cabeça começar a latejar e você começar a tossir uma fumaça cor-de-rosa e o céu ficar amarelo. Você pode sorrir quando outros meninos forem adotados por donos de caldeiras e açougues, e encolhido na escuridão poderá dizer: "Você tem sorte" e "Adeus" quando homens com sotaque chinês vierem.

Era muito difícil dizer quanto tempo se passara desde que o velho começara seu trabalho. Todas as suas frases juntavam-se para compor uma frase que não fazia sentido. Jun Do estava ali, na água, podia ver o segundo imediato.

– Eu estava tentando agarrar o segundo imediato – Jun Do dizia –, mas seu corpo se balançava de um lado para outro, revirando-se, e eu sabia o que os tubarões estavam fazendo com ele. Eu sabia o que estava acontecendo sob a superfície. Ele já não pesava nas minhas mãos quando eu o alcançava, era como tentar salvar a almofada de uma cadeira. Era tudo que havia restado dele, e mesmo assim eu não conseguia agarrá-lo.

Quando Jun Do conseguiu isolar os olhos inchados, o nariz jorrando sangue quente, os lábios partidos e os cortes nas orelhas, quando bloqueou os braços, o tronco e os ombros, quando isolou todas essas partes do seu corpo, restou apenas seu interior, e o que ele descobriu foi um garotinho que sorria estupidamente, que não fazia ideia do que estava acontecendo com o homem do lado de fora. E, de repente, a história havia se tornado verdade – através dos golpes, ela penetrara nele, e Jun Do começou a chorar porque o segundo imediato havia morrido e não havia nada que ele pudesse fazer. De repente ele podia ver a si mesmo nas águas escuras, a cena iluminada pelo brilho vermelho de uma única chama.

– Meu amigo – disse Jun Do, as lágrimas rolando em seu rosto. – Não consegui salvá-lo. Ele estava só e a água estava escura. Não consegui salvar nem um pedaço dele. Olhei em seus olhos e ele não sabia mais onde estava. Gritava por ajuda, dizendo "Acho que preciso ser resgatado", sua voz calma e estranha, e então minha perna se moveu e logo eu estava na água.

O velho parou. Ele ficou de pé diante de Jun Do, as mãos erguidas, como um cirurgião. Elas estavam cobertas de saliva, muco e sangue.

Jun Do continuou:

– "Está escuro. Não sei onde estou", ele dizia. "Estou aqui", eu lhe disse, "siga o som da minha voz". Ele perguntou: "Você está aí?" Coloquei minha mão em seu rosto, que estava frio e pálido. "Não posso estar onde penso que estou", ele disse. "Há um navio aqui perto. Não consigo ver suas luzes." Foi a última coisa que ele disse.

– "Não consigo ver suas luzes." Por que ele diria isso?

Como Jun Do não disse nada, o velho perguntou:

– Mas você tentou resgatá-lo, não foi? Não foi aí que você foi mordido? E os americanos? Você disse que as armas deles estavam apontadas para você, certo?

A bolsa de sangue na mão de Jun Do pesava mil quilos, e tudo que ele podia fazer era mantê-la erguida. Quando ele recuperou o foco da visão, viu que a bolsa estava vazia. Então olhou para o velho.

– O quê? – perguntou.

– Mais cedo você disse que as últimas palavras dele foram "Salve Kim Jong-il, Querido Líder da República Popular Democrática da Coreia". Você admitiu que mentiu.

A vela havia se apagado. A chama, o brilho, a escuridão – tudo de repente havia sumido, e não restara nada. Kimsan nunca lhe falara o que fazer depois da dor.

– Você não está entendendo? É tudo mentira – disse Jun Do. – Por que não pedi ajuda pelo rádio? Por que não pedi à tripulação para montar um resgate de verdade? Se todos tivessem trabalhado juntos, poderíamos tê-lo salvado. Eu deveria ter implorado à tripulação. Deveria ter ficado de joelhos. Mas não fiz nada. A única coisa que fiz foi me molhar. A única coisa que eu senti foi minha tatuagem ardendo.

O velho pegou a outra cadeira. Serviu-se de mais chá e desta vez bebeu-o.

– Ninguém mais se molhou – ele disse. – Ninguém foi mordido.

Ele olhou em volta, como se estivesse se perguntando pela primeira vez que tipo de lugar era aquele.

– Vou me aposentar em breve – disse. – Logo os veteranos terão desaparecido. Não sei o que acontecerá com este país.

– O que acontecerá a ela? – perguntou Jun Do.

– Com a esposa do segundo imediato? Não se preocupe. Encontraremos um bom marido substituto, alguém digno da sua memória.

O velho tirou um cigarro de um maço e o acendeu com alguma dificuldade. A marca era Chollima, a que fumavam em Pyongyang.

– Parece que o seu barco é uma fábrica de heróis – ele disse.

Jun Do continuava tentando soltar a bolsa de sangue, mas sua mão se recusava a se abrir. Ele havia aprendido a desligar o braço para não sentir nada que acontecesse a ele, mas como religá-lo?

– Vou confirmar sua história – disse o velho. – Faz sentido.

Jun Do virou-se para ele.

– De que história você está falando?

– De que história? – o velho perguntou. – Você agora é um herói. – E ofereceu um cigarro a Jun Do, mas ele não conseguia pegá-lo.

– Mas os fatos – disse Jun Do – não se encaixam. Onde estão as respostas?

– Não existe essa coisa de fatos. No meu mundo todas as respostas saem daqui – o velho disse apontando para si mesmo, e Jun Do não conseguiu decidir se ele estava apontando para seu coração, sua barriga ou seus testículos.

– Mas quais são as respostas? – perguntou Jun Do.

Ele podia ver a remadora disparando a pistola sinalizadora na sua direção, podia sentir a bochecha fria do imediato enquanto os tubarões o mordiam dentro d'água.

– Algum dia as encontraremos?

Jun Do sonhou com tubarões mordendo-o, com a atriz Sun Moon piscando e olhando de lado, com a expressão no olhar de Rumina quando ela cantava. Ele sonhou com o segundo imediato afastando-se à luz da lua. De repente, a dor de uma facada. Ele estava dormindo ou acordado? Seus olhos reviravam-se dentro das pálpebras inchadas. Apitos para os trabalhadores de choque indicavam que estava amanhecendo, e ele sabia que estava anoitecendo quando o zumbido de um pequeno refrigerador silenciava com o desligamento da energia elétrica.

Suas juntas pareciam congeladas, e ao respirar fundo parecia que ele estava abrindo uma fornalha de dor nas costelas. Quando finalmente conseguiu mover o braço bom para tocar o braço ferido, sentiu o que pareciam cabelos grossos – os pontos que havia levado. Ele lembrava vagamente do capitão ajudando-o a subir as escadas do bloco residencial onde o segundo imediato morava com a esposa.

O alto-falante – "Cidadãos!" – cuidava dele durante o dia. À tarde ela vinha da fábrica, o cheiro fraco de querosene ainda nas mãos. O pequeno bule assobiava e ela cantarolava "A Marcha de Kim Jong-il", que marcava o final do noticiário. Depois suas mãos frias, molhadas com álcool, desinfetavam os ferimentos de Jun Do. Essas mãos viravam-no para a esquerda e para a direita para trocar o lençol e esvaziar sua bexiga, e ele tinha certeza de que podia sentir nos dedos dela a marca da aliança de casamento.

Logo os inchaços diminuíram, e agora era uma substância viscosa, e não a inflamação, que mantinha seus olhos fechados. Ela estava lá com um pano quente para abri-los.

– Aí está ele – ela disse quando Jun Do finalmente recuperou a visão. – O homem que ama Sun Moon.

Jun Do levantou a cabeça. Estava em um colchão de palha no chão, nu sob um lençol amarelo-claro. Ele reconheceu as janelas com venezianas do bloco residencial. No quarto havia pequenas percas penduradas em cordas para secar como roupas lavadas. Ela disse:

– Meu pai acreditava que se sua filha se casasse com um pescador jamais morreria de fome.

E então a esposa do segundo imediato entrou em foco.

– Em que andar estamos? – ele perguntou.

– No 10º.

– Como você conseguiu me trazer até aqui?

– Não foi tão difícil. Pelo jeito que meu marido o descrevia, pensei que você fosse muito maior. – Ela passou o tecido quente no peito dele e ele tentou disfarçar a dor. – Sua pobre atriz, seu rosto está preto e azul. Assim ela parece velha, como se seu tempo já tivesse passado. Você assistiu aos filmes dela?

Abanar a cabeça negativamente fez seu pescoço doer.

– Eu também não – ela disse. – Não nesta cidade horrível. O único filme que já vi foi um filme estrangeiro, uma história de amor. – Ela voltou a mergulhar o tecido na água quente e depois molhou os ferimentos de Jun Do. – É sobre um navio que bate num iceberg e todos morrem.

Ela sentou-se no colchão de palha ao lado dele. Com os dois braços, virou-o para o lado. Segurando uma vasilha perto dele, ela pegou seu *umkyoung* e o colocou dentro.

– Vamos lá – disse, e depois deu algumas palmadinhas nas costas dele para ajudá-lo.

Seu corpo latejou de dor, e então o fluxo começou. Quando ele terminou, ela ergueu a vasilha, aproximando-a da lâmpada.

– Está melhorando – anunciou. – Não demorará muito para que você possa atravessar o corredor para ir ao banheiro do 10º andar como um rapazinho.

Jun Do tentou voltar à posição anterior sozinho, mas não conseguiu, então simplesmente ficou imóvel ali, encolhido de lado. Na parede, abaixo dos retratos do Querido e do Grande Líder, havia uma pequena prateleira com os sapatos americanos do segundo imediato. Jun Do tentou imaginar como ele conseguira levá-los para casa quando a tripulação inteira o vira jogá-los ao mar. Na parede também estava o principal mapa do *Junma*. Ele mostrava o Mar da Coreia e servia de referência para todos os outros mapas a bordo. Eles haviam pensado que ele havia pegado fogo e sido destruído juntamente com os outros mapas durante o incêndio. Alfinetes marcavam todos os lugares que eles haviam visitado, e as coordenadas de várias posições ao norte estavam marcadas a lápis.

— É o curso das remadoras? — perguntou Jun Do.

— Remadoras? — ela indagou. — Este é o mapa de todos os lugares que ele visitou. Os alfinetes vermelhos são das cidades sobre as quais ele ouviu falar. Ele estava sempre falando dos lugares aonde me levaria.

Ela olhou nos olhos de Jun Do.

— O quê? — ele perguntou.

— Ele fez mesmo aquilo? Ameaçou os soldados americanos com uma faca ou é só uma história que vocês inventaram?

— Por que você acreditaria em mim?

— Porque você é um oficial da inteligência — ela disse. — Porque não dá a mínima para ninguém neste buraco. Quando sua missão tiver terminado, você voltará para Pyongyang e nunca mais se lembrará dos pescadores.

— E qual é a minha missão?

— Haverá uma guerra no fundo do oceano — ela disse. — Talvez meu marido não devesse ter me contado isso, mas contou.

— Não seja tola — ele falou. — Sou apenas o cara que cuida do rádio. E sim, seu marido atacou a Marinha americana com uma faca.

Ela balançou a cabeça com uma admiração silenciosa.

— Ele tinha tantos planos mirabolantes — disse. — Ouvir isso me faz pensar que se não tivesse morrido talvez realmente conseguisse realizar pelo menos um deles.

Ela derramou água doce de arroz na boca de Jun Do e depois o rolou de volta, cobrindo-o com o lençol outra vez. O quarto estava escurecendo e logo as luzes se apagariam.

— Escute, preciso sair — ela disse. — Se você tiver uma emergência, grite e a responsável pelo andar virá. Basta alguém peidar aqui para ela vir correndo.

Ela pegou uma esponja de banho perto da porta, onde Jun Do não conseguia vê-la. A única coisa que ele conseguia ouvir era o som fraco do tecido roçando sua pele e o som da água pingando do corpo dela na bacia em que ela se encolhera. Ele se perguntou se era o mesmo pano que ela havia usado nele.

Antes de ela sair, veio se despedir dele com um vestido com pregas que indicavam que ele havia sido espremido à mão e pendurado para secar. Embora ele a visse através da visão turva de olhos recém-abertos, estava claro que ela era mesmo muito bonita — alta, com ombros largos, e ao mesmo tempo com a pele macia de um bebê. Seus olhos eram grandes e imprevisíveis, e seus cabelos pretos curtos emolduravam um rosto redondo. Ela estava com um dicionário de inglês na mão.

— Vi algumas pessoas se machucarem na fábrica — ela disse. — Você ficará bem.

Então, em inglês, disse:

— Bons sonhos.

Na manhã seguinte Jun Do acordou com um sobressalto no meio de um sonho que terminou com uma onda de dor. O lençol cheirava a cigarro e suor, e ele soube que ela havia dormido no colchão com ele. Logo ao lado havia uma vasilha cheia de urina com cor de iodo. Pelo menos estava clara. Ele se esticou para pegá-la — estava fria. Quando conseguiu se sentar, não viu sinal dela.

A luz era realçada pelo mar, enchendo o quarto. Ele afastou o lençol. Havia lesões claras em todo o seu peito e cortes nos quadris. Seus pontos estavam ásperos, e depois de cheirá-los ele percebeu que precisavam ser removidos. O alto-falante saudou-o: "Cidadãos, hoje anunciamos que uma delegação visitará a América para confrontar alguns dos problemas que ameaçam nossas duas temidas nações". Então a transmissão prosseguiu com a fórmula de costume: evidências da admiração mundial pela Coreia do Norte, um exemplo da sabedoria divina de Kim Jong-il, um novo método para ajudar os cidadãos a evitar passar fome e, finalmente, avisos de vários ministérios.

Um vento entrou pela janela, fazendo os peixes secos girarem na linha, a cartilagem das suas nadadeiras da cor do papel da lanterna. Do teto vinha uma série de ganidos, uivos e batidas constantes de unhas no cimento. Pela primeira vez em dias Jun Do sentiu fome.

Então a porta se abriu e a esposa do segundo imediato entrou arfando. Ela trazia uma mala e duas jarras de 5 litros de água. Estava suando, mas tinha um sorriso estranho no rosto.

– O que você acha da minha mala nova? – perguntou. – Fiz uma troca.

– O que você trocou?

– Não seja chato – ela disse. – Você acredita que eu não tinha uma mala?

– Acho que você nunca foi a lugar nenhum.

– Acho que nunca fui a lugar nenhum – ela disse a si mesma.

Ela colocou um pouco de água de arroz em um copo de plástico para ele. Jun Do bebeu um pouco e depois perguntou:

– Tem algum cachorro no telhado?

– Esta é a vida no andar de cima – ela disse. – Elevador quebrado, telhado com goteiras, banheiro com a descarga vazando. Nem dá pra prestar atenção a cachorros. O conselho habitacional cria alguns. Você deveria ouvi-los aos domingos.

– Por que eles estão criando cachorros? Espere... o que acontece aos domingos?

– Os caras do bar com caraoquê dizem que cachorros são ilegais em Pyongyang.

– É o que dizem.

– Civilização – ela falou.

– Eles não vão sentir sua falta na fábrica?

Ela não respondeu. Em vez disso, ajoelhou-se e começou a examinar os bolsos da mala à procura de pertences do proprietário anterior. Jun Do disse:

– Vão lhe dar uma sessão de crítica.

– Não vou voltar para a fábrica – ela disse.

– Nunca?

– Não – ela respondeu. – Vou para Pyongyang.

– Você vai para Pyongyang.

– É isso mesmo. – Enquanto falava, ela encontrou algumas permissões de viagem vencidas no forro da mala, carimbadas por todos os postos de controle entre Kaesong e Chongjin. – Geralmente leva algumas semanas, mas acho que pode acontecer qualquer dia desses.

– O que pode acontecer?

– Eles encontrarem um marido substituto para mim.

– E você acha que ele está em Pyongyang?

– Sou a esposa de um herói – ela respondeu.

– A viúva de um herói, você quer dizer.

– Não diga essa palavra – ela disse. – Detesto o som dela.

Jun Do terminou de beber sua água de arroz e, muito devagar, voltou a deitar-se.

– Escute – ela disse –, o que aconteceu com o meu marido foi horrível. Não consigo nem pensar nisso. É sério, sempre que isso entra na minha cabeça algo dentro de mim morre um pouco. Mas ficamos casados por poucos meses, e ele estava num barco com você na maior parte do tempo.

Jun Do precisara de muito esforço para se sentar, e quando sua cabeça tocou no colchão o conforto de render-se à exaustão sobrepôs-se ao desconforto da recuperação. Quase todo o seu corpo doía. Não obstante, uma sensação de bem-estar tomou conta dele, como se Jun Do tivesse trabalhado duro o dia inteiro com seus companheiros. Ele fechou os olhos e ouviu o zumbido. Quando voltou a abri-los, já estava de tarde. Ele teve a sensação de ter sido acordado pelo som da esposa do segundo imediato fechando a porta ao sair. Rolou no colchão para poder ver o canto do quarto. Lá estava a bacia que ela usava para se lavar. Jun Do desejou poder alcançá-la para ver se a água ainda estava quente.

Ao anoitecer o capitão apareceu para uma visita. Ele acendeu duas velas e se sentou em uma cadeira. Olhando para ele, Jun Do pôde ver que trouxera uma sacola.

– Olhe aqui, filho – disse o capitão, e então tirou da sacola um atum e duas cervejas Ryoksong. – Está na hora de recuperar a saúde.

O capitão abriu as garrafas e, com sua faca de contramestre, fez um corte grosseiro e dividiu o atum ao meio.

– Aos heróis – disse o capitão.

E, sem muito ânimo, os dois beberam. O atum, contudo, era exatamente o que Jun Do queria. Ele saboreou a gordura do mar no céu da boca.

– A pesca foi boa? – Jun Do perguntou.

– As águas estavam cheias de peixes – disse o capitão. – É claro que não foi o mesmo sem você e o segundo imediato. Tivemos ajuda de uns rapazes do *Kwan Li*. Você soube que o capitão deles perdeu o braço?

Jun Do respondeu positivamente com um aceno de cabeça.

O capitão balançou a sua.

– Quero que você saiba que sinto muito pelo que fizeram com você. Quis avisá-lo, mas não teria feito muita diferença.

– Bem, acabou – disse Jun Do.

– A parte da dor acabou, e você aguentou firme, ninguém mais poderia ter feito o que você fez. Agora vem a parte da recompensa – disse o capitão. – Vão lhe dar algum tempo para se recuperar, esperar um pouco para ver como as coisas vão ficar, e depois vão querer exibi-lo. Um herói que arriscou a vida sob a mira de armas para salvar outro herói jogado para os tubarões pelos americanos? Pense bem, você será uma história e tanto. Eles não vão perder a oportunidade de usar isso. Depois do que aconteceu com o Mestre do Enlatamento e com o capitão do *Kwan Li*, eles precisam de boas notícias. Você poderá pedir o que quiser.

– Já me mandaram para a escola de idiomas – disse Jun Do, acrescentando: – Você acha que é possível... quero dizer, com as correntes e tudo mais... que ele volte?

– Todos amamos aquele garoto – disse o capitão. – E todos cometem erros, mas ele não pode voltar. Não há mais lugar para ele nesta história. Tudo mudou. Você precisa se convencer disso. A garota já superou, certo?

Contudo, antes que Jun Do pudesse responder, o capitão percebeu o mapa na parede. A luz estava fraca no quarto, então ele se levantou com uma vela.

– Que diabos é isso? – perguntou, e começou a arrancar os alfinetes e a jogá-los no chão. – Faz uma semana que aquele garoto se foi e ele continua me atormentando.

O capitão arrancou o mapa da parede.

– Preste atenção – disse –, há algo que você precisa saber. Pensamos que o segundo imediato não levara nada consigo, mas não havíamos procurado direito. Ninguém pensou em dar uma olhada no porão, onde ficava o seu equipamento.

– O que você está querendo dizer?

– Um dos seus rádios se foi. Ele levou um rádio.

– Foi o preto? – perguntou Jun Do. – Ou o com os botões prateados?

– O com os mostradores verdes – respondeu o capitão. – Isso vai ser um problema? Pode nos prejudicar?

Jun Do agora entendia tudo: o segundo imediato na balsa, na escuridão, com nada além de uma bateria, o brilho verde de um rádio e cigarros sem fósforos.

– Aquele rádio é bem simples – disse Jun Do. – Podemos conseguir outro.

– Este é o espírito – o capitão disse, agora sorrindo. – Estou sendo um idiota, coma mais um pouco de atum. E a garota? O que você acha dela? Conversei com ela, sabe? Ela o admira muito. O que posso fazer por você? Precisa de alguma coisa?

A cerveja estava começando a fazer efeito.

– Aquela vasilha ali – ele disse. – Pode pegá-la para mim?

– Claro, claro – respondeu o capitão, mas quando a pegou examinou-a com desconfiança. Por um momento pareceu que ele ia cheirá-la, mas então ele a entregou a Jun Do.

Jun Do rolou para o lado e colocou a vasilha embaixo do lençol. Então o único som ouvido no quarto foi o da urina enchendo a vasilha em jatos rápidos.

O capitão começou a falar por sobre o som:

– Bem, você terá de pensar um pouco. Agora é um herói, e vão lhe perguntar o que quer. Você já tem alguma coisa em mente?

Quando terminou, Jun Do abriu os olhos. Então entregou a vasilha ao capitão com cuidado.

– A única coisa que eu quero – disse Jun Do – é ficar no *Junma*. Sinto-me bem nele.

– É claro que se sente – disse o capitão. – Seu equipamento está lá.

– E há energia à noite.

– E há energia à noite – o capitão respondeu. – Está resolvido. Agora você mora no *Junma*. É o mínimo que posso fazer. Mas o que você realmente quer? Algo que só os oficiais podem lhe dar.

Jun Do hesitou. Depois tomou um gole da cerveja e tentou pensar em algo que a Coreia do Norte podia lhe dar para tornar sua vida melhor.

O capitão percebeu a hesitação e começou a dizer o que outros que haviam realizado grandes atos tinham pedido.

– ...como os caras de Yongbyon, que apagaram o incêndio na estação elétrica: um deles recebeu um carro, saiu no jornal. Outro cara pediu um telefone: feito, sem perguntas, puxaram um fio para o apartamento dele. Quando se é um herói, é assim que funciona.

– Preciso pensar um pouco – disse Jun Do. – Você me pegou desprevenido. Não consigo imaginar nada agora.

– Veja bem, eu já sabia disso – disse o capitão. – Conheço você porque somos família. Você é o tipo de cara que não quer nada para si. É um cara que não precisa de muita coisa, mas que quando se trata dos outros o céu é o limite. Você mostrou isso naquele dia, realmente provou que é assim, e agora está agindo como família. Fui preso pela minha tripulação, você sabe que sou um herói, mas precisei passar quatro anos preso para que meus rapazes pudessem ir para casa. Foi assim que me provei.

O capitão parecia agitado, preocupado. Ainda estava segurando a vasilha de urina, e Jun Do queria dizer-lhe para soltá-la. O capitão inclinou-se na cadeira e pareceu que ia sentar no colchão.

– Talvez seja porque sou velho – disse. – Quero dizer, outras pessoas têm problemas. Muitas pessoas têm problemas maiores, mas simplesmente não consigo viver sem ela. Simplesmente não consigo. Não consigo parar de pensar nela, minha mente sempre volta ao mesmo lugar, e não tenho raiva nem me ressinto do que aconteceu. O problema é que preciso da minha esposa. Preciso tê-la de volta. E, veja bem, você pode fazer isso por mim, está em posição para fazer isso acontecer. Muito em breve você poderá dizer o que quer, e tudo pode acontecer.

Jun Do tentou falar, mas o capitão interrompeu-o.

– Ela está velha, sei o que você está pensando. Também estou velho, mas isso não tem nada a ver com idade. Na verdade, só parece piorar a cada ano. Quem diria que poderia ficar pior? Ninguém lhe diz isso, ninguém nunca fala sobre essa parte.

O capitão ouviu os cachorros se movendo no telhado e olhou para cima. Colocou a jarra no lugar onde ela estava e se levantou.

– Durante algum tempo seríamos como estranhos – disse. – Depois que eu a recuperasse, haveria coisas sobre as quais ela não poderia falar. Mas então, aos poucos, nos redescobriríamos, tenho certeza. E aí tudo voltaria a ser como antes.

O capitão pegou o mapa.

– Não diga nada – ele disse. – Não diga absolutamente nada. Só pense um pouco, é tudo que peço.

Então, à luz da vela, o capitão enrolou o mapa com as duas mãos. Era um gesto que Jun Do já o vira fazer umas mil vezes. Significava que ele havia tomado uma decisão, distribuído as tarefas para os homens, e não importava se tinha redes cheias ou vazias pela frente: quando uma decisão era tomada, desencadeava uma série de eventos.

Um ruído veio do pátio lá em baixo, seguido por um som que podia ser um grito ou uma risada, e de alguma forma Jun Do soube que a esposa do segundo imediato estava no centro daquelas pessoas bêbadas. De cima veio o barulho das unhas dos cachorros contra o chão de cimento. E Jun Do seguiu esse som à medida que ele avançava para a extremidade do telhado. Até mesmo no 10º andar as janelas conseguiam capturar os sons, e de todo o bloco habitacional vieram os rangidos das pessoas abrindo suas persianas para ver qual cidadão estava aprontando.

Jun Do deu impulso para se levantar, e usando uma cadeira como andador conseguiu alcançar a janela. O brilho da lua estava fraco, mas ele conseguiu localizar as pessoas no pátio pelas suas risadas, embora só enxergasse silhuetas escuras. Ele conseguia imaginar o brilho dos cabelos dela, seu pescoço e seus ombros.

A cidade de Kinjye estava escura – o centro de distribuição de pão, o magistrado, a escola, a estação de rádio. Até mesmo o gerador do bar de caraoquê estava em silêncio, sua luz azul neon apagada. O vento assobiava na antiga fábrica de enlatados e ondas de calor emanavam das câmaras de vapor da nova fábrica. Havia apenas a silhueta da casa do Mestre do Enlatamento, e no porto só se via uma única luz – o capitão estava lendo no *Junma*. Mais além estava o mar negro. Jun Do ouviu um fungar e olhou para cima, em direção ao teto, avistando duas patas e o focinho inclinado de um filhote de cachorro olhando para ele.

Ele havia acendido uma vela e estava sentado numa cadeira, coberto por um lençol, quando ela entrou vacilante pela porta. Ela havia chorado.

– Idiotas – disse, e acendeu um cigarro.

– Volte – alguém gritou do pátio lá embaixo. – Estávamos só brincando.

Ela foi até a janela e jogou um peixe neles.

Virou-se, então, para Jun Do e disse:

– O que você está olhando?

Ela abriu a gaveta de uma cômoda e pegou algumas roupas do marido.

– Vista uma camiseta, por favor – disse, jogando uma camiseta branca para ele.

A camiseta era pequena e tinha um cheiro forte, o cheiro do segundo imediato. Foi difícil enfiar os braços pelas mangas.

– Talvez o bar de caraoquê não seja um bom lugar para você frequentar – ele disse.

– Idiotas – ela repetiu, sentando-se para fumar na outra cadeira e olhando para cima como se estivesse tentando entender algo. – Eles passaram a noite brindando ao meu marido, chamando-o de herói.

Ela passou a mão no cabelo.

– Tomei dez taças de vinho de ameixa. Então eles começaram a escolher músicas tristes no aparelho de caraoquê. Quando cantei "Pochonbo", fui incrível. Aí eles começaram a brigar *para ver quem conseguia me distrair.*

– O que fez você querer passar tempo com aqueles caras?

– Preciso deles – ela disse. – Vão escolher meu novo marido em breve, portanto preciso causar uma boa impressão nas pessoas. Eles precisam saber que sei cantar. Este é o meu trunfo.

– Aqueles caras são burocratas locais. Não são ninguém.

Ela colocou a mão na barriga como se não estivesse se sentindo bem.

– Estou tão cansada de pegar parasitas de peixe e depois ter de tomar pílulas de cloro. Sinta meu cheiro, fedo a cloro e peixe. Você acredita que foi meu pai quem fez isso comigo? Como posso ir para Pyongyang cheirando a cloro e peixe desse jeito?

– Ouça – disse Jun Do. – Sei que parece ruim, mas seu pai provavelmente sabia quais eram as opções. Ele deve ter escolhido a que seria melhor para você.

Agora ele se sentia um mentiroso ao pensar no argumento que sempre usava com os meninos: *Você não sabe pelo que seus pais estavam passando. Eles não o teriam deixado no orfanato se não fosse para o seu bem. Talvez fosse a única opção que tinham.*

– Duas vezes por ano aqueles caras visitavam a cidade. Eles colocavam todas as moças em uma fila, e as bonitas simplesmente... – Ela inclinou a cabeça e soprou a fumaça. – ...desapareciam. Meu pai tinha um contato, portanto eu sempre me livrava. Passava o dia em casa, fingindo que estava doente. Depois ele me mandou para aquele lugar. Mas de que isso vale? Por que ficar segura, sobreviver, se vou passar anos limpando peixe?

– O que aquelas garotas são agora? – perguntou Jun Do. – Garçonetes, faxineiras, ou ainda pior? Você acha que passar 15 anos fazendo uma dessas coisas seria melhor?

– Se é assim que funciona, me diga. Se é isso que acontece com elas, eu quero saber.

– Não tenho como saber. Nunca estive na capital.

– Então não diga que elas viraram prostitutas – ela disse. – Aquelas garotas eram minhas amigas – continuou, dirigindo-lhe um olhar irritado – Que tipo de espião é você, afinal de contas?

– Sou um operador de rádio.

– Por que será que não consigo acreditar em você? Por que você não tem um nome de verdade? Tudo que sei é que meu marido, que tinha a maturidade de um menino de 13 anos, tinha adoração por você. Por isso ele mexia nos seus rádios. Foi por isso que quase incendiou o navio lendo seus dicionários à luz de uma vela no banheiro.

– Espere – ele disse. – O operador disse que foi um problema na fiação.

– Acredite no que quiser.

– Foi ele quem começou o incêndio?

– Você quer saber o que mais ele não lhe contou?

– Eu teria lhe ensinado um pouco de inglês. Tudo que ele precisava fazer era perguntar. Para que ele queria aprender inglês?

– Ah, ele tinha um monte de planos ridículos.

– Para fugir?

– Ele disse que precisava de uma grande distração. Disse que o Mestre do Enlatamento teve uma boa ideia: produzir uma cena tão terrível que ninguém iria querer se aproximar. É aí que se consegue escapar.

– Mas a família do Mestre do Enlatamento não escapou.

– Não – ela disse. – Eles não escaparam.

– E depois da distração, qual era o plano?

Ela deu de ombros.

– Eu nunca quis fugir – disse. – Ele queria ver o mundo. Para mim, isso é Pyongyang. Finalmente consegui que ele a visse.

Todo o esforço que fizera naquela noite exaurira Jun Do. Ele enrolou o lençol amarelo na cintura. O que queria era se deitar.

– Você parece cansado – ela disse. – Está pronto para a sua vasilha?

– Acho que sim – ele respondeu.

Ela pegou a vasilha, mas na hora de passá-la para ele não a soltou. Os dois ficaram ali segurando a vasilha juntos, a luz da vela fazendo seus olhos parecerem insondáveis.

– A beleza não vale nada aqui – ela disse. – A única coisa que importa é a quantidade de peixes que você consegue processar. Ninguém se importa se canto bem, exceto os rapazes, que só querem me distrair quando canto. Mas é em Pyongyang que está o teatro, a ópera, a televisão, os filmes. Somente em Pyongyang eu terei algum valor. Apesar de todos os seus erros, era isso que meu marido estava tentando me dar.

Jun Do respirou fundo. Quando ele usasse a vasilha significaria o fim da noite, e ele não queria que ela acabasse, pois então a esposa do segundo imediato apagaria a vela e o quarto ficaria tão escuro quanto o mar onde estava o segundo imediato.

– Queria estar com o meu rádio – ele disse.

– Você tem um rádio? – ela perguntou. – Onde está?

Ele acenou com a cabeça em direção à janela e à casa do Mestre do Enlatamento lá em baixo.

– Está na minha cozinha – disse.

Jun Do dormiu a noite inteira, acordando apenas de manhã – uma grande mudança no seu relógio biológico. Todos os peixes que estavam pendurados no teto haviam sumido, e seu rádio estava na cadeira, as peças soltas em uma tigela de plástico. Quando o noticiário começou, ele pôde sentir o bloco residencial inteiro zunir com 200 alto-falantes. Olhou para o lugar na parede onde o mapa estava enquanto o noticiário transmitia informações sobre as negociações que logo teriam lugar na América, sobre a inspeção da fábrica de cimento de Sinpo pelo Querido Líder, informando que a Coreia do Norte havia derrotado o time de badminton líbio vencendo todos os sets, e, finalmente, lembrando que era ilegal comer andorinhas, já que elas controlavam a população de insetos que se alimentava de mudas de arroz.

Jun Do levantou-se com dificuldade e pegou um pedaço de papel marrom. Depois, tirou as calças sujas de sangue que usava havia quatro dias, desde que tudo acontecera. Do lado de fora, no final do corredor, havia uma fila para o banheiro do 10º andar. Com todos os adultos na fábrica de enlatados, a fila era composta por senhoras idosas e crianças, cada uma com pedaços de papel na mão. Quando chegou sua vez, contudo,

Jun Do viu que a cesta de lixo estava cheia de páginas amassadas do *Rodong Sinmun*, que era ilegal rasgar – que dirá usá-las para limpar o traseiro.

Ele passou um bom tempo no banheiro. Finalmente, pegou duas conchas de água, e quando estava saindo uma senhora na fila o parou.

– É você quem mora na casa do Mestre do Enlatamento, não é? – ela perguntou.

– É verdade – respondeu Jun Do.

– Eles deviam queimar aquele lugar – ela disse.

A porta do apartamento estava aberta quando ele voltou. Do lado de dentro, Jun Do deparou com o velho que o interrogara. Ele estava com o par de Nikes na mão.

– Que diabos há no seu telhado?

– Cachorros – respondeu Jun Do.

– Animais imundos. Você sabia que eles são ilegais em Pyongyang? É assim que tem de ser. Além disso, qualquer dia vou começar a criar porcos. – Ele levantou os Nikes. – O que é isso?

– Um tipo de sapatos americanos – respondeu Jun Do. – Nós os encontramos nas nossas redes uma noite.

– Não me diga. Para que servem?

Era difícil acreditar que um interrogador de Pyongyang nunca vira um par de tênis atléticos. Não obstante, Jun Do explicou:

– Acho que são para fazer exercícios.

– Já ouvi falar nisso – disse o velho. – Esses americanos trabalham para produzir coisas que não servem para nada só por prazer.

Apontando para o rádio, o interrogador fez outra pergunta:

– E aquilo?

– É trabalho – disse Jun Do. – Estou consertando-o.

– Ligue.

– Não está todo montado – Jun Do apontou para a tigela cheia de peças. – E mesmo que estivesse, não tem antena.

O velho colocou os tênis no lugar e foi até a janela. O sol brilhava no céu, mas ainda estava se levantando, e o ângulo fazia a água brilhar.

– Olhe para aquilo – ele disse. – Eu poderia ficar admirando esse mar para sempre.

– É um mar muito bonito, senhor – disse Jun Do.

— Se um cara descesse até aquela doca e jogasse uma linha – disse o velho –, conseguiria pescar alguma coisa?

O melhor lugar para pescar ficava mais ao sul, onde a fábrica de enlatados despejava restos de peixe no mar, mas Jun Do respondeu:

— Sim, acho que conseguiria.

— E no norte, em Wonsan – continuou o velho –, lá tem praias, não é?

— Nunca estive lá – respondeu Jun Do. – Mas é possível ver areia do nosso barco.

— Olhe – disse o velho. – Eu lhe trouxe isso.

Ele entregou uma caixa de veludo vermelho a Jun Do.

— É a sua medalha por atos de heroísmo. Eu a colocaria em você, mas vejo que não é o tipo de cara que gosta de objetos de metal. Gosto disso.

Jun Do não abriu a caixa.

O velho interrogador voltou a olhar pela janela.

— Para sobreviver neste mundo precisamos muitas vezes ser covardes, mas pelo menos uma vez heróis.

Depois de dizer isso, o interrogador riu.

— Pelo menos foi o que um cara me disse quando eu o espancava.

— Só quero voltar para o meu barco – disse Jun Do.

O velho olhou para ele.

— Acho que a água salgada fez sua camiseta encolher – disse, e levantou a manta de Jun Do para ver suas cicatrizes, que estavam vermelhas e molhadas nas extremidades.

Jun Do puxou o braço de volta.

— Calminho aí, tigrão. Você terá muito tempo para pescar. Primeiro, temos de mostrar algo àqueles americanos. Eles têm de pagar. Ouvi dizer que um plano está sendo traçado. Portanto, precisamos deixá-lo apresentável. Agora mesmo. Parece que os tubarões venceram.

— Isso é algum tipo de teste, não é mesmo?

O velho interrogador sorriu.

— O que você quer dizer?

— Perguntar sobre Wonsan como um idiota quando todos sabem que ninguém se aposenta lá. Todos sabem que é um lugar onde os líderes militares passam férias. Por que você simplesmente não diz o que quer de mim?

Um lampejo de incerteza passou pelo rosto do interrogador. Ele hesitou por um breve momento e então sorriu.

— Ei – disse –, sou eu quem deveria estar intimidando você. – E deu uma gargalhada. – Mas nós dois somos legalmente heróis. Estamos no mesmo time. Nossa missão é pegar os americanos que fizeram isso com você. Primeiro, entretanto, preciso saber se você tem algum tipo de acordo com o capitão. Não podemos ter surpresas.

— Do que você está falando? – perguntou Jun Do – Não, jamais.

Ele olhou pela janela. Metade da frota havia ido para o mar, mas o *Junma* estava com as redes espalhadas nas docas secando antes de passar por um trabalho de manutenção.

— Tudo bem então. Esqueça que eu disse isso. Se você não disse nada para irritá-lo, acredito em você.

— O capitão é minha família – disse Jun Do. – Se você tem algo a dizer sobre ele é melhor dizer agora.

— Não é nada. É só que ele veio me perguntar se eu podia colocá-lo em outro barco.

Jun Do olhou para o velho sem querer acreditar no que ele estava dizendo.

— O capitão disse que está cansado de heróis, que não tem muito tempo e que só quer fazer seu trabalho e pescar. Eu não me preocuparia: o capitão é um homem capaz, forte, mas todos envelhecem, perdem a flexibilidade. Já vi isso acontecer muitas vezes.

Jun Do sentou-se em uma cadeira.

— É por causa da esposa dele – disse. – Tem de ser isso. Foram vocês que fizeram isso com ele: deram a esposa dele a outro cara.

— Duvido que tenha sido assim. Não conheço o caso, mas ela já estava velha, certo? Não há muitos maridos substitutos procurando mulheres velhas. O capitão foi para a prisão, então ela o deixou. Provavelmente foi isso. Como diz o Querido Líder: *A resposta mais simples é sempre a correta.*

— E quanto à esposa do segundo imediato? É você quem está tomando conta do caso dela?

— Ela é uma moça bonita, se dará bem. Você não precisa se preocupar com ela. Ela não viverá mais embaixo de cachorros, isso é certo.

— O que vai acontecer com ela?

— Acho que tem um guarda carcerário de Sinpo na lista, e também um representante aposentado do Partido em Chongwang fazendo um pouco de alarde para colocar as mãos nela.

— Achei que garotas do tipo dela eram mandadas para Pyongyang.

O velho inclinou a cabeça.

— Ela não é mais nenhuma virgem – disse finalmente. – Além disso, já tem 20 anos e é cabeça-dura. A maioria das garotas que vão para Pyongyang tem 17 anos e sabe ouvir. Mas por que você se importa? Você não a quer para si, não é?

— Não – respondeu Jun Do. – De jeito nenhum.

— Porque isso não é tão heroico. Se você quer uma garota, podemos encontrar uma para você. Mas a esposa de um camarada morto? Não recomendo.

— Não estou dizendo que é isso que quero – disse Jun Do. – Mas sou um herói. Tenho direitos.

— Privilégios – corrigiu o velho. – Você tem alguns privilégios.

Ele havia passado o dia trabalhando no rádio. A luz estava boa perto da janela. Depois ele usou a ponta de um fio como chave de fenda e derreteu fios finos de solda com uma vela acesa. Assim, também podia ficar de olho no ancoradouro para observar o capitão andar de um lado para outro no convés.

Quando estava perto de anoitecer ela voltou.

— Vejo que um de vocês ainda está trabalhando – ela disse.

— Não consegui ficar na cama sem nenhum peixe para o qual olhar. Eles eram meu passatempo.

— Seria uma sensação – ela disse – aparecer em Pyongyang com uma mala cheia de peixes.

Então, colocou os cabelos para trás, revelando um novo par de brincos feitos de pequenos fios de ouro.

– Não foi uma troca ruim, não é mesmo? Terei de usar meus cabelos presos para que as pessoas possam vê-los.

Ela foi até o rádio.

– Funciona?

– Sim – Jun Do respondeu. – Sim, improvisei uma antena. Mas precisamos instalá-la no teto antes que desliguem a energia.

Ela pegou o par de Nikes.

– Tudo bem – respondeu. – Mas há algo que quero fazer primeiro.

Eles desceram as escadas devagar até o 6º andar. Passaram por apartamentos de onde vinham palavras familiares, mas a maioria estranhamente estava em silêncio. As paredes tinham slogans do Querido e do Grande Líder, além de ilustrações de crianças cantando com cancioneiros sobre a revolução do metal e camponeses parando diante de suas safras abundantes, as foices erguidas para contemplar a luz pura da sabedoria infinita.

A esposa do segundo imediato bateu a uma porta, esperou por um momento e depois entrou. As janelas estavam cobertas por papel de ração e a sala tinha o cheiro de homens sujos que Jun Do sentia nos túneis da zona desmilitarizada. Diante deles estava um homem sentado em uma cadeira de jantar de plástico com o pé enfaixado sobre um banco. Ele usava um macacão da fábrica de enlatados e seu crachá dizia: "Líder de Equipe Gun". Os olhos de Gun se iluminaram quando ele viu os tênis. Apontando para eles, Gun perguntou a ela:

– Você pode conseguir outros?

– Talvez – ela respondeu.

Nesse momento ela viu uma caixa em cima da mesa do tamanho de um bolo de funeral.

– É isso?

– Sim – ele disse observando os Nikes, e depois apontou para a caixa. – Não foi fácil conseguir isso, veio diretamente do sul.

Sem examinar o conteúdo, ela colocou a caixa debaixo do braço.

– O que seu amigo quer? – perguntou Gun.

Jun Do olhou em volta da sala, para as caixas de estranhas bebidas alcoólicas chinesas, para as latas de tecido velho e para os fios pendurados onde provavelmente havia um alto-falante. Havia uma gaiola cheia de coelhos. Ele mesmo respondeu à pergunta:

– Não preciso de nada.

– Ah, mas perguntei o que você quer – disse Gun, sorrindo pela primeira vez. – Vamos lá, aceite um presente. Acho que tenho um cinto aqui que deve caber em você.

Ele pegou um saco de plástico no chão cheio de cintos.

– Não se incomode – disse Jun Do.

A esposa do segundo imediato viu um par de sapatos de que gostou. Eles eram pretos e seminovos. Enquanto ela os experimentava, Jun Do deu uma olhada nas caixas de mercadorias. Havia cigarros russos, saquinhos de pílulas com rótulos e um recipiente cheio de óculos de sol. Havia também uma pilha de panelas, os cabos apontando para direções diferentes, visão que lhe causou tristeza.

Em uma pequena prateleira ele encontrou seus dicionários de inglês, identificando-os pelas anotações que havia feito nas margens, observando todas as expressões que já achara impossível compreender, como "rum seco" ou "quase lá". Pouco depois ele encontrou a escova de barbear que pertencera ao capitão. Jun Do não culpou o segundo imediato por roubar coisas, nem mesmo coisas pessoais, mas quando observou sua esposa examinando os sapatos pretos diante de um espelho de repente se perguntou se era ela ou o marido que as vendia ali.

– Ok – ela disse. – Vou querê-los.

– Eles parecem bons – disse Gun –, o couro é japonês. Como você deve saber, são os melhores. Traga-me outro par de Nikes e poderemos fazer a troca.

– Não – ela respondeu. – Os Nikes são muito mais valiosos. Quando eu conseguir outro par, veremos o que você tem de equivalente.

– Quando você tiver outro par, os trará para mim. Combinado.

– Combinado.

– Bom – continuou o velho –, pode levar os sapatos. Você fica me devendo.

– Fico lhe devendo – ela repetiu.

– Tudo bem. Quando chegar a hora de cobrar o favor, vou procurá-la, e então estaremos quites.

Com a caixa debaixo do braço, ela virou se para partir. Em uma mesinha, contudo, algo chamou a atenção de Jun Do. Ele apanhou-o.

Era o relógio de um chefe de estação pendurado numa corrente. O Chefe do Orfanato tinha um relógio igual, que governava a vida inteira dos dois, do amanhecer até as luzes se apagarem, dizendo a que horas ele deveria colocar os meninos para limpar tanques sépticos ou mandá-los em turnos para secar poços de drenagem de óleo pendurados apenas por cordas. Aquele relógio ditava todos os momentos, e ele nunca dizia as horas aos meninos, mas ele havia aprendido a interpretar suas expressões faciais para saber como seriam as coisas até a checagem seguinte.

– Pode levar o relógio – disse Gun. – Consegui-o com um velho que disse que ele nunca dera problema.

Jun Do colocou o relógio de volta. Quando eles saíram e fecharam a porta, ele perguntou:

– O que aconteceu com ele?

– Machucou o pé no ano passado num vaporduto sob pressão, algo assim.

– No ano passado?

– O capataz disse que a ferida não vai fechar.

– Você não deveria ter feito aquele acordo com ele – disse Jun Do.

– Quando ele vier cobrar – ela respondeu – não estarei mais aqui.

Jun Do olhou para ela. Neste momento, sentiu-se sinceramente triste pela esposa do segundo imediato. Pensou nos homens que estavam competindo por ela, no guarda carcerário de Sinpo e no velho chefe do Partido em Chongwang, homens que exatamente naquele momento preparavam suas casas para recebê-la. Será que eles haviam recebido alguma foto dela, ouvido alguma história, ou simplesmente tomaram conhecimento pelos alto-falantes da notícia trágica de que um herói fora devorado por tubarões, deixando uma bela viúva?

Depois de subirem a escada em caracol até o telhado, eles abriram a porta de metal, empurrando-a para revelar a escuridão da noite, iluminada apenas pelas estrelas. Os cachorros adultos estavam soltos e inquietos, seus olhos identificando-os imediatamente. No centro do telhado havia um galpão com uma tela para evitar que os cachorros fossem picados por insetos, esfregada com sal grosso e pimenta verde em grãos, secando ao ar do oceano.

– É muito bonito aqui em cima – ele disse.

– De vez em quando venho aqui para pensar – ela disse.

Os dois olharam para a água.

– Como é no mar?

– Quando perdemos a praia de vista – ele disse – podemos ser qualquer pessoa, de qualquer lugar. É como se não tivéssemos passado. No mar tudo é espontâneo, cada gota d'água que respinga no barco, cada pássaro que parece surgir de lugar nenhum. Pelas ondas do rádio as pessoas dizem coisas que jamais imaginaríamos. Aqui nada é espontâneo.

– Estou ansiosa para ouvir o rádio – ela disse. – Será que você consegue sintonizar a estação pop de Seul?

– Não é esse tipo de rádio – ele disse enquanto enfiava a antena pela tela do canil dos filhotes, os cachorrinhos se encolhendo de medo.

– Não entendi.

Jun Do jogou o cabo por sobre a mureta para que eles pudessem puxá-lo pela janela abaixo.

– Esse rádio não recebe transmissões – explicou –, ele faz transmissões.

– E para que serve isso?

– Temos uma mensagem para transmitir.

Dentro do apartamento seus dedos trabalharam rápido para prender o cabo da antena e um pequeno microfone.

– Tive um sonho – ele disse. – Sei que não faz sentido, mas sonhei que seu marido tinha um rádio, que ele estava em uma balsa remando nas águas cintilantes, claras como mil espelhos.

– Ok – ela disse.

Jun Do ligou o rádio e os dois ficaram olhando pelo brilho amarelo de sódio do medidor de energia. Ele sintonizou-o em 63 MHz e depois apertou o disjuntor.

– Terceiro imediato para segundo imediato. Terceiro imediato para segundo imediato, câmbio – Jun Do repetiu, sabendo que, assim como não podia ouvir, o segundo imediato não podia responder. Finalmente, ele disse:– Meu amigo, sei que você está aí, então não se desespere.

Jun Do poderia ter explicado como desentrançar um fio de cobre dos condutores da bateria e depois conectar o cabo aos dois polos, aquecendo-o o bastante para acender um cigarro. Jun Do poderia ter explicado ao segundo imediato como fazer um compasso com o ímã dos circuitos do rádio, ou como em volta dos capacitores há uma folha de metal que ele poderia usar como espelho de sinalização.

Mas as técnicas de sobrevivência de que o segundo imediato precisava também incluíam aguentar a solidão e enfrentar o desconhecido, assuntos em que Jun Do tinha alguma prática.

– Durma durante o dia – disse-lhe Jun Do. – À noite você estará com a mente clara. Observamos as estrelas juntos, converse com elas à noite. Se elas estiverem no lugar certo, você estará bem. Use a imaginação apenas no futuro, jamais no presente ou no passado. Não tente lembrar dos rostos das pessoas, pois você entrará em desespero quando não conseguir visualizá-las com clareza. Se for visitado por pessoas de longe, não pense nelas como fantasmas. Trate-as como sua família, faça-lhes perguntas, seja um bom anfitrião.

– Você precisará de um propósito – ele prosseguiu. – O propósito do capitão era nos levar para casa seguros. Sua proposta será manter-se firme a fim de poder resgatar a moça que rema na escuridão. Ela está em apuros e precisa de ajuda. Você é o único que pode ajudá-la. Vasculhe o horizonte à noite, procure as luzes e chamas. Você precisa salvá-la para mim. Sinto muito por tê-lo deixado na mão. Eu tinha a obrigação de cuidar de você. Deveria ter salvado você e fracassei. Você era o verdadeiro herói. Quando os americanos vieram, você nos salvou a todos, e quando precisou de nós não estávamos lá para ajudá-lo. De alguma forma, um dia o compensarei por isso.

Jun Do interrompeu a transmissão e a agulha do medidor parou.

A esposa do segundo imediato só observava.

– Deve ter sido um sonho triste, pois essa foi a mensagem mais triste que alguém já mandou para outra pessoa.

Quando Jun Do concordou com a cabeça, ela disse:

– Quem é a moça que rema à noite?

– Não sei – ele disse. – Ela estava no sonho.

Ele entregou-lhe o microfone.

– Acho que você deveria dizer algo a ele – disse.

Ela não o pegou.

– Quem teve o sonho foi você, não eu. O que eu diria? – perguntou.

– O que posso dizer a ele?

– O que você teria dito a ele se soubesse que não o veria outra vez? – ele perguntou. – Ou não diga nada. Ele me disse como gostava quando você cantava.

Jun Do ficou de joelhos, virou-se e rolou no colchão de palha. Deitado de costas, ele respirou fundo várias vezes. Quando tentou tirar a camisa, não conseguiu.

– Não ouça – ela lhe disse.

Ele colocou os dedos nos ouvidos, tendo a mesma sensação de quando usava fones de ouvido, e observou seus lábios se moverem. Ela falou pouco, os olhos voltados para as janelas, e então, quando ele percebeu que ela estava cantando, tirou os dedos dos ouvidos para ouvir a canção de ninar:

> *O gatinho está no berço, o bebê está na árvore.*
> *Os pássaros lá em cima abrem os biquinhos.*
> *Papai está no túnel, preparando-se para a tempestade.*
> *Lá vem mamãe com as mãos cansadas.*
> *Ela está segurando o avental para o bebê ver.*
> *O bebê, cheio de confiança, solta a árvore.*

Sua voz era simples e pura. Todos conheciam canções de ninar, mas de onde ele se lembrava desta? Será que alguém algum dia havia cantado para ele, há tanto tempo que Jun Do não conseguia se lembrar?

Quando ela terminou, desligou o rádio. As luzes logo seriam apagadas, então ela acendeu uma vela. Depois, voltou para perto de Jun Do, e havia algo em seus olhos.

– Eu precisava fazer aquilo – disse. – Não sabia que precisava.

Ela respirou fundo.

– Sinto como se um peso tivesse sido tirado dos meus ombros.

– Foi lindo – Jun Do disse. – Reconheci a canção.

– Claro que reconheceu – ela disse. – Todo mundo a conhece.

Ela colocou a mão dentro da caixa.

– Eu passei esse tempo todo com isso na mão e você não quis saber o que é.

– Então me mostre – ele respondeu.

— Feche os olhos.

Ele fechou. Primeiro ele ouviu o som do zíper do macacão dela se abrindo, e depois veio o som do processo inteiro: a abertura da caixa, o roçar do cetim, o farfalhar enquanto ela o vestia e o puxava pelas pernas, e depois um sussurro quando ele se ajustou ao seu corpo, os braços entrando nas mangas quase sem produzir som algum.

— Pode abrir os olhos — ela disse, mas ele não queria abri-los.

Com os olhos fechados, ele via sua pele em flashes da posição confortável de alguém que não pode ser visto. Ela depositara sua confiança nele, e ele não queria que aquilo acabasse.

Ela se ajoelhou ao lado dele, e quando Jun Do abriu os olhos viu que ela estava usando um vestido amarelo brilhante.

— É o tipo de roupa que usam no Ocidente — ela disse.

— Você está linda — Jun Do falou. — Vamos tirar esta camiseta.

Ela passou uma perna por sobre a cintura dele, a borda do vestido cobrindo a região central. Montada em seu colo, ela puxou seus braços até fazê-lo sentar. Depois, pegou a camiseta e deixou a gravidade fazer seu trabalho enquanto ele voltava a deitar-se.

— Consigo ver seus brincos daqui — ele disse.

— Então talvez eu não precise cortar meu cabelo.

Ele olhou para ela. O amarelo do vestido brilhava contra o negro dos seus cabelos. Ela perguntou:

— Por que você nunca se casou?

— *Sungbun* ruim.

— Ah — ela disse. — Seus pais foram denunciados?

— Não — ele respondeu. — As pessoas pensam que sou órfão.

— Então é por isso — ela disse, voltando atrás logo em seguida. — Desculpe, isso não soou bem, o jeito que eu disse.

O que havia para ser dito? Jun Do deu de ombros. Ela continuou:

— Você disse que o objetivo do meu marido era salvar a moça que remava no seu sonho.

— Só lhe disse isso para ajudá-lo a ficar firme e concentrado — disse Jun Do. — A missão sempre é sobreviver.

— Meu marido não está vivo, está? Se ele estivesse, você me diria, certo?

– Sim, eu diria – Jun Do respondeu. – Mas não, ele não está vivo.
Ela olhou nos olhos dele.

– Minha canção... Todos puderam ouvir aquela transmissão?

– Todos no Mar Oriental.

– E em Pyongyang, conseguiram ouvi-la lá?

– Não – ele disse. – É muito longe, há as montanhas. O sinal viaja mais longe sobre a água.

– Mas havia alguém ouvindo? – ela perguntou.

– Navios, estações de navegação, tripulações navais, todos ouviram. E tenho certeza de que ele ouviu também.

– No seu sonho?

– Sim, no meu sonho – respondeu Jun Do. – No sonho em que ele navegava para longe, as luzes claras, seu rádio. Ele é tão real quanto os tubarões que vieram das águas negras e seus dentes no meu braço. Sei que uma coisa é real e a outra é sonho, mas esqueço o tempo todo qual é qual, pois as duas parecem verdadeiras. Não posso dizer o que é verdade. Não sei.

– Fique com a história bonita, com as luzes claras, a história em que ele pode nos ouvir – ela disse. – Esta é a história verdadeira, e não a história assustadora com os tubarões.

– Mas não é mais assustador estar completamente só no mar, totalmente isolado de todos, sem amigos, sem família, sem direção, sem nada além de um rádio para consolá-lo?

Ela tocou o rosto dele.

– Esta é a sua história – ela disse. – Você está tentando me contar a sua história, não é?

Jun Do olhou para ela.

– Oh, meu querido, sinto muito – disse. – Pobrezinho. Não precisa ser assim. Saia da água, as coisas podem ser diferentes. Você não precisa de um rádio, estou bem aqui. Você não precisa escolher ficar só.

Ela inclinou-se e deu um beijo carinhoso na testa de Jun Do. Depois, deu mais dois, um em cada bochecha. Permaneceu, então, sentada analisando-o. Pegou a mão dele. Quando se inclinou outra vez, movendo-se como se para beijá-lo, parou para examinar seu peito.

– O que foi? – ele perguntou.
– É besteira – ela disse, cobrindo a boca.
– Não, não é, me diga.
– É só que me acostumei a olhar para o meu marido e ver meu rosto no peito dele. Não estou acostumada a outra coisa.

Quando os apitos para os trabalhadores de choque soaram de manhã e o bloco residencial se tornou uma colmeia de alto-falantes, eles foram até o teto retirar a antena. O sol matutino brilhava sobre as águas, mas não estava quente o bastante para atrair moscas ou aumentar o fedor vindo das fezes dos cachorros. Estes, que pareciam passar o dia juntos, mordendo um ao outro, agora estavam encolhidos numa única massa peluda ao ar frio da manhã, os pelos brancos de orvalho.

A esposa do segundo imediato andou até a amurada e sentou com as pernas penduradas do outro lado. Jun Do sentou-se ao lado dela, mas a visão do pátio dez andares abaixo o fez fechar os olhos por um momento.

– Não vou poder usar o luto como desculpa por muito tempo – ela disse. – No trabalho, me deram uma sessão de críticas e renovaram minhas cotas.

Lá embaixo uma procissão de trabalhadores vestindo macacões atravessava o pátio, passando pelas trilhas dos carros de peixe e pela casa do Mestre do Enlatamento em direção à fábrica de processamento de peixe.

– Eles nunca olham para cima – ela disse. – Sempre me sento aqui para observá-los. Ninguém nunca olhou para cima e me viu.

Jun Do reuniu coragem para olhar para baixo e descobriu que não era o mesmo que olhar para as profundezas do oceano. Cem pés de ar ou mar matariam qualquer um, mas a água era capaz de levá-lo lentamente para outro lugar.

No mar naquele momento era difícil olhar para o sol, refletido em vários raios de luz pela água. Se aquilo lhe lembrava o sonho de Jun Do sobre seu marido, ela não demonstrava. O *Junma* agora estava visível, distinto dos outros barcos no ancoradouro, a arfagem peculiar da proa para a popa balançada pelo mínimo movimento das águas causado pelos barcos que passavam ao seu lado. Suas redes já estavam de volta a bordo, e logo ele voltaria ao mar. Protegendo e forçando os olhos, Jun Do conseguia ver uma silhueta na amurada olhando para a água. Somente o capitão era capaz de olhar para a água daquela forma.

Lá embaixo, no pátio, um Mercedes preto estacionou. O carro percorreu lentamente a trilha pequena e sulcada dos carros de peixe e parou na grama do pátio. Dois homens com ternos pretos desceram.

– Não acredito – ela disse. – Está acontecendo.

O homem lá embaixo protegeu os olhos e passou-os pelo prédio. Ao som da batida das portas do carro, os cachorros se levantaram e balançaram os pelos para se secar. Ela virou-se para Jun Do.

– Está acontecendo – repetiu, e depois foi até a porta de metal que dava para as escadas.

A primeira coisa que ela fez foi colocar o vestido amarelo, desta vez sem pedir a Jun Do que fechasse os olhos. Depois, começou a correr de um lado para outro no apartamento jogando as coisas na mala.

– Não posso acreditar que eles já chegaram – disse, olhando em volta com uma expressão que sugeria que estava perdendo tudo de que precisava.

– Não estou pronta. Não tive chance de cortar o cabelo. Não estou nem perto de estar pronta.

– Eu me preocupo com você – disse-lhe Jun Do. – E não vou deixar que eles a levem.

Ela estava tirando coisas das gavetas.

– Fico muito feliz com isso – ela disse. – Você é maravilhoso, mas é o meu destino, preciso ir.

– Precisamos tirá-la daqui – respondeu Jun Do. – Talvez consigamos levá-la até seu pai. Ele saberá o que fazer.

– Você está louco? – ela perguntou. – É por causa dele que estou presa aqui.

Por alguma razão, ela entregou uma pilha de roupas a ele.

– Eu deveria ter lhe contado uma coisa – ele disse.

– O quê?

– O velho interrogador descreveu os caras que selecionaram para você.

– Que caras?

– Um deles será seu marido substituto.

Ela parou de fazer as malas.

– Há mais de um?

– Um é guarda carcerário em Sinpo. O outro é velho, um representante do Partido de Chongwang. O interrogador não sabia qual deles vai ficar com você.

Ela inclinou a cabeça, confusa.

– Deve ter havido algum erro.

– Vamos tirá-la logo daqui – ele disse. – Posso escondê-la por algum tempo até eles voltarem.

– Não – ela disse, os olhos fixos sobre ele. – Você pode fazer alguma coisa, você é um herói, tem poder. Eles não podem lhe dizer não.

– Não acho – disse Jun Do. – Não acho que é assim que funciona.

– Diga-lhes para irem embora, diga-lhes que vai se casar comigo.

Bateram na porta.

Ela agarrou o braço dele.

– Diga-lhes que vai se casar comigo – ela disse.

Ele estudou o rosto dela, vulnerável. Jun Do nunca a vira assim.

– Você não vai querer casar comigo – ele disse.

– Você é um herói – ela respondeu. – E sou a esposa de um herói. Você só precisa vir para mim.

Ela pegou a bainha da saia e a segurou como se fosse um avental.

– Você é o bebê na árvore, só precisa confiar em mim.

Jun Do foi até a porta, mas parou antes de abri-la.

– Você falou qual era o objetivo do meu marido – ela disse. – Qual é o seu? E se for eu?

– Não sei se tenho algum objetivo – Jun Do respondeu. – Mas você sabe qual é o seu: é Pyongyang, e não um cara que trabalha com rádios em Kinjye. Não se subestime, você sobreviverá.

– Sobreviverei como você? – ela perguntou.

Ele não disse nada.

– Você sabe o que é? – ela disse. – Você é um sobrevivente que não tem nada pelo que valha a pena viver.

– O que você preferiria? Que eu morresse por algo que me importasse?

– Foi o que meu marido disse – ela respondeu.

A porta foi aberta à força. Eram os dois homens do Mercedes. Eles não pareciam felizes depois de terem subido todos aqueles degraus.

– Pak Jun Do? – perguntou um deles, e quando Jun Do confirmou com um aceno da cabeça, ele prosseguiu: – Você terá de nos acompanhar.

O outro perguntou:

– Você tem um terno?

Os homens de terno levaram Jun Do no Mercedes pelas trilhas da fábrica de enlatados antes de pegarem uma estrada militar que percorria as montanhas de Kinjye sinuosamente. Jun Do virou-se para ver tudo ficar para trás em flashes rápidos pela janela traseira. Através de aberturas ao longo da estrada ele podia ver barcos balançando no azul do mar no ancoradouro e a cerâmica brilhando no telhado da casa do Mestre do Enlatamento. Por um momento ele viu a torre vermelha que homenageava o 15 de Abril na cidade, que de repente parecia uma das vilas felizes que eles pintavam nas paredes laterais dos centros de distribuição de ração. Sobre a montanha havia apenas uma nuvem de vapor subindo da fábrica de enlatados, uma última faixa prateada de mar e mais nada. Ele estava de volta à vida real – havia sido destacado para uma nova tarefa, e Jun Do não tinha ilusões do tipo de trabalho que ela traria. Ele virou-se para os homens de terno. Eles conversavam sobre um colega que estava doente. Especulavam se ele tinha um estoque de comida e sobre quem ficaria com o seu apartamento se ele morresse.

 O Mercedes tinha limpadores automáticos no para-brisa, algo difícil de ver, e o rádio era de última geração, capaz de captar estações da Coreia do Sul e o *Voice of America*. Essa simples infração seria o bastante para levar alguém para um campo de mineração – exceto se esse alguém estivesse acima da lei. Enquanto os homens conversavam, Jun Do observou que eles tinham dentes de ouro, algo possível apenas em Pyongyang. "Sim", pensou o herói, "talvez esta seja a missão mais terrível que eu já tive de enfrentar".

 O Mercedes chegou a uma base aérea deserta. Alguns dos hangares haviam sido transformados em estufas, e no campo ao redor da pista de decolagem Jun Do pôde ver aviões de carga quebrados que haviam sido empurrados para fora do asfalto. Havia aviões quebrados em todas as posições, suas fuselagens agora servindo apenas de casas de avestruz, as cabecinhas deles observando-o passar pelas janelas da cabine. Eles se aproximaram de um pequeno avião comercial com os motores ligados. Dois homens de terno azul desceram a escada do avião. Um era velho e baixinho, como um vovô usando as roupas do neto. O velho deu uma olhada em Jun Do e depois se virou para o homem ao seu lado.

– Onde está o terno dele? – perguntou. – Camarada Buc, eu lhe disse que ele deveria ter um terno.

O Camarada Buc era jovem e magro, com óculos redondos. Seu broche de Kim Il-sung estava perfeitamente colocado. Mas ele tinha uma cicatriz vertical profunda acima do olho direito. Ela separava sua sobrancelha em duas partes que não se alinhavam perfeitamente.

– Você ouviu o doutor Song – ele disse aos motoristas. – O homem precisa de um terno.

O Camarada Buc empurrou o motorista mais baixinho para perto de Jun Do, e comparou os ombros dos dois. Depois, fez o mais alto ficar de costas para as costas de Jun Do. Quando Jun Do sentiu as espáduas nas costas do homem, começou a se dar conta de que dificilmente voltaria para o mar, de que nunca saberia o que aconteceu com a esposa do segundo imediato, vindo-lhe à mente a imagem do seu vestido amarelo sendo tocado por um velho guarda carcerário de Sinpo. Ele pensou em todas as transmissões que perderia, sobre as vidas que continuariam sem ele. Ao longo de toda a sua vida ele havia sido destacado para trabalhos sem aviso ou explicação. Nunca houvera motivo para fazer perguntas ou especulações sobre o porquê: isso não mudaria o trabalho que tinha de ser feito. Todavia, antes ele não tinha nada a perder.

O doutor Song disse ao motorista mais alto:

– Vamos, tire logo isso.

O motorista começou a tirar o paletó.

– Este terno é de Shenyang – queixou-se.

O Camarada Buc desmentiu-o:

– Você o comprou em Hamhung, ou não se lembra?

O motorista desabotoou a camisa e depois dos punhos, e quando tirou o paletó Jun Do ofereceu-lhe a camiseta de trabalho do segundo imediato em troca.

– Não quero essa camiseta horrorosa – disse o motorista.

Antes que Jun Do pudesse vestir a nova camisa, o doutor Song disse:

– Ainda não. Vamos dar uma olhada nessa mordida de tubarão. Então, baixou os óculos e se abaixou para olhar o braço de Jun Do mais de perto. Tocou a ferida delicadamente, rodando o braço para examinar os pontos.

À luz do sol, Jun Do podia ver a vermelhidão em torno das suturas e a umidade nos pontos.

– Muito convincente – disse o doutor Song.

– Convincente? – disse Jun Do. – Quase morri por causa disso.

– O momento não poderia ser mais perfeito – disse o Camarada Buc. – Esses pontos terão de sair. Você vai mandar um dos seus médicos fazer isso, ou a mensagem seria mais forte se os arrancássemos nós mesmos?

– Que tipo de médico é você? – perguntou Jun Do.

O doutor Song não respondeu. Seus olhos aquosos estavam fixados na tatuagem do peito de Jun Do.

– Vejo que nosso herói é um amante do cinema – disse o doutor Song, e deu uma batidinha no braço de Jun Do com o dedo como sinal para que ele se vestisse, perguntando em seguida: – Você sabia que Sun Moon é namorada do Camarada Buc?

O Camarada Buc sorriu para o velho:

– Ela é minha vizinha – corrigiu-o.

– Em Pyongyang? – Jun Do perguntou, percebendo imediatamente que a pergunta deixara claro como ele era bronco.

Para esconder a ignorância, ele completou:

– Então você conhece o marido dela, o comandante Ga.

O doutor Song e o Camarada Buc ficaram em silêncio. Jun Do continuou:

– Ele ganhou o Cinturão de Ouro no taekwondo. E dizem que ele limpou as forças militares de homossexuais.

A expressão bem-humorada havia sumido do olhar do doutor Song. O Camarada Buc olhou em outra direção.

O motorista tirou um pente e um maço de cigarros do bolso e os colocou no paletó de Jun Do. Depois, começou a desabotoar as calças.

– Chega de falar sobre o sucesso do comandante Ga – disse o doutor Song.

– É isso mesmo – disse o Camarada Buc. – Vejamos como esse paletó fica em você.

Jun Do colocou o paletó. Ele não sabia se havia ficado bem ou não. De cuecas, o motorista entregou as calças e depois a última coisa: uma gravata de seda. Jun Do correu os olhos por ela, percorrendo as extremidades, em alguns lugares grossa, e em outros, fina.

– Vejam só – disse o motorista, acendendo um cigarro e soprando a fumaça. – Ele não sabe nem amarrar uma gravata.

O doutor Song pegou a gravata.

– Venha aqui, vou lhe mostrar algumas coisas sobre o Ocidente – disse, e depois perguntou ao Camarada Buc: – Vamos usar o nó Windsor ou o semi-Windsor?

– Faça o esportivo – disse Buc. – É o que os jovens estão usando.

Juntos, eles conduziram Jun Do escada acima. No último degrau, o Camarada Buc virou-se para o motorista e disse:

– Preencha uma requisição do secretário da sua alocação regional. Eles o colocarão na fila para um novo terno.

Jun Do olhou para trás e viu suas roupas no chão, prestes a serem espalhadas entre as casas de avestruz pelo ar levantado pelo avião.

Dentro da cabine havia retratos com molduras de ouro do Querido Líder e do Grande Líder nas anteparas. O avião cheirava a cigarro e pratos sujos. Jun Do identificou que ele já havia carregado cachorros. Observou as fileiras de assentos vazios, mas não viu nem sinal de animais. Havia apenas um homem sentado na frente com um terno preto e um quepe militar de abas altas. Ele estava sendo servido por uma aeromoça com uma pele perfeita. Nos fundos do avião meia dúzia de jovens estavam distraídos com papéis. Um deles usava um computador que abria e fechava. Jun Do viu uma balsa salva-vidas jogada sobre alguns assentos com um dispositivo vermelho para inflá-la e instruções em russo. Ele colocou a mão nela – o mar, o sol, uma lata de carne. Tantos dias no mar.

O Camarada Buc se aproximou.

– Você tem medo de voar? – perguntou.

– Não – respondeu Jun Do.

Os motores foram ligados e o avião começou a andar na pista.

– Sou o responsável por esta aquisição – continuou o Camarada Buc. – Este avião já me levou a lugares no mundo inteiro: para comprar caviar fresco em Minsk, para comprar uísque na França. Portanto, você não precisa se preocupar: ele não vai cair.

– O que estou fazendo aqui? – perguntou Jun Do.

– Venha comigo – disse o Camarada Buc. – O doutor Song quer que você conheça o Ministro.

Jun Do balançou a cabeça em sinal de concordância e eles foram até a parte da frente do avião, onde o doutor Song conversava com o Ministro.

– Dirija-se a ele apenas como "Ministro" – sussurrou o Camarada Buc. – E nunca fale com ele diretamente, apenas através do doutor Song.

– Ministro – disse o doutor Song –, este é Pak Jun Do, um verdadeiro herói da República Popular Democrática.

O Ministro balançou a cabeça desdenhosamente. Seu rosto tinha um grosso bigode cinzento e sobrancelhas igualmente grossas que obscureciam seus olhos.

– Sim, Ministro – continuou o doutor Song. – O senhor pode ver que o rapaz é forte e belo, não é?

O Ministro balançou a cabeça positivamente.

O doutor Song prosseguiu:

– Talvez em breve passemos mais tempo juntos, não é mesmo?

O Ministro deu de ombros e lhe dirigiu um olhar que queria dizer "talvez sim, talvez não".

E isso foi tudo que conversaram.

Enquanto se afastavam, Jun Do perguntou:

– Do que ele é ministro?

— Do petróleo e dos pneus — respondeu o doutor Song rindo. — Ele é o meu motorista. Mas não se preocupe, aquele homem já viu tudo que há para ser visto no mundo. Ele é forte. Seu único trabalho é não dizer nada nesta viagem e aprovar tudo, além de talvez terminar minhas perguntas. Você deve ter percebido como guiei suas respostas, certo? Isso manterá os americanos ocupados enquanto fazemos nossa mágica.

— Americanos? — perguntou Jun Do.

— Aqueles motoristas não lhe explicaram nada? — indagou o doutor Song.

O avião fez a curva no final da pista e começou a acelerar. Jun Do se segurou no corredor.

— Não acho que nosso herói já tenha voado alguma vez — disse o Camarada Buc.

— É verdade? Você nunca voou? — perguntou o doutor Song. — Vamos colocá-lo em um assento então, estamos prestes a decolar.

Com a formalidade de um mandarim, o doutor Song conduziu-os aos seus assentos.

— Este é o cinto de segurança — disse a Jun Do. — Um herói pode usá-lo ou não, conforme queira. Sou velho e não preciso de segurança, mas, Camarada Buc, você deve colocar o cinto. Você é jovem, tem esposa e filhos.

— Vou colocar só para deixá-lo mais despreocupado — respondeu o Camarada Buc, e colocou o cinto.

O Ilyushin levantou voo no vento oeste e depois seguiu para o norte, de modo que a costa ficou a estibordo. Jun Do podia ver a sombra do avião na água e a imensidão azul do mar. Ele não via a água onde pescava com o capitão do *Junma*, mas as correntes que o levavam em missões para o Japão, cada uma pior do que a outra. A pior parte era sempre a longa viagem de volta, ouvindo os sequestrados no porão gritando e batendo como se estivessem lutando para se libertar das cordas. Ele olhou em volta na cabine e imaginou uma vítima de sequestro amarrada em um daqueles assentos. Imaginou-se arrastando um americano e depois passando 16 horas com ele dentro do avião.

— Acho que você escolheu o homem errado para o trabalho — disse Jun Do. — Talvez meus arquivos sugiram que sou um especialista em sequestros, e isso é verdade. Liderei várias missões, e apenas dois alvos morreram sob os meus cuidados. Mas não sou o mesmo homem. Essas mãos agora só sabem sintonizar rádios. Elas não sabem mais fazer o que você quer delas.

– Tão direto e honesto – disse o doutor Song. – Não acha, Camarada Buc?

– Você escolheu bem – respondeu o Camarada Buc. – Os americanos vão jurar que ele está sendo sincero.

O doutor Song virou-se para Jun Do.

– Meu jovem – disse –, nesta missão você empregará suas palavras, e não seus punhos.

O Camarada Buc continuou:

– O doutor Song está indo para o Texas para preparar o terreno para discussões futuras.

– São discussões para preparar outras discussões – disse o doutor Song. – Nada formal, sem delegações, sem fotos, sem seguranças: você estará apenas abrindo um canal.

– Conversas sobre o quê? – perguntou Jun Do.

– O assunto não importa – respondeu o doutor Song. – Somente a sua postura. Os Ianques querem algumas coisas de nós. Você sabe que usamos barcos de pesca para muitas tarefas importantes. Quando chegar a hora, você contará a história do seu amigo que foi jogado aos tubarões pela Marinha americana. Os americanos são muito civilizados. Uma história como essa terá um impacto sobre eles, especialmente sobre as esposas.

A aeromoça trouxe um copo de suco para o doutor Song, ignorando Jun Do e o Camarada Buc.

– Ela é uma beleza, não é mesmo? – perguntou o doutor Song. – Percorremos a nação inteira para encontrá-las. Meu jovem, sei que você só se importa com prazer. Eu sei, você não pode mentir para mim. Aposto que está salivando para conhecer uma agente da CIA. Posso garantir que elas não se parecem com as sedutoras divas dos filmes.

– Nunca assisti a um filme – disse Jun Do.

– Você nunca assistiu a nenhum filme? – perguntou o doutor Song.

– Nenhum completo – respondeu Jun Do.

– Ah, as americanas vão comer na palma da sua mão. Espere só elas verem esse ferimento, Jun Do. Espere até ouvirem sua história.

– Mas minha história – disse Jun Do – é tão improvável. Eu mesmo mal consigo acreditar nela.

O doutor Song disse ao Camarada Buc:

– Por favor, meu amigo, traga-nos o tigre.

Quando Buc saiu, o doutor Song virou-se para Jun Do:

– De onde você é? – perguntou. – Histórias são fatos. Se o Estado declara que um fazendeiro é um virtuoso da música, é melhor que todos comecem a chamá-lo de maestro. E é melhor que ele comece a tomar aulas de piano em segredo. Para nós, a história é mais importante do que as pessoas. Se um homem está em conflito com sua história, é o homem quem deve mudar.

Então o doutor Song tomou um gole de suco e levantou o dedo, um pouco trêmulo.

– Mas na América as histórias das pessoas mudam o tempo todo. Na América é o homem que importa. Talvez acreditem na sua história, e talvez não. Mas em *você*, Jun Do, eles acreditarão.

O doutor Song chamou a aeromoça.

– Este homem é um herói da República Popular Democrática da Coreia, então lhe traga um copo de suco.

Depois que ela saiu correndo para pegá-lo, ele disse:

– Está vendo? – E, balançando a cabeça, continuou: – Mas tente explicar tudo isso ao bunker central. – Então apontou para baixo, e Jun Do soube que ele estava apontando para o Querido Líder Kim Jong-il.

O Camarada Buc voltou com um isopor de gelo, que entregou a Jun Do.

– O tigre – disse.

Dentro dele estava um pedaço de carne enrolado num saco plástico sujo. Havia grama na carne, que estava quente.

Jun Do disse:

– Acho que vamos precisar de gelo.

Mas o doutor Song sorriu:

– Ah – disse –, os americanos. Já posso ver as caras deles.

– Tigre! Imagine a reação deles – o Camarada Buc estava rindo. – Eu adoraria – continuou em inglês –, mas já comi tigre no almoço.

– Parece delicioso – disse o doutor Song.

– Que pena que estou fazendo uma dieta só com leopardo – disse o Camarada Buc. – Espere até o Ministro entrar em cena.

– O Ministro vai querer cozinhá-la pessoalmente, não é? – o doutor Song disse. – O Ministro insiste em que todos os americanos participem.

Jun Do olhou para o isopor, que tinha uma cruz vermelha. Ele já havia visto um isopor como aquele – era o tipo que usavam para transportar sangue em Pyongyang.

– Duas coisas sobre os americanos – disse o doutor Song. – Em primeiro lugar, eles pensam rápido e refletem sobre tudo. Você precisa lhes dar uma charada para guiar suas mentes. É para isso que usaremos o Ministro. Em segundo lugar, eles precisam ter superioridade moral. Não sabem como negociar sem ela. Sempre iniciam seus discursos falando sobre direitos humanos, liberdades pessoais etc. Mas o tigre muda tudo. Eles ficarão perplexos diante da ideia de que seríamos capazes de comer uma espécie que corre risco de extinção. Isso vai fazê-los pensar imediatamente que são superiores. Aí poderemos começar a agir.

O Camarada Buc disse em inglês:

– Deixe-me passar-lhe a bandeja, Senador.

– Sim, Senador – disse o doutor Song. – Você precisa repetir.

Eles riram até verem o rosto de Jun Do.

– Você entende – disse o doutor Song –, aí dentro do isopor só tem costela de vaca. A parte do tigre é só uma história. É isso que estaremos servindo-lhes, uma história.

– Mas e se eles comerem? – perguntou Jun Do. – Se eles acreditarem que é tigre, e não querendo nos ofender comerem e se sentirem moralmente aviltados, não vão tirar vantagem nas discussões?

O Camarada Buc virou-se esperando a resposta do doutor Song.

– Se os americanos usarem o bom senso e mantiverem as cabeças no lugar – disse o doutor Song –, nenhum tigre vai enganá-los. Eles perceberão que isso é carne bovina. Mas se estiverem só brincando conosco, se não estiverem interessados em esclarecer os fatos e negociar a sério, então sentirão o gosto de tigre.

– Você acha que se acreditarem na história do tigre eles acreditarão na minha história? – perguntou Jun Do.

O doutor Song deu de ombros.

– Sua história certamente vai lhes dar algo para mastigar – disse.

Um dos jovens da equipe do departamento de compras do Camarada Buc se aproximou com três relógios idênticos. O Camarada Buc pegou-os.

– Um para o Ministro – disse, entregando os outros ao doutor Song e a Jun Do. – Estão no horário do Texas. Todos ficarão com um igual. É uma mensagem para os americanos sobre a igualdade e a solidariedade coreanas.

– E você? – perguntou Jun Do. – Qual é o seu relógio?

O Camarada Buc respondeu:

– Não vou para o Texas.

– Infelizmente o Camarada Buc não nos acompanhará – disse o doutor Song. – Ele tem outra missão.

O Camarada Buc ficou em pé.

– Sim, e preciso preparar a minha equipe.

A aeromoça passou com toalhas e entregou uma ao doutor Song.

– O que preciso fazer? – perguntou o Camarada Buc quando ela saiu.

– Ela não consegue evitar – respondeu o doutor Song. – As mulheres reagem naturalmente à atração exercida por um cavalheiro mais velho. É fato: somente um homem mais velho pode satisfazer uma mulher.

O Camarada Buc riu.

– Você sempre disse que somente um homem de baixa estatura pode satisfazer uma mulher.

O doutor Song declarou:

– Não sou um homem de baixa estatura. Tenho a mesma altura que o Querido Líder, além de usar o mesmo tamanho de sapato.

– É verdade – concordou o Camarada Buc. – Já fiz compras para o Querido Líder. Eles têm o mesmo tamanho.

Jun Do sentou-se perto da janela enquanto eles voavam para o norte sobre Sakhalin, Kamchatka e o Mar de Okhotsk, onde o capitão havia ficado preso, em algum lugar lá na imensidão azul. Eles ultrapassaram o pôr do sol voando em direção ao norte, passando pela luz eterna do verão. Pararam na base da Força Aérea russa em Anadyr para reabastecer, e todos os velhos pilotos vieram admirar o Ilyushin 11-62, que concluíram que tinha 47 anos. Eles passaram as mãos na fuselagem do avião e conversaram sobre os problemas que foram corrigidos em versões superiores, e todos tinham uma história de arrepiar os cabelos sobre pilotá-los antes de o que restou da frota ser levado para a África no final dos anos 80. O controlador de tráfego aéreo se aproximou, um homem corpulento, e Jun Do identificou os lugares onde ele já havia sido acometido pela geladura. O controlador de tráfego aéreo disse que até mesmo os substitutos do Ilyushin – os primeiros Antonovs e Tupolevs – eram raros hoje em dia.

– Ouvi que o último Ilyushin 11-62 caiu em Angola em 1999 – acrescentou.

O doutor Song falou em russo:

– É lamentável que essa nação que já foi grandiosa, que criou esta bela aeronave, não possa mais produzi-la.

O Camarada Buc acrescentou:

– Por favor, saibam que a notícia do colapso do seu país foi recebida com muita tristeza pela nossa nação.

O Camarada Buc abriu uma maleta com notas novas de US$ 100 para pagar pelo combustível, mas o controlador de tráfego aéreo abanou a cabeça negativamente.

– Euros – disse.

Indignado, o doutor Song irrompeu:

– Sou amigo pessoal do prefeito de Vladivostok.

– Euros – repetiu o controlador.

O Camarada Buc por acaso tinha outra maleta, esta com dinheiro europeu.

Quando estavam partindo, o doutor Song disse aos pilotos que fizessem uma demonstração. Eles usaram toda a potência dos motores durante a subida – uma demonstração e tanto de poder.

As Aleutas, a linha internacional de mudança de data, e, a 9.000 metros, a silhueta de barcos de carga contra o mar verde. O capitão dissera a Jun Do que na costa leste do Japão o mar tinha 9.000 metros de profundidade, e agora ele entendia o que o capitão queria dizer. Vendo a vastidão do Pacífico – como era impossível atravessá-la – ele percebeu quão raras eram as transmissões como as que havia captado no *Junma*.

Onde estava o braço do capitão do *Kwan Li?*, perguntou-se de repente Jun Do. Com quem estavam agora seus antigos dicionários, e quem havia se barbeado naquela manhã com a escova de barbear do capitão? Em que túnel se encontrava sua equipe, e o que havia sido feito da senhora idosa que eles sequestraram, a que dissera que não resistiria se pudesse tirar a foto dele? Que expressão era aquela em seu rosto, e que história a garçonete de Nigata contara sobre a noite em que bebera com sequestradores? A esposa do segundo imediato de repente apareceu em sua mente usando seu macacão da fábrica de enlatados, a pele brilhando com óleo de peixe, os cabelos revoltos por causa do vapor, e o roçar do vestido amarelo que o envolvera o levou a cair num sono profundo.

Em algum lugar sobre o Canadá o doutor Song reuniu todos para dar instruções de protocolo sobre os americanos. Ele conversou com o Ministro, com Jun Do e com os seis rapazes da equipe do Camarada Buc. O copiloto e a aeromoça ouviam a conversa. O doutor Song começou com um preâmbulo sobre os males produzidos pelo capitalismo e relembrando os crimes de guerra cometidos pelos americanos contra povos subjugados. Depois começou a explicar o conceito de Jesus Cristo, examinando o caso especial do negro americano e listando as razões pelas quais os mexicanos haviam desertado para os Estados Unidos. Em seguida explicou por que os americanos importantes dirigiam seus próprios carros e falavam com seus servos como se fossem iguais.

Um jovem perguntou como deveria se comportar caso encontrasse um homossexual.

– Deixe claro que é uma experiência nova para você – disse o doutor Song – e que não há indivíduos desse tipo do lugar de onde vem. Então, trate-o como trataria qualquer estudioso do Juche de Burma, da Ucrânia ou de Cuba.

O doutor Song passou então a coisas mais práticas. Ele disse que não havia problemas em usar sapatos em ambientes fechados. As mulheres eram livres para fumar na América e não deviam ser censuradas. Disciplinar os filhos de outras pessoas na América não era uma atitude bem vista. Ele pegou um pedaço de papel no formato de uma bola de futebol. Com desagrado, o doutor Song falou sobre os padrões de higiene pessoal americanos e depois fez um pequeno discurso sobre o sorriso. Concluiu falando sobre cachorros, observando que os americanos eram muito sentimentais, demonstrando um carinho em particular pelos animais caninos.

– Nunca machuque um cachorro na América – ele disse. – Eles são considerados partes da família e têm nomes, como se fossem pessoas. Também têm suas próprias camas, brinquedos, médicos e casinhas que não devemos chamar de canis.

Quando o avião finalmente deu início ao processo de pouso, o Camarada Buc aproximou-se de Jun Do:

– Uma coisa sobre o doutor Song – disse. – Ele teve uma longa e famosa carreira, mas em Pyongyang você estará tão seguro quanto no seu último ato de sucesso.

– Seguro? – indagou Jun Do. – Seguro em relação a quê?

O Camarada Buc tocou no relógio que Jun Do agora usava no pulso.

– Basta ajudá-lo a conseguir o que quer.

– E você? Não virá conosco?

– Eu? – perguntou o Camarada Buc. – Tenho 24 horas para chegar a Los Angeles, comprar US$ 3 mil em DVDs e voltar. É verdade que você nunca assistiu a um filme?

– Não sou um bronco ignorante. Simplesmente nunca tive oportunidade.

– Agora chegou a sua oportunidade – disse o Camarada Buc. – O doutor Song pediu um filme sobre sopranos.

– Não tenho onde passar um DVD.

– Você dará um jeito.

– E Sun Moon? Eu gostaria de ver um filme com ela.

– Não vendem nossos filmes na América.

– É verdade que ela está triste?

– Sun Moon? – o Camarada Buc concordou com a cabeça. – O marido dela, o Comandante Ga, e o Querido Líder são rivais. O Comandante Ga é famoso demais para ser punido, então é sua esposa quem não consegue mais papéis nos filmes. Nós a ouvimos ao lado da nossa casa. Ela passa o dia inteiro tocando o *gayageum,* ensinando aquele som triste e errante aos filhos.

Jun Do visualizou os dedos de Sun Moon puxando as cordas, cada nota tocando, brilhando e perdendo força como um fósforo que queima até virar fumaça.

– Sua última chance de assistir a um filme americano – disse o Camarada Buc. – Na verdade, eles são o único motivo para aprender inglês.

Jun Do tentou avaliar a natureza daquela oferta. Nos olhos do Camarada Buc ele viu uma expressão que conhecia da sua infância – o olhar de um menino que pensava que o dia seguinte seria melhor. Esse tipo de meninos nunca durava muito. No entanto era deles que Jun Do gostava mais.

– Ok – ele disse. – Qual é o melhor?

– *Casablanca* – respondeu o Camarada Buc. – Dizem que este é o melhor.

– *Casablanca,* então – disse Jun Do. – Fico com esse.

Já era de manhã quando eles pousaram em Dyess, base da Força Aérea de Abilene, Texas.

O relógio biológico de Jun Do agora seria muito útil do outro lado do mundo. Ele estava acordado e alerta – através da janela amarelada do Ilyushin, podia ver que dois carros antigos haviam estacionado no asfalto para recebê-los. Havia três americanos de chapéu – dois homens e uma mulher. Quando o Ilyushin desligou os motores, eles colocaram uma escada de metal para fora.

– Em 24 horas – disse o doutor Song ao se despedir do Camarada Buc.

O Camarada Buc fez uma reverência rápida e depois abriu a porta.

O ar era seco. Cheirava a metal quente e espigas de milho secas. Uma fileira de caças estava estacionada a uma distância embaçada – Jun Do só os vira em murais de inspiração.

Os três anfitriões esperavam no fim da escada. Ao centro estava o Senador, que parecia mais velho que o doutor Song, mas era alto e bronzeado, vestindo calça azul e uma camisa bordada. Jun Do viu um aparelho médico no ouvido do Senador. Se o doutor Song tinha 60 anos, o Senador provavelmente tinha uns dez anos a mais.

Tommy era amigo do Senador – um homem negro, mais ou menos da mesma idade, embora mais magro, com cabelos grisalhos e um rosto mais enrugado. E então havia Wanda. Ela era uma jovem de corpo firme e usava um rabo de cavalo que saía por baixo de um boné onde estava escrito "Blackwater"*. Ela estava vestindo uma camisa de vaqueira com botões prateados.

– Ministro – disse o Senador.

– Senador – respondeu o ministro, e todos se cumprimentaram.

– Venham – disse o Senador. – Temos uma pequena viagem planejada.

O Senador guiou o ministro até um velho carro americano. Quando o Ministro fez menção de abrir a porta do motorista, o Senador guiou-o gentilmente até o outro lado.

Tommy apontou um conversível branco com "Mustang" escrito em letras de cromo.

– Preciso ir com eles – disse o doutor Song.

– Eles estão em um Thunderbird – disse Wanda. – Ele só tem dois assentos.

– Mas eles não falam o mesmo idioma – argumentou o doutor Song, e Tommy respondeu:

– Metade do Texas não fala o mesmo idioma.

Com a capota levantada, o Mustang seguiu o Thunderbird por uma estrada na zona rural. Jun Do foi no banco traseiro com o doutor Song. Tommy dirigia.

Wanda levantou a cabeça ao vento, movendo o rosto de um lado para outro, saboreando-o. Jun Do via à frente e atrás veículos pretos com equipes de segurança. A lateral da estrada brilhava com vidro quebrado. Por que uma estrada rural estaria cheia de cacos de vidro pontiagudos?

---

* Em inglês, "água negra". (N.T.)

Para Jun Do, parecia que alguma tragédia havia acontecido em cada ponto da viagem. E onde estavam todas as pessoas? Eles eram acompanhados por uma cerca de arame farpado, o que dava a sensação de estarem em uma zona de controle. Entretanto, em vez de postes de concreto com isolantes elétricos, os postes eram feitos de galhos brancos carregados de flores que pareciam ossos quebrados, como se alguém houvesse morrido para construir cada metro daquela cerca.

– Este é um carro e tanto – comentou o doutor Song.

– É do Senador – respondeu Tommy. – Somos amigos há muito tempo.

O braço de Tommy estava esticado para fora do carro, ao vento. Ele bateu duas vezes na carcaça de metal.

– Conheci a guerra no Vietnã – disse. – E também conheci Jesus, mas foi só quando dirigi meu primeiro Mustang emprestado, com assentos de couro, que conheci Mary McParsons e me tornei um homem.

Wanda riu.

O doutor Song sentia-se pouco à vontade no assento de couro. Pela sua expressão, Jun Do pôde ver que ele se sentiu profundamente insultado ao saber que estava sentado num lugar onde Tommy já havia tido relações sexuais.

– Oh – prosseguiu Tommy –, ainda me contraio ao pensar no homem que era. Agradeço a Deus por não ser mais o mesmo. Aliás, me casei com Mary McParsons. Fiz a coisa certa, que ela descanse em paz.

O doutor Song viu um anúncio político com a foto do Senador com uma bandeira americana.

– Haverá uma eleição em breve, não é? – perguntou.

– Sim, é verdade – respondeu Tommy. – As prévias do Senador serão em agosto.

– Que sorte a nossa – disse o doutor Song – testemunhar a democracia americana em prática.

Jun Do tentou pensar em como o Camarada Buc responderia ao comentário.

– Excitante – disse Jun Do.

O doutor Song perguntou:

– O Senador conservará sua posição de representante?

– É praticamente certo – respondeu Tommy.

– Certo? – perguntou o doutor Song. – Isso não parece muito democrático.

Jun Do disse:

– Não foi assim que aprendemos que a democracia funciona.

– Responda-me uma coisa – o doutor Song disse a Tommy. – Qual será a participação eleitoral?

Tommy olhou para eles pelo retrovisor:

– Dos votantes registrados? Nas prévias costumam ser de 40%.

– Quarenta por cento?! – exclamou o doutor Song. – A participação eleitoral na República Popular Democrática da Coreia é 90%, a nação mais democrática do mundo. Mas os Estados Unidos não precisam se sentir envergonhados. Seu país ainda pode ser um farol para os outros países com uma participação menor, como Burundi, o Paraguai ou a Chechênia.

– Noventa por cento de participação? – indagou Tommy. – Com uma democracia como essa, tenho certeza de que logo serão 100%.

Wanda riu, mas depois olhou para trás, e quando seus olhos encontraram os de Jun Do ofereceu-lhe um sorriso, parecendo querer incluí-lo na piada.

Tommy voltou a olhar para eles pelo retrovisor.

– Vocês não acreditam mesmo nessa coisa de "nação mais democrática", não é? Vocês sabem a verdade sobre o lugar de onde são, certo?

Wanda interrompeu-o:

– Não lhes faça perguntas como essa. Se derem a resposta errada podem ter problemas quando voltarem para casa.

Tommy continuou:

– Digam-me que pelo menos sabem que o Sul venceu a guerra. Por favor, digam-me que pelo menos sabem isso.

– Mas vocês estão errados, meu querido Thomas – respondeu o doutor Song. – Acredito que foi a Confederação que perdeu a guerra. Foi o Norte quem venceu.

Wanda sorriu para Tommy.

– Um a zero para ele – disse.

Tommy riu:

– Com certeza!

Eles estacionaram num centro comercial para caubóis. O estacionamento estava vazio, exceto pelo Thunderbird e um carro preto estacionado ao lado. Dentro dele, vários vendedores esperavam para vestir os visitantes com trajes no estilo western. O doutor Song traduziu para o Ministro que as botas de caubói eram presentes do Senador e que ele podia escolher qualquer uma delas. O Ministro ficou fascinado com as botas exóticas e experimentou pares feitos com pele de lagarto, avestruz e tubarão. Finalmente, decidiu-se pelo par de pele de cobra, e então os vendedores começaram a procurar pares do seu tamanho.

O doutor Song trocou algumas palavras com o Ministro e depois anunciou:

– O Ministro precisa defecar.

Os americanos ficaram visivelmente com vontade de rir, mas não ousaram. O Ministro saiu por um bom tempo. Jun Do encontrou um par de botas pretas que o atraíram, mas no final as colocou de lado. Depois, analisou vários pares de botas femininas até encontrar o tamanho da mulher do segundo imediato. Elas eram amarelas e rígidas, com uma costura bonita ao redor do dedão.

Ofereceram um tamanho menor que o outro ao doutor Song até um par de botas pretas simples tamanho infantil finalmente caber nele. Pensando em resguardar sua honra, Jun Do disse em voz alta:

– É verdade, você usa o mesmo tamanho que o Querido Líder Kim Jong-il.

Todos observaram enquanto o doutor Song experimentava as botas com uma expressão de prazer, os sapatos na mão. Ele parou diante de um manequim com trajes de caubói:

– Veja só, Jun Do – disse. – Em vez de usarem suas mulheres mais bonitas, os americanos usam pessoas artificiais para exibir suas roupas.

– Muito engenhoso – disse Jun Do.

– Talvez – disse Wanda – nossas mulheres mais bonitas sejam empregadas em outras coisas.

Na parede havia uma moldura de vidro com um machado dentro.

– Olhe – prosseguiu o doutor Song –, os americanos estão sempre preparados para um surto súbito de violência.

O Senador olhou para o relógio, e Jun Do percebeu que ele estava farto daquele joguinho.

Quando o Ministro retornou, entregaram-lhe um par de botas. Cada pedaço de pele de cobra parecia reluzir. Claramente satisfeito, o Ministro deu alguns passos com elas como se fosse um atirador.

– Vocês assistiram a um filme chamado *Matar ou Morrer?* – perguntou-lhes o doutor Song. – É o favorito do Ministro.

E em seguida o Senador voltou a sorrir.

O doutor Song falou para o Ministro:

– Caíram perfeitamente em você, não é?

O Ministro olhou com tristeza para as botas novas. Em seguida, abanou a cabeça negativamente.

O Senador estalou os dedos.

– Vamos pegar outras botas – disse aos vendedores.

– Sinto muito – disse o doutor Song, sentando-se para tirar as botas que tinha nos pés. – Mas o Ministro acredita que seria um insulto ao Querido Líder receber botas novas de presente quando o próprio Querido Líder não recebeu.

Jun Do devolveu as botas que escolhera para a esposa do segundo imediato. De qualquer modo, ele sabia que aquilo era uma ideia absurda. O Ministro também se sentou para tirar as botas.

– Esse erro pode ser corrigido imediatamente – disse o Senador. – É claro que podemos mandar um par de botas para o Senhor Kim. Sabemos que ele usa o mesmo tamanho que o nosso doutor Song. Basta vocês levarem um par extra.

O doutor Song colocou seus sapatos.

– O único insulto – disse – seria um humilde diplomata como eu usar as mesmas botas reservadas ao líder da maior nação da face da Terra.

Wanda revirou os olhos diante da cena. Seu olhar pousou em Jun Do, e ele soube que ela estava intrigada com ele.

Todos saíram sem botas.

★

O rancho fora preparado para dar aos coreanos um gostinho da vida no Texas. Eles atravessaram um pasto antes de entrar na propriedade, quando então passaram para picapes. Mais uma vez o Senador viajou com o Ministro, enquanto o restante do grupo seguiu-os em uma picape de quatro portas. Eles pegaram uma estrada de areia e argila e passaram por arbustos retorcidos pelo vento e árvores floridas que pareciam queimadas e partidas, com até mesmo os galhos mais altos retorcidos até o chão. Havia um campo de plantas pontiagudas como garras brilhando à luz do sol. Eram plantas solitárias na forma como saíam da terra pedregosa, olhando para Jun Do como gestos vindos daqueles que haviam sido enterrados ali.

Durante a viagem pelo rancho, os americanos pareciam ignorar os coreanos, fazendo comentários sobre o gado do qual Jun Do não via sinal e depois usando palavras abreviadas que ele não conseguia entender.

– Blackwater – Tommy disse a Wanda. – São seus novos trajes?

Eles estavam se aproximando de uma série de árvores que brotavam fibras brancas parecidas com vinalon.

– Blackwater?

– É o que seu chapéu diz.

– É só um chapéu livre – ela disse. – Agora acho que estou trabalhando para uma subsidiária civil de um empreiteiro do governo para os militares. Não adianta tentar andar na linha. Tenho três passes para Homeland, e nunca coloquei os pés lá.

– Voltou para Bagdá? – ele perguntou.

Ela olhou para a terra árida do Texas.

– Sexta-feira – ela disse.

O sol estava a pino quando eles desceram da picape. Os sapatos sociais de Jun Do se encheram de areia. Havia uma mesa com um barril térmico com limonada e três cestas de presentes, cada uma embalada com papel celofane. As cestas continham um chapéu de caubói, meio litro de uísque, um maço de cigarros American Spirit, um pouco de carne seca, uma garrafa de água, protetor solar, um lenço vermelho e um par de luvas de couro de bezerro.

– Foi a minha mulher quem preparou – disse o Senador.

Ele os convidou para pegar os chapéus e as luvas das cestas. Uma serra elétrica e um cortador de mato estavam à disposição, e os coreanos colocaram óculos de proteção para abrir caminho entre os arbustos. Através dos vidros era possível ver os olhos do doutor Song fervendo de indignação.

Tommy ligou o cortador de mato e o entregou ao Ministro, que pareceu estranhamente satisfeito ao agitar a lâmina de um lado para outro para cortar os arbustos secos.

Quando chegou a vez do doutor Song, ele disse:

– Parece que também terei o prazer.

Então ajeitou os óculos e ligou a máquina contra os arbustos antes de jogá-la na areia.

– Temo ter pouca aptidão para o cultivo – disse ao Senador. – Mas, como o Grande Líder Kim I-sung aconselha: *Não pergunte o que a República Popular Democrática da Coreia pode fazer por você, e sim o que você pode fazer pela República Popular Democrática da Coreia.*

O Senador engoliu em seco.

Tommy disse:

– Não foi também o grande líder que lamentou por seus cidadãos terem apenas uma vida para dar ao país?

– Tudo bem – disse o Senador. – Vamos ver se vocês conseguem pescar.

Traves haviam sido colocadas às margens do riacho alimentado por bombas hidráulicas. O sol continuava escaldante, e o doutor Song parecia sofrer com seu terno preto. O Senador pegou duas cadeiras de dobrar da traseira da sua picape e ele e o doutor Song sentaram-se à sombra de uma árvore. Embora se abanasse com o chapéu, imitando o Senador, o doutor Song não afrouxou a gravata.

Tommy falou baixo e em tom respeitoso com o Ministro. Jun Do traduziu:

– Arremesse atrás do tronco daquela árvore caída – sugeriu Tommy. – Sacuda a ponta da vara para fazer sua dança da atração enquanto puxa o carretel.

Wanda aproximou-se de Jun Do com dois copos de limonada.

– Uma vez pesquei com cabos elétricos – disse o Ministro. – Muito eficiente.

Era a primeira vez que o Ministro falava. Jun Do não conseguiu pensar em uma forma de tornar sua afirmação mais leve. Finalmente, traduziu-a para Tommy como:

– O Ministro acredita que a vitória é garantida.

Depois, pegou a limonada da mão de Wanda, que erguia a sobrancelha com desconfiança. Com isso, Jun Do percebeu que ela não era apenas uma aeromoça americana servindo drinques a homens poderosos.

O Ministro precisou de alguns arremessos antes de conseguir um bem-sucedido. Tommy gesticulava orientações.

– Aqui – Wanda disse a Jun Do. – Eis a minha contribuição para a sua cesta de presentes.

Então entregou lhe uma lanterna de LED.

– Elas são distribuídas em exposições – explicou. – Estou sempre usando uma.

– Você trabalha no escuro? – ele perguntou.

– Bunkers – ela respondeu. – São minha especialidade. Analiso bunkers reforçados. Meu nome é Wanda, a propósito. Ainda não tinha me apresentado.

– Pak Jun Do – ele disse, apertando a mão dela. – Como você conheceu o Senador?

– Ele visitou Bagdá e fui sua guia em uma turnê pelo Complexo de Saddam em Saladin, uma estrutura impressionante. Túneis com trilhos, ar filtrado, resistentes a armas nucleares. Depois que conhece o bunker de uma pessoa, você passa a saber tudo sobre ela. Você acompanha as notícias sobre a guerra?

– Constantemente – respondeu Jun Do, acendendo a lanterna e apontando a luz para a palma da mão a fim de avaliar sua intensidade. – Os americanos usam lanternas no combate de túnel?

– Como não usar lanternas? – ela indagou.

– Seu exército não possui óculos noturnos?

– Honestamente? – ela disse. – Não acho que os americanos tenham participado desse tipo de combate desde o Vietnã. Meu tio foi um deles, um rato de túnel. Hoje em dia, se houver uma situação no subsolo, eles mandam um robô.

– Um robô?

– Sim, um robô, por controle remoto – ela disse. – Eles têm umas belezinhas dessas.

A vara do Ministro foi puxada por um peixe que fisgou a isca. O ministro tirou os sapatos e entrou na água até os tornozelos. Foi uma luta e tanto, a vara movendo-se para um lado e para o outro, e Jun Do pensou que tinha de haver uma variedade mais calma de peixes para colocar num riacho. A camisa do Ministro estava ensopada de suor quando ele finalmente conseguiu puxar o peixe. Tommy colocou-o no chão, uma coisa branca e gorda. Ele tirou o anzol e depois o ergueu para que todos vissem, um dedo na boca aberta para mostrar os dentes. Depois, Tommy colocou o peixe de volta no riacho.

– Meu peixe! – gritou o Ministro, avançando indignado.

– Ministro – gritou o doutor Song correndo atrás dele.

Ele colocou as mãos nos ombros do ministro, que arfava.

– Ministro – disse com mais calma.

– Por que não passamos para o tiro ao alvo? – sugeriu o Senador.

Eles andaram um pouco pelo deserto. O doutor Song teve muita dificuldade para atravessar o terreno acidentado com os sapatos sociais, embora não tenha aceitado ajuda.

O Ministro falou, e Jun Do traduziu:

– O Ministro ouviu falar que o Texas é o lar da cobra mais venenosa do mundo. Ele deseja atirar em uma para ver se ela é mais poderosa que a temida mamushi do nosso país.

– No meio do dia – disse o Senador – as cobras ficam em suas tocas, onde é mais fresco. É de manhã que elas saem.

Jun Do traduziu a resposta para o Ministro, que disse:

– Diga ao Senador americano que ordene ao seu criado negro que coloque água no buraco da cobra, então eu atirarei no animal assim que ele sair.

Ao ouvir a resposta, o Senador sorriu e abanou a cabeça:

– O problema é que a cobra é protegida.

Jun Do traduziu, mas a resposta deixou o Ministro confuso.

– Protegida do quê? – ele quis saber.

Jun Do perguntou ao Senador:

– Do que elas são protegidas?

– Das pessoas – o Senador respondeu. – São protegidas por lei.

O Ministro achou isso muito engraçado: que cobras perigosas, que matavam homens, fossem protegidas de suas vítimas.

Eles chegaram a uma banca com vários revólveres típicos do Velho Oeste enfileirados um ao lado do outro. Várias latas haviam sido colocadas a distância para servir de alvos. Os revólveres calibre 45 eram pesados e antigos, garantiu-lhes o Senador, todos tendo deixado seus atiradores para trás. Seu bisavô fora xerife daquele lugar, e aquelas pistolas haviam sido guardadas como evidências de casos de assassinato.

O doutor Song não quis atirar.

– Não confio nas minhas mãos – disse ele, e sentou-se à sombra.

O Senador disse que seus dias de atirador também haviam ficado para trás.

Tommy começou a carregar as armas.

– Temos várias pistolas – disse a Wanda. – Vai nos dar uma demonstração?

Ela estava apertando o rabo de cavalo.

– Quem? Eu? – perguntou. – Acho que não. O Senador ficaria chateado se eu deixasse nossos convidados sem graça.

O Ministro, porém, estava à vontade com as armas. Ele pegou as pistolas, manuseando-as como se tivesse passado a vida inteira fumando, conversando e atirando em coisas colocadas a distância por seus criados em vez de estacionado perto de um meio-fio lendo o *Rodong Sinmun* enquanto esperava que as reuniões do seu chefe, o doutor Song, terminassem.

– A Coreia – disse o doutor Song – é uma terra montanhosa. Tiros de revólver são imediatamente ecoados pelos cânions. Aqui o barulho some na distância, nunca volta.

Jun Do concordou. Era realmente triste que um som tão forte fosse engolido pela paisagem, que o som de um disparo não produzisse eco.

O Ministro foi surpreendentemente preciso, e logo estava imitando os caubóis, sacando rápido e tentando acertar alvos difíceis enquanto Tommy recarregava suas armas. Todos assistiram enquanto o Ministro esvaziava caixas e caixas de munição, atirando com as duas mãos, um cigarro nos lábios, as latas pulando e caindo. Naquele dia *ele* realmente era um ministro: as pessoas dirigiam *para ele*; *ele* puxava o gatilho.

O Ministro virou-se para os outros, falando em inglês: *Três Homens em Conflito** – disse, soprando a fumaça do cano da arma.

A casa do rancho só tinha o andar térreo e ficava oculta entre as árvores. Em um curral ali perto havia mesas de piquenique e uma grelha "chuckwagon"** com várias pessoas em fila para o almoço. As cigarras cantavam, e Jun Do podia sentir o cheiro do carvão usado para cozinhar. A brisa do meio-dia soprava seguindo em direção a nuvens muito distantes para prometer chuva. Cachorros soltos pulavam de um lado a outro perto da cerca do curral. Em certo momento os cachorros identificaram algo se mexendo no meio de um arbusto a alguma distância. Eles ficaram alerta, seus pelos eriçados. Enquanto eles passavam, o Senador gritou:

– Pega! – e, ao seu comando, os cachorros saíram correndo em direção a um grupo de aves pequenas que fugiram rapidamente por entre as folhagens.

Quando os cachorros voltaram, o Senador lhes deu um pouco de comida que tirou do bolso, e Jun Do entendeu que no comunismo se usavam ameaças para fazer um cachorro obedecer, enquanto no capitalismo a obediência era obtida pelo suborno.

A fila para o almoço não seguia nenhuma ordem de hierarquia ou prioridade – o Senador, a mão de obra do rancho, os empregados domésticos, os agentes de segurança em ternos pretos, as mulheres dos

---

* Alusão ao faroeste *The Good, The Bad and The Ugly*, de 1966. No filme, Clint Eastwood, Eli Wallach e Lee Van Clef disputam uma fortuna enterrada em um cemitério.

** Carroça típica dos Estados Unidos do século XIX, atualmente adaptada para comportar utensílios domésticos. (N.T.)

representantes do Texas – todos se misturavam na fila. Enquanto o Ministro se sentava à mesa de piquenique para ser servido pela esposa do Senador, o doutor Song e Jun Do entraram na fila com pratos de papel. O jovem perto de Jun Do e do doutor Song apresentou-se como um candidato ao título de PhD da universidade. Ele estava escrevendo uma dissertação sobre o programa nuclear da Coreia do Norte. Ele se inclinou para se aproximar e sussurrou:

– Vocês sabem que o Sul venceu a guerra, certo?

O almoço consistia de costela de boi, milho grelhado na casca, tomates marinados e uma concha de talharim. O doutor e Jun Do encaminharam-se até onde o Ministro comia ao lado do Senador e de sua esposa. Cachorros os seguiram.

O doutor Song sentou-se ao lado deles:

– Por favor, sente-se aqui – ele disse a Jun Do. – Há espaço bastante para todos nós, não é?

– Sinto muito – disse Jun Do. – Acho que vocês têm assuntos muito importantes a tratar.

Ele sentou-se sozinho a uma mesa de madeira que havia sido vandalizada por pessoas com suas iniciais. A carne era ao mesmo tempo doce e apimentada, os tomates eram travosos, mas o milho e o macarrão eram molhados, preparados com manteiga e queijo – substâncias que ele conhecia apenas de diálogos tocados em fitas na escola de idiomas. *Eu gostaria de comprar um pouco de queijo. Passe-me a manteiga, por favor.*

Um pássaro enorme passou sobre suas cabeças. Ele não sabia qual era a sua espécie.

Wanda sentou-se ao seu lado. Ela estava lambendo uma colher branca de plástico.

– Jesus – disse. – Não deixe de comer a torta de nozes.

Ele havia acabado de comer a costela e estava com as mãos sujas de molho.

Wanda indicou com a cabeça a extremidade da mesa, onde um cachorro esperava pacientemente olhando para eles. Seus olhos eram azulados, e seus pelos, cinzentos e malhados. Como era possível um cachorro, obviamente bem alimentado, ter a mesma expressão que um órfão relegado ao final da fila?

— Vá em frente — disse Wanda. — Por que não?

Ele jogou o osso, que o cachorro apanhou no ar.

— Ele é um catahoula — ela disse. — Presente do governador da Louisiana pela ajuda depois do furacão.

Jun Do pegou outra costela. Ele não conseguia parar de comê-las, mesmo apesar de parecer que já estava com carne até a garganta.

— Quem são todas essas pessoas? — perguntou.

Wanda deu uma olhada ao redor.

— Alguns intelectuais, membros de ONGs, e muitos curiosos. Não é todo dia que recebemos a visita de um coreano.

— E você? — ele perguntou. — Você é uma intelectual ou uma curiosa?

— Sou uma figura obscura da inteligência — ela respondeu.

Jun Do olhou para ela.

Wanda sorriu.

— Pense bem: eu pareço obscura? — perguntou. — Sou uma garota a favor do código livre. Para mim o negócio é compartilhar. Pode me perguntar o que quiser.

Tommy atravessou o curral com uma xícara de chá gelado, vindo de onde quer que guardasse as pistolas e varas de pescar. Jun Do observou Tommy entrar na fila para ser servido, cumprimentando com a cabeça quem o serviu.

Jun Do disse a Wanda:

— Você está me olhando como se eu nunca tivesse visto uma pessoa negra.

Wanda deu de ombros.

— É possível.

— Conheci membros da Marinha americana — disse Jun Do. — Muitos deles são negros. E meu professor de inglês era de Angola. O único negro na República Popular Democrática da Coreia. Ele disse que não se sentiria tão solitário contanto que nos desse um sotaque africano.

Wanda disse:

— Ouvi que nos anos 1970 um soldado americano cruzou a zona desmilitarizada, um rapaz da Carolina do Norte bêbado ou algo assim. Os norte-coreanos fizeram dele um professor de inglês, mas tiveram de dispensá-lo quando ele ensinou todos os agentes a falar como caipiras.

Jun Do não sabia o que a palavra "caipira" queria dizer.

– Nunca ouvi essa história, sinto muito – respondeu. – E não sou um agente, se é isso que você quer sugerir.

Wanda observou-o pegar outra costela.

– Estou surpresa por você não ter aproveitado minha oferta de responder a qualquer pergunta – ela disse. – Achei que você me perguntaria se falo coreano.

– Você fala?

– Não, mas sei quando alguém modifica o que é dito numa tradução. É por isso que sei que você não está aqui como um simples tradutor.

O doutor Song e o Ministro levantaram-se. O doutor Song anunciou:

– O Ministro deseja presentear o Senador e sua esposa. Para o Senador, *As Obras Escolhidas de Kim Jong-il.*

Então o doutor Song ergueu o conjunto de 11 volumes.

Uma mulher mexicana passou com uma bandeja cheia de comida.

– Ebay – ela disse para Wanda.

– Ah, Pilar – Wanda gritou para ela. – Você não presta.

O Senador aceitou o presente com um sorriso.

– Foram autografados? – perguntou.

Um lampejo de incerteza passou pelo rosto do doutor Song. Ele falou com o Ministro. Jun Do não conseguiu ouvi-los, mas viu que os dois falavam rapidamente. Então o doutor Song sorriu e respondeu:

– O Querido Líder Kim Jong-il ficaria feliz em assinar os livros pessoalmente caso o Senador queira nos visitar como nosso convidado em Pyongyang.

Para retribuir o presente, o Senador deu ao Ministro um iPod carregado com música country.

O doutor Song então começou a discursar sobre a beleza e a afabilidade da esposa do Senador, enquanto o Ministro se preparava para oferecer-lhe o isopor.

Jun Do pôde sentir o cheiro da carne outra vez. Ele deixou a costela de lado e virou a cabeça para não olhar.

– O que é? – perguntou-lhe Wanda. – O que há no isopor?

De algum modo, aquele parecia um momento decisivo: o doutor Song até então havia usado colocações ardilosas, mas humoradas; agora estava prestes a usar outra tática – bastaria sentir o cheiro da carne para que os americanos soubessem que ela não era de tigre, que algo estava sendo tramado, e então tudo seria diferente.

– Preciso saber algo – perguntou-lhe Jun Do. – Você estava falando sério?

– Claro – ela respondeu. – Mas em relação a quê?

Ele pegou a mão dela. Com uma caneta, escreveu na palma o nome do segundo imediato.

– Preciso saber se ele está vivo – disse. – Ele conseguiu?

Wanda fotografou a palma da mão com o telefone. Depois digitou uma mensagem usando os polegares e pressionou "Enviar".

– Vamos descobrir – ela disse.

O doutor Song concluiu seu discurso falando sobre a amabilidade da esposa do Senador, e então o Ministro entregou-lhe o isopor.

– Dos cidadãos da República Popular Democrática da Coreia – disse. – Carne fresca de tigre, de um animal majestoso recentemente abatido no pico do Monte Paektu. Vocês não podem imaginar quão branca era sua pele. O Ministro deseja que todos nós nos banqueteemos com ela esta noite.

O Ministro balançou a cabeça com orgulho, enquanto o doutor Song sorriu maliciosamente.

– E lembre-se – acrescentou para a esposa do Senador –, quando você come carne de tigre, você se torna como o tigre.

As pessoas pararam de comer para ver a reação da esposa do Senador, mas ela não disse nada. As nuvens agora estavam mais carregadas, e o ar cheirava à chuva que provavelmente não cairia. O Senador retirou o isopor da mesa.

– Deixe-me cuidar disso – ele disse com o sorriso de um homem de negócios. – Carne de tigre parece assunto para um homem.

A esposa do Senador voltou a atenção para um cachorro ao lado; ela colocou as duas mãos em forma de concha nos ouvidos dele e falou-lhe gentilmente.

A cerimônia da entrega dos presentes parecia ter escapado às mãos do doutor Song. Ele não conseguia entender o que dera errado. Aproximou-se de Jun Do e perguntou:

– Como está se saindo, filho? É o braço, posso ver que está doendo muito, não é?

Jun Do girou o ombro duas vezes.

– Sim, mas ficarei bem, doutor Song. Vou aguentar firme.

O doutor Song agora exibia uma expressão nervosa.

– Não, não há necessidade disso. Eu sabia que essa hora chegaria. Procurar cuidados médicos não diminuirá sua coragem. – E então olhou para Wanda. – Por acaso você tem uma faca ou tesoura para nos emprestar?

Wanda virou-se para Jun Do.

– Seu braço está ferido – perguntou.

Quando ele concordou com a cabeça, Wanda chamou a esposa do Senador, e pela primeira vez Jun Do realmente prestou atenção a ela: uma mulher magra com cabelos brancos descendo sobre os ombros e olhos azul-claros.

– Acho que nosso amigo aqui está ferido – Wanda lhe disse.

O doutor Song perguntou à esposa do Senador:

– Será que é possível providenciar um pouco de álcool e uma faca? Não é uma emergência, mas precisamos remover alguns pontos.

– Você é um médico, doutor? – perguntou a esposa do Senador.

– Não – o doutor Song respondeu.

Ela virou-se para Jun Do:

– Onde está machucado? – perguntou. – Já pratiquei medicina.

– Não é nada – o doutor Song respondeu por ele. – Provavelmente deveríamos tê-los removido antes da viagem.

Ela olhou para o doutor Song, os olhos brilhando de impaciência até virar-se para o outro lado. Então ela tirou um par de óculos e colocou na ponta do nariz.

– Mostre-me – disse a Jun Do.

Ele tirou o paletó e a camisa, estendendo o braço para que a esposa do Senador examinasse. Ela levantou a cabeça para avaliar o ferimento através das lentes. Os orifícios da sutura estavam vermelhos e inflamados. Quando ela os pressionou com o dedão, saiu uma secreção.

– Sim – ela disse. – Temos de tirar os pontos. Venha comigo, temos uma lâmpada clara na cozinha.

*

Pouco tempo depois, a esposa do Senador e Wanda haviam tirado também a camiseta de Jun Do e o conduzido até uma cadeira próxima à mesa da cozinha. O ambiente tinha uma clara lâmpada amarela, as paredes com um papel azul cheio de girassóis. Várias fotografias de crianças e grupos de jovens estavam fixadas à geladeira por ímãs, os braços ao redor dos ombros uns dos outros. Uma das fotografias exibia o Senador com um uniforme laranja de astronauta e um capacete espacial debaixo do braço.

A esposa do Senador lavou as mãos com a água da pia, que fervia de quente. Wanda também lavou as mãos para o caso de sua ajuda ser necessária. A mulher que Wanda havia chamado de Pilar entrou na cozinha com o isopor de carne de tigre. Ela disse algo em espanhol quando viu Jun Do com o peito nu, voltando a falar mais alguma coisa na mesma língua ao ver seu ferimento.

A esposa do Senador esfregou os braços até os cotovelos. Sem tirar os olhos da água, ela disse:

– Jun Do, esta é Pilar, ajudante especial da nossa família.

– Sou a empregada – disse Pilar. – John Doe*? Este não é o nome que se dá a pessoas desaparecidas?

– É Pak Jun Do – disse Jun Do, em seguida pronunciando as palavras devagar – *J-u-n D-o*.

Pilar olhou para o isopor, notando que haviam tentado apagar sua insígnia da Cruz Vermelha.

– Meu sobrinho Manny dirige um caminhão que transporta órgãos, olhos e outras coisas entre hospitais – disse. – Ele usa um isopor igualzinho a esse.

A esposa do Senador vestiu luvas de látex.

– Na verdade – ela disse –, eu não acho que John Doe seja o nome dado a uma pessoa desaparecida. Acho que é quando não se sabe quem é a pessoa, não se conhece sua identidade.

---

* Expressão em inglês que quer dizer "joão-ninguém", "desconhecido", "anônimo", "fulano de tal" etc. (N.T.)

Wanda também colocou luvas de látex.

– Um John Doe tem uma identidade – ela disse analisando o paciente. – Ela simplesmente ainda não foi descoberta.

A esposa do Senador esfregou água oxigenada no braço dele, massageando-o para que penetrasse nos ferimentos.

– Isso vai fazer os pontos saírem com mais facilidade – explicou.

Por um momento ouviu-se apenas o zunido produzido pela espuma branca produzida com o contato entre a água oxigenada e o braço de Jun Do. Não doía, mas a sensação era a de que havia formigas entrando e saindo dos ferimentos.

Wanda disse:

– Você não se importa de ser tratado por uma mulher?

Jun Do respondeu que não com a cabeça.

– A maioria dos médicos na Coreia é de mulheres – ele disse. – Embora eu nunca tenha visto.

– Uma mulher médica? – perguntou Wanda.

– Ou nenhum médico? – perguntou a esposa do Senador.

– Nenhum médico – ele respondeu.

– Nem um médico militar para uma avaliação física? – ela indagou.

– Acho que nunca fiquei doente – Jun Do disse.

– Quem costurou seu ferimento?

– Um amigo.

– Um amigo?

– Um colega de trabalho.

Enquanto os orifícios do ferimento borbulhavam, a esposa do Senador levantou os braços dele, abriu-os e depois os estendeu para a frente, os olhos seguindo linhas invisíveis em seu corpo. Ele observava enquanto ela identificava as queimaduras nas partes interiores dos seus braços – marcas de vela do treinamento para tolerar a dor. Ela tocou as extremidades das cicatrizes com as pontas dos dedos.

– Um lugar terrível para se queimar – disse. – A pele é muito sensível.

Ela passou a mão pelo peito dele até a clavícula.

– Esses nós – disse – indicam que a clavícula foi quebrada recentemente.

Depois, levantou as mãos dele como se estivesse prestes a beijá-las, mas em vez disso analisou o alinhamento dos ossos dos seus dedos.

– Você quer que eu o examine? Sente alguma dor?

Jun Do não era mais tão musculoso como quando estava nas Forças Armadas, mas sua estrutura física era forte, e ele podia sentir os olhos das mulheres sobre si.

– Não – respondeu. – O único problema são os pontos. Coçam demais.

– Vamos tirá-los – ela disse. – Posso lhe perguntar o que aconteceu?

– É uma história que eu preferiria não contar – Jun Do respondeu. – Mas foi um tubarão.

– *Madre de Dios!* – exclamou Pilar.

Wanda estava ao lado da esposa do Senador. Ela havia aberto um kit novo de primeiros socorros do tamanho de uma maleta.

– Você quer dizer tubarão mesmo? Aqueles com dentes enormes que vivem no oceano? – ela perguntou-lhe.

– Perdi muito sangue – ele respondeu.

Elas pareciam perplexas.

– Meu amigo não teve a mesma sorte – Jun Do acrescentou.

– Entendo – disse a esposa do Senador. – Respire fundo.

Jun Do puxou o ar.

– Fundo mesmo – ela insistiu. – Levante os ombros.

Ele respirou o mais fundo que podia, mas não pôde evitar uma expressão de dor.

A esposa do Senador confirmou o que pensava com um aceno da cabeça.

– Sua 11ª costela ainda não está boa. Falo sério, acho que você deveria fazer um check-up completo. É a sua chance.

Será que ela sentiu seu hálito? Jun Do teve a sensação de que ela havia percebido outras coisas, mas preferia não falar.

– Não, senhora – respondeu.

Wanda pegou um par de pinças e tesouras de dedo com lâminas pequenas mas afiadas. Ele tinha nove lacerações no total, todas costuradas, e a esposa do Senador começou pela maior, no alto do bíceps.

Pilar apontou para o seu peito:

– Quem é ela?

Jun Do olhou para baixo sem saber o que dizer.

– É minha esposa – respondeu.

– Muito bonita – disse Pilar.

– Sim, muito bonita – disse Wanda. – É uma bela tatuagem. Você se importa que eu tire uma foto?

Jun Do só fora fotografado uma vez: pela velha japonesa com a câmera de madeira, e nunca vira a fotografia. Mas a dúvida em relação ao que ela podia ter visto sempre o perseguira. Não obstante, ele não conseguiu recusar.

– Legal – disse Wanda.

Com uma máquina fotográfica pequenina, ela tirou uma foto do seu peito, do seu ferimento, e finalmente levantou a câmera para o seu rosto, produzindo um flash em seus olhos.

Pilar perguntou:

– Ela também é tradutora?

– Minha esposa é atriz – Jun Do respondeu.

– Qual é o nome dela? – perguntou Wanda.

– O nome dela? – ele hesitou. – O nome dela é Sun Moon.

Ao dizê-lo, ele percebeu que era um belo nome, e a sensação de dizê-lo àquelas três mulheres em voz alta, como se fosse o nome da sua esposa, foi boa: Sun Moon.

– O que é isso? – perguntou a esposa do Senador, erguendo um pedaço da sutura que havia removido, que tinha uma cor amarelo-clara de ferrugem.

– Linha de pesca – ele respondeu.

– Acho que se você tivesse contraído tétano já saberíamos – ela disse. – Na faculdade de medicina ensinaram-nos a nunca usar monofilamentos, mas não consigo lembrar por quê.

– O que você vai levar para ela – perguntou Wanda – como lembrança da sua viagem ao Texas?

Jun Do abanou a cabeça.

– O que você sugere?

Distraidamente, a esposa do Senador perguntou:

– Como é ela?

– Ela gosta de vestidos tradicionais. O meu favorito é o amarelo. Ela usa os cabelos para trás para mostrar os brincos de ouro. Gosta de cantar no caraoquê e de filmes.

– Não – disse Wanda. – Como é a personalidade dela?

Jun Do pensou por um momento. Depois disse:

– Ela precisa de muita atenção. – Então fez uma pausa. – Ela não é livre. O pai dela estava com medo de que os homens tirassem vantagem da sua beleza, que se sentissem atraídos por ela pelas razões erradas, então quando ela estava com 16 anos ele conseguiu um emprego para ela numa fábrica de enlatados de peixe, onde nenhum homem de Pyongyang poderia encontrá-la. Essa experiência moldou sua personalidade, a fez lutar pelo que queria. Mas ela se casou com um homem dominador. Dizem que ele às vezes age como um idiota. E ela é dominada também pelo Estado. Não pode escolher seus próprios papéis nos filmes. Exceto pelo caraoquê, ela só pode cantar as músicas que a mandam cantar. Acho que o mais importante é que, apesar do sucesso dela, da sua beleza e dos seus filhos, Sun Moon é uma mulher infeliz. Ela está completamente só. Passa o dia tocando o *gayageum*, tocando notas que soam solitárias e abandonadas.

Houve uma pausa, e Jun Do percebeu que as três mulheres o encaravam.

– Você não é um marido idiota – disse Wanda. – Conheço bem os maridos idiotas.

A esposa do Senador parou de puxar os pontos e o olhou nos olhos com uma expressão de honestidade total. Ela olhou para a tatuagem no peito de Jun Do e então perguntou:

– Há alguma forma de eu falar com ela? Acho que se conseguisse falar com ela eu poderia ajudar.

Havia um telefone no balcão da cozinha com um fio enrolado que conectava o fone à base.

– Podemos ligar para ela? – perguntou.

Wanda disse:

– Não acho que as coisas funcionem assim na Coreia do Norte.

A esposa do Senador concordou com a cabeça e terminou de tirar os pontos em silêncio. Após ter tirado todos, voltou a molhar os ferimentos e então tirou as luvas.

Jun Do pegou a camisa do motorista, que já usava havia dois dias. Seu braço parecia rígido e áspero como no dia da mordida. Ele segurou a gravata enquanto a esposa do Senador abotoava a camisa – seus dedos fortes e meticulosos como se quisesse atrair seus olhos com eles.

– O Senador era astronauta? – ele perguntou.

– Ele treinou para ser um – respondeu a esposa do Senador. – Mas nunca foi chamado.

– Sabe o satélite? – ele perguntou. – Aquele que orbita com pessoas de várias nações?

– A Estação Espacial Internacional? – indagou Wanda.

– Sim – disse Jun Do. – Deve ser esse. Conte-me: ele foi construído pela paz e para unir a humanidade?

As mulheres olharam uma para a outra:

– Sim – disse a esposa do Senador. – Acho que sim.

Ela vasculhou algumas gavetas da cozinha até encontrar algumas amostras de antibióticos. Colocou, então, dois pacotes metálicos no bolso da camisa dele.

– Para o caso de você adoecer no futuro – explicou. – Tome-os se tiver febre. Você sabe a diferença entre uma infecção bacteriana e uma virótica?

Ele assentiu com um aceno positivo da cabeça.

– Não – disse Wanda. – Não acho que ele saiba.

A esposa do Senador, então, disse:

– Se você tiver febre com muco verde ou marrom tome três desses até os sintomas sumirem.

Depois, tirou a primeira cápsula do pacote e entregou a ele.

– Vamos começar o tratamento agora só para prevenir.

Wanda serviu-lhe um copo de água, mas depois que ele colocou o comprimido na boca e a mastigou, disse:

– Não, obrigado, não estou com sede.

— Deus o abençoe – disse a esposa do Senador.

Pilar abriu o isopor.

— Ai – disse, fechando-o rapidamente. – O que devo fazer com isso? Hoje vamos servir tex-mex*.

— Meu Deus! – exclamou a esposa do Senador abanando a cabeça. – Tigre.

— Não sei – disse Wanda. – Estou com vontade de experimentar.

— Você sentiu o cheiro? – perguntou Pilar.

— Wanda – disse a esposa do Senador –, poderíamos todos ir para o inferno por causa do que está nesse isopor.

Jun Do levantou-se e, com uma das mãos, começou a colocar a camisa para dentro.

— Se a minha esposa estivesse aqui – disse –, ela me diria para jogar fora e substituir a carne por fraldinha. Ela diria que ninguém saberia a diferença, e todos poderão comer sem conflito. Durante o jantar, eu comentaria sobre quão deliciosa é a carne, sobre como havia sido a melhor que eu já comi, e isso a faria rir.

Pilar olhou para a esposa do Senador.

— Tacos de tigre?

A esposa do Senador experimentou repetir as palavras:

— Tacos de tigre.

— Pak Jun Do, agora você precisa descansar – ela disse. – Vou conduzi-lo até o seu quarto – acrescentou com uma impetuosidade tranquila, como se estivesse violando alguma lei ao ficar só com ele.

A casa tinha muitos corredores, todos com retratos da família em molduras de madeira e metal. A porta do quarto onde ele dormiria estava entreaberta, e quando eles a abriram um cachorro pulou da cama. A esposa do Senador não pareceu se importar. A cama estava coberta com uma colcha, e ela a puxou para tirar a marca deixada pelo cachorro.

---

* Termo para descrever pratos que misturam a cozinha texana com a mexicana. (N.T.)

– Minha avó fazia colchas de retalhos – disse, e depois olhou nos olhos de Jun Do. – Isso é quando você faz um cobertor de pedaços da sua vida. Não custa nada, e o cobertor conta uma história.

Então ela mostrou a Jun Do como ler a história na colcha.

– Havia um engenho em Odessa que produzia painéis de histórias da Bíblia nos seus sacos de farinha. Os painéis eram como as janelas de uma igreja, que permitem que as pessoas vejam a história. Este pedaço de renda é da janela da casa que vovó deixou quando se casou aos 15 anos. Este painel é do Êxodo, e aqui está Cristo vagando, os dois tirados de sacos de farinha. O veludo preto é da bainha do vestido que a mãe dela usou em seu funeral. Ela morreu pouco depois que minha avó veio para o Texas, e a família mandou esse retalho preto. Aqui começa uma parte triste da história da vida dela: um retalho de cobertor de bebê do filho que ela perdeu; um retalho do vestido de formatura que ela comprou mas nunca usou; o algodão desbotado do uniforme do marido dela. Mas olhe aqui: está vendo as cores e o tecido de um novo casamento, de filhos e prosperidade? E, é claro, o último painel é o Jardim. Apesar de ter suportado tantas perdas e incertezas, ela agora podia prever o fim de sua própria história. E se você pudesse ter ligado para sua esposa Sun Moon, era sobre isso que eu falaria para ela.

Na mesa ao lado da cama havia uma Bíblia. Ela a trouxe para ele.

– Wanda está certa: você não faz o tipo do marido idiota – ela disse. – Posso ver que gosta da sua esposa. Sou apenas uma mulher que ela nunca conheceu, que vive do outro lado do mundo, mas você poderia dar isso a ela por mim? Essas palavras sempre me trazem consolo. As Escrituras sempre estarão aqui, não importa que as portas tenham se fechado para ela.

Jun Do segurou o livro sentindo sua capa macia.

– Eu poderia ler um pouco com você – ela disse. – Você sabe quem foi Cristo?

Jun Do concordou com um aceno de cabeça:

– Fui informado sobre ele.

Os olhos dela exibiram uma expressão de dor, e então ela também balançou a cabeça. Ele devolveu-lhe o livro.

— Sinto muito – disse. – Este livro é proibido no lugar de onde venho. Se eu for descoberto com ele, serei duramente punido.

— Você não sabe como fico triste ao ouvir isso – ela disse, e depois foi até a porta, onde havia uma guayabera* branca pendurada. – Não deixe de usar água quente nesse braço, está entendendo? E use esta camisa hoje à noite.

Quando ela saiu, o cachorro pulou outra vez na cama.

Ele tirou a camisa social e deu uma olhada no quarto de hóspedes. Estava cheio de souvenires da carreira do Senador: fotos suas com pessoas cheias de orgulho, placas de ouro e bronze. Havia uma pequena escrivaninha e um telefone sobre um livro branco. Jun Do pegou o fone e ouviu seu tom sólido. Ele pegou o livro que estava embaixo dele e folheou suas páginas. Dentro dele havia milhares de nomes. Levou algum tempo para que entendesse que aquela era uma lista de todas as pessoas que moravam no centro do Texas, com seus nomes completos e endereços. Jun Do não conseguia acreditar que fosse possível encontrar todos ali e entrar em contato com eles, que tudo o que você precisava fazer para provar que não era órfão era abrir um livro e apontar para os nomes dos seus pais. Era incrível que alguém estivesse eternamente ligado a sua mãe, seu pai e amigos perdidos, que seus nomes ficassem para sempre gravados num papel. Ele continuou folheando o livro: Donaldson, Jimenez, Smith – tudo num livro só, um livro pequeno que gravava uma vida inteira de incertezas e hipóteses. De repente ele detestou seu país atrasado, uma terra de mistérios, fantasmas e identidades confundidas. Rasgou uma página do final do livro e escreveu no topo: Vivos e Bem na Coreia do Norte. E escreveu embaixo os nomes de todas as pessoas que ajudara a sequestrar. Perto de Mayumi Nota, a moça do píer, ele colocou um asterisco que representava uma exceção.

No banheiro ele encontrou uma cesta cheia de lâminas novas, tubos em miniatura de pasta de dente e sabonetes embalados individualmen-

---

* Camisa masculina tradicional, popular principalmente no México, em Cuba, Porto Rico, no Zimbábue, nas Filipinas e no Sudeste Asiático, embora sua origem não seja certa: uns dizem que ela se deu na América Latina, enquanto outros afirmam que foi nas Filipinas, embora todos os países onde a camisa é usada garantam ser seu local de origem. (N.T.)

te. Não os tocou. Em vez disso, olhou para o espelho, vendo-se como a esposa do Senador o vira. Ele tocou suas lacerações, a clavícula quebrada, as marcas de queimadura e a 11ª costela. Depois, tocou Sun Moon, a bela mulher no meio de todas essas feridas.

Jun Do foi até o vaso sanitário e olhou para dentro. Tudo aconteceu em segundos: a carne, três contrações, e então ele estava vazio. Sua pele havia ficado rígida e ele se sentiu fraco.

No chuveiro, ele abriu a água quente. Ficou lá, parado, molhando os ferimentos. A água parecia fogo em seu braço. Quando fechou os olhos, foi como se a esposa do segundo imediato estivesse cuidando dele outra vez, quando seus olhos ainda estavam fechados de tão inchados e ela era apenas um cheiro de mulher, os sons que uma mulher fazia, e quando ele tinha febre e não sabia onde estava, tendo de imaginar o rosto da mulher que o salvaria.

Quando estava anoitecendo, Jun Do vestiu a guayabera com sua gola dura e belas costuras. Pela janela pôde ver o doutor Song e o Ministro saírem da preta e lustrosa casa sobre rodas onde haviam passado a tarde inteira conversando com o Senador. O cachorro levantou-se e foi para o lado da cama. Havia uma coleira no pescoço dele. Era meio triste: um cachorro sem canil. Uma banda começou a tocar em algum lugar, talvez vozes em espanhol. Quando Jun Do se virou para sair para a noite, o cachorro o seguiu.

O corredor era ladeado por fotos da família do Senador, sempre sorrindo. Ir até a cozinha era como voltar no tempo: as fotos de formatura se tornavam fotos de adolescentes praticando esportes, e então vinham fotos de clubes de escoteiros, rabos de cavalo, festas de aniversário e, finalmente, fotos de bebês. Era aquilo uma família, como ela crescia – em linha reta como os dentes de uma criança? É claro que havia uma de alguém com o braço numa tipoia, e que depois de algum tempo os avós desapareciam das fotos. As ocasiões mudavam, assim como os cachorros. Mas era uma família, do começo ao fim: sem guerras nem fomes, sem prisões políticas, sem um estranho aparecendo para afogar sua filha.

Do lado de fora o ar estava seco e frio, e cheirava a cacto e tanques de alumínio. As estrelas começaram a aparecer enquanto o calor do

Texas dava seus últimos suspiros. Jun Do seguiu o som dos cantores mexicanos e do zumbido de um liquidificador até o curral, onde os homens usavam camisas brancas e as mulheres tinham xales coloridos. Havia um tripé com uma chama iluminando os rostos das pessoas. Era uma ideia excitante: queimar madeira apenas para que as pessoas pudessem conversar no escuro. À luz tremeluzente, o Senador tocou violino e cantou uma música chamada "The Yellow Rose of Texas".

Wanda passou carregando tantos limões que precisava apertá-los contra o peito. Quando Jun Do parou, o cachorro parou ao seu lado, os pelos alaranjados à luz do fogo.

– Ok, cachorro – disse-lhe Jun Do, e deu tapinhas na cabeça dele como os americanos faziam.

Wanda espremeu os limões com um bastão de madeira enquanto Pilar virava garrafas de bebida alcoólica no liquidificador. Wanda ligou o botão na hora em que a música começou, e então Pilar encheu uma fileira de copos plásticos com grande habilidade. Quando o viu, Wanda levou um drinque para Jun Do.

Ele olhou para o sal na borda do copo.

– O que é isso? – perguntou.

– Experimente – ela disse. – Seja um bom garoto. Sabe o que havia no compartimento mais profundo do bunker de Saddam? Digo, sob as salas de guerra reforçadas e centros de comando. Ele tinha um videogame Xbox com apenas um controle.

Ele lhe dirigiu um olhar confuso.

– Todos precisam se divertir – ela explicou.

Jun Do deu um gole – ácida e seca, a bebida parecia mais a forma líquida da própria sede.

– Fiz uma busca com o nome do seu amigo – disse Wanda. – Nem os japoneses nem os sul-coreanos encontraram alguém com esse nome. Talvez ele tenha atravessado o Yalu e conseguido chegar à China, quem sabe? E talvez não esteja usando seu nome verdadeiro. Espere um pouco, pode ser que ele apareça. Às vezes eles conseguem chegar à Tailândia.

Jun Do desdobrou um pedaço de papel e entregou a Wanda:

– Você pode passar esta mensagem para mim?

– Vivos e bem na Coreia do Norte – ela leu. – O que é isso?

– Uma lista de japoneses vítimas de sequestro.

– Todos esses sequestros foram noticiados – Wanda falou. – Qualquer um poderia ter feito essa lista. Ela não prova nada.

– Provar? – perguntou Jun Do. – Não estou tentando provar nada. Estou tentando lhe dizer o que nenhuma outra pessoa pode: que nenhuma dessas pessoas morreu, que todas sobreviveram aos sequestros e estão vivas e bem. Não saber é o pior. Essa lista não é para você. É uma mensagem minha para as famílias, para que elas consigam ter paz. É tudo que posso lhes dar.

– Eles estão vivos e bem – ela disse. – Exceto pela com o asterisco?

Jun Do forçou-se a pronunciar o nome dela:

– Mayumi – ele disse.

Ela bebericou seu drinque e olhou de lado para ele.

– Você fala japonês?

– Um pouco – ele disse. – *Watashi no neko ga maigo ni narimashita?*

– O que isso significa?

– Você pode me ajudar a encontrar meu gatinho?

Ela olhou para ele por um momento e em seguida colocou o papel no bolso traseiro.

Foi só no jantar que Jun Do conseguiu chegar perto do doutor Song. Ele tentou adivinhar qual havia sido o resultado da conversa pelo modo com que o doutor Song servia margaritas para as mulheres e balançava a cabeça aprovando o tempero da salada. A mesa era redonda e tinha oito lugares, com Pilar movendo-se de um lado para o outro, colocando e tirando pratos. Ela anunciava os nomes de todos os pratos para a lenta Susan, sentada ao centro da mesa, que incluía taquitos, mole, recheios e tacos; havia um aquecedor de tortillas e pratos de coentro, cebola, tomates fatiados, repolho picado, creme mexicano, feijão preto e tigre.

Quando o doutor Song experimentou o tigre, sua expressão foi de pura alegria:

– Digam-me se não é o melhor tigre que já comeram. Digam-me se o tigre americano pode competir. Se o tigre coreano não é mais fresco, mais revigorante.

Pilar trouxe outra bandeja de carne.

– *Bueno* – ela disse. – Que pena que não há um tigre mexicano.

– Você se superou, Pilar – disse a esposa do Senador. – Foi o melhor tex-mex que você já preparou.

O doutor Song olhou para as duas com desconfiança.

O Ministro ergueu seu taco, dizendo em inglês:

– Sim!

Tommy comeu o seu e balançou a cabeça em sinal de aprovação.

– A melhor carne que já comi – disse – foi quando estava de licença com uns colegas. Não parávamos de elogiar o jantar, comendo até não aguentar mais. Elogiamos tanto a comida que trouxeram o *chef* até nós, e ele disse que nos daria um pouco para a viagem, que não seria problema algum, pois tinha outro cachorro na despensa.

– Meu Deus, Tommy – disse a esposa do Senador.

– Uma vez eu estava com uma milícia tribal – disse Wanda. – E eles prepararam um banquete de fetos de porco cozidos em leite de cabra. Foi a carne mais macia que já comi.

– Chega! – disse a esposa do Senador. – Vamos falar sobre outra coisa, por favor.

O Senador acrescentou:

– Qualquer coisa, menos política.

– Preciso perguntar algo – disse Jun Do. – Quando eu estava no Mar do Japão, acompanhávamos as transmissões de duas moças americanas. Gostaria de saber o que aconteceu com elas.

– As remadoras – disse Wanda.

– Que história terrível – disse a esposa do Senador. – Uma pena.

O Senador virou-se para Tommy.

– Encontraram o barco, não é?

– Encontraram o barco, mas nada das garotas – disse Tommy. – Wanda, você sabe o que realmente aconteceu?

Wanda estava inclinada sobre o prato, molho de taco escorrendo na mão.

– Ouvi que o barco estava parcialmente queimado – ela disse com a boca cheia. – Encontraram sangue de uma das moças, mas nenhum sinal da outra. Talvez tenha sido um assassinato seguido de suicídio.

– Foi a moça que remava no escuro – disse Jun Do. – Ela usou uma pistola sinalizadora.

Todos ficaram em silêncio.

– Ela remava de olhos fechados – continuou. – Este foi o problema. Foi por isso que saiu do curso.

Tommy perguntou:

– Por que você perguntou o que aconteceu com elas se já sabia a resposta?

– Eu não sabia o que tinha acontecido – respondeu Jun Do. – Só sabia como aconteceu.

– Conte-nos o que houve com você – pediu a esposa do Senador a Jun Do. – Você disse que passou algum tempo no mar. Como conseguiu um ferimento como esse?

– É muito cedo – o doutor Song alertou-os. – O ferimento ainda está recente. Essa história é tão difícil de ouvir quanto é difícil para o meu amigo contar. – E, virando-se para Jun Do, acrescentou: – Fica para outro dia, certo?

– Tudo bem – respondeu Jun Do –, posso contar. – E então começou a contar seu encontro com os americanos detalhadamente, como o *Junma* foi invadido, como os soldados avançaram com seus rifles e ficaram enegrecidos de fuligem.

Ele falou sobre os tênis que eles haviam encontrado e como encheram o convés com eles, descrevendo como os soldados fumavam e como avaliaram os tênis depois que o barco foi declarado limpo, como começaram a roubar souvenires, incluindo o retrato mais sagrado do Querido e do Grande líder, e como uma faca foi sacada, forçando os americanos a se retirarem. Jun Do mencionou o extintor de incêndio. Contou-lhes como os oficiais do navio americano bebiam café enquanto os observavam.

O Senador perguntou:

– Mas como você se machucou, filho?

– Eles voltaram – respondeu Jun Do.

– Por que eles voltaram? – indagou Tommy. – Eles já haviam declarado que seu barco estava limpo.

– Antes de tudo, o que você estava fazendo em um barco de pesca? – perguntou o Senador.

– Está claro – disse o doutor Song um tanto bruscamente. – Os americanos sentiram-se envergonhados por um único coreano, armado apenas com uma faca, ter feito uma unidade inteira de americanos se retirar covardemente.

Jun Do tomou um gole de água.

– Tudo que sei – disse – é que foi logo cedo. O sol estava a estibordo. O navio americano saiu da claridade, e de repente fomos invadidos. O segundo imediato estava no convés com o capitão e o piloto. Era dia de lavar roupa, então eles estavam fervendo água do mar. Houve gritos. Subi com o operador e o primeiro imediato. O homem de antes, o tenente Jervis, colocou o segundo imediato contra a amurada. Eles estavam gritando sobre uma faca.

– Espere um momento – disse o Senador. – Como você sabe o nome do tenente?

– Ele me deu o seu cartão – disse Jun Do. – Queria que nós soubéssemos quem havia acertado os pontos conosco.

– Jun Do entregou o cartão a Wanda, que leu o nome:

– Tenente Harlan Jervis.

Tommy aproximou-se e pegou o cartão.

– O *Fortitude*. 5ª Frota – ele disse ao Senador. – Deve ser um dos barcos de Woody McParkland.

O Senador respondeu:

– Woody não toleraria nenhuma maçã podre no seu cesto.

A esposa do Senador levantou a mão.

– O que aconteceu em seguida? – perguntou.

Jun Do respondeu:

– Então ele foi jogado aos tubarões, e eu pulei na água para salvá-lo.

– Mas de onde saíram todos os tubarões? – questionou Tommy.

– O *Junma* é um barco de pesca – explicou Jun Do. – Os tubarões estavam sempre nos seguindo.

– Então havia um redemoinho de tubarões?

– O garoto sabia o que estava acontecendo com ele? – perguntou o Senador.

Tommy voltou a falar:

– O tenente Jervis disse alguma coisa?

– Bem, no início não havia tantos tubarões – disse Jun Do.

– Esse cara, Jervis, jogou o rapaz com as próprias mãos? – o Senador quis saber.

– Ou ele ordenou que outro marinheiro o fizesse? – perguntou Tommy.

O Ministro colocou as mãos na mesa.

– História – ele disse em inglês – verdadeira.

– Não – disse a esposa do Senador. – Entendo que em tempos de guerra nenhum lado exerce monopólio sobre o indizível. E não sou tola o bastante para pensar que os motores dos justos não são alimentados pelo combustível da injustiça. Mas esses são nossos melhores rapazes, e estão sob o nosso melhor comando, conduzindo as cores desta nação. Não, não, senhor, você está errado. Nenhum marinheiro nosso jamais cometeu um ato assim. Sei disso. Tenho certeza.

Ela se levantou.

Jun Do também se levantou.

– Sinto muito por ter chateado a senhora – ele disse. – Não deveria ter contado a história. Mas a senhora precisa acreditar que olhei dentro dos olhos dos tubarões, os vi estúpidos ao se aproximarem da morte. Quando estamos perto deles, a um braço de distância, seus olhos ficam brancos. Eles viram de lado e erguem as cabeças quando querem nos ver melhor antes de nos morder. Eu não senti os dentes na minha carne, mas foi como um choque elétrico gelado quando eles alcançaram os ossos. O sangue, pude sentir seu cheiro na água. Conheço a sensação de estar diante de um garoto que está prestes a morrer. Você de repente entende que nunca voltará a vê-lo. Ouvi as últimas tolices que alguém diz quando está prestes a morrer. Quando uma pessoa afunda na sua frente o absurdo da cena nunca o abandona. E os artefatos que as pessoas deixam para trás: uma escova de barbear, um par de sapatos, quão estúpidos parecem: você pode segurá-los nas mãos, olhar para eles, fazer tudo que quiser; eles não valem mais nada sem a pessoa a quem pertenciam.

– Jun Do agora abanava a cabeça. – Segurei a viúva, a *viúva dele*, nestes braços enquanto ela cantava canções de ninar para ele, onde quer que esteja.

※

Mais tarde, em seu quarto, Jun Do procurava todos os nomes coreanos do Texas, centenas de Kims e Lees, e estava quase chegando aos Paks e Parks quando o cachorro deitado em sua cama de repente se levantou.

Wanda estava parada junto à porta. Ela deu duas batidas leves e entrou.

– Meu carro é um Volvo – ela disse da soleira. – Herança do meu pai. Quando eu era criança, ele era segurança no porto. Estava sempre com um radar marítimo ligado para saber se algum capitão se achava em apuros. Também tenho um, que ligo quando não consigo dormir.

Jun Do apenas olhava para ela. O cachorro deitou-se outra vez.

– Descobri algumas coisas sobre você – disse Wanda. – Como, por exemplo, quem você é de verdade. – Ela deu de ombros. – Achei que seria justo compartilhar algumas coisas sobre mim.

– O que quer que seus arquivos digam sobre mim – disse Jun Do –, está errado. Não machuco mais ninguém. Esta é a última coisa que quero fazer.

Ele se perguntou como Wanda conseguira um arquivo sobre ele quando nem Pyongyang tinha essas informações.

– Fiz uma busca com o nome da sua esposa, Sun Moon, no computador e você apareceu imediatamente, Comandante Ga.

Ela estudou Jun Do à procura de uma reação, e ao não identificar nenhuma disse:

– Ministro das Minas Carcerárias, titular do Cinturão de Ouro em taekwondo, campeão contra Kimura no Japão, dois filhos, recebeu a Estrela Carmesim por atos não especificados de heroísmo, e por aí vai. Não havia fotos atuais, então espero que você não se importe se eu subir as fotos que tirei.

Jun Do fechou o catálogo telefônico.

– Você cometeu um erro – ele disse. – E não pode me chamar assim na frente dos outros.

– Comandante Ga – disse Wanda como se estivesse saboreando o nome.

Ela ergueu o telefone.

– Conheço um aplicativo que prevê a órbita da Estação Espacial Internacional – disse. – Ela passará pelo Texas em oito minutos.

Jun Do a seguiu até o lado de fora, avançando em direção ao deserto. A Via Láctea dançava no céu, o cheiro de creosoto e granito descendo das montanhas. Ao uivo de um coiote, o cachorro ficou em posição de alerta entre os dois, o rabo agitado com excitação enquanto os três esperavam a resposta de outro coiote.

– Tommy – disse Jun Do. – Ele fala coreano, certo?

– Certo – respondeu Wanda. – Ele serviu na Marinha lá por dez anos.

Eles colocaram as mãos em forma de concha na testa e olharam em direção ao céu à procura do arco do satélite.

Não estou entendendo nada – disse Wanda. – O que faz um Ministro das Minas Carcerárias no Texas? Quem é o outro homem que afirma ser um ministro?

– Nada disso é culpa dele. Ele só faz o que mandam. Você precisa entender: na Coreia, se dizem que você é órfão, então você é órfão. Se lhe mandam entrar num buraco, você de repente é um cara que entra em buracos. Se lhe dizem para machucar alguém, então sua vida se torna machucar pessoas.

– Machucar pessoas?

– O que quero dizer é que se disserem a ele que vá até o Texas e conte uma história, de repente ele não é ninguém além dessa história.

– Acredito em você – ela disse. – Estou tentando entender.

Wanda foi a primeira a avistar a Estação Espacial Internacional, brilhando como um diamante e cruzando o céu. Quando Jun Do a identificou, ficou tão impressionado como quando o capitão a indicara pela primeira vez sobre o mar.

– Você não está querendo desertar, não é? – Wanda perguntou. – Se estiver tentando desertar, causará muitos problemas, confie em mim. Bem, preste atenção, seria possível, não estou dizendo que não é.

– Doutor Song, o Ministro – disse Jun Do. – Você sabe o que aconteceria a eles. Eu nunca conseguiria fazer isso com os dois.

– Claro.

Distante, a muitos quilômetros de distância para ser avaliada, uma tempestade de raios surgia no horizonte. Não obstante, seus flashes eram fortes o bastante para produzir silhuetas perto das cordilheiras de montanhas e iluminar mais montanhas do que o olho poderia ver em condições normais. Um dos raios iluminou uma coruja no momento em que alçava voo entre as árvores elevadas de galhos pontiagudos.

Wanda virou-se para Jun Do e perguntou:

– Você se sente livre? – E inclinando a cabeça: – Você sabe o que é se sentir livre?

Ele se perguntou como explicar como era em seu país. Como explicar que deixar seus confins para atravessar o Mar do Japão era o que significaria ser livre. Ou que, quando garoto, sair de fininho da caldeira com outros meninos para brincar por uma ou duas horas entre as pilhas de lixo, mesmo apesar de haver guardas por todos os lados, produzia a mais pura sensação de liberdade. Como fazer alguém entender que a água fervida no arroz queimado no fundo da panela tinha um gosto melhor do que o de qualquer limonada do Texas?

– Existem campos de trabalho aqui? – ele perguntou.

– Não.

– Casamentos forçados, sessões de reprimendas, alto-falantes?

Ela abanou a cabeça negativamente.

– Então não sei se poderia me sentir livre aqui – ele disse.

– O que devo pensar disso? – indagou Wanda, parecendo furiosa com ele. – Isso não me ajuda a entender nada.

– No meu país, tudo faz sentido, tudo é claro e cristalino. É o lugar mais objetivo da Terra.

Ela olhou para a imensidão do deserto. Jun Do perguntou:

– Seu pai era um rato de túnel, não é?

– Meu tio – ela corrigiu.

– Ok, seu tio. A maioria das pessoas não pensa no fato de estarem vivas. Mas quando seu tio estava prestes a entrar num túnel do inimigo, aposto que esta era a única coisa em que ele conseguia pensar. E quando ele saía, provavelmente se sentia mais vivo do que nunca, o homem mais vivo do mundo, e até ter de entrar em mais um túnel nada podia afetá-lo, ele era invencível. Pergunte-lhe se ele se sentia mais vivo lá ou aqui.

– Sei o que quer dizer – disse Wanda. – Quando eu era criança, ele estava sempre contando histórias de arrepiar os cabelos sobre os túneis como se não fosse nada demais. Mas agora, quando visita papai e entramos na cozinha para pegar um copo d'água, lá está ele acordado, de pé, olhando para a pia. Isso não é ser invencível. Isso não é querer voltar para o Vietnã, onde ele se sentia vivo. Isso é desejar nunca ter estado naquele lugar. Pense no que isso faz da sua metáfora da liberdade.

Jun Do concordou com tristeza.

– Conheço bem esse desejo do seu tio – disse. – Que o acorda e o faz ir até a cozinha.

– Acredite em mim – Wanda disse. – Você não conhece meu tio.

Jun Do balançou a cabeça concordando:

– Muito justo – disse.

Ela olhou para ele, novamente parecendo furiosa.

– Ok – disse. – Conte-me.

– Estou apenas tentando ajudá-la a entendê-lo.

– Fale.

– Quando um túnel desabava – disse Jun Do.

– Nas minas carcerárias?

– Sim – ele respondeu. – Quando um túnel desabava na mina, tínhamos de desenterrar homens. Seus olhos pareciam perplexos e empastados. E as bocas estavam sempre abertas e cheias de areia. Era isso que não suportávamos ver, as gargantas cheias de areia, as línguas marrons para fora. Era o nosso maior medo, acabar com todos de pé em círculo, observando o pânico do seu último momento. Portanto, quando você encontrar seu tio perto da pia no meio da noite, significa que ele teve um sonho em que respirava terra. No sonho, tudo é escuro. Quando você segura o fôlego, e segura, e não consegue mais segurar, quando está prestes a respirar terra, é aí que acordamos tossindo. Depois de um sonho desses preciso lavar meu rosto. Por um momento, não faço nada além de respirar, mas parece que não vou mais conseguir recuperar o ar.

Wanda avaliou-o por um momento. Então disse:

– Vou lhe dar uma coisa, ok?

E entregou-lhe uma câmera pequenina, que cabia na palma da mão. Ele já vira uma igual no Japão.

— Tire uma foto minha — ela disse. — Basta apontar a câmera e apertar o botão.

Jun Do segurou a câmera no escuro. Havia uma pequena tela pela qual mal conseguia ver a silhueta de Wanda. Então veio um flash.

Wanda enfiou a mão no bolso e pegou um celular vermelho. Quando o ergueu, a foto que ele acabara de tirar dela estava na tela.

— Foram feitos para o Iraque — ela explicou. — Dou-os aos habitantes locais, pessoas amigáveis. Quando eles acham que preciso ver algo, tiram uma foto. A foto vai para um satélite e depois vem para mim. A câmera não tem memória, portanto não armazena a foto. Ninguém jamais descobriria que você tirou uma foto de qualquer lugar onde esteve.

— Do que você quer que eu tire uma foto?

— Nada — ela respondeu. — Qualquer coisa. Depende de você. Se houver alguma coisa que queira me mostrar para me ajudar a entender seu país, basta apertar o botão.

Jun Do olhou ao redor como se estivesse tentando decidir o que fotografaria naquele mundo escuro.

— Não tenha medo dela — disse Wanda, inclinando-se para se aproximar dele. — Estique o braço e tire uma foto de nós dois juntos.

Ele podia sentir seu braço ao redor das costas dele. Então tirou a foto e depois olhou para a tela.

— Eu devia ter sorrido? — perguntou, entregando-lhe a câmera.

Ela olhou para a foto.

— Quanta cumplicidade — disse, e riu. — Você poderia relaxar um pouco. Um sorriso não faria mal.

— Cumplicidade? — Jun Do perguntou. — Não conheço essa palavra.

— Significa ser íntimo de alguém, entende? — ela respondeu. — É quando duas pessoas compartilham tudo, quando não há segredos entre elas.

Ele voltou a olhar para a foto e disse:

— Cumplicidade.

Naquela noite Jun Do ouviu o órfão Bo Song enquanto dormia. Como era surdo, Bo Song era um dos meninos que falavam mais alto — quando tentava. No sonho, ele falava ainda mais alto, gritando noite adentro na confusão que era a sua conversa de surdo. Jun Do lhe deu um beliche no corredor, onde o frio era terrível – os meninos que dormiam lá batiam os dentes durante algum tempo e depois ficavam em silêncio total, como se em estado de choque. Mas não Bo Song: aquilo só o fazia falar mais alto enquanto dormia. Nesta noite Jun Do pôde ouvi-lo chorando, reclamando, e no sonho Jun Do de alguma forma começou a entender o menino surdo. Seus sons desordenados começaram a formar palavras, e embora Jun Do não conseguisse transformá-las exatamente em frases sabia que Bo Song estava tentando lhe contar a verdade em relação a algo. Havia uma grande e terrível verdade a ser revelada, e no exato momento em que as palavras do menino começaram a fazer sentido, no momento em que o menino surdo finalmente começava a se fazer ouvido, Jun Do acordou.

Ele abriu os olhos e deparou com o focinho do cachorro, que se aproximara para dividir o travesseiro com ele. Jun Do pôde ver que os olhos do cachorro se reviravam sob as pálpebras, contorcendo-se a cada lamento do seu próprio pesadelo. Jun Do alisou o pelo do cachorro para acalmá-lo, e então ele parou de choramingar.

Jun Do vestiu um par de calças e sua nova camisa branca. De pés descalços, ele foi até o quarto do doutor Song, que estava vazio, exceto por uma mala de viagem feita aguardando ao lado da cama.

A cozinha e a sala de jantar também estavam vazias.

Jun Do encontrou-o no curral, sentado a uma mesa de piquenique de madeira. Ventava, e a lua estava semioculta pelas nuvens. O doutor Song havia trocado de roupa e voltado a usar paletó e gravata.

– Aquela mulher da CIA veio me procurar – disse Jun Do.

O doutor Song não respondeu. Ele estava olhando para o poço de fogo – seu carvão ainda produzia calor, e quando o vento produzia novas faíscas o poço ficava cor-de-rosa.

– Você sabe o que ela me perguntou? – continuou Jun Do. – Se eu me sentia livre.

Sobre a mesa estava o chapéu de caubói do doutor Song, sua mão segurando-o para que não voasse.

– E o que você respondeu à nossa americana ousada? – ele quis saber.

— A verdade — Jun Do respondeu.

O doutor Song concordou com um aceno da cabeça. Seu rosto parecia um tanto inchado, os olhos quase fechados, pesados pela idade.

— Foi um sucesso? — perguntou Jun Do. — Você conseguiu o que queria, seja lá o que fosse?

— Se eu consegui o que queria? — o doutor Song perguntou a si mesmo. — Tenho um cartão, um motorista e um apartamento no Monte Moranbong. Minha esposa, quando eu a tinha, era o amor em pessoa. Vi as noites brancas de Moscou e conheci a Cidade Proibida. Lecionei na Universidade Kim Il-sung. Andei de jet ski com o Querido Líder no lago de uma montanha congelada e testemunhei dez mil mulheres rolando no Festival Arirang. E agora experimentei o churrasco do Texas.

O discurso do doutor Song deixou Jun Do nervoso.

— Tem algo para me contar, doutor Song?

O doutor Song colocou o dedo no topo do chapéu.

— Estou durando mais que todos — ele disse. — Meus colegas, meus amigos, vi-os serem mandados para comunas agrícolas e campos minados, enquanto alguns simplesmente foram embora. Enfrentamos tantas dificuldades. Todo tipo de problema, de enrascada. Não obstante, aqui estou eu, o velho doutor Song. — Ele deu uma batidinha paternal na perna de Jun Do. — Nada mal para um órfão da guerra.

Jun Do ainda se sentia um pouco como se estivesse no sonho, como se estivessem lhe dizendo algo em uma língua que ele entendia. Olhou adiante para ver que seu cachorro o seguira e agora observava a distância, os pelos parecendo mudar de textura ao sabor do vento.

— Neste momento — continuou o doutor Song — o sol está a pino em Pyongyang. Mas precisamos tentar dormir um pouco.

Ele se levantou e colocou o chapéu na cabeça. Caminhando com firmeza enquanto se afastava, acrescentou:

— Nos filmes sobre o Texas chamam isso de "um pequeno cochilo".

De manhã não houve despedidas formais. Pilar encheu uma cesta de muffins e frutas para a viagem e todos se reuniram em frente da casa, onde o Senador e Tommy haviam estacionado o Thunderbird e o Mustang. O doutor Song traduziu as recomendações de despedida do Ministro, convites para que todos o visitassem em breve em Pyongyang – especialmente Pilar, que se sentiria tentada a ficar no paraíso dos trabalhadores.

O doutor Song, por sua vez, ofereceu a todos apenas uma reverência.

Jun Do aproximou-se de Wanda, que usava um top de corrida, de modo que ele podia ver como seus seios e ombros eram fartos. Os cabelos estavam soltos pela primeira vez, emoldurando seu rosto.

– Que você cruze bons caminhos – ele disse. – Esta é uma despedida texana, não é?

– Sim – respondeu ela sorrindo. – Você sabe qual é a resposta? É "Até nos encontrarmos novamente".

A esposa do Senador estava com um filhote de cachorro no braço, as pontas dos dedos alisando seu pelo. Ela olhou para Jun Do por um momento. Ele disse:

– Muito obrigado por ter cuidado dos meus ferimentos.

– Fiz um juramento – ela disse. – Jurei cuidar de qualquer um que precise de cuidados médicos.

– Sei que você não acredita na minha história – ele disse.

– Acredito que você vem de uma terra de muito sofrimento – ela respondeu, a voz baixa, mas ressoante, exatamente como quando falara sobre a Bíblia. – Também acredito que sua esposa é uma boa mulher, que só precisa de um amigo. Todos me dizem que não posso ser amiga dela. – Ela beijou o cachorrinho, e então o entregou a Jun Do. – Então isso é o melhor que posso fazer.

– Um gesto comovente – disse o doutor Song sorrindo. – Infelizmente, caninos são proibidos em Pyongyang.

Ela empurrou o cachorro nas mãos de Jun Do.

– Não dê ouvidos a ele nem às suas regras – disse. – Pense na sua esposa. Dê um jeito.

Jun Do aceitou o cachorro.

– O catahoula é um pastor – ela explicou. – Portanto, quando ele ficar com raiva de você, vai morder seu calcanhar. E quando quiser mostrar seu amor, fará o mesmo.

— Precisamos pegar um avião — disse o doutor Song.

— Ele se chama Brando — disse a esposa do Senador. — Mas você pode lhe dar o nome que quiser.

— Brando?

— Sim — ela respondeu. — Veja a marca nas ancas dele*. É o que o distingue dos outros.

— Uma marca?

— Uma marca é algo permanente que diz que algo é seu.

— Como uma tatuagem?

Ela balançou a cabeça afirmativamente.

— Sim, como uma tatuagem.

— Então será Brando.

O Ministro começou a se encaminhar para o Thunderbird, mas o Senador deteve-o.

— Não — disse o Senador, e apontou para Jun Do. — Ele.

Jun Do olhou para Wanda, que balançou a cabeça para que ele fizesse o que o Senador dizia. Tommy estava com os braços cruzados e um sorriso satisfeito.

Jun Do sentou-se no carro e o Senador juntou-se a ele, os ombros quase encostando um no outro. Então eles começaram a avançar lentamente pela estrada de cascalho.

— Achamos que o tagarela estava manipulando o mudo — disse o Senador, abanando a cabeça. — No final das contas era você o tempo todo. Vocês não têm nenhum limite? E controlá-lo dizendo sim ou não no final das frases? Você acha que somos burros? Sei que você tem o argumento da nação atrasada ao seu lado e uma desculpa do tipo "vou ser jogado em um gulag". Mas vir até aqui fingindo ser ninguém? Por que inventar aquela história ridícula dos tubarões? E que diabos um ministro das minas carcerárias faz exatamente?

O tom do Senador se tornava cada vez mais exaltado, e embora Jun Do não conseguisse identificar todas as palavras, sabia exatamente o que o Senador estava dizendo.

---

* "Brando" vem de "brand", que em inglês quer dizer "marca". (N.T.)

– Posso explicar – disse Jun Do.

– Ok, estou ouvindo – respondeu o Senador.

– É verdade, o Ministro não é um ministro de verdade.

– Então quem é ele?

– Motorista do doutor Song.

O Senador riu, sem conseguir acreditar no que ouvia.

– Deus do céu! – ele disse. – Você em algum momento considerou a possibilidade de jogar limpo conosco? Você não quer que invadamos seus barcos de pesca, tudo bem. Nós nos sentamos na mesma sala. Sugerimos que vocês não deveriam usar barcos de pesca para contrabandear peças de mísseis de Taepodong, dinheiro falso, heroína, e assim por diante. Então, alcançamos um acordo. Mas aí eu descubro que estou conversando com fantoches enquanto você... o quê?... observa tudo?

– Suponha que tivesse negociado comigo – disse Jun Do, apesar de não fazer ideia do que estava falando. – O que você teria pedido?

– O que eu teria pedido? – perguntou o Senador. – Nunca ouvi exatamente o que você tinha a oferecer. Eu teria pedido algo sólido, algo que poderia colocar em cima da lareira. E teria sido algo precioso. Todos teríamos de saber que se tratava de algo muito importante para o seu líder.

– Para algo assim, você teria de nos dar o que queremos.

– Os barcos? É claro que poderíamos abrir mão deles, mas por quê? Todos estão carregados de caos e só causam problemas. Mas o brinquedinho do Querido Líder? – O Senador assobiou. – Isso é algo diferente. Devolver aquilo seria o mesmo que mijar no pessegueiro do Primeiro-Ministro do Japão.

– Mas você admite – disse Jun Do – que o que está com vocês é propriedade do Querido Líder?

– As negociações chegaram ao fim – disse o Senador. – Aconteceram ontem, e não chegaram a lugar nenhum.

Nesse momento o Senador tirou o pé do acelerador.

– Há, porém, mais uma questão, camarada – disse o Senador enquanto eles iam em direção ao acostamento. – E nao tem nada a ver com negociações ou quaisquer que sejam os jogos que vocês estejam jogando.

O Mustang parou ao lado deles. Do assento do passageiro, a mão do lado de fora da janela, Wanda gritou para o Senador.

– Meninos, vocês estão bem?

– Estamos apenas esclarecendo algumas coisas – respondeu o Senador. – Não espere por nós. Estaremos logo atrás de você.

Wanda bateu a mão do lado do Mustang e Tommy prosseguiu. Jun Do deu uma olhada no doutor Song, sentado no assento traseiro, mas não conseguiu ver se os olhos do velho estavam comprimidos de medo ou de raiva pela traição.

– O negócio é o seguinte – disse o Senador com os olhos fixos nos de Jun Do. – Wanda disse que você fez algumas coisas importantes, que há sangue no seu arquivo. Recebi-o na minha casa. Você dormiu na minha cama, andou entre a minha família, um assassino. Dizem que uma vida não vale muito no lugar de onde você vem, mas todas as pessoas que você conheceu aqui têm um grande valor para mim. Já lidei com assassinos. Na verdade, só vou cuidar de você da próxima vez. Mas essas coisas não podem ficar por isso mesmo, pessoas não se sentam à mesa para jantar com a esposa dos outros sem que eles saibam. Então, Comandante Ga, pode dar uma mensagem ao Querido Líder para mim: diga-lhe que não apreciamos atitudes como essa. Diga-lhe que nenhum barco está seguro agora. Que ele nunca voltará a ver seu precioso brinquedo, que pode dar adeus a ele.

O Ilyushin estava cheio de pacotes de fast food e latas de cerveja Tecate vazias. Duas motocicletas pretas bloqueavam o corredor da primeira classe, e a maioria dos assentos estava ocupada pelos 9.000 DVDs que o Camarada Buc comprara em Los Angeles. Este, aliás, parecia não ter dormido. Ele estava nos fundos do avião, onde seus rapazes assistiam a filmes em computadores de dobrar.

O doutor Song passou algum tempo meditando sozinho no avião, e não se mexeu até estarem longe do Texas. Então ele se aproximou de Jun Do.

– Você é casado? – perguntou-lhe.

– Casado?

— A esposa do Senador disse que o cachorro era para a sua esposa. É verdade? Você é casado?

— Não – respondeu Jun Do. – Menti para explicar a tatuagem no meu peito.

O doutor Song balançou a cabeça em concordância.

— E o Senador? Percebeu o que estávamos tramando com o Ministro e achou que só podia confiar em você? Foi por isso que o chamou para acompanhá-lo no carro?

— Sim. Mas o Senador disse que foi Wanda quem percebeu tudo.

— Claro – disse o doutor Song. – E como foi a conversa que você teve com ele?

— Ele disse que desaprovava nossa tática, que eles continuariam invadindo barcos de pesca e que não voltaríamos a ver nosso precioso brinquedo. Era a mensagem que ele queria transmitir.

— Para quem?

— Para o Querido Líder.

— Para o Querido Líder, você? – indagou o doutor Song. – O que levou o Senador a pensar que você poderia ter acesso a ele?

— Como é que vou saber? – perguntou Jun Do. – Ele deve ter pensado que sou alguém que não sou.

— Sim, sim, é uma tática inteligente – disse o doutor Song. – Nós mesmos a cultivamos.

— Não fiz nada de errado. Nem sequer sei de que brinquedo ele está falando.

— Certo – disse o doutor Song. Então, pegou o ombro de Jun Do e o apertou suavemente. – Acho que agora não importa mais. Você sabe o que é radiação?

Jun Do balançou a cabeça afirmativamente.

— Os japoneses inventaram um instrumento chamado detector de radioatividade natural. Eles o apontaram para o céu com o intuito de estudar algo no espaço. Quando o Querido Líder ouviu falar sobre esse dispositivo, perguntou aos seus cientistas se algo do tipo podia ser acoplado a um avião. Ele queria sobrevoar as montanhas e usá-lo para encontrar urânio. Seus cientistas foram unânimes. Então o Querido Líder mandou uma equipe para o Observatório Kitami, em Hokkaido.

— Eles o roubaram?

O doutor Song olhou para Jun Do com raiva.

— Aquela coisa é do tamanho de um Mercedes – disse. – Mandamos um barco de pesca para pegá-la, mas aí vieram os ianques.

Nesse momento o doutor Song riu.

— Talvez tenha sido a mesma tripulação que o jogou para os tubarões.

O doutor Song acordou o Ministro, e juntos os três inventaram uma história para mitigar a gravidade do fracasso. O doutor Song acreditava que eles deveriam dizer que as discussões haviam tido sucesso total até que, quando estavam prestes a alcançar um acordo, uma força superior interrompeu-os através de um telefonema.

— Vão presumir que foi o presidente dos Estados Unidos, então a fúria de Pyongyang será redirecionada de nós para um intrometido irritante.

Juntos eles praticaram inúmeras vezes, ensaiando momentos cruciais e repetindo frases americanas de impacto. O telefone era marrom. Ficava sobre um banquinho alto. Ele tocou três vezes. O Senador só falou três palavras nele: "Sim", "Certamente", "Claro".

A viagem de volta pareceu durar o dobro do tempo. Jun Do deu metade do burrito que havia comido no café da manhã ao filhote. Depois ele desapareceu debaixo dos assentos, mostrando-se impossível de encontrar. Quando a escuridão caiu, Jun Do podia ver as luzes vermelhas e verdes de outros aviões comerciais ao longe. Depois que todos adormeceram, e não havia mais vida no avião além dos pilotos fumando à luz de seus instrumentos, o Camarada Buc veio até ele.

— Aqui está seu DVD – disse. – O melhor filme já feito.

Jun Do acendeu a luz fraca.

— Obrigado – disse, mas depois perguntou: – É uma história de triunfo ou fracasso?

O Camarada Buc deu de ombros.

— Dizem que é uma história de amor – disse. – Mas não assisto a filmes em preto e branco. – Então, olhou para Jun Do mais de perto. – Ei, veja bem, sua viagem não foi um fracasso, se é isso que está pensando.

Ele apontou para a cabine escura, e lá estava o doutor Song com o filhote no colo.

– Não se preocupe com o doutor Song – disse o Camarada Buc. – Aquele cara é um sobrevivente. Durante a guerra ele convenceu a tripulação de um tanque americano a adotá-lo. Ele ajudava os soldados a ler as placas na estrada e a negociar com os civis. Eles lhes davam comida, e ele passou a guerra inteira em segurança. E isso foi o que conseguiu fazer quando tinha apenas 7 anos.

– Você está me contando isso para me tranquilizar ou a si mesmo? – perguntou Jun Do.

O Camarada Buc pareceu não ouvir. Ele abanou a cabeça e sorriu.

– Como diabos vou tirar essas motocicletas do avião?

Na escuridão, eles pousaram na ilha inabitada de Kraznatov para reabastecer. Não havia luzes na pista de pouso, portanto os pilotos fizeram um reconhecimento às cegas e depois estacionaram à luz púrpura do luar. Localizada a 2.000 quilômetros do território mais próximo, a estação havia sido construída para servir de posto de abastecimento para caças russos. No galpão onde ficavam as baterias da bomba havia uma lata de café. O Camarada Buc colocou ali um maço de notas de US$ 100 e ajudou os pilotos com as pesadas mangueiras de Jet A-1.

Enquanto o doutor dormia no avião, Jun Do e o Camarada Buc fumavam ao vento. A ilha não tinha nada além de três tanques de combustível e uma faixa cercada por rochas esbranquiçadas com guano e cheias de pedaços de plástico de várias cores e redes trazidas pelo mar. A cicatriz do Camarada Buc brilhou à luz da lua.

– Ninguém nunca está seguro – disse, e lá se foi seu tom jovial.

Atrás deles, as velhas asas do Ilyushin balançavam e gemiam enquanto o avião era abastecido.

– Mas se eu achasse que alguém neste avião estava indo para os campos – acrescentou, virando-se para Jun Do a fim de se certificar de que estava sendo ouvido –, esmagaria sua cabeça contra aquelas rochas com as minhas próprias mãos.

Os pilotos ligaram os motores e levantaram o nariz do avião em direção ao vento, mas antes de alçar voo sobre o mar escuro e agitado abriram o bojo, derramando todos os detritos do avião na pista de decolagem.

Eles cruzaram a China na escuridão e, ao amanhecer, sobrevoaram os trilhos ferroviários que iam para o sul partindo de Shenyang, seguindo-os até Pyongyang. O aeroporto ficava a norte da cidade, portanto Jun Do pôde dar uma boa olhada na famosa capital, com seu Estádio May Day, o Mausoléu Mansudae, a Torre Juche com seu topo vermelho flamejante. Todos colocaram os cintos, o lixo foi recolhido e, finalmente, o Camarada Buc trouxe para Jun Do o filhote, atrás do qual seus homens haviam engatinhado pela cabine inteira.

Mas Jun Do não queria o cachorro.

– É um presente para Sun Moon – disse. – Você pode entregá-lo para mim?

Jun Do pôde ver as várias perguntas que passaram pelo olhar do Camarada Buc, mas ele não expressou nenhuma delas. Em vez disso, só balançou a cabeça afirmativamente.

O trem de pouso foi baixado, e quando o avião se aproximou as cabras que estavam na pista de alguma forma souberam o momento exato em que deveriam sair. Entretanto, ao aterrissarem, o doutor Song viu os veículos que os esperavam e se virou com uma expressão de pânico no rosto.

– Esqueçam tudo – disse ao Ministro e a Jun Do. – O plano precisa mudar completamente.

– Por quê? – perguntou Jun Do.

Ao olhar para o Ministro, ele viu que seus olhos também estavam cheios de medo.

– Não há tempo – disse o doutor Song. – Os americanos nunca pretenderam devolver o que roubaram de nós. Entendeu? Esta é a nova história.

Eles se seguraram quando os pilotos frearam.

– Esta é a nova história – continuou o doutor Song. – Os americanos tinham um plano elaborado para nos humilhar. Eles nos fizeram fazer jardinagem e cortar a grama do Senador, entenderam?

– Certo – disse Jun Do. – Tivemos de comer do lado de fora com as mãos, cercados por cachorros.

O Ministro disse:

– Não havia banda nem tapete vermelho para nos receber. E eles nos conduziram em carros ultrapassados.

– Mostraram-nos belos sapatos em uma loja, mas depois os levaram embora – disse Jun Do. – No jantar, nos fizeram usar camisas de camponês.

O Ministro disse:

– Tive de dividir minha cama com um cachorro!

– Boa, boa – disse o doutor Song.

Ele tinha um sorriso desesperado no rosto, mas seus olhos brilhavam com o desafio.

– Isso convencerá o Querido Líder. Isso pode salvar nossas peles.

Os veículos na pista de pouso eram Tsirs soviéticos, três deles. Os corvos eram fabricados em Chongjin, na fábrica Sungli 58, portanto Jun Do já vira milhares deles. Eram usados para transportar tropas e carga, e haviam levado muitos órfãos. Na temporada de chuvas, um Tsir era a única coisa que se via nas ruas.

O doutor Song recusava-se a olhar para os corvos ou seus motoristas fumando juntos nos estribos. Ele deu um sorriso largo e cumprimentou os dois homens que estavam lá para interrogá-los. Mas o Ministro, com uma expressão de desalento, não conseguia parar de olhar para os imensos pneus do caminhão e para os tanques de combustível. De repente Jun Do entendeu que se alguém fosse ser transportado de Pyongyang para um campo de prisioneiros somente um corvo poderia enfrentar as terríveis estradas das montanhas.

Jun Do podia ver o retrato gigante do Grande Líder Kim Il-sung sobre o terminal do aeroporto. Mas os dois interrogadores os levaram numa direção diferente – passando por um grupo de mulheres jornalistas que faziam sua ginástica diária de macacão em frente a uma pilha de pás e de um avião cuja fuselagem estava no chão, queimada em quatro partes. Velhos sentados em baldes removiam os fios de cobre dele.

Eles chegaram a um hangar vazio, amplo. Havia caldeiras no chão de cimento cheias de água lamacenta e compartimentos com ferramentas, alças e bancadas. O doutor Song, o Ministro e Jun Do foram acomodados em compartimentos separados, fora do campo de visão uns dos outros.

Jun Do sentou-se a uma mesa com os interrogadores, que começaram a fazer perguntas.

– Conte-nos sobre a viagem – disse um deles. – E não se esqueça de nada.

Havia uma máquina de escrever na mesa, mas eles não fizeram menção de usá-la.

A princípio Jun Do mencionou apenas as coisas que eles haviam combinado – as indignidades dos cachorros, os pratos de papel, o fato de terem comido debaixo do sol quente. Enquanto ele falava, os homens abriram sua garrafa de uísque. Ao experimentá-lo, os dois fizeram sinal de aprovação. Eles dividiram seus cigarros entre si na frente dele. Pareciam ter gostado especialmente da pequena lanterna, e o interromperam para se certificar de que ele não estava escondendo outra. Experimentaram sua carne seca e suas luvas de couro de bezerro.

– Recomece – o outro disse. – E conte tudo.

Ele continuou listando as humilhações: não havia banda no aeroporto, nenhum tapete vermelho, como Tommy usara o assento de trás para ter relações sexuais. Como animais, haviam feito com que eles comessem com as mãos. Ele tentou lembrar quantas balas haviam sido disparadas das velhas armas. Descreveu os carros velhos. Ele já havia mencionado o cachorro em sua cama? Poderia tomar um copo d'água? Não havia tempo, foi o que responderam, logo tudo teria terminado.

Um interrogador pegou o DVD da mão dele.

– É de alta definição? – perguntou.

O outro interrogador interrompeu-o:

– Esqueça, é em preto e branco.

Tiraram várias fotos com a câmera, mas não conseguiam encontrar uma forma de vê-las.

– Está quebrada – disse Jun Do.

– E isso? – perguntaram-lhe pegando os antibióticos.

– Pílulas de mulher.

– Você terá de nos dar sua história – disse um deles. – Precisamos esclarecer tudo. Voltamos em um minuto, mas enquanto isso vá praticando. Estaremos ouvindo, poderemos ouvir tudo que disser.

– Do início ao fim – disse o outro.

– Por onde começo? – Jun Do perguntou-lhe.

A história da sua viagem ao Texas começou quando o carro veio pegá-lo, quando ele foi declarado um herói ou quando o segundo imediato desapareceu no mar? E o final? Ele tinha a sensação terrível de que aquela história estava longe de terminar.

– Pratique – disse o interrogador.

Juntos, eles deixaram a baia de manutenção, e então ele pôde ouvir os ecos abafados do Ministro contando sua história.

– Um carro veio me pegar – disse Jun Do em voz alta. – Era de manhã. Os barcos no ancoradouro haviam colocado as redes para secar. O carro era um Mercedes de quatro portas com dois homens. Tinha flanelas para limpar o para-brisa e um rádio de última geração...

Ele falava com os caibros. Lá em cima, podia ver os pássaros inclinando as cabeças enquanto olhavam para ele. Quanto mais detalhada ficava a história, mas estranha e inacreditável ela lhe parecia. Wanda realmente lhe servira limonada com gelo? O cachorro realmente havia lhe trazido um osso de costela depois que ele tomara banho?

Quando os interrogadores voltaram, Jun Do só havia contado até a parte em que haviam aberto o isopor com carne de tigre no avião. Um deles estava ouvindo o iPod do Ministro, e o outro parecia irritado. Por alguma razão, a boca de Jun Do voltou ao roteiro.

– Havia um cachorro na cama – ele disse. – Fomos forçados a cortar a grama, o assento havia sido usado para relações sexuais.

– Você tem certeza de que também não ganhou um desses? – um deles perguntou, segurando o iPod.

– Talvez ele o esteja escondendo.

– É verdade? Você está escondendo?

– Os carros eram velhos – continuou Jun Do. – As armas eram perigosamente velhas.

A primeira história não parava de voltar à sua mente, e ele começou a ficar paranoico, achando que poderia dizer acidentalmente que o telefone tocou quatro vezes e que o Senador dissera três palavras nele. Depois, lembrou que estava errado: que o telefone tocara quatro vezes e que o Senador falara quatro palavras. E então tentou clarear sua mente, porque aquilo estava errado: o telefone não tocou e o presidente americano nunca telefonou.

– Ei, esqueça – disse um dos interrogadores. – Perguntamos ao velho onde estava a câmera dele, e ele disse que não sabia sobre o que estávamos falando. Todos vocês receberam as mesmas luvas, cigarros e tudo mais.

– Não tenho mais nada – disse Jun Do. – Vocês pegaram tudo que estava comigo.

– Vamos ver o que o terceiro cara diz.

Eles lhe entregaram papel e caneta.

– Está na hora de escrever – disseram, e então deixaram a baia novamente.

Jun Do pegou a caneta.

– Um carro veio me buscar – escreveu, mas a caneta mal tinha tinta.

Ele decidiu pular a história para quando já estavam no Texas. Balançou a caneta e acrescentou:

– E me levou para uma loja de sapatos.

Ele sabia que só restava mais uma frase de tinta na caneta. Apertando com força, ele escreveu:

– Foi quando começou a minha humilhação.

Jun Do levantou o papel e leu sua história de duas frases. O doutor Song dissera que o que importava na Coreia do Norte não era o homem, mas sua história – o que significava, então, o fato de sua história ser nada, mas apenas a sugestão de uma vida?

Um dos motoristas do corvo entrou no hangar. Ele se aproximou de Jun Do e perguntou:

– Você é o cara que vou levar?

– Levar para onde? – perguntou Jun Do.

Um dos interrogadores chegou neste momento:

– Qual é o problema?

– Meus faróis estão queimados – respondeu o motorista. – Se eu não for agora, não vou conseguir chegar lá.

O interrogador virou-se para Jun Do:

– Sua história confere – ele disse. – Você pode ir.

Jun Do levantou o papel:

– Só consegui escrever isso – disse. – A tinta da caneta acabou.

O interrogador disse:

– Tudo que importa é que você escreveu alguma coisa. Já mandamos sua papelada. Isso é apenas uma declaração pessoal. Não sei por que nos fazem pegá-las.

– Preciso assiná-la?

– Seria bom – disse o interrogador. – Sim, vamos oficializá-la. Tome, use minha caneta.

E entregou a Jun Do a caneta que o doutor Song ganhara do prefeito de Vladivostok. A escrita era ótima – ele não assinava seu nome desde que estivera na escola de idiomas.

– Antes tarde do que nunca – disse o interrogador ao motorista.
– Ah, ele ficará aqui o dia inteiro. O velho pediu mais papel.

Ele deu um maço de cigarros American Spirit ao motorista e depois perguntou se os médicos estavam com ele.

– Sim, estão no caminhão – o motorista respondeu.

O interrogador devolveu o DVD de *Casablanca*, a câmera e os comprimidos a Jun Do. E conduziu-o até a porta do hangar.

– Esses caras estão indo para o leste – disse a Jun Do. – E você vai pegar uma carona com eles. Os médicos estão numa missão beneficente, são verdadeiros heróis do povo, os hospitais da capital precisam muito deles. Então, se eles precisarem de ajuda, ajude-os. Não quero ouvir depois que você foi preguiçoso ou egoísta, entendeu?

Jun Do balançou a cabeça afirmativamente. Da porta, porém, olhou para trás. Não conseguiu ver o doutor Song nem o Ministro, enfiados nas baias de manutenção, mas conseguiu ouvir a voz do doutor Song, clara e precisa.

– Foi uma viagem fascinante – ele dizia. – Que jamais repetiremos.

Nove horas na traseira de um corvo. Os solavancos da estrada de barro cheia de irregularidades, o motor vibrava tanto que Jun Do não conseguia dizer onde sua carne terminava e o banco de madeira começava. Ele tentou se mexer para urinar pelas frestas das ripas na estrada suja abaixo, mas seus músculos não respondiam. Seu cóccix estava ao mesmo tempo dormente e ardendo. Entrava poeira pela capota e cascalho pelo eixo de transmissão. Sua vida voltara a se resumir a um esforço de resistência.

Na traseira do caminhão havia mais dois homens. Eles estavam sentados sobre grandes isopores e não usavam nenhuma insígnia ou uniforme. Seus olhos pareciam completamente mortos, e de todos os piores trabalhos da Terra Jun Do achava que o deles provavelmente era o pior. Ainda assim, tentou puxar papo.

– Então vocês são médicos? – perguntou-lhes.

O caminhão passou por cima de uma pedra. A tampa do isopor abriu e uma onda de gelo cor-de-rosa voou para fora.

Ele tentou outra vez:

– O cara do aeroporto disse que vocês são dois verdadeiros heróis do povo.

Os homens não olhavam para ele. "Pobres coitados", pensou Jun Do. Ele preferiria fazer parte de uma equipe dos campos minados a ser destacado para colher sangue. Só esperava que eles o deixassem em Kinjye antes de parar para praticar sua profissão, e se distraiu pensando no movimento suave do *Junma*, nos cigarros e na conversa que jogava fora com o capitão, no momento em que apertava um botão e o rádio ganhava vida.

Eles passaram por todos os postos de controle sem ser parados. Como os soldados que os operavam sabiam que havia uma equipe carregando sangue a bordo? Jun Do não sabia, mas, de qualquer forma, não queria parar em nenhum. Observou pela primeira vez que no meio do redemoinho de vento que passava através do piso havia casca de ovo cozido – talvez dúzias. Eram muitos ovos para uma só pessoa comer, e ninguém dividiria seus ovos com um estranho, então eles deveriam ser de uma família. Da traseira do caminhão, Jun Do observava as torres que guardavam safras agrícolas passarem como flashes, cada uma com sua unidade de soldados armados com rifles para proteger os terraços de milho dos fazendeiros que os cultivavam. Ele viu trilhas de lixo cheias de camponeses a caminho para ajudar em projetos de construção. E as estradas eram ladeadas por recrutas carregando rochas imensas nos ombros para sustentar faixas que ameaçavam desabar. Não obstante, era um trabalho feliz se comparado aos campos. Ele pensou em todas as famílias que eram carregadas juntas para aqueles destinos. Se crianças haviam estado onde ele se sentava agora, se idosos já haviam ocupado aquele banco, então absolutamente ninguém estava seguro – um dia um caminhão como aquele poderia levá-lo também. As cascas de ovo giravam ao sabor do vento. Seu movimento lhe transmitia uma sensação de volubilidade despreocupada. Quando as cascas voaram para perto dos pés de Jun Do, ele pisou nelas.

Estava quase anoitecendo quando o caminhão desceu o vale até a beira de um rio. Às margens dele havia um grande acampamento – milhares de pessoas vivendo na lama, na imundície, para ficar perto de seus entes queridos do outro lado. Passando a ponte, tudo mudava. Sobre o pano de fundo escuro, Jun Do pôde ver barracas coletivas, centenas, abrigando milhares de pessoas, e logo o fedor da soja destilada estava no ar. O caminhão passou por uma multidão de garotinhos que removiam as cascas de uma pilha de troncos de teto. Eles só podiam usar os dentes para começar a cortar, as unhas para descascá-los e os bíceps pequeninos para raspar os galhos até deixá-los limpos. Normalmente, uma visão como essa o tranquilizaria, o faria se sentir bem. Contudo Jun Do jamais vira meninos tão robustos, que se moviam mais rápido do que os órfãos do Longo Amanhã jamais haviam visto.

Os portões eram simples: havia um homem para puxar uma grande alavanca elétrica, enquanto outro rolava uma parte de cerca eletrificada. Os médicos tiraram velhas luvas cirúrgicas dos bolsos, que claramente já haviam sido usadas muitas vezes, e as vestiram. Eles estacionaram em frente a uma construção de madeira escura. Os médicos pularam para fora e disseram a Jun Do que levasse o isopor. Mas ele não saiu do lugar. Suas pernas estavam cheias de estática, e ele ficou ali, observando uma mulher que rolava um pneu por trás do caminhão. As duas pernas dela haviam sido amputadas abaixo do joelho. Ela usava um par de botas que adaptara para usar com a parte da frente para trás, de forma que os cotos se ajustavam nos compartimentos dos calcanhares. As botas tinham nós firmes, e ela era surpreendentemente ágil, girando as pernas em círculos atrás do pneu.

Um dos médicos pegou um punhado de sujeira e jogou no rosto de Jun Do. Seus olhos ficaram cheios de areia e incharam. Ele queria chutar a cabeça do médico, mas aquele não era o lugar para cometer um erro estúpido como esse. Além disso, tudo que ele podia fazer era sair do caminhão e manter o equilíbrio enquanto levantava o isopor. Não, era melhor acabar com aquilo de uma vez e sair daquele lugar.

Ele seguiu os médicos até o centro de processamento, onde havia dúzias de leitos de enfermaria com pessoas que pareciam à beira da morte. Apáticos, murmurando, elas eram como os peixes que ficavam no porão do barco, oferecendo não mais que a agitação das guelras quando a faca descia. Ele viu o olhar perdido da febre alta, a pele esverdeada dos órgãos parados e ferimentos que não tinham mais sangue para continuar sangrando. O mais assustador, contudo, era que ele não conseguia diferenciar os homens das mulheres. Jun Do colocou o isopor sobre uma mesa. Seus olhos pareciam estar pegando fogo, e tentar limpá-los com a camiseta só os fazia arder mais. Ele não tinha opção. Abrindo o isopor, usou o gelo ensanguentado para tirar a areia dos olhos. Havia um guarda na sala sentado numa caixa, encostado na parede. Ele jogou o cigarro fora para aceitar um American Spirit dos médicos. Jun Do aproximou-se para ganhar um cigarro também.

Um médico virou-se para o guarda.

– Quem é esse cara? – perguntou, indicando Jun Do.

O guarda inalou profundamente seu cigarro caro e respondeu:

– Alguém importante o bastante para chegar num domingo.

– Esses cigarros são meus – disse Jun Do, e o médico lhe deu um relutantemente.

A fumaça era gostosa e suave, e valeu um pequeno ardor no olho. Uma senhora idosa entrou na sala. Ela era magra, corcunda e usava farrapos enrolados nas mãos. Estava com uma câmera grande sobre um tripé de madeira que parecia exatamente a da fotógrafa japonesa que ele havia sequestrado.

– Lá está ela – disse o guarda. – Mãos à obra.

Os médicos começaram a se preparar pegando pedaços de esparadrapo. Jun Do estava prestes a testemunhar o mais terrível de todos os trabalhos, mas o cigarro o acalmava.

Nesse momento, no entanto, algo chamou sua atenção. Ele olhou para a parede vazia acima da porta. Ela estava completamente vazia – não havia simplesmente nada nela. Ele tirou a câmera do bolso, e enquanto o guarda e os médicos discutiam os méritos de várias marcas de tabaco, bateu uma foto da parede branca vazia. "Entenda isso, Wanda", pensou. Ele jamais estivera em uma sala sem retratos de Kim Il-sung e Kim Jong-il acima da porta. Nem sequer no orfanato mais pobre, no vagão de trem mais velho, nem no banheiro queimado do *Junma*. Ele jamais estivera em um lugar que não estivesse sob o olhar constante do Querido e do Grande Líder. Ele sabia que o lugar onde se encontrava simplesmente não valia nada – era como se não existisse.

Enquanto guardava a câmera de volta no bolso, ele viu que a mulher o olhava. Seus olhos eram como os da esposa do Senador – ele sentiu que ela via algo que nem sequer ele mesmo sabia sobre si.

Um dos médicos gritou para que Jun Do pegasse uma caixa de uma pilha no canto. Jun Do pegou a caixa e foi até onde o médico estava, na cabeceira de uma mulher que tinha a mandíbula atada com pedaços de tecido amarrados acima da cabeça. Um médico começou a desamarrar seus sapatos, que eram apenas pedaços de pneu podre amarrados com arame. O outro começou a desenrolar tubos intravenosos, preciosos suprimentos médicos.

Jun Do tocou a pele da mulher, que estava fria.

– Acho que chegamos tarde demais – disse.

Os médicos o ignoraram. Cada um colocou uma agulha no peito dos pés dela, ligando-as a duas bolsas vazias de sangue. A velha fotógrafa apareceu com sua câmera. Ela perguntou qual era o nome da mulher ao guarda, e quando ele respondeu a fotógrafa o escreveu em uma chapa cinza, colocando-a sobre o peito dela. Depois, desenrolou os pedaços de tecido da cabeça dela. Quando a fotógrafa tirou seu gorro, a maior parte dos cabelos dela saiu junto, como um redemoinho preto.

– Aqui – disse a fotógrafa, entregando o gorro a Jun Do. – Segure.

O gorro parecia pesado de graxa. Jun Do hesitou.

– Sabe quem eu sou? – perguntou a velha fotógrafa. – Sou Mongnan. Fotografo as pessoas que entram e saem deste lugar.

Ela balançou o gorro com insistência.

– É lã. Você precisará disso.

Jun Do colocou o gorro no bolso só para fazê-la se calar, para não ter mais de ouvir aquela conversa maluca.

Quando Mongnan tirou a foto da mulher, o flash acordou-a por um momento. Ela esticou o braço e agarrou o pulso de Jun Do. Em seus olhos havia o desejo claro de levá-lo com ela. Os médicos gritaram para que ele levantasse a parte superior da cama. Depois disso, eles chutaram a caixa sob ela, e logo as quatro bolsas de sangue se enchiam rapidamente.

Jun Do disse aos médicos:

– É melhor sermos rápidos. Está escurecendo, e o motorista disse que está sem os faróis.

Eles o ignoraram.

A pessoa seguinte era um adolescente com o peito frio e azulado. Seus olhos pareciam exaustos. Um dos braços estava esticado para fora da cama, as mãos tocando o chão.

– Qual é o seu nome? – perguntou Mongnan.

Sua boca se movia como se ele estivesse tentando molhar os lábios antes de falar, mas não produziam palavra alguma.

Com a voz suave e carinhosa, a voz de uma mãe, ela sussurrou para o menino moribundo:

– Feche os olhos.

Quando ele obedeceu, Mongnan bateu a foto.

Os médicos usaram pedaços de esparadrapo para prender os tubos de sangue, e então o processo se repetiu. Jun Do levantou a parte de cima da cama e colocou a segunda caixa embaixo dela. A vida do menino havia literalmente sido drenada para as bolsas que Jun Do segurava, e agora era como se ele estivesse vivo nas mãos de Jun Do, até que ele colocou as bolsas dentro da água gelada. Por alguma razão, ele esperava que as bolsas flutuassem, mas elas afundaram.

Mongnan sussurrou para Jun Do:

– Procure um par de botas.

Ele lhe dirigiu um olhar irritado, mas fez o que ela pediu.

Havia apenas um homem com botas que poderiam servir. As pontas haviam sido costuradas várias vezes, mas as solas eram de um par de botas militares. Dormindo, o homem produziu um resmungo, como se houvesse bolhas subindo por sua garganta para explodir na boca.

– Pegue-as – disse Mongnan.

Jun Do começou a desamarrar as botas. Eles não o fariam usar um par de botas de trabalho a não ser que tivessem outro trabalho sujo reservado para ele: Jun Do esperava que não fosse enterrar todas aquelas pessoas.

Enquanto ele desamarrava as botas do homem, ele acordou.

– Água – disse, antes mesmo de conseguir abrir os olhos.

Jun Do congelou, esperando que o homem voltasse a dormir.

Mas ele conseguiu abrir os olhos.

– Você é médico? – perguntou. – Um carro de minérios virou. Não sinto minhas pernas.

– Só estou ajudando – respondeu Jun Do, e era verdade.

Quando as botas saíram, o homem pareceu não perceber. Ele não usava meias. Vários de seus dedos estavam enegrecidos e quebrados. Também faltavam alguns, seus cotos produzindo um líquido cor de chá.

– Minhas pernas estão bem? – ele perguntou. – Não as sinto.

Jun Do tirou as botas e se afastou, voltando para onde Mongnan havia armado a câmera.

Ele balançou as botas e bateu uma na outra, mas não saíram dedos. Levantou, então, cada uma na tentativa de olhar lá no fundo, mas não viu nada. Ele esperava que os dedos que estavam faltando nos pés do homem tivessem caído em outro lugar.

Mongnan levantou o tripé até a altura de Jun Do. Ela entregou-lhe uma pequena placa cinza e uma pedra de cal.

– Escreva seu nome e sua data de nascimento.

"Pak Jun Do", ele escreveu pela segunda vez naquele dia.

– Não sei a data do meu nascimento – ele lhe disse.

Jun Do sentiu-se como uma criança quando levantou a placa até o queixo, como um garotinho. Ele pensou: "Por que ela está tirando minha foto?", mas não perguntou nada.

Mongnan apertou um botão, e quando o flash disparou tudo pareceu diferente. Ele agora estava do outro lado de uma luz clara, onde todas as pessoas sem sangue estavam deitadas em camas de hospital – do outro lado do flash dela.

Os médicos gritaram para que ele levantasse a cama.

– Ignore-os – ela disse. – Quando tiverem terminado, vão dormir no caminhão e de manhã já terão partido. Precisamos cuidar de você antes que fique escuro demais.

Mongnan perguntou ao guarda qual era o número da barraca de Pak Jun Do. Quando ele respondeu, ela escreveu-o nas costas da sua mão.

– Não costumamos receber ninguém aos domingos – ela disse. – Você veio sozinho. A primeira coisa a fazer é encontrar sua barraca. Você precisa dormir um pouco. Amanhã é segunda-feira, e os guardas na segunda são uns demônios.

– Preciso ir – ele disse. – Não tenho tempo para enterrar ninguém.

Ela levantou a mão dele e lhe mostrou o número da barraca escrito abaixo dos nós de seus dedos.

– Ei – disse. – Este é você agora. Você está na minha câmera. Estas são suas botas novas.

Ela encaminhou-se em direção a outra porta. Olhou por sobre o ombro à procura das fotos de Kim Jong-il e Kim Il-sung. Uma corrente de pânico atravessou seu corpo. Onde estavam quando ele precisava deles?

– Ei – disse um dos médicos. – Terminamos com ele.

– Vá – disse Mongnan. – Eu resolvo isso. Encontre sua barraca antes que fique escuro demais.

– Mas e depois? O que farei depois?

– Faça o que os outros fizerem – ela respondeu, puxando do bolso uma bola branca leitosa de sementes de milho.

Ela entregou-a a ele.

– Se as pessoas comerem rápido, coma rápido. Se baixarem os olhos quando alguém se aproximar, faça o mesmo. Se denunciarem um prisioneiro, concorde.

Quando Jun Do abriu a porta com as botas na mão, olhou para o campo escuro, que se erguia em todos os lados em direção aos cânions gelados da imensa cordilheira de montanhas, seus picos ainda visíveis nos últimos raios de sol. Ele pôde ver as bocas brilhantes das minas e o brilho das tochas dos trabalhadores que entravam nelas. Carroças de minério avançavam puxadas pela força humana, lâmpadas de segurança iluminando os poços de detritos. Por todos os lugares fogueiras lançavam um brilho alaranjado sobre as casas coletivas, e a fumaça acre da madeira verde o fez tossir. Ele não sabia onde ficava aquela prisão. Nem sequer sabia seu nome.

– Não deixe ninguém ver sua câmera – disse Mongnan. – Vou procurá-lo daqui a dois dias.

Ele fechou os olhos. Parecia que podia ver os gemidos tristes dos tetos de metal ao vento da noite, de unhas arranhando a madeira que se contraía, de ossos humanos rígidos em 3.000 beliches. Ele podia ouvir o giro lento dos tripés de busca e também o zumbido dos fios elétricos e os estalos gelados dos isolantes de cerâmica nos postes. E logo ele estaria no centro de tudo, de volta à barriga do barco – mas desta vez não haveria superfície, não haveria convés, mas apenas a escuridão interminável de tudo que estava por vir.

Mongnan apontou para as botas em suas mãos.

– Eles vão tentar tomá-las de você. Você sabe lutar?

– Sim – ele respondeu.

– Então calce-as – ela disse.

Calçar uma bota esperando encontrar dedos pegajosos é o mesmo que abrir o alçapão para um túnel desmilitarizado ou tirar um estranho de uma praia no Japão: você simplesmente respira fundo e vai em frente. Fechando os olhos, Jun Do respirou fundo e calçou as botas úmidas, mexendo os dedos dos pés para a frente e para trás, sentindo cada centímetro da bota. Finalmente ele enfiou os dedos para que pudesse limpar ao redor, tirando o que precisava ser tirado. Seu rosto tinha uma expressão de raiva.

Ele olhou para os médicos, para os guardas, para os moribundos condenados.

– Eu era um cidadão-modelo – disse-lhes. – Fui um herói do Estado – acrescentou, e então saiu pela porta com as botas novas para um lugar que não existia.

E desse ponto em diante pouco se sabe sobre o cidadão chamado Pak Jun Do.

Parte 2

As confissões do Comandante

UM ANO DEPOIS

Estávamos concluindo um mês de interrogatório de um professor de Kaesong quando um rumor se espalhou pelo prédio dizendo que o Comandante Ga havia sido detido e estava aqui, sob custódia, na nossa 42ª Divisão. Imediatamente mandamos nossos estagiários, Q-Kee e Jujack, até a sala de processamento de dados para ver se isso era verdade. É claro que estávamos ansiosos por ver o Comandante Ga, especialmente depois de todas as histórias que ouvíramos recentemente em Pyongyang. Podia aquele ser o mesmo Comandante Ga que ganhara o Cinturão de Ouro, que derrotara Kimura no Japão, que limpara as forças militares de homossexuais e depois se casara com a atriz mais famosa da nossa nação?

Mas o nosso trabalho com o professor se encontrava numa etapa crítica, e não podíamos abandoná-lo simplesmente para ver uma celebridade. O professor era um caso rotineiro: ele havia sido acusado de dar aulas de contrarrevolução, especificamente usando uma rádio ilegal para tocar músicas pop da Coreia do Sul para seus alunos. Era uma acusação boba, provavelmente obra de um rival da universidade. De qualquer modo, essas coisas são difíceis de provar. A maioria das pessoas na Coreia do Norte trabalha em pares, portanto há sempre um colega pronto para fornecer provas ou denunciar seu parceiro. Não foi o que aconteceu com o professor, que é o único responsável por suas aulas. Teria sido fácil fazê-lo confessar, mas não é assim que trabalhamos. Veja, a 42ª Divisão na verdade é composta por duas divisões.

Nossa equipe rival de interrogadores é a Pubyok, assim chamada por causa dos defensores da "parede flutuante" que salvaram Pyongyang de invasores em 1136. Atualmente resta apenas cerca de uma dúzia de Pubyoks, velhos com cabelos prateados cortados à escovinha e que andam em fila como se formassem uma parede, e realmente acreditam que podem flutuar como fantasmas de um cidadão para outro, interrogando-os como o vento interroga as folhas. Eles quebram as mãos constantemente, seguindo o princípio de que os ossos nascem mais fortes, criando camadas extras. É algo terrível de se ver, velhos saídos de lugar nenhum quebrando as mãos nas ombreiras das portas ou nos aros de barris de pólvora. Todos os Pubyoks se reúnem ao redor quando um deles está prestes a quebrar a mão, enquanto o restante de nós, o que sobrou da 42ª Divisão, homens que seguem o princípio da razão, tem de olhar em outra direção. *Junbi*, eles dizem, quase suavemente, e depois contam *hana, dul, set* e gritam *Sijak!*. E então lá vem o som estranhamente surdo de uma mão sendo quebrada na porta de um carro. Os Pubyoks acreditam que todos que chegam à 42ª Divisão para ser interrogados deveriam ser recebidos com brutalidade – com uma surra que os deixasse sem sentidos, à velha maneira.

E aí vem a minha equipe – correção: nossa equipe, pois ela é realmente um trabalho em grupo. Não precisamos usar um apelido, e mentes aguçadas são as nossas únicas ferramentas de interrogatório. Os Pubyoks experimentaram a guerra ou o que ela desencadeou quando eram jovens, portanto entendemos seu jeito de ser. Nós os respeitamos, mas interrogatório agora é uma ciência, e resultados consistentes de longo prazo são o que importa. É claro que de vez em quando é preciso usar de violência, mas apenas de forma estratégica, em momentos específicos, depois de longos relacionamentos. E a dor – aquela flor branca e elevada – só pode ser usada depois que a aplicamos, uma dor completa, duradoura, sem disfarces. E como todos da nossa equipe se formaram na Universidade Kim Il-sung, temos uma queda por professores velhos, até mesmo pelo nosso pobre interrogado de uma faculdade regional de Kaesong.

Em uma baia de interrogatório, colocamos nosso professor em cadeiras de entrevista, que são muito confortáveis. Temos um empreiteiro na Síria que as fabrica para nós – são parecidas com cadeiras de dentistas, feitas de couro azul-bebê e apoios para a cabeça e os braços. Entretanto, perto da cadeira fica uma máquina que deixa as pessoas nervosas. Ela se chama piloto automático, e acho que é a única outra ferramenta que usamos.

– Pensei que vocês já tivessem tudo que precisavam saber – disse o professor. – Respondi a todas as perguntas.

– Você foi maravilhoso – dissemos. – Absolutamente maravilhoso.

Depois, mostramos a ele a biografia que havíamos feito da sua vida. Com 212 páginas, era o produto de dúzias de horas de entrevista. Ela continha tudo sobre ele, das suas primeiras memórias – educação, momentos que definiram sua personalidade, realizações e fracassos, casos com alunas e assim por diante: a documentação completa da sua existência até a chegada à 42ª Divisão. Ele folheou as páginas do livro, impressionado. Usamos uma máquina de encadernação – do tipo que usam em dissertações de doutorado – que dá uma aparência profissional às biografias. Os Pubyoks simplesmente espancam os interrogados até fazê-los confessar para um gravador, tenham ou não um gravador. Nossa equipe descobre uma vida inteira, com todas as suas sutilezas e motivações, e então produz um único volume com tudo sobre a pessoa. Quando se tem a biografia de um interrogado, não há nada entre o cidadão e o Estado. Isso é harmonia, esta é a ideia sobre a qual a nação está fundamentada. É claro que algumas histórias são incríveis e levam meses para ser registradas, mas se há um produto que não falta na Coreia do Norte é tempo.

Ligamos o professor ao piloto automático, e ele pareceu surpreso quando a transmissão de dor começou. A expressão em seu rosto exibia um desespero para descobrir o que queríamos dele, e como ele podia nos dar isso, mas a biografia estava completa, não havia mais perguntas. O professor observou horrorizado enquanto eu enfiei a mão no bolso da camisa dele e tirei uma caneta de ouro – um objeto como esse pode concentrar a corrente elétrica, incendiando as roupas. Os olhos do professor entendiam agora que já não havia mais um professor, que ele não precisaria mais de uma caneta. Não faz muito tempo, quando éramos jovens, pessoas como o professor, provavelmente com um grupo de estudantes, eram mortas a tiros no estádio de futebol na manhã de segunda antes de irem para o trabalho. Enquanto estávamos na faculdade, a moda era jogá-los nas minas carcerárias, onde a expectativa de vida é de seis meses. E, é claro, agora é pela doação de órgãos que muitos dos nossos detidos encontram seu fim.

É verdade que quando as minas abrem o ventre para abocanhar mais trabalhadores todos devem ir – não há dúvida. Mas acreditamos que pessoas como o professor têm uma vida inteira de felicidade e trabalho para oferecer à nossa nação. Assim, aumentamos a dor para níveis inconcebíveis, um rio agitado de dor muscular. Uma dor desse tipo é capaz de produzir uma fissura na identidade do indivíduo – se ele conseguir resistir, o sobrevivente terá pouca semelhança com o professor que começa agora a sofrer. Em poucas semanas ele será um membro contribuinte da fazenda coletiva, e talvez consigamos até mesmo encontrar uma janela para consolá-lo. Não há outra saída: para conseguir uma nova vida, precisamos trocá-la pela velha.

Por enquanto, era hora de o nosso professorzinho passar algum tempo só. Ligamos o piloto automático, que monitora todos os sinais vitais do interrogado e transmite dor em ondas moderadas, e depois fechamos a porta à prova de som e fomos para a biblioteca. Voltaríamos a ver o professor à tarde, com as pupilas dilatadas, os dentes batendo, e o ajudaríamos a vestir suas roupas para a longa viagem até a zona rural.

Nossa biblioteca, evidentemente, é na verdade apenas um depósito, mas cada vez que nossa equipe produz uma nova biografia, gosto de fazê-lo com alguma cerimônia. Mais uma vez quero me desculpar por usar o lamentável pronome "Eu". Tento não o trazer para o trabalho. As paredes são cobertas por prateleiras que vão do chão até o teto e enchem a sala em fileiras separadas. Em uma sociedade na qual é o coletivo que importa, somos os únicos que fazem o individual valer alguma coisa. Não importa o que acontece com nossos interrogados depois do interrogatório: continuamos com eles aqui. Nós os salvamos. A ironia, é claro, é que o cidadão mediano – o interrogador mediano andando pela rua, por exemplo – nunca tem sua história contada. Ninguém lhe pergunta qual é seu filme favorito de Sun Moon, ninguém quer saber se ele prefere bolo ou mingau de painço. Não: por um capricho cruel, são apenas os inimigos do Estado que recebem esse tipo de tratamento.

Com algum alarde, colocamos a biografia do professor na prateleira, bem ao lado da dançarina da semana passada. Ela fez todos chorarem enquanto descrevia como o irmãozinho havia perdido os olhos, e quando chegou a hora de usar o piloto automático nela a dor fez seus membros levantarem e descerem no ar em gestos rítmicos e graciosos, como se ela estivesse contando sua história pela última vez através do movimento. Podemos ver que "interrogatório" não é sequer a palavra certa para o que fazemos: este é um termo anacrônico da época dos Pubyoks. Quando o último Pubyok finalmente se aposentar, vamos tentar mudar nosso nome para Divisão Biográfica dos Cidadãos.

Nossos estagiários, Q-Kee e Jujack, voltaram sem fôlego.

– Tem uma equipe dos Pubyoks aqui – disse Q-Kee.

– Vão ser os primeiros a interrogar o Comandante Ga – acrescentou Jujack.

Subimos as escadas correndo. Quando chegamos à sala de espera, o Sargento e alguns dos seus homens estavam saindo. O Sargento era o líder dos Pubyoks, e nunca havíamos simpatizado um com o outro. Ele tinha uma testa grande, e mesmo aos 70 anos tinha o corpo de um macaco. "Sargento" era como o chamávamos. Eu nunca soube seu nome verdadeiro.

Ele ficou parado no corredor esfregando uma mão na outra.

– Personificando o herói nacional – disse o Sargento abanando a cabeça. – Aonde nossa nação vai parar? Sobrou alguma honra que seja?

Havia algumas marcas no rosto do Sargento, e enquanto ele falava saiu um pouco de sangue do seu nariz.

Q-Kee tocou seu próprio nariz.

– Parece que o Comandante Ga tirou o melhor dos seus caras.

Ah, Q-Kee, que garota ousada!

– Não é o Comandante Ga – disse o Sargento. – Mas, sim, ele usou um belo truque conosco. Vamos mandá-lo para o poço esta noite. Vamos lhe mostrar alguns dos nossos truques.

– Mas e a biografia dele? – perguntamos.

– Você não me ouviu? – perguntou o Sargento. – Não é o Comandante Ga. É um impostor.

– Então você não vai se importar se nossa equipe fizer uma tentativa. Queremos apenas a verdade

– A verdade não está nos seus livros idiotas – disse o Sargento. – É algo que podemos ver nos olhos de um homem. Podemos senti-la aqui, no coração.

Pessoalmente, me senti mal pelo Sargento. Ele era velho, um homem de alta estatura. Se alguém tinha aquela estatura significava que havia comido carne na infância, algo que provavelmente vinha de uma colaboração com os japoneses. Tivesse ou não colaborado com os japoneses, todas as pessoas que o Sargento havia conhecido ao longo da vida provavelmente suspeitavam que ele tivera algo com os japas.

– Mas tudo bem, o cara é seu – disse o Sargento. – Afinal de contas, o que nós somos sem a honra? – acrescentou, mas disse a palavra "nós" como se não estivesse nos incluindo. Ele começou a se afastar, mas depois virou para trás: – Não o deixe se aproximar do interruptor da luz – alertou-nos.

Encontramos o Comandante Ga sentado em uma cadeira. Os Pubyoks haviam feito um trabalho e tanto com ele, e ele certamente não parecia o cara que liderara missões de assassinato no sul para silenciar desertores de boca larga. Ele olhou para nós, tentando decidir se iríamos bater nele também, embora não parecesse inclinado a se defender se batêssemos.

Seus lábios estavam partidos, uma cena de dar pena, e as orelhas vermelhas produziam um líquido depois dos golpes com sapatos sociais. Podíamos ver velhas marcas de geladura nos dedos dele, e sua camiseta havia sido rasgada, revelando no seu peito uma tatuagem da atriz Sun Moon. Abanamos a cabeça. Pobre Sun Moon. Também havia uma grande cicatriz no braço dele, embora os rumores de que o Comandante Ga havia lutado com um urso não passassem disso: rumores. Em sua mochila encontramos um par de botas pretas de caubói, uma lata de pêssego e um celular vermelho-claro, mas a bateria não funcionava mais.

– Estamos aqui para ouvir a sua história – dissemos.

Seu rosto ainda latejava depois dos socos dos Pubyoks.

– Espero que gostem de finais felizes – ele disse.

Nós o ajudamos a andar até uma baia de interrogatório e a subir na nossa cadeira de entrevista. Demos uma aspirina e um copo d'água a ele, e não demorou para o homem cair no sono.

Escrevemos rapidamente num pedaço de papel: "Não é o Comandante Ga". Colocamos o papel em uma válvula termiônica e, com um sopro, o mandamos para o complexo que havia debaixo de nós, onde todas as decisões eram tomadas. Nunca soubemos qual era a verdadeira profundidade do bunker e quem ficava lá. Quanto mais profundo, melhor – pelo menos era o que eu pensava. Quero dizer, o que nós pensávamos.

Antes de nos virarmos para sair, a válvula termiônica trouxe uma resposta que caiu no nosso depósito. Quando a abrimos, o papel dizia simplesmente: "É o Comandante Ga".

Foi somente no final do dia, quando estávamos prestes a pendurar nossos jalecos, que voltamos para ele. O rosto do Comandante Ga, ou quem quer que ele fosse, havia começado a inchar, embora ele parecesse dormir tranquilamente. Percebemos que suas mãos repousavam na barriga, parecendo estar datilografando, como se ele estivesse transcrevendo o sonho que estava tendo. Olhamos para os dedos dele por um momento, embora não conseguíssemos discernir o que ele poderia estar escrevendo.

– Não somos os homens que o machucaram – dissemos quando o acordamos. – Aquilo foi trabalho de outro grupo. Basta nos responder uma pergunta simples e arranjaremos um quarto com uma cama confortável para você.

O Comandante Ga balançou a cabeça afirmativamente. Havia várias perguntas que estávamos ansiosos por fazer.

Mas então nossa estagiária Q-Kee falou de repente:

– O que você fez com o corpo da atriz? – ela irrompeu. – Onde o escondeu?

Agarramos os ombros de Q-Kee e a arrastamos para fora da baia de interrogatório. Ela foi a primeira mulher a se tornar estagiária da 42ª Divisão, e como era ousada aquela garota. Os Pubyoks estavam furiosos por termos colocado uma mulher no prédio, mas para se ter uma divisão moderna, com visão de futuro, seria essencial ter alguém do sexo feminino na equipe de interrogadores.

– Comece devagar – dissemos a Q-Kee. – Estamos começando a desenvolver um relacionamento. Não queremos deixá-lo na defensiva. Se conquistarmos sua confiança, ele vai praticamente escrever sua história para nós.

– Quem se importa com a biografia? – ela perguntou. – Depois que soubermos a localização dos corpos da atriz e de seus filhos vão dar um tiro nele na rua. Fim da história.

– Personalidade é destino – dissemos-lhe, lembrando a famosa citação de Kim Il-sung. – Isso significa que no momento em que descobrirmos o que há dentro do sujeito, o que o compõe, não apenas saberemos tudo que ele fez, mas também tudo que fará.

De volta à baia de interrogatório, Q-Kee relutantemente passou a fazer perguntas mais apropriadas:

– Como você conheceu a atriz Sun Moon? – perguntou.

O Comandante Ga fechou os olhos.

– Tão frio – disse. – Ela estava perto da enfermaria. A enfermaria era branca. Nevava muito, bloqueando minha visão. O navio de guerra queimou. Eles usaram a enfermaria porque era branca. Do lado de dentro, as pessoas gemiam. A água fervia.

– Ele não serve pra nada – Q-Kee sussurrou.

Ela estava certa. Havia sido um longo dia. Lá em cima, no andar térreo, a luz cor de ferrugem da tarde já se estendia havia algum tempo por Pyongyang. Era hora de terminar o dia e ir para casa antes que as luzes se apagassem.

– Espere – disse Jujack. – Nos dê alguma coisa, qualquer coisa, Comandante Ga.

O interrogado parecia gostar de ser chamado de Comandante Ga. Jujack prosseguiu:

– Diga-nos pelo menos com o que estava sonhando, e então o levaremos para o quarto.

– Eu estava dirigindo um carro – disse o Comandante Ga. – Um carro americano.

– Ok – disse Jujack. – Continue. Você já dirigiu um carro americano de verdade?

Jujack era um ótimo estagiário – era o primeiro filho de um ministro a ter algum valor.

– Sim, já dirigi – respondeu o Comandante Ga.

– Por que não começar por aí? Por que não nos contar sobre como é dirigir um carro americano?

Lentamente, ele começou a falar.

– É de noite – disse. – Minha mão muda as marchas. As luzes da estrada estão apagadas, ônibus elétricos estão cheios de operários do terceiro turno, correndo silenciosamente para a Rua Chollima e o Bulevar da Reunificação. Sun Moon está no carro comigo. Não conheço Pyongyang. "Vire à esquerda", ela diz. "À direita." Estamos dirigindo para a casa dela, cruzando o rio, subindo o Monte Taesong. No sonho, acredito que esta noite será diferente, que quando chegarmos a casa ela finalmente me deixará tocá-la. Ela está usando um *choson-ot* de platina, cintilante como diamantes. Nas ruas, as pessoas de pijamas pretos passam na frente do carro, pessoas carregando pacotes, compras e trabalho extra para levar para casa, mas não diminuo a velocidade. No sonho, sou o Comandante Ga. Fui manipulado pelos outros a minha vida inteira. Sempre era eu quem tentava escapar de seus caminhos. Mas o Comandante Ga... ele não... ele é um homem que pisa fundo no acelerador.

– No sonho, você acabou de se tornar o Comandante Ga? – perguntamos.

Mas ele continuou como se não estivesse ouvindo:

– Atravessamos a neblina vinda do rio no Parque Mansu. Na floresta, famílias roubam nozes das nogueiras, as crianças correndo entre os troncos, chutando as nozes para os pais, que as abrem com pedras. Depois que avistamos um balde amarelo ou azul, todos entraram em foco. Depois que nossos olhos se ajustaram, eles estavam por todos os lados, famílias correndo o risco de ir para a prisão por roubar nozes de parques públicos. "Eles estão jogando algum tipo de jogo?", Sun Moon me perguntou. Eles são tão engraçados, entre as árvores com pijamas brancos. Ou talvez sejam as acrobacias que estão fazendo. Ginástica, entendem? É incrível, esse tipo de surpresa. Que filme interessante seria: uma família de artistas de circo que pratica entre as árvores de um parque público à noite. Eles precisam praticar em segredo, pois uma família de circo rival está sempre tentando roubar seus truques. "Você não consegue imaginar um filme assim", ela perguntou, "na tela do cinema?". Aquele momento era tão perfeito. Eu teria jogado o carro da ponte e matado nós dois para tornar aquele momento eterno, tamanho era o meu amor por Sun Moon, uma mulher tão pura que não sabia qual era a aparência de pessoas que passavam fome.

Nós cinco ficamos ali parados, perplexos com a história. O sedativo certamente fizera efeito no Comandante Ga. Dirigi a Q-Kee um olhar que dizia: "Agora você entende a sutil arte do interrogatório?"

Você não pode estar nessa profissão se não achar os interrogados extremamente interessantes. Se tudo que você quer é torturá-los. Percebemos que Ga era o tipo que falava com calma, escolhendo as palavras, então o trancamos numa sala com um pouco de desinfetante e ataduras. Depois trocamos nossos jalecos por casacos de vinalon e discutimos o caso dele enquanto descíamos a escada rolante para a Estação de Metrô de Pyongyang. A mudança de identidade do nosso interrogado havia sido praticamente visível: o impostor até mesmo sonha que é o Comandante Ga. Observamos também como ele começou sua história da mesma forma que uma história de amor costuma começar, com beleza e uma atmosfera que combinava piedade à necessidade de proteger. Ele não começa admitindo onde conseguiu o carro americano. Ele não menciona que eles estão indo para casa depois de uma festa dada por Kim Jong-il, onde Ga foi atacado para o prazer dos convidados. Foge-lhe à mente que ele de alguma forma se livrou do marido dessa mulher que ele "ama".

Sim, sabemos algumas coisas sobre a história de Ga, pelo menos fatos superficiais. Os rumores já percorriam a capital havia semanas. Agora precisávamos alcançar o fundo dos fatos. Eu já podia dizer que aquela seria a biografia mais importante que havíamos escrito até então. Já podia ver a capa da biografia do Comandante Ga. Já podia imaginar o verdadeiro nome do interrogado, seja qual fosse, gravado na lombada. Eu já havia concluído o livro mentalmente. Já estava colocando-o na prateleira, apagando as luzes e fechando a porta de uma sala onde a poeira nevava na escuridão à velocidade de três milímetros por década.

A biblioteca é um lugar sagrado para nós. A entrada de visitantes é proibida, e depois que fechamos um livro ele nunca volta a ser aberto. Ah, sim, é claro que de vez em quando os rapazes da Propaganda vêm procurar uma boa história para contar aos cidadãos pelos alto-falantes, mas somos apenas guardiões, e não contadores de histórias. Estamos longe de ser os veteranos que exibem faixas brancas de luto para os transeuntes em frente à Casa de Repouso Respeito Pelos Anciãos, na Rua Moranbong.

A Estação Kwanbok, com seu belo mural do Lago Samji, é a minha parada. A cidade está cheia de fumaça de madeira quando saio do metrô para o meu bairro em Pyongyang. Uma senhora idosa está fritando cebola verde na calçada, e surpreendo a guarda de trânsito trocando seus óculos de sol por um par noturno com lentes cor de âmbar. Na rua, troco a caneta de ouro do professor por pepinos, um quilo de arroz das Nações Unidas e um pouco de pasta de gergelim. As luzes do prédio de apartamentos se acendem sobre nossas cabeças enquanto negociamos, e podemos ver que ninguém vive acima do 9º andar. Os elevadores nunca funcionam, e se funcionam a energia está prestes a ser desligada e eles só servirão para levá-lo numa queda até o fosso. Meu prédio se chama Glória do Monte Paektu, e sou o único ocupante do 22º andar, uma altura que garante que meus pais idosos nunca saiam sem companhia. Não leva tanto tempo quanto você pensa para subir as escadas – podemos nos acostumar com tudo.

Do lado de dentro, sou atacado pela transmissão de propaganda noturna saindo pelos alto-falantes embutidos do apartamento. Há um em cada apartamento e chão de fábrica de Pyongyang, exceto no lugar onde trabalho, já que se concluiu que nossos interrogados receberiam informações demais pelos alto-falantes, como data e hora, o que tornaria sua rotina mais normal. Quando os interrogados chegam, precisam saber que o mundo de antes não existe mais.

Sou eu quem prepara o jantar para os meus pais. Quando experimentam a comida, eles agradecem a Kim Jong-il pelo sabor, e quando pergunto como foi o dia deles os dois respondem que certamente não foi tão difícil quanto o do Querido Líder Kim Jong-il, que carrega o destino de um povo nos ombros. Os dois estão perdendo a visão ao mesmo tempo, e ficaram paranoicos, achando o tempo todo que pode haver alguém por perto que não conseguem ver, alguém pronto para denunciar qualquer coisa que disserem. Eles ouvem os alto-falantes o dia inteiro, me cumprimentam como *cidadão!* quando chego em casa e são cuidadosos para jamais revelar sentimentos pessoais que possam ser denunciados por um estranho invisível. É por isso que nossas biografias são importantes – em vez de omitir coisas do nosso governo vivendo uma vida de segredo, são um modelo de como compartilhar tudo. Nesse sentido, gosto de pensar que faço parte de um novo amanhã.

Termino minha tigela na varanda. Olho para os telhados dos prédios menores, todos cobertos por grama – parte da Campanha Grama para Carne. Todas as cabras no telhado do outro lado da rua estão balindo porque é ao anoitecer que os corujões descem as montanhas para caçar. Sim, pensei que Ga seria uma história e tanto para contar: um homem desconhecido assume a identidade de um homem famoso. Agora ele está nas mãos de Sun Moon. Está perto do Querido Líder. E quando uma delegação americana chega a Pyongyang, esse desconhecido usa a distração para raptar a bela mulher, mesmo correndo um grande risco. Ele nem tenta negar isso. Esta é a sua biografia.

Tentei escrever a minha própria biografia apenas como forma de entender melhor os interrogados a quem peço para fazer o mesmo. O resultado é um catálogo mais banal de tudo que vem dos hóspedes da 42ª Divisão. Minha biografia está cheia de mil insignificâncias – o modo com que as fontes da cidade só são ligadas duas vezes por ano, quando a capital recebe um visitante estrangeiro, ou como, apesar do fato de os celulares serem ilegais e eu nunca ter visto uma única pessoa usando um, a principal fonte de celular fica no meu bairro, do outro lado da Ponte Pottong – uma imensa torre pintada de verde e disfarçada com galhos falsos. Ou quando cheguei a casa e deparei com um pelotão inteiro de soldados do Exército Popular da Coreia sentados no meio-fio em frente ao Glória do Monte Paektu, amolando suas baionetas no cimento. Seria uma mensagem para mim? Uma mensagem para outra pessoa? Uma coincidência?

Como experiência, a biografia foi um fracasso. Onde estava o *mim* dela?, onde *Eu* estava? – e, é claro, era difícil evitar a sensação de que quando eu a concluísse algo de ruim me aconteceria. A verdade era que eu simplesmente não suportava o pronome "eu". Mesmo em casa, na privacidade do meu próprio bloco de anotações, para mim é difícil escrever essa palavra.

Enquanto tomava o suco de pepino no fundo da minha tigela de arroz, observei a última luz brincar como um fogo flamejante nas paredes de um bloco residencial do outro lado do vidro. Escrevemos as biografias dos nossos interrogados na terceira pessoa para manter a objetividade. Talvez fosse mais fácil se eu escrevesse minha própria biografia dessa forma, como se a história não fosse sobre mim, mas sobre um intrépido interrogador. Mas então eu teria de usar meu nome, o que vai contra as minhas regras. E qual é o motivo para contar uma história pessoal se você só for chamado de "O Interrogador"? Quem quer ler um livro chamado *O Biógrafo?* Não, queremos sempre ler um livro com o nome de alguém. Queremos ler um livro chamado *O Homem que Matou Sun Moon.*

Ao longe, a luz refletindo na água brilhava e dançava contra o bloco residencial, e de repente tive uma ideia.

— Esqueci uma coisa no trabalho — disse aos meus pais e então saí, trancando a porta.

Peguei o metrô que atravessava a cidade para voltar à 42ª Divisão, mas era tarde demais — as luzes se apagaram quando estávamos no túnel. À luz de fósforos, todos saímos dos vagões elétricos e percorremos os trilhos escuros até a Estação Rawan, onde a escada rolante havia se tornado apenas uma escada normal, fazendo-nos subir cem metros até a superfície. Estava completamente escuro quando cheguei à rua, e a sensação de emergir de uma escuridão para outra foi algo de que não gostei: era como o sonho do Comandante Ga, com flashes de negro e ônibus atravessando a escuridão como tubarões. Quase me permiti imaginar que havia um carro americano na rua, avançando logo além da minha percepção, me seguindo.

Quando acordei o Comandante Ga, seus dedos transcreviam seu sonho outra vez, mas agora de forma lenta e errante. Nós, norte-coreanos, não sabemos produzir sedativos de qualidade.

— Quando você disse que conheceu Sun Moon — falei —, mencionou que ela estava ao lado de um prédio, certo?

O Comandante Ga só concordou com um aceno de cabeça.

— Estavam projetando um filme na parede de um prédio, certo? Então você a viu pela primeira vez através de um filme.

– Um filme – disse o Comandante Ga.

– E eles usaram a enfermaria porque as paredes eram brancas, o que significa que você estava do lado de fora quando viu o filme. E nevava muito porque você estava nas montanhas.

O Comandante Ga fechou os olhos.

– E os barcos queimando... era o filme *Tiranos à Vista*?

O Comandante Ga estava adormecendo, mas eu não queria parar.

– E as pessoas gemendo na enfermaria, elas estavam gemendo porque vocês estavam em uma prisão, não era? – perguntei. – Você era um prisioneiro, certo?

Eu não precisava de uma resposta. E, evidentemente, que lugar seria melhor para conhecer o verdadeiro Comandante Ga, Ministro das Minas Carcerárias, do que uma mina carcerária? Então, ele havia conhecido ambos lá, marido e mulher.

Puxei os lençóis do Comandante Ga o bastante para cobrir sua tatuagem. Eu já estava começando a pensar nele como Comandante Ga. Lamentaria quando finalmente descobríssemos sua verdadeira identidade, pois Q-Kee estava certa: atirariam nele na rua. Você não mata um ministro e depois escapa da prisão e mata a família do ministro e ainda vai se tornar um camponês numa fazenda coletiva. Estudei o homem que tinha diante de mim.

– O que o Comandante Ga lhe fez? – perguntei.

Suas mãos se ergueram acima dos lençóis e ele começou a datilografar na barriga.

– O que o Ministro poderia ter feito de tão ruim para levá-lo a matá-lo e depois ir atrás de sua mulher e seus filhos?

Enquanto ele datilografava, olhei para os seus olhos. As pupilas não se moviam debaixo das pálpebras. Ele não estava transcrevendo o que via no sonho. Talvez tivesse sido treinado para transcrever o que ouvisse.

– Boa noite, Comandante Ga – eu disse, e então observei suas mãos datilografarem mais quatro palavras e depois parar à espera de mais.

Tomei um sedativo e deixei o Comandante Ga dormir. O sedativo não faria efeito até que eu chegasse a casa. Se tudo corresse bem, ele começaria a agir depois do 22º lance de escadas.

O Comandante Ga tentou esquecer o interrogador, embora pudesse sentir o cheiro de pepino do seu hálito bem depois de o homem ter engolido seu comprimido e saído pela porta. Falar sobre Sun Moon trouxera imagens novas dela para a sua mente, e era isso que importava. Ele podia praticamente ver o filme sobre o qual haviam falado.

Uma Verdadeira Filha da Nação, este era o nome do filme, e não *Tiranos à Vista*. Sun Moon interpretara o papel de uma mulher da ilha de Cheju que deixa sua família e viaja para o norte para lutar contra os imperialistas em Inchon. Cheju, de acordo com o que ele soube, era famosa pelas mulheres que faziam pesca submarina de haliote*, e o filme abria com três irmãs em uma balsa. Ondas opacas, produzindo um vapor da cor de pedra-pomes, derrubavam as mulheres. Uma onda da cor de carvão entra na tela, tirando as mulheres de vista até passar, enquanto nuvens brutais varrem a costa vulcânica. A irmã mais velha é Sun Moon. Ela joga água nos ombros para se preparar para o frio e ajusta sua máscara enquanto as irmãs só pensam em fofocar sobre rumores da ilha. Então Sun Moon levanta uma pedra, respira fundo e mergulha para trás na água tão escura que parece noite. As irmãs passam a falar sobre a guerra, a mãe doente e o medo de Sun Moon abandoná-las. Elas se deitam na balsa em um quadro filmado do mastro, acima, e logo voltam a fofocar sobre a vila outra vez, sobre as paixões e brigas entre os vizinhos. Mas agora conversam com mais gravidade, e fica claro que não estão falando sobre a guerra, mas como, se não forem para ela, ela virá até elas.

---

* Nome de um molusco encontrado na maioria dos mares temperados.

Ele assistiu ao filme com os outros, projetado na parede da enfermaria da prisão: o único prédio pintado de branco. Era o aniversário de Kim Jong-il, 16 de fevereiro, e o único dia de folga do ano. Os prisioneiros se sentaram em pedaços de lenha que haviam retirado do gelo, e essa foi a primeira vez que ele a viu, uma mulher que emanava beleza, que mergulha na escuridão e simplesmente não parece voltar. As irmãs continuam falando, as ondas batem na balsa, os pacientes da enfermaria gemem fracamente enquanto as bolsas de sangue se enchem. E Sun Moon ainda não voltou à superfície. Ele comprime as mãos pensando que a perdeu, assim como todos os prisioneiros, e mesmo quando ela eventualmente retorna todos sabem que dali em diante ela os dominará durante todo o filme.

Ele se lembrava agora de que foi naquela noite que Mongnan salvou sua vida pela segunda vez. Estava muito frio, ele nunca sentira tanto frio, pois o trabalho os mantivera aquecidos durante o dia inteiro, e assistir a um filme na neve permitira que a temperatura do seu corpo diminuísse perigosamente.

Mongnan foi até seu beliche, tocou seu peito e seus pés para ver se estava vivo.

– Vamos – ela disse. – Precisamos nos mexer rápido.

Os membros dele mal funcionavam quando ele seguiu a mulher. Os outros se mexeram em seus beliches quando eles pararam, mas ninguém se sentou, já que havia tão pouco tempo para dormir. Juntos, eles correram até um canto do pátio da prisão que estava sempre iluminado e sob o olhar constante de dois guardas.

– A lâmpada do refletor principal queimou – sussurrou Mongnan enquanto eles corriam. – Vai levar algum tempo para colocarem outra, mas precisamos ser rápidos.

Na escuridão, eles se abaixaram, pegando todas as mariposas que haviam caído mortas antes de a lâmpada queimar.

– Encha a boca – ela disse. – Não importa o que tenha no estômago.

Ele fez o que ela mandou e logo estava mastigando um monte delas, seu abdome peludo deixando sua boca seca, apesar do líquido pegajoso que produziam e do gosto de aspirina ou de alguma outra substância química das suas asas. Seu estômago não se enchia desde o Texas. Ele e Mongnan fugiram na escuridão com as mãos cheias de mariposas: as asas queimadas, mas prontas para mantê-los vivos por mais uma semana.

Bom dia, cidadãos! Em nossos blocos residenciais, em nossos chãos de fábrica, reúnam-se em torno dos alto-falantes para as notícias do dia: o time de tênis de mesa norte-coreano acabou de derrotar os somalis em todos os sets! E mais: o Presidente Robert Mugabe manda congratulações pelo aniversário do Partido dos Trabalhadores da Coreia. Não se esqueçam de que é inapropriado sentar-se nas escadas rolantes que descem para as estações de metrô. O Ministro da Defesa lembra que as estações de metrô mais profundas do mundo foram feitas para a segurança da sua defesa civil, para o caso de os americanos fazerem outro ataque-surpresa. Não se sentem! E, finalmente, mais uma vez é uma honra para nós escolher a Melhor História Norte-Coreana. A história de sofrimento nas mãos de missionários sul-coreanos do ano passado foi um sucesso total. A deste ano promete ser igualmente grandiosa – é uma história verdadeira de amor e sofrimento, de fé e resistência, e da dedicação sem limites que o Querido Líder demonstra até mesmo ao cidadão mais humilde desta grande nação. Infelizmente, a história também é de tragédia. Sim, há redenção! E taekwondo! Não se afastem dos alto-falantes, cidadãos, para as transmissões diárias.

Na manhã seguinte minha mente estava embotada por causa do sedativo. Mesmo assim, fui correndo para a 42ª Divisão, onde demos uma olhada no Comandante Ga. Como costuma acontecer em casos de espancamento, a dor de verdade vem na manhã seguinte. Muito engenhoso, ele costurara o corte sobre seu olho, mas não conseguimos determinar como ele improvisou a agulha e a linha. Teríamos de descobrir seu método a fim de perguntar-lhe sobre ele.

Levamos o Comandante Ga para o refeitório, um lugar que achamos que pareceria menos ameaçador. A maioria das pessoas acredita que está a salvo em lugares públicos. Pedimos aos estagiários que pegassem o café da manhã de Ga. Jujack lhe serviu uma tigela de *bi bim bop*, enquanto Q-Kee aqueceu uma chaleira para o *cha*. Nenhum de nós gostava do nome "Q-Kee". Ele ia de encontro ao profissionalismo que estávamos tentando projetar na 42ª Divisão, algo que faltava aos Pubyoks, andando por aí com ternos de 40 anos de Hamhung e gravatas manchadas de *bulgogi*. Entretanto, depois que a nova diva da ópera começou a se apresentar usando apenas suas iniciais, todas as mulheres jovens passaram a fazer o mesmo. Pyongyang também tem seus modismos. O argumento de Q-Kee contra nossas reclamações era o fato de que não revelávamos nossos nomes reais, e ela não se convenceu quando explicamos que essa política vinha dos tempos da guerra, quando os interrogados eram vistos como possíveis espiões em vez de cidadãos que haviam perdido o zelo revolucionário e se desviado do caminho. Ela não comprava esse argumento – nem nós. Como poderíamos construir uma reputação em um ambiente em que os únicos que tinham nomes eram os estagiários e os miseráveis velhos aposentados ansiosos por reviver os dias de glória?

Enquanto o Comandante Ga tomava café da manhã, Q-Kee puxou conversa com ele.

– Quais são os *kwans* que você acha que têm chance de ganhar o Cinturão de Ouro este ano? – ela perguntou.

O Comandante Ga não respondeu, continuando a devorar o café da manhã. Nunca havíamos conhecido alguém que tivesse conseguido sair vivo de uma mina carcerária, mas bastou uma olhada no seu modo de comer para sabermos que precisávamos conferir as condições da Prisão 33. Imagine sair de um lugar como aquele diretamente para a bela casa do Comandante Ga no Monte Taesong. De repente a maravilhosa vista que ele tinha de Pyongyang passa a ser sua, assim como sua famosa coleção de vinho de arroz e até mesmo sua esposa.

Q-Kee fez outra tentativa:

– Uma das garotas da divisao de 55 kg acabou de se qualificar usando o *dwi chagi ga* – ela comentou.

Esse golpe era a marca registrada de Ga. Ele havia modificado pessoalmente o *dwi chagi* de modo que agora sua execução requeria virar as costas para o oponente a fim de fazê-lo baixar a guarda. Ou Ga não sabia nada sobre taekwondo ou não queria morder a isca. É claro que aquele não era o verdadeiro Comandante Ga, portanto ele não devia saber nada sobre as artes marciais do nível do Cinturão de Ouro. Essas perguntas eram necessárias para determinar quanto apostaríamos que ele era realmente o Comandante Ga.

Ga engoliu a última porção, limpou a boca e empurrou a tigela.

– Vocês nunca os encontrarão – disse. – Não me importo com o que pode acontecer comigo, portanto não se deem ao trabalho de me fazer contar.

Sua voz era austera. Interrogadores não estão acostumados a ter interrogados falando conosco desse jeito. Alguns Pubyoks sentados a uma mesa perto da nossa ouviram o tom que ele usou e se aproximaram.

O Comandante Ga puxou a garrafa de chá. Em vez de se servir de uma xícara, ele abriu a garrafa e tirou o saquinho quente, colocando-o sobre o corte acima do seu olho. Seu rosto se contraiu de dor, e lágrimas de chá gelado desceram pela sua bochecha.

– Vocês disseram que queriam a minha história – ele disse. – Vou contar tudo, menos o destino da mulher e seus filhos. Primeiro, contudo, preciso de uma coisa.

Um dos Pubyoks tirou um sapato e avançou em direção a Ga.

– Pare! – gritei. – Deixe-o terminar.

O Pubyok hesitou com o sapato erguido.

Ga não deu atenção à ameaça. Seria este resultado de um treinamento para suportar a dor? Estaria ele acostumado a ser espancado? Algumas pessoas simplesmente se sentem melhor depois de apanhar – surras costumam ser curas eficazes para a culpa e o desprezo por si mesmo. Estaria ele sofrendo com esse tipo de sentimentos?

Num tom mais calmo, dissemos ao Pubyok:

– Ele é nosso. O Sargento nos deu sua palavra.

O Pubyok recuou, mas eles juntaram-se a nós à mesa, quatro deles com sua garrafa de chá. É claro que eles bebiam *pu-erh*, e fediam ao chá o dia inteiro.

– Do que você precisa? – perguntamos.

O Comandante Ga respondeu:

– Preciso da resposta para uma pergunta.

Os Pubyoks estavam perplexos. Eles nunca haviam ouvido um interrogado falar assim. A equipe olhava para mim.

– Senhor – disse Q-Kee. – Acho que estamos pegando o caminho errado.

Jujack acrescentou:

– Com todo o respeito, senhor. Deveríamos dar-lhe um corretivo.

Levantei a mão.

– Chega – eu disse. – Nosso interrogado nos contará sobre o seu primeiro encontro com o Comandante Ga, e quando tiver terminado nós responderemos à sua pergunta, qualquer pergunta.

Os interrogadores da velha escola olharam para mim com descrença. Eles se recostaram sobre seus cotovelos, as mãos cheias de nós, os dedos tortos e as unhas crescidas contraídos como que para se conterem.

O Comandante Ga disse:

– Tive dois encontros com o Comandante Ga. O primeiro foi na primavera: ouvi falar que ele visitaria a prisão na véspera da sua chegada.

– Comece daí – eu lhe disse.

– Logo depois de eu ter chegado à Prisão 33 – ele prosseguiu –, Mongnan iniciou um rumor de que um dos novos prisioneiros era um agente disfarçado do Ministério das Minas Carcerárias enviado para lá a fim de averiguar denúncias de que alguns guardas estavam matando prisioneiros por diversão, com isso reduzindo as cotas de produção. Acho que funcionou, pois disseram que poucos prisioneiros passaram a apanhar à toa. Entretanto, quando o inverno chegava, levar uma surra era a nossa menor preocupação.

– Do que os guardas o chamavam? – perguntamos.

– Ninguém tem nome – ele respondeu. – Sobrevivi ao inverno, mas depois disso me tornei uma pessoa diferente. Não posso fazê-los entender como era o inverno, o que ele fez comigo. Quando o degelo chegava, nada importava. Eu olhava atravessado para os guardas como se eles fossem órfãos. Eu mentia em sessões de autocrítica. Em vez de confessar que poderia ter empurrado mais um carro de cobre ou extraído mais uma tonelada, eu censurava minhas mãos por não ouvirem minha boca ou culpava meu pé direito por não seguir meu pé esquerdo. O inverno me mudara: agora eu era uma pessoa diferente. Não há palavras para descrever o frio.

– Pelo amor do Juche – disse o velho Pubyok, que ainda estava com o sapato sobre a mesa. – Se estivéssemos interrogando esse idiota, já haveria uma equipe funerária a caminho para recuperar o corpo da gloriosa atriz e seus pobres bebês.

– Este não é sequer o Comandante Ga – lembramos.

– Então por que vocês estão ouvindo-o choramingar sobre a prisão? – Ele se virou para o Comandante Ga. – Você acha que faz frio nas montanhas? Imagine-se com franco-atiradores americanos e ataques de B-29. Imagine aquelas montanhas sem a cozinheira do acampamento para lhe servir uma sopa quente de repolho todos os dias. Imagine que não há uma cama de hospital na enfermaria onde o libertam da dor e do sofrimento.

Ninguém nunca jogara bombas em nós, mas sabíamos do que o Comandante Ga estava falando. Uma vez precisamos ir para o norte a fim de escrever a biografia de um guarda da Prisão 14-18. Passamos o dia na traseira de um corvo, com lama entrando pelas ripas, nossas botas duras de tão congeladas, o tempo inteiro nos perguntando se íamos mesmo interrogar alguém ou se aquilo era só o que haviam dito para nos levar para a prisão sem resistência. Quando o frio já havia congelado até a merda dentro dos nossos rabos começamos a nos perguntar se os Pubyoks não haviam nos comprometido de alguma forma.

O Comandante Ga prosseguiu:

– Como eu era novo, fui colocado perto da enfermaria, onde as pessoas passavam a noite reclamando. Um velho era o mais chato de todos. Ele não era mais produtivo, pois suas mãos não funcionavam mais. As pessoas poderiam ter lhe dado cobertura, mas todos o detestavam: ele tinha um olho cego e só sabia fazer acusações e exigências. O cara passava a noite gemendo uma série de perguntas. "Quem é você?", ele gritava. "Por que você está aqui? Por que não responde?" Semana após semana eu me perguntava quando o caminhão de sangue finalmente chegaria para calar a boca dele. Mas então comecei a pensar sobre as perguntas: "Por que eu estava ali? Qual havia sido o meu crime". Finalmente, comecei a responder. "Por que você não confessa?", ele gritava, e da minha barraca coletiva eu gritava: "Estou pronto para confessar. Vou contar tudo". Essas conversas deixavam as pessoas nervosas. Então, certa noite recebi a visita de Mongnan. Ela era a mulher mais velha do acampamento, e já havia muito perdera os quadris e os seios por causa da fome. Mongnan tinha um corte de cabelo masculino e mantinha as palmas das mãos enroladas com farrapos.

O Comandante Ga continuou a história sobre como ele e Mongnan saíram da barraca, passaram pela entrada, pelos barris de água, e, se ainda não havíamos dito, todos nós provavelmente estávamos pensando que o nome Mongnan significava "Magnólia", a maior flor branca de todas. É isso que nossos interrogados dizem ver quando o piloto automático os leva ao ápice da dor – uma montanha gelada, onde no meio do gelo um broto branco desabrocha para eles. Não importa como seus corpos se contorcem, é dessa imagem estática que eles se lembram. Nada mal, não é mesmo? Uma única tarde de dor... e então o passado fica para trás, todos os fracassos, todo o amargor.

– Do lado de fora, passando pelas nuvens produzidas pela minha própria respiração – continuou o Comandante Ga –, perguntei a Mongnan onde estavam os guardas. Ela apontou em direção aos holofotes dos prédios administrativos. O Ministro das Minas Carcerárias provavelmente chegaria no dia seguinte, foi o que ela disse. "Já vi isso antes. Eles passarão a noite inteira acordados manipulando as informações dos livros-caixa."

– "E daí?", perguntei.

– "O Ministro está vindo. É por isso que apanhamos tanto, é por isso que os fracos foram jogados na enfermaria." Ela apontou para o complexo do diretor. "Todas as luzes estavam acesas. Veja quanta energia eles estão usando. Ouça o pobre gerador. A única forma de iluminar este lugar inteiro é desligando a cerca elétrica."

– "Você está pensando em fugir?", perguntei. "Não há para onde correr."

– "Ah, não, morreríamos lá fora", ela respondeu. "Fique tranquilo. Mas não será esta noite."

– E, de repente, ela atravessava o pátio, a cabeça erguida, mas o passo rápido na escuridão. Alcancei-a na cerca, onde nos agachamos. Na verdade, a cerca eram duas, uma linha paralela de postes de concreto ligados por cabos em isoladores marrons de cerâmica. Do lado de dentro ficava uma faixa desprotegida, cheia de gengibre e rabanetes que ninguém vivia para roubar. Ela fez menção de escalar os fios. "Espere!", eu disse. "Não deveríamos testá-los?" Mas Mongnan passou por baixo da cerca e puxou dois rabanetes, frios e crocantes, que comemos ali mesmo. Depois, começamos a puxar o gengibre que crescia ali. Todas as senhoras idosas do campo eram muito detalhistas: elas enterravam os corpos onde caíam, cavando buracos profundos o bastante para que a chuva não os acabasse revelando. E era sempre possível identificar o gengibre cuja raiz tivesse penetrado num cadáver: as flores eram grandes, amarelo brilhante, e era difícil arrancar uma planta cujas raízes estavam presas a uma costela. Quando não cabia mais nada em nossos bolsos, comemos outro rabanete, e pude senti-lo limpando meus dentes. "Ah, a alegria da distribuição na escassez", Mongnan disse antes de terminar o rabanete: a raiz, o caule e a flor. "Esse lugar é uma aula para todos. Lá está meu quadro-negro", ela disse olhando para o céu noturno. Depois, colocou a mão na cerca elétrica. "E esta é a minha prova final."

No refeitório, Q-Kee deu um pulo.

– Espere aí – ela disse. – Você está falando de Li Mongnan, a professora que foi denunciada com seus alunos?

O Comandante Ga parou por um momento.

– Professora? Que matéria ela ensinava?

Foi uma gafe terrível. Os Pubyoks abanaram as cabeças. Acabáramos de dar mais informações ao nosso interrogado do que ele havia nos dado. Dispensamos os dois estagiários e pedimos ao Comandante Ga que continuasse.

– Os alunos dela foram transportados? – perguntou Ga. – Mongnan viveu mais do que eles na Prisão 33?

– Por favor, continue – pedimos. – Quando você terminar, responderemos a uma única pergunta.

O Comandante Ga parou por um momento para digerir a informação. Depois, balançou a cabeça em sinal de concordância e continuou.

– Havia um riacho onde os guardas criavam truta para alimentar suas famílias. Os peixes eram contados toda manhã, e se um estivesse faltando o campo inteiro passava fome. Segui Mongnan até a parede baixa do lago circular, onde ela esticou a mão para pegar um peixe da água negra. Foram necessárias algumas tentativas, mas ela improvisou uma rede com um aro de arame, e o tecido enrolado nas mãos de Mongnan aumentava sua aderência. Ela segurou a trufa pelas barbatanas peitorais: tão saudável, tão perfeitamente viva. "Belisque aqui, logo acima do rabo", ela disse. "Depois massageie aqui, abaixo da barriga. Você sentirá uma bolsa de ovos, aperte." Mongnan ergueu o peixe, extraindo um líquido cor de damasco de ovos que deixou cair na boca. Depois jogou o peixe de volta.

– Então era a minha vez. Mongnan pegou outro peixe e me mostrou a fenda que indicava que era uma fêmea. "Aperte com força", ela avisou, "ou comerá merda de peixe." Apertei o peixe e um jato de ovos caiu no meu rosto, surpreendentemente quente. Gelatinoso, salgado, claramente vivo. Senti o cheiro nas minhas bochechas, e depois limpei, lambendo as mãos. Depois da primeira vez, peguei o jeito. Tiramos os ovos de mais de dez peixes enquanto as estrelas atravessavam o céu.

– "Por que você está me ajudando?", perguntei a ela.

– "Sou uma mulher velha", ela respondeu. "É isso que mulheres velhas fazem."

– "Tudo bem, mas por que eu?"

– Mongnan esfregou as mãos na terra para se livrar do cheiro. "Porque você precisa", ela disse. "O inverno lhe roubou 10 quilos. Você não precisa perder mais 10."

– "Estou perguntando por que você se importa."

– "Você já ouviu falar da Prisão Número 9?"

– "Já ouvi falar."

– "É a mina carcerária mais rentável: cinco guardas tomam conta de uma prisão com 1.500 prisioneiros. Eles simplesmente ficam parados à porta e nunca entram. A prisão inteira fica dentro da mina. Não há barracas, nem cozinha, nem enfermaria."

– "Já disse que ouvi falar", eu disse. "Você está dizendo que deveríamos agradecer por estarmos em uma boa prisão?"

– Mongnan ficou de pé. "Ouvi dizer que houve um incêndio na Prisão 9", disse. "Os guardas se recusaram a abrir os portões para deixar os prisioneiros saírem, então o incêndio queimou todos que estavam lá dentro."

– Balancei a cabeça, reconhecendo a gravidade da história, mas disse: "Você ainda não respondeu à minha pergunta".

– "O Ministro está vindo aqui amanhã para inspecionar nossa mina. Pense em como deve estar a vida dele agora. Pense em quanta merda ele não deve estar engolindo." Ela me agarrou pelo ombro: "Você não pode ficar falando com suas mãos e seus pés nas sessões de autocrítica. Não pode olhar atravessado para os guardas feito um idiota. Precisa parar de debater com o velho na enfermaria."

– "Tudo bem", respondi.

– "E a resposta para a sua pergunta é a seguinte: porque estou ajudando você não é da conta de ninguém."

– Percorremos o caminho de volta, passando pelas latrinas e pulando os bueiros. Havia um estrado sobre o qual as pessoas que morriam durante a noite eram empilhadas, mas estava vazio. Quando passamos por ele, Mongnan disse: "Meu tripé vai dormir amanhã". Tranquila e clara, a noite cheirava às bétulas que alguns homens haviam cortado em tiras. Finalmente, chegamos à cisterna com o boi que girava a enorme roda que movia a bomba. Ele havia se deitado em uma cama de casca de bétula. Quando o animal ouviu a voz de Mongnan, ficou de pé. Ela se virou para mim e sussurrou: "Os peixes produzem ovos uma vez por ano. Posso lhe mostrar onde os girinos chegam aos montes e quando as árvores perto da torre oeste produzem seiva. Há outros truques do tipo, mas não posso contar com eles. Existem apenas duas fontes constantes de alimentação no acampamento. Uma delas vou lhe mostrar mais tarde, quando as coisas ficarem difíceis, pois o gosto é horrível. Aqui está a outra".

– Ela tocou o nariz do animal, e então acariciou a cabeça entre os chifres. Ela lhe deu um pedaço de gengibre, cujo cheiro ele aspirou profundamente, em seguida mastigando-o de lado. Do bolso, Mongnan tirou uma tigela de tamanho médio. "Foi um velho quem me mostrou isso", ela disse. "O homem mais velho do campo na época. Ele devia ter um 60 anos, talvez mais, mas estava em ótima forma. Foi morto por um desabamento, e não fome nem fraqueza. Ele foi forte até o fim."

– Ela se abaixou para olhar embaixo do boi, onde já estava vermelho. Com as mãos firmes, Mongnan continuou acariciando-o. O boi cheirou minhas mãos procurando mais gengibre, e eu olhei em seus olhos pretos molhados. "Havia um homem alguns anos atrás", disse Mongnan debaixo do boi. "Ele tinha uma pequena lâmina e fazia cortes na parte de baixo do animal para beber seu sangue. Era um animal diferente. Ele não reclamava, mas o sangue pingou e congelou, chamando a atenção dos guardas, e então foi o fim do homenzinho. Fotografei seu corpo depois da punição. Vasculhei suas roupas à procura da lâmina, mas não a encontrei."

– O boi bufou. Seus olhos estavam arregalados e confusos, e ele balançava a cabeça de um lado para outro, como se estivesse procurando alguma coisa. Então ele fechou os olhos, e logo Mongnan levantou a cabeça com a tigela quase cheia e borbulhando. Ela bebeu metade de uma vez só e a entregou a mim. Tentei dar um gole, mas quando a primeira porção desceu pela minha garganta o resto desceu todo de uma vez. O boi voltou a se deitar. "Você ficará forte por três dias", ela disse.

– Olhamos para as luzes nos prédios dos guardas. Olhamos em direção à China. "Este regime chegará ao fim", ela disse. "Estudei todos os ângulos, e ele não pode durar. Um dia, todos os guardas fugirão: eles irão para lá, para a fronteira. Haverá descrença, em seguida confusão, depois o caos, e finalmente um vácuo. É melhor você ter um plano. Aja antes que o vácuo seja preenchido."

– Começamos a voltar para as barracas, com os estômagos e os bolsos cheios. Quando ouvimos o homem moribundo, balançamos as cabeças.

– "Você não vai lhes contar o que querem saber?", gemeu o homem moribundo, a voz reverberando pelas barracas. "O que estou fazendo aqui? Qual foi o meu crime?"

– "Permita-me", disse Mongnan. Ela colocou as mãos em concha na frente da boca e murmurou em resposta: "Seu crime é perturbar a paz".

– Sem ouvir nada, o homem moribundo voltou a gemer: "Quem sou eu?"

– Mongnan voltou a sussurrar: "Você é Due Dan, o cara mais chato do campo. Por favor, morra quieto. Morra em silêncio, e prometo tirar uma última foto lisonjeira de você".

No refeitório, um dos Pubyoks bateu na mesa:

– Já chega! – ele gritou. – Chega disso!

O Comandante Ga parou de falar.

O velho interrogador juntou as mãos.

– Vocês não sabem identificar uma mentira? – ele nos perguntou. – Não conseguem ver que esse cara está brincando com vocês? Ele está falando de Kim Due-dan, tentando fazê-los pensar que ele está na prisão. Interrogadores não vão para a prisão, isso é impossível.

Outro velho se levantou.

– Due-dan está aposentado – disse. – Vocês todos compareceram à sua festa de despedida. Ele se mudou para a praia de Wonsan. Ele não está na cadeia, é mentira que está na cadeia. Neste momento deve estar pintando conchas. Todos vocês viram a brochura dele.

O Comandante Ga disse:

– Ainda não cheguei à parte sobre o Comandante Ga. Vocês não querem ouvir a história do nosso primeiro encontro?

O primeiro interrogador o ignorou.

– Interrogadores não vão para a prisão! – disse. – Diabos, Due Dan provavelmente interrogou metade dos prisioneiros da Prisão 33, foi onde este parasita ouviu o apelido de Due Dan. Diga-nos onde ouviu o nome dele. Diga-nos como sabe do seu olho cego. Confesse sua mentira. Por que não nos conta a verdade?

O Pubyok com o sapato na mão ficou de pé. Ele tinha cicatrizes irregulares perto dos cabelos brancos bem penteados.

– Chega de historinhas – disse, e olhou para a nossa equipe com um desprezo que não deixava dúvida do que pensava sobre os nossos métodos.

Depois, ele se virou para Ga.

– Chega de contos de fadas! Conte-nos o que fez com o cadáver da atriz, ou pelo sangue de Inchon faremos suas unhas nos contarem.

O olhar no rosto do Comandante Ga fez o velho agarrá-lo. Eles derramaram *pu-erh* escaldante no rosto dele antes de arrastá-lo. Enquanto isso, corríamos para a nossa sala a fim de começar a preencher a papelada com que esperávamos poder trazê-lo de volta.

À meia-noite a 42ª Divisão aprovou nossos memorandos de emergência. Com nossa autorização para a anulação do interrogatório em mãos, descemos para a ala da tortura, um lugar aonde nossa equipe raramente ia, para resgatar o Comandante Ga. Pedimos aos estagiários que checassem as caixas quentes, apesar de as luzes vermelhas estarem apagadas. Checamos as celas de perda de sentidos e os tanques de intervalo, onde os interrogados recebiam primeiros socorros e podiam recuperar o fôlego. Levantamos o alçapão e descemos até o esgoto. Muitas almas haviam sido perdidas ali, todas mortas muito tempo atrás para serem Ga, mas ainda assim checamos os nomes nas tornozeleiras e levantamos suas cabeças por tempo suficiente para iluminar seus olhos mortos. Finalmente, com um tremor nas espinhas, checamos a sala que os Pubyoks chamavam de loja. Estava escuro quando abrimos a porta – havia apenas o brilho de uma ferramenta mecânica que girava lentamente, suspensa no teto por sua mangueira pneumática amarela. Quando acendemos o interruptor, o sistema de circulação de ar foi ligado e as lâmpadas fluorescentes ganharam vida. A sala – sem uma única mancha, estéril – era composta apenas por cromo, mármore e as nuvens brancas da nossa própria respiração.

– Comandante Ga – dissemos – Você está bem?

Ele levantou a cabeça como se só agora tivesse notado nossa presença, mesmo apesar de termos acabado de tomar seu pulso, seus batimentos cardíacos e sua pressão sanguínea.

– Esta é a minha cama? – ele perguntou.

Então seus olhos flutuaram ao redor da sala, pousando na mesinha de cabeceira.

– São meus pêssegos?

– Você contou a eles – perguntamos – o que aconteceu com a atriz?

Com um sorriso fraco, ele olhou para todos nós, um de cada vez, como se à procura de alguém capaz de traduzir a pergunta para uma linguagem que fosse capaz de compreender.

Todos abanamos as cabeças nauseados. Então nos sentamos nas beiras da cama do Comandante Ga para fumar, passando o cinzeiro de mão em mão por sobre os lençóis. Os Pubyoks haviam extraído a informação que queriam dele, e agora não haveria mais biografia, não haveria relacionamento, não haveria vitória para o ser pensante. O segundo no comando da nossa equipe era um homem em quem eu pensava como "Leonardo", pois ele tinha rosto de bebê como o ator de *Titanic*. Eu já vira o nome de Leonardo em seu arquivo, mas nunca o chamei de nenhuma das duas coisas. Leonardo colocou o cinzeiro sobre a barriga do Comandante Ga e disse:

– Aposto que o matarão em frente ao Grande Palácio de Estudos do Povo.

– Não – eu disse. – Seria uma execução oficial demais. Eles provavelmente o matarão na feira, debaixo da Ponte Yanggakdo, então a história correrá de boca em boca como um rumor.

Leonardo disse:

– Se no final das contas ele fez mesmo o impensável com ela, então simplesmente desaparecerá. Ninguém encontrará sequer um dedinho.

– Se ele fosse o verdadeiro Comandante Ga – disse Jujack –, uma pessoa famosa, um *yangban*, encheriam um estádio de futebol para a sua execução.

O Comandante Ga continuava deitado no meio de nós, dormindo como um bebê com rubéola.

Q-Kee fumava como uma cantora, o cigarro na pontinha dos dedos. Julgando pelo olhar distante em seu rosto, concluí que ela provavelmente estava ponderando sobre o impensável. Em vez disso, ela disse:

– Gostaria de saber qual era a pergunta que ele queria nos fazer.

Jujack olhou para a tatuagem de Ga, visível através da camisola.

– Ele deve tê-la amado de verdade – disse. – Ninguém faz uma tatuagem como essas a não ser que ame alguém.

Não éramos detetives, mas já estávamos no ramo havia tempo bastante para conhecer o tipo de caos produzido pelo amor.

Eu disse:

– Segundo os rumores, ele despiu Sun Moon antes de matá-la. Isso é amor?

Quando Leonardo olhou para o nosso interrogado, podíamos ver seus longos cílios.

– Eu só queria descobrir o nome verdadeiro dele – Leonardo disse.

Amassei meu cigarro e me levantei.

– Acho que está na hora de dar os parabéns aos nossos oponentes e descobrir onde a atriz mais importante do nosso país repousa.

A sala de descanso dos Pubyoks ficava dois andares abaixo de nós. Quando batemos na porta, seguiu-se um silêncio incomum. Tudo que aqueles caras pareciam fazer era jogar tênis de mesa, cantar caraoquê e jogar facas de um lado para outro. Finalmente, o Sargento abriu a porta.

– Parece que vocês conseguiram – eu disse. – A auréola nunca mente.

Atrás do Sargento, dois Pubyoks estavam sentados a uma mesa olhando para as mãos.

– Vá em frente e tripudie – eu continuei. – Só estou curioso de saber a história do cara. Só quero saber seu nome.

– Ele não falou – disse o Sargento.

Ele não parecia muito bem. Entendi que estivera sob muita pressão com um interrogado tão importante, e era fácil esquecer que o Sargento já estava na casa dos 70 anos. Mas ele estava pálido. Não parecia ter dormido.

– Não se preocupe – eu disse. – Juntaremos todas as peças quando formos até a cena do crime. Depois que encontrarmos a atriz, saberemos tudo sobre esse cara.

– Ele se negou a falar – insistiu o Sargento. – Não nos deu nada.

Olhei para ele sem acreditar.

– Colocamos a auréola nele, mas ele foi para outro lugar, um lugar distante que não conseguimos alcançar.

Balancei a cabeça em sinal de compreensão. Depois, respirei fundo.

– Você sabe que Ga é nosso agora, não é? – disse-lhe. – Você fez sua tentativa.

– Acho que ele não é ninguém – disse o Sargento.

– Aquela merda toda que ele disse sobre Due Dan – eu disse. – Você sabe que ele é apenas um interrogado tentando sobreviver. Neste momento Due Dan está fazendo castelos de areia em Wonsan.

– Ele não quis desmentir isso – respondeu o Sargento. – Não importava quanto suco colocássemos no cérebro daquele idiota, ele não desmentiu.

O sargento olhou de igual para igual para mim pela primeira vez.

– Por que Due Dan nunca escreve? Todos esses anos, e nenhum deles jamais escreveu uma única linha para a sua velha unidade de Pubyoks.

Acendi um cigarro e dei ao Sargento.

– Prometa que quando estiver na praia nem sequer pensará neste lugar – eu lhe disse. – E nunca, jamais, deixe um interrogado entrar na sua cabeça. Você mesmo me ensinou isso. Lembra como eu era um idiota?

O Sargento deu um sorriso fraco.

– Ainda é – respondeu.

Dei uma batidinha nas costas dele e simulei um soco na padieira. O Sargento abanou a cabeça e riu.

– Vamos pegar esse cara – eu disse, e então me afastei.

Eu não sabia com que rapidez era capaz de descer as escadas.

– Ga ainda está no jogo – eu disse ao entrar.

A equipe fumava o segundo cigarro. Todos olharam para mim.

– Eles não conseguiram nada – continuei. – Ele é nosso agora.

Olhamos para o Comandante Ga, sua boca aberta, tão útil quanto uma lichia.

Danem-se as rações, Leonardo acendeu o terceiro cigarro para celebrarmos.

– Temos alguns dias antes de ele recuperar a consciência – ele disse. – Presumindo que não perca a memória. Enquanto isso, precisamos ir a campo, até a casa da atriz, ver o que conseguimos averiguar.

Q-Kee falou:

– O interrogado reagiu a uma figura materna num ambiente de cativeiro. Há alguma forma de conseguirmos uma interrogadora mais velha, alguém da idade de Mongnan, alguém que consiga alcançá-lo?

– Mongnan – repetiu Ga, olhando para nós.

Abanei minha cabeça. Não havia meio de fazer isso.

Realmente, não tínhamos ninguém do sexo feminino. O Vietnã era um pioneiro nessa área, e veja os grandes avanços alcançados por nações como a Chechênia e o Iêmen. Os Tigres Tâmeis do Sri Lanka usavam mulheres exclusivamente para esse propósito.

Jujack entrou na conversa:

– Por que não trazemos Mongnan aqui? Colocamos uma cama extra no quarto dele e gravamos suas conversas por uma semana. Aposto que vamos conseguir tudo.

Foi só então que o Comandante Ga pareceu notar nossa presença.

– Mongnan está morta – ele disse.

– Você não está falando coisa com coisa – dissemos. – Não precisa se preocupar. Ela provavelmente está ótima.

– Não – ele disse. – Vi o nome dela.

– Onde? – perguntamos.

– No computador-mestre.

Estávamos todos sentados ao redor do Comandante Ga, como se fôssemos uma família. Não deveríamos ter dito isso, mas dissemos.

– Não existe esse negócio de computador-mestre – falamos. – É apenas um dispositivo que inventamos para fazer as pessoas revelarem informações críticas. Dizem que esse computador contém a localização de todos os habitantes da Coreia, do Norte e do Sul, e que como recompensa por nos contar suas histórias os interrogados podem acessar uma lista de pessoas que querem encontrar. Você está entendendo, Comandante Ga? O computador não tem endereço nenhum. Simplesmente salva os nomes que são digitados para que saibamos quem é importante para o interrogado. Assim, depois podemos prendê-los.

Parecia que o Comandante Ga estava começando a entender.

– Minha pergunta – ele disse.

Não tínhamos que lhe responder nenhuma pergunta.

Na Academia, tinham um velho ditado sobre a terapia elétrica: "A voltagem fecha o sótão, mas abre o porão", o que significa que ela costuma confundir a memória do interrogado, mas deixa lembranças profundas intactas e facilita seu acesso de modo surpreendente. Assim, talvez, se Ga estivesse lúcido o bastante, ali estivesse nossa oportunidade. Extrairíamos tudo que pudéssemos.

– Conte-nos sua memória mais antiga – dissemos – e então vamos responder à sua pergunta.

Ga começou como os lobotomizados costumam começar, sem cálculos nem considerações, falando com uma voz sem vida e quase automática:

– Eu era criança. Andei muito e me perdi. Meus pais eram sonhadores, e não perceberam que eu havia desaparecido. Eles vieram me procurar, mas era tarde demais, eu havia me afastado muito. Um vento forte começou a soprar e disse "Venha, garotinho, durma nos meus lençóis brancos flutuantes", e pensei "Agora vou morrer congelado". Corri para fugir do vento, e uma mina disse "Venha, abrigue-se nas minhas profundezas", e eu pensei "Agora vou cair para a minha morte". Corri para os campos onde jogam lixo e doentes. Lá, um fantasma disse "Deixe-me entrar, e vou aquecê-lo de dentro para fora", e pensei "Agora vou morrer de febre". Então, veio um urso e falou comigo, mas eu não conhecia sua língua. Corri para a floresta e o urso me seguiu, e eu pensei "Agora serei devorado". O urso me pegou com seu braço forte e me segurou perto do seu rosto. Ele usou suas grandes garras para pentear meu cabelo. Mergulhou a pata no mel e colocou as garras nos meus lábios. Então disse: "Você aprenderá a falar a língua dos ursos agora, e se tornará um urso, e estará seguro".

Todos reconheceram a história, que costumava ser ensinada a todos os órfãos. O urso representava o amor eterno de Kim Jong-il. O Comandante Ga era órfão. Abanamos a cabeça diante da revelação. Arrepios percorreram nossas espinhas enquanto ele contava a história, como se ela realmente fosse sobre ele, e não sobre um personagem do qual ouvira falar, como se ele mesmo quase tivesse morrido de frio, fome, febre e acidentes com minas, como se ele mesmo tivesse lambido mel das garras do Querido Líder. Mas este é justamente o poder universal da arte de contar histórias.

— Posso fazer minha pergunta? — indagou Ga.

— Claro — respondemos. — Qualquer coisa.

O Comandante Ga apontou para os pêssegos na sua cabeceira.

— Esses pêssegos são meus? — perguntou. — Ou são os pêssegos do Camarada Buc?

De repente, ficamos em silêncio. E nos inclinamos para ouvi-lo melhor.

— Quem é o Camarada Buc? — perguntamos.

— Camarada Buc — Ga respondeu olhando para nós como se fôssemos o próprio Camarada Buc. — Perdoe-me pelo que fiz com você. Sinto muito pela sua cicatriz.

Os olhos de Ga perderam o foco, então sua cabeça caiu no travesseiro. Seu corpo estava gelado, mas quando checamos sua temperatura ela estava normal — a eletricidade pode mesmo desregular a temperatura corporal. Tínhamos certeza de que aquilo era apenas exaustão. Jujack nos chamou até um canto da sala, onde falou apressadamente:

— Conheço esse nome, Camarada Buc. Acabei de vê-lo numa tornozeleira lá no esgoto.

Foi então que acendemos um cigarro, colocamos nos lábios do Comandante Ga e começamos outra viagem embaixo do complexo da tortura.

Quando os interrogadores saíram, o Comandante Ga ficou fumando no escuro. No treinamento para suportar a dor, eles haviam lhe ensinado a encontrar uma reserva, um lugar particular onde pudesse se refugiar em momentos insuportáveis. Uma reserva contra a dor era como uma reserva de verdade – colocava-se uma cerca ao redor dela, cuidava-se da reserva, mantendo-a limpa e lidando com todos os que tentavam invadi-la. Ninguém jamais poderia descobrir qual era a sua reserva contra a dor, mesmo que você tivesse escolhido o elemento mais óbvio e rudimentar da sua vida, pois se perdesse sua reserva contra a dor você perderia tudo.

Na prisão, quando usavam pedras para esmagar suas mãos ou bastões para golpear seu pescoço, ele tentava se transportar para o convés do *Junma* e seu movimento suave. Quando o frio deixava seus dedos estáticos de dor, ele tentava entrar na música da diva da ópera, entrar na própria voz dela. Ele tentava se esconder sob o amarelo do vestido da esposa do segundo imediato ou puxar uma colcha de retalhos americana para cobrir sua cabeça. Mas a verdade era que nenhuma dessas reservas funcionava. Foi só quando assistiu ao filme de Sun Moon que ele finalmente encontrou uma reserva resistente: ela o salvou de tudo. Enquanto sua picareta quebrava rochas congeladas, em um segundo era possível sentir a vivacidade dela. Quando uma parede de poeira de minério invadia uma passagem e o fazia tossir até seu peito doer, ela lhe devolvia o ar. Quando, certa vez, ele pisou numa poça eletrificada, Sun Moon apareceu e fez seu coração voltar a bater.

Assim, naquele dia, quando os Pubyoks da 42ª Divisão colocaram o halo* nele, o Comandante Ga a procurou. Mesmo antes que eles apertassem os parafusos contra seu couro cabeludo, ele já estava longe, voltando ao primeiro dia em que se vira fisicamente na presença de Sun Moon. Ele não acreditava que era realmente possível encontrá-la até sair pelos portões da Prisão 33, até que o guarda carcerário chamou os guardas para abrir o portão e ele passou pelo arame farpado e ouviu o portão se fechar atrás de si. Ele estava usando o uniforme do Comandante Ga e segurando a caixa de fotos que Mongnan lhe dera. No bolso estava a câmera dentro de cujas lentes olhara e um DVD que havia muito tempo guardava de *Casablanca*. Armado com essas coisas, ele andou pelo caminho lamacento até o carro que o levaria até ela.

Quando entrou no Mercedes, o motorista virou-se para ele, a expressão confusa e chocada.

O Comandante Ga podia ver uma garrafa térmica no painel. Um ano sem chá.

– Uma xícara de chá não me faria mal – ele disse.

O motorista não se mexeu.

– Quem diabos é você? – ele perguntou.

– Você é um homossexual? – foi a resposta do Comandante Gal.

O motorista olhou para ele sem acreditar no que ouvia, em seguida abanando a cabeça negativamente.

– Tem certeza? Já foi testado?

– Sim – respondeu o motorista, confuso, e depois mudou de ideia. – Não.

– Saia daqui – disse o Comandante Ga. – Sou o Comandante Ga agora. O outro homem se foi. Se você acha que seu lugar é com ele, posso levá-lo até lá, ou pelo menos ao que restou dele na mina. Porque você vai ser o que quiser: o motorista dele ou o meu, você é quem sabe. Se for meu motorista, sirva-me uma xícara de chá e me leve para um lugar civilizado onde eu possa respirar ar puro. Depois, me leve para casa.

– Para casa?

---

* O halo, ou auréola, é uma peça de metal circular com a qual pintores e escultores muitas vezes circundam a cabeça de personagens sagrados.

– Sim, para a minha esposa, a atriz Sun Moon.

Então Ga partiu, conduzido para perto de Sun Moon, a única pessoa capaz de fazê-lo esquecer a dor que sofrera para alcançá-la. Um corvo percorria a estrada na frente do Mercedes através das montanhas, e no assento traseiro Ga examinava a caixa que Mongnan lhe dera. Dentro dela havia milhares de fotos. Mongnan juntava as fotos de entrada e saída dos prisioneiros com clipes. Uma de costas para a outra, vivas e mortas, milhares de pessoas. Ele folheou as fotos, virando-as de modo a ver as imagens de saída – corpos esmagados e retorcidos, dobrados em ângulos antinaturais. Ele reconheceu vítimas de desabamento e espancamento. Em algumas fotos, não conseguia identificar para o que estava olhando. Na maioria das vezes os mortos pareciam estar dormindo, enquanto as crianças, a maioria morta pelo frio, estavam encolhidas como discos duros, como comprimidos. Mongnan era meticulosa, e o catálogo era completo. Essa caixa, ele percebeu de repente, era o mais perto que sua nação poderia chegar do livro de telefones que vira no Texas.

Ele virou a caixa e passou a analisar as fotos de entrada, nas quais as pessoas pareciam temerosas e inseguras, ainda não tendo imaginado o pesadelo que as esperava. Era ainda mais difícil olhar para essas fotos. Quando finalmente localizou sua própria foto de entrada, virou-a lentamente, esperando, de repente, ver a si mesmo morto. Mas não viu. Ele parou por um momento para apreciar a sensação. Estudou a luz nas árvores que passavam na estrada. Observou o movimento do corvo logo à frente, a corrente de reboque tilintando preguiçosamente antes de ser puxada. Ele se lembrou das cascas de ovo sendo sacudidas despreocupadamente no corvo que o trouxera. Na foto dele, não era possível ver as pessoas moribundas em seus leitos de morte ao redor. Não era possível ver suas mãos pingando água gelada com sangue. Mas os olhos – era incrível como estavam abertos, e ainda assim se recusavam a ver o que estava diante dele. Ele parecia um menino, como se estivesse de volta a um orfanato, acreditando que está tudo bem e que o destino reservado a todos os órfãos não será o seu. O nome escrito a cal na placa que ele segurava parecia estrangeiro. Lá estava a única foto daquela pessoa, a pessoa que ele fora. Ele a rasgou lentamente em pequenos pedaços antes de jogá-los ao vento pela janela.

O corvo os deixou depois de tê-los atrasado até então na entrada de Pyongyang, e no Koryo Hotel as meninas lhe deram o tratamento costumeiro reservado ao Comandante Ga – a limpeza profunda recebida depois de todas as visitas às minas carcerárias. Seu uniforme foi lavado e passado, enquanto ele foi banhado em uma banheira enorme, onde as garotas esfregaram as manchas de sangue para removê-las das suas mãos e tentaram reparar suas unhas, sem se importar de quem era o sangue na água cheia de sabão: dele, do Comandante Ga, ou de outra pessoa. Na água quente e leve, ele viu que em algum ponto do ano anterior sua mente se separara da sua carne, que seu cérebro agora repousava aterrorizado acima da mula que se tornara seu corpo, um animal de carga que com sorte sobreviveria ao traiçoeiro passo da montanha da Prisão 33. Mas agora, enquanto uma mulher passava um pano quente na sola do seu pé, a sensação pôde subir até seu cérebro: não havia problemas em sentir outra vez, em reconhecer caminhos esquecidos do seu próprio corpo que agora o saudavam. Seus pulmões eram mais do que foles de ar. Seu coração, acreditava agora, podia fazer mais do que bombear sangue.

Ele tentou imaginar a mulher que estava prestes a vislumbrar. Compreendeu que a verdadeira Sun Moon não podia ser tão bela quanto na tela: a maneira como sua pele brilhava, a luz de seu sorriso. Além disso, havia o modo particular com que seus desejos o penetravam através dos olhos: aquilo devia ser o produto de algum efeito cinematográfico. Ele queria estabelecer um relacionamento com ela, ser seu cúmplice, para que não houvesse segredo, absolutamente nada, entre os dois. Ao vê-la projetada na parede da enfermaria, fora assim que ele se sentira: como se não houvesse neve nem frio entre eles, como se ela estivesse bem ali ao seu lado, uma mulher que havia abandonado tudo, que abrira mão da sua liberdade e entrara na Prisão 33 para salvá-lo. Ga agora via que fora um erro esperar até o último momento para contar à esposa do segundo imediato sobre os maridos substitutos que a esperavam. Portanto, ele agora não deixaria um segredo estragar as coisas com Sun Moon. Esta era a vantagem do relacionamento dos dois: um novo começo, uma chance para se livrar de todos os fardos. O que o Capitão dissera sobre recuperar sua esposa se aplicaria também a ele e Sun Moon:

eles seriam estranhos por um tempo, haveria um período de descoberta – mas o amor... o amor no final das contas superaria tudo.

As mulheres do Hotel Koryo secaram-no e vestiram-no. Finalmente ele teve os cabelos cortados no estilo número 7 – que chamavam de Batalha Rápida, a marca registrada do Comandante.

No final da tarde o Mercedes subiu a última estrada sinuosa que levava até o pico do Monte Taesong. Eles passaram pelos jardins botânicos, pelo banco nacional de sementes, pelas estufas com mudas de kimilsungia e kimjongilia. Passaram pelo Zoológico Central de Pyongyang, fechado àquela hora. No assento ao seu lado estavam alguns dos bens do Comandante Ga. Havia um vidro de colônia, e ele rapidamente aplicou um pouco no próprio corpo. "Este é o meu cheiro", pensou. Ele pegou a pistola do Comandante Ga. "Esta é a minha pistola", pensou, puxando o ferrolho o bastante para ver uma bala. "Sou o tipo de homem que tem sempre uma bala no tambor."

Finalmente eles passaram por um cemitério com lápides de bronze que brilhavam. Era o Cemitério dos Mártires Revolucionários, cujos 114 ocupantes, todos mortos antes de ter filhos, davam nome aos órfãos da nação. Eles alcançaram o topo, onde havia três casas, construídas para o Ministro de Mobilização das Massas, o Ministro das Minas Carcerárias e o Ministro do Aprovisionamento.

O motorista parou antes da casa do meio, e o Comandante entrou andando pelo portão, as extremidades com pepineiros e flores de melão enroladas nelas. Ao aproximar-se da porta de Sun Moon, ele sentiu o peito apertar de dor – a mesma dor sentida quando o Capitão pressionara seu peito com agulhas com tinta, de quando jogara água salgada na tatuagem fresca, da sensação produzida quando a esposa do segundo imediato limpara seus ferimentos com uma toalha quente. Diante da porta, ele respirou fundo, e então bateu.

Sun Moon abriu quase imediatamente. Ela usava um robe caseiro folgado debaixo do qual os seios balançavam livremente. Ele só vira um robe como aquele uma vez: no Texas, no banheiro do quarto de hóspedes. O robe era branco e felpudo, enquanto os cabelos de Sun Moon estavam emaranhados e manchados com velhos molhos. Ela estava sem maquiagem, seu cabelo estava solto, caindo sobre os ombros. Seu rosto estava cheio de excitação e expectativa, e de repente ele sentiu a terrível violência daquele dia deixá-lo: lá se ia o combate enfrentado nas mãos do marido dela, o olhar que previa a morte no rosto do guarda carcerário, as fotos de cadáveres tiradas por Mongnan. Aquela casa era um bom lar, com tinta branca, enfeites vermelhos. Era o oposto da casa do Mestre do Enlatamento – ele podia perceber que nada de ruim jamais acontecera ali.

– Cheguei – ele disse.

Ela olhou por cima do ombro dele, para o pátio, para a estrada.

– Você trouxe um pacote para mim? – perguntou. – Foi o estúdio que o mandou?

Mas então parou, considerando todas as inconsistências: o estranho magricela usando o uniforme do seu marido, o homem que usava sua colônia e chegara em seu carro.

– Quem é você? – ela indagou.

– Sou o Comandante Ga – ele respondeu. – E finalmente estou em casa.

– Você está me dizendo que não trouxe nenhum roteiro, nada? – ela perguntou. – Quer dizer que o estúdio o vestiu assim e o mandou até aqui sem nenhum roteiro para mim? Diga a Dak-ho que eu disse que isso é cruel, até mesmo para os padrões dele. Ele passou de todos os limites.

– Não sei quem é Dak-ho – ele disse, maravilhando-se com a perfeição da sua pele, com o olhar de seus olhos pretos sobre ele. – Você é ainda mais bonita do que imaginei.

Ela desfez o nó do robe apenas para apertá-lo. Depois, ergueu as mãos para o céu:

– Por que vivemos nessa montanha esquecida por Deus? – ela perguntou. – Por que estou aqui quando tudo que importa está lá embaixo? – completou apontando para Pyongyang, àquela hora uma neblina de prédios ao longo do Y prateado que era o Rio Taedong. Ela aproximou-se dele e olhou em seus olhos. – Por que não podemos morar perto do Parque Mansu? Eu poderia pegar um ônibus expresso de lá para o estúdio. Como você pode fingir não saber quem é Dak-ho? Todos sabem quem ele é. Ele o mandou aqui para zombar de mim? Estão todos lá embaixo rindo de mim?

– Posso ver que você já está sofrendo há muito tempo – ele disse.
– Mas tudo isso acabou agora. Seu marido chegou.

– Você é o pior ator do mundo – ela disse. – Todos estão lá embaixo escalando o elenco em alguma festa, não é mesmo? Estão todos bêbados, rindo e escalando outra atriz para o papel principal, e decidiram mandar o pior ator do mundo até aqui para zombar de mim.

Ela se sentou na grama e colocou a mão na testa.

– Vá, saia daqui. Você já se divertiu. Volte e diga a Dak-ho que a velha atriz chorou.

Ela tentou limpar as lágrimas dos olhos. Depois, tirou do robe um maço de cigarros, acendendo um com um gesto cheio de ousadia, o que a fez parecer masculinizada e sensual.

– Nenhum roteiro, um ano inteiro sem um único roteiro.

Ela precisava dele. Estava absolutamente claro agora o quanto ela precisava dele.

Sun Moon percebeu que a porta da frente estava aberta e que seus filhos estavam olhando para fora. Ela tirou uma pantufa e a chutou em direção à porta, que se fechou.

– Não sei nada sobre o cinema – ele disse. – Mas lhe trouxe um filme de presente. *Casablanca*, dizem que é o melhor.

Ela estendeu o braço e pegou a caixa do DVD, suja e maltratada, das mãos dele. Depois de uma olhada rápida, disse.

– Este filme é em preto e branco. – E então o jogou no pátio. – Além disso, não assisto a nenhum filme. Eles só corrompem a pureza da minha atuação.

Ela se deitou na grama, fumando contemplativamente.

– Você não é mesmo do estúdio? – perguntou.

Ele abanou a cabeça negativamente. Ela parecia tão vulnerável diante dele, tão pura – como permanecera assim num mundo tão duro?

– Então o que é você? Um dos novos lacaios do meu marido, mandado para me vigiar enquanto ele sai numa missão secreta? Ah, sei muito bem o que são essas missões secretas: ele é corajoso o bastante para se infiltrar sozinho num prostíbulo de Minpo. Só o grande Comandante Ga pode sobreviver a uma semana em algum buraco de Vladivostok.

Ele se ajoelhou ao seu lado.

– Ah, não, você está julgando-o muito duramente. Ele mudou. Sim, ele cometeu alguns erros, e sente muito, mas tudo que importa agora é você. Ele a adora, tenho certeza. É completamente devotado a você.

– Diga-lhe que não aguento mais. Por favor, transmita-lhe essa mensagem.

– Eu sou ele agora. Portanto, você pode me dizer isso pessoalmente.

Ela respirou fundo e abanou a cabeça.

– Então você quer ser o Comandante Ga? – perguntou. – Você sabe o que ele faria se soubesse que você está usando seu nome? As "partidas" de taekwondo dele são de verdade, sabia? Elas fizeram inimigos na cidade inteira. É por isso que não consigo mais nenhum papel. Faça as pazes com o Querido Líder, ok? Será que poderia experimentar fazer uma reverência diante dele na ópera? Você pode fazer esse pedido ao meu marido por mim? É tudo que seria necessário, um único gesto diante de todos e o Querido Líder perdoa qualquer um.

Ele esticou o braço para limpar seu rosto, mas ela afastou-o.

– Está vendo as lágrimas nos meus olhos? – disse. – Está vendo? Pode contar ao meu marido sobre essas lágrimas? Não saia mais em nenhuma missão, por favor. Diga-lhe que não mande outro lacaio para ser minha babá.

– Ele já sabe – ele respondeu. – E sente muito. Você pode fazer uma coisa para ele? Um favor? Significaria muito.

Deitada na grama, ela virou-se de lado, os seios relaxando sob o robe, o nariz escorrendo.

– Vá em frente – ela disse.

– Não sei se consigo – ele disse. – Já falei que foi uma longa jornada, e acabei de chegar. É um favor simples, pequeno, nada para uma grande atriz como você. Sabe aquela cena de *Uma Verdadeira Filha do País* em que você encontra a sua irmã e precisa atravessar o Estreito de Inchon ainda em chamas com o navio de guerra *Koryo*, que está prestes a afundar, e quando mergulha você é apenas a garota de uma vila de pescadores de Cheju, mas depois de nadar entre os cadáveres de compatriotas em águas vermelhas de sangue você sai do mar uma pessoa diferente: agora é uma mulher-soldado, com uma bandeira meio queimada na mão, então diz algo. Você pode repetir aquela fala para mim agora?

Ela não disse nada, mas ele achou ter visto as palavras passarem pelos seus olhos: *Há um amor maior, que dos lugares mais humildes nos chama*. Sim, lá estavam as palavras em seus olhos, a marca de uma verdadeira atriz: ser capaz de falar apenas com o olhar.

– Você consegue sentir como tudo parece certo? – ele perguntou. – Como tudo será diferente? Eu estive na prisão...

– Prisão – ela perguntou, levantando-se imediatamente. – Como exatamente você conheceu meu marido?

– Seu marido me atacou esta manhã – ele respondeu. – Estávamos em um túnel da Prisão 33. Eu o matei.

Ela inclinou a cabeça.

– O quê?

– Quero dizer, acho que o matei. Estava escuro, portanto não há como ter certeza, mas minhas mãos sabem o que fazer.

– Isso é algum dos testes do meu marido? – ela perguntou. – Se for, foi o mais doentio que ele usou. Você vai reportar o que ouviu agora, depois que reagi à notícia, se dancei de alegria ou me debulhei em lágrimas? Não posso acreditar que ele tenha descido tanto. Ele é uma criança, um garotinho assustado. Só alguém assim testaria a lealdade de uma mulher velha. Só o Comandante Ga aplicaria um teste de masculinidade ao próprio filho. E, aliás, os capangas dele também são testados de vez em quando, e quando não passam no teste não são mais vistos.

– Seu marido nunca mais voltará a testar ninguém – ele disse. – Você é tudo que importa na vida dele agora. Com o tempo você entenderá isso.

– Chega! – ela disse. – Isso não tem mais graça! Está na hora de você ir embora.

Ele olhou para a porta, e lá estavam as crianças, paradas em silêncio: uma menina de mais ou menos 11 anos e um menino um pouco mais novo. Eles estavam segurando a coleira de um cachorro com ombros rígidos e um pelo brilhoso.

– Brando! – gritou o Comandante Ga, e então o cachorro correu e a coleira escorregou das mãos das crianças.

O catahoula pulou em cima dele abanando o rabo. Ele não parava de pular para lamber seu rosto e depois se abaixando para morder seu calcanhar.

– Você o recebeu! – ele disse. – Não acredito que o recebeu!

– Se o recebi? – ela perguntou. – Como você sabe o nome dele? Mantivemos o cachorro em segredo para que ele não fosse levado pelas autoridades.

– Como sei seu nome? Fui eu quem lhe deu esse nome! Pouco antes de mandá-lo para você no ano passado. "Brando" é a palavra que os texanos usam para nomear algo que é seu para sempre.

– Espere um momento – ela disse, e todos os gestos teatrais sumiram. – Quem, exatamente, é você?

– Sou o bom marido. Sou quem vai fazer tudo por você.

O rosto dela assumiu uma expressão que Ga reconheceu, e não era uma expressão de felicidade. Ela expressava a compreensão de que tudo seria diferente a partir dali, que a pessoa que ela fora, a vida que vivera, não existia mais. Era algo difícil de entender de repente, mas melhorava com o tempo. E seria mais fácil, visto que ela provavelmente já exibira aquele olhar – quando o Grande Líder a dera como prêmio ao vencedor do Cinturão de Ouro, ao homem que derrotou Kimura.

Em seu quarto escuro na 42ª Divisão, o cigarro nos lábios do Comandante Ga estava quase no fim. Havia sido um longo dia, e a lembrança o salvara mais uma vez. Contudo era hora de tirá-la da sua mente – ela sempre estaria lá quando ele precisasse dela. Ele sorriu ao pensar pela última vez nela, o que fez o cigarro cair da sua boca no pescoço. Ali, queimou lentamente contra sua pele, uma pequenina chama na escuridão. Dor? O que era dor?

Cidadãos, temos boas notícias! Em suas cozinhas, seus escritórios, seus chãos de fábrica – onde quer que estejam ouvindo esta transmissão, aumentem o volume! O primeiro sucesso que temos para anunciar é que a nossa Campanha Grama para Carne é um verdadeiro triunfo. Ainda assim, precisamos que muitas outras sementes de soja sejam jogadas nos telhados, portanto orientamos todos os síndicos dos blocos a agendarem reuniões de motivação extra.

Além disso, o concurso de receitas deste ano está se aproximando, cidadãos. A receita vencedora será colocada na parede frontal do terminal de ônibus central para todos copiarem. O vencedor será o cidadão que enviar a melhor receita de: Macarrão de Raiz de Aipo!

Agora, às notícias internacionais. Continuamos recebendo agressões diretas da América: atualmente, dois grupos de ataque nuclear estão estacionados no Mar Oriental, enquanto no continente americano cidadãos sem-teto dormem sobre sua própria urina nas ruas. E na miserável Coreia do Sul, nossa irmãzinha desgraçada, mais enchentes e fome. Não se preocupem, a ajuda está a caminho: o Querido Líder Kim Jong-iI ordenou o envio imediato de sacos de areia e alimentos.

Por fim, transmitiremos hoje o primeiro capítulo da Melhor História Norte-Coreana. Fechem os olhos e imaginem por um momento a atriz Sun Moon. Esqueçam as histórias tolas e fofocas sobre ela que recentemente invadiram nossa cidade. Imaginem-na da forma que ela viverá para sempre na nossa consciência nacional. Lembram-se da sua famosa cena "Com Febre" em *Mulher de Uma Nação,* na qual, logo depois de ter sido estuprada na mão dos japoneses, o suor corre da sua testa para encontrar, à luz da lua, as lágrimas em seu rosto e logo em seguida cair em seus seios patriotas? Como é possível uma única lágrima, depois de sua breve jornada começar como uma gota de ruína, transformar-se num pingo de resolução e, em seguida, num jorro de fervor nacional? Certamente, cidadãos, vocês conservam fresca em suas mentes a cena final de *Pátria sem Mãe*, na qual Sun Moon, vestindo apenas uma gaze ensanguentada, emerge do campo de batalha depois de salvar a bandeira nacional, enquanto atrás dela o Exército americano está arruinado, derrubado, em chamas.

Agora imaginem sua casa sobre o belo Monte Taesong. Logo abaixo se erguiam as fragrâncias puras de kimjongilia e kimilsungia das estufas do jardim botânico. E, mais à frente, o Zoológico Central, o zoológico mais produtivo do mundo, com mais de 400 espécies preservadas. Imaginem os filhos de Sun Moon, seus rostos angelicais enchendo a casa com a música honorífica do *sanjo*, cortesia do *taegum* do menino e do *gayageum* da menina. Até mesmo a principal atriz do nosso país deve promover a causa do nosso povo. Assim, ela estava enlatando algas para preparar sua família para o caso de ocorrer outra Marcha Árdua. Nossas praias abundam em algas para alimentar milhões, e, depois de secas, também podem ser usadas na produção de roupa de cama, isolação, para a virilidade masculina e alimentar estações elétricas locais. Vejam o *choson-ot* brilhante de Sun Moon enquanto ela limpa as tigelas, observem como o vapor realça os contornos de sua feminilidade!

Ouve-se uma batida à porta. Ninguém jamais bateu nessa porta, tão fora de mão fica a casa. Esta é a nação mais segura no mundo, onde não existe crime, portanto ela não temeu por sua segurança. Ainda assim, hesitou. Seu marido era o herói Comandante Ga, sempre fora em missões perigosas, como agora. E se alguma coisa tivesse acontecido com ele, e o visitante fosse um mensageiro trazendo más notícias? Ela sabia que ele era um homem completamente dedicado à nação, ao seu povo, e que não deveria pensar nele como seu, mas ela não conseguia evitar – tamanho seu amor. Como poderia ela evitar?

Quando a porta se abriu, lá estava o Comandante Ga – seu uniforme bem passado e em seu peito tanto a Estrela Rubi quanto a Chama Eterna do Juche. Ele entrou, e ao deparar com a grande beleza de Sun Moon, despiu-a ousadamente com os olhos. Vejam como suas curvas são convidativas sob o tecido, como ele estuda o arfar provocado em seus seios pelos movimentos do seu corpo, por menores que sejam. Vejam como esse covarde tratou a grande modéstia coreana de Sun Moon como lixo!

Os bons cidadãos devem estar pensando: como você pode chamar nosso herói, o Comandante Ga, de covarde? Não foi o Comandante Ga que concluiu seis missões de assassinato através dos túneis da zona desmilitarizada? Não é ele o dono do Cinturão de Ouro do taekwondo, a arte marcial mais mortal do mundo? Não foi Ga que conquistou para sua noiva a atriz do cinema Sun Moon, estrela dos filmes *Imortalmente Devotada* e *Os Opressores Caem*?

A resposta, cidadãos, é que este não é o verdadeiro Comandante Ga! Olhem para a foto do verdadeiro Comandante Ga na parede logo atrás deste impostor. O homem da foto tinha ombros largos, sobrancelhas revoltas e dentes gastos por golpes agressivos. Agora vejam o homem delgado que está usando o uniforme do Comandante Ga: o peito fraco, orelhas de mulher, com algo que mal passa de um macarrão entre as pernas. Seria um insulto dar a esse impostor a honra de ser chamado Comandante Ga, mas para o começo da história isso será o suficiente.

Ele ordenou:

— Sou o Comandante Ga e assim você me tratará.

Mesmo apesar de todos os seus instintos lhe dizerem que isso não era verdade, Sun Moon foi sensata o bastante para colocar os próprios sentimentos de lado e confiar nas orientações de um representante do governo, visto que este indivíduo tinha o título de ministro. Sempre que tiverem dúvidas, procurem orientações de seus líderes para um comportamento apropriado.

Durante duas semanas inteiras ela ficou desconfiada dele. Ele teve de dormir no túnel com o cachorro, e só tinha permissão de experimentar o caldo que ela preparava uma vez por dia para ele. Seu corpo era magro, mas ele não reclamava do caldo ralo. Todos os dias ela preparava um banho quente para ele, e então ele tinha permissão de entrar em casa para limpar o corpo. Então, como uma esposa zelosa, Sun Moon se banhava da água deixada por ele após seu banho. Finalmente, ele voltava para a companhia do cão no túnel, um animal que não queria ser domesticado. Por um ano, essa besta destruíra os móveis e urinara sem controle. Agora o Comandante Ga passava o tempo no túnel treinando o animal para "sentar" e "deitar", além de outras frases indolentes do capitalismo. O pior comando era "pegar", que encoraja a besta a caçar no território público do povo.

Por duas semanas eles mantiveram essa rotina, como se dessa forma o marido de verdade certo dia simplesmente fosse entrar em casa como se nunca tivesse desaparecido. Como se aquele homem que se encontrava agora na casa dela não fosse nada além de um intervalo para os fumantes em um de seus famosos épicos para o cinema. É claro que era uma situação difícil para a atriz: vejam sua postura, como está tensa, os braços cruzados. Mas teria ela pensado que a dor em seus filmes era fingimento, que o retrato do sofrimento nacional era ficção? Ela pensou que podia ser o rosto da Coreia, que recebeu mil anos de golpes sem perder um marido ou dois?

O Comandante Ga, ou fosse quem fosse aquele homem, pensava ter se livrado de uma vida nos túneis. Esse túnel era pequeno – grande o bastante para ele poder ficar de pé, evidentemente, mas com apenas aproximadamente 15 metros de comprimento, o suficiente para andar pelo pátio ou talvez debaixo da estrada. Dentro dele havia barris de suprimentos para a próxima Marcha Árdua. Havia apenas uma lâmpada e uma cadeira. Havia uma grande coleção de DVDs, embora não houvesse sinal de nenhuma tela para vê-los. Não obstante, ele ficava feliz ouvindo o menino tocando seu *taegum* logo acima. Era uma felicidade ouvir os acordes de uma mãe transmitindo para a filha a melancolia do *gayageum* – ele podia imaginar os *choson-ots* delas espalhados pelo chão enquanto produziam aquela música triste. Tarde da noite, a atriz andava no interior das portas fechadas do seu quarto, e em seu túnel o Comandante Ga quase podia observar seus pés, um após o outro, tão atentamente seguia seus movimentos. Em sua mente, ele mapeou o quarto com base na quantidade de passos que ela dava entre a janela e a porta, e pelo modo com que ela movia certos objetos ele podia saber a localização da cama, do guarda-roupa e das suas futilidades. Era quase como se estivesse dentro do quarto com ela.

Na manhã do 14º dia ele aceitara que sua vida poderia ser assim por um longo tempo, e estava conformado, mas não sabia que um pombo voava em sua direção com uma mensagem gloriosa no bico. Enviada da capital, as asas da pomba bateram sobre o Rio Taedong, acompanhando suas curvas verdes e doces, enquanto às margens do rio patriotas e virgens passeavam de mãos dadas. A pomba passou por meninas da Tropa da Juventude do Juche, por sobre seus belos uniformes, os machados sobre os ombros enquanto iam cortar lenha no Parque Mansu. Com prazer, o pássaro branco sobrevoou o Estádio May Day, o maior do mundo, e então bateu as asas com orgulho sobre a chama vermelha da Torre Juche! Depois disso, seguiu para o Monte Taesong, acenando com uma das asas para cumprimentar os flamingos e pavões do Zoológico Central antes de desviar das cercas elétricas ao redor dos jardins botânicos, pronta para repelir qualquer ataque surpresa dos americanos. Ela derramou uma única lágrima patriótica sobre o Cemitério dos Mártires Revolucionários, e logo em seguida encontrava-se no peitoril da janela de Sun Moon, depositando o bilhete em sua mão.

O Comandante Ga olhou para cima quando o alçapão do túnel se abriu e Sun Moon se inclinou, o robe abrindo-se um pouco, a glória de uma nação inteira aparentemente estampada em sua generosa feminilidade. Ela leu o bilhete: "Comandante Ga, chegou a hora de voltar ao trabalho".

O motorista esperava para levar o Comandante Ga para a cidade mais bela do mundo – observem suas ruas amplas e prédios altos, tentem achar a menor sujeira ou sinal de grafite! Grafite, cidadãos, é a forma pela qual os capitalistas desfiguram seus prédios públicos. Aqui não há propagandas irritantes, telefones celulares nem aviões no céu. E tentem tirar os olhos das nossas guardas de trânsito!

Logo o Comandante Ga encontrava-se no terceiro andar do Prédio 13, o prédio moderno de escritórios mais complexo do mundo. Ele ouvia o sussurrar dos tubos das válvulas termiônicas ao seu redor, via o brilho das telas dos computadores. Finalmente, encontrou sua mesa no 3º andar, e então virou a placa com seu nome para o seu lado, como que para se lembrar de que era o Comandante Ga e seu cargo era o de Ministro das Minas Carcerárias, que era ele o herói responsável pelo sistema carcerário mais eficaz do mundo. Ah, e não há prisão como as norte-coreanas: tão produtivas, tão condutivas à reflexão pessoal. As prisões do Sul estão cheias de jukeboxes e batom, lugares onde os homens cheiram cola e colhem as frutas um dos outros!

Com um som sibilante, a válvula termiônica entregou um tubo na mesa do Comandante Ga. Ele abriu o tubo e tirou o bilhete, escrito rapidamente atrás de um formulário de requisição. Nele estava escrito: "Prepare-se para o Querido Líder". Ele olhou ao redor à procura do autor do bilhete, mas todos os telefonistas trabalhavam duro digitando o que ouviam pelos fones de ouvido azul, e as equipes de aprovisionamento estavam com as cabeças enfiadas em seus capuzes computadorizados.

Pela janela ele via que uma chuva leve começara a cair, e podia avistar uma mulher subindo em direção aos galhos mais altos de um carvalho para pegar bolotas, algo proibido até a temporada da colheita de bolotas ser oficialmente declarada. Talvez anos de inspeção nas prisões tenham deixado o Comandante com o coração mole em se tratando de cidadãos mais velhos.

Foi então que o sistema termiônico inteiro parou, e em meio ao estranho silêncio que se seguiu todos olharam para os tubos vazios acima, sabendo o que viria em seguida: o sistema estava sendo preparado para uma entrega pessoal do próprio Querido Líder. De repente o assobio da propulsão recomeçou, e todos os olhos observaram quando um tubo dourado atravessou o sistema e pousou na ponta da mesa do Comandante Ga.

O Comandante Ga tirou o tubo dourado. No bilhete estava escrito apenas: "Você poderia nos dar a graça da sua presença?"

A tensão na sala era palpável. Seria possível que o Comandante Ga ainda não tivesse pulado para atender a um pedido do seu glorioso líder? Não, em vez disso ele dava uma olhada nos itens da mesa, decidindo analisar mais de perto um dispositivo chamado de Contador Geiger, feito para identificar a presença de materiais nucleares, visto que nosso país é rico em materiais nucleares subterrâneos. Será que ele planejava empregar o valioso equipamento em algum trabalho? Teria ele nomeado um guardião para cuidar do equipamento? Não, cidadãos, o Comandante Ga pegou o detector, saiu pela janela e escalou os galhos úmidos do carvalho. Lá em cima ele entregou-o à senhora idosa que colhia bolotas, dizendo:

– Venda isso no mercado noturno. Depois compre uma boa refeição.

É claro que ele mentiu, cidadãos: não há essa coisa de mercado noturno!

O importante é que ninguém viu quando Ga voltou pela janela. Todos estavam distraídos com seu trabalho enquanto ele limpava seu uniforme de folhas molhadas. No Sul todos os trabalhadores já estariam fofocando que alguém quebrara as "regras" dando uma propriedade do governo indevidamente. Mas aqui reina a disciplina, e as pessoas sabem que nada acontece sem um propósito, que nada passa despercebido, que se um homem dá um detector nuclear a uma velha em cima de um carvalho é porque este é o desejo do Querido Líder. Que se há dois Comandantes Gas ou nenhum Comandante Ga, é porque assim o Querido Líder o quer.

Caminhando em direção ao seu destino, o Comandante Ga avistou o Camarada Buc, que o cumprimentou com o polegar para cima. Algumas pessoas podem achar o Camarada Buc engraçado ou até mesmo elegante. É claro que ele tem uma cicatriz adorável dividindo sua sobrancelha – que, devido à inabilidade da sua esposa na costura, nunca mais voltou ao normal. Mas não se esqueçam: o gesto do polegar para cima foi o que os ianques usaram antes de lançarem seus explosivos sobre inocentes da Coreia do Norte. Basta assistir aos filmes e vocês verão os sorrisos, os polegares para cima e, em seguida, as bombas caindo sobre a Mãe Coreia. Assistam a *Ataque Surpresa*, estrelando a bela esposa de Ga. Assistam ao *Último Dia de Marcha*, que encena o dia em 1951 no qual os americanos lançaram 120 mil toneladas de napalm na Coreia, deixando apenas três prédios de pé em Pyongyang. Portanto, deem ao Camarada Buc o polegar para baixo e não lhe deem mais atenção! Infelizmente, seu nome ainda será ouvido de vez em quando, mas ele não é mais um personagem desta história e daqui em diante vocês podem ignorá-lo.

E o Comandante Ga? Por mais fraco que vocês tenham julgado seu caráter, saibam que esta é uma história de crescimento e redenção, de iluminação alcançada pelo menor dos homens. Deixem que a história sirva de inspiração quando vocês estiverem lidando com as mentes fracas com as quais dividem seus blocos habitacionais e com os egoístas que usam todo o sabonete dos banheiros comunitários. Saibam que é possível mudar, é possível ter um final feliz, pois esta história promete ter o final mais feliz que vocês já ouviram.

Um elevador esperava pelo Comandante Ga. Dentro dele havia uma bela mulher usando um uniforme branco e azul-marinho com óculos escuros azuis. Ela não falou nada. O elevador não tinha botões de controle, e ela não fez nenhum movimento. Assim, Ga não entendeu como ele desceu, mas logo eles estavam nas profundezas de Pyongyang. Quando as portas se abriram, ele viu-se numa sala gloriosa, com as paredes adornadas por presentes de outros líderes mundiais. Havia apoios para livro de chifre de rinoceronte recebidos de Robert Mugabe, Presidente Supremo do Zimbábue; uma máscara de longevidade laqueada em preto de Guy de Greves, Ministro das Relações Exteriores do Haiti; e uma placa prateada com a mensagem "Feliz Aniversário" dedicada ao Querido Líder e assinada por todos os integrantes da Junta de Mianmar.

De repente ele deparou com uma luz forte. Quem saía dela era o Querido Líder, tão confiante, tão alto, encaminhando-se em direção ao Comandante Ga, que sentiu todas as suas preocupações se desvanecerem e uma sensação maravilhosa de bem-estar. Era como se ele estivesse sendo tomado pelas próprias mãos protetoras do Querido Líder, e uma necessidade de servir à sua gloriosa nação tomou conta dele.

O Comandante Ga prostrou-se em posição de súplica.

O Querido Líder abraçou-o firmemente e falou:

– Por favor, chega de reverências, meu bom cidadão. Já se passou muito tempo, Ga, muito tempo. Sua nação precisa de você agora. Tenho uma travessura maravilhosa planejada para os nossos amigos americanos. Posso contar com a sua ajuda?

Por que, cidadãos, o Querido Líder não demonstrou perturbação diante da aparição do impostor? Qual é o plano do Querido Líder? Terá fim o longo período de tristeza da atriz Sun Moon? Descubram amanhã, cidadãos, quando transmitirmos o próximo capítulo da Melhor História Norte-Coreana deste ano!

O elevador mergulhou profundamente no Bunker 13, onde o Comandante Ga encontraria o Querido Líder. Ga sentiu uma dor aguda nos tímpanos e seu corpo parecia ter perdido as forças, como se ele estivesse em queda livre de volta a uma mina carcerária. Ver o comandante Buc – seu sorriso, seu polegar para cima – abrira uma lacuna entre quem o Comandante Ga costumava ser e quem ele havia se tornado. O Camarada Buc era a única pessoa que existia dos dois lados dessa lacuna, que conhecia tanto o jovem herói que havia ido ao Texas quanto o novo marido de Sun Moon, o homem mais perigoso de Pyongyang. Agora Ga se sentia abalado. Ele percebera que não era invisível, que não era o destino que o controlava, mas o próprio perigo.

Quando as portas do elevador se abriram, no fundo do Bunker 13, uma equipe de guarda-costas de elite fez uma busca física de 11 pontos no Comandante Ga, embora não fosse nada pior do que o procedimento pelo qual ele passava sempre que voltava do Japão. A sala era branca e fria. Colheram um copo de urina dele e um punhado de cabelo. Ele mal havia vestido suas roupas quando ouviu o som de sapatos se tornar cada vez mais alto no corredor até os guardas anunciarem a aproximação do Querido Líder. Então a porta simplesmente se abriu para a entrada de Kim Jong-il. Ele usava um macacão cinza e óculos personalizados que amplificavam a jovialidade do seu olhar.

– Aí está você, Ga – disse. – Nós sentimos sua falta.

O Comandante Ga cumprimentou-o com uma longa e profunda reverência, cumprindo sua primeira promessa a Sun Moon.

O Querido Líder sorriu.

– Não foi difícil, foi? – disse. – Não lhe custou nada, não é mesmo?

Ele colocou a mão no ombro de Ga e olhou em seus olhos.

– Mas a reverência deve ser repetida em público. Não foi o que eu lhe disse?

O Comandante Ga respondeu:

– Será que um homem não pode ensaiar?

– Aí está o Ga que eu amo – disse o Querido Líder.

Na mesa havia uma raposa siberiana empalhada em posição de ataque sobre um arganaz branco, um presente de Constantine Dorosov, prefeito de Vladivostok. Por um momento pareceu que o Querido Líder estava prestes a parar para admirar os pelos da raposa, mas em vez disso ele acariciou a cabeça do arganaz, os dentes cerrados de medo da ameaça sobre si.

– Talvez eu ainda tenha aborrecimentos com você, Ga – ele disse. – Já perdi as contas dos seus erros. Você deixou nossa prisão mais produtiva pegar fogo junto com 15 mil dos nossos melhores prisioneiros. Ainda estou tentando explicar seu episódio na casa de banho de Shenyang ao Primeiro-Ministro Chinês. Meu motorista de 23 anos ainda está em coma. O novo é um bom motorista, mas sinto falta do antigo: sua lealdade já havia sido testada várias vezes.

Nesse momento o Querido Líder voltou o olhar para ele. Com a mão em seu ombro, o Querido Líder fez Ga se ajoelhar, agora olhando para ele de cima para baixo.

– E o que você me disse na ópera é indizível. Sua cabeça seria a única forma de lavar minha honra. E que líder não iria querer se livrar de você, vê-lo desaparecer para sempre por todos os problemas que causou? Você esqueceu que lhe dei Sun Moon? Não obstante, devo admitir que há algo em seu jeito travesso que me agrada. Sim, lhe darei mais uma chance. Você aceita uma nova missão?

O Comandante Ga olhou para baixo e balançou a cabeça afirmativamente.

– Então se levante – disse o Querido Líder. – Limpe-se, recupere sua dignidade.

Ele indicou uma bandeja na mesa.

– Carne seca de tigre? – perguntou. – Coma um pouco, e leve mais um pouco para o seu filho: um pouco de tigre não faria mal àquele menino. Quando comemos o tigre, nos tornamos o tigre. É o que dizem.

O Comandante Ga pegou um pedaço. A carne era dura e adocicada.

– Não consigo comer esse negócio – disse o Querido Líder. – Para mim, tem gosto de *teriyaki*. Foram os birmaneses que me mandaram de presente. Você sabia que a coleção das minhas obras está sendo publicada em Yangon? Você também deveria escrever, Comandante. Espero que escreva alguns volumes sobre taekwondo. Não há dúvida de que sentimos falta do seu taekwondo.

O Grande Líder conduziu o Comandante Ga para fora da sala e depois por um longo corredor branco sinuoso – caso os ianques atacassem, não teriam nenhuma linha de fogo maior que 20 metros. Os túneis debaixo da zona desmilitarizada eram dispostos com as mesmas curvas – de outra forma, atirando com 1,5 quilômetro de distância livre um único soldado sul-coreano seria capaz de repelir uma unidade inteira de invasão.

Eles passaram por várias portas que, em vez de escritórios ou residências, pareciam sediar os vários projetos em andamento do Querido Líder.

– Estou com um bom pressentimento em relação a essa missão – disse o Querido Líder. – Quando foi a última vez que embarcamos em uma missão juntos?

– Não me lembro, foi há muito tempo – disse o Comandante Ga.

– Coma, coma – dizia o Querido Líder enquanto andavam. – É verdade o que dizem: o trabalho nas prisões está desgastando você. Precisamos recuperar suas forças. Mas você ainda tem a boa aparência de Ga, não é mesmo? E sua bela esposa, tenho certeza de que está feliz por tê-la de volta. Uma atriz tão boa, preciso escrever outro papel para ela.

Pelo eco sibilante que seus passos produziam, Ga sabia que eles estavam abaixo de centenas de metros de rocha. Ele aprendera a identificar a profundidade de um compartimento subterrâneo nas minas carcerárias, onde era possível ouvir a vibração fantasmagórica dos carros de minério avançando pelos outros túneis. Não era possível ouvir exatamente o barulho das furadeiras nas outras minas, mas ele as sentia nos dentes. E quando havia uma explosão era possível dizer qual fora o local da explosão na montanha pelo padrão que a poeira que saía das paredes seguia.

– Chamei você aqui – continuou o Querido Líder – porque os americanos estarão nos visitando em breve. Eles precisam receber uma lição, um golpe daqueles que atinge as costelas e nos deixa sem fôlego, mas ao mesmo tempo sem deixar marca visível. Você acha que está à altura dessa tarefa?

– Não é verdade que o boi sempre anseia pela carga quando o povo passa fome?

O Querido Líder riu.

– O trabalho nas prisões fez maravilhas para o seu senso de humor – disse. – Você costumava ser tão tenso, tão sério. Todas aquelas aulas de graça de taekwondo que deu!

– Sou um novo homem – disse Ga.

– Ah – disse o Querido Líder. – Quem dera mais pessoas visitassem as prisões.

Ele parou diante de uma porta, examinou-a e depois foi para a seguinte. Então, bateu na porta e, com o barulho de um ferrolho elétrico, ela se abriu. O compartimento era pequeno e branco. Havia apenas pilhas de caixas lá dentro.

– Sei que você mantém um controle rígido nas prisões, Ga – disse o Querido Líder convidando-o para entrar. – E aí está o nosso problema: um certo prisioneiro da Prisão 33, um soltado da unidade de órfãos. Legalmente, ele era um herói. Ele desapareceu e precisamos usar sua experiência.

– Desapareceu? Pois é, estou a par: constrangedor, não é? O Guarda Carcerário já pagou por isso. Não teremos mais esse tipo de problema no futuro, pois agora temos uma nova máquina capaz de localizar qualquer um em qualquer lugar. É um computador-mestre, se quiser chamá-lo assim. Não me deixe esquecer de mostrá-lo a você. Então, quem é esse soldado?

O Querido Líder começou a examinar as caixas, abrindo algumas, jogando outras de lado, procurando algo. Ga observou que uma caixa estava cheia de utensílios para churrasco. Outra, de Bíblias sul-coreanas.

– O soldado órfão? Um cidadão comum, suponho – disse o Querido Líder. – Um zé-ninguém de Chongjin. Já visitou o lugar?

– Nunca tive o prazer, Querido Líder.

– Nem eu. De qualquer modo, esse soldado fez uma viagem ao Texas: ele tinha algumas habilidades linguísticas, experiência em questões de segurança, coisas do tipo. A missão era recuperar algo que os americanos haviam tirado de mim. Aparentemente, os americanos não tinham intenção de devolver o objeto em questão. Em vez disso, submeteram minha missão diplomática a um sem-fim de humilhações, e quando os americanos nos visitarem pretendo devolver essas humilhações. Para fazer isso da forma certa, preciso saber os detalhes exatos dessa visita ao Texas. O soldado órfão é o único que os conhece.

– Certamente outros diplomatas acompanharam-no nessa visita. Por que não perguntar a eles?

– Infelizmente, não há mais nenhum disponível – disse o Querido Líder. – Este homem de quem estou falando atualmente é o único da nossa nação que já esteve na América.

O Querido Líder encontrou o que estava procurando: um grande revólver. Então, virou-se e o apontou na direção do Comandante Ga.

– Ah, de repente me lembrei – disse Ga ao ver a pistola. – O soldado órfão. Um homem belo e delgado, muito inteligente e bem-humorado. Sim, não há dúvidas de que ele esteve na Prisão 33.

– Então você o conhece?

– Sim, várias vezes passamos a noite conversando. Éramos como irmãos, ele me contava tudo.

O Querido Líder entregou o revólver a Ga.

– Você reconhece isto?

– Parece o revólver que o soldado órfão descreveu. O que eles usaram no Texas para atirar em latas sobre uma cerca. Um Smith & Wesson calibre .45, se me lembro bem.

– Ah, então você realmente o conhece. Agora estamos chegando aonde eu queria. Mas olhe mais de perto, este revólver é norte-coreano. Ele foi montado pelos nossos próprios engenheiros, e na verdade é um revólver calibre .46, um pouco maior e um pouco mais potente do que o modelo americano. Você acha que isso os deixará embaraçados?

Inspecionando-o, o Comandante Ga viu que as peças haviam sido cortadas com um torno mecânico – no tambor e no cilindro havia fendas que haviam sido usadas pelo ferreiro para alinhar os cortes.

– Não há dúvida, Querido Líder. Eu só acrescentaria que o revólver americano, como meu bom amigo, o soldado órfão, descreveu, tinha pequenas ranhuras no cão, e o cabo não era perolado, mas de chifre de veado entalhado.

– Ah! – exclamou o Querido Líder. – Aí está o tipo de informação que queremos.

Então, de outra caixa, ele tirou um cinto estilo Velho Oeste, feito à mão e baixo, que colocou na cintura do Comandante Ga.

– Ainda não temos balas – ele disse. – Esses engenheiros estão passando por maus bocados para produzir uma bala de cada vez. Por enquanto, use a arma no cinto, maneje-a, pegue o jeito. Sim, os americanos verão que sabemos fazer armas iguais às deles, só que maiores e mais potentes. Vamos servir biscoitos aos americanos, mas eles descobrirão que o milho coreano é mais saudável, que o mel das abelhas coreanas é mais doce. Sim, eles vão cortar minha grama e vão tomar qualquer coquetel que eu preparar, por mais asqueroso que seja, e você, Comandante Ga, nos ajudará a montar um Potemkin texano bem aqui em Pyongyang.

– Mas, Querido Lí...

– Os americanos – ele continuou, agora num tom cheio de ódio – vão dormir com os cachorros do Zoológico Central!

O Comandante Ga aguardou por um momento. Quando teve certeza de que o Querido Líder sentia ter sido ouvido e compreendido, disse:

– Sim, Querido Líder. Diga-me apenas para quando está marcada a visita dos americanos.

– Quando nós quisermos – respondeu o Querido Líder. – Na verdade, ainda não os contatamos.

– Meu bom amigo, o soldado órfão, me disse certa vez, quando visitei sua prisão, que os americanos estavam muito relutantes em estabelecer contato conosco.

– Ah, mas eles virão – disse o Querido Líder. – Eles vão devolver o que roubaram de mim. Serão humilhados. E depois vão voltar para casa sem nada.

– Como? Como você os trará aqui?

Ele conduziu Ga até o final de um corredor curvo, onde ficava uma escada. Eles desceram vários andares pelos degraus de metal, o Querido Líder tentando disfarçar a perna coxa. Quando o Comandante Ga se inclinou sobre o corrimão para ver quanto a escada descia, não havia nada além de escuridão e ecos. O Querido Líder finalmente parou em um patamar e abriu uma porta para outro corredor, este muito diferente. Aqui, cada porta pela qual eles passavam tinha uma pequena janela reforçada e era trancada por um braço giratório. O Comandante Ga sabia reconhecer uma prisão.

– Parece bastante solitário – ele disse.

– Não pense nisso – respondeu o Querido Líder, e, sem olhar para trás, concluiu: – Estou com você.

– E você? – perguntou o Comandante Ga. – Vem aqui sozinho?

O Querido Líder parou em frente a uma porta e pegou uma chave mestra. Ele olhou para o Comandante Ga e sorriu:

– Nunca estou só – e em seguida abriu a porta.

Dentro da sala havia uma mulher alta e muito magra, o rosto escondido por um cabelo escuro despenteado. Diante dela, vários livros abertos, e ela estava escrevendo à luz de uma lâmpada cujo fio desaparecia num buraco no teto de cimento. Sem dizer nada, ela olhou para eles.

– Quem é ela? – perguntou o Comandante Ga.

– Pergunte você mesmo. Ela fala inglês – respondeu o Querido Líder, em seguida virando-se para a mulher.

– Garota má – ele lhe disse, com um grande sorriso no rosto. – Garota muito, muito má.

Ga aproximou-se e se abaixou para que os dois ficassem face a face.

– Quem é você? – perguntou-lhe em inglês.

Ela olhou para a arma em sua cintura e abanou a cabeça como que para mostrar que qualquer coisa que dissesse poderia prejudicá-la.

Nesse momento Ga viu que os livros diante da mulher eram versões em inglês dos 11 volumes das *Obras Escolhidas de Kim Jong-il*, que ela estava transcrevendo em cadernos, pilhas deles, palavra por palavra. Ele inclinou a cabeça e viu que ela estava transcrevendo uma doutrina do 5º volume chamada "A Arte do Cinema".

– A Atriz não pode interpretar um papel – leu Ga. – Na verdade, deve ser uma mártir, sacrificar-se a fim de se tornar a personagem.

O Querido Líder sorriu em sinal de aprovação ao som de suas próprias palavras.

– Ela é uma pupila e tanto – disse.

Então, fez sinal para que ela fizesse um intervalo. Ela soltou o lápis e começou a esfregar as mãos. Isso chamou a atenção do Comandante Ga. Ele se inclinou para chegar mais perto.

– Você poderia me mostrar suas mãos? – perguntou.

Ela estendeu as mãos com as palmas para cima. Lentamente, revelou-as. Elas tinham uma grossa camada cinzenta, calos velhos, fileiras e mais fileiras deles até as pontas dos dedos. O Comandante Ga fechou os olhos e balançou a cabeça em sinal de reconhecimento dos milhares de horas remando para que suas mãos tivessem ficado daquela forma.

Então virou-se para o Querido Líder.

– Como? Onde você a encontrou?

– Um barco de pesca apanhou-a – respondeu o Querido Líder. – Ela estava sozinha no barco a remo, sem sinal da amiga. Ela fizera uma coisa ruim com a outra, uma coisa muito ruim. O capitão resgatou-a e botou fogo no barco.

Demonstrando prazer, o Querido Líder apontou um dedo para a moça.

– Garota má, muito má – disse. – Mas nós a perdoamos. Sim, passado é passado. Essas coisas acontecem, não se pode evitar. Você acha que os americanos nos visitarão agora? Acha que o Senador logo se arrependerá de ter feito meus embaixadores comerem sem talheres do lado de fora entre cachorros?

– Temos de acertar alguns detalhes – disse o Comandante Ga. – Se quisermos que nossa festa de recepção para os americanos seja um sucesso, precisarei da ajuda do Camarada Buc.

O Querido Líder balançou a cabeça em sinal de concordância.

O Comandante Ga voltou a olhar para a mulher.

— Soube que você conversava com os tubarões-baleia – disse. – E remava à luz das medusas.

— Não aconteceu como eles dizem – ela respondeu. – Ela era como minha irmã, e agora estou só, sou apenas eu.

— O que ela está dizendo? – perguntou o Querido Líder.

— Que está só.

— Besteira – ele respondeu. – Estou aqui com ela o tempo todo. Estou sempre consolando-a.

— Tentaram invadir nosso barco – ela continuou. – Linda, minha amiga, atirou neles com a pistola sinalizadora. Era tudo que tínhamos para nos defender. Mas eles não pararam, e atiraram nela ali mesmo, bem na minha frente. Diga-me, há quanto tempo estou aqui?

O Comandante Ga tirou a câmera do bolso.

— Posso? – perguntou ao Querido Líder.

— Ah, Comandante Ga – ele respondeu abanando a cabeça. – Você e suas câmeras. Pelo menos desta vez vai tirar a foto de uma mulher.

— Você gostaria de ver o Senador? – Ga perguntou-lhe.

Hesitante, ela balançou a cabeça afirmativamente.

— Fique com os olhos bem abertos aqui – ele disse. – Chega de remar com os olhos fechados. Faça isso e lhe trarei o Senador.

A moça encolheu-se quando o Comandante Ga se aproximou para tirar o cabelo do seu rosto, e ficou com os olhos arregalados de medo quando o minúsculo motor da câmera zuniu para colocá-la em foco. E então veio o flash.

Quando nossos estagiários chegaram à 42ª Divisão, receberam os itens de costume – jalecos de campo, que abotoavam na frente, jalecos de interrogatório, que abotoavam atrás, pranchetas e, finalmente, óculos obrigatórios, que servem para nos dar um ar de autoridade e intelectualidade, intimidando nossos interrogados. Todos os membros da equipe Pubyok haviam recebido mochilas com equipamentos para brutalizar e punir – luvas para bater, martelos de borracha, tubos estomacais e assim por diante –, e é verdade que nossos estagiários ficaram desapontados quando lhes demos a notícia de que nossa equipe não precisava desse tipo de coisa. Esta noite, contudo, demos a Jujack um par de cortadores de cadeados, e pudemos ver seu corpo se iluminar diante da perspectiva de uma missão. Ele ergueu os cortadores para observá-los melhor e encontrar seu ponto de equilíbrio. Q-Kee, por sua vez, dominou o aguilhão elétrico apertando o gatilho tão rápido que nossa sala ficou azul. Eu não exatamente frequentava círculos de *yangbans* de elite, então não tinha como saber quem era esse Camarada Buc, mas não tinha dúvida de que ele fora um capítulo importante na biografia do Comandante Ga.

Então nós todos pegamos nossas lanternas e colocamos nossas máscaras cirúrgicas, alternando-nos para abotoar os botões nas costas dos jalecos uns dos outros, antes de descer as escadas que levavam até o coração da ala de tortura. Enquanto desparafusávamos a escotilha que levava ao esgoto, Jujack nos perguntou:

– É verdade que os velhos interrogadores são mandados para prisões?

Nossas mãos pararam de desparafusar.

– Os Pubyoks estão certos em relação a uma coisa – dissemos-lhes. – Nunca deixe um interrogado entrar na sua cabeça.

Depois que passamos pela escotilha, nós a fechamos. Então descemos vários degraus de metal que saíam da parede de cimento. Lá embaixo havia quatro grandes bombas que puxavam água de bunkers ainda mais profundos. Elas eram ativadas duas vezes a cada hora por apenas alguns minutos, mas o calor e o barulho que produziam eram insuportáveis. Era aqui que os Pubyoks deixavam interrogados teimosos, amaciando-os com o tempo e a umidade que deixou nossas lentes embaçadas. Havia uma barra que percorria toda a extensão da sala e era presa ao chão. Havia 30 e poucos interrogados acorrentados a ela. O chão era inclinado para a drenagem, de forma que os pobres coitados no lado mais baixo da sala dormiam em uma poça de água parada.

Poucos ergueram as cabeças quando atravessamos a sala sob pingos de água quente vindos do teto de concreto, verde de lodo. Apertamos nossas máscaras. No ano anterior houvera um surto de difteria no esgoto, matando todos os interrogados e mais alguns interrogadores.

Q-Kee colocou os espetos do aguilhão contra a barra de ferro e apertou os gatilhos, o que chamou a atenção de todos. A maioria dos interrogados cobriu os rostos por instinto ou rolou para posições fetais. Um homem na extremidade da barra, na poça d'água, sentou-se e latiu de dor. Ele usava uma camisa social rasgada ensopada, cuecas e meias com suspensórios presos às panturrilhas. Aquele era o Camarada Buc.

Nós nos aproximamos dele e vimos a cicatriz vertical acima do seu olho esquerdo. A ferida dividira sua sobrancelha em duas e não cicatrizara direito, deixando as duas metades da sobrancelha em níveis diferentes. Que tipo de homem se casa com uma mulher que não sabe costurar?

– Você é o Camarada Buc? – perguntamos.

Buc olhou para cima sem conseguir enxergar por causa das lanternas.

– Quem são vocês? O turno noturno? – perguntou, e então deu uma gargalhada febril e pouco convincente.

Ele levantou as mãos para simular uma posição de defesa exagerada.

– Eu confesso, eu confesso – disse, mas a gargalhada tornou-se uma longa crise de tosse, sinal claro de que ele tinha costelas quebradas.

Q-Kee colocou a ponta do aguilhão na água e puxou o gatilho.

O Camarada Buc ficou paralisado, enquanto o homem nu ao seu lado rolou para o lado e defecou na água negra.

– Veja bem, não gostamos disso – falamos para Buc. – Quando estivermos no controle, vamos fechar este lugar.

– Ah, isso é interessante – riu o Camarada Buc. – Vocês nem estão no controle.

– Como conseguiu essa cicatriz? – perguntamos.

– O quê? Isso? – ele indagou, apontando para a sobrancelha errada.

Q-Kee voltou a baixar o aguilhão, mas pegamos sua mão. Ela era nova, era uma mulher, e compreendíamos a pressão que ela sofria para se provar, mas não era assim que trabalhávamos.

Perguntamos com mais clareza:

– Como conseguiu essa cicatriz do Comandante Ga? – E fizemos sinal para que Jujack cortasse a corrente.

– Responda isso e responderemos a qualquer pergunta que fizer.

Qualquer pergunta com uma resposta do tipo "sim" ou "não" – Q-Kee acrescentou.

– Sim ou não? – perguntou o Camarada Buc para confirmar.

Foi uma atitude ousada de Q-Kee – imprudente, mas precisávamos transmitir a impressão de que éramos uma equipe unida, então todos concordamos. E, com um gemido pela força feita por Jujack, as correntes do bom camarada caíram.

As mãos de Buc foram imediatamente para o rosto, massageando seus olhos. Colocamos água limpa em um lenço e lhe entregamos.

– Trabalhei no mesmo prédio que o Comandante Ga – disse Buc. – Eu trabalhava no departamento de compras, por isso passava o dia com um capuz preto na cabeça, pedindo suprimentos pelo computador, principalmente da China, do Vietnã. Ga tinha uma bela mesa perto da janela e não fazia nada. Isso foi antes de ele se desentender com o Querido Líder, antes do incêndio na Prisão 9. Na época, ele não sabia nada sobre prisões nem minas. O cargo era apenas uma recompensa por ele ter ganhado o Cinturão de Ouro e por ter ido lutar com Kimura no Japão. Havia sido um grande feito depois que Ryoktosan fora ao Japão para enfrentar Sakuraba e desertara. Ga me trazia listas de coisas que precisava, coisas como DVDs e garrafas raras de vinho de arroz.

– Ele pedia frutas?

– Frutas?

– Pêssegos, talvez. Pedia pêssegos em calda?

Buc olhou com uma expressão confusa para nós.

– Não, por quê?

– Nada, continue.

– Certo dia, eu havia trabalhado até tarde, e estávamos apenas eu e o Comandante Ga no terceiro andar. Ele estava sempre usando um *dobok* de luta com um cinto preto, como se estivesse na academia pronto para um treino. Naquela noite ele folheava revistas sobre taekwondo da Coreia do Sul. Ele gostava de ler revistas ilegais bem na nossa frente, dizendo estar estudando o inimigo. Só o fato de ter conhecimento de uma revista como aquelas poderia nos levar para a Prisão 15, a prisão das famílias, que chamam de Yodok. Eu costumava fazer compras para essa prisão. Bom, acontece que essas revistas têm pôsteres de lutadores de Seul. Ga estava segurando um desses pôsteres e elogiando o lutador quando me surpreendeu observando-o. Eu fora alertado em relação a ele, portanto fiquei nervoso.

Q-Kee interrompeu:

– Foi um homem ou uma mulher que o alertou?

– Homens – disse o Camarada Buc. – O Comandante Ga, então, ficou de pé. Ele estava com o pôster na mão. Pegou algo em sua mesa e começou a andar em minha direção. Pensei: tudo bem, já apanhei antes, posso aguentar. Haviam me dito que depois que ele batia uma vez em você, nunca mais voltava a importuná-lo. Ele continuou avançando em minha direção. Era famoso pela sua frieza durante as lutas, nunca demonstrava emoções. A única vez que ele sorriu foi quando executou o *dwi chagi*, virando-se para o oponente e convidando-o a atacá-lo. "Camarada", ele me disse em um tom muito zombeteiro. Depois, ficou parado, me examinando. As pessoas acham que sou um puxa-saco por me apresentar como "Camarada", mas tenho um irmão gêmeo e, como é de costume, ambos temos o mesmo nome. Minha mãe nos chamava de Camarada Buc e Cidadão Buc para nos diferenciar. As pessoas achavam isso bonitinho. Até hoje meu irmão é chamado de Cidadão Buc.

Ah, deveríamos ter visto essa informação no arquivo dele. Não prestar atenção a ela fora um erro nosso. A maioria das pessoas detesta gêmeos por causa dos bônus de procriação que suas famílias recebem do governo. Isso em grande parte explica a atitude de Buc e constitui uma vantagem que deveríamos ter explorado.

– O Comandante Ga – continuou Buc – ergueu o pôster na minha frente para que eu o visse. Era apenas um jovem cinturão preto com um dragão tatuado no peito. "Você gosta disto?", perguntou o Comandante Ga. "Não tem interesse nisto aqui?" O Comandante Ga fazia essas perguntas de modo a sugerir as respostas erradas, mas eu não estava entendendo quais poderiam ser essas respostas. "O taekwondo é um antigo e nobre esporte", respondi, acrescentando: "E agora preciso voltar para casa e para a minha família".

– "Todas as lições que você precisa aprender na vida", ele disse, "serão ensinadas pelo seu inimigo." Então, pela primeira vez, percebi que ele havia trazido consigo um *dobok*. Ele jogou o para mim. Estava úmido e cheirava a virilha. Eu ouvira falar que se não o enfrentássemos ele nos espancaria. Mas se nos defendêssemos ele podia fazer algo ainda pior, algo impensável.

– Muito bruscamente, eu disse: "Não quero usar um *dobok*".

– "Tudo bem", ele disse, "é opcional". Eu só olhei para ele, tentando ver em seus olhos o que aconteceria em seguida.

– "Somos vulneráveis", ele me disse. "Precisamos estar sempre prontos. Primeiro, vamos checar sua força central." Ele desabotoou minha camisa e a puxou para abri-la. Colocou o ouvido no meu peito e me socou dos lados e nas costas. Depois socou meu estômago. Ele me batia com força e dizia coisas como: "Pulmões limpos, rins fortes, evite o álcool". Aí ele disse que tinha de checar minha simetria. Tinha uma câmera pequenina, e me fotografou.

Perguntamos a Buc:

– O Comandante Ga passou o filme ou você ouviu um som de um motor passando-o automaticamente?

– Não – ele respondeu.

– Nenhum zunido, nenhum barulho?

– Houve um bip – disse Buc. – Depois o Camarada Ga disse: "O primeiro impulso externo é a agressão". Ele disse que eu precisava aprender a lutar contra essa força. "É repelindo impulsos externos que você se prepara para repelir os internos", acrescentou. O Comandante, então, apresentou várias situações hipotéticas como "o que você faria se os americanos pousassem no telhado e descessem pelo sistema de ventilação?". E "o que você faria caso deparasse com um ataque masculino japonês?".

– "Ataque masculino?", perguntei.

– Ele colocou a mão no meu ombro, puxou meu braço com força e agarrou minha cintura.

– "Um ataque homossexual", disse Ga, como se eu fosse um estúpido. "Os japoneses são famosos por esse tipo de ataque. Na Manchúria, estupraram tudo em que conseguiram colocar as mãos: homens, mulheres, os pandas do zoológico." Ele me fez tropeçar, e quando caí cortei meu olho na ponta da mesa. E essa é a história. Foi assim que ganhei esta cicatriz. Agora respondam à minha pergunta.

Naquele momento o Camarada Buc parou como se soubesse que ficávamos loucos quando não sabíamos o final de uma história.

– Por favor, continue – pedimos.

– Primeiro quero minha resposta – ele respondeu. – Os outros interrogadores, os velhos, estão sempre mentindo para mim. Eles dizem: "Conte-nos quais são seus meios de comunicação secretos. Suas filhas querem vê-lo, estão lá em cima. Fale e talvez possa receber uma visita da sua esposa. Ela está esperando-o. Conte-nos qual foi o seu papel na trama e pode voltar para casa com a sua família".

– Nossa equipe não usa esse tipo de ardil – dissemos-lhe. – Responderemos à sua pergunta, e se quiser poderá confirmar a resposta.

Havíamos levado o arquivo do Camarada Buc conosco. Jujack ergueu-o e Buc reconheceu a capa azul oficial da pasta e a etiqueta vermelha.

Ele olhou para nós por um momento e então continuou:

– Quando caí, foi com o rosto para baixo, e o Comandante Ga jogou o corpo contra as minhas costas. Ele ficou sentado em cima de mim enquanto continuava falando, seguindo em frente com sua aula. Meu olho foi cegado pelo sangue. O Comandante Ga levantou minha mão direita, torcendo meu braço, e então a torceu para trás.

Com os olhos arregalados diante da história, Q-Kee disse:

– Esse golpe se chama Kimura reverso.

– Você não acredita em como dói. Meu ombro nunca voltou a ser o mesmo. "Por favor", gritei. "Eu estava apenas fazendo trabalho extra. Por favor, Comandante Ga, me solte." Ele soltou meu braço, mas continuou sentado nas minhas costas. "Como é que você não repele um ataque masculino?", perguntou. "Pelo amor de tudo que existe, não há nada pior, nada mais repulsivo pode acontecer a um homem. Na verdade, ele não é nem mais homem depois de uma coisa dessas. Como é que você não é capaz de morrer tentando repeli-lo, não importando o que pudesse acontecer... a não ser que o quisesse, a não ser que no fundo quisesse um ataque masculino, e é por isso que não conseguiu repeli-lo. Bem, você teve sorte, fui apenas eu, e não os japoneses. Você teve sorte por eu ser forte o bastante para protegê-lo, deveria estar agradecendo às estrelas por eu estar aqui para evitá-lo.

– E foi isso? – perguntamos. – Foi aí que ele parou?

O Camarada Buc balançou a cabeça afirmativamente.

– O Comandante Ga demonstrou algum remorso?

– A última coisa de que me lembro foi outro flash da câmera. Eu estava com o rosto para baixo, havia sangue por todos os lados.

Por um momento o Camarada Buc ficou em silêncio. A sala inteira estava silenciosa, exceto pelo som de urina descendo pelo chão inclinado. Depois Buc perguntou:

– Minha família está viva?

É aí que os Pubyok lidam melhor com as coisas.

– Eu me preparei para essa resposta – disse o Camarada Buc.

– A resposta é não – respondemos.

Tiramos Buc da água e o acorrentamos numa área superior. Depois começamos a reunir nosso equipamento e a nos dirigir para as escadas. Seu olhar parecia voltado para o seu interior, uma expressão que fomos treinados para reconhecer como sinal de sinceridade, já que é quase impossível dissimulá-lo. Então ele olhou para cima.

– Quero ver o arquivo – disse.

Entregamos a pasta a ele.

– Cuidado – avisamos. – Há uma foto.

Ele parou pouco antes de pegar a pasta. Dissemos:

– A investigação concluiu que provavelmente foi envenenamento por monóxido de carbono. Elas foram encontradas na sala de jantar, perto do aquecedor, onde foram todas surpreendidas antes de morrer juntas.

– Minhas filhas – disse o Camarada Buc. – Elas estavam usando vestidos brancos?

– Uma pergunta – dissemos. – Foi o acordo. A não ser que queira nos ajudar a entender por que o Comandante Ga fez o que fez com a atriz.

O Camarada Buc respondeu:

– O Comandante Ga não tem nada a ver com a atriz desaparecida. Ele foi para a Prisão 33 e não voltou mais. Morreu lá embaixo na mina.

Depois Buc inclinou a cabeça em direção a nós.

– Esperem. De qual Comandante Ga estão falando? Há dois deles, vocês sabem. O Comandante Ga que me deu esta cicatriz está morto.

– Você estava falando do verdadeiro Comandante Ga? – perguntamos. – Por que o Comandante Ga falso se desculparia por algo que o verdadeiro Comandante Ga fez com você?

– Ele se desculpou?

– O impostor nos disse que sentia muito pela sua cicatriz, pelo que fez com você.

– Isso é ridículo – disse Buc. – O Comandante Ga não tem nada de que se desculpar. Ele me deu o que eu mais queria, a única coisa que não podia comprar.

– E o que foi isso? – perguntamos.

– É evidente: ele matou o verdadeiro Comandante Ga.

A equipe trocou um olhar entre si.

– Então, além de ter matado a atriz e os filhos dela, você está dizendo que ele também matou um comandante da República Popular Democrática da Coreia?

– Ele não matou Sun Moon nem os filhos dela. Ga transformou-os em passarinhos e lhes ensinou uma música triste. Depois eles voaram em direção ao pôr do sol, para um lugar onde vocês jamais os encontrarão.

De repente nos perguntamos se aquilo não era verdade, se a atriz e seus filhos não estavam em algum esconderijo. Ga estava vivo, não estava? Mas quem estava com ela, onde ela estava sendo mantida? Era fácil fazer alguém desaparecer na Coreia do Norte. Mas quem conhecia o tipo de mágica necessário para fazê-los reaparecer?

– Se você nos ajudasse, encontraríamos uma forma de ajudá-lo – dissemos a Buc.

– Ajudar vocês? Minha família se foi, meus amigos se foram, eu também já não existo mais. Nunca os ajudarei.

– Ok – respondemos, e voltamos a nos organizar para subir. Estava tarde e estávamos exaustos.

Eu havia percebido que o Camarada Buc usava uma aliança de ouro. Disse a Jujack que a tirasse.

– Está muito apertada – disse Jujack.

– Ei – disse o Camarada Buc. – Ei, isso é tudo que me restou da minha mulher e das minhas filhas.

– Vamos lá – eu disse a Jujack. – O interrogado não precisa mais disso.

Q-Kee ergueu a tesoura para cortar correntes.

– Vou tirar esse anel – ela disse.

– Odeio vocês – disse o Camarada Buc.

Ele puxou o anel com força, cortando o dedo, e logo em seguida ele estava no meu bolso. Nós nos viramos para sair.

– Não vou contar mais nada – o Camarada Buc gritou para nós. – Vocês não têm mais nenhum poder sobre mim, nada. Estão entendendo? Agora estou livre. Vocês não têm mais poder sobre mim. Estão me ouvindo?

Um por um, começamos a escalar os degraus que levavam até a saída do esgoto. Eles eram escorregadios, era preciso cuidado.

– Onze anos – gritou o Camarada Buc, a voz ecoando no cimento molhado. – Passei 11 anos fazendo compras para aquelas prisões. Uniformes tamanho infantil, estão ouvindo? Pedi milhares deles. Produziam até mesmo picaretas infantis. Vocês têm filhos? Durante 11 anos os médicos da prisão nunca pediram bandagens e os cozinheiros nunca pediram ingredientes. Mandávamos apenas painço e sal, toneladas e toneladas de painço e sal. Nenhuma prisão jamais pediu um par de sapatos, nenhuma barra de sabonete. Mas as bolsas de transfusão de sangue eram sempre pedidas em caráter urgente. Eles pediam balas e arame farpado para o dia seguinte! Preparei minha família. Elas sabiam o que fazer. Vocês estão preparados? Sabem o que fazer?

Escalando passo a passo os degraus galvanizados, todos nós que tínhamos filhos tentamos manter o foco, mas os estagiários, estes sempre pensam que são invencíveis, não é mesmo? Q-Kee ia na frente com um capacete com lanterna. Quando ela parou e olhou para o restante de nós, todos paramos também. Olhamos para ela, um anel de luz sobre nós.

Ela perguntou:

– Ryoktosan desertou?

Ficamos em silêncio. Todos quietos, podíamos ouvir Buc falando sobre crianças sendo apedrejadas e enforcadas sem parar.

Q-Kee deixou-se emitir um gemido de dor e decepção.

– Ryoktosan também – disse, abanando a cabeça. – Ainda existe alguém que não seja um covarde?

Então as bombas foram ativadas. Agradecidos, não conseguimos ouvir mais nada.

Quando o Comandante Ga voltou para a casa de Sun Moon, estava usando a pistola estilo Velho Oeste na cintura. Antes que ele batesse na porta, Brando alertou a casa sobre sua presença. Sun Moon abriu-a com um *choson-ot* simples – seu *jeogori* era branco, e o *chima*, estampado com flores azuis. Era o tipo de roupa feminina para moças bem-educadas que ela usou no filme *Uma Verdadeira Filha do País*.

Hoje ela não o baniu para o túnel. Ele havia ido trabalhar e agora estava de volta a casa, e foi recebido como qualquer marido que volta do trabalho. O filho e a filha prestavam atenção, vestindo seus uniformes escolares apesar de não terem ido à escola. Ela não tirara os olhos deles desde que ele chegara. Ele chamava a menina de "menina" e o menino de "menino" porque Sun Moon se recusava a dizer-lhe seus nomes.

A filha estava com uma bandeja de madeira. Sobre ela havia uma toalha embebida em água quente, que ele usou para limpar a poeira do rosto, do pescoço e das mãos. Na bandeja do menino havia várias medalhas e broches do seu pai. O Comandante Ga esvaziou os bolsos na bandeja: alguns *wons* militares, passagens de metrô e o cartão de identificação de Ministro – e na mistura desses objetos rotineiros os dois Comandantes Gas eram um só. Mas quando uma moeda caiu no chão, o menino se encolheu de medo. Se o fantasma do Comandante Ga estivesse ali, diante da postura amedrontada das crianças, a punição seria imediata.

Em seguida, sua esposa abriu um *dobok* como se fosse uma cortina para que ele pudesse se despir. Quando o *dobok* foi amarrado, Sun Moon virou-se para os filhos.

– Agora, vão praticar seus instrumentos.

Quando eles saíram, ela esperou para ouvir os sons dos acordes de aquecimento antes de falar, e quando os acordes se tornaram muito suaves foi para a cozinha, onde os alto-falantes estavam ligados e ela tinha certeza de que ninguém a ouviria. Ele a seguiu, observando-a contrair os músculos involuntariamente quando reconheceu a música *Mar de Sangue* sendo cantada pela nova diva da ópera.

Sun Moon aliviou-o do peso da arma. Ela abriu o cilindro e se certificou de que o tambor estava vazio. Depois, apontou para ele com a coronha da arma.

– Preciso saber como você conseguiu esta pistola – disse.

– Foi feita sob medida – ele respondeu. – É única.

– Eu sei que arma é esta – ela disse. – Diga-me quem a deu a você.

Ela puxou uma cadeira para perto do armário, e subiu nela e levantou o braço para colocar a arma sobre ele. Ele observou seu corpo se alongar, assumir uma forma diferente sob o *choson-ot*. As bordas ergueram-se para exibir seus tornozelos, e lá estava ela, o peso inteiro equilibrado na ponta dos pés. Ele analisou o armário, perguntando-se o que mais podia haver nele. A pistola do Comandante Ga estava no assento traseiro do Mercedes, mas não obstante ele perguntou:

– Seu marido carregava uma arma?

– Carrega – ela respondeu.

– Tudo bem: seu marido carrega uma arma?

– Você não respondeu à minha pergunta – ela disse. – Conheço essa pistola que você trouxe para casa. Já a usamos em vários filmes. É uma pistola de cabo em madrepérola que o oficial sangue-frio e metido a caubói americano sempre usava para atirar nos civis.

Ela desceu da cadeira e a arrastou de volta para perto da mesa. Havia marcas no chão que indicavam que aquilo já acontecera várias vezes.

– Foi Dak-ho quem lhe deu esta pistola do depósito de objetos cênicos – ela disse. – Ou ele está tentando me mandar algum tipo de mensagem ou não sei o que está acontecendo.

– Quem me deu a arma foi o Querido Líder – ele disse.

O rosto de Sun Moon assumiu uma expressão de dor.

– Não aguento essa voz – ela disse.

A nova diva chegara à ária que homenageava os times de franco-atiradores mártires de Myohyang.

– Tenho de sair daqui.

Então ela saiu para a varanda.

Ele juntou-se a Sun Moon sob o calor do sol do cair da tarde, a vista do topo do Monte Taesong abrindo-se para uma paisagem que englobava toda Pyongyang. Logo abaixo eles viam os jardins botânicos. No cemitério, pessoas idosas se preparavam para suas mortes abrindo sombrinhas de papel de lanterna e visitando os túmulos de outras pessoas.

Ela fumava um cigarro com os olhos molhados, borrando a maquiagem. Ele ficou ao seu lado perto do parapeito. Não sabia se era possível dizer se uma atriz estava chorando de verdade ou atuando. A única coisa que ele sabia era que, verdadeiras ou não, as lágrimas não eram pelo seu marido. Talvez ela estivesse chorando pelo fato de estar com 37 anos, ou porque seus amigos não a visitavam mais, ou pelo modo com que seus filhos puniam os personagens do teatro de marionetes por faltarem com o respeito.

– O Querido Líder me disse que está escrevendo um filme para você.

Sun Moon virou a cabeça para soprar fumaça.

– O Querido Líder agora só tem espaço em seu coração para a ópera – disse, oferecendo-lhe a última tragada que restava no cigarro.

Ga pegou-o e tragou.

– Eu sabia que você era do campo. Veja como segura o cigarro – ela disse. – O que você sabe sobre o Querido Líder ou sobre um futuro filme?

Ga pegou o maço de cigarros dela e acendeu outro para si.

– Eu fumava – ele disse. – Mas perdi o hábito na prisão.

– Prisão? Você está querendo me contar alguma coisa?

– Passaram um filme para nós lá. *Uma Verdadeira Filha do País*.

Ela colocou os cotovelos na varanda e se apoiou. Com isso, seus ombros se ergueram, deixando visíveis as extremidades de sua pélvis através do *choson-ot* branco. Ela disse:

Eu ainda era uma criança quando fiz aquele filme, não sabia nada sobre atuação.

Em seguida, olhou para Ga como que para saber como o filme foi recebido.

— Eu vivia no mar — ele disse. — Durante algum tempo, praticamente tive uma esposa. Quero dizer, talvez. Poderia ter acontecido. Ela era a esposa de um colega da tripulação, muito bonita.

— Mas se ela era a esposa de um colega seu, já era casada — Sun Moon disse, observando-o confusa. — Por que você está me contando isso?

— Ah, mas o marido dela desapareceu — o Comandante Ga explicou. — O marido dela desapareceu na luz. Na prisão, quando as coisas ficavam muito difíceis, eu tentava pensar nela, minha quase esposa, a mulher que por pouco não fora minha esposa, para me manter forte.

Passou-lhe pela cabeça uma imagem do Capitão, sua esposa tatuada no seu velho peito, como a tinta outrora preta havia se desgastado e se tornado azul na pele do velho, uma aquarela no que deveria ter sido indelével, deixando apenas uma mancha da mulher que ele amava para trás. O mesmo acontecera na prisão com a esposa do segundo imediato: ela saíra de foco, desvanecendo da sua memória.

— Foi então que assisti ao seu filme e me dei conta de que ela não era nada. Ela sabia cantar, tinha ambições, mas você me mostrou que ela era apenas quase bonita, uma beleza em potencial. A verdade era que quando eu pensava sobre a mulher que faltava na minha vida, era o seu rosto que eu via.

— Essa quase esposa — ela disse. — O que aconteceu com ela?

Ele deu de ombros.

— Nada? Você não voltou a vê-la?

— Onde eu poderia tê-la visto? — ele perguntou.

Embora ele não tivesse percebido, Sun Moon notara que as crianças haviam parado de tocar seus instrumentos. Ela foi até a porta e gritou para que continuassem.

Depois, virou-se para ele e falou:

— Acho que você deveria me contar por que foi preso.

— Estive na América, onde minha mente foi envenenada pelo capitalismo.

— Na Califórnia?

— No Texas. Foi onde me deram o cachorro.

Ela cruzou os braços.

– Não gosto nada disso – falou. – Você deve fazer parte de algum plano do meu marido, ele deve tê-lo mandado como algum tipo de teste, ou os amigos dele teriam matado você. Não sei por que você está aqui me dizendo essas coisas sem ninguém ter vindo matá-lo.

Ela olhou em direção a Pyongyang como se a resposta estivesse lá. Ele observou várias emoções cruzarem seu rosto como mudanças climáticas: a incerteza, como nuvens ocultando o sol, deu lugar a uma contração de culpa, os olhos revirando-se como os primeiros pingos de chuva. Ela era muito bonita, isso era verdade, mas ele via agora que o que o levara a se apaixonar por ela na prisão era isso, a maneira como o que ela sentia em seu coração era imediatamente exibido em seu rosto. Aquela era a fonte do seu talento como atriz, o fato de não conseguir fingir nada. Ele se deu conta de que seriam necessárias vinte tatuagens para capturar suas expressões. O doutor Song havia estado no Texas, onde comera churrasco. Gil bebera uísque e fizera uma garçonete japonesa rir. E ali estava ele, na varanda do Comandante Ga, com Sun Moon, lágrimas em seu rosto, Pyongyang ao fundo. Não importava o que lhe acontecera.

Ele inclinou-se em direção a ela. Teria sido o momento perfeito para tocá-la. Tudo teria valido a pena se ele pudesse limpar uma lágrima do seu rosto.

Ela olhou para ele com cautela.

– Você disse que o marido da sua quase esposa havia desaparecido, que ele sumiu na luz. Você o matou?

– Não – Ga respondeu. – Ele desertou. Fugiu em uma balsa salva-vidas. Quando fomos procurá-lo, o sol matutino do oceano estava tão claro que era como se a luz o tivesse engolido. Ele tinha a foto da esposa tatuada no peito, então sempre a teria, mesmo que ela não o tivesse. Mas não se preocupe com isso. Não a deixarei tornar-se uma memória embaçada.

Ga percebeu que ela não gostou da resposta nem do jeito que ele respondeu. Mas a história dele agora também fazia parte da história dela. Não se podia evitar. Ele esticou a mão para tocar seu rosto.

– Fique longe de mim – ela disse.

– Seu marido, se está interessada em saber, ficou com a escuridão – ele disse. – Seu marido foi para a escuridão.

De algum lugar lá embaixo veio o som de um motor de caminhão. A montanha raramente era escalada por veículos, portanto Ga deu uma olhada em direção à floresta na expectativa de ver de onde vinha o barulho através de uma clareira entre as árvores.

– Você não precisa se preocupar – Ga disse-lhe. – A verdade é que o Querido Líder tem uma tarefa para mim, e quando acabar acho que você não me verá mais.

Ele olhou para ela a fim de ver se ela havia entendido.

– Trabalhei com o Querido Líder durante anos – ela disse. – Doze filmes. Não teria tanta certeza de que ele vai cumprir o que lhe disse.

O som ficou mais alto e agora era inconfundível: um pesado caminhão a diesel com a marcha rangendo baixo. O Camarada Buc apareceu na varanda da casa ao lado e olhou em direção à floresta, mas não precisou ver o caminhão para que seu rosto assumisse uma expressão sombria. Seus olhos encontraram os de Ga, e os dois se entreolharam por um bom tempo. Então o Camarada Buc gritou:

– Venham para cá. Não temos muito tempo. – Então ele voltou para dentro.

– O que é isso? – perguntou Sun Moon.

– É um corvo – respondeu Ga.

– O que é um corvo?

Ainda na varanda, eles esperaram que o caminhão passasse por uma faixa visível da estrada.

– Ali – ele disse, quando a lona negra da sua traseira surgiu entre as árvores. – Aquilo é um corvo.

Por um momento os dois observaram o caminhão escalando lentamente a estrada sinuosa em direção à sua casa.

– Não estou entendendo – ela disse.

– Não há nada para entender. Aquele é o caminhão que vem levar você embora.

Na Prisão 33, ele com frequência fantasiava sobre o que teria levado consigo do hangar se tivesse percebido que iria para uma mina carcerária: uma agulha, um prego, uma lâmina. O que ele não teria feito por essas coisas na prisão? Um pedaço simples de arame e ele teria uma armadilha para pássaros. Uma faixa de borracha poderia ter sido improvisada como uma armadilha para ratos. Quantas vezes ele não desejou ter uma colher para comer? Mas agora tinha outras preocupações.

– Leve as crianças para o túnel – disse Ga. – Vou ver o que o caminhão quer.

Sun Moon virou-se para Ga com uma expressão de horror no rosto.

– O que está acontecendo? – perguntou. – Para onde o caminhão nos leva?

– Para onde você pensa que ele leva as pessoas? – ele perguntou. – Não temos tempo. Apenas leve as crianças lá para baixo. É atrás de mim que eles estão.

– Não vou descer sozinha – ela disse. – Nunca estive lá embaixo sozinha. Você não pode nos abandonar em um buraco.

O Camarada Buc voltou à varanda. Ele estava abotoando a gola.

– Venham para cá – disse, amarrando uma gravata preta no pescoço. – Estamos prontos aqui. Não temos muito tempo, e vocês precisam se juntar a nós.

Em vez disso, contudo, Ga foi até a cozinha e ficou ao lado da tina de lavar roupa. A tina ficava fixada em um alçapão que dava para o túnel. Ga respirou fundo e desceu. Ele tentou não pensar na mina da Prisão 33, em entrar na mina na escuridão todas as manhãs e sair da mina para a escuridão da noite.

Sun Moon trouxe o menino e a menina. Ga ajudou-os a descer e puxou uma corda que acendia a lâmpada. Quando foi a vez de Sun Moon descer a escada, ele disse:

– Pegue as armas.

– Não – ela respondeu. – Sem armas.

Ga ajudou-a a descer e depois fechou o alçapão. O marido dela havia instalado um fio que ligava a bomba, e dessa forma Ga pôde encher a tina com alguns litros de água para disfarçar a entrada.

Os quatro permaneceram na escada por um momento, os olhos não conseguindo se ajustar enquanto a lâmpada balançava presa ao fio. Então Sun Moon disse:

– Venham, crianças. – E pegou suas mãozinhas.

Eles começaram a andar na escuridão apenas para perceber que, depois de apenas 15 metros – mal o bastante para sair da casa e da estradinha da entrada –, o túnel chegava ao fim.

– Onde está o resto? – perguntou Sun Moon. – Onde está a saída?

Ele andou na escuridão em direção a ela, mas parou.

– Não há rota de fuga? – ela perguntou. – Não há saída?

Ela aproximou-se dele, os olhos revirando-se em descrença.

– O que você passou todos esses anos fazendo aqui?

Ga não sabia o que responder.

– Anos – ela disse. – Achei que já houvesse um bunker inteiro aqui. Achei que houvesse um sistema. Mas é apenas um buraco. O que você passou esse tempo todo fazendo?

O túnel era ladeado por alguns sacos de arroz e dois barris de grãos, os selos das Nações Unidas ainda intactos.

– Não há sequer uma pá aqui – ela disse.

No meio do túnel ficavam os únicos móveis colocados ali, uma cadeira com braços e uma estante cheia de vinho de arroz e DVDs. Ela pegou um e se virou para ele:

– Filmes? – perguntou.

Ga percebeu que ela gritaria logo em seguida.

Mas então todos olharam para cima – uma vibração, o som surdo de um motor, e de repente caiu poeira do teto em seus rostos. Um tipo de terror tomou conta das crianças quando elas tossiram e fecharam os olhos cheios de areia. Ga conduziu-os de volta em direção às escadas e à luz. Ele limpou seus rostos com uma manga do seu *dobok*. Na casa acima, ouviram a porta se abrir, e em seguida passos atravessando o chão de madeira, e de repente o alçapão se abriu. Os olhos de Sun Moon ficaram arregalados numa expressão de choque, e ela agarrou-se a ele. Quando Ga olhou para cima, deparou com um quadrado de luz. Logo em seguida apareceu o rosto do Camarada Buc.

– Por favor, vizinhos – ele disse. – Este é o primeiro lugar a que checarão.

Ele esticou a mão para Ga.

– Não se preocupem – disse o Camarada Buc. – Nós os levaremos conosco.

O Comandante Ga pegou sua mão.

– Vamos – disse a Sun Moon, e quando ela não se moveu ele gritou: – Agora!

A pequena família despertou e saiu correndo do túnel. Juntos, atravessaram o pátio lateral e entraram na cozinha de Buc.

Lá dentro, as filhas de Buc estavam sentadas ao redor de uma mesa coberta por tecidos bordados brancos. A esposa de Buc estava pondo um vestido em uma das filhas enquanto o Camarada Buc trazia mais cadeiras para os convidados. Ga percebia que Sun Moon estava prestes a se descontrolar, mas resistiria apenas por causa da tranquilidade da família de Buc.

Ga e Sun Moon se sentaram do outro lado da família do Camarada, com o menino e a menina entre os dois, os quatro sujos de poeira. No centro da mesa havia uma lata de pêssegos e a chave para abri-la. Todos ignoravam o corvo que subia lentamente. O Camarada Buc distribuiu tigelas de sobremesa, e depois as colheres. Muito cuidadosamente, abriu a lata de pêssego tão devagar que era possível ouvir todos os sons da chave abrindo a lata, que reclamava enquanto ela percorria a borda em seu círculo irregular. Buc terminou de abrir a tampa da lata com uma colher com muito cuidado para não a colocar em contato com o conteúdo. Os nove permaneceram sentados em silêncio olhando para os pêssegos. Então um soldado entrou na casa. Debaixo da mesa o menino pegou a mão de Ga, que apertou a mãozinha de forma a tranquilizá-lo. Quando o soldado aproximou-se da mesa, ninguém se mexeu. Ele não tinha um Kalashnikov, nenhuma arma, era tudo que Ga podia dizer.

O Camarada Buc tentou não vê-lo.

– A única coisa que importa é que estamos juntos – disse, colocando uma pequena fatia de pêssego em cada tigela, distribuindo-as e formando um círculo de tigelas de pêssego com um pedaço de pêssego em cada.

O soldado observou por um momento.

– Estou procurando o Comandante Ga – ele disse. Parecia pouco convencido de que algum daqueles homens pudesse ser o famoso Comandante Ga.

– Eu sou o Comandante Ga.

Do lado de fora, ouviram um guincho.

– Isto é para você – disse o soldado, entregando um envelope a Ga.

Dentro dele havia uma chave de carro e um convite para um jantar oferecido pelo governo naquela tarde. Alguém escrevera no convite: "Vocês nos dariam o prazer da sua companhia?"

Do lado de fora, um Mustang clássico de cor azul-bebê estava sendo retirado da traseira do corvo. Com um gemido, o carro desceu duas rampas de metal. O Mustang era igual aos carros clássicos que ele vira no Texas. Ele se aproximou do carro, passou a mão pelo para-choque – embora fossem quase invisíveis, havia pequenas ondulações que atestavam que a carroceria havia sido produzida de metal bruto. O para-choque não era de cromo, mas banhado em prata genuína, e os faróis eram de vidro vermelho. Ga enfiou a cabeça embaixo da carroceria e deparou com uma rede de estruturas improvisadas e saliências conectando o motor de um Mercedes à caixa de câmbio de um Lada soviético.

O Camarada Buc juntou-se a ele ao lado do carro. Estava claro que ele estava de bom humor, aliviado.

– Correu tudo bem lá dentro, hein? – ele disse. – Eu sabia que não precisaríamos daqueles pêssegos, estava pressentindo. Mas é bom para as crianças, ainda tão inexperientes. Treinar é a chave.

– O que acabamos de treinar? – perguntou Ga.

Buc apenas sorriu com uma expressão de divertimento e entregou a Ga uma lata fechada de pêssegos.

– Para um dia chuvoso – disse Buc. – Ajudei a fechar a Fábrica de Frutas 49 antes de a queimarem. Consegui a última lata na linha de enlatamento.

Buc estava tão impressionado que abanou a cabeça.

– É como se nenhum mal pudesse lhe acontecer, meu amigo – ele disse. – Você conseguiu algo que nunca vi acontecer antes, e eu sabia que ficaríamos bem. Eu sabia.

Os olhos de Ga estavam vermelhos, o cabelo, sujo de areia.
– O que conseguiu? – ele perguntou.
O Camarada Buc apontou para o carro e a casa.
– Isso – respondeu. – O que você está fazendo.
– O que estou fazendo?
– Não há nome para isso – respondeu Buc. – Não há nome porque ninguém jamais fez nada parecido.

Sun Moon passou o resto do dia trancada no quarto com os filhos, e de lá vinha o silêncio que só vem do sono. Nem mesmo o noticiário vespertino transmitido pelos alto-falantes foi capaz de acordá-los. Lá embaixo no túnel estavam apenas o Comandante Ga e seu cachorro, cujo hálito fedia depois de ele ter comido uma cebola crua dada em recompensa por ter executado todos os truques que Ga pedira.

Finalmente, quando o sol poente assumiu uma cor de ferrugem e cera, cobrindo o rio com uma luz de âmbar, eles saíram. Sun Moon estava usando um *choson-ot* formal prateado, tão delicado que dependendo do ponto de vista a seda brilhava como diamantes ou era escura como a poeira na base de uma lâmpada. Pérolas minúsculas enfeitavam seu *goreum*. Enquanto ela preparava o chá, as crianças se posicionaram em colchões de palha elevados para tocar seus instrumentos. A menina começou com seu *gayageum*, obviamente uma antiguidade da época da corte. Os pulsos eretos, ela começou a puxar as cordas no antigo estilo *sanjo*. O menino fazia o melhor para acompanhá-la no *taegum*. Seus pulmões não eram fortes o bastante para tocar a flauta tão exigente, e como suas mãos eram muito pequenas para alcançar as notas mais altas ele as cantava.

Sun Moon ajoelhou-se em frente ao Comandante Ga para dar início ao ritual do chá japonês. Ela falava enquanto tirava o chá de uma caixa de carvalho e infundiu-o numa tigela de bronze.
– Esses objetos – disse, apontando para a bandeja, para as xícaras, para o misturador e para a concha. – Não se deixe enganar por eles. Não são reais. São apenas objetos cênicos do meu último filme, *Mulher de Conforto*. Infelizmente, ele nunca foi lançado.

Ela serviu o chá, certificando-se de vertê-lo de forma a girar no sentido horário, em uma xícara de bambu.

– No filme, preciso servir o chá da tarde a oficiais japoneses, que logo em seguida me fazem sua escrava pelo resto da tarde.

Ele perguntou:

– Estou interpretando o papel do agressor na história?

Ela agitou a xícara lentamente com as mãos à espera da infusão apropriada. Antes de entregá-la a ele, ela soprou o chá uma vez, agitando a superfície. A capa do seu *choson-ot* abriu-se, brilhando ao seu redor. Ela passou-lhe seu chá e depois fez uma reverência no chão de madeira, todas as formas de seu corpo mostrando-se.

Com o rosto contra a madeira, ela disse:

– Foi só um filme.

Enquanto Sun Moon foi buscar seu melhor uniforme, Ga bebia e ouvia. Com a luz iluminando-as de lado, as janelas para o oeste davam a ilusão de que era possível ver até Nampo e a Baía da Coreia. A música era elegante e limpa, e até mesmo as notas erradas das crianças a tornavam agradavelmente espontânea. Sun Moon vestiu-o, e então, de pé, colocou as medalhas apropriadas em seu peito.

– Esta aqui – disse – foi dada pelo próprio Querido Líder.

– Pelo quê?

Ela deu de ombros.

– Coloque-a acima de todas – ele respondeu.

Ela ergueu as sobrancelhas, surpresa pela sua sabedoria, e concordou.

– E esta foi um presente do General Guk por atos inespecíficos de bravura.

Sua atenção e beleza haviam-no distraído. Ele esqueceu quem era e em que situação estava.

– Você acha – perguntou – que sou corajoso e inespecífico?

Ela abotoou o bolso do peito de seu uniforme e arrumou a gravata.

– Não sei – respondeu – se você é um amigo do meu marido ou um inimigo. Mas você é um homem e deve prometer proteger meus filhos. O que quase aconteceu hoje não pode se repetir.

Ele apontou para uma grande medalha que ela ainda não havia colocado. Era uma estrela de rubi com a chama dourada do Juche por trás.

– O que é essa? – perguntou.
– Por favor – ela insistiu –, prometa.
Ele balançou a cabeça afirmativamente, sem desviar o olhar do seu.
– Essa medalha foi por derrotar Kimura no Japão – ela disse. – Embora na verdade tenha sido por não ter desertado em seguida. A medalha foi apenas parte do pacote.
– Um pacote? Que pacote?
– Esta casa – ela respondeu. – Seu cargo, outras coisas.
– Desertar? Quem teria coragem de deixá-la?
– Aí está uma boa pergunta – ela disse. – Mas na época minha mão ainda não havia sido concedida ao Comandante Ga.
– Então derrotei Kimura, não é? Vá em frente e coloque a medalha.
– Não – ela disse.
Ga apenas balançou a cabeça em sinal de concordância, confiando no julgamento dela.
– Devo usar minha pistola? – ele perguntou.
Ela abanou a cabeça negativamente.
Antes de sair, eles pararam para dar uma olhada numa caixa de vidro iluminada por um holofote com o Cinturão de Ouro. A caixa estava posicionada de forma a ser a primeira coisa que um visitante visse ao entrar na casa.
– Meu marido – disse Sun Moon... mas não concluiu o pensamento.

O humor dela se iluminou no carro. O sol estava se pondo, mas o céu ainda era de um azul prateado. Ga só dirigira caminhões nas forças militares, mas logo pegou o jeito, apesar do modo com que o motor Mercedes comprimia a caixa de marchas do Lada. O interior, contudo, era belíssimo – painel de mogno com mostradores de madrepérola. A princípio, Sun Moon dissera querer sentar-se no assento traseiro sozinha, mas ele a convenceu a ir na frente, dizendo que é assim que as mulheres americanas são conduzidas por seus maridos.
– Você gosta do Mustang? – ele lhe perguntou. – Os americanos fazem os melhores carros. Este é bastante valorizado lá.
– Conheço este carro – ela disse. – Já estive nele.

– Duvido – disse Ga.

Eles desciam a montanha pela estrada sinuosa rápido o bastante para se esquivarem da nuvem de poeira que se formava atrás deles.

– Este com certeza é o único Mustang de Pyongyang. O Querido Líder mandou construí-lo sob medida para deixar os americanos constrangidos, para mostrar que podemos fazer seus próprios carros, só que melhores e mais potentes.

Sun Moon passou as mãos pelo estofamento. Ela virou o espelho retrovisor do passageiro para ver sua própria imagem.

– Não – disse. – Foi exatamente neste carro que andei. Ele foi usado em um dos meus filmes, no qual os americanos são repelidos e MacArthur é surpreendido fugindo. Foi neste carro que o covarde tentou escapar. Filmei uma cena bem aqui, neste assento. Tive de beijar um traidor para conseguir informações. Fiz esse filme anos atrás.

Ele percebeu que falar sobre cinema a deixara de mau humor.

Eles passaram pelo Cemitério dos Mártires Revolucionários. Os guardas *Songun* com seus rifles dourados já haviam encerrado o turno e ido para casa, e entre as longas sombras produzidas pelas lápides de bronze ocasionalmente passavam homens e mulheres. Na escuridão cada vez maior, essas figuras fantasmagóricas, falando baixo e movendo-se rapidamente, estavam pegando flores nos túmulos.

– Eles estão sempre roubando flores – observou Sun Moon quando passaram. – Isso me enoja. Meu tio-avô está enterrado aqui. Você sabe o que isso significa para os nossos ancestrais? Como deve deixá-los insultados?

Ga perguntou:

– Por que você acha que eles roubam flores?

– Ah, esta é a questão, não é mesmo? Quem faria esse tipo de coisa? O que está acontecendo com o nosso país?

Ele dirigiu-lhe um olhar rápido para confirmar sua descrença. Será que ela jamais sentira fome o bastante para comer uma flor? Será que não sabia que as pessoas podiam comer margaridas, lírios-de-um-dia e amores-perfeitos? Que uma pessoa com fome podia comer as pétalas claras das violetas, e até mesmo caules de dentes-de-leão e as extremidades amargas das rosas?

Eles cruzaram a Ponte Chongnyu, percorreram o sul da cidade e chegaram a Yanggakdo. Estava na hora do jantar e havia fumaça de madeira no ar. No crepúsculo, o Rio Taedong lembrava-o da água das minas, que tinham cor de minério escuro e eram frias. Ela lhe disse que pegasse a Rua Sosong em direção ao Putong, mas entre os maciços prédios de apartamentos que ladeavam Chollima um som alto veio do capô do carro. Uma arma fora disparada – pelo menos foi o que ele pensou a princípio – ou havia sido algum tipo de colisão. O Comandante Ga parou na estrada, e ele e Sun Moon desceram, deixando as portas abertas.

A estrada era larga e não tinha iluminação. Também não havia outros carros. Era a hora da noite em que azuis e cinzas cresciam juntos. Havia pessoas preparando nabo grelhado no meio-fio – havia uma fumaça amarga no ar. Elas se reuniram ao redor do carro para ver o que havia acontecido. No capô havia um cabrito, os chifres começavam a nascer e seus olhos estavam molhados. Algumas pessoas olharam para o alto, onde outros animais continuavam pastando enquanto as primeiras estrelas surgiam no céu. Não havia ferimentos, mas eles viram os olhos do cabritinho ficarem embaçados e se encherem de sangue. Sun Moon cobriu o rosto e Ga colocou a mão no ombro dela.

De repente, uma jovem saiu da multidão. Ela pegou o cabrito e saiu correndo pela estrada. Eles a observaram, a cabeça do cabrito balançando, o sangue manchando as costas dela. Então ele se deu conta de que a multidão agora olhava para ele. Aos olhos deles, ele era um *yangban*, com seu belo uniforme e sua bela esposa.

Eles chegaram tarde à Grande Casa de Ópera do Povo, deserta exceto por algumas dúzias de casais em pequenos grupos, suas conversas reduzidas a murmúrios pelo teto elevado e pelas cascatas de cortinas de seda preta e carpetes da cor de amora. Em uma das varandas superiores estava um tenor. Com as mãos juntas, ele tocava "Arirang", enquanto lá embaixo, apesar dos drinques e tira-gostos, os convidados tentavam se distrair antes de ser honrados pela presença bem-humorada do Querido Líder.

– *"Arirang, Arirang"* – cantava o tenor –, *"ah-rah-ree-yoh."*

– Aquele – disse Sun Moon – é Dak-ho. Ele é o presidente do Estúdio Central de Cinema. Mas seu principal talento é sua voz, nenhum homem se iguala a ele.

O Comandante Ga e Sun Moon andavam cuidadosamente em direção aos casais. Ela estava bonita tão atravessando o salão a passos pequenos e rápidos, as formas combinando com tanta perfeição com as cortinas de seda coreana.

Os homens foram os primeiros a vê-la. Em seus uniformes sociais e ternos de Assembleia, eles sorriam naturalmente, como se Sun Moon não tivesse passado tanto tempo ausente do círculo dos *yangbans*. Eles pareciam indiferentes ao cancelamento da estreia do seu filme e ao fato de ela ter chegado com um estranho que usava o uniforme do seu marido, como se isso não fosse um sinal de que haviam perdido um dos seus. As mulheres, contudo, exibiam seu desprezo abertamente – talvez por acreditar que se não a aceitassem de volta Sun Moon não passaria para elas a doença que mais temiam.

De repente, Sun Moon parou e virou-se para Ga como se dominada pelo impulso de beijá-lo. Ficando de costas para as mulheres, ela observou os olhos de Ga como se procurasse ver o próprio reflexo.

– Sou uma atriz talentosa e você é o meu marido – ela disse. – Sou uma atriz talentosa e você é meu marido.

Ga olhou em seus olhos cheios de insegurança.

– Você é uma atriz talentosa – ele repetiu. – E eu sou seu marido.

Então ela virou-se e sorriu, e eles continuaram avançando.

Um homem saiu do grupo e os interpelou.

Quando ele se aproximou, Sun Moon ficou rígida.

– Comandante Park – ela disse. – Como tem passado?

– Muito bem, obrigado – ele disse a Sun Moon, e com uma reverência profunda beijou sua mão.

Erguendo o tom, ele disse:

– E, Comandante Ga, há quanto tempo!

O rosto de Park era marcado com uma cicatriz, lembrança de um tiroteio com um barco de patrulha da Coreia do Sul.

– Muito tempo, Comandante Park, tempo demais!

– É verdade – respondeu Park. – Mas me diga: você percebeu algo de diferente em mim?

Ga olhou para o uniforme de Park, para seus anéis enormes e sua gravata, mas não conseguia evitar olhar para as cicatrizes do seu rosto.

– Certamente – respondeu Ga. – E uma mudança para melhor.

– É verdade – disse o Comandante Park. – Pensei que você fosse ficar chateado: é a pessoa mais competitiva que conheço.

Ga olhou para Sun Moon. Ele pensou que ela deveria estar saboreando aquele momento, mas seu rosto estava impassível, cheio de preocupação.

O Comandante Park passou os dedos pela medalha em seu peito.

– Você ganhará sua própria Cruz de Songun um dia – disse. – É verdade que ela só é dada uma vez por ano, mas não deixe isso desanimá-lo.

Ga disse:

– Então talvez eu seja o primeiro a ganhar duas seguidas.

O Comandante Park riu.

– Essa é boa, Ga. Este é o Ga que eu conheço.

Ele colocou a mão no ombro de Ga como se estivesse prestes a sussurrar algo engraçado em seu ouvido. Em vez disso, agarrou-o pela gola, puxando-o para baixo para dar-lhe um *uppercut* covarde, um soco nas costelas. Depois Park afastou-se.

Sun Moon agarrou Ga e tentou ajudá-lo a sentar-se – mas não, ele queria permanecer de pé.

– Os homens sempre precisam resolver as coisas com violência – ela disse.

Com a respiração ofegante, o Comandante Ga perguntou:

– Quem era aquele?

Ao que Sun Moon respondeu:

– Aquele era o seu melhor amigo.

As pessoas voltaram às suas conversas, formando grupos perto da comida.

Ga colocou a mão nas costelas e em seguida balançou a cabeça afirmativamente.

– Acho que vou sentar – disse, ocupando uma cadeira a uma mesa vazia.

Sun Moon observava cada movimento dos convidados, aparentemente na tentativa de entender suas conversas pelos gestos que faziam.

Uma mulher aproximou-se, uma expressão cautelosa no rosto, mas estava trazendo um copo de água para Ga. Ela não era muito mais velha que Sun Moon, mas estava tremendo, fazendo a água quase derramar. Na outra mão ela segurava um prato com coquetel de camarão.

Ga pegou o copo e bebeu, embora doesse quando a água descia.

A mulher tirou do bolso um papel encerado e começou a colocar o camarão dentro dele.

– Meu marido – ela disse – tem a minha idade. Ele tem um coração tão bom. Ele teria interrompido aquele espetáculo que acabamos de testemunhar. Não, ele não conseguiria ver alguém se machucar sem se envolver.

Ga observou-a colocar um camarão de cada vez no papel. Ele olhou para suas carapaças brancas e seus olhos negros – aqueles eram os camarões cegos de águas profundas pelos quais eles arriscavam suas vidas a bordo do *Junma*.

– Não posso dizer que meu marido tenha traços que se destaquem – ela continuou. – Como uma cicatriz ou uma marca de nascença. Ele é um homem normal, de cerca de 45 anos, com cabelos que estão ficando brancos.

Ga voltou a segurar as costelas com dor. Impaciente, Sun Moon disse:

– Por favor, deixe-nos.

– Sim, sim – a mulher disse.

Então, olhou para Ga.

– Você acha que já o viu no lugar onde esteve?

Ga colocou o copo na mesa.

– No lugar onde estive? – ele indagou.

– Há rumores – ela disse. – As pessoas sabem de onde você veio.

– Você está me confundindo com outra pessoa – ele respondeu. – Não sou um prisioneiro. Sou o Comandante Ga, Ministro das Minas Carcerárias.

– Por favor – disse a mulher. – Preciso ter meu marido de volta. Não posso... Não há razão para viver sem ele. Seu nome era...

– Não – disse Sun Moon – Não nos diga o nome dele.

Ela olhou de Sun Moon para Ga.

– É verdade... quero dizer... você ouviu falar que fazem lobotomia na prisão? – ela perguntou, segurando um camarão na mão trêmula e derrubando-o sem sequer perceber.

– O quê? – perguntou Ga.

– Não – disse Sun Moon. – Chega.

– Você precisa me ajudar a encontrá-lo. Ouvi falar que todos os homens passam por uma lobotomia quando chegam. Que trabalham como zumbis pelo resto da vida.

– Não é necessário fazer cirurgia nenhuma para um homem trabalhar – ele disse.

Sun Moon ficou de pé. Ela pegou Ga pelo braço e afastou-se com ele.

Eles se misturaram na multidão, sumindo entre as pessoas perto da comida. Foi então que a luz diminuiu e a banda começou a afinar seus instrumentos.

– O que está acontecendo? – ele perguntou a ela.

Sun Moon apontou para uma cortina amarela pendurada da varanda do segundo andar.

– O Querido Líder aparecerá ali – ela disse e deu um passo para trás. – Preciso ir falar com algumas pessoas sobre meu filme. Preciso saber o que aconteceu com *Mulher de Conforto*.

Um holofote iluminou a cortina amarela, e em vez de "Nós o Seguiremos Para Sempre", a banda começou a tocar uma versão acelerada da "Balada de Ryoktosan". O tenor começou a cantar sobre Ryoktosan, o gigante com rosto de bebê de Hamgyong do Sul! O filho do fazendeiro que se tornou o rei da luta do Japão! O gigante de rosto de bebê que venceu Sakuraba! Com o cinturão na mão, tudo que ele queria era voltar para casa. Seu único desejo era ter uma recepção de herói na sua doce terra natal, a Coreia! Mas nosso campeão foi roubado e assassinado, apunhalado por um japonês envergonhado. Uma arma japonesa pingando urina fez o grande Ryoktosan cair de joelhos.

Logo a multidão também começou a cantar. Eles sabiam quando parar os pés e dobrar a velocidade das palmas. Começaram a gritar quando ouviram as portas à prova de bala se abrindo por trás da cortina. E quando o amarelo se dividiu ao meio lá estava um homem de baixa estatura, barriga avantajada, usando um *dobok* branco e uma máscara feita para lembrar o rosto de bebê de Ryoktosan. A multidão foi à loucura. Nesse momento o pequenino lutador de taekwondo desceu as escadas com pés ágeis para uma volta da vitória no meio da multidão. Ele agarrou o conhaque de alguém e tomou-o pelo buraco da sua máscara. Depois, foi até o Comandante Ga, fazendo uma reverência com toda a formalidade antes de assumir uma posição de taekwondo.

O Comandante Ga não sabia o que fazer. Os convidados começaram a formar um grande círculo ao seu redor e do homem baixinho com os pulsos erguidos. De repente havia um holofote sobre eles. O homenzinho começou a se abaixar e levantar, em seguida aproximando-se rapidamente de Ga, ficando a uma distância de ataque para então recuar. Ga olhou à sua volta à procura de Sun Moon, mas tudo que podia ver eram as luzes fortes. O pequenino lutador dançou até Ga e encenou uma série de golpes no ar. Depois, do nada, o diabinho socou-o na garganta.

A multidão gritou outra vez. As pessoas voltaram a acompanhar a balada.

Ga agarrou a traqueia e se abaixou.

– Por favor, senhor – ele disse, mas o homenzinho havia ido para a extremidade do círculo, onde se encostou na esposa de alguém para recuperar o fôlego e tomar outro drinque.

De repente, o homenzinho voltou ao centro do círculo para outro golpe: deveria Ga tentar bloquear o soco? Argumentar com o homem? Correr? Mas já era tarde demais: Ga sentiu os nós da mão do homenzinho atingirem seu olho, e em seguida sua boca já inchava e seu nariz parecia ter sido trespassado por uma corrente elétrica. Ele sentiu o fluxo quente dentro da cabeça, e em seguida começou a verter sangue pelo nariz, engolindo-o involuntariamente. Então o pequeno Ryoktosan começou a fazer uma coreografia para o prazer de todos, exatamente como os marinheiros russos fazem quando deixam seus submarinos à noite.

Os olhos de Ga se encheram de água e ele já não enxergava bem. Não obstante, o homem voltou a se aproximar, dando um gancho em Ga. A dor de Ga gerou uma reação instintiva, levando-o a socar o nariz do homem.

Ele ouviu a máscara de plástico se dobrar. Recuou alguns passos enquanto suas narinas sangravam e os convidados emitiam exclamações de surpresa. Eles o sentaram em uma cadeira, alguém trouxe um copo de água, e depois tiraram sua máscara para revelar não o Querido Líder, mas um homem baixinho de traços frágeis e desorientado.

O holofote foi erguido em direção à varanda. Lá em cima, aplaudindo, estava o verdadeiro Querido Líder.

– Vocês pensaram que era eu? – ele gritou. – Pensaram que era eu?

O Querido Líder Kim Jong-il desceu as escadas rindo, apertando as mãos das pessoas e aceitando as congratulações pela peça bem pregada. Ele parou para dar uma olhada no homenzinho de *dobok*, inclinando-se para inspecionar seus ferimentos.

– Ele é o meu motorista – disse o Querido Líder, abanando a cabeça ao ver o nariz do homem.

Mas uma batidinha nas costas já era o bastante, e logo o médico pessoal do Querido Líder foi convocado.

As pessoas emudeceram quando o Querido Líder se aproximou do Comandante Ga. Ga viu Sun Moon se aproximar para ouvir o que seria dito.

– Não, não – disse o Querido Líder. – Você precisa ficar ereto para parar o sangramento.

E, apesar da dor no ventre, Ga ficou ereto.

Então o Querido Líder segurou o nariz de Ga e apertou as narinas para fechá-las, em seguida percorrendo toda a extensão do nariz para extrair o sangue e o muco.

– Você pensou que era eu? – ele perguntou a Ga, que balançou a cabeça afirmativamente.

– Pensei que fosse você.

O Querido Líder riu e limpou as mãos.

– Não se preocupe – disse. – Seu nariz não está quebrado.

Entregaram um lenço ao Querido Líder. Ele limpou as mãos e se dirigiu aos seus convidados.

– Ele pensou que era eu – anunciou para o prazer de todo o salão. – Mas eu sou o verdadeiro Kim Jong-il, eu sou o verdadeiro eu.

Ele apontou para o motorista, cujos olhos de repente se arregalaram.

– Ele é o impostor, é ele quem finge. Eu sou o verdadeiro Kim Jong-il.

O Querido Líder dobrou o lenço e deu a Ga para que ele limpasse o nariz. Depois levantou o braço de Ga.

– E aqui está o verdadeiro Comandante Ga. Ele venceu Kimura, e agora derrotará os americanos.

A voz do Querido Líder se ergueu como se ele estivesse falando com toda Pyongyang, toda a Coreia do Norte.

– Precisando-se de um verdadeiro herói, dou-lhes o Comandante Ga – ele disse. – Precisando-se de um defensor da pátria, dou-lhes o Comandante Ga. Ouçamos o dono do Cinturão de Ouro.

O aplauso foi maciço e longo. Em meio às palmas, o Querido Líder falou com ele em voz baixa:

– Faça uma reverência, Comandante.

Com as mãos dos lados, ele se inclinou até a cintura, assim permanecendo por um momento, enquanto observava gotas de sangue caírem do seu nariz no carpete da casa de ópera. Quando ele se levantou, uma pequena frota de belas servas surgiu com bandejas de champanhe. Lá em cima, Dak-ho começou a cantar "Heróis Desconhecidos", o tema do primeiro papel principal de Sun Moon.

O Comandante Ga olhou para Sun Moon, e seu rosto confirmou que ela agora entendia que não importava se seu marido estava vivo ou morto: ele havia sido substituído e agora ela jamais voltaria a vê-lo.

Ela se virou e ele a seguiu.

Ele juntou-se a ela a uma mesa vazia, onde ela se sentou entre os casacos e as bolsas de outras pessoas.

– E o seu filme? – ele perguntou. – O que você descobriu?

As mãos dela tremiam.

– Não haverá filme. – A tristeza em seu rosto era evidente, o oposto à representação.

Ela estava prestes a chorar. Ele tentou consolá-la, mas ela não aceitou.

– Nada assim jamais aconteceu comigo – Sun Moon disse. – E agora tudo está dando errado.

– Nem tudo – ele disse.

– Sim, tudo – ela insistiu. – Você não conhece essa sensação. Você não sabe o que é perder um filme no qual trabalhou durante um ano. Você nunca perdeu todos os seus amigos ou teve seu marido tirado de você.

– Não fale assim – ele falou. – Você não precisa falar assim.

– É assim que deve ser a sensação de fome – ela continuou –, um vazio dentro de você. É assim que as pessoas devem se sentir na África, onde não têm nada para comer.

De repente ele se sentiu enojado do comportamento dela.

– Você sabe qual é o sabor da fome? – gritou.

Ele pegou uma pétala de rosa do arranjo de flores no centro da mesa. Arrancou-a de sua base branca e colocou-a nos lábios dela.

– Abra – disse-lhe, e quando ela não fez o que ele mandou, falou com mais rispidez ainda: – Abra! – exigiu.

Ela abriu os lábios e deixou a flor entrar em sua boca. Olhou para ele com os olhos cheios d'água. Então as lágrimas começaram a descer à medida que ela mastigava.

Cidadãos, reúnam-se em torno dos alto-falantes em suas cozinhas e escritórios para o próximo capítulo da Melhor História Norte-Coreana deste ano. Você perdeu algum episódio? As gravações estão disponíveis no laboratório de linguagens da Grande Casa de Estudos do Povo. Quando vimos pela última vez o Comandante Ga, ele havia tido uma demonstração de taekwondo do próprio Querido Líder! Não se deixem enganar pelo uniforme ousado do Comandante e seus cabelos cuidadosamente arrumados – ele é uma figura trágica, que ainda passará por muitas coisas antes que possamos falar sobre sua redenção.

Por enquanto, nosso casal estonteante atravessa Pyongyang depois de uma festa opulenta, bairro por bairro, enquanto os interruptores das subestações eram desligados para que nossa cidade mergulhasse num sono merecido. O Comandante Ga dirigia enquanto Sun Moon era levada a inclinar-se de um lado para outro com as viradas do carro.

– Sinto muito pelo filme – ele disse.

Ela não respondeu. Sua cabeça estava virada em direção aos prédios escuros.

Ele disse:

– Você pode fazer outro.

Ela procurou algo em sua bolsa. Em seguida, frustrada, fechou-a, dizendo:

– Meu marido nunca me deixou ficar sem cigarro, nem uma vez. Ele tinha um esconderijo especial para os pacotes, e toda manhã havia um novo maço debaixo no meu travesseiro.

O distrito de alimentação de Pyongyang se apagou quando eles passaram por ele, e em seguida... um, dois, três... os blocos residenciais ao longo da Rua Haebangsan ficaram na escuridão. Boa noite, Pyongyang. Você merece uma boa noite de sono. Nenhuma nação dorme como a Coreia do Norte. Depois que as luzes se apagam, um exalar coletivo é emitido quando as pessoas encostam as cabeças nos travesseiros em um milhão de lares. Quando geradores incansáveis param para a noite e suas turbinas vermelhas começam a esfriar, sem uma lâmpada acesa à vista, nenhum zunido de refrigeradores na escuridão, sobra apenas a satisfação de fechar os olhos e depois mergulhar em sono profundo com cotas de trabalho cumpridas e o abraço da reunificação. O cidadão americano, contudo, está acordado. Vocês deveriam ver uma foto de satélite daquela confusa nação à noite – ela é uma faixa contínua de luz, piscando numa noite preguiçosa e indolente. Ociosos e desmotivados, os americanos ficam acordados até tarde, matando o tempo na frente de aparelhos de televisão, com relações homossexuais, e até mesmo religião – qualquer coisa para preencher seus apetites egoístas.

A cidade já estava completamente escura quando eles passaram pela estação Rakwan da linha de Hyoksin. Os faróis iluminaram por um momento um corujão no topo de uma passagem de ventilação, o bico trabalhando avidamente numa nova vítima. Seria fácil, queridos cidadãos, sentir pena do pobre cabrito arrebatado tão cedo. Ou pela mamãe ovelha, todo o seu amor e trabalho por nada. Ou até mesmo pelo corujão, que tem de sobreviver devorando outros animais. Entretanto esta é uma história feliz, cidadãos: a perda do cabrito desatento e desobediente fortalece os outros carneiros criados nos telhados.

Eles começaram a subir as montanhas, passando pelo Zoológico Central, onde os tigres siberianos do Querido Líder estavam perto do canil que abrigava os seis cachorros do Zoológico, todos presentes do antigo rei da Suazilândia. Os cachorros eram criados com uma dieta rígida de tomates e kimchi para reduzir o perigo inerente dos animais, ainda que estejam destinados a comer carne outra vez quando chegar a hora de uma nova visita dos americanos!

À luz dos faróis eles viram um homem correndo do zoológico com um ovo de avestruz nas mãos. Dois guardas o perseguiam com lanternas.

– Você torce pelo homem faminto o bastante para roubar? – perguntou o Comandante Ga enquanto passavam de carro. – Ou pelo homem que deve caçá-lo?

– Não é a ave que sofre? – indagou Sun Moon.

Eles passaram pelo cemitério, mergulhado na escuridão assim como a Feira de Variedades, as cadeiras de suas gôndolas negras tendo ao fundo o céu preto-azulado. Somente os jardins botânicos estavam iluminados. Aqui, até mesmo à noite, o trabalho com espécies híbridas continuava, o precioso cofre de sementes protegido de uma invasão americana por uma grande cerca elétrica. Ga olhou para um grupo de mariposas, ricas em proteína, circulando uma lâmpada de segurança, e ficou melancólico enquanto percorria a última faixa da estrada poeirenta.

– Este é um ótimo carro – ele disse. – Vou sentir falta dele.

Com isso o Comandante queria dizer que embora a nação produzisse os melhores veículos do mundo a vida é fugaz e está sujeita a dificuldades, o motivo pelo qual o Querido Líder nos deu a filosofia do Juche.

– Transmitirei seus sentimentos – disse Sun Moon – ao próximo homem que o dirigir.

Ao dizer isso a atriz está admitindo que o carro não lhes pertence, mas é propriedade dos cidadãos da República Popular Democrática da Coreia e do Querido General, que nos comanda. Mas está errada ao sugerir que ela não pertence ao marido, pois uma esposa tem certas obrigações com as quais está para sempre comprometida.

O Comandante Ga estacionou na frente da casa. A nuvem de poeira que os seguia agora parou, tornando-se uma forma fantasmagórica diante dos faróis e em frente à casa que eles iluminavam. Sun Moon olhou para a porta cheia de incerteza e apreensão.

– Isso é um sonho? – perguntou. – Diga-me que estou num filme.

Mas chega desse mau temperamento, vocês dois! É hora de dormir. Para a cama agora...

Ah, Sun Moon, nosso coração nunca conseguirá deixar de torcer por você!

Repitamos juntos: Nós sentimos sua falta, Sun Moon!

Finalmente, cidadãos, um aviso de que o capítulo de amanhã trará uma situação apropriada apenas para adultos, portanto protejam os ouvidos dos nossos cidadãos menores no momento em que a atriz Sun Moon decide abrir-se completamente ou não para seu novo marido, o Comandante Ga, como a lei exige de uma esposa, ou se fará uma declaração imprudente de castidade.

Lembrem-se, cidadãs: por mais admirável que possa ser permanecer casta na ausência do marido, esse senso de dever é mal interpretado. Sempre que o ser amado desaparece, a dor permanece. Os americanos têm um ditado que diz: "O tempo cura todas as feridas". Mas não é verdade. Experimentos mostraram que a cura só é possível com sessões de autocrítica, com as obras inspiradoras de Kim Jong-il e substitutos. Portanto, quando o Querido Líder lhe der um novo marido, entregue-se a ele. Não obstante: Nós a amamos, Sun Moon!

Mais uma vez: Nós a amamos, Sun Moon!

Repitam: Nós a admiramos, Sun Moon!

Sim, cidadãos, assim está melhor.

Mais alto: imitamos seu sacrifício, Sun Moon!

Façam o próprio Grande Líder Kim Il-sung ouvi-los do paraíso!

Todos juntos: Nós nos banharemos com o sangue dos americanos que vieram à nossa grande nação machucá-la!

Mas estamos nos adiantando. Isso fica para um próximo episódio.

Ao chegarem a casa depois da festa do Querido Líder, o Comandante Ga estudou a rotina noturna de Sun Moon. Primeiro ela acendeu uma lanterna a óleo, o tipo colocado nas praias de Cheju para que os pescadores possam navegar seus barcos à noite. Ela deixou o cachorro entrar e em seguida checou o quarto para ver se as crianças estavam dormindo. Ao fazer isso, deixou as portas abertas pela primeira vez. Lá dentro, à luz de sua lâmpada, ele viu um colchão baixo e esteiras de couro de boi enroladas.

Na cozinha escura ele pegou uma garrafa de Ryoksong no compartimento gelado debaixo da pia. Era uma cerveja gostosa, e a garrafa suavizou sua mão inchada. Ele não queria ver como estava seu rosto. Ela inspecionou os nós de seus dedos, onde surgia um hematoma amarelado.

— Já cuidei de muitas mãos quebradas — ela disse. — Foi só um mau jeito.

— Você acha que o motorista está bem? Acho que quebrei o nariz dele.

Ela deu de ombros.

— Você escolheu assumir a identidade de um homem dedicado à violência — disse. — Essas coisas acontecem.

— Você não entendeu — ele respondeu. — Seu marido me escolheu.

— Qual é a diferença? Você é ele agora, não é? Comandante Ga Choi Chun: é assim que devo chamá-lo?

— Veja como seus filhos escondem os olhos, como têm medo de se mexer. Não quero ser o homem que lhes ensinou isso.

— Então me diga: como devo chamá-lo?

Ele abanou a cabeça. Sua expressão demonstrava que ele concordava que aquele era um problema difícil de ser resolvido.

A luz da lâmpada produzia sombras que davam forma ao corpo de Sun Moon. Ela se recostou no balcão da cozinha e olhou para os armários como se pudesse ver seu conteúdo. Mas, na verdade, estava olhando para o outro lado: para dentro de si mesma.

– Sei o que está pensando – ele disse.

– Aquela mulher – ela falou. – Não consigo tirá-la da cabeça.

Ele pensou, olhando a expressão dela, que de alguma forma ela estava se culpando pelas coisas, o que era algo que o Capitão dizia que sua esposa sempre fazia. Mas no momento em que ela mencionou a mulher, ele soube exatamente do que Sun Moon estava falando.

– Aquilo foi besteira, a conversa sobre lobotomias – ele disse. – Não se faz isso em nenhuma prisão. As pessoas criam rumores por medo, por não saberem.

Ele tomou um gole da cerveja. Abriu e fechou a mandíbula, movimentando-a de um lado para o outro a fim de avaliar os danos sofridos pelo seu rosto. É claro que havia uma prisão para zumbis: ele soube que era verdade no segundo em que ouviu a mulher falar. Ele queria poder perguntar a Mongnan sobre isso – ela saberia, ela lhe contaria sobre a fábrica de lobotomias, e contaria de uma forma a fazê-lo se sentir a pessoa mais sortuda do mundo, que sua vida era ouro puro se comparada à de outros.

– Se você está preocupada com o seu marido, com o que pode ter acontecido com ele, posso lhe contar.

– Não quero falar sobre isso – ela disse, mordendo uma unha em seguida. – Não me deixe ficar sem cigarro outra vez, prometa.

Ela tirou um copo do armário e o colocou no balcão.

– Esta é a hora em que você me serve um pouco de vinho de arroz – disse a ele. – Este é um dos seus deveres.

Com a lâmpada, ele foi até o túnel para pegar uma garrafa de vinho de arroz, mas acabou se distraindo com os DVDs. Correu os dedos pelos filmes à procura de um dela, mas não havia filmes coreanos, e logo títulos como *Rambo*, *Feitiço da Lua* e *Caçadores da Arca Perdida* ligaram o interruptor em seu cérebro para ler inglês, e ele simplesmente não conseguia parar de explorar as várias fileiras de DVDs. De repente Sun Moon estava ao seu lado.

– Você me deixou no escuro – ela disse. – Tem muito a aprender sobre como me tratar.

– Eu estava procurando um filme seu.

– E aí?

– Não há nenhum aqui.

– Nenhum? – Ela estudou os títulos nas fileiras. – Ele tinha todos esses filmes e nenhum da própria esposa? – indagou, confusa, puxando um da prateleira em seguida. – Que filme é este?

Ga olhou para a capa.

– Chama-se *A Lista de Schindler*.

"Schindler" era uma palavra difícil de pronunciar.

Ela abriu a caixa e olhou para o DVD, sua superfície brilhando à luz da lâmpada.

– Coisas estúpidas – ela disse. – Os filmes são propriedade do povo, e não para serem detidos por uma única pessoa. Se você quiser assistir a um dos meus filmes, vá ao Cinema Moranbong. Eles nunca param de exibi-los. Você pode ver um filme de Sun Moon no mesmo lugar que camponeses e políticos.

– Você viu algum desses?

– Já lhe disse – ela respondeu –, sou uma atriz pura. Essas coisas só me corromperiam. Talvez seja a única atriz pura do mundo.

Ela pegou outro filme e acenou-o em frente a ele.

– Como as pessoas podem ser artistas quando atuam por dinheiro? Como os macacos do zoológico, que dançam em suas cordas por pedaços de repolho. Atuo para uma nação, para um povo inteiro.

De repente ela pareceu deprimida.

– O Querido Líder disse que eu atuaria para o mundo. Você sabia que foi ele que me deu este nome? Em inglês, Sun quer dizer *hae* e Moon quer dizer *dal**, portanto sou noite e dia, luz e escuridão, um corpo celeste e seu eterno satélite. O Querido Líder disse que esse nome me

---

* "Sol" e "Lua", respectivamente. (N.T.)

faria parecer misteriosa para o público americano, que seu intenso simbolismo chamaria a atenção deles.

Ela olhou para ele.

– Mas eles não assistem aos meus filmes na América, não é mesmo?

Ele abanou a cabeça.

– Não – respondeu. – Acho que não.

Ela voltou a olhar para *A Lista de Schindler* na prateleira.

– Livre-se desses filmes – disse. – Não quero voltar a vê-los.

– Como seu marido os assistia? – ele perguntou. – Vocês não têm um aparelho de DVD.

Ela deu de ombros.

– Ele tinha um laptop?

– Um o quê?

– Um computador que dobra.

– Sim – ela disse. – Mas já faz algum tempo que não o vejo.

– Onde quer que o laptop esteja – ele disse –, aposto que seus cigarros estão no mesmo lugar.

– Está tarde demais para uma taça de vinho – ela disse. – Venha, vou fazer a cama.

A cama ficava virada para uma janela larga com vista para a escuridão de Pyongyang. Ela deixou a lamparina queimando em uma mesinha de cabeceira. As crianças dormiam em um colchão de palha aos pés deles, o cachorro entre o menino e a menina. Sobre a lareira, fora do alcance das crianças, estava a lata de pêssegos que o Camarada Buc lhes dera. Eles se despiram à luz fraca, ficando apenas com a roupa de baixo. Quando estavam debaixo dos lençóis, Sun Moon falou:

– As regras são as seguintes: a primeira é que você começará a trabalhar no túnel, e não vai parar até construir uma saída. Não vou ficar presa outra vez.

Ele fechou os olhos e ouviu sua exigência. Havia algo puro e belo nela. Se outras pessoas dissessem exatamente o que queriam, *a vida seria diferente*.

Ela olhou para ele para se certificar de que ele estava ouvindo.

— Em segundo lugar, as crianças só lhe dirão seus nomes quando quiserem.

— De acordo — ele respondeu.

Lá embaixo, os cachorros começaram a latir no Zoológico Central. Brando choramingou dormindo.

— E você não pode usar taekwondo com eles — ela continuou. — Nunca os fará provar sua lealdade, nunca os testará de forma alguma.

Ela avaliou-o com os olhos.

— Esta noite você descobriu que os amigos do meu marido ficam felizes de machucá-lo em público. Ainda tenho poder o bastante para deixar uma pessoa aleijada.

Dos jardins botânicos lá embaixo veio uma luz azul intensa que preencheu o quarto. Nada produziria um arco de luz como aquele além do encontro entre um ser humano e uma cerca elétrica. Às vezes os pássaros colidiam com a cerca da Prisão 33. Mas quando era uma pessoa o ruído azul profundo produzia uma luz que passava pelas pálpebras e um zunido que penetrava seus ossos. Nas barracas, aquela luz e aquele som acordavam-no o tempo todo, embora Mongnan dissesse que depois de algum tempo ele deixaria de notá-los.

— Há outras regras? — ele perguntou.

— Só uma — ela disse. — Você jamais me tocará.

Seguiu-se um longo silêncio no escuro.

Ele respirou fundo.

— Certa manhã, colocaram todos os mineiros em filas — disse. — Havia cerca de 600 de nós. O guarda carcerário aproximou-se. Ele havia levado um soco no olho, o hematoma era novo. Um oficial militar o acompanhava: quepe de abas largas, muitas medalhas. Era o seu marido. Ele disse ao guarda que nos mandasse tirar as camisas.

Ele parou, esperando para ver se Sun Moon pediria a ele que continuasse ou não.

Quando ela não falou nada, ele prosseguiu.

— Seu marido estava com um aparelho elétrico. Ele percorreu as filas de homens apontando-o para seus peitos. Na maioria das vezes, ao apontar a caixa para um homem, ela ficava em silêncio. Com outros, porém, ela produzia um som de estática. Foi o que aconteceu comigo quando ele apontou o aparelho para os meus pulmões. Ele perguntou: "Em que parte da mina você trabalha?" Respondi que era no novo pavimento, no subsolo. Ele fez outra pergunta: "É quente ou frio lá?", e eu respondi: "Quente".

– Ga virou-se para o guarda. "Isso basta para provar, não é? De agora em diante todo o trabalho se concentrará naquela parte da mina. Chega de cavar por níqueis e lata."

– "Sim, Ministro Ga", respondeu o guarda.

– Foi só então que o Comandante Ga pareceu notar a tatuagem no meu peito. Um sorriso de descrença cruzou seu rosto. "Onde você conseguiu isso?", ele perguntou.

– "No mar", respondi.

– Ele esticou a mão e segurou meu ombro para dar uma boa olhada na tatuagem acima do meu coração. Já fazia quase um ano que eu não tomava banho, e jamais esquecerei a aparência das unhas brancas com base contra a minha pele. "Você sabe quem eu sou?", ele perguntou. "Quer me explicar essa tatuagem?"

– Todas as opções que me ocorreram pareciam ruins. "Puro patriotismo", respondi finalmente. "Eu quis homenagear o maior tesouro da nação."

– Ga gostou dessa resposta. "Se você soubesse", ele me disse. Depois, virou-se para o guarda. "Ouviu isso?", Ga perguntou-lhe. "Acho que acabei de descobrir o único maldito homossexual desta prisão."

– Ga deu uma olhada em mim. Ele levantou meu braço e viu as marcas de queimadura do meu treinamento para suportar a dor. "Sim", ele disse em sinal de reconhecimento. Depois pegou meu outro braço, virando-o para poder estudar o círculo de cicatrizes. Intrigado, ele disse: "Alguma coisa aconteceu aqui".

– Então, o Comandante Ga deu um passo para trás e pude vê-lo levantando o pé esquerdo. Levantei o braço a tempo de bloquear um chute rápido. "Era isso que eu procurava", ele disse.

– O Comandante Ga assobiou entre os dentes, e vi que do outro lado do portão da prisão o motorista de Ga abriu o porta-malas do Mercedes. O motorista tirou algo do porta-malas e os guardas abriram o portão para ele. O motorista vinha em nossa direção, e seja o que estivesse trazendo era extremamente pesado.

– "Qual é o seu nome?", Ga perguntou. "Espere, não preciso sabê-lo. Saberei em seguida." Ele tocou meu peito com um dedo e me disse: "Você já viu o guarda colocar os pés na mina?"

– Olhei para o guarda, que me encarava. "Não", eu respondi.

– O motorista se aproximou carregando uma pedra enorme. Ela devia pesar uns 25 quilos. "Pegue", disse o Comandante Ga ao guarda. "Levante-a para que todos possam ver." E, com muita dificuldade, o guarda levantou a pedra sobre os ombros. Ela era maior que sua cabeça. Então o Comandante Ga apontou o detector para a pedra, e todos ouvimos o aparelho enlouquecer, zunindo cheio de energia.

– O Comandante Ga me disse: "Veja como ela é branca. Essa pedra é a única coisa que nos importa agora. Você já viu alguma pedra como essa na mina?" Balancei a cabeça afirmativamente, e ele sorriu. "Os cientistas disseram que este era o tipo certo de montanha, que essas coisas deveriam estar aqui. Agora sei que estavam certos."

– "O que é?", perguntei.

– "É o futuro da Coreia do Norte", ele respondeu. "É o nosso punho na garganta dos ianques."

– Ga virou-se para o guarda. "Esse prisioneiro agora é meus olhos e meus ouvidos neste lugar", ele disse. "Volto em um mês, e enquanto isso nada lhe acontecerá. Você agora o tratará da mesma forma que me trata. Está ouvindo? Você sabe o que aconteceu com o último guarda desta prisão? Sabe o que fiz com ele?" O guarda não dizia nada.

– O Comandante Ga me deu a máquina eletrônica. "Quero ver uma montanha branca disso quando voltar", ele disse. "E se o guarda colocar essa pedra no chão antes de eu voltar, me diga. Pois ele não é nada para soltar essa pedra, entendeu? Durante o jantar, ele tem de ficar com a pedra no colo. Quando ele dormir, ela deve subir e descer sobre o peito dele. Quando ele cagar, essa pedra caga também." Ga empurrou o guarda, que tropeçou, mas conseguiu se equilibrar sob o peso. Então o Comandante Ga fechou o punho...

– Pare – disse Sun Moon. – É ele. Reconheço meu marido.

Ela ficou em silêncio por um momento, como se estivesse digerindo algo. Depois virou-se para ele na cama, atravessando o espaço entre os dois. Ela levantou a manga da camisola dele, passou os dedos pelas cicatrizes em seu bíceps. Depois colocou a mão no peito dele, abrindo os dedos sobre o algodão.

– É aqui? – perguntou – A tatuagem fica aqui?
– Não sei se você vai querer vê-la.
– Por quê?
– Ela vai assustá-la.
– Tudo bem – ela disse. – Pode me mostrar.

Ele tirou a camiseta e ela se aproximou para observar seu retrato à luz fraca, fixado para sempre em tinta, uma mulher cujos olhos ainda queimavam em sinal de sacrifício próprio e fervor nacional. Ela estudou a imagem subindo e descendo no peito dele.

– Meu marido... Um mês depois ele voltou à prisão, certo?
– Voltou.
– E ele tentou fazer algo com você, algo ruim, não é?

Ele balançou a cabeça afirmativamente.

Ela disse:
– Mas você foi mais forte.

Ele engoliu.
– Mas eu fui mais forte.

Ela abraçou-o, a palma da mão repousando sobre sua tatuagem. Era a imagem da mulher que ela fora que fazia seus dedos tremerem? Ou eram os sentimentos que ela nutria por aquele homem em sua cama, que começara a chorar baixinho por razões que ela não compreendia?

Cheguei a casa nesta noite vindo da 42ª Divisão para descobrir que a visão dos meus pais havia ficado tão ruim que tive de avisar que já anoitecera. Ajudei-os a se deitarem em suas camas, colocadas ao lado do fogão, e, depois de acomodados, eles olharam para o teto com os olhos vazios. Os olhos do meu pai ficaram brancos, mas os da minha mãe são claros e expressivos, e de vez em quando suspeito que sua visão não esteja tão ruim quanto a dele. Acendi o cigarro que meu pai fuma antes de dormir. Ele fuma Konsols: este é o tipo de homem que ele é.

– Mãe, pai – eu disse. – Tenho de dar uma saída.

Meu pai disse:

– Que a sabedoria eterna de Kim Jong-il o guie.

– Obedeça ao toque de recolher – minha mãe acrescentou.

Eu estava com a aliança de casamento do Camarada Buc no bolso.

– Mãe – eu disse. – Posso fazer uma pergunta?

– Sim, filho.

– Por que vocês nunca encontraram uma noiva para mim?

– Nosso dever é em primeiro lugar para com a nação – ela disse. – Depois para com os líderes, depois para com...

– Sei, sei – eu disse. – Para com o Partido, depois para com a Carta da Assembleia dos Trabalhadores, e assim por diante. Mas eu servi na Brigada da Juventude. Estudei o Ideal do Juche na Universidade Kim Il-sung. Cumpri meus deveres, e não tenho esposa.

– Você parece perturbado – disse meu pai. – Já conversou com o conselheiro Songun do nosso bloco residencial?

Vi os dedos da mão direita dele se contorcerem. Quando eu era criança, ele costumava usar aquela mão para despentear meu cabelo. Era o que ele fazia para restaurar minha segurança quando nossos vizinhos eram levados ou quando víamos soldados puxando cidadãos para fora da estação de metrô. Com esse gesto, eu soube que ele ainda estava lá, que apesar do seu patriotismo radical meu pai ainda era o meu pai, ainda que sentisse a necessidade de esconder sua verdadeira personalidade de todos, até de mim. Apaguei a vela.

Quando saí, contudo, não segui para o corredor, não fechei e tranquei a porta, não fui em direção à rua. Silenciosamente, encostei-me na porta e ouvi. Queria saber se eles conseguiam ser eles mesmos, se conseguiam baixar a guarda quando estavam a sós, na escuridão e no silêncio do quarto, se podiam voltar a falar como marido e mulher. Fiquei ali por um bom tempo, mas não ouvi nada.

Do lado de fora, na Rua Sinuiju, até mesmo na escuridão era possível ver que as tropas femininas do Juche haviam pintado as calçadas e paredes a giz com slogans revolucionários. Ouvi um rumor de que certa noite uma tropa inteira caiu em um poço sem sinalização de uma construção na Avenida Tongol, mas não se sabe se isso é verdade. Segui para o Distrito Ragwon-dong, onde há muito tempo os japoneses construíram favelas para abrigar os coreanos mais rebeldes. É lá que fica um mercado noturno ilegal, na base do Hotel Ryugyong, abandonado. Ainda que estivesse tudo escuro, era possível ver a silhueta da torre em forma de rocha do hotel com as estrelas como pano de fundo. Quando cruzei a Ponte Palgol, canos despejavam lixo dos fundos de blocos de pastelarias. Como canteiros de lírios cinzentos, páginas do jornal *Rodong Sinmun* manchadas de merda lentamente se espalhavam na água.

Os acordos são feitos perto dos antigos fossos dos elevadores. Os caras do andar térreo combinam os termos e depois gritam pelo fosso para que seus amigos entreguem os produtos – medicamentos, livros de ração, eletrônicos, passes de viagem – em baldes baixados por cordas. Alguns caras não gostaram da minha aparência, mas um aceitou conversar. Ele era jovem e tivera a orelha cortada por agentes policiais que o haviam pegado vendendo produtos piratas. Entreguei-lhe o aparelho celular do Comandante Ga.

Rapidamente, ele abriu o compartimento da bateria, retirou-a, apagou os contatos e depois checou o número no chip.

– Muito bom – disse. – O que você quer por ele?
– Não queremos vendê-lo. Precisamos carregá-lo.
– Precisamos?
– Eu preciso – disse-lhe, mostrando a aliança do Camarada Buc. Ele riu da aliança.
– Caia fora a não ser que queira vender o telefone.

Anos atrás, depois da cerimônia de 15 de abril, a equipe inteira do Pubyok havia ficado bêbada e eu aproveitei a oportunidade para afanar um de seus distintivos. De vez em quando ele era muito útil. Puxei-o e deixei que ele brilhasse no escuro.

– Precisamos de um carregador – eu disse. – Quer perder a outra orelha?
– Meio jovem para ser um Pubyok, não?

O garoto devia ter a metade da minha idade. Com a voz cheia de autoridade, eu disse:

– As coisas mudam.
– Se você fosse um Pubyok – ele disse –, meu braço já estaria quebrado.
– Levante o braço e veremos – eu falei, sem acreditar na minha própria voz.
– Vejamos – ele disse, pegando o distintivo. Estudou a imagem de uma parede flutuante, sentiu o peso da prata, passou o dedo pela capa de couro. – Ok, Pubyok. Vou lhe dar um carregador, mas fique com o anel.

Ele mostrou o distintivo para mim.
– Troco o carregador por isto.

Na manhã seguinte, dois caminhões de lixo estacionaram e derrubaram montes de sujeira nas calçadas do lado de fora do Bloco Residencial Glória do Monte Paektu, número 29 da Rua Sinuiju. Meu trabalho na 42ª Divisão geralmente me desobriga de tarefas como essa, mas não desta vez, disse-me o síndico dos blocos. Grama para Carne era uma campanha da cidade inteira, não dependia dele. O síndico geralmente costumava me tratar com desconfiança porque eu havia mandado alguns dos moradores embora, e ele achava que eu morava no último andar por paranoia, e não para proteger meus pais das más influências do prédio.

Acabei numa corrente humana por dois dias, transportando baldes, penicos e sacolas de compra cheias de terra até o telhado. Às vezes uma voz na minha cabeça narrava os eventos à medida que eles se desdobravam, como se eu estivesse escrevendo minha própria biografia à medida que a vivia, como se eu fosse a única audiência da história da minha vida. Mas eu raramente tinha chance de colocar essa voz no papel: ao final do segundo dia, quando desci para o térreo e me vi na última posição da fila para o banho com água que agora estava gelada e cinzenta, a voz havia desaparecido.

Preparei nabo apimentado para os meus pais com um pouco de cogumelos que uma velha viúva do segundo andar cultivava em potes de kimchi. A energia estava fraca, e parecia que a luz do carregador do aparelho celular nunca ficaria verde. Minha mãe me informou que na partida de golfe com o Ministro das Relações Exteriores de Burundi Kim Jong-il acertara 11 buracos. As notícias sobre toda a pobreza da Coreia do Sul haviam deixado meu pai deprimido. O alto-falante havia transmitido uma longa história sobre as pessoas que morrem de fome lá. "O Querido Líder está mandando ajuda", foi o que meu pai me disse. "Espero que eles consigam aguentar até a reunificação." Os cogumelos deixaram minha urina cor-de-rosa.

Agora que o telhado estava coberto por 20 centímetros de terra, eu só conseguia pensar em voltar para a 42ª Divisão para ver se o Comandante Ga estava se recuperando.

– Ainda não – o síndico do meu bloco residencial me disse na manhã seguinte.

Ele apontou para a extremidade do teto de um caminhão carregado de cabras. Como meus pais eram doentes, eu precisava fazer a parte deles. Uma corda com polias certamente teria sido mais eficiente, mas nem todo mundo da vizinhança frequentara a Universidade Kim Il-sung. Em vez disso, carregamos as cabras nos ombros, segurando suas pernas da frente como cabos. Elas resistiam durante uns dez andares, mas depois desistiam na escuridão da escadaria de cimento e finalmente abaixavam as cabeças e fechavam os olhos em resignação. Mesmo apesar de as cabras parecerem num estado de total submissão, eu percebia que estavam alertas e vivas pelo que não podíamos ver, pelo que só era possível sentir atrás do pescoço: seus coraçõezinhos batendo como loucos.

Levaria semanas para a grama crescer, portanto formamos uma equipe para fazer viagens diárias ao Parque Mansu e pegar folhas para as cabras comerem. O síndico sabia que não podia abusar da sorte comigo. Observamos as cabras inspecionando o telhado com cautela. Um dos cabritos ficou comprimido contra o peitoril e foi empurrado, caindo do telhado do prédio lá embaixo, mas o restante das cabras nem sequer pareceu se dar conta.

Pulei o banho para poder ir correndo para o mercado de Yanggakdo. Consegui um preço vergonhoso para o anel do Camarada Buc. Parecia que todos tinham uma aliança de casamento para vender. Fedendo a bode, fui de metrô para casa com uma abobrinha, algumas lulas secas, um saco de papel cheio de amendoins japoneses e um saco de 5 quilos de arroz. Não se pode deixar de notar como as pessoas no metrô conseguem, sem sequer lhe dirigir o olhar, transmitir seu desagrado quando você está fedendo.

Preparei um banquete para os meus pais. Estávamos todos animados. Acendi uma segunda vela para a ocasião. No meio do jantar a luz âmbar do celular ficou verde. Acho que havia me imaginado de pé no telhado sob as estrelas quando fizesse minha primeira ligação no celular do Comandante Ga, como se quisesse estar diante do universo inteiro no momento em que usasse um aparelho capaz de alcançar qualquer pessoa na face da Terra. Em vez disso, brinquei com ele enquanto comíamos, explorando seus menus. O telefone usava algarismos romanos, mas eu estava apenas procurando números, e não havia registros de chamadas feitas nem recebidas.

Ao ouvir os sons que as teclas produziam, meu pai perguntou:

– O que é isso?

– Nada – respondi.

Por um momento achei que minha mãe tivesse olhado para o telefone, mas quando me virei ela estava olhando para a frente, saboreando o arroz fofinho – haviam parado de distribuir cartões para arroz meses atrás, e vínhamos sobrevivendo à base de painço. Eles costumavam perguntar de onde eu tirava dinheiro para comprar comida no mercado negro, mas não perguntam mais. Inclinei-me em direção à minha mãe. Levantei o telefone diante dos olhos dela e comecei a mexê-lo de um lado para outro. Se ela via o aparelho, não demonstrou.

Voltei ao teclado. Não era que eu não soubesse o número de ninguém – e eu não sabia –, mas acontece que só naquele momento percebi que não tinha ninguém para quem ligar. Não havia uma mulher, um colega ou mesmo um parente com quem entrar em contato. Será que eu não tinha sequer um amigo?

– Pai – eu disse.

Ele estava comendo os amendoins salgados apimentados que adorava.

– Pai, se você pudesse entrar em contato com alguém, qualquer pessoa, quem seria?

– Por que eu iria querer entrar em contato com alguém? – ele perguntou. – Não preciso de nada.

– Não é por necessidade – eu disse. – É por desejo. Por exemplo, você não gostaria de telefonar para um amigo ou parente?

– Nossos camaradas do Partido satisfazem todas as nossas necessidades – disse minha mãe.

– E sua tia? – perguntei ao meu pai. – Você não tem uma tia no Sul?

O rosto do meu pai estava impassível, uma máscara sem expressão alguma.

– Não temos ligações com aquela nação corrupta e capitalista.

– Nós a denunciamos – mamãe acrescentou.

– Ei, não estou perguntando como interrogador do Estado – disse-lhes. – Sou seu filho. Estamos apenas conversando em família.

Eles continuaram comendo em silêncio. Voltei ao telefone, explorando as funcionalidades, e todas pareciam desabilitadas. Disquei alguns números aleatórios, mas o telefone não se conectava à rede, mesmo apesar de eu poder ver a torre de celular da nossa janela. Aumentei e baixei o volume, mas ele também não tocava. Tentei usar a pequena câmera, mas ela se recusava a tirar fotos. Parecia que no final das contas eu acabaria vendendo o aparelho. Não obstante, fiquei irritado por não conseguir pensar em ninguém a quem telefonar. Percorri uma lista mental de todos os meus professores, mas os meus dois favoritos haviam sido mandados para campos de trabalho – doeu assinar sua denúncia por tumulto, mas era o meu dever. Na época eu já era um estagiário na 42ª Divisão.

– Ei, espere aí, lembrei! – eu disse. – Quando eu era criança, havia um casal. Eles nos visitavam e vocês quatro jogavam cartas até tarde. Vocês não têm curiosidade de saber o que aconteceu com eles? Não gostariam de contatá-los se pudessem?

– Não acredito que já tenha ouvido falar dessas pessoas – disse meu pai.

– Tenho certeza disso – respondi. – Lembro deles claramente.

– Não – ele disse. – Acho que você está enganado.

– Pai, sou eu. Não há mais ninguém na sala. Ninguém está ouvindo.

– Chega dessa conversa perigosa – disse minha mãe. – Não nos reuníamos com ninguém.

– Não estou dizendo que vocês se reuniam com alguém. Vocês quatro jogavam cartas depois que a fábrica fechava. Vocês riam bebendo *shoju*.

Estendi o braço para pegar a mão do meu pai, mas o toque o surpreendeu e ele puxou a mão.

– Pai, sou eu, seu filho. Pegue minha mão.

– Não questione nossa lealdade – disse meu pai. – Isso é um teste? – ele perguntou, olhando com os olhos brancos ao redor da sala. – Estamos sendo testados? – ele perguntou para o ar.

Todo pai tem uma conversa com o filho na qual explica de que forma devemos agir, as coisas que devemos fazer, mas lá dentro ainda somos nós, ainda somos uma família. Eu tinha 8 anos quando meu pai teve essa conversa comigo. Estávamos embaixo de uma árvore no Monte Moranbong. Ele me disse que todos nós temos um caminho. Ao longo do caminho precisávamos fazer tudo que as placas mandavam e prestar atenção a todos os anúncios ao longo do dia. Ele disse que mesmo que percorrêssemos nossos caminhos lado a lado deveríamos agir por nós mesmos do lado de fora, enquanto do lado de dentro estaríamos de mãos dadas. Aos domingos as fábricas eram fechadas, de modo que o ar ficava limpo, e eu podia imaginar o caminho passando pelo Vale Taedong, um caminho ladeado por salgueiros e coberto por uma abóbada de nuvens brancas movendo-se em grupo. Tomávamos sorvetes com sabor de frutas e ouvíamos os sons dos velhos em seus tabuleiros de *chang-gi* e trocando as cartas numa partida animada de *go-stop*. Logo eu só conseguia pensar nos barcos de brinquedo que os filhos dos *yangbans* colocavam no lago. Mas meu pai continuava ao meu lado, me conduzindo pelo caminho.

Meu pai dizia:

– Denuncio aquele menino por estar com a língua azul.

Nós ríamos.

Eu apontava para o meu pai.

– Este cidadão come mostarda.

Fazia pouco tempo que eu tinha experimentado raiz de mostarda pela primeira vez, e a expressão no meu rosto fez meus pais rirem. Tudo que tinha de cor de mostarda desde então passara a ser engraçado para mim.

Meu pai se dirigia a uma autoridade invisível no ar.

– Este menino tem pensamentos contrarrevolucionários sobre mostarda. Deveríamos mandá-lo para uma fazenda de sementes de mostarda a fim de corrigir seus pensamentos.

– Este papai toma sorvete de picles com cocô de mostarda – eu dizia.

– Essa é boa. Agora segure minha mão – ele dizia.

Eu colocava minha mão pequenina na dele, e então sua boca se contraía de raiva. Ele gritava:

– Denuncio este cidadão como uma marionete do imperialismo que deve ser julgado por crimes contra o Estado. – Seu rosto ficava vermelho, perverso. – Testemunhei suas diatribes capitalistas na tentativa de envenenar nossas mentes com sujeira traiçoeira.

Os velhos tiravam os olhos de seus jogos por um momento para nos observar.

Eu ficava aterrorizado, prestes a chorar. Meu pai, então, explicava:

– Preste atenção, minha boca disse isso, mas minha mão, minha mão estava segurando a sua. Se sua mãe um dia tiver de dizer algo parecido para proteger vocês dois, saiba disso no seu interior, saiba que ela e eu estamos de mãos dadas. E se algum dia você tiver de dizer algo assim para mim, saberei que não é você de verdade. O que importa é o que temos lá dentro. É lá dentro que pai e filho estarão sempre de mãos dadas.

 Ele esticava o braço e despenteava meu cabelo.

Já estava tarde, mas eu não conseguia dormir. Tentava dormir, mas ficava acordado na minha cama, pensando em como o Comandante Ga conseguira mudar sua vida e se tornar outra pessoa, sem registros de quem havia sido. Como é possível escapar ao resultado do seu Teste de Aptidão do Partido ou a 12 anos de avaliações de Correção do Pensamento dos seus professores? Eu podia sentir que a história oculta de Ga estava cheia de amigos e aventuras, e tive inveja disso. Para mim não importava que ele provavelmente tivesse matado a mulher que amava. Como ele encontrara o amor? Como ele conseguira? E o amor o havia tornado outra pessoa, ou, como eu suspeitava, simplesmente aparecido depois que ele assumiu uma nova identidade? Eu achava que Ga era a mesma pessoa por dentro, mas tinha um exterior completamente novo. Eu conseguia respeitar isso. Mas será que essa mudança, se uma pessoa fosse até o fim, não seria capaz de ganhar vida no seu interior?

 Não havia sequer um arquivo sobre esse personagem que era o Comandante Ga – eu só tinha o arquivo do Camarada Buc. Passei um bom tempo me virando de um lado para outro, pensando em como Ga poderia estar em paz, e depois acendi minha vela e me debrucei sobre o arquivo de Buc. Eu sabia que meus pais estavam acordados, deitados completamente imóveis, respirando de forma regular, me ouvindo enquanto eu folheava o arquivo do Camarada Buc à procura de pistas sobre a identidade de Ga. Pela primeira vez senti inveja dos Pubyoks, da sua habilidade de conseguir respostas.

 Foi então que ouvi um som claro vindo do telefone. "Bing", ele tocou.

 Ouvi o som da lona quando meus pais se enrijeceram em seus colchões. O telefone em cima da mesa começou a piscar com uma luz verde. Peguei o telefone e abri. Havia uma imagem na sua pequena tela, a foto de uma calçada, e no pavimento havia uma estrela com duas palavras em inglês: "Ingrid" e "Bergman". A foto foi tirada de dia.

Voltei ao arquivo do Camarada Buc à procura de imagens que pudessem conter uma estrela parecida. Só havia fotos comuns: sua comissão do Partido, recebendo seu broche de Kim Il-jong aos 16 anos, seu juramento de afiliação eterna. Fui até a foto da sua família morta, as cabeças jogadas para trás, contorcidas no chão. E ainda assim tão pura. As meninas usando seus vestidos brancos. A mãe com o braço sobre a menina mais velha enquanto segurava a mão da mais nova. Senti uma pontada de dor quando vi sua aliança de casamento. Deve ter sido terrível para elas, o pai tendo acabado de ser preso, e ali estava um momento familiar formal sem ele, quando sucumbiram a "possivelmente monóxido de carbono". É difícil imaginar perder uma família, alguém que você ama simplesmente desaparecendo. Entendi melhor por que Buc nos alertara no esgoto para que nos preparássemos, para que tivéssemos um plano. Ouvi o silêncio dos meus pais no quarto escuro, e me perguntei se não deveria ter um plano para quando perdesse um deles, se era isso que Buc queria dizer.

Como a família do Camarada Buc estava reunida, as meninas perto da mãe no chão, meu olhar era naturalmente atraído para aquele ponto. Pela primeira vez percebi que acima da mesa havia uma lata de pêssegos, um pequeno detalhe em relação à foto como um todo. A tampa irregular da lata estava aberta, e então entendi que o método que o Comandante Ga usaria para se ausentar do resto de sua biografia no momento que achasse apropriado estava na sua mesinha de cabeceira.

Na 42ª Divisão, uma faixa de luz brilhava embaixo da porta para a sala de descanso dos Pubyok. Passei devagar – nunca era possível dizer se aqueles caras haviam ficado para trabalhar até tarde ou tinham chegado cedo.

Encontrei o Comandante Ga dormindo tranquilamente, mas sua lata de pêssegos havia desaparecido.

Sacudi o Comandante Ga para acordá-lo.
– Onde estão os pêssegos? – perguntei.
Ele esfregou o rosto, passou a mão no cabelo.
– É dia ou noite? – perguntou.
– Noite.
Ele balançou a cabeça em sinal de concordância.
– Parece noite.
– Pêssegos – eu disse. – Foi isso que você deu à atriz e seus filhos? Foi assim que você os matou?
Ga virou-se para a sua mesinha. Estava vazia.
– Onde estão meus pêssegos? – ele perguntou. – Eram pêssegos especiais. Você precisa recuperá-los antes que algo terrível aconteça.
Neste momento vi Q-Kee passar pelo corredor. Eram 3h30 da manhã! Os apitos dos trabalhadores de choque ainda levariam duas horas para soar. Chamei-a, mas ela continuou andando.
Voltei a olhar para Ga.
– Você pode me dizer o que é um Bergman?
– Um Bergman? – ele perguntou. – Não sei do que você está...
– E um Ingrid?
– Essa palavra não existe – ele disse.
Passei algum tempo olhando para ele.
– Você a amava?
– Ainda a amo.
– Mas como? – perguntei. – Como você conseguiu conquistar o amor dela?
– Cumplicidade.
– Cumplicidade? O que é isso?
– É quando duas pessoas compartilham tudo, quando não há segredos entre elas.
Tive de rir.
– Nenhum segredo? – perguntei. – Não é possível. Passamos semanas extraindo biografias inteiras dos nossos interrogados, e sempre que os ligamos no piloto automático eles soltam algum detalhe crucial que não havíamos conseguido extrair. Extrair todos os segredos de alguém? Desculpe, é impossível.

– Não – disse Ga. – Ela lhe dá seus segredos. E você dá a ela os seus.

Vi Q-Kee passar outra vez, agora usando um capacete com lanterna. Deixei Ga para ir atrás dela – ela estava metade do corredor à minha frente.

– O que você está fazendo aqui no meio da noite? – gritei.

Ecoando pelos corredores, ouvi a resposta:

– Sou dedicada.

Alcancei-a nas escadas, mas ela não reduziu o passo. Tinha um aparelho da loja nas mãos: uma bomba manual acoplada a um tubo de borracha. A bomba é usada para fazer lavagem estomacal nos interrogados – o inchamento dos órgãos por fluidos ministrados à força é a terceira mais dolorosa tática de coerção.

– Aonde você vai com isso? – perguntei.

Degrau após degrau, descemos a escada em espiral.

– Não tenho tempo – ela disse.

Agarrei-a com força pelo cotovelo e a girei para ver seu rosto. Ela não parecia acostumada a esse tipo de tratamento.

– Cometi um erro – ela disse. – Precisamos nos apressar.

Após mais dois lances de escadas, chegamos ao esgoto, e o alçapão estava aberto.

– Não – eu disse. – Não me diga.

Ela desapareceu lá embaixo, e quando a segui pude ver o Camarada Buc se contorcendo no chão, uma lata derramada de pêssegos ao seu lado. Q-Kee lutava contra as convulsões para conseguir inserir o tubo garganta abaixo. Uma saliva preta saía da boca de Buc, seus olhos caídos, sinais claros de envenenamento por botulismo.

– Esqueça – eu disse. – A toxina já alcançou o sistema nervoso.

Ela gemeu de frustração.

– Eu sei, fiz besteira – disse.

– Vá em frente.

– Eu não deveria ter feito isso, eu sei – ela continuou. – É só que... ele sabe tudo.

– Sabia.

– Sim, sabia.

Ela parecia querer chutar o corpo trêmulo de Buc.

– Achei que se arriscasse um pouco conseguiríamos entender tudo. Desci aqui e perguntei o que ele queria, e ele disse que queria pêssego. Ele disse que era a única coisa que queria no mundo inteiro.

Então ela chutou-o, mas não pareceu satisfeita.

– Ontem à noite ele disse que se lhe trouxesse os pêssegos ele me contaria tudo de manhã.

– Como ele sabia que estava de noite?

– Outra besteira que fiz – ela disse, balançando a cabeça. – Eu disse a ele.

– Tudo bem. Todo estagiário comete esse tipo de erro.

– Mas no meio da noite tive o pressentimento de que algo estava errado, então desci e o encontrei assim.

– Não trabalhamos seguindo pressentimentos – eu disse. – São os Pubyoks que trabalham assim.

– Bem, o que conseguimos de Buc? Basicamente nada. O que conseguimos do Comandante Ga? Uma merda de um conto de fadas e como masturbar um boi.

– Q-Kee – eu disse, colocando as mãos nos quadris e respirando fundo.

– Não fique chateado comigo – ela disse. – Foi você quem perguntou ao Camarada Buc sobre a lata de pêssegos. Foi você quem disse que o Comandante Ga estava aqui. Buc só precisou somar dois mais dois.

Ela parecia pronta para sair.

– Mais uma coisa – ela disse. – Lembra que o Comandante Ga perguntou se os pêssegos eram dele ou do Camarada Buc? Quando entreguei a lata de pêssegos ao Camarada Buc, ele fez a mesma pergunta.

– O que você respondeu?

– O que respondi? Nada. Eu sou a interrogadora, lembra?

– Errado – eu disse. – Você é uma estagiária.

– Certo. Interrogadores são pessoas que obtêm resultados.

Por trás das celas onde novos interrogados são recebidos fica o compartimento central de propriedades. Ele fica no andar principal, e antes de sair eu fui checar seu conteúdo. Tudo que tinha algum valor era roubado por agentes policiais muito antes de os interrogados serem trazidos. Estudei as posses humildes que as pessoas carregavam antes da visita crucial de suas vidas. Muitas sandálias. Minha primeira conclusão foi que inimigos do Estado geralmente usavam tamanho 7. Ali estavam as bolotas encontradas nos bolsos das pessoas, os ramos que usavam para limpar os dentes, mochilas cheias de farrapos e utensílios de cozinha. E, perto de um pedaço de fita com o nome do Camarada Buc, encontrei uma lata de pêssegos com um rótulo vermelho e verde, cultivados em Mampo e enlatados na Fábrica de Frutas 49.

Peguei a lata de pêssegos e fui para casa.

O metrô começara a andar, e em um dos vagões lotados eu não parecia diferente das legiões de funcionários cobertos por uma camada cinzenta das fábricas enquanto involuntariamente batíamos uns nos outros. Eu não conseguia tirar a família de Buc da cabeça, a mãe e as filhas lindas com seus vestidos brancos. Fiquei torcendo para que minha mãe, preparando o café da manhã com os olhos cegos, não botasse fogo no apartamento. De algum modo, ela sempre conseguia fazer tudo sem problemas. E mesmo à profundidade de 11 metros no subsolo, todos ouvimos os apitos dos trabalhadores de choque soarem às 5h00 da manhã.

Ao abrir os olhos, o Comandante Ga deparou com o menino e a menina aos pés da cama olhando para ele. Tinham os primeiros raios da manhã nos cabelos, uma leve luz azulada iluminando as bochechas. Ele piscou e, embora tenha parecido por um segundo, deve ter dormido, pois quando voltou a abrir os olhos o menino e a menina haviam sumido.

Na cozinha, ele encontrou uma cadeira encostada no balcão, e lá estavam os dois olhando pela porta aberta do armário.

Ele acendeu o fogo sob uma frigideira de aço inoxidável, depois cortou uma cebola e colocou um pouco de óleo.

– Quantas armas há aí? – perguntou.

O menino e a menina entreolharam-se. A menina ergueu três dedos.

– Alguém já lhes mostrou como usar uma pistola?

Eles abanaram a cabeça negativamente.

– Então vocês sabem que não devem tocar nelas, certo?

Os dois agora concordaram com um aceno da cabeça.

O cheiro de comida fez o cachorro latir.

– Venham aqui, vocês dois – ele disse. – Precisamos encontrar o lugar onde seu pai guarda os cigarros da sua mãe antes que ela acorde tão zangada quanto um cachorro no zoológico.

Com Brando seguindo-o, o Comandante Ga vasculhou a casa inteira, batendo com os dedos nos rodapés e checando embaixo dos móveis. Brando farejava e latia tudo que ele tocava, enquanto as crianças também os seguiam, desconfiadas mas curiosas. Ga não sabia o que exatamente estava procurando. Ia de um aposento para outro, observando um buraco de chaminé coberto onde provavelmente havia um antigo forno.

Observou uma faixa de gesso saliente, talvez por causa de uma goteira. Perto da porta da frente, viu marcas no chão de madeira de lei. Passou os dedos pelos arranhões e então olhou para cima.

Ele pegou uma cadeira, subiu nela e descobriu que havia uma parte solta na moldura do teto. Enfiou a mão embaixo e descobriu um pacote de cigarros.

– Ah – o menino disse –, agora entendi. Você estava procurando um esconderijo.

Era a primeira vez que uma das crianças falava com ele.

– Isso mesmo – ele disse ao menino.

– Há outro – o menino falou, apontando em direção ao retrato de Kim Jong-il.

– Vou dar uma missão secreta a vocês – Ga disse aos dois, entregando-lhes um maço de cigarros. – Coloquem esses cigarros embaixo do travesseiro da sua mãe sem acordá-la.

Ao contrário das expressões da mãe, as da menina eram sutis e passavam facilmente despercebidas. Com um movimento rápido dos lábios, ela demonstrou que isso não estava à altura do seu talento de espiã, mas mesmo assim aceitou a missão.

Quando o retrato tamanho gigante de Kim Jong-il foi removido, o Comandante Ga encontrou uma prateleira velha oculta na parede. Um laptop ocupava a maior parte dela, mas numa prateleira superior ele encontrou um tijolo de notas de US$ 100 dólares, suplementos vitamínicos, proteína em pó e uma ampola de testosterona sem seringa.

As cebolas haviam ficado adocicadas e claras, pretas nas extremidades. Ele acrescentou um ovo, uma pitada de pimenta branca, folhas de aipo e o arroz do dia anterior.

A menina arrumou os pratos e colocou a pasta de pimenta malagueta na mesa. O menino serviu. A mãe saiu do quarto ainda meio adormecida, um cigarro aceso nos lábios. Ela se aproximou da mesa, onde as crianças tentavam esconder sorrisos sapecas.

Ela tragou e soprou a fumaça.

– O que foi? – perguntou.

Durante o café da manhã a menina quis saber:

– É verdade que você já esteve na América?

Ga confirmou com um aceno da cabeça. Eles comeram em pratos chineses com palitos prateados.

O menino disse:

– Ouvi falar que lá precisamos pagar pelo que comemos.

– É verdade – disse Ga.

– E um apartamento? – perguntou a menina. – Também custa dinheiro?

– E o ônibus? – interveio o menino. – E o zoológico? Precisamos pagar para ir ao zoológico?

Ga interrompeu-os:

– Nada lá é de graça.

– Nem mesmo o cinema? – perguntou Sun Moon, parecendo um pouco ofendida.

– Você foi à Disneylândia? – indagou a menina. – Ouvi falar que é a melhor coisa da América.

O menino acrescentou:

– Disseram-me que a comida americana tem um gosto horrível.

Ga ainda tinha mais três porções no prato, mas parou, guardando-as para o cachorro.

– A comida é boa – ele respondeu. – Mas os americanos estragam tudo com queijo. Eles fazem queijo com leite animal. Os americanos colocam-no em tudo: nos ovos no café da manhã, no macarrão, derretem-no na carne moída. Dizem que os americanos cheiram a manteiga, mas não é verdade, eles cheiram a queijo. Com o calor, ele se torna um líquido alaranjado. No meu trabalho com o Querido Líder, preciso ajudar os chefes coreanos a recriarem o queijo americano. Nossa equipe foi forçada a passar a semana inteira aguentando o cheiro do queijo.

Sun Moon ainda tinha um pouco de comida no prato, mas com a conversa sobre o Querido Líder apagou o cigarro no arroz.

Este era o sinal de que o café da manhã havia acabado, mas o menino ainda tinha uma última pergunta a fazer:

– É verdade que os cachorros têm sua própria comida na América, um tipo de comida que vem em latas?

A ideia era chocante para Ga, uma fábrica de conservas dedicada aos cachorros.

– Não que eu tenha visto – ele respondeu.

★

Na semana seguinte o Comandante Ga supervisionou uma equipe de chefes que estavam trabalhando num cardápio para receber a delegação americana. Dak-ho foi convocado para usar objetos cênicos do Estúdio Cinematográfico Central na construção de um rancho no estilo do Texas, com base nos desenhos de Ga do curral de pinheiro, das cercas de algaroba, da lareira e do celeiro. Um local foi escolhido na região leste de Pyongyang, onde havia mais espaço aberto e menos cidadãos. O Camarada Buc foi o responsável por comprar tudo, dos padrões usados nas camisas guayabera aos moldes para as botas de caubói. Comprar uma carroça típica acabou sendo o maior desafio de Buc, mas ele localizou uma num parque temático japonês e enviou uma equipe para pegá-la.

Decidiu-se por não produzir um cortador de grama norte-coreano, já que os testes mostraram que a foice coreana, com uma lâmina afiada de 1,5 m, era a ferramenta mais eficiente para remover mato. Um lago de pesca foi construído e nele foram colocadas enguias tiradas do Rio Taedong, um oponente voraz e ousado do esporte da pescaria. Equipes de cidadãos voluntários foram enviadas às Montanhas Sobaek para capturar algumas mamushi nas rochas, as cobras mais venenosas da nação, para a prática do tiro ao alvo.

Um grupo de sábias mães do Teatro do Palácio Infantil foi convocado para montar as cestas de presentes. Como não tinham couro de bezerro para fazer as luvas, eles recorreram ao substituto mais próximo: filhotes de cachorro. No lugar de bourbon, um potente uísque de cobra foi selecionado nas montanhas de Hamhung. A Junta de Burma doou 5 quilos de carne seca de tigre. Houve muito debate em torno da escolha do melhor cigarro para representar a identidade do povo norte-coreano. No final, a marca escolhida foi Prolot.

Mas não foi só isso. Todos os dias o Comandante Ga tinha um longo almoço no Teatro Moranbong, onde, sozinho, assistia a um filme diferente de Sun Moon. Ele contemplou sua resiliência em *Os Opressores Caem*, sentiu sua resistência sem limites ao sofrimento em *Pátria sem Mãe*, entendeu sua estratégia de sedução em *Glória das Glórias* e foi para casa assobiando temas patrióticos depois de *Ergam a Bandeira!*.

Toda manhã, antes do trabalho, quando as árvores estavam vivazes com tentilhões e cambaxirras, o Comandante Ga ensinava às crianças a arte de fazer armadilhas para pássaros com nós delicados. Com uma pedra amarrada a um galho para dispará-la, todos preparavam uma armadilha no peitoril da varanda e enchiam-na de sementes de aipo.

Depois que chegava a casa à tarde, o Comandante Ga ensinava algumas tarefas às crianças. Como nunca haviam trabalhado, eles achavam as tarefas interessantes, embora Ga tivesse de mostrar tudo: como usar o pé para enfiar a pá na areia ou como se ajoelhar para usar a picareta na construção do túnel. O menino adorava subir com baldes de areia pelas escadas e jogá-los pela varanda, onde caíam na encosta da montanha.

À noite, enquanto Sun Moon cantava para as crianças dormirem, ele explorava o laptop, que consistia principalmente de mapas que ele não entendia. Havia, contudo, um arquivo de fotos, centenas delas, fotos difíceis de ver. As fotos não eram muito diferentes das de Mongnan: imagens de homens olhando para a câmara com uma mistura de temor e negação no rosto diante do que estava prestes a acontecer. E então havia as fotos do "depois", nas quais os homens – ensanguentados, feridos, seminus – se encolhiam no chão. As imagens do Camarada Buc eram especialmente difíceis de olhar.

Toda noite ela dormia no lado dela da cama e ele dormia no lado dele.

– Hora de dormir – ele dizia, e ela respondia:

– Bons sonhos.

No fim da semana chegou um roteiro do Querido Líder. Ele se chamava *O Último Sacrifício*. Sun Moon deixou-o na mesa, onde o mensageiro o colocara, e passou o dia aproximando-se e se afastando, avaliando-o com uma unha entre os dentes.

Finalmente, ela buscou o conforto de seu robe doméstico e levou o roteiro para o quarto, onde, com a ajuda de dois maços de cigarro, passou o resto do dia lendo-o.

Quando se deitaram naquela noite ele disse:

– Hora de dormir – mas ela não disse nada.

Lado a lado, eles olharam para o teto.

– Você não gostou do roteiro? – ele perguntou. – Qual é o personagem que o Querido Líder quer que você interprete?

Sun Moon pensou por um momento.

– É uma mulher simples – respondeu. – Em uma época mais simples. Seu marido partiu para lutar na guerra contra os imperialistas. Ele havia sido um bom homem, todos gostavam dele, mas como administrador da fazenda coletiva ele era tolerante demais, e permitiu que a produtividade caísse. Durante a guerra os camponeses quase morreram de fome. Durante anos eles presumem que ele está morto. Então ele volta. O marido quase não reconhece a esposa, e sua própria aparência está completamente diferente: ele se queimou na batalha. A guerra o endurecera e agora ele é um frio distribuidor de tarefas. Mas a safra aumenta e a colheita é abundante. Os camponeses se enchem de esperanças.

– Deixe-me adivinhar – disse o Comandante Ga. – É aí que a esposa começa a suspeitar que ele não é realmente seu marido, e quando consegue uma prova precisa decidir se deve sacrificar a própria felicidade pelo bem do povo.

– O roteiro é tão óbvio? – ela pergunta. – Tão óbvio que um homem que viu apenas um filme é capaz de adivinhar o enredo?

– Só especulei qual seria o final. Talvez haja alguma reviravolta, quando a fazenda coletiva cumpre sua cota e a mulher fica satisfeita.

Ela suspirou.

– Não há reviravolta. A trama é a mesma de sempre. Eu resisto, resisto, e então o filme acaba.

No escuro, a voz de Sun Moon estava cheia de tristeza, como o narrador no final de *Pátria sem Mãe*, quando os japoneses apertam as correntes para evitar que o personagem se machuque durante futuras tentativas de fuga.

– As pessoas acham seus filmes inspiradores – ele disse.

– Acham?

– Eu os acho inspiradores. E sua atuação mostra ao povo que o bem pode vir do sofrimento, que o sofrimento pode ser nobre. Isso é melhor do que a verdade.

– E qual é a verdade?

— Que não há propósito no sofrimento. É apenas algo que precisa ser tolerado de vez em quando, e mesmo que 30 mil sofram com você, você sofre só.

Ela não disse nada. Ele tentou outra vez:

— Você deveria estar lisonjeada. Com todas as exigências feitas à atenção do Querido Líder, ele passou a semana escrevendo um novo filme para você.

— Você esqueceu que a peça pregada por esse homem foi o seu espancamento na frente de todos os *yangbans* de Pyongyang? Ah, ele ficará extasiado me vendo atuar com toda a emoção em outro filme que nunca será lançado. Será uma diversão sem limites para ele ver como interpreto uma mulher que precisa se submeter a um novo marido.

— Ele não está tentando humilhá-la. Os americanos chegarão em duas semanas. Ele está concentrado em humilhar a maior nação da Terra. Substituiu seu marido em público. Tirou *Mulher de Conforto* de você. Já transmitiu a mensagem. Com essas coisas, ele realmente quis magoá-la, e realmente a magoou.

— Deixe-me lhe falar sobre o Querido Líder — ela disse. — Quando ele quer que você perca mais, ele lhe dá mais para perder.

— Seu rancor era de mim, e não de você. Que razão ele poderia ter para...

— Aí está — ela disse. — Aí está a prova de que você não entende nada. A resposta é que o Querido Líder não precisa de razões.

Ele rolou para ficar de lado e olhar nos olhos dela.

— Vamos reescrever o roteiro — disse.

Ela ficou em silêncio por um momento.

— Usaremos o laptop do seu marido e daremos uma reviravolta à trama na nova versão. Agora os camponeses cumprirão suas cotas e a esposa encontrará sua felicidade. Talvez o marido possa surpreendê-la voltando no terceiro ato.

— Você sabe do que está falando? — ela perguntou. — Este é o roteiro do Querido Líder.

— Tudo que sei sobre o Querido Líder é que ele se importa com satisfação, e admira soluções engenhosas.

– Qual é o seu problema? Você disse que depois da visita dos americanos ele se livraria de você.

O Comandante Ga voltou a se deitar sobre as costas.

– Sim – confirmou. – É verdade.

Agora ele ficou quieto.

– Não acho que o primeiro marido deveria voltar da guerra – ela disse. – Deveria haver uma revelação que provocaria horror nos cidadãos, e não estimularia a sensação de dever. Digamos que o administrador de outra fazenda coletiva fique com inveja do sucesso do homem queimado. Esse outro administrador é corrupto e consegue que um representante corrupto do Partido assine um mandado para que o marido seja enviado para um campo de reeducação como punição pelas cotas baixas anteriores.

– Entendi – respondeu o Comandante Ga. – Em vez de a mulher ser aprisionada, agora é o homem queimado que não tem opção. Se ele admitir ser um impostor, pode se safar, mas perde a honra. Se ele insistir que é o marido dela, conserva a honra, mas vai para o campo.

San Moon disse:

– A mulher tem quase certeza de que sob as queimaduras aquele homem não é seu marido. Mas e se ela estiver errada, e se ele realmente tiver sido endurecido pela selvageria da guerra, se ela deixar o pai de seus filhos ser levado?

– Aí está uma história sobre o dever – ele disse. – Mas o que acontece com a mulher? De uma forma ou de outra ela fica só?

– O que acontece com a mulher? – Sun Moon perguntou ao quarto. Brando ficou em pé. O cachorro ficou olhando para a casa escura.

O Comandante Ga e Sun Moon se entreolharam.

Quando o cachorro começou a rosnar, o menino e a menina acordaram. Sun Moon vestiu um robe enquanto o Comandante Ga pegou uma vela e seguiu o cachorro até a porta da varanda. Lá fora, um pássaro fora capturado na armadilha, uma cambaxirra se debatia no laço, flashes de penas marrom e cinza, faixas de amarelo-claro. Ele entregou a vela ao menino, cujos olhos estavam arregalados de admiração. Ga pegou o pássaro nas mãos e removeu o nó da sua perninha. Ele abriu suas asas entre os dedos e o mostrou às crianças.

– Deu certo – disse a menina. – Deu certo mesmo.

Na Prisão 33 era arriscado ser apanhado com um pássaro, então os prisioneiros aprendiam a comê-lo em questão de segundos.

– Ok, prestem atenção – Ga disse às crianças. – Belisquem atrás do pescoço, depois puxem e virem. – A cabeça do pássaro estalou e ele a jogou por sobre a amurada. – Então as pernas saem com uma volta, assim como as asas na primeira junta. Depois coloquem os polegares no peito, afastando um do outro. – A fricção abriu a pele e expôs o peito. – Esta carne é o prêmio, mas se tiverem tempo guardem o resto. Vocês podem cozinhar os ossos, e o caldo os manterá saudáveis. Para isso, é só enfiar os dedos pelo abdome e, rodando o pássaro, suas entranhas sairão de uma vez só.

Ga tirou um dedo e, virando a pele de dentro para fora, tirou tudo de uma vez.

– Aí está – disse, segurando o pássaro para que eles vissem.

Era lindo, a carne brilhante e rosada, acompanhada por ossos branquíssimos, as pequeninas pontas pingando o líquido vermelho, sangue.

Ele passou a unha pelo esterno e removeu uma amêndoa perfeita de carne de peito translúcida. Então, colocou-a na boca e a saboreou, recordando.

Ele ofereceu o outro peito, mas chocadas, as crianças abanaram as cabecinhas negativamente. Assim, Ga comeu o outro peito também, jogando a carcaça para o cachorro, que a engoliu imediatamente.

Parabenizem-se uns aos outros, cidadãos, pelos elogios por ocasião da publicação do último tratado artístico do Querido Líder, *Da Arte da Ópera*. Esta é a sequência do livro anterior de Kim Jong-il, *Da Arte do Cinema*, leitura obrigatória para atores profissionais do mundo inteiro. Para marcar a ocasião, o Ministro da Educação Infantil Coletiva anunciou a composição de duas novas canções infantis: "Esconda-se nas Profundezas" e "Evitando a Corda". Na próxima semana, cartões de ração vencidos poderão ser usados como entradas em matinês de ópera!

Agora, um aviso importante do Ministro da Defesa: é verdade que o alto-falante leva notícias, anúncios e cultura para todos os apartamentos da Coreia do Norte, mas devemos nos lembrar do decreto do Grande Líder Kim Il-sung de 1973 para a instalação de um sistema de alerta para ataques aéreos em toda a nação, e uma rede funcional é de importância crucial. Os inuítes são uma tribo de selvagens que vivem perto do Polo Norte. Suas botas são chamadas de mukluk. Mais tarde, pergunte ao seu vizinho: o que é um mukluk? Se ele não souber, talvez esteja com um problema no seu alto-falante, ou talvez por alguma razão ele foi acidentalmente desconectado. Ao transmitir essa informação para as autoridades, você poderá estar salvando a vida do seu vizinho da próxima vez que os americanos tentarem um ataque surpresa à nossa grande nação.

Cidadãos, da última vez que vimos a bela Sun Moon, ela havia se fechado. Nossa pobre atriz não estava conseguindo lidar com sua perda. Por que ela não procurou inspiração nos tratados do Querido Líder? Kim Jong-il é alguém que entende pelo que estamos passando. Tendo perdido seu irmão quando tinha 7 anos, a mãe logo em seguida, e um ano depois a irmã mais nova, sem mencionar algumas madrastas – sim, podemos dizer que o Querido Líder entende a dor da perda.

Não obstante, Sun Moon entendia o papel da reverência na vida de um bom cidadão, então preparou um piquenique para fazer no Cemitério dos Mártires Revolucionários, localizado a uma rápida caminhada da sua casa no Monte Taesong. Ao chegar, a família abriu uma toalha no chão, onde pôde relaxar enquanto fazia sua refeição, sabendo que os mísseis Taepodong-II estavam prontos, enquanto lá em cima o satélite BrightStar da Coreia do Norte defendia-os do espaço.

A refeição, é claro, era *bulgogi*, e Sun Moon preparara todos os tipos de *banchan* para acompanhar o banquete, inclusive um pouco de gui, jjim, jeon e namul. Eles agradeceram ao Querido Líder pela abundância e começaram!

Enquanto comia, o Comandante Ga perguntou a Sun Moon sobre seus pais.

– Eles moram aqui na capital?

– É só minha mãe – Sun Moon respondeu. – Ela se aposentou e foi para Wonsan, mas nunca tenho notícias dela.

O Comandante Ga balançou a cabeça.

– Entendi – disse. – Wonsan.

Ele olhou para o cemitério, sem dúvida pensando nas partidas de golfe e no caraoquê que divertiam as pessoas naquela gloriosa comunidade de aposentados.

– Você já esteve lá? – ela perguntou.

– Não, mas já vi o lugar do mar.

– Wonsan é bonito?

As crianças comiam rápido com seus pauzinhos. Os pássaros os observavam das árvores.

– Bem – ele disse –, posso dizer que a areia é especialmente branca e que as ondas são muito azuis.

Ela balançou a cabeça em sinal de entendimento.

– Tenho certeza de que sim – ela respondeu. – Mas por que ela não escreve?

– Você já escreveu para ela?

– Ela nunca me mandou o endereço.

O Comandante Ga provavelmente sabia que a mãe de Sun Moon estava se divertindo demais para escrever. Nenhuma outra nação do mundo tem uma cidade inteira à beira-mar dedicada para o conforto dos seus aposentados. Lá há atividades como pesca, aquarela, artesanato e o clube do livro do Juche. São atividades demais para citar todas! E Ga também sabia que se mais cidadãos se voluntariassem na Agência Postal Central à noite e nos finais de semana, menos correspondências seriam perdidas em trânsito na nossa gloriosa nação.

– Pare de se preocupar com a sua mãe – ele disse. – É nos jovens que você deve se concentrar.

Depois do almoço eles derramaram os restos de comida na grama para os passarinhos. Depois Ga decidiu que era hora de cuidar um pouco da educação das crianças. Ele as levou até o topo da montanha e, enquanto Sun Moon os observava cheia de orgulho, o bom Comandante mostrou-lhes a mais importante mártir do cemitério: Kim Jong-suk, esposa de Kim Il-sung e mãe de Kim Jong-il. Os bustos de bronze de todos os mártires eram maiores do que seu tamanho natural, e seus tons escovados pareciam trazer as pessoas à vida. Ga explicou os atos heroicos de Kim Jong-suk contra os japoneses e como ela era carinhosamente conhecida por carregar as pesadas mochilas dos guerrilheiros revolucionários mais velhos. As crianças choraram ao saber que ela havia morrido tão jovem.

Depois eles caminharam alguns metros, passando pelos túmulos de outros mártires: Kim Chaek, An Kil, Kang Kon, Ryu Kyong-su, Jo Jong-chol e Choe Chun-guk, todos patriotas do mais alto escalão que lutaram ao lado do Grande Líder. Então o Comandante Ga apontou para o túmulo do destemido O Jung-hup, comandante do famoso Sétimo Regimento. Ao lado dele estava o eterno sentinela Cha Kwang-su, que morreu congelado enquanto vigiava no turno da noite no Lago Chon. As crianças se alegraram com os conhecimentos recém-adquiridos. E lá estava Pak Jun-do, que tirou a própria vida para provar sua lealdade aos nossos líderes. E não se esqueçam de Back Hak-lim, que mereceu o apelido de Corujão por ter derrubado um imperialista após outro. Quem não ouviu falar de Un Bo-song, que encheu os ouvidos de areia antes de metralhar uma tropa de japoneses? "Mais", gritaram as crianças, "mais!". Então eles continuaram caminhando entre os túmulos, parando para falar sobre Kong Young, Kim Chul-joo, Choe Kwang e O Paek-ryong, todos heroicos demais para medalhas. Logo à frente estava Choe Tong-o, pai do comandante sul-coreano Choe Tok-sin, que desertou para a Coreia do Norte a fim de servir a esta nação. E aqui está o irmão por casamento de Choe Tong-o, Ryu Tong-yo! Logo ao lado estão o busto do mestre dos túneis Ryang Se-bong e o trio assassino de Jong Jun-thaek, Kang Yong-chang e "o Atleta" Pak Yong-sun. Muitos órfãos japoneses ainda sentem o fogo da longa sombra patriótica de Kim Jong-thae.

É exatamente esse tipo de educação que traz leite aos seios das mulheres!

A pele de Sun Moon estava vermelha, tanto o Comandante Ga excitara seu patriotismo.

– Crianças – ela disse. – Vão brincar na floresta.

Ela pegou o braço do Comandante Ga e desceu a montanha com ele até os jardins botânicos. Eles passaram pela fazenda experimental, com seu milharal elevado e a soja que brotava, os guardas com seus Kalashnikovs cromados sempre prontos para defender o banco de sementes nacionais contra uma agressão imperial.

Ela parou diante do que provavelmente é o nosso maior tesouro nacional: as duas estufas que são os únicos lugares onde se cultiva kimjongilia e kimilsungia.

– Escolha uma estufa – ela disse.

Os prédios eram brancos translúcidos. Um deles brilhava com a fúcsia da kimjongilia. A estufa de kimilsungia irradiava uma carga lírica de orquídeas cor de lavanda.

Estava claro que ela não conseguia esperar.

– Escolho Kim Il-song – disse Sun Moon –, pois ele é o progenitor de toda a nossa nação.

Lá dentro o ar era quente, úmido, embebido em neblina. Quando o homem e sua esposa passaram pelas fileiras de plantas de mãos dadas, elas pareceram perceber – seus brotos seguiram nossos amantes, como se para beber da honra e da modéstia de Sun Moon. O casal parou lá dentro da estufa, onde se deitou para admirar o esplendor da liderança da Coreia do Norte. Um exército de pássaros cantantes flutuava sobre os dois, a equipe inteligente de polinização do Estado, as batidas de suas asas penetrando as almas dos nossos amantes enquanto os fascinavam com a luz brilhante de seus papos e o modo com que se deliciavam com longos beijos nas flores. Ao redor de Sun Moon, flores desabrochavam, as pétalas se esparramando para revelar o pólen oculto. O Comandante Ga pingava de suor, molhando os corpos dos nossos amantes com a semente grudenta do socialismo. Sun Moon ofereceu-lhe seu Juche, e ele retribuiu com toda a política de Songun que tinha em si. Em extensão e profundidade, essa troca espiritualizada culminou em um êxtase mútuo de compreensão partidária. De repente, todas as plantas da estufa estremeceram e suas pétalas caíram, formando uma cama sobre a qual Sun Moon pôde se reclinar, como se fosse um campo de borboletas alinhadas à sua pele inocente.

Finalmente, cidadãos, Sun Moon compartilhou suas convicções com seu marido!

Saboreiem o prazer dos nossos protagonistas, cidadãos, pois no próximo capítulo examinaremos esse "Comandante Ga" mais de perto. Embora ele seja notável na satisfação das necessidades políticas de uma mulher, veremos como ele desafiou todos os sete dogmas da Boa Cidadania Norte-Coreana.

Sun Moon anunciou que o dia de homenagear seu tio-avô se aproximava. Mesmo apesar de ser sábado, um dia de trabalho, eles fariam uma caminhada até o Cemitério dos Mártires Revolucionários para colocar uma coroa de flores em seu túmulo.

– Vamos fazer um piquenique – disse o Comandante Ga –, e prepararei meu prato favorito.

Ga não deixou nenhum deles tomar café da manhã.

– A fome – disse – é o meu ingrediente secreto.

Para o piquenique, Ga levou apenas uma panela, um pouco de sal e Brando na coleira.

Sun Moon abanou a cabeça ao ver o cachorro.

– Ele é ilegal – disse.

– Sou o Comandante Ga – ele respondeu. – Se quero passear com o cachorro, vou passear com o cachorro. Além disso, meus dias estão contados, não é mesmo?

– O que isso significa? – perguntou o menino. – O que ele quer dizer com "meus dias estão contados"?

– Nada – Sun Moon respondeu.

Eles desceram a montanha sob a gôndola desativada da Feira de Variedades. Enquanto as crianças de Pyongyang trabalhavam duro na escola, as cadeiras gemiam acima deles. O zoológico, por outro lado, estava cheio de camponeses trazidos de ônibus em sua viagem semanal à capital. Os quatro atravessaram a floresta, densa nesta época do ano, e deixaram Brando amarrado a uma árvore para não ofender nenhum dos veteranos que estivessem apresentando seus respeitos.

Era a primeira vez que ele entrava no cemitério. Sun Moon ignorou todos os outros túmulos, levando-os diretamente ao do seu tio-avô. O busto exibia um homem cujo rosto parecia sul-coreano nos ângulos e nas sobrancelhas abruptas. Seus olhos estavam quase fechados numa expressão de segurança e tranquilidade.

— Ah — disse Ga. — É Kang Kung Li. Ele atravessou uma ponte na montanha sob fogo inimigo. Ele tirou a porta do carro de Kim Il-sung e usou-a como escudo.

— Você já ouviu falar dele? — ela perguntou.

— Claro — respondeu Ga. — Ele salvou muitas vidas. Pessoas que quebram as regras para fazer algo bom às vezes recebem seu nome.

— Não tenha tanta certeza — disse Sun Moon. — Acho que atualmente as únicas pessoas que recebem seu nome são alguns órfãos miseráveis.

O Comandante Ga continuou andando entre as lápides enquanto refletia que ela estava certa. Ali estavam os nomes de todos os meninos que ele conhecera, e ao olhar para seus bustos ele tinha a impressão de que eles haviam alcançado a vida adulta: aqui eles tinham bigodes, mandíbulas fortes e ombros largos. Ele tocou seus rostos e passou os dedos pelos caracteres hangul de seus nomes gravados nos pedestais de mármore. Era como se em vez de terem morrido de fome aos 9 ou caído em acidentes nas fábricas aos 11 todos tivessem sobrevivido para alcançar os 20 e 30 anos como homens normais. No túmulo com o nome de Un Bo Song o Comandante Ga contornou os traços do busto de bronze com a mão. O metal era frio. Aqui Bo Song sorria de óculos, e Ga tocou a bochecha do mártir dizendo:

— Bo Song…

Havia mais um busto que ele precisava ver, e Sun Moon e as crianças caminharam entre as lápides até chegar ao lugar certo. O busto e o homem entreolharam-se, mas não havia semelhanças entre eles. Ele não sabia como se sentiria quando finalmente visse esse mártir, mas seu único pensamento foi: "Não sou você. Sou dono de mim mesmo".

Sun Moon aproximou-se.

— Esse mártir é especial para você? — ela perguntou.

— Conheci alguém que tinha o nome dele — foi a resposta.

– Você conhece a história dele?

– Sim. É uma história muito simples. Ele vinha de uma linhagem impura, e juntou-se aos guerrilheiros para lutar contra os japoneses. Seus camaradas duvidavam da sua lealdade. Para provar que podiam confiar suas vidas a ele, tirou a própria vida.

– Você se identifica com essa história?

– Esse cara que eu conhecia se identificava.

– Vamos sair daqui – disse Sun Moon. – Só aguento este lugar uma vez por ano.

O menino e a menina dividiam a coleira de Brando enquanto ele os puxava para o interior da floresta. O Comandante Ga acendeu uma fogueira e ensinou as crianças a montarem um tripé para segurar a panela sobre o fogo. Eles encheram a panela de água num riacho, e quando encontraram uma pequena piscina natural fecharam a passagem da água com pedras, e Ga segurou sua camisa como uma peneira na água enquanto as crianças andavam na piscina tentando assustar os peixes para que eles fossem em direção às pedras. Eles pegaram um filhote – ou talvez os peixes ali fossem atrofiados e ele fosse adulto. Ga tirou as escamas do peixe com uma colher, limpou-o e o colocou em uma vareta para que Sun Moon o assasse. Depois de tostado, ele colocou-o na panela com água e sal.

Muitas flores cresciam naturalmente no lugar, provavelmente devido à proximidade dos buquês colocados no cemitério. Ele mostrou às crianças como identificar e colher *ssukgat*, e juntos eles amaciaram o talo entre duas pedras. Atrás de uma rocha eles encontraram uma samambaia-avestruz, os botões suculentos começando a se abrir num leque. Por sorte havia um *seogi* orelha de pedra – coberto pela salmoura das algas. Eles limparam o líquen com uma vareta fina. Ele mostrou ao menino e à menina como identificar milefólios, e juntos eles encontraram gengibre selvagem, pequeno e de sabor forte. Para o toque final, colheram folhas de *shiso*, uma planta levada para a Coreia pelos japoneses.

Logo a panela estava fervendo com três pontos de óleo de peixe surgindo na superfície enquanto Ga mexia as ervas.

— Este — explicou Ga — é o meu prato favorito. Na prisão, era ele que nos mantinha vivos quando estávamos prestes a morrer de fome. Conseguíamos trabalhar, mas não conseguíamos pensar. Quando nossas mentes procuravam uma palavra ou pensamento, não encontravam. Você não tem noção de tempo quando está com fome. Só trabalha, e então já está de noite, sem memória. Mas quando éramos destacados para cortar lenha podíamos preparar esse prato. Se construíssemos uma armadilha para os peixes à noite, podíamos juntar peixes o dia inteiro enquanto trabalhávamos. Havia ervas por todos os lados nas montanhas, e cada tigela do cozido acrescentava mais uma semana às nossas vidas.

Ele experimentou o caldo, que ainda estava amargo.

— Precisa cozinhar mais — foi a conclusão.

Sua camisa molhada estava pendurada numa árvore.

— Onde estão os seus pais? — Sun Moon perguntou. — Pensei que quando alguém ia para um campo de trabalho os pais iam junto.

— É verdade — ele disse. — Mas isso não era uma preocupação para mim.

— Sinto muito por ouvir isso — ela disse.

— Acho que podemos dizer que meus pais tiveram sorte — ele concluiu. — E seus pais? Eles vivem aqui na capital?

A voz de Sun Moon assumiu um tom grave.

— Agora só tenho mãe — ela respondeu. — Ela está no leste. Aposentou-se e foi para Wonsan.

— Ah, sim — ele disse. — Wonsan.

Ela ficou quieta. Ele continuou mexendo a sopa, as ervas começando a subir para a superfície.

— Há quanto tempo? — ele perguntou.

— Alguns anos — ela respondeu.

— E ela está ocupada — ele disse. — Provavelmente ocupada demais para escrever.

Era difícil interpretar sua expressão. Ela olhou para ele com expectativa, como se esperasse que Ga a tranquilizasse. Contudo, olhando dentro de seus olhos, ele soube que havia um terrível conhecimento.

— Eu não me preocuparia com ela — ele disse. — Tenho certeza de que está bem.

Sun Moon não pareceu convencida.

As crianças se revezavam experimentando a sopa e fazendo caretas. Ele voltou a provar.

– Wonsan tem muitas atividades para manter as pessoas ocupadas – acrescentou. – Já vi o lugar com meus próprios olhos. A areia é particularmente branca, e as ondas são muito azuis.

Sun Moon olhou com a expressão vazia para a panela.

– Portanto, nada de acreditar nos rumores, ok? – ele disse.

– Que rumores?

– É assim que se fala – Ga concluiu.

Na Prisão 33, todas as ilusões das pessoas eram lentamente destruídas, até que mesmo as mentiras fundamentais que formavam suas identidades iam enfraquecendo e desaparecendo. Para o Comandante Ga, isso aconteceu durante um apedrejamento. Quando uma pessoa era surpreendida tentando escapar, era enterrada até a cintura às margens da água, e de madrugada passava uma lenta, quase interminável, procissão de prisioneiros. Não havia exceções: todos tinham de jogar uma pedra. Se a pedrada fosse fraca, os guardas gritavam exigindo vigor, mas você não precisava jogar outra vez. Ele passara por isso muitas vezes, mas ficava no final da fila, de forma que não apedrejava uma pessoa, mas uma massa, inclinada numa posição pouco natural em direção ao chão, já nem sequer fumegando.

Contudo, certa manhã, ele foi colocado na frente da fila. Atravessar as pedras redondas era perigoso para Mongnan. Ela precisava de um braço para apoiá-la, e o colocou na frente da fila, o que não importava – até ele compreender que o homem que apedrejariam estaria acordado e teria uma visão. A pedra estava fria em sua mão. Ele podia ouvir as pedras logo à frente sendo jogadas. Ele segurava Mongnan enquanto eles se aproximavam do homem enterrado até a cintura, com os braços levantados na tentativa de se defender. Ele estava tentando falar, mas sua boca produzia algo diferente de palavras, e o sangue que saía de seus ferimentos ainda estava quente.

Ao se aproximar, ele viu as tatuagens ensanguentadas do homem, e levou um momento para perceber que elas tinham palavras em cirílico, e logo em seguida ele viu o rosto da mulher desenhada em seu peito.

– Capitão! – ele gritou, soltando a pedra. – Capitão, sou eu!

Os olhos do Capitão se reviraram em sinal de reconhecimento, mas ele não conseguia dizer nada. Suas mãos ainda se moviam como se ele tentasse afastar teias de aranha imaginárias. De alguma forma ele quebrara as unhas na tentativa de fuga.

– Não – disse Mongnan quando ele soltou seu braço e se ajoelhou perto do capitão, pegando a mão do marujo.

– Sou eu, Capitão, do *Junma* – disse.

Havia apenas dois guardas, homens jovens com rostos endurecidos e rifles velhos. Eles começaram a gritar, as palavras vindo num ruído agudo, mas ele não soltava a mão do velho.

– O terceiro imediato – disse o capitão. – Meu menino, eu disse que o protegeria. Salvei minha tripulação outra vez.

O olhar que o capitão lhe dirigia era perturbador, os olhos sem conseguir encontrá-lo.

– Você precisa sair, filho – disse o capitão. – O que quer que faça, saia.

Um tiro de alerta foi disparado e Mongnan aproximou-se, implorando-lhe que voltasse à fila.

– Não deixe seu amigo vê-lo levar um tiro – ela disse. – Não deixe que isso seja a última coisa que ele verá.

Com essas palavras, ela puxou-o em direção à fila. Os guardas estavam muito nervosos, latindo ordens, e Mongnan gritava ainda mais alto que eles.

– Jogue a pedra! – ela ordenou. – Você precisa jogá-la!

Como que para incentivá-lo, ela deu uma pedrada forte na cabeça do capitão. A pedrada lançou um tufo de cabelo ao vento.

– Agora! – ela voltou a gritar.

Então ele ergueu a pedra e jogou-a com força na têmpora do capitão. Foi a última coisa que o capitão viu.

Mais tarde, atrás das cisternas, ele não conseguiu mais segurar o choro.

Mongnan o fez sentar-se no chão e o abraçou.

– Por que não foi Gil? – ele perguntou, enquanto soluçava incontrolavelmente. – O segundo imediato, eu entenderia. Até mesmo o

Oficial So. Mas não o Capitão. Ele seguia todas as regras. Por que ele? Por que não eu? Não tenho nada. Por que ele foi preso pela segunda vez?

Mongnan puxou-o para si.

– Seu Capitão lutou – ela disse. – Ele resistiu, não deixou tirarem sua identidade. Ele morreu livre.

Ga não conseguia controlar a respiração, e ela abraçou-o mais forte, como se fosse uma criança.

– Pronto – ela disse, balançando-o. – Meu pequeno órfão, meu pobre órfão.

Fracamente, em meio às lágrimas, ele disse:

– Não sou órfão.

– Claro que é – ela respondeu. – Sou Mongnan, conheço um órfão, é claro que você é órfão. Deixe sair, desabafe.

– Minha mãe era uma cantora de ópera – ele disse. – Ela era muito bonita.

– Qual era o nome do seu orfanato?

– Longo Amanhã.

– Longo Amanhã – ela repetiu. – O Capitão era como um pai para você? Ele era, não é mesmo?

Ele apenas chorava.

– Meu pobre órfão – ela disse. – O pai de um órfão é duas vezes mais importante. Os órfãos são os únicos que podem escolher seus pais, e esses pais os amam como se fossem seus filhos.

Ele colocou a mão sobre o próprio peito, lembrando de como o Capitão havia trabalhado na imagem de Sun Moon em sua pele.

– Eu poderia ter devolvido sua esposa a ele – ele disse, chorando.

– Mas ele não era seu pai – ela disse.

Mongnan pegou o queixo dele e tentou levantar sua cabeça para poder olhar dentro de seus olhos, mas ele voltou a baixar a cabeça e encostá-la no peito dela.

– Ele não era seu pai – ela repetiu, acariciando seu cabelo. – O importante agora é deixar para trás todas as suas ilusões. Está na hora de encarar a verdade, como o fato de que ele estava certo: você tem de sair daqui.

Na panela, pequenos pedaços de peixe soltavam-se perto da espinha, e Sun Moon, perdida em pensamentos, mexia devagar. Ga pensou em quão difícil fora enxergar as mentiras que contamos a nós mesmos, as mentiras que nos permitem seguir em frente. Para fazer isso, precisávamos da ajuda de outras pessoas. Ga se inclinou para cheirar o caldo. O cheiro do prato limpou sua mente. Comê-lo ao pôr do sol, depois de um dia cortando lenha nas ravinas ao redor da Prisão 33, era a definição de se estar vivo. Ele pegou a câmera de Wanda e tirou uma foto do menino, da menina, do cachorro e de Sun Moon, todos olhando para o fogo.

– Meu estômago está roncando – disse o menino.

– Ótimo, a sopa está pronta – respondeu o Comandante Ga.

– Mas não temos tigelas – disse a menina.

– Não precisamos – Ga explicou.

– E Brando? – o menino indagou.

– Ele terá de encontrar seu próprio almoço – disse Ga, e tirou o laço do pescoço do cachorro.

Mas Brando não se moveu – ficou ali sentado, olhando para a panela.

Eles começaram a passar uma única colher entre si, e o gosto do peixe tostado era magnífico com o acompanhamento das mil-folhas e uma pitada de *shiso*.

– A comida da prisão não é nada má – disse a menina.

– Você deve estar se perguntando sobre seu pai – disse o Comandante Ga.

O menino e a menina não olharam para ele; em vez disso, continuaram passando a colher entre si.

Sun Moon dirigiu-lhe um olhar duro, alertando-o de que ele estava entrando em um território perigoso.

– A ferida de não saber – disse-lhe Ga – é a que nunca cicatriza.

A menina olhou para ele com cautela.

– Prometo contar a vocês o que aconteceu com seu pai – continuou Ga. – Depois que vocês tiverem mais um pouco de tempo para se adaptar.

Adaptar ao quê? quis saber o menino.

– A ele – a menina respondeu ao irmão.

– Crianças – disse Sun Moon –, eu já falei que seu pai saiu numa longa missão.

– Isso não é verdade – disse o Comandante Ga. – Mas em breve vou lhes contar toda a história.

Baixinho, entre os dentes, Sun Moon disse:

– Não lhes tire a inocência.

Um farfalhar veio da floresta. Brando ficou de pé, atento, os pelos eriçados.

O menino tinha um sorriso no rosto. Ele vira todos os truques do cachorro, e ali estava a oportunidade de experimentar um.

– Pega – ele disse.

– Não! – gritou Ga, mas era tarde demais: o cachorro já corria pela floresta, seu latido descrevendo uma trajetória frenética entre as árvores.

Ele continuou latindo, e então eles ouviram o grito de uma mulher. Ga pegou a corda e saiu correndo. O menino e a menina corriam atrás dele. Ga seguiu o riacho durante algum tempo, e podia ver que a água estava agitada depois da passagem do cachorro. Logo ele se aproximou de uma família comprimida contra uma rocha com medo do latido de Brando. A família era como a deles: um homem, uma mulher, um menino e uma menina – mais uma tia idosa. O cachorro estava muito agitado, rangendo os dentes em ameaças de ataque, o olhar alternando-se de um calcanhar para outro, como se fosse morder as pernas de todos, uma de cada vez. Ga aproximou-se lentamente e colocou o laço no pescoço do cachorro.

Ga puxou o cachorro para trás e olhou para a família. As unhas deles estavam completamente brancas, sinal de subnutrição, e até mesmo os dentes da menina estavam cinzentos. A camisa do menino parecia um saco em seu corpo. As duas mulheres haviam perdido muito cabelo, enquanto o pai estava com algo nas costas. Ga sacudiu a corda no pescoço do cachorro para fazê-lo dar um bote.

– O que você está escondendo? – gritou Ga. – Mostre antes que eu solte o cachorro.

Sun Moon aproximou-se, ofegando quando o homem mostrou um esquilo morto. O rabo havia sido arrancado.

Ga não saberia dizer se eles tinham roubado o esquilo do cachorro ou se o cachorro estava tentando roubá-lo deles.

Sun Moon lançou um olhar pesado sobre a família.

– Eles estão morrendo de fome – ela disse. – Não têm nada para comer.

A menina virou-se para o pai.

– Estamos morrendo de fome, Papa?

– Claro que não – respondeu o pai.

– Bem na nossa frente – disse Sun Moon. – Morrendo de fome!

Sun Moon mostrou-lhes o dorso da mão e apontou para um anel.

– Diamante – ela disse, tirando-o e colocando-o nas mãos da mãe aterrorizada.

Ga se aproximou e pegou o anel de volta.

– Não seja tola – ele disse. – Este anel foi presente do Querido Líder. Você sabe o que aconteceria se os pegassem com um anel como este?

Ga trazia apenas alguns wons militares no bolso. Ele tirou as botas.

– Se quiser ajudá-los, dê coisas simples que podem ser trocadas no mercado.

O menino e a menina tiraram os sapatos, e Ga ofereceu seu cinto. Sun Moon contribuiu com os brincos.

– Sigam o riacho e encontrarão uma panela de sopa – disse Sun Moon.

– Esse cachorro – disse o pai. – Pensei que ele tivesse fugido do zoológico.

– Não – disse Ga. – Ele é nosso.

– Você não tem outro, não é mesmo? – perguntou o pai.

Naquela noite o Comandante Ga cantarolava enquanto Sun Moon cantava para as crianças dormirem.

– O gatinho está no berço, o bebê está na árvore – ela cantou.

Mais tarde, quando se deitaram, Sun Moon disse.

– Você acha que a frase do Querido Líder deveria ser "Não há substituto para o amor", como se fosse impensável procurar um substituto para o amor, ou "Não há substituto para o amor", sugerindo que o amor é um sentimento, e nem o próprio amor compreende sua ausência?

– Preciso lhe contar a verdade – ele disse.

– Sou uma atriz – ela respondeu. – Só me importo com a verdade.

Ele não a ouviu rolar para o outro lado, então pensou que os dois olhavam para a mesma escuridão acima. De repente ele teve medo. Suas mãos agarraram os lençóis com força.

– Nunca estive em Wonsan – disse. – Mas passei várias vezes de barco pelo lugar. Não há guarda-sóis na areia. Não há espreguiçadeiras nem material de pesca. Não há pessoas idosas. Para onde quer que os avôs da Coreia do Norte vão, não é Wonsan.

Ele tentou ouvir a respiração dela, mas nem isso podia escutar.

Finalmente ela falou:

– Você é um ladrão. É um ladrão que entrou na minha vida e roubou tudo que me importava.

No dia seguinte ela estava calada. Para o café da manhã, assassinou uma cebola e serviu-a crua. As crianças sutilmente migravam para qualquer cômodo onde ela não estivesse. Uma vez ela saiu correndo da casa gritando, só para se deitar chorando no jardim. Depois, entrou para discutir com o alto-falante. Em seguida, mandou-os para fora da casa para poder tomar banho, e, de pé na grama, o Comandante Ga, as crianças e o cachorro ficaram olhando para a porta da frente, por trás da qual podiam ouvi-la esfregando furiosamente cada polegada da sua pele. As crianças logo desceram a montanha, treinando "pega" e "vai buscar" com Brando, jogando casca de melão entre as árvores.

O Comandante Ga ficou ao lado da casa e encontrou o Camarada Buc. Buc guardava sua cerveja Ryoksong em uma faixa refrescante de arbustos altos. Ele ofereceu uma a Ga. Juntos, eles beberam enquanto observavam a varanda de Sun Moon. Ela estava vestindo seu robe de casa, fumando e lendo falas de *O Último Sacrifício*, mas cada palavra era lida com raiva.

– O que aconteceu? – perguntou Buc.

– Contei-lhe algo – respondeu Ga.

– Você precisa parar de fazer isso. É ruim para a saúde.

Sun Moon segurou o roteiro com uma das mãos e levantou a outra. Com o cigarro na boca, ela tentou encontrar motivação na fala:

– O *verdadeiro* primeiro marido de todas as mulheres é o Grande Líder Kim Il-sung!

– O verdadeiro *primeiro* marido de todas as mulheres é o Grande Líder Kim Il-sung!

– O verdadeiro primeiro marido de *todas* as mulheres é o Grande Líder Kim Il-sung!

– Você já soube o que o Querido Líder quer fazer agora? – perguntou Buc. – Ele quer dar aos americanos uma demonstração marcante.

O Comandante Ga riu alto.

– Tenho certeza de que o gado está fazendo fila para se voluntariar.

Ao som da sua gargalhada, Sun Moon parou de ler e se virou. Vendo-o ali, de pé, ela jogou o roteiro da varanda e entrou.

Ga e Buc observaram a nuvem de papel cair entre as árvores.

O Camarada Buc abanou a cabeça, admirado.

– Você realmente a deixou irritada – disse. – Sabe há quanto tempo ela espera por esse filme?

– Não vai demorar para ela se livrar de mim, então sua vida voltará ao normal – disse Ga com a voz triste.

– Você está brincando? – perguntou Buc. – O Querido Líder declarou que você é o verdadeiro Comandante Ga. Não pode mais se livrar de você. E por que você iria querer isso? Ele não quer mais vingança.

Ga bebeu a cerveja.

– Encontrei o computador dele – disse.

– Está falando sério?

– Sim, estava escondido atrás de um quadro de Kim Il-sung.

– Ele contém alguma informação que você possa usar?

– Está cheio principalmente de mapas – respondeu Ga. – Muitas informações técnicas, fluxogramas, fotografias, coisas que não entendo.

– Esses mapas são de minas de urânio – disse Buc. – Seu predecessor era o encarregado de todos os pontos de escavação. Além disso, supervisionava toda a cadeia de processos, do minério bruto à refinação.

Eu comprava tudo para ele. Já tentou comprar tubos para uma centrífuga de alumínio pela internet?

— Achei que Ministro das Minas Carcerárias fosse um posto simbólico, nada além de assinar papelada para manter o trabalho seguindo.

— Isso era antes da descoberta do urânio – disse Buc. – Você acha que o Querido Líder iria entregar a Ga as chaves do programa nuclear? Se você quiser, eu lhe explico tudo. Podemos dar uma olhada juntos no laptop.

— Você não vai querer vê-lo – disse Ga. – Também tem fotos.

— De mim?

Ga balançou a cabeça afirmativamente.

— E de uns mil outros homens.

— Ele não fez comigo o que aquelas fotos parecem mostrar.

— Você não precisa me dar explicações.

— Não, você precisa ouvir isso – disse Buc. – Ele disse que eu sofreria um ataque masculino. Mas depois que me espancou, quando podia fazer o que quisesse comigo, perdeu o interesse. Então, tudo que queria era tirar uma foto para se lembrar de mim. Não consigo imaginar como deve ter sido bom tirar a vida daquele homem. Ele tentou fazer a mesma coisa com você, não é?

Ga não respondeu.

Buc disse:

— Você pode me contar. Como acabou com ele? Como você gosta de contar a verdade, conte-me isso.

— Não é nada de mais – disse Ga. – Eu estava no fundo da mina. O teto era baixo, e cada câmara tinha apenas uma lâmpada. Entrava água da chuva pelas fendas no teto e estava quente, tudo fervia. Havia vários homens lá embaixo, e estávamos analisando um veio de rocha branca. Este era o nosso objetivo: tirar a pedra branca. Então o Comandante Ga apareceu. De repente lá estava ele, pingando de suor.

— "Você precisa conhecer seus subordinados", Ga me disse. "Precisa conhecer seus corações. A vitória exterior só vem da vitória interior."

— Eu fingia não ouvir.

— "Agarre um homem", o Comandante Ga ordenou. "Aquele ali, vamos saber o que há em seu coração."

— Chamei um dos homens.

— "Agarre-o!", gritou o Comandante Ga. "Agarre-o para que ele acredite em você. Agarre-o para que não restem dúvidas em sua mente."

— Eu me aproximei do homem. Nós nos comunicamos com o olhar. Ele se virou e eu o peguei pelas costas, agarrando-o em meus braços. Quando me virei para trás para ver se aquilo era o suficiente para o Comandante, vi que ele estava nu, o uniforme jogado no chão.

— O Comandante Ga falava como se não houvesse nada de diferente. "Você precisa fazer isso como se quisesse, ele tem de acreditar que não há escapatória. É a única forma de saber se ele gosta da ideia." O Comandante Ga passou o braço em torno do ventre de outro prisioneiro. "Você tem de segurá-lo com força. Ele precisa saber que você é mais forte, que não há como fugir. Talvez só quando o agarrar por trás ele admita que realmente quer, e então sua excitação o trairá."

— O Comandante Ga agarrou o homem de uma forma que o fez se contrair de medo.

— "Pare!", falei.

— O Comandante Ga se virou para mim com uma expressão surpresa. "É isso aí. É isso mesmo que você precisa dizer para ele. Pare. Eu sabia que você era o único homem aqui."

— O Comandante Ga deu um passo à frente, e eu dei um passo para trás.

— "Não faça isso", eu disse.

— "Isso mesmo, é exatamente o que você deve dizer." Ga tinha um brilho estranho nos olhos. "Mas ele não está ouvindo, essa é a questão. Ele é mais forte que você, e continua."

— "Quem continua?"

— "Quem?", Ga sorriu. "Ele."

— Comecei a me afastar. "Por favor", eu disse, "por favor, não há motivo para isso."

— "Sim", o Comandante Ga disse. "Sim, você está resistindo, está fazendo tudo para evitar que aconteça, está claro que você não quer, é por isso que gosto de você, é por isso que estou lhe ensinando o teste. Mas e se for acontecer de qualquer modo? E se suas palavras não significarem nada para ele? E se, quando você resistir, ele for mais forte?"

– O Comandante Ga me encurralou, então ataquei. Foi um soco fraco. Eu estava com medo de machucá-lo de verdade. Ga agarrou meu pulso e depois me acertou com um gancho. "E se você lutar até o fim", continuou, "e mesmo assim acontecer? O que isso faz de você?".

– Dei um chute rápido que fez o Comandante Ga perder o equilíbrio, e pude ver um lampejo de excitação em seu rosto. Ga deu um chute alto que veio tão rápido que fez minha cabeça rodar. Eu nunca vira um chute tão rápido.

– "O que vai acontecer é o seguinte", eu disse. "Não vou deixar acontecer."

– "Foi por isso que escolhi você." Ga deu um chute abrasador com a perna esquerda no meu ventre, e pude sentir meu fígado se contrair. "É claro que você não vai se entregar completamente, é claro que vai lutar com todas as suas forças. Você não sabe como o respeito. Você foi o único em todo esse tempo que realmente resistiu, é o único que me conhece, que realmente me entende." Olhei para baixo e vi que o Comandante estava excitado, o pau duro e curvado. Mesmo assim, havia uma expressão doce e infantil em seu rosto. "Estou prestes a lhe mostrar minha alma, a grande cicatriz na minha alma", Ga disse, avançando em minha direção, os quadris se preparando para outro chute. "Vai doer, não vou mentir, a dor nunca mais vai passar. Mas pense bem: logo nós dois teremos a mesma cicatriz. Logo seremos como irmãos."

– Eu me esquivei à direita dele, estava embaixo da lâmpada que iluminava a câmara. Com um chute voador, meu pé bateu na lâmpada, e no clarão uma neblina de vidro ficou congelada no ar. Então ficou escuro. Eu podia ouvir o Comandante Ga aturdido. É assim que as pessoas ficam quando não estão acostumadas ao escuro.

– E aí, o que aconteceu? – Buc perguntou.

– Aí eu fiz meu trabalho.

Sun Moon passou a tarde na cama. O Comandante Ga preparou macarrão frio para o jantar das crianças, que ficavam balançando em frente ao focinho de Brando para poder ver os dentes fortes do cachorro tentando agarrá-los. Só quando seus pratos estavam limpos Sun Moon saiu com seu roupão de banho, o rosto inchado, fumando. Ela disse às crianças que estava na hora de dormir, e depois falou para Ga:

– Quero ver um filme americano. O que dizem ser o melhor.

Naquela noite as crianças dormiram com o cachorro em um colchão aos pés da cama, e quando Pyongyang mergulhou na escuridão eles se deitaram lado a lado na cama e ele colocou *Casablanca* no laptop. O indicador da bateria dizia que eles tinham 90 minutos, portanto não poderia haver pausas.

Logo no início ela abanou a cabeça diante da natureza primitiva da fotografia em preto e branco.

Ele traduzia as falas simultaneamente para ela, convertendo o inglês para o coreano o mais rápido que podia, e quando as palavras não lhe vinham à cabeça ele fazia gestos para que ela entendesse o que diziam.

Durante algum tempo a expressão no rosto dela foi amarga. Ela criticava o filme por avançar rápido demais. Rotulava todos os personagens como "elite", passando o dia bebendo com roupas bonitas.

– Onde está o povo comum? – perguntou. – Com problemas de verdade?

Ela riu diante da ideia de "passe", que permitia a qualquer pessoa que tivesse um fugir.

– Não existe nenhuma carta mágica que permite que qualquer um escape.

Ela lhe disse que parasse o filme. Ele não queria. Mas o filme a estava deixando com dor de cabeça.

– Não consigo entender por que esse filme faz sucesso – ela disse. – E quando o herói vai aparecer? E se ninguém cantar logo, vou dormir.

– Shhh – ele fez para ela.

Ele via que assistir ao filme estava sendo um verdadeiro sofrimento para ela. Cada cena era um desafio. As expressões complicadas e os desejos volúveis dos personagens estavam acabando com ela, mas ela não tinha o poder para parar o filme. À medida que a belíssima atriz Ingrid Bergman passava mais tempo na tela, Sun Moon começou a questioná-la.

– Por que ela não se conforma com o bom marido?

– A guerra está se aproximando – disse Ga.

— Por que ela olha desse jeito para o imoral Rick? – ela perguntou, ao mesmo tempo olhando também para ele.

Logo ela parou de ver como Rick lucrava com os outros e enchia seu cofre de dinheiro e espalhava subornos e mentiras por todos os lados. Ela só via como ele pegava um cigarro quando Ilsa entrava onde ele estava, como ele bebia quando ela saía. O fato de ninguém parecer feliz acabou por fazê-la se identificar com a história. Ela balançou a cabeça em concordância ao ver que todos os problemas dos personagens vinham da obscura capital Berlim. Quando o filme passou para um *flashback* de Paris, onde os personagens sorriam e queriam apenas pão e vinho e um ao outro, Sun Moon sorria entre lágrimas, e o Comandante Ga não precisou traduzir sequências inteiras nas quais tudo que era necessário eram as emoções estampadas nos rostos daquele homem, Rick, e daquela mulher, Ilsa.

No final do filme ela estava inconsolável.

Ele colocou a mão no ombro dela, mas ela não reagiu.

— Minha vida inteira é uma mentira – ela disse entre lágrimas. – Cada gesto. E pensar que atuei em cores, cada detalhe espalhafatoso capturado em cores.

Ela rolou para o lado dele a fim de olhá-lo nos olhos. Agarrou sua camisa, puxando violentamente o tecido com as duas mãos.

— Preciso conhecer o lugar onde esse filme foi feito – disse. – Preciso sair desta terra e ir para um lugar onde existe atuação de verdade. Preciso de um passe, e você tem de me ajudar. Não porque matou meu marido nem porque pagará o preço quando o Querido Líder não precisar mais de você, mas porque você é como Rick. Você é um homem honrado como Rick no filme.

— Mas foi só um filme.

— Não, não foi – ela disse com um olhar desafiador.

— Mas como eu conseguiria tirar você daqui?

— Você é um homem especial – ela respondeu. – Pode nos tirar daqui. Estou dizendo que você deve.

— Mas Rick tomou sua própria decisão, ela só dependia dele.

— Isso mesmo, eu já lhe disse o que preciso que você faça, e você tem uma decisão a tomar.

– Mas e nós?

Ela olhou para ele como se agora entendesse como as coisas funcionariam. Como se agora conhecesse a motivação do outro protagonista da história e soubesse como a trama se desenrolaria.

– O que você quer dizer? – ela perguntou.

– Quando você diz "nos tirar daqui" está me incluindo?

Ela puxou-o para perto de si.

– Você é meu marido – disse. – E sou sua mulher. Isso significa "nós".

Ele olhou dentro dos olhos dela, ouvindo as palavras que não sabia ter esperado a vida inteira para ouvir.

– Meu marido costumava dizer que um dia isso tudo terminaria – ela disse. – Não estou disposta a esperar por esse dia.

Ga colocou a mão em seu ombro.

– Ele tinha algum plano?

– Sim – ela disse. – Descobri o plano dele: passaporte, dinheiro, passagens. O plano só incluía ele mesmo. Nem ao menos as crianças.

– Não se preocupe – ele respondeu. – Meu plano não será assim.

Eu estava acordado no meio da noite, e dava para perceber que meus pais também estavam. Por um momento ouvi as botas da Tropa da Juventude do Juche aproximando-se de uma daquelas reuniões de choque da Praça Kumsusan que duram a noite inteira. No caminho para o trabalho naquela manhã, eu soube que passaria por aquelas meninas ao voltar para casa, os rostos enegrecidos por fumaça de fogo, slogans pintados nos braços. A maioria tinha olhos selvagens. Olhei para o teto imaginando os cascos nervosos dos cabritos lá em cima, andando a esmo por estar muito escuro para verem o fim do telhado.

Eu não parava de pensar em como a biografia do Comandante Ga era parecida com a minha. Nossos nomes eram basicamente desconhecidos: não havia um nome pelo qual nossa família e nossos amigos pudessem nos chamar, não havia nenhuma palavra à qual nossos interiores mais profundos pudessem responder. E havia ainda a crença que eu tinha cada vez mais de que ele não sabia qual havia sido o destino da atriz e de seus filhos. É verdade que ele parecia crer que eles estavam bem, mas eu achava que ele na verdade não fazia ideia. Ele era como eu, que criava biografias dos meus interrogados que basicamente documentavam suas vidas até o ponto em que nos encontrávamos. No entanto eu precisava admitir que nunca segui os passos de uma única pessoa que deixava a 42ª Divisão. Nenhuma daquelas biografias tinha um epílogo. Nossa conexão mais importante, contudo, era o modo pelo qual, para ter uma nova vida, Ga teve de tirar outra. Eu provava esse teorema todos os dias. Após anos de fracasso, agora eu compreendia que, ao escrever a biografia do Comandante Ga, talvez estivesse escrevendo a minha própria biografia.

Fiquei de pé perto da janela. À luz fraca da lua, urinei em uma tigela grande. Ouvi um som vindo da rua lá embaixo. E então algo me informou que, apesar da escuridão, apesar dos quilômetros entre mim e a fazenda mais próxima, o arroz estava sendo colhido e uma nova safra estava a caminho: dois caminhões de descarga pararam do outro lado da Rua Sinuiju, e, usando alto-falantes, os homens do Ministro da Mobilização das Massas acordaram todos os ocupantes do Bloco Residencial Paraíso dos Trabalhadores. Meus vizinhos foram lentamente conduzidos de pijama ao caminhão. De madrugada, eles já estariam abaixados com água de arroz até o tornozelo recebendo uma lição corretiva sobre a palavra "labor", a fonte de todo o alimento, que duraria o dia inteiro.

– Pai – falei no quarto escuro. – Pai, isso tudo é por sobrevivência? É só por isso?

Senti a tigela quente nas mãos quando recoloquei a tampa de volta cuidadosamente. Quando os caminhões se afastaram, o único som que restou foi o leve assobio produzido enquanto meu pai respirava pelo nariz, sinal de que ele estava acordado.

De manhã, outro membro da minha equipe estava ausente. Não posso dizer seu nome, mas é o do bigode fino que tem a língua presa. Sua ausência duraria uma semana, e presumi que era algo mais sério do que uma ordem para trabalhar na colheita. Parecia que eu não voltaria a vê-lo. Ele havia sido o terceiro daquele mês, o sexto do ano. O que acontecia com eles? Para onde iam? Como substituiríamos os Pubyoks quando eles se aposentassem se sobravam apenas dois homens e dois estagiários?

Não obstante, pegamos a gôndola para o topo do Monte Taesong. Enquanto Jujack e Leonardo faziam uma busca na casa do Camarada Buc, Q-Kee e eu vasculhávamos a do Comandante Ga, embora fosse difícil nos concentrarmos: sempre que olhávamos para cima, víamos pelas janelas a silhueta de Pyongyang lá embaixo. Era impossível não soltar uma exclamação diante daquela vista. A casa inteira parecia fazer parte de um sonho: Q-Kee simplesmente abanou a cabeça ao ver o quarto e a cozinha. Eles não compartilhavam os cômodos com ninguém. Havia pelos de cachorro em todos os lugares, e estava claro que criavam um animal desses por pura diversão. O Cinturão Dourado, em exposição numa caixa de vidro, era algo que ficamos com medo de inspecionar. Nem mesmo os Pubyoks o haviam tocado quando fizeram sua busca.

O jardim estava limpo: não havia sequer uma ervilha para levar para os meus pais. Teriam o Comandante Ga e Sun Moon levado comida consigo na expectativa de uma viagem? Ou teria Ga reservado a comida para a sua fuga? Na pilha de lixo deles, a casca de um melão inteiro e ossos finos de pássaros. Será que eles haviam passado por privações, ao contrário do que a casa luxuosa sugeria?

Debaixo da casa encontramos um túnel de 30 metros cheio de sacos de arroz e filmes americanos. O alçapão de saída ficava do outro lado da rua, atrás de alguns arbustos. Dentro da casa descobrimos alguns compartimentos ocultos na parede, mas estavam praticamente vazios. Em um, encontramos uma pilha de revistas sul-coreanas de artes marciais, o que era ilegal. As revistas estavam todas desgastadas e exibiam lutadores com músculos bem definidos, resultado de muito tempo de combate. Havia também um lenço no compartimento das revistas. Levantei-o à procura de um monograma. Depois me virei para Q-Kee.

– Gostaria de saber o que esse lenço está fazendo...

– Largue isso aí – Q-Kee disse.

Imediatamente, larguei o lenço e caí no chão.

– O quê? – perguntei.

– Você não sabe para que Ga deve ter usado isso? – ela perguntou, olhando para mim como se eu fosse um dos filhotinhos cegos do Zoológico Central. – Você não tinha irmãos?

No quarto, Q-Kee mostrou o pente de Sun Moon e a lâmina de barbear do Comandante Ga lado a lado no canto da pia. Ela viera trabalhar com o olho roxo, e fingi não perceber, mas na frente de um espelho não havia como evitar perguntar:

– Alguém tentou machucá-la?

– O que o faz pensar que não foi por amor?

Eu ri.

– Só se fosse um novo jeito de demonstrar carinho.

Q-Kee inclinou a cabeça e olhou para a minha imagem no espelho. Ela pegou um copo na pia e o levantou contra a luz.

– Eles dividiam um copo para escovar os dentes – disse. – Era amor. Há muitas provas disso.

– Isso é uma prova? – perguntei-lhe, pensando que dividia um copo para escovar os dentes com meus pais.

No quarto, Q-Kee examinou tudo.

– Sun Moon dormia desse lado da cama – ela disse. – Fica mais perto do banheiro.

Depois Q-Kee foi até a mesinha de cabeceira desse lado da cama.

– Uma mulher esperta manteria as camisinhas coladas sob esta mesa. Elas não estariam visíveis para o marido, mas sempre que precisasse era só ela esticar a mão.

– Camisinhas – repeti.

Todas as formas de controle de natalidade eram estritamente proibidas.

– Você pode consegui-las em qualquer mercado noturno – ela disse. – Os chineses produzem camisinhas de todas as cores.

Ela se virou para a mesinha de cabeceira de Sun Moon, mas não encontrou nada colado na parte de baixo.

Também chequei a mesinha de cabeceira do Comandante Ga: nada.

– Confie em mim – Q-Kee disse. – O Comandante não precisava de controle de natalidade.

Juntos, puxamos os lençóis da cama e nos ajoelhamos para identificar os cabelos nos travesseiros.

– Os dois dormiam aqui – declarei, e depois passamos as pontas dos dedos em cada centímetro do colchão, cheirando e examinando tudo à procura do menor sinal de sêmen.

Foi mais ou menos no meio do colchão que encontrei um cheiro que nunca sentira antes. Senti algo primitivo nas narinas, e então um raio de luz se acendeu na minha mente. O cheiro foi tão repentino, tão estranho, que não encontrei palavras para descrevê-lo. Ainda que quisesse, eu não poderia ter alertado Q-Kee.

Q-Kee cruzou os braços expressando descrença.

– Eles dormiam juntos, mas nada de *fucky-fucky*.

– Nada de quê?

– É a palavra em inglês para "sexo" – ela disse. – Você não vê filmes?

– Não desse tipo – respondi, mas a verdade é que eu nunca vira nenhum.

Abrindo o guarda-roupa, Q-Kee passou o dedo pelos *choson-ots* de Sun Moon até chegar a um cabide vazio.

– Aqui estava o que ela levou – disse Q-Kee. – Se foram esses que ela deixou para trás, o que ela levou devia ser espetacular. Então Sun Moon não estava planejando ficar fora por muito tempo, mas mesmo assim queria ter a melhor aparência possível.

Ela olhou para os tecidos lustrosos à sua frente, dizendo:

– Conheço todos os vestidos que ela usou nos filmes. Se ficasse aqui por tempo bastante, descobriria qual está faltando.

– Mas se eles colheram tudo que havia no jardim – eu disse –, isso sugere que *estavam* planejando ficar fora por muito tempo.

– Ou talvez tenha sido a sua última refeição, usando seu melhor vestido.

Respondi:

– Mas isso só faria sentido se...

– ...se Sun Moon soubesse o que estava prestes a lhe acontecer – completou Q-Kee.

– Mas se Sun Moon sabia que Ga iria matá-la, por que vestir suas melhores roupas, por que colaborar?

Q-Kee analisou a questão ainda passando o dedo nos belos vestidos.

– Talvez devêssemos apreendê-los como evidências – sugeri –, assim você poderia analisá-los sem pressa.

– Eles são lindos – ela disse. – Como os vestidos da minha mãe. Mas sou eu que me visto. Além disso, me vestir como uma guia do Museu Internacional da Amizade não é meu estilo.

Leonardo e Jujack voltaram da casa do Comandante Buc.

– Nada de interessante – disse Leonardo.

– Encontramos um compartimento oculto na parede da cozinha – acrescentou Jujack –, mas só tinha isto dentro.

Ele ergueu cinco Bíblias em miniatura.

A luz mudava à medida que o sol era refletido pelo distante Estádio May Day, e por um momento voltamos a nos admirar por estarmos numa residência como aquela, sem paredes comuns nem torneiras compartilhadas, sem colchões dobráveis estendidos a um canto, sem uma descida de 20 andares até uma banheira comunal.

Por trás da fita de segurança para cenas de crime do Pubyok, começamos a separar os filmes e o arroz do Comandante Ga. Nossos estagiários concordaram que *Titanic* havia sido o melhor filme já produzido. Dissemos a Jujack que jogasse as Bíblias da varanda. Era até possível explicar uma bolsa cheia de DVDs a um agente policial, mas não esse tipo de coisa.

De volta à 42ª Divisão, dei início à minha sessão diária com o Comandante Ga e, exceto pelo paradeiro da atriz e dos seus filhos, ele ficou feliz em me dar todos os "quês?", "por quês?", "ondes?" e "quandos?". Mais uma vez, ele repetiu como Mongnan lhe implorara que vestisse o uniforme do Comandante morto, recontou a conversa com o guarda carcerário, curvado sob o peso da enorme rocha e que lhe permitiu sair do campo. É verdade que quando imaginei a biografia de Ga pela primeira vez eram os grandes momentos que se destacavam nos capítulos, tais como um embate secreto com o detentor do Cinturão de Ouro. Mas agora eu via que aquele seria um livro muito mais sutil, e que apenas os "comos" me importavam.

– Entendi que você conseguiu se safar da prisão na conversa – eu disse ao Comandante Ga. – Mas como você reuniu coragem para ir até a casa de Sun Moon? O que você lhe disse depois de ter matado seu marido?

O Comandante Ga àquela altura já havia se levantado. Estávamos sentados de frente um para o outro no pequeno quarto, fumando.

– Para onde mais eu poderia ir? – ele perguntou. – O que mais poderia dizer além da verdade?

– E como reagiu ela?

– Ela se jogou no chão e chorou.

– É claro que sim. Como vocês saíram disso para dividir um copo?

– Dividir um copo?

– Você sabe do que estou falando – respondi. – Como convenceu uma mulher a amá-lo mesmo sabendo que você machuca as pessoas?

– Você ama alguém? – o Comandante Ga me perguntou.

– Sou eu quem faz as perguntas aqui – respondi.

Mas não podia deixá-lo pensar que eu não tinha ninguém, então balancei a cabeça como que sugerindo: "Não somos homens?"

– Então ela o ama apesar do que você faz?

– O que eu faço? – indaguei. – Eu ajudo as pessoas. Eu as salvo do tratamento que receberiam desses animais do Pubyok. Transformei o interrogatório em uma ciência. Você ainda tem seus dentes, não é mesmo? Alguém já amarrou arame nos nós dos seus dedos até as pontas ficarem inchadas, roxas e dormentes? Estou perguntando como Sun Moon passou a amá-lo. Você era um marido substituto. Ninguém ama de verdade um marido substituto. Todos só se importam com a sua primeira família.

O Comandante Ga começou a falar sobre o amor, mas de repente sua voz se tornou estática aos meus ouvidos. Eu não conseguia ouvir nada, pois minha mente de repente chegara a uma hipótese: a de que meus pais tiveram uma primeira família, que houvera filhos antes de mim que eles perderam, e que eu era apenas uma substituição vazia. Isso explicaria a idade avançada deles e as expressões em seus rostos quando olhavam para mim: como se faltasse alguma coisa. E explicaria também o medo em seus olhos: não seria um pavor insuportável de me perder também? O temor da consciência de que não seriam capazes de passar pela mesma perda?

Peguei um vagão do metrô para os Arquivos Centrais e procurei os arquivos dos meus pais. Passei a tarde lendo sobre eles, e encontrei outra razão pela qual precisávamos de biografias para os cidadãos: os arquivos estavam cheios de datas, carimbos, imagens desfocadas, informações sobre cotas e relatórios de blocos residenciais, comitês industriais, painéis distritais, destacamentos de voluntários e comitês partidários. Mas não havia informações de verdade sobre eles, nenhuma ideia de quem eram aqueles dois idosos, do que os trouxera de Mampo para trabalhar na linha de produção em Testemunho da Grandeza da Fábrica de Máquinas. No final, contudo, o único carimbo do Hospital-Maternidade de Pyongyang era meu.

De volta à 42ª Divisão, fomos para a sala de descanso dos Pubyoks, onde mudei minha placa de "Interrogador Número 6" de "Em serviço" para "Fora". Q-Kee e o Sargento estavam rindo juntos, mas quando entrei na sala eles ficaram em silêncio. Não sou sexista, mas Q-Kee não estava usando seu jaleco, encostada em uma das cadeiras reclináveis dos Pubyoks.

O Sargento estava com a mão enfaixada outra vez. Mesmo com cabelos brancos, mesmo no ano da sua aposentadoria, lá estava ele com a mão quebrada. Ele fez uma voz como se a mão estivesse falando.

– A ombreira da porta me machucou? – a mão perguntou. – Ou a ombreira da porta me ama?

Q-Kee mal conseguia segurar o riso.

Em vez de manuais de interrogatório, as estantes dos Pubyoks estavam cheias de garrafas de Ryoksong, e fiquei imaginando como seria a noite deles: os rostos começando a ficar vermelhos, algumas músicas patrióticas cantadas no caraoquê, e logo Q-Kee estaria jogando um tênis de mesa bêbado com os Pubyoks, todos reunidos ao redor para verem seus seios quando ela se inclinava, rondando-a do seu lado da mesa, pegando na raquete vermelha dela.

– Você está perto de limpar um nome do quadro? – Q-Kee me perguntou.

Agora foi o Sargento quem riu.

Àquela altura já havia passado da hora de preparar o jantar dos meus pais, e como os trens já haviam parado eu teria de atravessar a cidade no escuro para ajudá-los a ir para a cama. Mas então dei uma olhada no quadro, o primeiro momento em semanas que verifiquei minha carga de trabalho. Eu tinha 11 casos ativos. Todos os Pubyoks juntos tinham um – um cara que eles estavam amaciando até de manhã no esgoto. Os Pubyoks fechavam casos em 45 minutos apenas arrastando as pessoas até a loja e ajudando-as a segurar a caneta para fazer uma confissão nos seus últimos momentos de vida. Aqui, contudo, ao olhar para todos aqueles nomes, compreendi a que ponto minha obsessão por Ga chegara. O caso que estava aberto havia mais tempo era o de uma enfermeira militar de Panmunjom acusada de ter flertado com um oficial da Coreia do Sul na zona desmilitarizada. Diziam que ela lhe dirigira acenos animados e até mesmo jogara beijos elétricos o bastante para atravessar os campos minados. Foi o caso mais fácil que já tive, e foi por isso que eu o adiei por tanto tempo. Sob o nome dela no quadro estava escrito "Na Cela", então percebi que a deixara lá por cinco dias. Mudei minha placa de volta para "Em serviço" e saí da sala antes que os riscos recomeçassem.

A enfermeira não cheirava bem quando a tirei. A luz havia sido devastadora para ela.

– Estou tão feliz por vê-lo – ela disse, retraindo-se. – Estou pronta para falar. Pensei muito, e tenho algumas coisas a dizer.

Levei-a para a baia de interrogatório e aqueci o piloto automático. O procedimento foi uma vergonha. Eu já tinha a metade da sua biografia: provavelmente havia desperdiçado três tardes naquilo. E sua confissão praticamente ia se escrever sozinha, mas não foi culpa dela – ela estava fora de si.

Eu a acomodei em uma das nossas cadeiras azul-bebê.

– Estou pronta para denunciar – ela disse. – Muitos cidadãos perversos tentaram me corromper, e tenho uma lista, estou pronta para dar todos os nomes.

Eu só conseguia pensar no que aconteceria se não levasse meu pai ao banheiro em uma hora. A enfermeira estava usando um vestido branco do trabalho, e passei meus dedos no seu pescoço para assegurar que ela não estava usando joias nem nenhum outro objeto que pudesse causar interferências no piloto automático.

– Não é isso que você quer? – ela perguntou.

– O quê?

– Estou pronta para consertar o relacionamento com meu país – ela disse. – Estou preparada para fazer o que for necessário para mostrar que sou uma boa cidadã.

Ela levantou o vestido acima dos quadris, e a massa de pelos púbicos era inconfundível. Eu sabia como era a estrutura do corpo feminino e suas principais funções. Entretanto só voltei a me sentir no controle quando atei os braços da enfermeira à cadeira e ouvi o barulho inicial do piloto automático. Sempre há aquele ofego involuntário inicial, o corpo inteiro tenso quando o piloto automático começa a administrar suas primeiras doses. Os olhos da enfermeira se concentraram em um pouco distante, e passei a mão no seu braço e em sua clavícula. Podia sentir as descargas percorrendo seu corpo. Elas entraram em mim, fazendo os pelos do meu pescoço ficarem arrepiados.

Q-Kee estava certa em me provocar: eu às vezes deixava as coisas saírem de controle, e ali estava a pobre enfermeira pagando o preço. Pelo menos tínhamos o piloto automático. Quando cheguei à 42ª Divisão o método preferido para reformar nossos cidadãos corrompidos era a lobotomia. Quando estagiários, Leonardo e eu fizemos várias. Os Pubyoks pegavam quaisquer interrogados disponíveis para nos treinar – fazíamos meia dúzia de lobotomias, uma após outra. Tudo que precisávamos era de um prego de 20 centímetros. Colocávamos o interrogado deitado numa mesa e eu sentava sobre seu peito. De pé, Leonardo segurava a cabeça do interrogado, e com os polegares segurava as duas pálpebras para manter os olhos abertos. Com cuidado para não perfurar nada, enfiávamos o prego sobre o globo ocular, manipulando o até sentir o osso por trás. Então, com a palma da mão, dávamos uma boa pancada na cabeça do prego. Depois de penetrar a órbita, o prego movia-se lentamente através do cérebro. Aí era simples: inserir tudo, mexer para a esquerda, mexer para a direita, repetir no outro olho. Eu não era médico nem nada parecido, mas tentava executar o procedimento de forma suave e precisa, e não bruscamente como os Pubyoks, cujas mãos quebradas tornavam qualquer trabalho delicado digno da sutileza de um gorila. Concluí que uma luz forte daria um toque de humanidade ao procedimento, já que cegava os interrogados para o que estava acontecendo.

Disseram-nos que havia fazendas coletivas inteiramente compostas por ex-subversivos lobotomizados que agora só conheciam o trabalho voluntário para o benefício de todos. Mas a verdade era muito diferente. Certa vez visitei com o Sargento uma dessas fazendas de lobotomizados, quando estava usando o jaleco havia apenas um mês, com o propósito de interrogar um guarda, e o que descobrimos não foi nenhuma fazenda-modelo. O trabalho era confuso e ineficiente. Os trabalhadores limpavam a mesma faixa de terra várias vezes e enchiam buracos que haviam acabado de cavar. Eles não se importavam se estavam vestidos ou despidos, e se aliviavam em qualquer lugar, a qualquer momento. O Sargento não parava de comentar sobre o que pensava ser a indolência dos lobotomizados, sua preguiça grupal.

– Apitos para o trabalho de choque não significam nada para eles – ele dizia. – Parece impossível incutir neles qualquer noção do espírito do Juche. Até mesmo crianças sabem colocar o pé numa pá antes de cavar.

Mas foi das expressões vazias dos lobotomizados que nunca esqueci: até os bebês nos vidros do Museu Glórias da Ciência têm mais vida. Aquela viagem para mim foi a prova de que o nosso sistema está falido, e eu soube que um dia teria um papel na tarefa de consertá-lo. Então veio o piloto automático, desenvolvido por um grupo de pesquisadores que trabalhava lá embaixo no bunker, e aproveitei a oportunidade de testá-lo.

O piloto automático é um aparelho eletrônico mágico. Não é uma ferramenta elétrica brutal, como uma das baterias de carro dos Pubyoks. O piloto automático trabalha em sincronia com a mente, medindo a atividade cerebral, respondendo a ondas alfa. Cada consciência possui uma assinatura elétrica, e o algoritmo do piloto automático aprende a ler esse roteiro. Pensem no exame profundo que ele realiza por meio de uma conversa com a mente, imaginem-no dançando com a sua identidade. Sim, imaginem um lápis e uma borracha dançando belamente sobre o papel. O lápis reproduz rabiscos, imagens, palavras, enchendo a página, enquanto a borracha avalia, toma nota, segue os passos do lápis, deixando para trás apenas o vazio. A rodada seguinte do lápis é talvez mais intensa e desesperada, mas também mais curta, e a borracha faz seu trabalho outra vez. Eles seguem nesse círculo contínuo, o indivíduo e o Estado aproximando-se cada vez mais até se tornarem praticamente um, movendo-se em simpatia mútua, as linhas desaparecendo imediatamente depois de serem traçadas, as palavras incompletas, e finalmente só resta o branco do papel. A eletricidade com frequência provoca ereções potentes nos interrogados do sexo masculino, portanto não estou convencido de que a experiência seja de todo má. Olhei para a cadeira azul vazia ao lado da enfermeira: se quisesse colocar o trabalho em dia, eu provavelmente teria de começar a usar duas ao mesmo tempo.

Mas de volta à enfermeira. Agora ela se encontrava num ciclo profundo. As convulsões haviam levantado seu vestido outra vez, e eu hesitei antes de abaixá-lo. Logo à minha frente estava seu ninho secreto. Eu me abaixei e inalei profundamente, absorvendo o cheiro de ozônio vindo dela. Depois, desamarrei seus braços e apaguei a luz.

Quando o Comandante Ga chegou ao local do Texas artificial, havia uma névoa matutina no ar. A paisagem era ondulada e arborizada, portanto os sentinelas e as rampas dos mísseis não podiam ser vistos. Eles estavam rio abaixo em relação a Pyongyang, e, embora não conseguisse ver o Taedong, Ga sentia seu cheiro a cada respiração, um cheiro forte e verde. Chovera recentemente, uma monção antecipada do Mar Amarelo, e com a lama e os salgueiros pingando o lugar estava muito diferente do Texas.

Ele estacionou o Mustang e saiu. Não havia sinal do cortejo do Querido Líder. Só o Camarada Buc estava lá, sentado a uma mesa de piquenique com uma caixa de papelão. Buc acenou em sua direção, e Ga viu que as ripas da mesa haviam sido gravadas com iniciais em inglês.

– Não esquecemos nenhum detalhe – ele disse a Buc.

Buc indicou a caixa com a cabeça, dizendo:

– Tenho uma surpresa para você.

Quando o Comandante Ga olhou para a caixa, teve o súbito pressentimento de que dentro estava um objeto que pertencera ao verdadeiro Comandante Ga. Ele não tinha ideia do que era – se uma jaqueta ou um chapéu – ou de como o objeto fora parar nas mãos de Buc, mas sentia que o que havia dentro da caixa pertencia ao seu predecessor, e quando ele a abrisse e entrasse em contato com o objeto, tocando-o e aceitando-o, o verdadeiro Comandante Ga o dominaria.

– Você abre – ele disse a Buc.

O Camarada Buc enfiou a mão na caixa e tirou um par de botas pretas de caubói.

Ga pegou-as, analisou-as – era o mesmo par que ele segurara no Texas.

— Como você encontrou essas botas?

Buc não respondeu, mas sorriu com orgulho, como se aquilo fosse a confirmação de que não havia nenhum objeto na Terra que ele não fosse capaz de encontrar e levar para Pyongyang.

Ga tirou seus sapatos sociais, que agora percebia terem pertencido ao seu predecessor. Eles eram pelo menos um número maior que seus pés. Quando calçou as botas de caubói, elas couberam perfeitamente. Buc pegou um dos sapatos do Comandante Ga e o estudou.

— Ele enchia o saco com esses sapatos — Buc disse. — E me mandava comprá-los no Japão. "Eles têm de ser do Japão."

— O que faremos com eles?

— São sapatos bonitos — disse Buc. — Devem valer uma pequena fortuna no mercado noturno.

Depois de dizer isso, contudo, Buc jogou-os na lama.

Juntos, os dois começaram a andar pelo local, certificando-se de que tudo estava em ordem para a inspeção do Querido Líder. O *chuckwagon* japonês parecia convincente o bastante, e havia inúmeras varas de pescar e foices. Perto do estande de tiro uma caixa de bambu continha o movimento sinistro de cobras venenosas.

— Parece o Texas para você? — perguntou o Camarada Buc.

O Comandante Ga deu de ombros.

— O Querido Líder nunca esteve no Texas — ele disse. — Ele vai pensar que é igualzinho ao Texas: isso é tudo que importa.

— Não foi o que perguntei — disse Buc.

Ga olhou para o céu à procura de sinais de chuva. Naquela manhã chovera muito, as nuvens haviam deixado as janelas escuras, portanto a luz estava fraca quando Sun Moon virou para o lado dele na cama.

— Preciso saber se ele realmente morreu — ela disse. — Meu marido desapareceu tantas vezes apenas para voltar dias ou semanas depois de formas que tinham como propósito me surpreender, me testar. Se ele voltasse agora, se visse o que estamos planejando... nem queria saber.

Nesse momento ela fez uma pausa.

— Quando ele machuca as pessoas de verdade — ela acrescentou —, não tira fotografias.

A mão dela estava no peito dele. Ele colocou a mão no ombro dela, a pele quente sob os cobertores.

– Confie em mim – disse-lhe. – Você nunca mais voltará a vê-lo.

Ele baixou a mão, sentindo a suavidade da pele de Sun Moon sob os dedos.

– Não – ela disse, afastando-se. – Diga-me que ele está morto. Desde que decidimos qual seria o nosso plano, agora que decidimos arriscar tudo, não consigo tirar da cabeça a possibilidade de ele voltar.

– Ele está morto, eu juro – ele disse.

Mas não era assim tão simples. Não era simples porque a mina estava escura e caótica. Ele dera uma chave de perna no Comandante Ga, segurando-o até o fim da contagem e contando um pouco mais. Quando Mongnan o encontrou, ela lhe disse para vestir o uniforme de Ga. Ele se vestiu e ouviu quando ela lhe disse o que falar ao guarda carcerário. Mas quando ela mandou que ele esmagasse o crânio do homem nu com uma pedra, ele abanou a cabeça negativamente. Em vez disso, empurrou o corpo para um fosso. No final das contas, era um fosso raso. Eles ouviram o corpo rolar um pouco antes de parar, e com a semente da dúvida plantada por Sun Moon em seu peito ele também começou a se perguntar se havia apenas chegado perto de matar o Comandante Ga, se o homem não estava em algum lugar, recuperando-se, deixando que as forças lhe voltassem, e que quando fosse de novo o mesmo voltaria.

Ga foi até o curral.

– Este é o único Texas que temos – ele disse a Buc, em seguida subindo na cerca para se sentar.

Havia um boi solitário dentro do curral. Algumas gotas grandes de chuva caíram, mas logo cessaram.

O Camarada Buc se ocupava acendendo uma fogueira no fosso, mas só estava conseguindo produzir fumaça. Sentado em cima da cerca, o Comandante Ga podia ver enguias puxando ar na superfície do lago de pesca e ouvir o movimento de uma bandeira do Estado do Texas ao vento, pintada à mão com tinta coreana. O rancho lembrava o Texas o suficiente para fazê-lo pensar no doutor Song. Mas quando Ga pensava no que havia acontecido com ele, aquele lugar não parecia nada com a América. Era difícil acreditar que o velho havia morrido. Ga ainda podia vê-lo sentado sob a luz do luar de uma noite texana, segurando o chapéu para que não voasse. Ainda conseguia ouvir a voz do doutor Song no hangar: "Uma jornada fascinante que jamais poderemos repetir".

O Camarada Buc jogou mais querosene no fogo, produzindo uma elevada coluna de fogueira.

– Espere só até o Querido Líder trazer os americanos até aqui – disse Buc. – Quando o Querido Líder está feliz, todos estão felizes.

– Falando nisso – disse Ga –, você acha que o trabalho aqui acabou?

– O quê? – perguntou Buc. – O que você quer dizer?

– Parece que você conseguiu tudo que era necessário. Não seria a hora de partir para outro projeto e esquecer isso aqui?

– Você está preocupado com alguma coisa? – o Camarada Buc perguntou.

– E se o Querido Líder não ficar satisfeito? E se algo der errado e ele ficar muito chateado? Já pensou nisso?

– É por isso que estamos aqui – disse Buc. – Para não deixar isso acontecer.

– Isso me lembra o doutor Song, que fazia tudo certo, e veja o que aconteceu com ele.

Buc se afastou, e Ga percebeu que ele não queria falar sobre seu velho amigo.

Então Ga disse:

– Você tem uma família, Buc. Você precisa se afastar disso.

– Mas você ainda precisa de mim. Ainda preciso de você.

Ele andou até o buraco da fogueira e pegou o ferro de marcar do Querido Líder, que havia começado a esquentar. Buc usou os dois braços para levantá-lo, erguendo-o para ser inspecionado por Ga. Em inglês, as letras gravadas ao contrário, estava escrito: "PROPRIEDADE DA REPÚBLICA POPULAR DEMOCRÁTICA DA COREIA".

As letras eram grandes, o rótulo tinha quase um metro de comprimento. Quando estivesse quente, o ferro seria capaz de marcar o lado inteiro do animal.

– Os rapazes da fundição precisaram de uma semana para fazer isso – disse Buc.

– E daí?

– *E daí?* – Buc agora parecia impaciente. – E daí que não falo inglês. Preciso que você me diga se a escrita está correta.

O Comandante Ga leu as letras invertidas com cuidado.

– Está certo – ele disse.

Depois, pulou da cerca do curral e se aproximou do boi, amarrado por um anel no focinho. Ele alimentou o animal com agrião de uma lata, depois passou a mão entre seus chifres.

O Camarada Buc veio em sua direção, e pelo olhar hesitante que dirigia ao animal ficou claro que ele nunca havia sido destacado para ajudar na colheita.

– Sabe o que lhe contei sobre a morte do Comandante Ga numa mina carcerária?

Buc balançou a cabeça afirmativamente.

– Ele ficou lá deitado, nu, e parecia morto. Uma amiga me disse para jogar uma pedra grande no crânio dele.

– Amiga esperta.

– Mas não consegui fazer isso. Agora me pergunto, você sabe...

– ...se o Comandante Ga ainda está vivo? Impossível. Se ele estivesse vivo, todos nós já saberíamos, pois ele estaria em cima de nós agora mesmo.

– Eu sei, ele está morto. A questão é que tenho o pressentimento de que algo ruim está para acontecer. Você tem uma família, precisa pensar nela.

– Você sabe alguma coisa que não quer me contar, não é mesmo? – perguntou Buc.

– Só estou tentando ajudar.

– Você está planejando alguma coisa, estou vendo – disse Buc. – O que é que está tramando?

– Não estou planejando nada. Vamos esquecer essa conversa.

Buc interrompeu-o:

– Você precisa me contar – ele disse. – Não se esqueça de que quando o corvo veio, eu abri minha casa, compartilhamos nosso plano de fuga com vocês. Eu não disse nada a ninguém sobre a sua verdadeira identidade. Dei meus pêssegos a vocês. Se alguma coisa está acontecendo, você tem de me dizer.

Ga não disse nada.

— Como você comentou, eu tenho uma família. E elas? – perguntou Buc. – Como posso protegê-las se você omitir informações de mim?

O Comandante Ga olhou ao redor do rancho, para as pistolas, os jarros para limonada, as cestas de presentes nas mesas de piquenique.

— Quando o avião americano partir, estaremos nele: Sun Moon, as crianças e eu.

O Camarada Buc se contraiu.

— Não, não, não – ele disse. – Você não conta a ninguém, nunca. Ainda não sabe disso? Você jamais deve contar nada a ninguém. Nem aos seus amigos, nem à sua família, e especialmente nem a mim. Você poderia matar-nos a todos. Você sabe a promoção que eu ganharia por entregá-lo? – Buc levantou as mãos. – Você nunca conta. Não conta a ninguém. Nunca.

O Comandante Ga passou a mão no pescoço preto do boi, em seguida dando duas batidinhas, levantando a poeira do seu couro oleoso.

— O ferro de marcar provavelmente o matará. Isso não impressionaria os americanos.

Buc começou a armar os postes para pesca de arrastão perto de uma árvore. Suas mãos tremiam. Depois que armou todos, esbarrou numa linha, e todos caíram. Ele olhou para Ga como se assumindo que fora sua culpa.

— Mas você – Buc disse –, você é do tipo que conta. – Ele abanou a cabeça. – É por isso que é diferente. De algum modo as regras são diferentes para você, e é por isso que talvez você tenha uma chance.

— Você acha?

— O plano é simples?

— Acho que sim.

— Não me conte nada. Não quero saber.

Eles ouviram um trovão e Buc olhou para cima, vendo que logo começaria a chover.

— Responda apenas uma coisa: você está apaixonado por ela?

— Amor. – Era uma palavra forte.

— Se alguma coisa acontecesse a ela – perguntou Buc –, você seguiria em frente sem ela?

Era uma questão tão simples: como ele poderia não ter se perguntado isso? Ele voltou a sentir a mão sólida de Sun Moon sobre sua tatuagem, como ela o deixara chorar baixinho na cama ao seu lado. Ela nem havia desligado a lanterna a fim de não ver sua vulnerabilidade. Simplesmente olhara para ele, com preocupação no olhar, até o sono chegar.

Ga abanou a cabeça negativamente.

A luz de faróis apareceu a distância. Buc e Ga se viraram e viram um carro preto se aproximando pelos sulcos na estrada lamacenta. Não era a caravana do Querido Líder. Ao se aproximar, eles puderam ver que os limpadores de vidro ainda estavam ligados, portanto o carro vinha da direção da tempestade.

Buc virou-se para ele e falou com a voz cheia de urgência:

– Sei como este mundo funciona. Se você e Sun Moon forem juntos com as crianças, talvez tenham uma chance, talvez.

Os primeiros pingos de chuva começaram a cair. O boi abaixou a cabeça.

– Mas se Sun Moon e as crianças de alguma forma entrarem naquele avião, e se nesse momento você estiver ao lado do Querido Líder, conduzindo seu foco, desviando sua atenção, eles *provavelmente* vão conseguir.

Então o Camarada Buc abandonou seu sorriso permanente. Quando seu rosto ficava sério, estava claro que ele estava falando com toda a gravidade.

– Também significa – ele continuou – que você *certamente* pagará o preço por isso, ao contrário de cidadãos obedientes que seguem as regras, como eu e minhas filhas.

Uma figura solitária avançava em direção a eles. Dava para ver que era um militar. Embora a chuva estivesse engrossando, o homem não fazia esforço para se proteger, e eles observaram seu uniforme ficar cada vez mais encharcado à medida que se aproximava. Ga pegou os óculos para tentar enxergar melhor. Por alguma razão, ele não conseguia ver o rosto do homem, mas o uniforme era inconfundível: era um comandante.

O Camarada Buc observou o homem que se aproximava.

– Merda! – ele disse, virando-se para Ga. – Você sabe o que o doutor Song disse sobre você? Que você tinha um dom, que você conseguia mentir enquanto falava a verdade.

— Por que você está me contando isso?

— Porque o doutor Song nunca teve a chance de lhe dizer pessoalmente — respondeu Buc. — E preciso lhe dizer outra coisa: provavelmente não há maneira de você conseguir isso sem mim. Mas se você ficar por aqui depois que acontecer, se ficar e aguentar o fardo, vou ajudá-lo.

— Por quê?

— Porque o Comandante Ga fez a pior coisa que já fizeram comigo, e depois seguiu a vida como se nada tivesse acontecido logo ao lado. E eu tive de continuar trabalhando no mesmo andar que ele. Tive de continuar me abaixando para ver o tamanho do sapato dele antes de encomendar suas pantufas do Japão. Bastava fechar os olhos para vê-lo se aproximando. Quando eu me deitava com a minha mulher, sentia o peso de Ga sobre mim. Mas você... você apareceu e resolveu isso para mim. Quando você chegou, ele desapareceu.

O Camarada Buc parou e se virou. Ga também se virou.

Então apareceu sob a chuva o rosto marcado do Comandante Park.

— Esqueceram-se de mim? — Park perguntou.

— De modo algum — respondeu Ga, observando as gotas de chuva escorrerem sobre as marcas de ferimentos no rosto de Park e se perguntando se ele não servira de inspiração para o homem desfigurado no roteiro do Querido Líder.

— As coisas mudaram — disse o Comandante Park. — O Camarada Buc e eu vamos fazer um levantamento da situação por aqui. — Seus olhos se fixaram em Ga. — E quanto a você, o próprio Querido Líder vai lhe explicar o que está acontecendo. Dito isso, talvez você e eu tenhamos uma chance de recuperar nossa amizade.

— Ah, você acabou de chegar do Texas — disse o Querido Líder ao ver as botas sujas de lama do Comandante Ga. — O que achou? O rancho é convincente?

O Querido Líder estava em um corredor branco muito profundo, decidindo qual entre duas portas idênticas devia abrir. Quando o Querido Líder colocou a mão em uma delas, a maçaneta zuniu e Ga pôde ouvir a tranca elétrica se abrir.

— Foi incrível – disse Ga. – Como voltar ao Velho Oeste.

Os ouvidos de Ga ainda pulsavam depois do mergulho do elevador. Seu uniforme estava molhado, e o frio do subsolo penetrou em seus ossos. Ele não tinha ideia de quão abaixo estava de Pyongyang. As luzes fluorescentes pareciam familiares, assim como as paredes de cimento branco, mas não havia como saber se eles realmente estavam no mesmo andar em que ele estivera em sua última visita.

— Infelizmente – disse o Querido Líder – talvez eu não tenha a oportunidade de vê-lo.

A sala estava cheia de presentes, prêmios, bandejas e placas, todas com áreas lisas nas quais deveriam ser gravadas inscrições ou ocasiões na prata ou no bronze. O Querido Líder colocou a mão no chifre de um rinoceronte que fazia parte de um conjunto de apoios para livro.

— Mugabe me dá um desses atrás do outro – ele disse. – Os americanos mijariam Prozac se os surpreendêssemos com um par deles. Mas isso levanta a questão: que presente devemos dar a um hóspede que viaja uma longa distância para nos visitar, mas se recusa a aceitar nossa hospitalidade?

— Desculpe, Querido Líder, mas não estou entendendo – disse Ga.

O Querido Líder sentiu o chifre do rinoceronte.

— Os americanos no final das contas nos informaram que não virão numa missão diplomática. Eles dizem que a troca será feita no aeroporto. Pediram que levássemos nossa bela remadora e, contanto que forneçamos um veículo de transporte, eles devolverão o que roubaram de mim.

Ga se mostrou ofendido.

— Eles não vão experimentar nossos biscoitos de milho nem disparar nossas pistolas?

O sorriso do Querido Líder se desvaneceu, e ele olhou para Ga com um olhar tão sério que quem não o conhecesse acharia que ele estava triste.

— Fazendo isso, eles roubarão de mim algo muito mais importante.

— E o rancho texano? – indagou Ga. – Fizemos um trabalho completo.

— Desmontem-no e o transfiram para o aeroporto – ele disse. – Coloquem-no em um hangar para que possamos acessá-lo se ele ainda tiver utilidade.

– Tudo? As cobras, as enguias?

– Vocês arranjaram enguias? Agora eu estou mais triste ainda de não ter visto.

Ga tentou visualizar a lareira e o fosso de marcar o gado. O monstruoso ferro de marcar agora lhe parecia um trabalho de amor, e ele não conseguia imaginá-lo guardado no depósito do estúdio cinematográfico, que tinha a mesma chance de voltar a ver a luz do dia que uma bandeira de seda pintada à mão do Texas.

– Os americanos deram algum motivo?

Os olhos do Querido Líder percorreram a sala tentando, percebia Ga, encontrar um presente à altura da sua humilhação.

– Os americanos disseram que daqui a dois dias haverá uma lacuna em que nenhum satélite espião japonês estará nos espionando. Eles temem que os japoneses fiquem furiosos ao saber que... ah, fodam-se! – disse o Querido Líder. – Eles não sabem que na minha terra devem seguir as minhas regras? Eles não sabem que quando as rodas do avião tocarem o chão eles estarão submetidos a mim, ao meu enorme senso de dever?

– Sei que presente poderemos dar a eles – disse o Comandante Ga.

O Querido Líder olhou para ele com desconfiança.

– Quando nossa delegação deixou o Texas, havia duas surpresas no aeroporto.

O Querido Líder não disse nada.

– Havia duas plataformas, como as usadas por empilhadeiras. A primeira estava carregada de comida.

– Uma plataforma de comida? Isso não estava no relatório que li. Ninguém confessou isso.

– A comida não era do Senador, mas da igreja dele. Havia barris de farinha e sacos de 100 quilos de arroz, sacos de aniagem cheios de feijão, tudo empilhado na forma de um cubo amarrado com plástico.

– Comida? – perguntou o Querido Líder.

Ga balançou a cabeça afirmativamente.

– Continue.

– E na outra plataforma havia pequenas Bíblias, milhares delas, também amarradas com plástico.

– Bíblias – repetiu o Querido Líder.

– Muito pequenas, com capas de vinil verde.

– Como não li nada sobre isso?

– É claro que não aceitamos nada, deixamos tudo na pista de decolagem.

– Na pista de decolagem – o Querido Líder voltou a repetir.

– E havia outra coisa – disse o Comandante Ga. – Um cachorro, um filhote. Foi um presente dado pela própria esposa do Senador, da sua própria criação.

– Doação de alimentos – disse o Querido Líder, os olhos movendo-se rapidamente enquanto ele pensava. – Bíblias e um cachorro.

– A comida já está preparada – disse Ga.

– E as Bíblias?

Ga sorriu.

– Conheço um autor cujos pensamentos sobre a ópera deveriam ser lidos em todas as nações civilizadas. Poderíamos obter mil cópias facilmente.

O Querido Líder balançou a cabeça em concordância.

– E o cachorro? Que animal coreano seria equivalente? Um tigre, talvez? Uma baita cobra?

– Por que não dar outro cachorro? Diremos que é o cachorro do Senador, que estamos devolvendo-o porque ele é egoísta, preguiçoso e materialista.

– Esse cachorro – disse o Querido Líder – precisa ser o mais violento, o vira-lata mais raivoso do país. Deve ter experimentado o sangue dos babuínos do Zoológico Central e mastigado os ossos de prisioneiros moribundos do Campo 22.

O Querido Líder olhou ao redor, como se não estivesse no fundo de um bunker, mas em um avião, observando o Senador sendo devorado por um cão feroz ao longo das 16 horas de voo de volta ao Texas.

– Conheço o cachorro perfeito – disse o Comandante Ga.

– Sabe de uma coisa? – disse o Querido Líder. – Você quebrou o nariz do meu motorista.

Ga respondeu:

– Ele vai cicatrizar mais forte.

– Está falando como um verdadeiro norte-coreano – disse o Querido Líder. – Venha, Comandante. Há algo que quero lhe mostrar há algum tempo.

Eles foram para outro andar, para outra porta, que trancava exatamente como a primeira. Ga entendeu que tudo era tão igual para confundir uma força invasora, mas o efeito não era pior para os que precisavam aguentá-lo todos os dias? Nos corredores ele podia sentir a presença de equipes de segurança, fora de vista para dar a impressão de que o Querido Líder estava sempre sozinho.

Na sala havia uma mesa escolar com um único monitor de computador, o cursor verde piscando.

– Aqui está a máquina que prometi lhe mostrar – disse o Querido Líder. – Você ficou chateado por eu tê-lo feito esperar?

– Este é o computador-mestre? – perguntou Ga.

– Sim, é – respondeu o Querido Líder. – Antes tínhamos outra versão, mais burrinha, usada apenas em interrogatórios. Este contém as informações vitais de cada cidadão: a data de nascimento, a data da morte, a localização atual, parentes, e assim por diante. Quando você digita o nome de um cidadão, todas as informações são enviadas para uma agência especial que despacha um corvo imediatamente.

O Querido Líder indicou a cadeira para que o Comandante Ga sentasse. Ele viu-se diante da tela preta com o cursor verde piscando.

– Todos estão aqui? – perguntou Ga.

– Todo homem, toda mulher, toda criança – disse o Querido Líder. – Quando você digita um nome na tela, ele é enviado para a nossa melhor equipe. Eles entram em ação imediatamente, e a pessoa em questão é encontrada e transformada instantaneamente. Não há como fugir ao seu alcance.

O Querido Líder pressionou um botão, e então na tela apareceu o número 22.604.301.

Então ele apertou outro botão e o número mudou: 22.604.302.

– Testemunhe o milagre da vida – disse o Querido Líder. – Sabia que 45% da população do nosso país é composta de mulheres? Não sabíamos disso até termos esta máquina. Dizem que a fome favorece as meninas. No Sul é o oposto. Eles têm uma máquina que pode informar se um bebê será um menino ou uma menina, então se livram das meninas. Você consegue imaginar? Matar uma bebê que ainda está no ventre da mãe?

Ga não disse nada – todos os bebês da Prisão 33 eram mortos. A cada dois meses havia um dia de exterminação no qual injetavam uma solução salina na barriga de todas as prisioneiras grávidas.

– Mas a última palavra será nossa – prosseguiu o Querido Líder. – Estamos criando uma versão com todos os nomes sul-coreanos para que não reste ninguém fora do nosso alcance. Isso é que é reunificação, não acha? Sermos capazes de colocar nossa mão protetora no ombro de qualquer coreano, do Norte ou do Sul? Com boas equipes de infiltração, será como se a zona desmilitarizada não existisse. No espírito de Uma Só Coreia, ofereço-lhe um presente: digite o nome de uma pessoa que gostaria de encontrar, alguém com quem algo ficou mal resolvido na sua vida, e as providências serão tomadas. Talvez alguém que o tenha prejudicado durante a Marcha Árdua ou um rival do orfanato.

Uma procissão passou pela cabeça de Ga, com uma série de pessoas cuja ausência era como diques secos. Ao longo de toda a sua vida ele sentira a presença de pessoas perdidas, eternamente fora do seu alcance. E lá estava ele, sentado diante dos destinos de todo mundo. Contudo ele não sabia o nome dos pais, e a única informação presente no nome de um órfão é que ele é órfão. Depois que Sun Moon entrara em sua vida, ele parara de se perguntar o que acontecera ao Oficial So, e ao segundo imediato e sua esposa. O nome do Capitão era o único que ele teria digitado, mas agora ele não precisava mais disso. E havia Mongnan e o doutor Song – estes eram os últimos nomes que ele digitaria, como se quisesse que vivessem para sempre em sua memória. No final, havia apenas uma pessoa que o perseguia. O Comandante Ga colocou os dedos sobre as teclas e digitou: "Comandante Ga Chol Chun".

Quando o Querido Líder viu isso, ficou entusiasmado.

– Ah, essa é boa! – exclamou. – Essa é nova! Você sabe o que essa máquina faz, certo? Você sabe o tipo de equipe que espera por esses nomes? Essa é boa, boa demais, mas não posso deixá-lo fazer isso.

O Querido Líder apertou o botão "delete" e abanou a cabeça.

– Ele digitou o próprio nome. Espere até eu contar a todos durante o jantar esta noite. Espere até ouvirem a história de como o Comandante digitou seu próprio nome no computador-mestre.

A luz verde piscava para Ga como uma pulsação distante no escuro. O Querido Líder deu-lhe uma batidinha no ombro.

– Venha – disse. – Uma última coisa: preciso que você traduza algo para mim.

Quando eles chegaram à cela da Remadora, o Querido Líder parou em frente à porta. Ele se encostou na parede, batendo com a chave contra o cimento.

– Não quero deixá-la ir.

É claro que um acordo fora firmado. Os americanos estariam na Coreia do Norte em poucos dias, e quebrar um acordo como aquele jamais seria perdoado. Mas Ga não mencionou nada disso. Ele simplesmente disse:

– Entendo como você se sente.

– Ela não faz ideia do que eu estou falando quando converso com ela – disse o Querido Líder. – Mas não há problema, ela tem uma mente curiosa, vejo isso. Visito-a há um ano. Sempre precisei de alguém igual a ela, alguém com quem pudesse conversar. Gosto de pensar que ela gosta das minhas visitas. Com o tempo ela me cativou. Você precisa se esforçar para fazê-la sorrir, mas quando ela sorri você sabe que o sorriso é verdadeiro.

Enquanto falava, os olhos do Querido Líder estavam pequenos e vagavam sem foco, como se ele estivesse tentando não enxergar o fato de que teria de abrir mão dela. Era exatamente a maneira como os olhos podem evitar olhar para a água se acumulando no fundo de um esquife – olhando para a praia, ou a fita adesiva nas suas mãos, ou para o rosto impassível do Oficial So –, pois assim você não precisa admitir o fato de que está encurralado, de que em breve será forçado a fazer o que mais o aterroriza.

– Ouvi dizer que existe uma síndrome – disse o Querido Líder. – Nesta síndrome, uma mulher cativa desenvolve uma simpatia pelo captor. Isso com frequência acaba se tornando amor. Você já ouviu falar?

A ideia parecia-lhe impossível, ridícula. Quem poderia dedicar sua lealdade a um opressor? Quem poderia simpatizar com o vilão que roubou sua vida?

Ga abanou a cabeça.

– Essa síndrome existe, eu garanto. O único problema é que dizem que às vezes leva anos para fazer efeito, o que parece que não temos.

Ele olhou para a parede.

– Quando você disse que entendia o que sinto, era nisso que estava pensando?

– Sim, entendi – Ga respondeu – Entendo.

O Querido Líder estudou a chave mais de perto.

– Acho mesmo que você entende – ele disse. – Você tem Sun Moon. Eu costumava confiar nela. Eu lhe contava tudo. Isso foi anos atrás. Antes de você chegar e pegá-la.

Ele olhou para Ga abanando a cabeça.

– Não acredito que você ainda está vivo. Não consigo acreditar que não o joguei para os Pubyoks. Diga-me, onde vou encontrar outra remadora? Uma mulher alta, bonita, que me escute, uma mulher cujo coração seja honesto e que ao mesmo tempo seja capaz de tirar o sangue da amiga com as próprias mãos? – Ele enfiou a chave na fechadura. – Então ela não entende as palavras lhe que digo, mas capta seu significado, tenho certeza. E ela não precisa de palavras: tudo que sente fica claro nas expressões do seu rosto. Sun Moon era assim. Sun Moon era exatamente assim – ele disse, virando a chave na fechadura.

Lá dentro a Remadora estava absorta em seu estudo. Seus cadernos formavam uma pilha alta enquanto ela transcrevia silenciosamente uma versão em inglês de *O Vigoroso Zelo do Espírito Revolucionário*, de Kim Jong-il.

O Querido Líder ficou de pé, encostado à moldura da porta, admirando-a de longe.

– Ela leu cada palavra que escrevi – ele disse. – Esta é a forma mais profunda de se conhecer o coração de outra pessoa. Você consegue imaginar, Ga, se essa síndrome for real? Uma americana apaixonada por mim? Isso não seria a vitória máxima? Uma bela e musculosa americana? Esta não seria a última palavra?

Ga ajoelhou-se perto dela e afastou a lâmpada na mesa para poder vê-la melhor. Sua pele estava tão pálida que parecia transparente. Foi como uma pancada quando ela respirou no ar úmido.

O Querido Líder disse:

– Pergunte se ela sabe o que é um *choson-ot*. Honestamente, duvido que ela saiba. Há um ano que ela não vê outra mulher. Aposto que a última mulher que ela viu foi a que matou com as próprias mãos.

Ga olhou dentro dos olhos dela.

– Você quer ir para casa? – ele perguntou.

Ela balançou a cabeça afirmativamente.

– Excelente – o Querido Líder disse. – Então ela sabe o que é um *choson-ot*. Diga-lhe que alguém virá tirar suas medidas.

– Isso é muito importante – Ga disse-lhe. – Os americanos tentarão vir buscá-la. Neste momento, preciso que você escreva o que vou dizer: "Wanda, aceite..."

– Diga-lhe que ela também poderá tomar seu primeiro banho – interrompeu-o o Querido Líder. – E garanta-lhe que ela terá a ajuda de uma mulher.

Ga prosseguiu:

– Escreva exatamente o que eu disser: "Wanda, aceite a doação de alimentos, o cachorro e os livros".

Enquanto ela escrevia, ele olhou para o Querido Líder, iluminado pelas luzes do corredor ao fundo.

O Querido Líder disse a ele:

– Talvez eu devesse deixá-la sair, dar-lhe um tratamento de spa no Hotel Koryo. Talvez ela comece a ficar ansiosa por coisas assim.

– Excelente ideia – disse Ga, voltando a virar-se para a moça.

Lenta e calmamente ele disse:

– Acrescente: "Passageiros adicionais levam laptop valioso".

– Talvez eu devesse mimá-la um pouco – refletiu o Querido Líder olhando para o teto. – Pergunte se ela quer alguma coisa.

– Quando sairmos, destrua aquele papel – Ga continuou. – Confie em mim, vou mandá-la para casa. Enquanto isso, você precisa de alguma coisa?

– Sabonete – ela respondeu.

– Sabonete – ele disse ao Querido Líder.

– Sabonete? – perguntou o Querido Líder. – Você não acabou de dizer que ela tomaria um banho?

– Sem sabonete – Ga disse a ela.

– Sem sabonete? – ela indagou. – Então, pasta e escova de dentes.

– Ela quis dizer o tipo de sabonete que se usa para limpar os dentes – Ga disse a ele. – Você entende: pasta e escova de dentes.

O Querido Líder primeiro olhou para ela, e depois para ele. Então apontou a chave da cela para Ga.

– Ela cativa, não é? – perguntou o Querido Líder. – Como posso abrir mão dela? Diga, o que você acha que os americanos fariam se viessem aqui, devolvessem minha propriedade, fossem humilhados, e saíssem sem nada além de sacos de arroz e um cachorro violento?

– Achei que esse fosse o plano.

– Sim, esse era o plano. Mas todos os meus conselheiros são como ratos em uma fábrica de munição. Eles me dizem que eu não devo irritar os americanos, que só posso ir até aí, que agora que os americanos sabem que a Remadora está viva nunca desistirão.

– A garota é sua – Ga disse. – Este é o único fato. As pessoas precisam entender que se ela fica ou vai ou vira cinzas na 42ª Divisão é uma decisão sua. Se os americanos receberem uma aula sobre isso, não importa o que aconteça com ela.

– É verdade, é verdade – concordou o Querido Líder. – Mas não quero perdê-la. Há alguma saída? Você acha que há?

– Se a garota conversasse com o Senador e dissesse pessoalmente que quer ficar, então talvez não houvesse incidentes.

O Querido Líder abanou a cabeça diante da sugestão de mau gosto.

– Se eu pelo menos tivesse outra Remadora – ele disse. – Se pelo menos nossa pequena assassina aqui não tivesse acabado com a raça da amiga, então eu poderia mandar aquela de quem gostasse menos para casa. – Nesse momento ele riu. – Isso é tudo de que eu preciso, certo? *Duas garotas más nas minhas mãos.* – Ele balançou o dedo apontando para ela. – Garota má, garota muito má – disse, rindo. – Garota muito má.

O Comandante Ga pegou sua câmera.

– Se ela vai tomar banho e tirar as medidas para um *choson-ot* – ele disse –, preciso tirar uma foto do "antes".

Ele se aproximou e se abaixou para bater uma foto.

– E talvez uma foto em ação – anunciou –, de como a nossa hóspede documentou o conhecimento adquirido sobre o nosso glorioso líder Kim Jong-il.

Ele balançou a cabeça para ela.

– Agora levante o livro.

O Comandante Ga enquadrou bem para que ela coubesse na foto com o livro e o bilhete para Wanda, mas então viu através do visor que o Querido Líder estava se ajoelhando para caber na foto, a mão atraindo-a para perto de si pelo ombro. Ga olhou para a estranha e perigosa imagem diante de si e entendeu por que o uso de câmeras era ilegal.

– Diga-lhe para sorrir – disse o Querido Líder.

– Você pode sorrir? – ele perguntou.

Ela sorriu.

– A verdade é – disse Ga, sua mão no botão – que no final das contas todo mundo vai embora.

O fato de essas palavras terem vindo exatamente da boca do Comandante Ga fez o Querido Líder sorrir.

– Não é mesmo? – ele respondeu.

Em inglês Ga disse:

– Diga "cheese".

E então o Querido Líder e sua querida remadora estavam piscando juntos depois do flash.

– Quero uma cópia – disse o Querido Líder esforçando-se para ficar de pé.

Eu havia ficado trabalhando até tarde na 42ª Divisão. Meu corpo estava fraco. Era como se estivesse me faltando algum tipo de alimento, como se meu corpo ansiasse por algum tipo de comida que eu nunca havia experimentado. Pensei nos cachorros do Zoológico Central, que só comiam repolho e tomates. Será que eles esqueceram o gosto da carne? Eu achava que havia algo, algum tipo de substância que eu simplesmente nunca conhecera. Respirei fundo, mas o cheiro do ar não se alterou – caules de cebola grelhados, amendoins cozidos, painço na panela, o jantar de Pyongyang. Não havia nada a fazer senão voltar para casa.

Grande parte da energia elétrica da cidade estava sendo desviada para secadores de arroz ao sul da cidade, portanto o metrô estava fechado, e a linha para o ônibus expresso de Kwangbok estava a três quarteirões. Comecei a andar. Eu ainda não havia passado nem por dois quarteirões quando ouvi os megafones e soube que estava encrencado. O Ministro da Mobilização das Massas e seus soldados percorriam o distrito levando consigo qualquer cidadão que tivesse o azar de estar na rua. A mera visão da sua insígnia vermelha me deixava nauseado. Não se podia correr – bastava que eles pensassem que você talvez estivesse tentando evitar o "voluntariado" na agricultura e era direto para um mês na Fazenda de Redenção de trabalho e críticas em grupo. Era, contudo, o tipo de coisa da qual você conseguia se safar com um distintivo de Pubyok. Sem ele, acabei na traseira de um caminhão com destino à zona rural para colher arroz por 16 horas.

Viajamos para o nordeste à luz da lua, em direção à silhueta da Cordilheira de Myohyang, um caminhão de despejo com habitantes da cidade usando trajes profissionais, o motorista piscando os faróis quando pensava ver algo na estrada – mas não havia nada nas estradas, nem pessoas nem carros, apenas estradas cheias de barreiras de dentes de dragão e grandes escavadoras chinesas, os braços alaranjados congelados, abandonadas à beira dos canais para desmonte.

Na escuridão, encontramos uma vila de camponeses em algum lugar às margens do Rio Chongchon. Eu e outros habitantes da cidade, cerca de cem de nós, descemos do caminhão para dormir a céu aberto. Eu tinha um jaleco para me aquecer e uma pasta de documentos para usar como travesseiro. Para meu grande prazer, as estrelas abundavam no céu, uma mudança agradável para quem na noite anterior havia dormido debaixo de sujeira e cabras. Durante cinco anos eu usara um distintivo para fugir dos destacamentos para as colheitas, e com isso havia esquecido o som dos grilos e sapos no verão, a neblina pungente que sobe da água de arroz. Ouvi crianças em algum lugar brincando na escuridão e os sons de um homem e uma mulher que pareciam estar tendo relações sexuais. Foi a minha melhor noite de sonho em anos.

Não nos deram café da manhã, e minhas mãos já estavam cheias de calos antes de o sol nascer. Por horas, não fiz nada além de abrir barragens de irrigação e encher canais. Por que secávamos um campo e encharcávamos outro eu não fazia ideia, mas os camponeses da Província de Chagang sofriam com o sol forte. Eles usavam roupas baratas, folgadas ou apertadas, de vinalon, não usavam nada além de chinelos pretos, e sua pele era escura e rachada, com dentes completamente pretos. Toda mulher com um mínimo de beleza havia sido mandada para a capital. No final das contas, não me mostrei promissor na colheita, e acabei sendo mandado para esvaziar latrinas, espalhando o conteúdo entre as camadas de casca de arroz. Depois, fiz sulcos na vila inteira que me disseram que seriam úteis quando as chuvas viessem. Uma mulher velha, velha demais para trabalhar, me observava cavar. Ela fumava um cigarro feito por ela mesma, enrolado com casca de milho, e me contou muitas histórias, mas como não tinha dentes não consegui entender todas.

À tarde, uma mulher da cidade foi picada por uma cobra enorme, com o comprimento igual à altura de um homem. Tentei acalmá-la passando a mão na cabeça dela, mas a cobra havia causado algum tipo de reação – ela começou a me bater e a me empurrar. A essa altura os camponeses já haviam capturado a cobra, tão preta quanto a água cheia de fezes que lhe servira de esconderijo. Alguns queriam arrancar a vesícula biliar dela, outros queriam tirar seu veneno. Eles recorreram à idosa, que fez sinal para que a soltassem. Observei a cobra afastar-se nadando através dos arrozais. A água rasa era ao mesmo tempo escura e brilhante ao pôr do sol. A cobra seguiu seu caminho, afastando-se de todos nós, e eu tive a sensação de que havia outra cobra na água, esperando pela sua própria vítima.

Era meia-noite quando fui para casa. Embora a chave tenha virado na fechadura, a porta não abriu. Havia algum tipo de barricada atrás dela. Bati na porta.

– Mãe – gritei. – Pai, sou eu, seu filho. A porta está com um problema. Vocês precisam abri-la para mim.

Chamei-os durante algum tempo, depois coloquei meu ombro na madeira, encostando um pouco, mas não com muita força. O arrombamento de uma porta geraria muita discussão no prédio. Finalmente, abotoei meu jaleco e me deitei no corredor. Tentei pensar no som dos grilos e das crianças correndo no escuro, mas quando fechei os olhos só conseguia pensar no cimento frio. Pensei nos camponeses com corpos magros e um jeito hostil de falar, sobre como, exceto pela fome, eles não se importavam com nada no mundo.

Na escuridão, ouvi um som: *Bing!* Era o celular vermelho.

Encontrei o celular, a luz verde piscando. Na pequena tela vi uma nova foto: um menino e uma menina coreanos de pé, com cara de surpresa, sorrindo com o céu azul ensolarado ao fundo. Eles usavam chapéus pretos com orelhas que os faziam parecer ratos.

De manhã, a porta estava aberta. Lá dentro minha mãe preparava mingau enquanto meu pai estava sentado à mesa.

– Quem está aí? – perguntou meu pai. – Tem alguém aí?

Vi que uma das cadeiras tinha um ponto claro no encosto – fora ela que me impedira de abrir a porta.

– Sou eu, pai, seu filho.

– Que bom que você voltou – meu pai disse. – Estávamos preocupados com você.

Minha mãe não disse nada.

Sobre a mesa estavam os arquivos que eu havia puxado dos meus pais. Eu passara a semana inteira estudando-os. Parecia que eles haviam sido folheados.

– Tentei entrar ontem, mas a porta estava bloqueada – eu disse. – Vocês não me ouviram?

– Não ouvi nada – o pai falou, dirigindo-se ao vazio. – Esposa, você ouviu alguma coisa?

– Não – ela disse do fogão. – Não ouvi nada, absolutamente nada.

Arrumei os arquivos.

– Suponho que agora vocês tenham ficado mudos também.

Minha mãe aproximou-se da mesa com duas tigelas de mingau a passos de bebê para não tropeçar em meio à escuridão de seus olhos.

Perguntei:

– Mas por que a porta estava bloqueada? Vocês não estão com medo de mim, não é?

– Com medo de você? – minha mãe perguntou.

– Por que estaríamos com medo de você? – perguntou meu pai.

Minha mãe disse:

– O alto-falante informou que a Marinha americana estava fazendo exercícios militares agressivos na costa.

– Não podemos nos arriscar – disse meu pai. – Com os americanos, precisamos tomar todo cuidado.

Eles começaram a comer silenciosamente.

– Como é que você consegue cozinhar tão bem sem enxergar? – perguntei à minha mãe.

– Sinto o calor vir da panela – ela respondeu –, e à medida que a comida cozinha o cheiro muda.

– E a faca?

– Usar a faca é fácil – ela disse. – Manipulo-a com os nós dos meus dedos. Mexer a comida na panela é a parte mais difícil. Sempre derramo um pouco.

No arquivo da minha mãe havia uma foto de quando era jovem. Ela era uma beleza, talvez por isso tenha sido trazida da zona rural para a cidade, mas o motivo por ter sido condenada a uma fábrica e não se ter tornado cantora ou acompanhante não estava no arquivo. Folheei os papéis para eles ouvirem.

– Havia uns papéis na mesa – meu pai disse com a voz nervosa.

– Eles caíram no chão – disse minha mãe. – Mas eu apanhei.

– Foi um acidente – acrescentou meu pai.

– Acidentes acontecem – eu disse.

– Esses papéis – disse a mãe – são do trabalho?

– Sim – o pai disse. – Eles fazem parte de algum caso em que você está trabalhando?

– É só uma pesquisa – respondi.

– Devem ser arquivos importantes para você ter trazido para casa – continuou o pai. – Alguém está com problemas? Alguém que conhecemos?

– O que está acontecendo aqui? – perguntei. – Estamos falando da senhora Kwok? Vocês ainda estão chateados comigo por isso? Eu não queria entregá-la. Era ela quem estava roubando carvão da fornalha. No inverno, passamos frio por causa do egoísmo dela.

– Não fique irritado – disse a mãe. – Estávamos apenas demonstrando preocupação pelas pobres almas nos seus arquivos.

– Pobres? – perguntei. – O que faz você chamá-las de pobres?

Os dois ficaram em silêncio. Eu me virei para a cozinha e olhei para a lata de pêssegos em cima do armário. Tive a impressão de que a lata havia sido movida, talvez inspecionada pelo casal de cegos, mas eu não tinha certeza da direção para a qual a frente estava virada.

Lentamente, balancei o arquivo da minha mãe na frente dela, mas ela não deu sinal de estar vendo nada. Depois, abanei seu rosto com o arquivo para que a brisa a surpreendesse.

Minha mãe recuou assustada, inalando o ar rapidamente pelo medo.

– O que é isso? – meu pai perguntou-lhe. – O que aconteceu?

Ela não disse nada.

– Você consegue me ver, mae? – perguntei. – É importante que você me veja.

Ela olhou em minha direção, mas seus olhos não tinham foco.

– Se posso vê-lo? – ela perguntou – Vejo-o como o vi pela primeira vez, em lampejos além da escuridão.

– Poupe-me desse teatrinho – avisei. – Preciso saber.

– Você nasceu à noite – ela disse. – Passei o dia inteiro em trabalho de parto, e quando escureceu não tínhamos velas. Você veio pelo tato nas mãos do seu pai.

Meu pai levantou as mãos, cheias de cicatrizes de teares mecânicos.

– Estas mãos – ele acrescentou.

– Foi no ano Juche 62 – minha mãe disse. – A vida era assim no dormitório da fábrica. Seu pai acendia um fósforo após outro.

– Um após outro, até que eles acabaram – disse meu pai.

– Toquei todas as partes do seu corpo, a princípio para ver se não faltava nada, e depois para conhecê-lo. Você era tão pequeno, tão inocente. Poderia ter se tornado qualquer pessoa. Levou algum tempo até a primeira luz surgir e podermos ver o que havíamos criado.

– Havia outras crianças? – eu perguntei. – Vocês tiveram outras famílias?

Minha mãe ignorou a pergunta.

– Nossos olhos não funcionam. Essa é a resposta para a sua questão. Mas, assim como quando você nasceu, não precisamos enxergar para ver no que se tornou.

No domingo o Comandante Ga andou com Sun Moon pela Trilha do Relaxamento Chosun, que seguia o rio até o Terminal Rodoviário Central. Eles achavam que não seriam ouvidos por ninguém nesse lugar público. Os bancos estavam cheios de pessoas idosas, e, como um novo livro havia sido publicado naquele mês, jovens estavam deitados na grama lendo cópias do romance *Tudo pelo País Dela*. O Comandante Ga sentia o cheiro da tinta quente das prensas do *Rodong Sinmun*, que, segundo os rumores, imprimiam nas tardes de domingo todas as edições do jornal da semana seguinte. Sempre que Ga avistava um menino com cara de fome entre os arbustos, jogava algumas moedas. Os filhos de Sun Moon pareciam não notar os órfãos escondidos em sua própria neblina. O menino e a menina tomavam sorvete e andavam entre os salgueiros cujos galhos no fim do verão estavam baixos o bastante para encostar na trilha de cascalho.

    O Comandante Ga e Sun Moon tinham falado com abstrações e códigos, dançando ao redor dos fatos do plano muito real ao qual haviam dado início. Ele queria dar um nome ao que estavam fazendo, chamá-lo de fuga, deserção. Ele queria traçar os passos, memorizá-los e praticá-los em voz alta. Como se fosse um roteiro, dizia. Ele perguntou se ela havia entendido que o pior podia acontecer. Ela não queria falar sobre isso. Em vez disso, fazia observações sobre o barulho de seus passos no cascalho, sobre o murmúrio das dragas à beira do rio, suas pás oxidadas sob a superfície. Ela parou para cheirar uma azaleia como se fosse a última, e enquanto caminhava usou uma glicínia para fazer belos braceletes púrpura. Estava usando um *choson-ot* branco que destacava as formas do seu corpo à brisa.

– Quero contar às crianças antes de partirmos – ele disse.

Talvez por parecer tão ridículo, a ideia levou-a a falar.

– Contar o quê? – perguntou. – Que você matou o pai deles? Não, eles vão crescer na América pensando que seu pai foi um grande herói cujos restos mortais repousam em uma terra distante.

– Mas eles precisam saber – ele disse, ficando em seguida em silêncio por um momento enquanto passava uma brigada de mães de soldados, agitando suas latas vermelhas para intimidar as pessoas a fazerem doações aos Songun. – Essas crianças precisam saber isso de mim – ele continuou. – A verdade, uma explicação: essas são as coisas mais importantes para eles. É tudo que tenho para lhes dar.

– Mas teremos tempo – ela disse. – Essa decisão pode ser tomada mais tarde, quando estivermos seguros na América.

– Não – ele disse. – Tem de ser agora.

O Comandante Ga olhou para o menino e a menina. Eles observavam sua conversa com Sun Moon, mesmo apesar de estarem muito longe para ouvir as palavras.

– Há algo de errado? – Sun Moon quis saber. – O Querido Líder está suspeitando de alguma coisa?

Ele abanou a cabeça.

– Acho que não – disse, embora a pergunta tivesse lhe trazido à mente a Remadora na Escuridão e a ideia de que o Querido Líder poderia não a libertar.

Sun Moon parou ao lado de um barril de cimento de água e levantou a tampa de madeira. Ela mergulhou uma concha e bebeu, as mãos segurando a concha prateada como se fossem uma cuia. O Comandante Ga observou uma gota d'água cair na frente do seu *choson-ot*. Ele tentou imaginá-la com outro homem. Se o Querido Líder não libertasse a Remadora, o plano seria cancelado, os americanos deixariam o país ultrajados e algo de ruim logo aconteceria ao Comandante Ga. Quanto a Sun Moon, ela se tornaria um prêmio mais uma vez, para qualquer marido substituto que fosse encontrado. E se o Querido Líder estivesse certo? E se ao longo dos anos ela passasse a amar o novo marido, amor de verdade, e não a promessa de amor ou amor em potencial – poderia o Comandante Ga deixar este mundo sabendo que o coração dela estava destinado a outro?

Sun Moon enfiou a concha mais profundamente no barril para pegar a água mais fria que fica no fundo antes de oferecê-la a Ga. A água tinha um gosto puro e fresco.

Ele limpou a boca.

– Diga-me – ele falou. – Você acha que é possível uma mulher se apaixonar por seu captor?

Ela o observou por um momento. Ele percebia que ela procurava uma forma de responder.

Ele insistiu:

– É impossível, não é? É uma ideia completamente louca, você não acha?

Todas as pessoas que ele havia capturado passaram pela sua mente, os olhos arregalados e as expressões nervosas, os lábios pálidos quando a fita adesiva era removida. Ele viu as unhas vermelhas prontas para atacar.

– Quero dizer, eles só podem ter desprezo por você, por ter tirado tudo deles. Diga a verdade, diga que não pode haver uma síndrome como essa.

– Síndrome? – ela perguntou.

Ele olhou para as crianças, estáticas. Elas tinham um jogo em que viam quem conseguia passar mais tempo imitando uma estátua.

– O Querido Líder leu sobre uma síndrome, e acredita que se mantiver uma certa mulher aprisionada pelo tempo necessário ela acabará se apaixonando por ele.

– Uma certa mulher? – indagou Sun Moon.

– Não importa quem ela é – ele disse. – Tudo que importa é que é americana. Uma delegação está vindo pegá-la, e se o Querido Líder não a entregar nosso plano estará arruinado.

– Você disse que ela era uma cativa. Ela está em uma jaula ou uma prisão? Há quanto tempo está presa?

– Ela está em um bunker particular. Estava dando a volta ao mundo, mas teve um problema com o barco. Eles a tiraram do mar, e agora o Querido Líder está apaixonado por ela. Ele desce até sua cela no meio da noite e toca para ela óperas que compôs em sua homenagem. Ele quer mantê-la lá embaixo até ela desenvolver sentimentos por ele. Você já ouviu falar em algo assim? Diga-me que não há nada parecido.

Sun Moon ficou calada por um momento. Depois, disse:

– E se uma mulher tivesse de dormir na mesma cama que seu captor?

Ga olhou para ver aonde ela queria chegar.

Sun Moon prosseguiu:

– E se dependesse dele para todas as necessidades, como comida, cigarros, roupas? E se ele tivesse o poder para escolher dar-lhe ou privá-la dessas coisas?

Ela olhou para ele como se realmente quisesse uma resposta, mas ele só conseguia pensar se ela estava falando dele mesmo ou de seu predecessor.

– E se uma mulher tivesse filhos com seu captor?

Ga pegou a concha das mãos dela e tirou água para o menino e a menina, mas eles agora brincavam de estátua nas poses dos portadores do machado e da foice no Monumento à Fundação do Partido, e nem mesmo o calor daquele dia seria capaz de fazê-los se mexer.

– Aquele homem se foi – ele disse. – Eu estou aqui agora. Não sou seu captor. Estou libertando você. É fácil falar sobre prisioneiros, mas não sou eu quem está tentando fazer você falar a palavra "fugir". Isso é o que a cativa do Querido Líder quer. Ela pode estar trancada em uma cela, mas seu coração está inquieto. Ela vai agarrar a primeira chance de fugir, confie em mim.

– Você fala como se a conhecesse – disse Sun Moon.

– Houve uma época – ele começou a explicar. – Parece outra vida agora. Eu trabalhava transcrevendo transmissões de rádio no mar. Ouvia transmissões do nascer ao pôr do sol, e à noite eu a ouvia, a Remadora. Ela e sua amiga estavam dando a volta ao mundo a remo, mas essa era a que remava à noite, sem o horizonte para orientá-la ou o sol para marcar seu progresso. Ela estava eternamente ligada à outra remadora, e ao mesmo tempo completamente só. Ela seguia em frente só pelo dever, seu corpo submetido a um juramento, mas sua mente, as transmissões que ela fazia, eu nunca ouvi uma mulher que parecesse tão livre.

Sun Moon experimentou as palavras:

– Eternamente ligado a alguém – sussurrou. – E ao mesmo tempo completamente só – acrescentou, como se estivesse refletindo.

– É assim que você quer viver? – ele perguntou.

Ela abanou a cabeça.

– Está pronta para falar sobre o plano?

Sun Moon balançou a cabeça afirmativamente.

– Ok – ele disse. – Lembre-se: para sempre ligada a alguém, mas ao mesmo tempo só. Isso poderia ser algo bom. Se por algum motivo acabássemos separados, se por alguma razão não conseguíssemos fugir juntos, poderíamos permanecer ligados, mesmo que não estivéssemos juntos.

– Do que você está falando? – ela perguntou. – Ninguém vai ficar sozinho. Não é assim que vai ser.

– E se alguma coisa der errado? E se para tirá-los daqui eu tiver de ficar?

– Ah não, nem pense nisso – ela disse. – Preciso de você. Não falo inglês. Não sei para onde ir. Não sei quais americanos são informantes e quais não são. Não vamos para o outro lado do mundo com apenas as roupas do corpo.

– Acredite em mim: se alguma coisa desse errado, eu me juntaria a vocês depois. Eu daria um jeito. E você não estaria só. A esposa do Senador a ajudaria até eu conseguir ir também.

– Não preciso da esposa de alguém – ela respondeu. – Preciso de você. É com você que tenho de ficar. Você não entende como tem sido minha vida, como já fui enganada e manipulada.

– Você precisa acreditar que seguirei nosso plano – disse Ga. – Depois que a tirar daqui em segurança estarei bem atrás de vocês. Já estive na Coreia do Sul vinte vezes na minha vida, nove no Japão, duas vezes na Rússia, e já vi o sol nascer e se pôr no Texas. Vou me juntar a vocês.

– Não, não, não – ela disse. – Nunca faça isso comigo, nunca desapareça. Iremos todos juntos. Sua obrigação é fazer isso acontecer. Foi *Casablanca* que o deixou confuso? – A voz dela estava cada vez mais alta.

– Você não vai ficar para trás como um mártir, como Rick. Rick falhou com sua obrigação, ele deveria ter...

Ela parou antes de perder o controle. Em vez disso, deu-lhe seu voluptuoso sorriso de atriz.

– Você não pode me deixar. Sou sua cativa – ela disse. – Quem é uma cativa sem seu captor? Não precisaremos de muito tempo juntos para provar de uma vez por todas que a síndrome do Querido Líder era verdade?

Ele podia ouvir a mentira na voz dela. Sua atuação, ele conseguia reconhecê-la agora. Mas, ao mesmo tempo, via o desespero e a vulnerabilidade por trás dela, e a amou ainda mais por isso.

– É claro que vou com você – Ga disse. – Estarei sempre com você.

E então veio o beijo. Começou com a cabeça dela inclinada, seus olhos brilhando para a boca dele, a mão tocando lentamente sua clavícula, onde repousou, e então ela se inclinou mais, a inclinação mais lenta do mundo. Ele reconheceu o beijo. Era de *Ergam a Bandeira!*, o filme em que ela atraíra um guarda sul-coreano fraco da fronteira até a torre do sentinela e deu início à libertação da Coreia do Sul da opressão capitalista. Como Ga havia sonhado com esse beijo, e lá estava ele.

Em seu ouvido, ela sussurrou:

– Vamos fugir.

Cidadãos! Abram as janelas e olhem para cima, pois um corvo está voando sobre Pyongyang, o bico varrendo qualquer possível ameaça contra o povo patriótico embaixo. Ouçam as asas negras batendo, encolham-se ao seu guincho agudo. Observem esse mestre do ar entrando nos pátios das escolas para cheirar crianças à procura de um sinal de covardia, e depois mergulhar, as garras preparadas, para testar a lealdade das pombas que enfeitam a estátua de Kim Il-sung. Sendo o único animal com olhos precisos o bastante para ver a virgindade, testemunhem nosso corvo circulando a Tropa da Juventude do Juche e balancem a cabeça em sinal de aprovação enquanto esta ilustre ave executa uma inspeção aérea da sua pureza reprodutiva.

Mas é a América que o corvo realmente tem em mente. Ele não está à procura de ladrões de castanha nem olhando pelas janelas dos blocos residenciais à procura de entregar criações ilegais de cachorros. Não, cidadãos, os americanos aceitaram o convite do Querido Líder para visitar Pyongyang, a capital mais gloriosa do mundo. Portanto, as asas negras que lançam sua sombra protetora sobre os campos de Arirang estão à procura de simpatizantes do capitalismo. Um traidor é o bastante para desiludir uma terra tão pura que não conhece a ambição materialista nem os ataques-surpresa, crimes de guerra. Por sorte, cidadãos, nenhum animal mantém os olhos benevolentes sobre o povo coreano como o corvo. Ele não deixará nosso país se tornar uma nação onde as pessoas dão nomes a cães, oprimem os outros por causa da cor da sua pele e comem pílulas adocicadas laboratorialmente para abortar seus bebês.

Mas por que, vocês devem estar perguntando, este corvo está circulando a Trilha de Relaxamento de Chosun? Não é aqui que nossos cidadãos mais exemplares vêm passear, onde jovens se reúnem para lavar os pés dos velhos e onde em dias quentes amas de leite voluntariam os seios para refrescar os bebês *yangban?* A visão acurada do corvo está posta sobre este lugar, cidadãos, porque ele avistou um homem jogar um objeto brilhante nos arbustos, onde alguns órfãos lutam para ficar com ele. Dar moedas a órfãos não apenas lhes tira seu autorrespeito e o espírito do Juche como viola uma regra central da boa cidadania: Praticar a Autossuficiência.

Olhando mais de perto, o corvo notou que enquanto conversava com uma mulher esse homem fazia certos gestos que eram indicações claras da discussão de um plano. O amanhã só diz respeito ao Estado, cidadãos. Cabe aos nossos líderes se preocupar com o amanhã, e vocês precisam deixar o que está por vir nas mãos deles. Portanto, outra regra da boa cidadania havia sido violada: Deixar o Futuro para o Futuro. Foi então que o corvo reconheceu o violador como o Comandante Ga, um homem que recentemente fora observado quebrando todas as regras da boa cidadania: Devotar-se Eternamente aos Nossos Gloriosos Líderes, Honrar as Críticas, Obedecer aos Songun, Dedicar-se à Educação Coletiva das Crianças e Conduzir Práticas Regulares de Martírio.

Foi aqui, encantado com a beleza, que o corvo quase caiu do céu ao perceber que a mulher que falava com esse cidadão desprezível era simplesmente Sun Moon. Com as asas tentando evitar uma queda livre, o pássaro caiu entre nosso improvável casal. Havia uma mensagem no bico do corvo, e quando o Comandante Ga se abaixou para pegá-la o pássaro, de um salto – *Crau!* –, fustigou o rosto de Ga com as asas. Depois ele virou-se para Sun Moon. O bilhete era dirigido a ela. Quando ela desdobrou o papel, ele continha apenas o nome do Querido Líder Kim Jong-il.

De repente, um Mercedes preto apareceu e um homem com o nariz quebrado abriu a porta para Sun Moon. Ela estava a caminho de uma visita ao Grande General que a descobrira, que escrevera todos os seus filmes, que passara tantas noites aconselhando-a sobre as formas apropriadas de representar os triunfos sobre a adversidade do nosso país. Grande líder, diplomata, estrategista, atleta, cineasta, autor e poeta – tudo isso, e sim, Kim Jong-il também era seu amigo.

Percorrendo as ruas de Pyongyang, Sun Moon encostou a cabeça na janela do carro e observou com tristeza os raios do sol com um brilho dourado no ar cheio de poeira de painço do Depósito de Ração Central. Ela parecia querer chorar ao passar pelo Teatro Infantil, quando, ainda criança, aprendera a tocar acordeão, a arte do teatro de marionetes e ginástica em massa. "O que terá acontecido ao meu velho professor?", seus olhos pareciam perguntar, e ela já derramava lágrimas quando avistou as belas espirais do ringue de patinação no gelo, um dos raros lugares que sua mãe, sempre temerosa de ataques-surpresa americanos, se aventurava a visitar. Ninguém presente no ringue naquela época podia fazer nada além de aplaudir Sun Moon, os bracinhos infantis brilhando nos saltos, a alegria em seu rosto iluminando-se no rastro da lâmina de seus patins. Pobre Sun Moon! Era quase como se soubesse que jamais voltaria a ver esses lugares, como se tivesse algum tipo de premonição do que os americanos cruéis tinham reservado para ela. Que mulher não choraria ao passar pelo Bulevar da Reunificação e pensar que jamais voltaria a ver uma rua tão limpa, uma linha para distribuição de ração tão perfeitamente reta, ou ouvir as bandeiras carmesins ao vento em uma corrente de bandeiras vermelhas que continham cada palavra do discurso de 18 de outubro do Juche 63 de Kim Il-sung?

Sun Moon foi conduzida até o Querido Líder, que se encontrava em uma sala decorada para fazer os visitantes americanos se sentirem em casa. Suas lâmpadas fracas, espelhos escuros e mesas de madeira lembravam os "speakeasy"* americanos, que são um tipo de estabelecimento que os americanos frequentam para fugir aos olhos de seu governo repressivo. Por trás das portas fechadas de um speakeasy os americanos podem abusar das bebidas alcoólicas, fornicar e cometer atos de violência uns contra os outros.

O Querido Líder usava um avental por cima de um macacão elegante. Na testa ele tinha um visor verde, com um pano velho sobre o ombro. Ele veio do fundo do bar com os braços abertos.

---

* Bares que na época da Lei Seca comercializavam bebidas alcoólicas ilegalmente. (N.T.)

– Sun Moon – ele a saudou. – O que posso lhe servir?

O abraço com que se cumprimentaram veio cheio de camaradagem socialista.

– Não sei – ela respondeu.

Ele disse:

– O que você deve responder é : "O de sempre".

– O de sempre – ela repetiu.

Ele serviu doses modestas de conhaque norte-coreano para os dois, que é conhecido por suas propriedades medicinais.

Ao se aproximar, o Querido Líder viu a tristeza nos olhos dela.

– O que a deixou triste? – ele indagou. – Conte-me a história: vou lhe dar um final feliz.

– Não é nada – ela disse. – Estou apenas ensaiando para o meu novo papel.

– Mas esse filme terá um enredo feliz – ele lembrou. – O marido indisciplinado da sua personagem será substituído por outro muito eficiente. Logo todos os fazendeiros terão safras muito maiores. Algo deve estar incomodando-a. É um problema do coração?

– No meu coração só há espaço para a República Popular Democrática da Coreia – foi a resposta.

O Querido Líder sorriu.

– Esta é a minha Sun Moon – ele disse. – Esta é a garota de quem estava sentindo falta. Venha, venha ver, tenho um presente para você.

De trás do bar, o Querido Líder tirou um instrumento musical americano.

– O que é isso? – ela perguntou.

– Chama-se "guitarra". É usado para tocar músicas rurais americanas. Dizem ser especialmente popular no Texas – ele explicou. – Também é o instrumento preferido para tocar o "blues", que é um gênero musical americano que fala da dor causada pelas decisões erradas.

Sun Moon passou os dedos delicados nas cordas da guitarra. Ela produziu um gemido surdo, como se um *gayageum* vibrante tivesse sido enrolado em um cobertor e posto dentro de um balde d'água.

– Os americanos têm muito a lamentar – ela disse, puxando outra corda. – Mas ouça, posso tocá-lo.

— É claro que pode, e deve – disse o Querido Líder. – Por favor, toque-a para mim.

Ela tocou e cantou:

— Sinto muito por meu coração... não ser tão grande quanto o meu amor...

— Isso mesmo – ele disse.

Ela continuou:

— Pela nação mais democrática... a República Popular Democrática da Coreia.

— Muito bom – o Querido Líder disse. – Agora, com menos delicadeza. Cante com o calor do seu sangue.

Ela colocou a guitarra deitada sobre o bar, o jeito apropriado para tocar instrumentos de corda. Tentou puxar as cordas para produzir notas diferentes.

— Os ianques estão felizes – ela cantou, tocando com força. – Os ianques estão infelizes.

O Querido Líder começou a acompanhar o ritmo batendo com o punho sobre o bar.

— Nossa nação não vê essa diferença – ela continuou. – Satisfação é tudo que sempre tivemos.

Eles riram juntos.

— Senti falta disso – ele disse. – Lembra-se de como costumávamos falar sobre roteiros de filmes noite adentro? Como declarávamos nosso amor pelo país e abraçávamos a reunificação?

— Sim – ela respondeu. – Mas tudo mudou.

— Mudou? Eu costumava pensar – disse o Querido Líder. – Caso alguma coisa acontecesse com seu marido em uma de suas várias missões perigosas, se voltaríamos a ser amigos. É claro que seu marido está vivo e bem, e que seu casamento está melhor do que nunca. Sei disso. Mas se alguma coisa acontecesse ao seu marido, se ele tivesse sido perdido em uma de suas muitas missões heroicas para a nossa nação, eu estaria certo ao pensar que poderíamos nos reaproximar, que voltaríamos a passar a noite compartilhando ideias sobre os ensinamentos do Juche e do Songun?

Ela tirou a mão da guitarra.

– Alguma coisa vai acontecer com o meu marido? É isso que você está tentando me dizer? Vai mandá-lo em alguma missão perigosa?

– Não, não, esqueça isso – disse o Querido Líder. – Nada poderia estar mais longe da verdade. É claro que eu jamais poderia lhe dar garantias. Devemos lembrar que o mundo é um lugar perigoso, e somente os oficiais de alto escalão conhecem o futuro.

Sun Moon disse:

– Sua sabedoria paternal sempre teve o poder de abrandar meus temores femininos.

– Este é um dos meus dons – respondeu o Bem-Aventurado Líder Kim Jong-il em toda a sua Glória. – Preciso observar – ele continuou – que você realmente o chama de *marido*.

– Não sei do que mais poderia chamá-lo.

O Querido Líder balançou a cabeça em concordância.

– Mas você não respondeu à minha pergunta.

Sun Moon cruzou os braços e ficou de costas para o bar. Ela deu dois passos, e depois voltou.

– Sim, eu também sinto falta das nossas conversas que duravam a noite inteira – disse. – Mas isso ficou no passado.

– Por quê? – perguntou o Querido Líder. – Por que isso precisa ficar no passado?

– Porque soube que você tem uma nova confidente, uma nova jovem pupila.

– Vejo que alguém tem conversado com você, alguém lhe contou certas coisas.

– Quando uma cidadã recebe um marido substituto, é seu dever compartilhar certas coisas com ele.

– Foi isso que você fez? – perguntou o Querido Líder. – Tem compartilhado coisas com ele?

– Só oficiais de alto escalão conhecem o futuro – ela disse, sorrindo em seguida.

O Querido Líder balançou a cabeça positivamente.

– Foi disso que senti falta. Disso aí.

Sun Moon tomou o primeiro gole do seu drinque.

– Então quem é essa nova pupila? – ela perguntou. – Ela aprecia sua sutileza, seu senso de humor?

O Querido Líder inclinou-se um pouco para a frente, feliz por ela ter perguntado.

– Ela não é você, posso ver isso. Ela não tem sua beleza, seu charme, seu talento com as palavras.

Sun Moon fingiu estar surpresa.

– Ela não tem talento com as palavras?

– Você está me provocando agora – ele disse. – Você sabe que ela só fala inglês. Ela não é nenhuma Sun Moon, posso garantir, mas também não a subestimo, essa garota americana. Não pense que a minha Remadora não tem suas próprias qualidades especiais, sua própria energia obscura.

Agora era Sun Moon quem se inclinava para a frente, os dois se aproximando ainda mais por sobre o bar.

– Responda-me uma coisa, meu Queridíssimo Líder – ela disse. – E, por favor, fale do fundo do seu coração. Uma garota americana mimada é capaz de entender as grandiosas ideias que emanam de uma mente tão grandiosa quanto a sua? Essa garota, de uma terra de corrupção e ganância, é capaz de compreender a pureza da sua sabedoria? Ela é digna de você, ou deveria ser mandada para casa a fim de uma mulher de verdade poder tomar seu lugar?

O Querido Líder abaixou-se outra vez atrás do bar e tirou uma barra de sabonete, um pente e um *choson-ot* que parecia ter sido produzido com fios de ouro puro.

– Quem vai me dizer isso é você – ele respondeu.

Cidadãos, observem a hospitalidade com que nosso Querido Líder trata todos os povos do mundo, até mesmo os submetidos aos despóticos Estados Unidos. O Querido Líder enviou a melhor mulher da nação para oferecer consolo e apoio à voluntariosa americana. Sun Moon, por sua vez, encontrou a Remadora acomodada em um belíssimo quarto, fresco, branco e bem iluminado, com uma bela janela com vista para um prado norte-coreano e para os cavalos coloridos que brincam nele. Não estamos na imunda China nem na asquerosa Coreia do Sul, portanto não imaginem algum tipo de cela de prisão com paredes enegrecidas e poças cor de ferrugem no chão. Em vez disso, observem a ampla banheira branca com pés dourados de leão, cheia da escaldante água restauradora do Taedong.

Sun Moon aproximou-se. Embora a Remadora fosse jovem, sua pele tinha as marcas do sol e do mar. Não obstante, seu espírito parecia mais forte – talvez um ano na nossa nação tivesse lhe dado foco e convicção. Sem dúvida, ele dera a esta americana a única castidade que ela já conhecera. Sun Moon ajudou-a a se despir, segurando as roupas da Remadora enquanto ela se livrava delas. Os ombros da moça eram amplos e fortes. Havia uma pequena cicatriz circular no braço da Remadora. Quando Sun Moon a tocou, a Remadora falou algo que ela não entendeu. Contudo seu rosto exibia uma expressão que tranquilizou Sun Moon de que a marca era o sinal de algo bom, se é que um ferimento desse tipo era possível.

Ao entrar na água a americana reclinou-se e Sun Moon sentou-se na cabeceira da banheira, molhando os cabelos pretos da Remadora com uma concha de cada vez. A parte debaixo dos cabelos dela estava cheia de nós e tinha de ser cortada, mas Sun Moon não tinha tesoura. Em vez disso, Sun Moon massageou seu couro cabeludo com sabonete, produzindo muita espuma.

– Então você é uma mulher resistente, solitária, uma sobrevivente – ela disse, enquanto enxaguava, ensaboava, e voltava a enxaguar. – A moça que capturou a atenção de todos os homens. Você é uma fêmea que luta, e ao mesmo tempo uma estudante da solidão? Deve pensar que não sabemos nada sobre a adversidade em nossa pequena e abundante nação. Que minha vida será uma dieta de camarão e pêssegos até eu me aposentar e ir para Wonsan.

Sun Moon foi para o pé da banheira, onde começou a lavar os longos dedos dos pés desajeitados da Remadora.

– Minha avó era de uma beleza e tanto – disse. – Durante a ocupação, ela foi destacada para se tornar uma mulher de conforto do Imperador Taisho, o decadente predecessor de Hirohito. O ditador era baixinho e doentio, usava óculos de lentes grossas. Ela era mantida em uma fortaleza à beira do mar, que o Imperador visitava todos os fins de semana. Ele a estuprava na janela saliente, de onde também podia ficar de olho em sua tropa com binóculos. Ele sentia uma necessidade tão grande de controlá-la que esse homenzinho cruel insistia que ela fingisse estar feliz.

Sun Moon ensaboou os tornozelos tensos e as panturrilhas contraídas da Remadora.

– Quando minha avó tentou pular da janela, o Imperador tentou animá-la com um barco a remo em forma de cisne. Depois, trouxe-lhe um cavalo mecânico que andava ao redor de um poste em trilhos de metal. Quando ela tentou se jogar nos arrecifes pontiagudos do oceano, um tubarão emergiu das águas. "Resista", o tubarão disse. "Eu preciso mergulhar todos os dias no fundo do mar para encontrar meu jantar: você certamente encontrará uma forma de sobreviver." Quando ela colocou o pescoço no mecanismo do cavalo mecânico, um tentilhão pousou e implorou que ela seguisse em frente. "Preciso voar o mundo inteiro para encontrar minhas sementinhas: você certamente encontrará uma forma de chegar ao fim de mais um dia." Em seu quarto, enquanto esperava pelo Imperador, ela olhava para a parede. Observando o cimento que mantinha os tijolos unidos, ela pensou: "Posso aguentar o jejum mais um pouco". O Querido Líder transformou sua história em um roteiro para mim, então sei o que minha avó sentiu. Experimentei suas palavras e fiquei ao lado dela esperando pela chegada inevitável do ditador japonês.

Sun Moon pediu à Remadora que ficasse de pé e lavou o corpo inteiro da moça, como se ela fosse uma criança gigante, a pele brilhando sobre a água cinzenta da banheira.

– E as escolhas que minha própria mãe teve de fazer são coisas das quais nem posso falar. Se estou sozinha neste mundo, sem meus irmãos, é por causa das decisões que ela teve de tomar.

Havia sardas nos braços e nas costas da Remadora. Sun Moon nunca vira sardas. Um mês antes ela teria achado que sardas eram como falhas na pele de alguém. Agora, porém, elas sugeriam que havia outros tipos de beleza no mundo além dos esforços para se parecer com a porcelana de Pyongyang.

— Talvez a adversidade tenha pulado a minha geração — continuou Sun Moon. — Talvez seja verdade que eu não conheço o sofrimento, que não enfiei minha cabeça em engrenagens mecânicas ou remei ao redor do mundo na escuridão. Talvez não tenha sido tocada pela solidão e pela tristeza.

Elas ficaram em silêncio enquanto Sun Moon ajudava a Remadora a sair da banheira, e não falaram quando ela enxugava o corpo da americana. O *choson-ot*, completamente dourado, era perfeito. Sun Moon colocou alfinetes aqui e ali no tecido até o vestido cair perfeitamente. Por fim, ela começou a fazer uma trança no cabelo da Remadora.

— Não sei se chegará a minha vez de sofrer — ela disse. — Todo mundo sofre. Talvez o meu sofrimento esteja na próxima esquina. Penso no que você deve suportar diariamente na América, não tendo um governo para protegê-la, ninguém para lhe dizer o que fazer. É verdade que vocês não recebem cartões de ração, que devem comprar comida? É verdade que vocês não trabalham por um propósito mais elevado, e sim só por dinheiro? O que é a Califórnia, esse lugar de onde você veio? Nunca vi uma foto de lá. O que os alto-falantes americanos transmitem? Quando é o seu toque de recolher? O que é ensinado nas coletivas de educação infantil? Aonde uma mulher vai com os filhos nas tardes de domingo? E se uma mulher perder o marido, como ela sabe se o governo lhe dará um bom substituto? Quem ela deve procurar para garantir que seus filhos tenham o melhor líder da Tropa da Juventude?

Nesse momento Sun Moon percebeu que estava segurando os pulsos da Remadora com força, e que suas perguntas haviam se tornado exigências enquanto ela olhava nos olhos da Remadora.

— Como funciona uma sociedade sem uma figura paterna na liderança? — implorou Sun Moon. — Como uma cidadã pode saber o que é melhor sem uma mão benevolente para guiá-la? Isso não é resistência, não é aprender a navegar só por um reino como esse, não é sobrevivência?

A Remadora puxou as mãos e gesticulou em direção a uma distância desconhecida. Sun Moon teve a sensação de que a mulher estava perguntando sobre o fim da história, o que acontecera com a mulher de conforto do Imperador, sua *kisaeng* particular.

– Ela esperou até ficar mais velha – disse Sun Moon. – Esperou para voltar à sua vila e que seus filhos crescessem e casassem, e foi então que ela desembainhou a faca que escondia havia muito e recuperou sua honra.

O que quer que estivesse passando pela cabeça da Remadora, a força das palavras de Sun Moon levou-a a agir. Ela começou a também falar alto, tentando fazer Sun Moon entender algo importante. A americana foi até uma mesa pequena com uma lâmpada e vários cadernos. Ela pegou uma das obras inspiradoras de Kim Jong-il numa tentativa clara de mostrar a Sun Moon qual era a única sabedoria que poderia aliviar a angústia da atriz. A Remadora balançou o livro diante de Sun Moon e depois começou a falar rápido, a tagarelar freneticamente palavras que Sun Moon não conseguia entender.

Cidadãos, o que a pobre Remadora Americana estava tentando dizer? Não precisamos de um tradutor para saber que ela estava triste com a perspectiva de deixar a Coreia do Norte, que se tornara um segundo lar para ela. Ninguém precisaria de um dicionário de inglês para sentir sua angústia diante da ideia de ser tirada de um paraíso onde alimentos, abrigo e tratamento médico são de graça. Cidadãos, sintam sua tristeza por ter que voltar a uma terra onde os médicos perseguem mulheres grávidas com ultrassons. Sintam seu ultraje por ser mandada de volta para uma terra castigada pelo crime de materialismo e exclusão, onde grandes populações definham na prisão, dormem nas ruas em poças de urina ou balbuciam sobre Deus nos assentos polidos por calças de moletom das megaigrejas. Pensem na culpa que ela deve sentir depois de saber como os americanos, seu próprio povo, devastaram esta grande nação durante seu ataque-surpresa imperialista. Mas não se desespere, Remadora: até mesmo essa pequena amostra da compaixão e da generosidade da Coreia do Norte pode ajudá-la a sobreviver a dias futuros depois do seu retorno à selvageria do Tio Sam.

Eu estava cansado quando cheguei à 42ª Divisão. Havia passado a noite anterior inteira acordado. Meus sonhos foram cheios de cobras pretas cujo sibilar soava como os camponeses que eu ouvira tendo relações sexuais. Mas por que cobras? Por que as cobras me perseguiam, com seus olhos acusadores e suas presas duplas? Nenhum dos interrogados que coloquei no piloto automático jamais me visitou em meus sonhos. Nesse sonho eu estava com o celular do Comandante Ga e ele não parava de mostrar imagens de uma mulher sorridente e crianças felizes. No entanto elas eram da *minha* esposa e dos *meus* filhos, da família que sempre achei que deveria ter – tudo que eu precisava fazer era descobrir onde estavam e abrir caminho entre as cobras para alcançá-los.

Mas qual era o significado do sonho? Era isso que eu não entendia. Se ao menos alguém pudesse escrever um livro para ajudar o cidadão comum a penetrar e entender os mistérios de um sonho. Oficialmente, o governo não assumia posição em relação ao que ocorria enquanto os cidadãos dormiam, mas os sonhos do sonhador não dizem algo sobre ele? E o longo sonho de olhos abertos que eu fazia nossos interrogados terem quando os ligava ao piloto automático? Já passei horas observando interrogados nesse estado – os olhos revirando-se como se navegassem no mar, a conversa sem sentido, a busca por algo invisível com as mãos, como se estivessem tentando alcançar algo distante. E no final vinha o orgasmo, que os médicos insistem em afirmar que é ataque de epilepsia. De qualquer modo, algo profundo acontece dentro dessas pessoas. No final, tudo que lembram é do pico de uma montanha coberta de gelo e da flor branca que há lá em cima. Vale a pena alcançar um destino se não nos lembramos da jornada? Eu diria que sim. Vale a pena viver uma nova vida se não nos recordamos da velha? Melhor ainda.

No trabalho, descobri dois caras da Propaganda metendo os narizes na nossa biblioteca à procura de uma boa história que pudessem usar para inspirar o povo.

Eu não os deixaria se aproximar das nossas biografias outra vez.

— Não tempos boas histórias — informei.

Eles eram doentios, com seus dentes de ouro e sua colônia chinesa.

— Qualquer história serve — um deles disse. — Boa ou ruim, não importa.

— Sim — acrescentou seu companheiro. — Podemos tornar qualquer história inspiradora.

No ano passado eles editaram a biografia de uma missionária que havia conseguido passar pela fronteira do Sul com uma mochila cheia de Bíblias. Recebemos ordem para descobrir quem lhe dera as Bíblias e se havia outras iguais a ela entre nós. Ela foi a única pessoa que o Pubyok não conseguiu dobrar — exceto pelo Comandante Ga, suponho. Até mesmo quando eu a liguei ao piloto automático, ela ficou o tempo inteiro com um sorriso estranho no rosto. Ela usava óculos com lentes grossas que aumentavam seus olhos enquanto eles vagavam com uma expressão de prazer pela sala. Até mesmo quando o piloto automático estava no ciclo mais forte ela ficou cantarolando uma música sobre Jesus, e olhou para a última sala que veria como se ela estivesse cheia de bondade, como se nos olhos de Jesus todos os lugares tivessem sido criados de forma igual, e como se com seus próprios olhos ela enxergasse isso.

Quando os rapazes da propaganda acabaram com a história, contudo, fizeram dela uma espiã capitalista monstruosa que gostava de sequestrar crianças locais do partido para trabalhar como escravos em uma fábrica de Bíblias de Seul. Meus pais ficaram viciados na história. Todas as noites eu tinha de ouvir o resumo do último capítulo dos alto-falantes.

— Vão escrever seus próprios contos do triunfo norte-coreano — eu disse aos rapazes da Propaganda.

— Mas precisamos de histórias reais — um deles respondeu.

— Não se esqueça — o outro interveio — de que essas histórias não são suas: são propriedade do povo.

— O que acham de eu escrever as biografias de vocês? — perguntei-lhes, e eles não deixaram de identificar a ameaça velada.

Eles responderam:

— Voltaremos.

Enfiei a cabeça na sala de descanso do Pubyok, que estava deserta. O lugar estava cheio de garrafas vazias, o que significava que eles haviam passado a noite toda se divertindo. No chão, uma pilha de longos cabelos pretos. Ajoelhei-me e peguei um tufo de cabelo, eram sedosos à luz. "Ah, Q-Kee", pensei. Cheirei os cabelos lenta e profundamente, absorvendo sua essência. Olhando para o grande quadro, vi que os Pubyoks haviam limpado todos os meus casos, todos exceto pelo Comandante Ga. Todas aquelas pessoas — todas as suas histórias perdidas.

Foi quando percebi que Q-Kee estava parada junto da porta me observando. A cabeça dela havia sido rapada, e ela usava uma camisa marrom dos Pubyoks, calças militares e as botas pretas do Comandante Ga.

Soltei o tufo de cabelo e me levantei.

— Q-Kee — eu disse. — É bom vê-la.

Ela não respondeu.

— Vi que muitas coisas mudaram depois que fui convocado a ajudar na colheita.

— Tenho certeza de que foi voluntário — ela disse.

— Ah, sim, claro que sim.

Apontando para a pilha de cabelo, acrescentei:

— Eu estava agora mesmo usando minhas habilidades investigativas.

— Para determinar o quê?

Seguiu-se um silêncio constrangedor.

— Parece que você está com as botas do Comandante — eu disse. — Elas devem dar uma boa troca no mercado noturno.

— Na verdade, acho que elas me caem muito bem — ela respondeu. — Creio que vou ficar com elas.

Balancei a cabeça afirmativamente, admirei as botas por um momento e depois olhei nos olhos dela.

— Você ainda é minha estagiária? — perguntei. — Não mudou de lado, não é mesmo?

Ela estendeu a mão para mim. Havia um papel dourado entre seus dedos.

— Estou lhe entregando isso, não é mesmo? — ela disse.

Abri o papel. Era um tipo de mapa desenhado à mão. Havia desenhos de um curral, de um forno cavado no chão, de varas para pesca de arrastão e de armas. Algumas palavras estavam em inglês, mas entendi a palavra "Texas".

Q-Kee disse:

— Encontrei dentro da bota direita de Ga.

— O que você acha que é? — perguntei.

— Pode ser o lugar onde encontraremos nossa atriz.

Q-Kee virou-se para sair, mas então olhou para trás.

— Sabe? Vi todos os filmes dela. Os Pubyoks não parecem estar preocupados em encontrá-la. E eles não conseguiram fazer Ga, ou quem quer que ele seja, falar. Mas você conseguirá resultados, certo? Você encontrará Sun Moon. Ela precisa ter um enterro apropriado. Resultados: é desse lado que estou.

Estudei o mapa por um bom tempo. Eu o abri na mesa de pingue-pongue dos Pubyoks e estava contemplando cada palavra e cada linha quando o Sargento entrou. Ele estava ensopado.

— Estava fazendo algum afogamento simulado? — perguntei.

— Na verdade, está chovendo — ele respondeu. — Uma grande tempestade vem vindo do Mar Amarelo.

O Sargento esfregou as mãos. Embora estivesse sorrindo, percebi que suas mãos estavam doendo.

Apontei para o quadro.

— Vejo que houve uma confissão em massa enquanto eu estive ausente.

O Sargento deu de ombros.

— Temos uma equipe inteira de Pubyoks com tempo de sobra. E lá estava você com dez casos abertos, só você e dois estagiários. Quisemos apenas mostrar nossa solidariedade.

— Solidariedade? — perguntei. — O que aconteceu com Leonardo?

– Quem?

– O líder da minha equipe, o com cara de bebê. Ele saiu do trabalho certa noite e não voltou mais. Como o resto dos caras que faziam parte da minha equipe.

– Você está me pedindo para solucionar um dos mistérios da vida – ele disse. – Quem pode dizer o que acontece com as pessoas? Por que a chuva cai para baixo e não para cima? Por que a cobra é covarde e o cachorro é violento?

Não era possível dizer se ele estava zombando de mim ou não. O Sargento não era exatamente um filósofo, e desde o desaparecimento de Leonardo vinha agindo de forma estranhamente civilizada comigo.

Ele ficou ali, de pé, massageando as mãos.

– Minhas juntas – ele disse – me matam quando está chovendo.

Ignorei-o.

O Sargento olhou por sobre meu ombro.

– O que temos aqui? Algum tipo de mapa?

– É, algum tipo.

Ele olhou mais de perto.

– Ah, sim – disse. – A antiga base militar a oeste da cidade.

– O que o leva a dizer isso?

Ele apontou:

– Lá está a velha estrada para Nampo. E olhe, aqui está a bifurcação do Taedong.

Virou-se para mim.

– Isso deve estar relacionado ao Comandante Ga, certo?

Finalmente, o tipo de dica que vínhamos procurando, a oportunidade de resolver o caso. Dobrei o mapa.

– Tenho trabalho a fazer – disse.

O Sargento bloqueou o caminho.

– Sabe de uma coisa? Você não precisa escrever um livro inteiro sobre cada cidadão que entra pela porta.

Mas eu tinha sim. Quem mais contaria a história de um cidadão? Haveria outra prova de que ele existiu? Se eu descobrisse tudo sobre eles, poderia produzir um registro, então as coisas que acontecessem com eles em seguida não seriam mais um problema. O piloto automático, as minas carcerárias, o estádio de futebol de madrugada. Eu não era um biógrafo, então quem eu era? Qual era realmente o meu trabalho?

– Estou me fazendo entender? – perguntou o Sargento. – Ninguém lê aqueles livros. Eles só acumulam poeira em uma sala escura. Então desista de se matar. Experimente nosso modo de fazer as coisas pelo menos uma vez. Extraia algumas confissões pela força, e depois venha tomar umas cervejas com os caras. Deixaremos você carregar o aparelho de caraoquê.

– E o Comandante Ga? – perguntei.

– O que tem ele?

– A biografia dele é a mais importante.

O Sargento olhou para mim com uma frustração cósmica nos olhos.

– Em primeiro lugar – ele disse –, aquele não é o Comandante Ga. Você se esqueceu disso? Segundo, ele não vai falar. Teve um treinamento para suportar a dor. A auréola não o afetou nem um pouco. E o mais importante é que não tem mistério nenhum para solucionar.

– É claro que tem – respondi. – Quem é ele? O que aconteceu com a atriz? Onde estão os corpos dos três, dela e das crianças?

– Você acha que os caras lá de cima – disse o Sargento apontando para o bunker lá embaixo –, você acha que eles não sabem o que aconteceu de verdade? Eles sabem quem recebeu os americanos: estavam *lá*. Você acha que o Querido Líder não sabe o que houve? Aposto que Sun Moon estava bem ao lado direito dele, e o Comandante Ga, do lado esquerdo.

"Então qual é o nosso propósito?", me perguntei. "O que estamos interrogando, e por quê?"

– Se eu conseguir todas as respostas – eu disse –, o que eles esperam? Por quanto tempo as pessoas vão ficar sem saber por que a principal atriz do país desapareceu? E o nosso herói nacional, o dono do Cinturão de Ouro? Quanto tempo vai demorar para o Querido Líder perceber que eles desapareceram misteriosamente?

– Você não acha que o Querido Líder tem suas razões? – indagou o Sargento. – E só para você saber: não é você quem conta as histórias das pessoas, e sim o Estado. Se um cidadão faz alguma coisa digna de uma história, é o pessoal do Querido Líder que tem de decidir se a pessoa fez algo bom ou ruim. Eles são os únicos que podem contar a história.

– Não conto a história das pessoas. Meu trabalho é ouvir e escrever o que ouço. E se você estiver falando dos caras da Propaganda, tudo que dizem é mentira.

O Sargento me observou surpreso por um momento, como se só agora tivesse percebido o tamanho do abismo entre nós.

– Seu trabalho... – ele começou a dizer, mas então parou para falar outra coisa.

Ele não parava de balançar as mãos na tentativa de se livrar da dor. Finalmente, virou-se para sair, parando à porta apenas por um momento.

– Recebi meu treinamento naquela base – ele disse. – Você não vai querer se aproximar de Nampo durante uma tempestade.

Quando ele saiu, telefonei para o Centro de Manutenção de Viaturas Central e disse que precisava de um veículo para nos levar para Nampo. Depois, reuni Q-Kee e Jujack.

– Peguem algumas capas de chuva e pás – eu disse. – Vamos procurar uma atriz.

No final das contas, o único veículo que podia nos levar até Nampo com a chuva era um velho Tsir soviético. Quando ele estacionou, o motorista não estava muito feliz, pois alguém havia roubado seus limpa-vidros. Jujack balançou a cabeça e se afastou.

– Não mesmo – ele disse. – Meu pai me disse para nunca entrar em um corvo.

Q-Kee estava com uma pá na mão.

– Cale a boca e entre no caminhão – ela disse a Jujack.

Em seguida, nós três estávamos a caminho do oeste – e da tempestade. A traseira escura era coberta por lona, o que nos protegia da chuva, embora entrasse lama pelas ripas do chão. Havia nomes de pessoas gravados nos assentos, provavelmente por aqueles que haviam sido transportados para minas carcerárias distantes como a 22 ou a 14-18 – uma viagem que daria muito tempo para pensar. Esses nomes representavam a vontade que os seres humanos têm de ser lembrados.

Q-Kee passou os dedos sobre um nome em particular.

– Conheci um Yong Yap-Nam – ela comentou. – Cursamos Os Males do Capitalismo juntos.

– Provavelmente este é outro Yong Yap-Nam – assegurei.

Ela deu de ombros.

– Se um indivíduo não é um bom cidadão, seu futuro não pode ser bom. O que podemos esperar?

Jujack não queria olhar para os nomes.

– Por que não esperamos a tempestade passar? – ele não parava de sugerir. – De que serve sair agora? Provavelmente não encontraremos nada. Provavelmente não há nada para achar.

O vento começou a fustigar o caminhão, o metal gemendo. Uma cachoeira de água entrava na rede de esgotos da estrada. Q-Kee encostou a cabeça no cabo da pá, olhando para fora do caminhão cm dirceção aos dois canais que os pneus haviam aberto na estrada. Então ela me perguntou:

– Você não acha que Sun Moon pode ter feito algo de errado, não é?

Abanei a cabeça.

– Sem chance.

– Quero encontrar Sun Moon tanto quanto todo mundo – ela disse. – Mas então ela estará morta. Até as pás a desenterrarem, é como se ainda estivesse viva.

Quando eu imaginara encontrar Sun Moon, havia visualizado a mulher radiante de todos os pôsteres de seus filmes. Só agora visualizava minha pá desenterrando restos decompostos de criança, a lâmina da pá penetrando o abdome de um cadáver.

– Quando eu era criança, meu pai me levou para ver *Glória das Glórias*. Eu era uma criança teimosa, e meu pai queria que eu visse o que acontecia com mulheres que desafiavam a autoridade.

Jujack disse:

– Esse é o filme em que cortam a cabeça de Sun Moon?

– É mais do que isso – disse Q-Kee.

– Os efeitos especiais são bons – Jujack acrescentou. – A cabeça de Sun Moon rola no chão e o sangue espirra para todos os lados, as flores do martírio brotam no solo e desabrocham. Gostei muito.

É claro que todos conheciam aquele filme. Sun Moon interpreta uma moça pobre que enfrenta o oficial japonês que controla a vila agrícola onde ela mora. Os camponeses precisam entregar tudo que produzem aos japoneses, mas parte do arroz desaparece e o oficial decreta que ninguém comerá até o culpado ser pego. Sun Moon enfrenta o oficial e diz que foram seus próprios soldados corruptos que roubaram o arroz. Por causa dessa afronta, o oficial ordena que ela seja decapitada na praça da cidade.

– Não importa sobre o que o filme era, ou sobre o que meu pai pensava que era – disse Q-Kee. – Sun Moon estava cercada por homens poderosos, mas não teve medo. Fiquei com isso na cabeça. Vi a força com que ela aceitou seu destino. Vi como Sun Moon mudou dentro de si mesma os termos estabelecidos pelos homens. Devo a ela o fato de estar na 42ª Divisão.

– Ah, quando ela se ajoelha para pegar a espada – disse Jujack, como se pudesse ver a cena diante de seus olhos. – Suas costas se curvam, seus seios pesados balançam para a frente. Depois, seus lábios perfeitos se abrem, e suas pálpebras fecham-se lentamente.

O filme está cheio de cenas famosas, como quando as mulheres idosas da vila passam a noite costurando o belo *choson-ot* que Sun Moon usará quando for executada. Ou, pouco antes de amanhecer, quando Sun Moon é tomada de medo e pensa em voltar atrás, e um pardal aproxima-se trazendo pétalas de kimilsungia no bico para lembrar que ela não está se sacrificando sozinha. E há o momento do qual mais me lembro, o ponto em que nenhum cidadão conseguia conter as lágrimas: quando, de manhã, os pais de Sun Moon se despedem dela. Eles dizem o que nunca lhe disseram, como ela é o que dá significado a suas vidas, que sem ela eles não terão mais nada, que só amam a ela.

Olhei para Q-Kee, distraída em seus pensamentos, e por um momento desejei que não estivéssemos prestes a descobrir os restos decompostos da sua heroína.

O corvo deixou a estrada e desceu um vale, um campo de água rasa que se estendia até onde os olhos alcançavam. Quando questionei o motorista, ele apontou para o mapa que eu lhe dera.

– É aqui – disse.

Olhamos para fora da traseira do corvo. O céu estava completamente branco.

Jujack disse:

– Pegaremos difteria nessa água. Aposto que não há nada lá fora, provavelmente só perderemos nosso tempo.

– Não saberemos até enfiarmos as pás na lama – respondi.

– Mas certamente será um desperdício de tempo – ele insistiu. – Quero dizer, e se a tiraram daí no último momento?

– Do que você está falando? – Q-Kee perguntou. – Você sabe de alguma coisa que não está nos contando?

Jujack olhou para o céu escuro com uma expressão de preocupação.

Q-Kee pressionou-o:

– Você sabe alguma coisa, não é?

– Chega – intervim. – Só temos mais duas horas de luz.

Então nós três pulamos do corvo para a água, que batia nos joelhos e estava cheia de óleo e restos de esgoto. Estávamos cercados por lama até onde a vista alcançava. O mapa, já completamente encharcado, apontava para um grupo de árvores. Usando as pás para saber o que havia à nossa frente, fomos até lá. O tempo todo víamos enguias de água doce passarem por nós. Eram animais feios, como se fossem apenas bíceps com dentes, algumas de dois metros de comprimento.

As árvores no final das contas estavam cheias de cobras. Suas cabeças dependuradas acompanhavam-nos passar de um tronco para outro. Parecia que um dos meus sonhos havia se tornado realidade, com as cobras me visitando. Ou será que seria o contrário – será que essas cobras passariam a me visitar também à noite? Eu realmente esperava que não. Podemos suportar o que for durante o dia, mas será que não podemos ter alguma paz ao cair da noite?

– São mamushis das rochas – disse Q-Kee.

– Não pode ser – discordou Jujack. – Essas cobras só vivem nas montanhas.

Q-Kee virou-se para ele.

– Conheço minhas cobras mortais – ela disse.

Com a luz de um relâmpago distante pudemos vê-las, suas silhuetas nos galhos, sibilando, prontas para saltar sobre cidadãos distraídos que estivessem apenas cumprindo seu dever civil.

– Uma cobra é uma merda de uma cobra – eu disse. – Não as provoquem.

Olhamos ao redor, mas não havia sinal de lareira embutida no chão nem de curral. Não havia carroça típica do Texas nem armas nem postes para pesca de arrastão ou uma pilha de foices.

– Estamos no lugar errado – disse Jujack. – Deveríamos sair daqui antes de sermos eletrocutados.

– Não – disse Q-Kee. – Vamos cavar.

– Onde? – indagou Jujack.

– Em todos os lugares.

Jujack enfiou a lâmina da sua pá na lama. Com muito esforço, ele tirou uma pá de lama, abrindo um buraco que logo em seguida se encheu de água. Quando ele virou a pá para depositar a lama do outro lado, era como se não houvesse aberto nenhum buraco.

Meu rosto estava ensopado de chuva. Eu não parava de rodar o mapa, tentando ver se havia cometido um erro. Deveria ser aqui: as árvores, o rio, a estrada. Precisávamos mesmo era de um dos cachorros do Zoológico Central. Dizem que seus instintos selvagens podem detectar ossos, até mesmo ossos há muito tempo enterrados.

– Isto é impossível – disse Jujack. – Só temos água por todos os lados. Onde está a cena do crime?

– Talvez isso seja uma vantagem – eu disse. – Se um corpo estivesse na lama a água o ajudaria a flutuar. Tudo que precisamos fazer é remexer no solo.

Assim, cada um foi para um lado, agitando a lama à procura de qualquer sinal da atriz.

Comecei a tirar pás de lama, uma após a outra. Cada vez que eu tirava uma pá, podia visualizar o sucesso; cada vez sentia que a descoberta estava logo à frente, que eu poderia usar o corpo para fazer o Comandante Ga contar sua história, e então sua biografia seria minha, com o verdadeiro nome de Ga escrito em dourado na lombada. Finalmente o escritório do Sargento seria meu. A chuva não parava de cair, e eu não parava de pensar em frases de efeito para dizer quando o Sargento reunisse seus pertences em uma caixa de auxílio alimentar e os tirasse do meu escritório.

Finalmente ali estava um evento digno de ser incluído na minha biografia.

Os motoristas do corvo nos observavam por trás do para-brisa. Havia escurecido o bastante para que pudéssemos ver o brilho vermelho dos seus cigarros. À medida que meus braços enfraqueciam, eu alternava entre a mão direita e a esquerda. Cada osso que eu descobria no final das contas era apenas a raiz de uma árvore. Se ao menos eu identificasse um pedaço de seda ou sapato flutuando. As enguias continuavam se chocando contra coisas na água lamacenta, e comecei a pensar que elas estavam à procura de algo específico, então comecei a cavar onde quer que elas pusessem os dentes. Cada pá de lama me deixava cada vez mais desanimado, e logo o dia começava a parecer menos com a vida que eu queria e mais com a vida que eu tinha: trabalhando para nada, acumulando um fracasso após outro. Era a minha vida universitária – quando cheguei, perguntei quais daqueles milhares de mulheres eu conquistaria; uma a uma, contudo, eu fui percebendo que a resposta era "nenhuma". Não, este dia certamente não seria um capítulo a incluir na minha biografia.

Na escuridão, a única coisa que eu conseguia ouvir era Q-Kee gemer cada vez que usava o peso para enfiar a pá na lama. Finalmente, gritei no escuro:

– Vamos encerrar.

Quando Q-Kee e eu voltamos para o corvo, descobrimos que Jujack já estava lá dentro.

Estávamos ensopados e tremendo de frio, nossas mãos cheias de calos depois de termos trabalhado com cabos molhados, as solas dos nossos pés feridas por terem sido usadas para enfiar as pás na lama mais de mil vezes.

Q-Kee passou a viagem inteira de volta à 42ª olhando para Jujack.

– Você sabia que ela não estava lá, não é? – ela não parava de dizer. – Você sabe de alguma coisa que não quer nos contar.

Assim que descemos as escadas para a 42ª Divisão, Q-Kee foi direto falar com o Sargento.

— Jujack está nos sabotando — ela disse. — Ele sabe alguma coisa sobre esse Comandante Ga que não quer nos dizer.

Olhei atravessado para o rosto do Sargento. Ele estudou Q-Kee e em seguida estudou Jujack.

— Isso é uma acusação grave — o Sargento disse. — Você tem alguma prova?

Q-Kee apontou para o coração.

— Posso sentir — foi a resposta.

O Sargento pensou por um momento.

— Tudo bem — respondeu. — Vamos arrancar a verdade dele.

Dois Pubyoks aproximaram-se para agarrar Jujack.

— Ei! — eu disse, entrando na frente. — Vamos com calma! Um "pressentimento" não serve de prova.

Coloquei a mão no ombro de Jujack.

— Diga a verdade, filho — disse-lhe. — Basta dizer o que sabe, estou do seu lado.

Jujack olhou para os pés.

— Não sei de nada, juro.

Todos nos viramos para Q-Kee.

— Vocês não precisam nem me dar atenção — ela disse. — Basta olhar nos olhos dele. Está claro para todos verem.

O Sargento se abaixou e olhou nos olhos do garoto. Por um bom tempo ele simplesmente olhou dentro deles. Então, balançou a cabeça positivamente e disse:

— Levem-no.

Dois Pubyoks colocaram as mãos em Jujack. Sua expressão era de terror.

— Esperem! — eu disse, mas a parede flutuante não pararia mais.

Logo Jujack estava esperneando enquanto o levavam para o escritório. Ele gritou:

— Sou filho de um ministro!

— Deixe isso para a sua biografia — o Sargento gritou, rindo.

— Deve haver algum erro — eu disse.

O Sargento pareceu não me ouvir.

— Maldita deslealdade — ele disse, abanando a cabeça.

Depois se virou para Q-Kee.

— Bom trabalho — ele lhe disse. — Vista seu jaleco. É você quem vai arrancar a verdade dele.

Jujack estava escondendo alguma coisa, e a única pessoa que sabia o que poderia ser era o Comandante Ga. Corri até o tanque onde ele estava preso. Lá dentro, Ga estava sem camisa olhando para o reflexo do seu peito na parede de aço.

Sem olhar para mim, ele disse:

— Sabe de uma coisa? Eu deveria ter dito que eles pintassem a foto dela invertida.

— É uma emergência! — eu disse. — Meu estagiário, Jujack, está encrencado.

— Mas na época eu não sabia — disse Ga. — Não sabia qual seria o meu destino.

Ele se virou apontando para a tatuagem.

— Está vendo? Sou forçado a vê-la ao contrário. Eu deveria ter pedido que pintassem sua foto invertida. Mas na época eu pensava que ela era apenas para os outros verem. Mas desde o início era para mim.

— Preciso de uma informação — eu disse. — É muito importante.

— Por que você está tão preocupado em escrever minha biografia? — perguntou o Comandante Ga. — As únicas pessoas no mundo que iam querer lê-la já se foram.

— Só preciso saber uma coisa. É questão de vida e morte. Fomos até a base militar na estrada para Nampo, mas não havia curral, nem lareira embutida, nem bois. Eu sei que você construiu uma vila lá para fazer os americanos se sentirem em casa. Mas a atriz não estava lá. Na verdade, não havia nada.

— Já lhe disse que você não a encontrará.

— Mas e a mesa de piquenique? E a carroça típica?

— Foram transferidos.

— Para onde?

— Não posso dizer.

— Por que não?

– Porque esse mistério é a única coisa que serve de lembrança para o Querido Líder de que o que lhe aconteceu foi real, que algo saiu do seu controle.

– O que aconteceu com ele?

– Seria melhor fazer essa pergunta a ele mesmo.

– Mas não estamos falando do Querido Líder, estamos falando sobre um garoto que cometeu um erro.

– Isso também é a única coisa que ainda está me mantendo vivo.

Apelei para a razão.

– De qualquer modo, você não sobreviverá – eu disse.

Ele balançou a cabeça em sinal de concordância.

– Nenhum de nós sobreviverá – ele disse. – Você tem um plano? Já tomou alguma providência? Ainda há tempo, você pode escolher seus limites.

– Seja qual for o tempo que lhe resta – eu disse –, você pode salvar esse garoto, você pode reparar o que quer que tenha feito com a atriz.

Tirei o celular dele do meu bolso.

– As fotos que mandam para este celular são para você? – perguntei.

– Que fotos?

Liguei o celular para mostrar o brilho azul da bateria carregada.

– Preciso vê-las – ele disse.

– Então me ajude – respondi.

Segurei o celular diante dele, mostrando a imagem da estrela na calçada.

Ele pegou o telefone da minha mão.

– Os americanos dispensaram a hospitalidade do Querido Líder – ele disse. – Não queriam sair do avião, por isso transferimos a vila do Texas para o aeroporto.

– Obrigado – eu disse, e quando me virei a porta se abriu.

Q-Kee apareceu com os Pubyoks atrás de si.

O jaleco que ela usava estava sujo de sangue coagulado.

– Transferiram tudo para o aeroporto – ela declarou. – Foi lá que a atriz desapareceu.

– É claro que ele sabia o que aconteceu no aeroporto – disse um Pubyok. – O pai dele é Ministro do Transporte.

– O que vocês fizeram com Jujack? – perguntei. – Onde ele está? O que aconteceu?

Q-Kee não respondeu. Ela olhou para o Sargento, que balançou a cabeça em sinal de aprovação.

Com os olhos frios, Q-Kee olhou para os Pubyoks reunidos no corredor. Então, assumiu uma posição de taekwondo. Os homens recuaram, o que lhe deu tempo para se recompor. Então, juntos, eles contaram:

– *Jumbi, Hana, dul, já!*

E quando gritaram *Sijak!* a mão de Q-Kee foi golpeada contra a porta de aço.

Depois de inspirar longa e profundamente, ela ofegou rápido, várias vezes.

Lentamente, colocou a mão quebrada sobre o peito e a protegeu.

A primeira mão quebrada é um golpe direto na parte externa da palma. Haverá muito tempo para quebrar os dedos, dois de cada vez.

Calma e cuidadosamente, o Sargento pegou o braço dela, esticou-o e colocou a mão quebrada sobre a sua. Com muito cuidado, ele agarrou o pulso com uma mão e beliscou os dois últimos dedos com a outra.

– Agora você é uma de nós – ele disse. – Não é mais uma estagiária. Não precisa mais usar um nome – acrescentou, puxando em seguida seus dedos e posicionando os ossos quebrados para uma cicatrização correta.

O Sargento balançou a cabeça para mim em sinal de respeito.

– Eu era contra ter uma mulher na Divisão – ele disse. – Mas você estava certo: ela é o futuro.

O sol da tarde estava claro, mas o ar era fresco entrando pelas janelas. O Comandante Ga estava sentado entre o menino e a menina, os três observando enquanto Sun Moon andava de um lado para outro na casa, as mãos pegando alguns objetos que ela parecia ver pela primeira vez. O cachorro a seguia cheirando tudo que tocava: um espelho de mão, uma sombrinha, a chaleira na cozinha. No dia seguinte os americanos chegariam – no dia seguinte eles fugiriam, mas as crianças não sabiam.

– Qual é o problema dela?

– Ela está agindo como quando está para começar um filme novo – a menina acrescentou. – É isso? Um filme novo?

– Algo parecido – disse Ga.

Sun Moon aproximou-se. Tinha nas mãos um tabuleiro de *chang-gi* pintado à mão. O olhar em seu rosto parecia dizer "Como posso abandonar isto?". Ele dissera que eles não poderiam levar nada, que qualquer lembrança poderia estragar o plano.

– Meu pai – ela disse. – Isso é tudo que me restou dele.

Ele abanou a cabeça. Como poderia explicar que era melhor assim? Que sim, um objeto podia conter uma pessoa querida, que podemos conversar com uma foto, que podemos beijar um anel, que ao tocar uma gaita podemos estar dando voz a alguém que está distante. Mas fotos podem se perder. Enquanto dorme, um anel pode ser tirado do seu dedo por um ladrão nas barracas. Ga vira um velho perder a vontade de viver – eles quase podiam vê-la abandoná-lo – quando um guarda da prisão o fez entregar um medalhão. Não, era necessário manter as pessoas que amávamos mais seguras do que isso. Elas tinham de se tornar tão fixas quanto uma tatuagem, algo que ninguém pudesse tirar.

– Nada além da roupa do corpo? – ela perguntou.

Então, uma expressão de compreensão surgiu em seu rosto. Ela se virou e foi correndo até o guarda-roupa. Lá, olhou para a fila de *choson-ots*, cada um em seu próprio cabide. O sol poente coloria o quarto. Na luz cor de gema de ovo, os vestidos brilhavam cheios de vida.

– Como vou escolher um? – ela perguntou, passando os dedos nos *choson-ots*. – Usei este em *Pátria sem Mãe*. Mas interpretei a esposa de um político. Não posso partir nesse papel.

Sun Moon estudou um *choson-ot* simples com o *jeogori* branco e o *chima* estampado com flores claras.

– E aqui está *Uma Verdadeira Filha do País*. Não posso chegar à América como uma camponesa.

Ela percorreu todos os vestidos: *Os Opressores Caem*, *Tiranos à Vista* e *Ergam a Bandeira!*.

– Todos os seus vestidos vieram de filmes?

Ela balançou a cabeça afirmativamente.

– Tecnicamente, são propriedade do Vestiário. Mas quando atuo eles se tornam uma parte de mim.

– Você não tem nenhum que seja seu? – ele perguntou.

– Não preciso de nenhum que seja meu – ela respondeu. – Tenho esses.

– E os vestidos que você usava antes dos filmes?

Ela olhou para ele por um momento.

– Ah, não consigo decidir – ela disse, fechando os olhos. – Vou deixar isso para mais tarde.

– Não – ele disse. – Este aqui.

Ela tirou o *choson-ot* prateado que ele escolheu, segurando-o em frente ao corpo.

– *Glória das Glórias* – disse. – Você quer que eu seja a cantora de ópera?

– É uma história de amor – ele respondeu.

– E tragédia.

– Sim, e tragédia. O Querido Líder não adoraria vê-la vestida como uma estrela da ópera? Isso não seria o mesmo que aceitar sua outra paixão?

Sun Moon torceu o nariz diante da ideia.

– Ele arranjou uma cantora de ópera para me ajudar a me preparar para esse papel, mas era impossível lidar com ela.

– O que aconteceu com a cantora?

Sun Moon deu de ombros.

– Desapareceu.

– Onde?

– Acho que ela foi para onde as pessoas vão. Um dia, simplesmente não estava mais lá.

Ele tocou no tecido.

– Então esse é o vestido que você deve usar.

Eles passaram o tempo que ainda restava de luz colhendo tudo que tinham no jardim, preparando um banquete para ser comido cru. As flores foram usadas para fazer chá, os pepinos foram fatiados e postos para virar conserva no vinagre, acrescentando água com açúcar e repolho picado. Eles abriram o melão da menina com uma pedra para que o conteúdo se desmanchasse ao longo das sementes. Sun Moon acendeu uma vela e eles saborearam seu último jantar à mesa, comendo feijão preparado com sal grosso. O menino saboreou quatro passarinhos que havia capturado e deixado secar ao sol com sementes de pimentão vermelho.

Depois ele começou a contar uma história que ouvira no alto-falante sobre um trabalhador que pensara ter encontrado uma pedra preciosa. Em vez de contar sobre a descoberta ao líder do destacamento, ele a engoliu na esperança de ficar com ela.

– Todo mundo ouviu a história – disse sua irmã. – No final das contas era só um caco de vidro.

– Por favor – disse Sun Moon. – Vamos contar uma história feliz.

A menina disse:

– E aquela da pomba que atravessou o caminho da bala de um imperialista e salvou a vida de...

Sun Moon ergueu a mão para que ela parasse.

As únicas histórias que as crianças conheciam pareciam ter vindo do alto-falante. Quando o Comandante Ga era jovem, de vez em quando tudo que os órfãos tinham para preenchê-los durante o jantar eram histórias. Improvisadamente, o Comandante Ga disse:

– Eu poderia contar a história do cachorrinho de Pyongyang que foi para o espaço, mas acho que vocês já a conhecem.

Com uma expressão de incerteza, a menina olhou do irmão para a mãe. Depois, deu de ombros:

– Claro – ela disse. – Quem não conhece essa?

O menino também fingiu conhecer a história.

– É, essa é velha.

– Deixe-me ver se consigo me lembrar – disse o Comandante Ga. – Os melhores cientistas se reuniram para construir um foguete gigante. Na fuselagem, pintaram a estrela azul e o círculo vermelho da República Popular Democrática da Coreia. Depois, encheram-no de combustível volátil e o colocaram na plataforma de lançamento. O foguete deveria subir. Se funcionasse, eles poderiam tentar construir outro foguete capaz de voltar. Embora o cientista que se voluntariasse para pilotá-lo fosse ser declarado um mártir, ninguém tinha coragem para entrar no foguete.

Ga parou a história nesse ponto. Ele bebericou o chá e olhou para as crianças, que não sabiam qual era a moral da história.

Hesitantemente, a menina disse:

– Foi então que decidiram mandar o cachorro.

Ga sorriu.

– É isso mesmo – disse. – Eu sabia que vocês conheciam a história. Mas onde foi mesmo que encontraram o cachorro?

Seguiu-se mais um momento de silêncio.

– No zoológico – o menino finalmente respondeu.

– Claro! – disse Ga. – Como pude esquecer? E como era o cachorro?

– Era cinza – disse a menina.

– E marrom – acrescentou o menino.

– Com patas brancas – foi a vez da menina. – Ele tinha um rabo fino comprido. Escolheram-no porque ele era magricela e cabia no foguete.

– Tomates velhos – disse o menino. – Era tudo que o guarda malvado do zoológico dava a ele.

Sun Moon sorriu ao ver os filhos conversando à mesa.

– Todas as noites o cachorro ficava olhando para a lua – foi sua contribuição.

– A lua era a única amiga dele – disse a menina.

– O cachorro chamava e chamava – acrescentou o menino –, mas a lua nunca respondia.

– Sim, é uma velha história, mas muito boa – disse o Comandante Ga, sorrindo. – Então o cachorro concordou em entrar no foguete e ir para o espaço...

– ...para ficar mais perto da sua amiga, a lua – disse a menina.

– Sim, para ficar mais perto da amiga lua – concordou Ga. – Mas eles disseram ao cachorro que ele nunca voltaria?

O rosto do menino assumiu uma expressão que indicava traição.

– Não lhe disseram nada – ele falou.

Ga balançou a cabeça diante da injustiça.

– Se me lembro bem, os cientistas deixaram que o cachorro levasse apenas uma coisa.

– Uma vareta – disse o menino.

– Não – discordou a menina. – Foi uma tigela.

E, de repente, os dois estavam ávidos por descobrir o que o cachorro escolheu para levar para o espaço, mas Ga concordou com todas as propostas.

– O cachorro levou um esquilo – disse o menino –, assim ele não ficaria sozinho.

– Ele levou um pomar – disse a menina –, para não ficar com fome.

Eles percorreram uma lista interminável: uma bola, uma corda, um paraquedas, uma flauta que conseguia tocar com as patas.

Ga interrompeu-os com a mão, deixando a mesa ficar em silêncio.

– Na verdade – ele sussurrou –, o cachorro conseguiu levar tudo isso em segredo, e o peso mudou o curso do foguete quando ele foi lançado, mandando-o numa nova trajetória...

Ga apontou para cima, e as crianças acompanharam sua mão com os olhos, como se a resposta fosse se materializar no teto.

– ...para a lua – disse a menina.

Ga e Sun Moon agora ouviam as crianças criarem o resto da história para si mesmas: como na lua o cachorro encontrou outro cachorro, o que uivava para a Terra toda noite, que havia um menino na lua, e uma menina, e como os cachorros e as crianças começaram a construir seu próprio foguete. Enquanto isso, Ga apenas observava como a luz da vela brincava em seus rostos, como os olhos de Sun Moon se iluminavam de prazer, como as crianças estavam excitadas com a atenção da mãe, e como não paravam de tentar superar uma à outra – e, como uma verdadeira família, eles descascaram o melão, colocando as sementes em uma tigela de madeira, sorrindo juntos quando o suco rosado escorria por seus dedos e pulsos.

O menino e a menina imploraram que a mãe compusesse uma balada para o cachorro que foi para a lua, e como Sun Moon não gostava de tocar seu *gayageum* com roupas de casa ela logo apareceu com um *choson-ot* com *chima* de cetim cor de ameixa. No chão de madeira, ela colocou a coroa do instrumento em um travesseiro, enquanto a base repousava sobre suas pernas dobradas. Ela fez uma reverência para as crianças, que baixaram a cabeça para cumprimentá-la.

No início, ela puxou as cordas com força, criando notas rápidas e fortes. Ela tocou os sons da decolagem do foguete, a voz cheia de humor e rimas. Quando o cachorro deixou a órbita da Terra em direção ao espaço, o som se tornou mais etéreo, as cordas reverberando como se o som estivesse sendo produzido no vácuo. A luz da vela estava viva nos cabelos de Sun Moon, e quando ela contraiu os lábios para tocar os acordes mais difíceis Ga os sentiu no peito, nas câmaras mais profundas do coração.

Ele agora a observava com olhos diferentes, dominado pela consciência de que de manhã teria de deixá-la partir. Na Prisão 33 perdia-se tudo, pouco a pouco, devagar, começando pelo futuro e por tudo que pode acontecer. Depois, é o seu passado que não é mais seu, e de repente parece inacreditável que você um dia já tenha colocado a cabeça num travesseiro, que já tenha usado uma colher ou um vaso sanitário, que sua boca tenha conhecido sabores e que seus olhos tenham conhecido qualquer outra cor além do cinza, do marrom e da cor escura que o sangue tinha – você entrega todas as pessoas, cada um que já conheceu. Elas se tornam ideias, e depois noções, para então se tornarem impressões, até que finalmente não passam de fantasmas, projeções na parede da enfermaria. Sun Moon agora parecia exatamente isso – não uma mulher vigorosa e bela, fazendo um instrumento transmitir sua tristeza, mas apenas um flash de alguém do passado, uma foto, uma pessoa que não se vê há muito tempo.

A história do cachorro tornou-se mais melancólica. Ele tentou controlar sua respiração. "Não há nada além da luz da vela", dizia a si mesmo. A luz incluía o menino, a menina, aquela mulher e ele. Além da luz, não havia Monte Taesong, nem Pyongyang, nem o Querido Líder. Ele tentou distribuir a dor do peito pelo corpo inteiro exatamente como Kimsan, seu mentor no treinamento de tolerância à dor, lhe ensinara: a sentir a chama não em parte do corpo, mas nele todo, a visualizar o fluxo do sangue se espalhando, diluindo a dor no coração em todo o seu ser.

E então ele fechou os olhos e imaginou Sun Moon, que sempre estava dentro dele: ela era uma presença calma, os braços abertos, pronta para salvá-lo de qualquer coisa. Ela não o deixaria, não iria a lugar nenhum. E nesse momento a dor intensa em seu peito diminuiu, e o Comandante Ga entendeu que a Sun Moon dentro dele era a reserva de dor que poderia ajudá-lo a sobreviver à perda da Sun Moon diante dele. Ele começou a gostar da música outra vez, mesmo apesar de ela estar se tornando cada vez mais triste. O brilho triste da lua do filhote abrira caminho para um foguete pouco familiar em um curso incerto. O que começara como uma canção infantil tornara-se a música de Sun Moon, e quando os acordes se tornaram desconexos, as notas incompreensíveis e solitárias, ele entendeu que a música era dele. Finalmente, ela parou de tocar e se inclinou lentamente para a frente, a testa repousando contra a madeira de um instrumento que ela jamais voltaria a tocar.

– Venham, crianças – disse Ga. – Está na mora de dormir.

Ele as levou até o quarto e fechou a porta.

Depois, acompanhou Sun Moon até a varanda para tomar ar fresco.

As luzes da cidade lá embaixo estavam demorando mais do que de costume para se apagar.

Ela debruçou-se na amurada, virando as costas para ele. Tudo estava silencioso, e eles podiam ouvir as crianças através da parede fazendo sons de foguete e dando instruções de lançamento ao cachorro.

– Você está bem? – ele perguntou.

– Eu só precisava de um cigarro, só isso – ela respondeu.

– Porque você não precisa ir em frente com isso. Você pode desistir, e ninguém saberá de nada.

– Só o acenda para mim – ela disse.

Com a mão em concha ele acendeu o cigarro, tragando.

– Você está hesitante – disse. – É natural. Soldados hesitam antes de todas as missões. Seu marido devia hesitar o tempo todo.

Ela olhou para ele.

– Meu marido não hesitava para nada.

Quando Ga lhe deu o cigarro, ela observou como ele o segurava entre os dedos e voltou a se virar para contemplar as luzes da cidade.

– Você agora fuma como um *yangban* – ela disse. – Eu gostava de como você fumava quando era um garoto vindo de lugar nenhum.

Ele aproximou-se e afastou o cabelo dela para poder ver seu rosto.

– Sempre serei um garoto de lugar nenhum – disse-lhe.

Ela colocou o cabelo de volta no lugar, e então esticou a mão para pegar o cigarro, os dedos formando um V para indicar onde ele deveria ser colocado.

Ele a pegou pelo braço e a virou para si.

– Você não pode me tocar – ela disse. – Conhece as regras.

Ela tentou se soltar, mas ele não deixou.

– Regras? – Ga perguntou. – Amanhã teremos quebrado todas as regras.

– Bem, amanhã é amanhã.

– Mas já está chegando – ele respondeu. – Faltam 16 horas, é o tempo que dura o voo do Texas. O amanhã já decolou, está dando a volta ao mundo até nós.

Ela pegou o cigarro.

– Sei o que você quer – ela disse. – Sei o que está procurando com essa conversa sobre amanhã. Mas teremos muito tempo, teremos todo o tempo do mundo. Não perca a concentração. Muita coisa tem de dar certo antes de o avião decolar conosco dentro dele.

Ga segurou o braço dela com mais força.

— E se alguma coisa der errado? Você já pensou nisso? E se só tivermos hoje?

— Hoje, amanhã — Sun Moon respondeu. — Um dia não é nada. Um dia é só mais um fósforo aceso depois de dez mil fósforos antes de apagar.

Ele soltou seu braço, e ela se virou para a amurada, agora fumando. Bairro por bairro, as luzes de Pyongyang se apagaram. À medida que a paisagem escurecia, ficava mais fácil ver os faróis de um veículo que escalava a estrada sinuosa montanha acima na direção deles.

— Você me quer? — ela disse, afinal. — Você nem sequer me conhece.

Ele acendeu seu próprio cigarro. As luzes do Estádio May Day haviam ficado acesas, assim como as do Estúdio Cinematográfico Central no norte da cidade, exatamente na estrada que levava ao aeroporto. Fora isso, o mundo havia escurecido completamente.

— Sua mão procura a minha quando você dorme — ele disse. — Sei disso.

O cigarro de Sun Moon queimava com a ponta vermelha enquanto ela tragava.

— Sei que você dorme encolhida — ele acrescentou — e, seja eu um *yangban* ou não, você não cresceu dormindo numa cama. Na infância, provavelmente dormia num colchão de palha, e embora nunca tenha mencionado irmãos provavelmente esticava o braço para tocar o irmão ou a irmã que dormia ao seu lado.

Sun Moon continuou olhando para a frente como se não estivesse ouvindo. No silêncio, ele ainda conseguia ouvir o som do carro lá embaixo, mas não adivinhava que tipo de carro era. Então deu uma olhada para ver se o Camarada Buc ouvira o carro e estava na varanda, mas a casa ao lado estava no escuro.

O Comandante Ga prosseguiu:

— Sei que outro dia você fingiu dormir mais de manhã para me dar tempo de estudá-la, para me permitir ver o nó na sua clavícula onde alguém a machucou. Você me deixa ver as cicatrizes no seu joelho, cicatrizes que contam que um dia você trabalhou de verdade. Você queria que eu a conhecesse de verdade.

– Ganhei essas cicatrizes dançando – ela disse.

– Vi todos os seus filmes.

– Não sou meus filmes – ela retorquiu.

– Vi todos os seus filmes – ele continuou –, e em todos você usa o mesmo cabelo: solto, cobrindo as orelhas. E, contudo, ao fingir estar dormindo... – Ele pegou seus cabelos outra vez, os dedos encontrando o lóbulo da sua orelha. – ...você me deixa ver onde sua orelha foi cortada. Foi um agente policial que a surpreendeu roubando de uma barraca na feira, ou você foi pega por pedir esmola?

– Chega!

– Você já provou uma flor antes, não é mesmo?

Eu já disse que chega.

Ele colocou a mão nas costas de Sun Moon, puxando-a até seus corpos se tocarem. Então, jogou o cigarro dela lá embaixo e colou os lábios nos dela, como se para fazê-la entender que agora compartilhariam tudo, e que até mesmo todas as suas tragadas viriam dele.

Seus rostos estavam muito perto. Ela olhou nos olhos dele.

– Você não sabe o principal sobre mim – ela disse. – Agora que minha mãe... agora que ela se foi, só uma pessoa sabe quem sou realmente. E não é você.

– Sinto muito pelo seu marido, pelo que aconteceu com ele, pelo que fiz. Não tive escolha. Você sabe.

– Por favor – ela disse. – Não estou falando dele. Ele não conhecia nem a si mesmo, como poderia me conhecer?

Ele colocou a mão na bochecha dela e olhou em seus olhos:

– Então quem?

Um Mercedes preto estacionou ao lado da casa. Sun Moon olhou para o motorista, que saiu para abrir a porta para ela. Ele não usava mais bandagens, mas seu nariz ficaria torto para sempre.

– Um problema de verdade acabou de chegar – ela disse. – O homem que me conhece me quer de volta.

Ela entrou na casa e pegou o tabuleiro de *chang-gi*.

— Não diga nada às crianças – disse, e então Ga a observou entrar no carro, o rosto impassível, como se o mesmo carro já tivesse ido pegá-la várias outras vezes.

Lentamente, o carro deu ré, e quando seus pneus saíram da grama para o cascalho ele ouviu o atrito com a estrada e soube que a coisa mais importante da sua vida lhe fora tirada.

O Chefe do Orfanato torcera seus dedos e tirara comida da sua mão. E todos os outros meninos do Longo Amanhã haviam morrido, roubando-lhe a noção de que seus ombros deveriam estar sempre virados de costas para a morte, de que a morte não deveria ser tratada apenas como mais um colega de latrina, ou a figura irritante na parte de cima do beliche que assobiava enquanto dormia. A princípio os túneis não lhe haviam dado nada além de medo, mas depois de algum tempo eles começaram a levá-lo, até que um dia seu medo desapareceu, e com ele quaisquer inclinações no sentido da autopreservação. Os sequestros reduziram tudo a vida ou morte. E as minas da Prisão 33 haviam extraído, como muitas bolsas de sangue, sua habilidade de identificar a diferença entre uma coisa e outra. Talvez sua mãe tivesse levado algo mais importante ao deixá-lo no Longo Amanhã, mas isso não passava de especulação, porque ele nunca encontrara a marca deixada por ela... a não ser que a marca fosse todo o seu ser.

E, contudo, o que o preparara para isso? Para o momento em que o Querido Líder puxaria a cordinha que finalmente o desfaria por completo? Quando o Querido Líder queria que você perdesse mais, lhe dava mais para perder. Sun Moon fora quem havia lhe dito isso. E lá estava. Para que bunker ela seria levada? Com que histórias alegres ela seria divertida? Que elixir eles compartilhariam enquanto o Querido Líder se preparava para uma diversão mais séria?

Ao seu lado, Ga percebeu de repente as crianças paradas de pés descalços na grama molhada. O cachorro estava entre os dois com uma capa amarrada ao pescoço.

— Aonde ela foi? – perguntou o menino.

Ga virou-se para os dois.

— Algum carro já veio pegar sua mãe no meio da noite? – Ga quis saber.

A menina olhou para a estrada escura. Ele se ajoelhou para olhá-los nos olhos.

– Chegou a hora de contar uma história séria a vocês – ele disse, virando-os de volta para a luz que vinha da casa. – Quero que os dois vão para a cama, estarei lá em alguns minutos.

Depois, ele se virou para a casa do Camarada Buc. Primeiro, precisava de algumas respostas.

O Comandante Ga entrou pela porta lateral e acendeu um fósforo na cozinha de Buc. A mesa de cortar estava limpa, a banheira, seca e virada para a noite. Ele ainda sentia o cheiro de feijões fermentados. Foi até a sala de jantar, que parecia pesada e escura. Com a unha do polegar, acendeu outro fósforo, e começou a examinar móveis antigos, retratos na parede, paramentos militares e a porcelana chinesa da família, coisas que ele não percebera quando se sentara à mesa e passara as tigelas de pêssegos. A casa de Sun Moon não tinha nada disso. Na parede de Buc havia uma prateleira de cachimbos longos e finos que compunham a história da ascendência masculina da família. Ga sempre pensara ser algo aleatório quem vivia e quem morria, quem era rico e quem era pobre, mas estava claro que a linhagem deles remontava à Corte de Joseon, que eles eram descendentes de embaixadores, acadêmicos e pessoas que haviam lutado na guerrilha ao lado de Kim Il-sung. Não era por sorte que os ninguéns dormiam em barracas enquanto os alguéns viviam em casas nos topos das montanhas.

Ele ouviu um som mecânico no aposento ao lado, onde encontrou a esposa do Camarada Buc com o pé no pedal de uma máquina de costura, costurando um vestido branco à luz de velas.

– Yoon cresceu, o vestido não cabe mais – ela disse, observando em seguida a costura que acabara de fazer passando a luz da vela sobre ela. – Suponho que você esteja à procura do meu marido.

Ele observou sua calma, o tipo de calma que vinha de quem conhece o desconhecido.

– Ele está aqui?

— Os americanos chegarão amanhã — ela respondeu. — Ele passou a semana trabalhando até tarde, acertando os últimos detalhes do seu plano para recepcioná-los.

— O plano é do Querido Líder — ele disse. — Você ouviu um carro chegar? Ele levou Sun Moon.

A mulher do Camarada Buc virou o vestido pelo avesso para inspecionar o outro lado da costura.

— O vestido de Yoon agora vai passar para Jia — ela disse. — O vestido de Jia logo caberá em Hye-Kyo, e o de Hye-Kyo vai ter de esperar por Su-Kee, que mal parece crescer.

Ela voltou a pressionar o pedal.

— Logo eu poderei dobrar outro vestido de Su-Kee e me desfazer dele. É assim que marco nossa vida. Quando eu estiver velha, é o que espero deixar para o mundo: uma série de vestidos nunca usados.

— O Camarada Buc está com o Querido Líder? Você sabe onde eles podem estar? Tenho um carro. Se soubesse onde ela está, eu poderia...

— Não dizemos nada um ao outro — ela disse. — É assim que mantemos nossa família em segurança. É assim que protegemos um ao outro.

Ela arrancou uma costura e depois virou o vestido sob a agulha.

— Meu marido diz que eu não deveria me preocupar, que você lhe fez uma promessa, que por causa da sua palavra nenhum de nós está em perigo. É verdade? Você fez uma promessa?

— Fiz.

Ela olhou para ele, balançando a cabeça em sinal de entendimento.

— Contudo ainda assim é difícil saber o que nos aguarda no futuro. Esta máquina foi presente de casamento. Eu não imaginava que um dia costuraria esse tipo de roupa quando fiz meus votos.

— Quando chegar a hora — ele disse —, o que você estará usando terá alguma importância?

— Antigamente eu deixava minha máquina de costura na janela — ela disse —, para poder contemplar o rio. Quando eu era criança, costumávamos pegar tartarugas no Taedong e soltá-las com slogans políticos pintados nos cascos. Costumávamos pescar e entregar os peixes todas as noites aos veteranos de guerra. Sabe todas as árvores que estão derrubando agora? Fomos nós que plantamos. Acreditávamos que éramos as pessoas mais sortudas da nação mais sortuda. Agora todas as tartarugas foram comidas, e no lugar de peixes há apenas enguias de água doce. Nosso país se tornou um animal. Minhas meninas não partirão como animais.

Ga queria lhe dizer que em Chongjin não havia nada dessa coisa de bons e velhos tempos. Em vez disso, falou:

– Na América as mulheres têm um tipo de costura em que contam uma história. Diferentes tipos de tecido são costurados juntos para contar algo sobre a vida da pessoa.

A esposa do Camarada Buc tirou o pé do pedal.

– E que história seria? – ela perguntou. – A história sobre um homem que vem e destrói tudo que você tem? Onde eu encontraria o tecido para contar como ele mata seu vizinho, ocupa seu lugar e envolve seu marido num jogo que lhe contará tudo?

– Está tarde – disse o Comandante Ga. – Desculpe incomodar.

Ele virou-se para partir, mas ela parou-o na porta.

– Sun Moon levou alguma coisa? – ela perguntou.

– Um tabuleiro de *chang-gi*.

A esposa do Camarada Buc balançou a cabeça afirmativamente.

– À noite – ela disse – é quando o Querido Líder procura inspiração.

Ga deu uma última olhada no tecido branco e pensou na menina que o usaria.

– O que vocês dizem a elas? – ele perguntou. – Quando vestem os vestidos pelas cabeças delas, o que lhes dizem? Elas sabem a verdade? Que vocês estão treinando para o fim?

Ela pousou os olhos nele por um momento.

– Não posso roubar-lhes o futuro – ela disse. – É a última coisa que quero. Quando eu tinha a idade de Yoon, aos domingos o sorvete era grátis no Parque Mansu. Eu ia lá com meus pais. Agora o carro de sorvete pega crianças e as manda para os campos 9-27. As crianças não deveriam passar por isso. Para manter minhas filhas longe disso, digo que os pêssegos são a melhor sobremesa do mundo, que temos os melhores pêssegos em lata de Pyongyang, e que um dia, quando a família Buc estiver muito feliz, faremos um banquete de pêssegos que terão um gosto muito melhor do que todos os sorvetes da Coreia.

Brando levantou a cabeça quando Ga entrou no quarto. O cachorro não estava mais de capa. O menino e a menina estavam ao pé da cama com expressões preocupadas. Ga sentou-se no chão entre os dois.

Sobre a lareira estava a lata de peixes que ele levaria consigo no dia seguinte. Como começar o que tinha para lhes contar? Ele decidiu simplesmente respirar fundo e começar.

– Às vezes as pessoas machucam umas às outras – ele disse. – É algo muito triste.

As crianças olhavam para ele.

–- Algumas pessoas machucam outras como profissão. Ninguém gosta disso. Bem, pelo menos a maioria de nós não gosta. A história que tenho para contar é sobre o que acontece quando duas pessoas, dois homens que machucam os outros, se encontram.

– Você está falando sobre taekwondo? – perguntou o menino.

Ga precisava encontrar uma forma de explicar-lhes como havia matado seu pai, por pior que aquilo fosse. Se eles partissem para a América acreditando na mentira de que seu pai ainda estava vivo, que ele era tão grande quanto a propaganda anunciava, nas memórias das crianças era isso que ele se tornaria. Ele se tornaria de bronze, e sobraria pouco do homem que realmente fora. Sem a verdade, ele seria apenas mais um nome famoso cinzelado na base da estátua. Ali estava a única chance de saber quem o pai deles realmente era, uma chance que o próprio Ga jamais tivera. O mesmo podia ser dito da casa: sem saber dos DVDs escondidos, do conteúdo do laptop, do significado das luzes azuis à noite, a casa deles no Monte Taesong se tornaria aquarela em suas memórias, tão artificial quanto a imagem de um cartão-postal. E se eles não soubessem qual havia sido o verdadeiro papel dele em suas vidas, o próprio Ga não seria mais nada em suas lembranças além de um hóspede que passou algum tempo em sua casa por um motivo desconhecido.

Não obstante, ele não queria magoá-los. Não queria ir contra a vontade de Sun Moon. E, acima de tudo, ele não queria colocá-las em perigo influenciando no comportamento que teriam no dia seguinte. Se ele pudesse revelar a verdade no futuro, ter uma conversa com os dois quando estivessem mais velhos. Ele precisava de uma garrafa com uma mensagem dentro que eles só poderiam decifrar anos depois.

A menina falou:

– Você descobriu o que aconteceu com a minha mãe?

– Sua mãe está com o Querido Líder – ele respondeu. – Tenho certeza de que ela está a salvo e que logo estará em casa.

– Talvez eles tenham uma reunião sobre um filme – a menina disse.

– Talvez – concordou Ga.

– Espero que não – interveio o menino. – Se ela fizer outro filme teremos de voltar para a escola.

– Eu quero voltar para a escola – disse a menina. – Eu tirava notas muito boas em Teoria Social. Você quer ouvir o discurso que Kim Jong-il fez no dia 15 de abril do Juche 86?

– Se sua mãe tiver de fazer outro filme – perguntou Ga –, quem vai tomar conta de vocês?

– Um dos servos do nosso pai – respondeu a menina. – Sem ofensa.

– Seu pai – disse Ga. – É a primeira vez que vocês falam dele.

– Ele está numa missão – disse a menina.

– Uma missão secreta – acrescentou o menino. – Ele sai em muitas missões.

O Comandante Ga respirou fundo.

– Para entender a história que vou contar, vocês precisam saber algumas coisas. Vocês já ouviram falar em um túnel de incursão?

– Um túnel de incursão? – perguntou a menina com um olhar distante.

Ga disse:

– E em minério de urânio?

– Conte-nos outra história de cachorro – disse o menino.

– É! – concordou a menina – Desta vez faça-o ir para a América, onde ele come comida enlatada.

– E fale dos cientistas outra vez – acrescentou o menino.

O Comandante Ga pensou um pouco. Ele se perguntou se poderia contar uma história que parecesse natural para eles, mas no futuro, com alguma reflexão, pudesse conter o tipo de mensagem que procurava.

– Uma equipe de cientistas recebeu ordens para encontrar dois cachorros – ele começou. – Um tem de ser o mais esperto da Coreia do

Norte, enquanto o outro tem de ser o mais corajoso. Os dois cachorros seriam enviados juntos numa missão ultrassecreta. Os cientistas visitaram todos os criadouros de cachorros do país e depois inspecionaram os canis de todas as prisões e bases militares. Primeiro, pediam aos cachorros que fizessem cálculos em um ábaco com as patas. Depois, os cachorros tinham de enfrentar um urso. Como todos os cachorros fracassaram nos testes, os cientistas sentaram-se no meio-fio com as mãos na cabeça com medo de contar aos ministros.

– Mas eles não haviam testado Brando – protestou o menino.

Ao ouvir seu nome, Brando agitou-se em seu sono, mas não acordou.

– É verdade – disse o Comandante Ga. – Por acaso, nesse momento Brando andava pela rua com um penico na cabeça.

O menino deu uma forte gargalhada, e até a menina exibiu um sorriso. De repente Ga viu uma utilidade melhor para a história, que os ajudasse agora e não mais tarde. Se na história ele colocasse o cachorro para ir para a América escondido em um barril sendo carregado num avião americano, poderia implantar nas crianças instruções básicas para a fuga do dia seguinte – como entrar nos barris, como ficarem quietas, que tipo de movimentos esperarem e quanto tempo deveriam aguardar para pedir que os tirassem de lá.

– Um penico – repetiu o menino. – Como isso aconteceu?

– Como você acha que aconteceu? – perguntou Ga.

– Eca! – exclamou o menino.

– O pobre Brando não sabia quem havia apagado as luzes – disse Ga. – Tudo ecoava dentro do penico. Ele estava andando pela estrada batendo em todas as coisas, mas os cientistas acharam que ele havia vindo para fazer os testes. "Um cachorro se voluntariando para enfrentar um urso? Que corajoso!", pensaram os cientistas. "E como foi esperto em usar uma armadura!"

Tanto o menino como a menina se dobraram de rir. Já não havia mais preocupação em seus rostinhos, e Ga pensou que talvez fosse melhor que a história não tivesse propósito algum, que não fosse mais nada além do que era: espontânea e original à medida que se aproximava da conclusão.

– Os cientistas abraçaram uns aos outros em comemoração – continuou Ga. – Eles anunciaram pelo rádio para Pyongyang que haviam encontrado o cachorro mais extraordinário do mundo. Quando os satélites espiões americanos interceptaram essa mensagem, eles...

O menino estava puxando a manga de Ga, ainda com um grande sorriso no rosto. Contudo, mesmo sorrindo, sua expressão agora assumira de certo modo um tom de gravidade.

– Quero lhe contar algo – ele disse.

– Estou ouvindo – respondeu Ga.

Mas então o menino ficou em silêncio e olhou para baixo.

– Vá em frente – disse a menina ao irmão.

Quando ele não respondeu, ela disse a Ga:

– Ele quer lhe dizer o nome dele. Nossa mãe disse que não tem problema se é o que queremos.

Ga olhou para o menino.

– É isso que você quer me contar?

O menino balançou a cabeça afirmativamente.

– E você? – perguntou Ga à menina.

Ela também olhou para baixo.

– Acho que sim – respondeu.

– Não precisa – disse Ga. – Nomes vêm e vão. Nomes mudam. Eu nem tenho nome.

– É verdade? – perguntou a menina.

– Acho que tenho um nome verdadeiro – disse Ga. – Mas não sei qual é. Se minha mãe me deu um nome antes de me deixar no orfanato, ele desapareceu.

– Orfanato? – indagou a menina.

– Um nome não é uma pessoa – disse Ga. – Não me lembro de ninguém pelos nomes. Para manter alguém vivo, para colocar a pessoa dentro de si, você deve colocar o rosto dela no seu coração. Então, não importa onde você esteja: ela sempre estará ao seu lado, pois fará parte de você.

Ele colocou as mãos nos ombros das crianças.

– São vocês que importam, não seus nomes. São vocês dois que eu nunca vou esquecer.

– Você está falando como se fosse embora – disse a menina.
– Não – respondeu Ga – Vou ficar bem aqui.
O menino levantou os olhos e sorriu. Ga perguntou:
– Bem, onde estávamos?
– Os espiões americanos – respondeu o menino.

Notícias tristes, cidadãos, pois o camarada mais velho da nossa nação morreu aos 135 anos. Faça uma jornada tranquila para o além, velho amigo, e lembre-se com carinho dos seus dias na nação mais feliz, com a maior expectativa de vida do mundo! Não se esqueçam, cidadãos, de tirar um momento hoje para um gesto em honra da pessoa mais velha do seu bloco residencial. Carreguem seus blocos de gelo pelas escadas ou os surpreendam com uma tigela de sopa de broto de cebolinha. E lembrem-se: não muito picante!

E um alerta, cidadãos, contra tocar quaisquer balões que por acaso atravessem a zona desmilitarizada. O Ministério da Segurança Pública concluiu que o gás usado para fazer esses balões flutuarem com as mensagens de propaganda que eles carregam é na verdade um gás nervoso letal que tem o propósito de matar quaisquer civis inocentes que encontrar pelo caminho.

Mas também temos boas notícias, cidadãos! O notório ladrão de limpa-vidros da cidade foi capturado. Solicita-se a presença de todos os cidadãos amanhã no estádio de futebol. E mais boas notícias: carregamentos de sorgo começaram a chegar do campo. Procurem a estação de distribuição de ração mais próxima para receber porções generosas desse delicioso cereal. O sorgo não apenas fortalece a bexiga, mas também é bom para a virilidade masculina. A destilação do sorgo para a produção de *goryangju* foi proibida este ano. Preparem-se para inspeções aleatórias a recipientes de barro.

E agora talvez o que é a melhor notícia de todas, cidadãos: o próximo capítulo da Melhor História Norte-Coreana deste ano está começando. Ao nos aproximarmos da conclusão da história, os ouvintes já pedem por mais! Contudo não haverá uma sequência, cidadãos. A conclusão desta história terá um desfecho eterno.

Esqueçam-se por um momento, cidadãos, de que estão fabricando roupas de vinalon ou operando um torno mecânico. Em vez disso, imaginem esta cena: está tarde, a lua prateada brilha, enquanto lá embaixo Pyongyang dorme. Um carro percorre as ruas iluminando as estruturas magníficas da cidade com seus faróis em direção ao norte na estrada para o aeroporto. Logo à frente está o Estúdio Cinematográfico Central, as maiores instalações de produção cinematográfica da Terra. Aqui, hectares de barracões Quonset em uma cadeia de capacidade cinematográfica sem paralelos. E foi aí que o veículo parou. Dele saiu ninguém menos que Sun Moon, a mulher para quem essas instalações existem.

As portas de ferro batido se abriram para ela, e uma luz forte emanava lá de dentro. Banhado por esse brilho agradável, esperando para recebê-la, surgiu ninguém menos que a figura mais carismática de todo o mundo: o Venerável General Kim Jong-il. Ele abriu os braços para ela, e juntos eles trocaram gestos de apoio socialista.

O cheiro da comida texana era forte – grandes fatias de lombo de porco e a massa que chamam de *mac-a-roni*. Quando o Querido Líder a convidou a entrar, Sun Moon deparou com música, ginástica e empilhadeiras sincronizadas!

– Pensei que o espetáculo para receber os americanos seria realizado no aeroporto – ela disse.

– E será – respondeu o Querido Líder. – Mas nossos preparativos precisam ocorrer num ambiente fechado. – Ele apontou para o céu. – Para nos salvaguardar de olhos espiões.

O Querido Líder pegou os braços dela e os apertou por sobre o cetim.

– Você está saudável, certo? Está tudo bem?

– Não preciso de nada, Querido Líder – foi a resposta.

– Esplêndido – ele respondeu. – Agora me conte sobre a americana. Quantas barras de sabonete foram necessárias para limpar nossa garota sujinha?

Sun Moon começou a falar.

– Não, não me diga, não ainda – o Querido Líder interrompeu. – Guarde sua opinião sobre ela para depois. Primeiro, tenho algo para você, um presentinho.

Os dois começaram a atravessar o estúdio. Perto dos compartimentos à prova de choque dos filmes, o Pochonbo Electronic Ensemble havia ligado seus instrumentos e tocavam seu último sucesso, "Arco-íris da Reunificação". Ao som da música as empilhadeiras dançavam um balé com doações de alimentos para a América, as cargas erguidas no alto enquanto circulavam, rodavam e davam marcha a ré numa alegre sincronia ao som de uma música animada. O mais impressionante, no entanto, era um exército de crianças ginastas de uniformes coloridos. Cada criança tinha por seu parceiro um barril de 100 litros. As crianças rodavam os barris como peões, dando a impressão de que rodavam sozinhos, e então – surpresa! – as crianças logo estavam sobre eles, rodando-os com os pés em uníssono em direção às empilhadeiras, onde os barris seriam empilhados e colocados no avião americano. Digam-nos, cidadãos: os famintos já foram alimentados com tanta precisão e alegria?

Quando se aproximaram de três *choson-ots* exibidos em manequins, Sun Moon segurou o fôlego diante de tanta beleza. Ela parou diante deles.

– Esse presente é um exagero! – ela disse, admirando o trio de vestidos de cetim, cada um quase metálico de tanto brilho: um branco, um azul e um vermelho.

– Ah, os vestidos? – disse o Querido Líder. – Eles não são o presente. Você os usará amanhã, as cores da bandeira da República Popular Democrática da Coreia do Norte. O branco quando cumprimentar os americanos, o azul quando apresentar seu blues em homenagem à Remadora. E o vermelho você usará para escoltar a Remadora ao seu destino na América. É isso que acontecerá, certo? É o que quer fazer?

– Não vou usar um dos meus próprios vestidos? – ela perguntou. – Já escolhi um.

– Temo que isso já esteja decidido – ele disse. – Então, por favor, sem tristeza.

Ele tirou do bolso um envelope e deu a ela.

De dentro dele ele tirou dois ingressos.

– O que é isso? – ela perguntou.

– Faz parte do presente – ele respondeu. – Uma amostra do que tenho guardado para você.

Examinando-os, ela viu que eram ingressos oficiais para a estreia de *Mulher de Conforto*.

– Meu filme – ela disse.

Sem querer acreditar, ela perguntou:

– Meu filme finalmente será exibido nos cinemas?

– Toda Pyongyang estará na plateia – o Querido Líder garantiu. – Se por alguma razão o dever chamar seu marido para uma missão, você me daria a honra de se juntar a mim em meu camarote?

Sun Moon olhou nos olhos do Querido Líder. Ela não conseguia entender por que alguém tão poderoso e generoso ajudaria uma cidadã tão humilde quanto ela. Mas quando se trata do Querido Líder, cidadãos, lembrem-se de que tudo é possível. Lembrem-se de que seu único desejo é proteger cada um de vocês em seu abraço eterno.

– Venha – disse o Querido Líder. – Há mais.

Sun Moon podia ver que uma pequena orquestra se reunira do outro lado do estúdio. Os dois foram na direção da orquestra, passando por vários objetos cênicos, todos familiares para ela: uma fileira de jipes americanos e pilhas de uniformes de soldados americanos tirados dos imperialistas mortos durante a guerra. E ali estava uma maquete do Monte Paektu, o local de nascimento do glorioso líder Kim Jong-il, nascido tão perto do sol! Paektusan, que seus picos magistrais sempre se estendam para o céu!

Enquanto eles avançavam o Querido Líder falou:

– Agora chegou a hora de conversar sobre o seu próximo filme.

– Tenho ensaiado minhas falas – ela falou.

– Para *O Último Sacrifício*? – ele perguntou. – Jogue aquele roteiro fora. Mudei de ideia: uma história sobre um marido substituto não é para você. Venha ver, venha ver seus novos projetos.

Eles chegaram a molduras cercadas por músicos de smoking. E lá, também de smoking, estava Dak-ho, cineasta do Estado. Por causa de sua ressonante voz de tenor, ele interpretou as trilhas sonoras de todos os filmes de Sun Moon. Dak-ho tirou um pano de linho da primeira moldura e lá estava o pôster em miniatura do próximo filme de Sun Moon. Ele exibia uma Sun Moon encantadora, mal se contendo em seu uniforme, envolvida pelos braços de um oficial naval, os dois encimados por uma auréola de torpedos. Contudo – surpresa, cidadãos! – o oficial que a abraçava estava usando um uniforme sul-coreano!

– *A Frota do Demônio* – anunciou Dak-ho, sua voz robusta e profunda.

A orquestra começou a tocar o tema do futuro filme, que era tenso e sombrio.

– Em um mundo de perigo e intriga – continuou Dak-ho –, uma mulher descobrirá que um coração puro é a única arma capaz de repelir a ameaça imperialista. A única sobrevivente de um ataque sul-coreano ilegal ao seu submarino, Sun Moon é "resgatada" pelo navio de guerra dos atacantes. Cativa do capitão da Coreia do Sul, ela é pressionada a revelar as defesas da frota da República Popular Democrática da Coreia do Norte. Lentamente, contudo, ela começa a mostrar ao seu belo captor como na verdade é ele quem é prisioneiro, enjaulado pelas manipulações do regime americano. Num clímax incrível, ele aponta as armas para o verdadeiro inimigo.

O Querido Líder deu um sorriso largo.

– O submarino que usaremos para as cenas de abertura já está ancorado no Taedong – ele disse. – E agora mesmo, enquanto conversamos, um destacamento inteiro está na água à procura do helicóptero apropriado da Coreia do Sul para capturar.

O Querido Líder estalou os dedos e o pano do segundo pôster caiu.

Violinos começaram um refrão forte e inspirador.

– "A Parede Flutuante" – começou Dak-ho, mas o líder interrompeu-o.

– Este é um filme biográfico sobre a primeira mulher Pubyok – disse o querido Líder, apontando para a bela e determinada mulher no pôster.

Ele apontou para o distintivo dela, que brilhava, enquanto seus olhos estavam fixados num horizonte melhor.

– Nesse papel você receberá resultados, resolvendo casos e provando que uma mulher pode ser tão forte quanto um homem.

O Querido Líder virou-se para ela à espera da sua reação.

Sun Moon apontou para o pôster.

— Mas o cabelo dela — disse — está tão curto.

— Eu mencionei que é uma história real? — ele perguntou. — Uma mulher realmente foi admitida na 42ª Divisão pouco tempo atrás.

Sun Moon abanou a cabeça.

— Não posso fazer um papel com o cabelo tão curto — ela disse.

— A personagem é uma Pubyok — retorquiu o Querido Líder. — Portanto, tem de ser curto. Você nunca fugiu da autenticidade, praticamente vive seus papéis. — Ele esticou a mão e tocou o cabelo dela. — Ele é lindo, mas é preciso fazer sacrifícios.

O último pôster continuava coberto quando o rosto de Sun Moon se encheu de tristeza. Apesar de ter se esforçado para evitar, ela começou a chorar. Com os braços cruzados, virou-se e estava prestes a ir embora.

Vejam, cidadãos, como sua sensibilidade é delicada. O cidadão atento pode ver que ninguém é suficientemente puro para interpretar esses papéis, que se alguém roubasse Sun Moon de nós estaria roubando junto com ela essas personagens maravilhosas. Os próprios filmes seriam roubados da posteridade. Sequestrado também seria o próprio futuro do cinema da nossa nação, que pertence não apenas aos nossos patrióticos cidadãos, mas ao mundo inteiro!

O Querido Líder se aproximou.

— Por favor, diga que estas são lágrimas de alegria.

Chorando, Sun Moon confirmou com a cabeça.

— O que foi? — ele perguntou. — Vamos, me conte.

— Só estou chorando porque minha mãe não poderá assistir à estreia de *Mulher de Conforto* — ela respondeu. — Depois que se aposentou e foi para Wonsan, ela nunca mais escreveu, nem uma vez. Eu estava agora mesmo imaginando como minha mãe receberia *Mulher de Conforto*, como seria sua reação ao assistir à história da própria mãe na tela do cinema.

— Não se preocupe, vou resolver isso. A única coisa que falta à sua mãe provavelmente é papel, ou talvez as entregas do correio para a costa leste tenham atrasado. Darei um telefonema esta noite. Confie em mim, posso fazer qualquer coisa acontecer. Você terá cartas datilografadas pela sua mãe ao pôr do sol de amanhã.

— Isso é verdade? — ela perguntou. — Você realmente pode fazer qualquer coisa?

O Querido Líder usou os dedos para limpar as lágrimas de Sun Moon.

— É difícil acreditar que você chegou aonde chegou — ele disse. — Às vezes, também esqueço isso. Você se lembra de quando coloquei os olhos em você pela primeira vez? — Ele abanou a cabeça diante da memória de um momento ocorrido havia tanto tempo. — Você na época nem se chamava Sun Moon ainda. — Enfiou a mão entre os cabelos dela e tocou sua orelha. — Lembre-se de que você não deve ter segredos para mim. É para isso que estou aqui, sou a pessoa para quem você deve se revelar. Basta me dizer do que precisa.

— Por favor — ela disse. — Dê-me a alegria de ver minha mãe na estreia do filme.

Cidadãos, cidadãos. Vivemos em uma cultura que respeita os idosos, que garante que eles tenham o descanso e a solidão necessários em seus últimos anos de vida. Depois de uma vida de trabalho, eles não merecem um pouco de tranquilidade? A maior nação do mundo não pode reservar um pouco de silêncio para os idosos? Certamente nós todos gostaríamos que nossos pais fossem vigorosos para sempre, que nunca nos deixassem. Mas, Sun Moon, ouça o povo torcer o nariz para você. Veja o quanto está sendo egoísta colocando o fardo de uma árdua viagem nos ombros da sua mãe, uma viagem em que ela pode até perecer, simplesmente para satisfazer seu próprio prazer. Mas não temos mais nada a fazer senão ceder. Podemos negar alguma coisa a Sun Moon? Ela é uma exceção, tão pura ela é.

— Ela estará na fileira da frente — disse-lhe o Querido Líder. — Eu garanto.

Cidadãos, se o Querido Líder diz que é possível, está garantido. Agora nada poderia impedir que a mãe de Sun Moon comparecesse à estreia. Somente um incidente completamente imprevisível — um acidente de trem ou uma inundação — poderia impedir uma reunião tão alegre. Nada, com exceção de uma quarentena de difteria ou um ataque militar de surpresa, poderia impedir que o sonho de Sun Moon se realizasse!

Num gesto de apoio socialista, o Querido Líder colocou a mão no ombro dela.

– Eu não cumpri todas as regras? – ele perguntou.

Ela ficou em silêncio.

– Tenho de tê-la de volta – ele disse. – Precisamos renovar nosso acordo.

– Foi um acordo – ela disse.

– Sim, isso mesmo. E eu não cumpri o meu lado, não respeitei suas regras? – ele perguntou. – Que eu nunca a forçasse a fazer nada, não era a regra número um? Responda, alguma vez já fiz alguma coisa contra a sua vontade? Você pode citar alguma coisa que eu tenha obrigado você a fazer?

Ela abanou a cabeça.

– Isso mesmo – ele disse, o tom de voz mais alto. – É por isso que você tem de se decidir por voltar, e deve decidir agora. Chegou a hora.

A voz dele tornara-se incisiva, tamanho era o seu zelo paternal por ela. Ele parou por um momento, e em seguida voltou a sorrir.

– Sim, sim, você apresentará um novo conjunto de regras, tenho certeza. Serão regras especiais, de uma complexidade praticamente impossível. Já posso imaginar a alegria no seu rosto quando você as listar para mim, mas concordo com elas agora mesmo, aceito todas as regras com antecedência.

Ele abriu os braços o máximo que podia.

– Apenas volte. Será como nos velhos tempos. Brincaremos de *Iron Chef* com a equipe da cozinha e você me ajudará com as cartas dos fãs. Pegaremos meu trem sem destino e passaremos a noite no vagão do caraoquê. Inventaremos novos tipos de sushi, você não sente falta disso? Lembra-se de quando jogávamos *chang-gi* às margens do lago? Poderíamos fazer um torneio neste final de semana enquanto seus filhos passeiam nos meus jet skis. O que você acha?

– Está no carro – ela disse.

O Querido Líder sorriu.

– Onde paramos na nossa série? – ele perguntou. – Não consigo lembrar qual era o placar.

– Quando paramos, acho que você estava alguns jogos à minha frente.

– Você não estava me deixando ganhar, não é mesmo? – ele perguntou.

– Pode ficar tranquilo, não tenho piedade – ela respondeu.

– Esta é a minha Sun Moon.

Ele limpou o que restava das suas lágrimas.

– Componha uma música para a despedida da nossa Remadora. Por favor, cante-a para nós. Use o *choson-ot* vermelho para mim, ok? Diga-me que o usará. Apenas o experimente, experimente e amanhã mandaremos a americana para qualquer que seja o lugar esquecido de onde ela veio.

Sun Moon baixou os olhos. Então, concordou com a cabeça lentamente.

O Querido Líder também balançou a cabeça.

– Sim – ele disse suavemente.

Depois, levantou um sineiro, e quem chegou rapidamente montado numa empilhadeira? – o Comandante Buc, a testa pingando de suor. Não olhem para ele, cidadãos! Desviem os olhos do seu sorriso falso e traiçoeiro.

– Para guardarmos a modéstia de Sun Moon – disse o Querido Líder –, ela precisará de um camarim para trocar de roupa no aeroporto.

O Camarada Buc respirou fundo.

– Providenciaremos o melhor para ela – respondeu.

O Querido Líder pegou o braço dela e virou-a em direção às luzes e à música.

– Venha – ele disse. – Tenho um último filme para lhe mostrar. A visita dos americanos me fez pensar sobre caubóis e justiça de fronteira. Portanto, escrevi o roteiro de um filme de Velho Oeste. Você interpretará a sofrida esposa de um vaqueiro texano que está sendo explorado por latifundiários capitalistas. Quando um xerife corrupto acusa o vaqueiro de roubar gado...

Ela interrompeu-o.

– Prometa que nada acontecerá com ele.

– Quem? O vaqueiro?

– Não, meu marido. Ou quem quer que ele seja – ela disse. – Ele tem um bom coração.

– Neste mundo – disse o Querido Líder – ninguém pode fazer uma promessa como essa.

O Comandante Ga fumava na varanda, os olhos apertados observando a estrada escura lá embaixo, à procura de qualquer sinal do carro que traria Sun Moon de volta para ele. Ouviu o latido distante de um cachorro no zoológico, então se lembrou de um cachorro latindo numa praia anos atrás, parado como uma sentinela entre as ondas à espera de alguém que jamais voltaria. Há pessoas que entram em nossas vidas e nos custam tudo. A esposa do Camarada Buc estava certa em relação a isso, e ele se sentia péssimo por ser uma dessas pessoas. Ele fora aquele que tira; fora quem é tirado; e fora quem fica para trás. Agora, descobriria como era ser os três ao mesmo tempo.

Ga apagou o cigarro. Havia sementes de aipo na amurada da armadilha para pássaros do menino. Ga pegou-as entre os dedos enquanto olhava para a cidade escura. Sob ela, por outro lado, havia um labirinto de bunkers iluminados, e num deles, ele tinha certeza, estava Sun Moon. Quem tivera a ideia para um lugar assim? Quem planejara aquilo tudo? Quão feia e ridícula era a ideia de uma colcha de retalhos para a esposa do Camarada Buc. Onde estava o padrão, qual era o tecido apropriado, quem estaria disposto a costurar a história daquele lugar? Se ele havia aprendido alguma coisa sobre o verdadeiro Comandante Ga usando suas roupas e dormindo em sua cama era o fato de que ele fora feito por este lugar. Na Coreia do Norte, você não nascia: você era feito. E o homem responsável por fazer as pessoas estava trabalhando esta noite. As sementes na amurada levavam até um montinho de sementes. Lentamente Ga esticou a mão até ele. De onde, ele se perguntou, a esposa do Camarada Buc tirava tanta tranquilidade diante de tudo aquilo? Como ela sabia o que tinha de ser feito? De repente, um galho se contorceu, uma pedra caiu, um fio apertou, e então a pequena armadilha apertou o dedo de Ga.

Ele vasculhou a casa à procura de informações: para que, de que tipo, ele não sabia. Percorreu a coleção de vinhos de arroz do Comandante Ga, tocando cada garrafa. Subiu numa cadeira, e com a ajuda de uma vela estudou uma variedade de pistolas espalhadas no compartimento superior. No túnel, percorreu todos os DVDs com os olhos à procura de um que estivesse relacionado à sua situação, mas aparentemente os americanos não produziam esse tipo de filmes. Ele estudou as capas dos DVDs e leu os créditos, mas onde estava o filme que não tinha início, tinha um meio inexorável e vários fins? Ler em inglês fazia seus olhos doerem, e então ele começava a também pensar em inglês, o que o forçava a pensar no dia seguinte – e, pela primeira vez em muito tempo, foi tomado por um forte medo. Ele continuaria pensando em inglês até ouvir a voz de Sun Moon.

Quando o carro dela finalmente chegou, ele estava deitado na cama, deixando que a respiração das crianças – inconsciente, elementar – o acalmasse. Ele ouviu-a entrando no escuro e se servir de um copo d'água na cozinha. Quando ela abriu a porta do quarto, ele pegou a caixa de fósforos e acendeu um.

– Não – ela disse.

Ele teve medo de que de algum modo ela tivesse sido ferida, que seu corpo tivesse marcas e ela estivesse tentando escondê-las.

– Você está bem?

– Estou ótima – ela disse.

Ele a ouviu se trocando para vestir sua roupa de dormir. Apesar de estar escuro, ele podia visualizá-la, o modo com que ela tirava as roupas e as colocava sobre uma cadeira, como se equilibrava com a mão na parede para vestir a roupa que usaria para dormir. Ele podia senti-la no escuro, tocando os rostos das crianças, certificando-se de que elas estavam bem e dormindo profundamente.

Quando ela se deitou e se cobriu, ele acendeu uma vela, e lá estava ela, iluminada pela luz dourada.

– Para onde ele a levou? – ele perguntou. – O que ele fez com você?

Ele estudou seu rosto à procura de um sinal do que pudesse ter acontecido.

– Ele não me machucou – ela disse. – Simplesmente me mostrou um vislumbre de como será o futuro.

Ga viu os três *choson-ots* pendurados na parede: um vermelho, um branco e um azul.

– E aquilo faz parte do futuro? – perguntou.

– Aqueles são os vestidos que usarei amanhã. Não vou parecer aquelas guias patriotas do Museu da Guerra?

– Você não ia usar um dos seus próprios vestidos, o prateado?

Ela balançou a cabeça.

– Então você deixará o país parecendo a dançarina que ele quer que seja – disse Ga. – Sei que não é assim que você gostaria de ir, mas o mais importante é que você vai. Você não está começando a dar para trás, não é mesmo? Ainda vai, não é?

– Ainda vamos, certo? – ela disse. Foi então que algo chamou sua atenção. Ela olhou para a lareira vazia. – Onde estão os pêssegos?

Ele ficou em silêncio por um momento e depois respondeu:

– Joguei a lata da varanda. Não precisaremos mais deles.

Ela encarou-o.

– E se alguém encontrá-los e comê-los? – perguntou.

– Primeiro abri a lata – ele respondeu – para que todos caíssem.

Sun Moon inclinou a cabeça.

– Você está mentindo para mim?

– É claro que não.

– Ainda posso confiar em você?

– Joguei-os fora porque não vamos seguir aquele caminho – ele disse. – Escolhemos um caminho diferente, um que levará a uma vida parecida com as dos filmes americanos.

Ela se virou para olhar para o teto.

– E você? – ele perguntou. – Por que não quer me contar o que ele fez com você?

Ela puxou o lençol e segurou o tecido com força.

– Ele colocou as mãos em você?

— Neste mundo algumas coisas simplesmente acontecem, e não há nada a ser dito sobre elas.

Ga esperou que ela continuasse, mas ela não continuou.

Depois de algum tempo, ela respirou fundo.

— Chegou a hora de colocarmos cumplicidade na nossa relação — ela disse. — O Querido Líder sabe muitas coisas sobre mim. Quando estivermos salvos em um avião, contarei minha história, se for isso que você quiser. Hoje vou lhe contar as coisas que ele não sabe.

Ela virou a cabeça para a vela e a soprou.

— O Querido Líder não faz ideia de como meu marido e o Comandante Park tramavam contra ele. O Querido Líder não sabe que detesto sua obsessão pelo caraoquê, que nunca cantei uma música por prazer na vida. Ele não faz ideia de que sua esposa costumava me mandar cartas: ela lacrava-as com o sinete dele para me fazer abri-las, mas eu nunca abri. Ele não poderia jamais saber como me desligo quando ele começa a me confessar seus terríveis segredos. Eu jamais diria a ele como o odiei quando você me fez comer uma flor, como o odiei por me fazer quebrar o juramento que fiz de jamais voltar a comer como alguém que está morrendo de fome.

Ga queria acender a vela para saber se ela estava com raiva ou com medo.

— Se eu soubesse...

— Não me interrompa — ela disse. — Não conseguirei continuar se você me interromper. Ele não sabe que o bem mais precioso da minha mãe era uma cítara de 17 cordas; víamos nosso reflexo na laca preta do acabamento. Na noite anterior à morte de minha irmã, meu pai encheu o quarto com o vapor de ervas fervidas, enquanto minha mãe nos inundou de música *sanjo*, ardente na escuridão, suando, as cordas de metal brilhando. Era um som que tinha o propósito de desafiar a luz que na manhã seguinte levaria sua filhinha. Mas o Querido Líder não sabe que eu estico o braço para abraçar minha irmãzinha no meio da noite. Sempre acordo depois que não a encontro. Eu jamais contaria a ele como a música que minha mãe tocou naquela noite continua na minha cabeça.

– O Querido Líder conhece o básico da minha história, os fatos dela. Ele sabe que minha avó foi levada para o Japão para servir de mulher de conforto, mas jamais poderia compreender o que ela passou, por que quando ela voltou para casa só havia aprendido músicas de desalento. Como não podia falar sobre os anos que passou no Japão, para ela era importante que suas filhas conhecessem aquelas músicas. E tinha de cantá-las sem a letra – depois da guerra o mero fato de sabermos músicas em japonês podia significar a morte. Mas ela ensinou as notas musicais e a transferir para o som os sentimentos presentes nas palavras omitidas. Foi isso que o Japão lhe ensinou: a fazer uma corda puxada conter uma coisa que está faltando, armazenar em um longo acorde o que fora engolido pela guerra. O Querido Líder não entende essa habilidade que tenho e que ele tanto valoriza.

– Ele não sabe que quando me ouviu cantar pela primeira vez eu estava cantando para a minha mãe, trancada num vagão de trem, uma música para ajudá-la a não se desesperar. Um trem de realocação estava levando centenas de nós para um campo de redenção, todos com as orelhas sangrando. Isso foi depois que minha irmã mais nova foi levada para Pyongyang pela sua beleza; depois que havíamos concordado em família que meu pai tentaria contrabandear minha irmã mais nova; depois que a tentativa fracassou, depois que a perdemos, depois que meu pai foi rotulado como desertor e nos tornamos a família de um desertor, minha mãe e eu. Foi uma longa viagem, o trem avançando tão lentamente que corvos pousavam no teto do vagão, andando de um lado para outro entre os orifícios de ventilação, olhando para nós como se fôssemos grilos que eles não conseguiam capturar. Minha mãe estava em outro vagão. Não era permitido falar, mas podíamos cantar. Eu cantava "Arirang" para que ela soubesse que eu estava bem. Ela repetia a canção para dizer que ainda estava comigo.

– Nosso trem estacionou num trilho paralelo para deixar outro trem passar. Por acaso, era o trem à prova de balas do Querido Líder. Ele parou para que os condutores pudessem discutir sobre os trilhos logo à frente. Espalharam-se rumores pelos vagões, um pânico abafado em relação ao que aconteceria conosco. As vozes se elevaram, especulando sobre o que estava acontecendo com as pessoas dos outros vagões, perguntando-se se elas seriam selecionadas, então comecei a cantar o mais alto que podia, esperando que minha mãe pudesse me ouvir acima dos sons de angústia.

– De repente a porta do vagão se abriu e os guardas bateram num homem, deixando-o de joelhos. Quando lhe disseram que fizesse uma reverência, nós fizemos o mesmo. E então, iluminado ao fundo por uma luz clara, apareceu o Querido Líder.

– "Será que ouvi um passarinho?", ele perguntou. "Digam-me, quem entre vocês é esse pássaro perdido?"

– Ninguém respondeu.

– "Quem pegou nossa melodia nacional e a adornou com tanta emoção?", o Querido Líder voltou a perguntar, andando entre as pessoas ajoelhadas. "Quem é capaz de destilar o coração humano e derramá-lo no vaso do zelo patriótico dessa forma? Por favor, termine a canção. Como pode ela ser cantada sem uma conclusão?"

– De joelhos, comecei a cantar:

Arirang, Arirang, ah-rah-ree-yoh, estou atravessando o Monte Arirang.
Acreditei quando você me disse
Que estávamos indo ao Monte Arirang para um piquenique de primavera.
Arirang, seus pés lhe faltarão antes que você dê dez passos.

– O Querido Líder fechou os olhos e sorriu. Eu não sabia o que seria melhor: agradá-lo ou desagradá-lo. Tudo que eu sabia era que minha mãe não sobreviveria sem mim.

Arirang, Arirang, ah-rah-ree-yoh, Arirang tão só
Com uma garrafa de vinho de arroz escondida debaixo da saia.
Procurei você, meu amor, em nosso lugar secreto, na Floresta de Odong, de Odong.
Arirang, Arirang, me devolva meu amor.

– Quando terminei, o Querido Líder pareceu não ouvir a voz fraca cantando a música em resposta.

– Fui levada para um vagão pessoal cujas janelas eram tão espessas que a luz que entrava por elas era verde e curva. Então ele me pediu que recitasse as falas de uma história que havia datilografado. Chamava-se *Tiranos à Vista*. Como era possível ele não sentir o cheiro de urina em mim, ou o fedor da fome que sobe pela sua garganta e infecta seu hálito? Recitei as palavras, embora naquele estado elas não tivessem significado para mim. Eu mal podia terminar uma frase sem sucumbir.

– No final, o Querido Líder gritou "Bravo" e aplaudiu. "Diga-me", ele disse. "Diga que memorizará minhas falas, diga que aceitará o papel."

– Como ele poderia saber que eu nem entendia o que era um filme, que até então só ouvira transmissões de óperas revolucionárias? Como eu podia saber que no trem do Querido Líder havia outros vagões feitos para propostas muito menos nobres que audições?

– Nesse momento o Querido Líder começou a falar com gestos exagerados, como se estivéssemos em um teatro. "É claro que essa forma de arte é tão sutil", ele acrescentou, "que minhas falas se tornarão suas. As pessoas a verão aparecer na tela e lembrarão apenas da emoção de você trazendo as palavras à vida."

– O trem começou a se mover.

– "Por favor!" – eu gritei. – "Preciso saber se minha mãe está segura."

– "Certamente" – ele disse. – "Pedirei a alguém que dê uma olhada nela."

– Não sei o que deu em mim. Ergui meus olhos e olhei dentro dos dele. "Segura para sempre", acrescentei.

– Ele sorriu surpreso. "Segura para sempre", acrescentou.

– Vi que ele reagia a condições. Ele falava uma língua de regras.

– "Então aceito", eu disse. "Interpretarei sua história."

– Foi esse o momento em que fui "descoberta". Como o Querido Líder gosta de lembrar, como se seu pressentimento aguçado e sua sabedoria tivessem me salvado de uma força natural destrutiva, como um deslizamento de terra. Era uma história que ele gostava de contar ao longo dos anos quando estávamos sozinhos em seu camarote na ópera ou navegando pelo céu em sua gôndola pessoal, essa história da sorte que fez os dois trens se encontrarem. Ele nunca a contou para me agradar, mas para me lembrar do que eu tinha a perder. Era um lembrete de que nunca deixamos de ser quem realmente somos.

– Através da luz verde que entrava pela janela vi o trem que levava a minha mãe parar.

– "Eu sabia que você concordaria", disse o Querido Líder. "Tive um pressentimento. Cancelarei a outra atriz agora mesmo. Enquanto isso, vamos arranjar umas roupas apropriadas para você. E essa orelha precisa de alguma atenção."

No escuro, o Comandante Ga repetiu a palavra "cancelar".

– Cancelar – Sun Moon disse outra vez. – Quantas vezes já pensei na outra garota? Como o Querido Líder poderia saber que ainda fico com as mãos geladas ao pensar nela?

– O que aconteceu com ela? – Ga indagou.

– Você sabe o que aconteceu com ela – respondeu Sun Moon.

Os dois ficaram em silêncio por algum tempo.

– Há outra coisa que o Querido Líder não sabe sobre mim – ela prosseguiu. – Mas é algo que ele saberá em breve.

– O que é?

– Recriarei as músicas da minha avó. Na América descobrirei quais são as palavras que estão faltando e esta música será sobre ele. Ela conterá tudo sobre este lugar, coisas que eu jamais poderia proferir, cada detalhe, e vou cantá-la na principal estação da divisão central de transmissão da América, e o mundo inteiro saberá a verdade sobre ele.

– O restante do mundo sabe a verdade sobre ele – Ga disse.

– Não, não sabe – ela retorquiu. – E não saber até ouvir a história pela minha voz. É uma música que achei que jamais voltaria a cantar.

Sun Moon acendeu um fósforo. Sob a luz dele, ela disse:

– E então você apareceu. Você percebe que o Querido Líder não vê que sou a atriz mais pura do mundo, e não só quando recito suas falas, mas a todo momento? Também é a atriz que tenho lhe mostrado. Mas esta não é quem sou. Embora eu precise atuar o tempo todo, lá dentro sou uma mulher simples.

Ele apagou o fósforo e pegou seu braço, puxando-a para si. Foi o mesmo braço que ele agarrara antes. Desta vez, contudo, ela não o puxou de volta. Seu rosto estava perto do dela e ele sentia sua respiração.

Ela esticou o braço e pegou a camisa dele.

– Mostre-me – ela disse.

– Mas está escuro. Você não conseguirá ver.

– Quero senti-la – ela respondeu.

Ele tirou a camisa e se inclinou em direção a ela, de forma que a tatuagem ficou nas pontas dos dedos dela.

Ela passou a mão sobre seus músculos, sentiu a dilatação das suas costelas.

– Talvez eu devesse fazer uma – ela disse.

– O quê? Uma tatuagem? – ele perguntou. – O que você gostaria de tatuar?

– O que você sugere?

– Depende. Onde você quer fazer a tatuagem?

Ela tirou a camisa e pegou a mão dele, colocando-a com suas duas mãos sobre seu coração.

– O que você acha de eu fazê-la aqui?

Ele sentiu a delicadeza da sua pele, a saliência dos seus seios. Mais do que isso, sentiu na palma da mão o calor do sangue dela e como seu coração bombeava-o para todo o seu corpo, para os braços, as mãos, projetando as batidas para a palma dele, de forma que a sensação era de ser engolfado por ela.

– Essa é fácil – ele disse. – A tatuagem que você deve colocar no seu coração é exatamente o que tem dentro dele.

Inclinando-se para a frente, ele beijou-a. Foi um beijo longo e singular, seus olhos se fecharam quando os lábios dela se abriram. Depois, ela ficou em silêncio, e ele teve medo por não saber o que ela estava pensando.

– Sun Moon, você está aí?

– Estou aqui – ela respondeu. – Uma música passou pela minha cabeça.

– Uma música boa ou ruim?

– Só existe um tipo.

– É verdade que você nunca cantou por prazer?

– Que música você gostaria que eu cantasse? – ela perguntou. – Sobre derramamento de sangue, sobre celebrar o martírio, glorificar mentiras?

– Não há nenhuma música? E se fosse uma de amor?

– Diga-me uma que não foi adaptada para ser sobre o nosso amor pelo Querido Líder.

No escuro, ele passou a mão pelo corpo dela, sentindo a depressão entre a clavícula e o pescoço, a silhueta do seu pescoço, seus ombros.

– Conheço uma música – ele disse.

– Como é?

– Sei apenas a abertura. Ouvi na América.

– Diga-me como é.

– She's the yellow rose of Texas* – ele disse.

– *She's the yellow rose of Texas* – ela cantou.

As palavras em inglês saíam pesadas na boca de Sun Moon. Mas o som da sua voz era belíssimo. Ele tocou seus lábios delicadamente para senti-la cantar aquelas palavras.

– I'm going for to see.

– *I'm going for to see.*

– When I finally find her, I'll have her marry me**.

– Do que a letra fala?

– De uma mulher cuja beleza é como uma flor rara. Um homem sente um grande amor por ela, um amor que guardou a vida inteira, e não importa que ele tenha de fazer uma longa viagem até encontrá-la, não importa se o tempo que eles têm é curto, que logo em seguida ele pode perdê-la, pois ela é a flor do seu coração e nada o impedirá de encontrá-la.

– O homem da música... – ela disse. – Ele é você?

– Você sabe que sou eu.

– Não sou a mulher da música – ela falou. – Não sou atriz, nem cantora, nem uma flor. Sou apenas uma mulher. Você quer conhecer essa mulher? Quer ser o único homem do mundo a conhecer a verdadeira Sun Moon?

– Você sabe que quero.

---

* *Ela é a rosa amarela do Texas.* (N.T.)

** *Estou indo vê-la/Quando finalmente a encontrar, vou me casar com ela.* (N.T.)

Então ela levantou um pouco o corpo para permitir que ele tirasse a última peça de roupa que ela estava usando.

– Você sabe o que acontece com os homens que se apaixonam por mim? – ela perguntou.

Ga parou por um momento para pensar.

– Eles ficam trancados no seu túnel e passam duas semanas se alimentando apenas de caldo?

– Muito engraçado – ela disse. – Mas não.

– Hum... – Ga disse. – Seu vizinho tenta dar botulismo a eles e eles são socados no nariz pelo motorista do Querido Líder?

– Não.

– Ok, desisto. O que acontece com os homens que se apaixonam por você?

Ela ajeitou o corpo de forma que seus quadris ficaram sob os dele.

– Eles se apaixonam para sempre – foi a resposta.

Depois da perda de Jujack e da deserção de Q-Kee para o Pubyok, fiquei longe da 42ª Divisão. Só sei que andei sem destino pela cidade – mas por quanto tempo? Uma semana? E aonde fui? Caminhei pela Trilha do Povo, observando os pássaros voarem sem esperança sobre as armadilhas que prendiam seus pés? Habitei o mausoléu de Kumsusan, onde fiquei olhando por um longo tempo para o caixão de Kim Il-sung, seu corpo brilhando sob as lâmpadas de preservação? Ou estudei o Mestre das Crianças usar seu caminhão disfarçado de carro de sorvete para livrar as ruas de Pyongyang de pedintes? Em algum momento me lembrei do dia em que recrutei Jujack na Universidade Kim Il-sung, onde usei terno e gravata e mostrei nossas brochuras coloridas, explicando que um interrogatório não requeria mais violência, e sim era a ordem mais elevada de jogos intelectuais, em que as ferramentas eram o raciocínio rápido e o que estava em risco era a segurança nacional? Ou talvez eu tenha me sentado no Parque Mansu, observando virgens ensoparem seus uniformes de suor enquanto cortavam lenha. Não teria eu neste momento ponderado a noção de que estava só, de que não tinha mais minha equipe, de que não tinha mais meus estagiários, de que toda a minha expectativa de sucesso acabara, de que eu estava vazio enquanto esperava em paradas de ônibus que não pretendia pegar, e talvez não tenha pensado nada quando fui abordado pela brigada de sacos de areia. Ou talvez eu tenha ficado o tempo todo reclinado no vinil azul de uma cadeira com piloto automático apenas imaginando essas coisas. E o que havia de errado com a minha memória? Por que eu não conseguia me lembrar de como passei esses dias dolorosos, e por que eu não me importava com o fato de não me lembrar deles? Eu preferia assim, não é mesmo? Se a compararmos ao esquecimento, será que a vida leva a melhor?

Eu estava nervoso quando finalmente voltei à 42ª Divisão. Ao descer a última escada, não sabia o que encontraria. Mas tudo parecia normal.

Havia novos casos no quadro e luzes vermelhas brilhavam sobre os tanques. Q-Kee passou, a nova estagiária.

– É bom ver você, senhor – ela disse.

O Sargento parecia particularmente jovial.

– Aí está nosso interrogador – ele disse. – É bom tê-lo de volta.

Percebi que o cumprimento era apenas uma forma de mostrar que ele percebera a minha ausência recente.

– Ei, Sargento – eu disse.

– Sargento? – ele perguntou. – Quem é esse?

– Quis dizer Camarada, desculpe – corrigi.

– É assim que se fala.

Foi então que o Comandante Park passou mancando com o braço numa tipoia. Ele tinha algum problema na mão – eu não sabia o que era, mas ela estava vermelha, molhada e esfolada. O Comandante Park, com as cicatrizes no rosto, era uma figura sinistra. O modo com que ele olhava para você, com aqueles olhos mortos em seus glóbulos desfigurados, era como se ele tivesse saído de um filme de terror sobre ditadores malvados da África ou algo assim. Ele enrolou o objeto no jornal e depois o colocou numa válvula termiônica, mandando-o para o bunker lá embaixo. Depois, enrolou a mão nas calças e saiu.

O Sargento estalou os dedos no meu rosto.

– Camarada – disse.

– Desculpe – respondi. – Nunca vi o Comandante Park aqui em cima.

– Ele é o comandante – disse o Sargento.

– Ele é o comandante – repeti.

– Preste atenção – o Sargento voltou a falar. – Sei que você foi apanhado para trabalhar na colheita e que seu apartamento fica no 22º andar. Sei que você não tem assento prioritário no metrô. – Nesse momento ele colocou a mão no bolso. – Então tenho algo para você, algo para ajudar nos problemas da vida.

Tive certeza de que era o sedativo de última geração sobre o qual circulavam rumores.

Em vez disso, contudo, ele tirou um distintivo brilhante de Pubyok.

– Não existe uma equipe de uma pessoa só – ele disse, oferecendo-me o distintivo. – Você é um cara inteligente. Precisamos de um cara inteligente. Q-Kee aprendeu muito com você. Vamos, pense bem. Você pode continuar trabalhando com ela.

– Ga ainda é meu caso – respondi. – Preciso concluí-lo.

– Isso é uma coisa que posso respeitar – disse o Sargento. – Eu não iria querer que fosse de outra forma. Termine o seu trabalho, seja como for, e depois junte-se à nossa equipe.

Quando peguei o distintivo, ele disse:

– Pedirei aos rapazes que marquem a festa para cortar o seu cabelo.

Virei o distintivo na minha mão. Não havia nome nele, apenas um número.

O Sargento colocou a mão no meu ombro.

– Venha, veja isto – ele disse.

Na bancada, ele me entregou o objeto de metal. Ele tinha um peso e tanto. Eu mal conseguia segurá-lo. Tinha um cabo de metal conectado a uma faixa escrita em ferro batido.

– Que língua é essa? – perguntei. – Inglês?

O Sargento balançou a cabeça positivamente.

– Mas mesmo que você entendesse inglês – ele disse –, não conseguiria ler. Está escrito ao contrário.

Ele pegou o objeto das minhas mãos para poder mostrar a inscrição.

– Isso é chamado de "marca". Ferro puro, derretido especialmente. É usado para produzir uma marca de posse, com as letras invertidas para poderem ser lidas depois de gravadas. Não me lembro se diz "Propriedade da República Popular Democrática da Coreia" ou "Propriedade do Querido Líder Kim Jong-il".

O Sargento estudou meu rosto para ver se eu faria alguma observação inteligente, como "Qual é a diferença?".

Como eu não disse nada, ele sorriu e balançou a cabeça em sinal de aprovação.

Procurei um cabo de alimentação no aparelho, mas não vi nada.

– Como funciona?

– É fácil – ele disse. – É uma velha tecnologia americana. Você o coloca em uma cama de carvão até ficar vermelho de tão quente. Depois queima algo com a mensagem.

– Queimar o quê? – perguntei.

– O Comandante Ga – ele disse. – Vão marcá-lo ao amanhecer no estádio de futebol.

"Homens demoníacos", pensei, mas me esforcei para não demonstrar emoção.

– É isso que o Comandante Park está fazendo aqui?

– Não – respondeu o Sargento. – O Querido Líder mandou o Comandante Park aqui para um serviço pessoal. Parece que o Querido Líder sente falta de Sun Moon e queria uma última imagem para lembrá-lo dela.

Olhei para o Sargento tentando entender o que ele estava dizendo, mas quando ele exibiu um sorriso dissimulado me virei e corri, corri o mais rápido possível até o Comandante Ga. Encontrei-o em um dos tanques à prova de som.

– Vai ser de manhã – disse Ga quando entrei no quarto.

Ele estava deitado na mesa de interrogatório, sem camisa, as mãos presas:

– Vão me levar para o estádio de futebol e me marcar na frente de todo mundo.

Mas eu não conseguia ouvir as palavras que ele dizia, só conseguia olhar para o seu peito. Aproximei-me lentamente, meus olhos fixos no quadrado vermelho em carne viva onde ficava a tatuagem de Sun Moon. Houvera muito sangue, a mesa estava pingando, mas agora o ferimento produzia apenas um fluido claro, deixando faixas rosadas percorrendo suas costelas.

– Preciso de bandagens – ele disse.

Olhei em volta, mas não havia nada.

Observei um arrepio percorrer seu corpo. Em seguida, ele respirou fundo duas vezes, o que lhe causou uma forte dor. O que se seguiu foi uma gargalhada estranha, cheia de agonia.

– Eles nem me perguntaram sobre a atriz – disse.

– Acho que isso significa que você saiu ganhando.

Sua mandíbula se contraiu de dor, e ele só conseguiu concordar com um aceno de cabeça.

Ele ofegou um pouco e depois disse:

– Se você um dia tiver de escolher entre o Comandante Park, um estilete... – Nesse momento rangeu os dentes. – ...e um tubarão...

Coloquei minha mão em sua testa, molhada de suor.

– Escolha o tubarão, ok?

– Preste atenção – eu disse. – Não fale, não há necessidade de ser engraçado agora. Não tente ser o Camarada Buc.

Percebi que a menção do nome causou-lhe a maior dor de todas.

– Não deveria ter sido assim – disse Ga. – Buc não deveria ter sido prejudicado.

– Você só tem de se preocupar consigo mesmo – eu disse.

O suor cobria os olhos de Ga, que queimavam de preocupação.

– Foi isso que aconteceu com Buc? – ele perguntou.

– Não – respondi. – Buc se foi como queria.

Ga balançou a cabeça em sinal de entendimento, a mandíbula inferior tremendo.

O Sargento entrou sorrindo.

– O que você acha do grande Comandante Ga agora? – perguntou. – Ele é o homem mais poderoso da nossa nação, sabia?

– Este não é o verdadeiro Comandante Ga – eu disse, refreando a memória do Sargento. – Ele é apenas um homem.

O Sargento aproximou-se da mesa.

Contraindo-se, o Comandante Ga tentou afastar a cabeça o máximo possível do Sargento.

Mas o Sargento se inclinou sobre o Comandante Ga, como se para inspecionar o ferimento de perto. Depois, olhou para mim sorrindo.

– Ah, sim – ele disse. – O bom Comandante aqui foi treinado para suportar a dor.

Depois, respirou fundo e soprou o ferimento de Ga.

O grito que se seguiu fez meus ouvidos cantarem.

– Ele está pronto para fazer agora – disse o Sargento. – E é você quem vai tomar sua confissão.

Olhei para o Comandante Ga, que respirava rapidamente, ofegos trêmulos.

– Mas e a biografia dele? – perguntei ao Sargento.

– Você sabe que esta é a última biografia, não é? – ele perguntou. – Aquela era acabou. Mas você pode fazer o que quiser, contanto que tenha sua confissão na mão quando o levarem para o estádio ao amanhecer.

Quando balancei a cabeça afirmativamente, o Sargento saiu.

Inclinei-me em direção ao Comandante Ga. Sua pele congelava arrepiada e em seguida voltava ao normal. Ele não era um herói. Era apenas um homem cujos limites haviam sido testados mais do que os limites de qualquer homem deveriam ser. Ao olhar para ele agora, entendi o conto de fadas que ele nos contou sobre o órfão que bebera mel das garras do Querido Líder. Então percebi que a noite em que Ga nos contou essa história fora a última vez em que minha equipe estivera completa.

– Não vou deixar o urso pegá-lo – eu disse. – Não vou deixá-los fazer o que estão planejando.

Os olhos de Ga estavam cheios de lágrimas.

– Bandagens – foi tudo o que conseguiu dizer.

– Tenho algo a fazer – eu disse-lhe. – Assim que terminar, voltarei para salvá-lo.

No Bloco Residencial Glória do Monte Paektu, não subi os 21 andares correndo até meus pais. Pela primeira vez subi as escadas devagar, experimentando o esforço necessário a cada degrau. Não conseguia tirar aquele marcador da minha cabeça. Podia vê-lo vermelho, queimando, cheio de bolhas no peito do Comandante Ga. Imaginei cicatrizes velhas e descoloridas escorrendo pelas costas largas dos velhos Pubyoks. Vi o corpo perfeito de Q-Kee desfigurado por uma queimadura do pescoço até o umbigo, dividindo os seios perto do esterno, passando pela barriga.

Não usei meu distintivo de Pubyok para ir no vagão com assentos do metrô. Sentei entre os cidadãos comuns, e em todos os seus corpos não conseguia evitar ver "Propriedade de" em alto-relevo. A marca estava em todos, só agora eu conseguia ver. Era a perversão máxima do sonho comunista que haviam me ensinado desde a infância. Achei que fosse vomitar o nabo que tinha no estômago.

Eu quase nunca ia para casa no meio do dia. Aproveitei a oportunidade para tirar os sapatos na entrada e virar a chave silenciosamente na fechadura. Ao abrir a porta, levantei-a pela maçaneta para que as dobradiças não fizessem barulho. Lá dentro o alto-falante trombeteava e meus pais estavam sentados à mesa com alguns dos meus arquivos abertos diante de si. Eles sussurravam entre si enquanto folheavam as páginas, sentindo os rótulos dos arquivos, os clipes de papel, os selos salientes e os carimbos com os dedos.

É claro que eu não deixara mais arquivos importantes na casa. Aqueles eram apenas formulários de requisição.

Fechei a porta atrás de mim. Ela rangeu quando fechou.

Os dois congelaram.

– Quem está aí? – meu pai perguntou. – Quem está aí?

– É um ladrão? – perguntou minha mãe. – Posso garantir que não temos nada para roubar.

Os dois estavam olhando diretamente para mim, mas não pareciam me ver. Suas mãos procuraram uma à outra sobre a mesa e se uniram.

– Vá embora – disse meu pai. – Deixe-nos em paz, ou contaremos ao nosso filho.

Minha mãe passou as mãos pela mesa até encontrar uma colher. Ela agarrou o cabo e a segurou como uma faca.

– Você não vai querer que meu filho saiba o que está fazendo – ela disse. – Ele é um torturador.

– Mãe, pai – eu disse. – Não precisam se preocupar. Sou eu, seu filho.

– Mas ainda estamos no meio do dia – disse meu pai. – Está tudo bem?

– Está tudo ótimo – respondi.

Fui até a mesa e fechei os arquivos.

– Você está descalço – disse mamãe.

– Sim, estou.

Eu podia ver as marcas neles. Podia ver que haviam sido marcados.

– Mas eu não entendo – disse meu pai.

– Terei uma longa noite – eu expliquei. – E longos amanhãs em seguida. Não estarei aqui para preparar o jantar nem ajudá-los a ir até o banheiro.

– Não se preocupe conosco – minha mãe respondeu. – Daremos um jeito. Se você tem de ir, vá.

– Eu realmente tenho de ir – eu disse.

Fui até a cozinha. Abri uma gaveta e tirei o abridor de latas. Parei diante da janela. Como passava os dias no subsolo, eu não estava acostumado à claridade da luz do dia. Observei a colher, a panela e o prato quente que minha mãe havia cozinhado com ela. Olhei para o secador de louça, onde duas tigelas de vidro recebiam a luz do sol. Mudei de ideia.

– Acho que vocês estão com medo de mim – eu disse aos meus pais. – Porque sou um mistério para vocês. Porque vocês não me conhecem de verdade.

Achei que eles protestariam, mas eles ficaram em silêncio. Estendi a mão e encontrei a lata de pêssegos na última prateleira. Soprei a tampa dos pêssegos, mas ela não havia passado muito tempo ali para juntar poeira. Na mesa, peguei a colher da mão da minha mãe e sentei com aqueles itens diante de mim.

– Bem, vocês não terão mais que se preocupar – eu disse. – Porque hoje vão conhecer o verdadeiro eu.

Enfiei o abridor na lata e comecei a abri-la.

Meu pai cheirou o ar.

– Pêssegos? – ele perguntou.

– Isso mesmo – eu disse. – Pêssegos na sua própria calda doce.

– Do mercado noturno? – perguntou minha mãe.

– Na verdade, roubei-os do armário de evidências.

Meu pai respirou fundo.

– Posso vê-los, claros como o dia, o suco grosso em que estão mergulhados, seu brilho sob a luz.

– Faz tanto tempo que senti o gosto de pêssego – minha mãe disse. – Costumávamos receber um cupom para uma lata por mês no nosso livro de ração.

Papai disse:

– Isso foi há anos!

– Acho que você está certo – respondeu minha mãe. – Estou apenas dizendo que adorávamos pêssegos. E então, um dia, não os recebemos mais.

– Bem, então me permitam – disse-lhes. – Abram.

Como crianças, eles abriram as bocas. Cheio de antecipação meu pai fechou seus olhos leitosos.

Mexi os pêssegos na lata e escolhi um pedaço. Passando o fundo da colher na extremidade da lata, peguei a calda que pingava. Então estiquei o braço e coloquei o pedaço de pêssego na boca de minha mãe.

– Hummm – ela disse.

Em seguida, dei outro pedaço a meu pai.

– Isso sim, filho – ele disse –, é um pêssego.

Eles saborearam em silêncio, ouvindo apenas o barulho do alto-falante.

Em uníssono, eles disseram:

– Obrigado, Querido Líder Kim Jong-il.

– Sim – respondi. – É a ele que vocês têm de agradecer.

Mexi outra vez o conteúdo da lata, procurando o próximo pedaço.

– Tenho um novo amigo – disse.

– Um amigo do trabalho? – perguntou meu pai.

– Sim, um amigo do trabalho – respondi. – Nós dois ficamos bastante íntimos. Ele me deu esperança para achar que em algum lugar há amor para mim. Ele é um homem que tem um verdadeiro amor. Estudei seu caso detalhadamente, e acho que o segredo para o amor é o sacrifício. Ele mesmo fez o maior de todos os sacrifícios pela mulher que ama.

– Ele deu a vida dele por ela? – meu pai quis saber.

– Na verdade, ele tirou a vida dela – respondi, e coloquei outro pedaço de pêssego na boca dele.

Quando minha mãe falou, sua voz estava trêmula:

– Estamos felizes por você – ela disse. – Como diz o Querido Líder, é o amor que move o mundo. Portanto, não hesite, vá e encontre o amor verdadeiro que está procurando. Não se preocupe conosco. Ficaremos bem. Podemos nos cuidar sozinhos.

Coloquei um pedaço em sua boca. Pega de surpresa, ela tossiu.

– Talvez, de vez em quando – eu disse –, vocês tenham me visto escrevendo no meu diário. Na verdade, não é um diário; é uma autobiografia. Como vocês sabem, esse é o meu trabalho: escrever as biografias das pessoas, que guardamos no que vocês podem chamar de biblioteca particular. Um cara que trabalha comigo, a quem chamo de Sargento, diz que o problema das minhas biografias é que ninguém nunca as lê. Isso me leva de volta ao meu amigo, que me disse que as únicas pessoas do mundo que iriam querer ler sua biografia se foram.

Peguei mais pedaços com bastante calda.

– Ao falar *pessoas* – meu pai disse – ele deve querer falar da moça que ama.

– Sim – eu disse.

– A moça que seu amigo matou – disse mamãe.

– E os filhos dela – eu acrescentei. – A história é trágica, ninguém pode negar.

Balancei a cabeça afirmativamente pensando que aquilo era verdade. Teria sido um bom subtítulo para a sua biografia: *Comandante Ga: Uma Tragédia*. Ou qualquer que fosse seu nome.

Já estávamos na metade da lata. Mexi outra vez para escolher outro pedaço.

– Guarde um pouco para você – disse meu pai.

– Sim, isso é o bastante – concordou minha mãe. – Não como nada doce há muito tempo, acho que meu corpo não aguentará tanto.

Abanei a cabeça negativamente.

– Aqui está uma lata de pêssegos muito rara – eu disse. – Eu ia guardá-la para mim mesmo, mas o caminho mais fácil nunca é a resposta para os problemas da vida.

Os lábios da minha mãe começaram a tremer, mas ela cobriu-os com a mão.

– Mas de volta ao meu problema – eu continuei. – À minha biografia e à dificuldade que eu tenho tido para escrevê-la. Esse bloqueio biográfico que vem me afetando, vejo agora que ele vem do fato de que, lá no fundo, eu sabia que ninguém ia querer ouvir minha história. Então meu amigo teve essa ideia de que sua tatuagem não era algo público, mas pessoal. Embora ela estivesse lá para todos verem, na verdade ela pertencia apenas a ele mesmo. Na verdade, se a perdesse, ele perderia tudo.

– Como uma pessoa pode perder uma tatuagem? – meu pai perguntou.

– Infelizmente, é mais fácil do que vocês pensam. Mas me fez pensar, e percebi que eu não estava escrevendo para a posteridade, nem para o Querido Líder, nem para o bem da cidadania. Não, as pessoas que precisavam ouvir minha história eram as pessoas que eu amava, as pessoas bem na minha frente, que haviam começado a pensar em mim como um estranho, que estavam com medo de mim porque não sabiam mais quem eu realmente era.

– Mas seu amigo matou as pessoas que amava, não é?

– É triste, eu sei. Não há perdão para ele, e ele não pediu perdão. Mas deixem-me começar minha biografia. Nasci em Pyongyang – comecei –, de pais que eram operários de fábrica. Minha mãe e meu pai eram mais velhos, mas foram bons pais. Eles sobreviveram a todos os expurgos de trabalhadores e evitaram a denúncia e a reeducação.

– Mas isso nós já sabemos – disse papai.

– Shh – eu fiz. – Você não pode protestar com um livro. Não pode reescrever uma biografia enquanto a lê. Agora, de volta à minha história.

Enquanto eles terminavam os pêssegos, relatei como minha infância havia sido normal, como eu tocara acordeão e flauta doce na escola, mencionando que quando fazia parte do coro eu fui o tenor em apresentações do Nossas Cotas Nos Animam. Memorizei todos os discursos de Kim Il-sung e tinha as maiores notas em Teoria do Juche. Depois passei para as coisas que eles não sabiam.

– Um dia, um homem do Partido veio falar conosco na escola – eu disse. – Ele testou a lealdade dos meninos, um por um, no galpão de manutenção. O teste propriamente dito só durava alguns minutos, mas era muito difícil. Acho que esse era o objetivo do teste. Fico feliz em dizer que passei, todos nós passamos, mas nenhum de nós jamais falou disso.

Foi como se eu estivesse me libertando ao finalmente mencionar a história, algo que jamais havia escrito. De repente, soube que eu compartilharia tudo com eles, que nos tornaríamos mais próximos do que nunca: eu contaria sobre as humilhações que havia sofrido no serviço militar obrigatório, sobre a única relação sexual que tive com uma mulher, sobre o trote cruel pelo qual passei quando me tornei estagiário do Pubyok.

– Não quero me prolongar no assunto desse teste de lealdade, mas ele mudou meu ponto de vista em relação às coisas. Por trás de um peito cheio de medalhas pode estar um herói ou um homem com um dedo indicador nervoso. Tornei-me um menino desconfiado que sabia que sempre havia algo mais sob a superfície. Talvez isso tenha determinado a carreira profissional que segui, uma trajetória que confirmou que não existe essa coisa de cidadãos corretos, dispostos a se sacrificar pelo governo que dizem que nós todos somos. Não estou reclamando, nada disso, mas apenas explicando. É claro que não passei nem pela metade do que alguns passaram. Não cresci em um orfanato como meu amigo, o Comandante Ga.

– O Comandante Ga? – meu pai perguntou. – Ele é seu novo amigo?

Confirmei com um aceno da cabeça.

– Responda – meu pai insistiu. – O seu novo amigo é o Comandante Ga?

– Sim – respondi.

– Mas você não pode confiar no Comandante Ga – minha mãe disse. – Ele é um covarde, um criminoso.

– Sim – meu pai acrescentou. – Ele é um impostor.

– Vocês não conhecem o Comandante Ga – retorqui. – Vocês têm lido meus arquivos?

– Não precisamos ler nenhum arquivo – meu pai disse. – Recebemos as informações da maior autoridade. O Comandante Ga é um inimigo do Estado.

– Sem mencionar seu amigo ardiloso, o Camarada Buc – acrescentou mamãe.

— Nem diga esse nome — meu pai alertou.

— Como vocês sabem tudo isso? — perguntei. — Digam-me quem é essa autoridade.

Os dois apontaram para o alto-falante.

— Todos os dias eles contam parte da história dele — disse minha mãe. — Dele e de Sun Moon.

— Sim — meu pai confirmou. — Ontem foi o capítulo 5. Nele o Comandante Ga vai até a Casa de Ópera com Sun Moon, mas na verdade não é o Comandante Ga, e sim...

— Parem — eu disse. — Isso é impossível. Fiz muito pouco progresso na biografia dele. Ela nem sequer tem um final.

— Ouça o que está dizendo — minha mãe disse. — O alto-falante não mente. O próximo capítulo será transmitido esta tarde.

Arrastei a cadeira para a cozinha, onde a usei para alcançar o alto-falante. Mesmo depois de arrancá-lo da parede, vi que ele estava conectado a um cabo que continuava chiando. Precisei de uma faca de carne para silenciá-lo.

— O que está acontecendo? — minha mãe perguntou. — O que você está fazendo?

Meu pai ficou histérico.

— E se houver um ataque-surpresa dos americanos? — ele perguntou. — Como receberemos o alerta?

— Vocês não terão mais que se preocupar com ataques-surpresa — eu disse.

Meu pai começou a protestar, mas sua boca começou a produzir um fluxo de saliva. Ele botou a mão na boca para sentir os lábios, como se eles tivessem ficado dormentes. Uma das mãos da minha mãe estava tremendo. Ela tocou-a com a outra mão. A toxina estava começando a funcionar. O tempo de suspeita e discussões havia acabado.

Lembrei-me da terrível foto da família do Camarada Buc, encolhida embaixo da mesa. Havia decidido que meus pais não sofreriam essas indignidades. Dei um copo grande de água a cada um e coloquei-os em seus colchões para esperar pelo cair da noite. Passei a tarde até o crepúsculo contando toda a minha história, cada pequena parte, não deixando nada de fora. Enquanto falava, olhava para a janela, e só concluí quando eles haviam começado a se contorcer nos colchões. Eu não podia agir até ficar escuro, e quando finalmente ficou a cidade de Pyongyang era como o grilo preto do conto de fadas – estava em todos os lugares e em lugar nenhum, seu zunido incomodando apenas aqueles que ignoravam o último toque de recolher. A lua brilhava sobre o rio, e depois que os corujões se recolheram não se podia ouvir nada das cabras e dos bodes, mas apenas seus dentes enquanto eles mastigavam grama na escuridão. Quando ficou completamente escuro e meus pais haviam perdido todas as suas faculdades, despedi-me com um beijo em cada um, pois não conseguiria assistir ao inevitável. Um dos sinais do botulismo é a perda da visão, portanto eu esperava que eles jamais soubessem o que realmente aconteceu. Olhei em torno, contemplando o quarto pela última vez, o retrato da nossa família, a gaita de papai, seus anéis de casamento. Mas deixei tudo para trás. Não podia levar nada para onde estava indo.

Era impossível que o Comandante Ga resistisse à viagem árdua que tínhamos à nossa frente com um ferimento aberto. Fui até o mercado noturno e troquei meu distintivo de Pubyok por um pouco de iodo e um curativo grande. Ao atravessar a cidade no meio da noite com destino à 42ª Divisão, senti a inércia da grande máquina em repouso. Os fios elétricos sobre a minha cabeça não produziam o som de eletricidade sendo conduzida, nem os canos ressoavam com a água que passava durante o dia. Pyongyang estava recobrando as forças à noite para voltar a atacar no dia seguinte. E como eu amava quando a capital voltava à vida, a fumaça de madeira no ar da manhã, o cheiro de rabanetes fritos, o calor dos freios dos carrinhos de mão. Eu era um rapaz da cidade. Sentiria falta da metrópole, da sua agitação, da sua vitalidade. Se pelo menos houvesse lugar aqui para alguém que reunisse histórias humanas e as colocasse no papel. Mas Pyongyang já está cheia de escritores de obituário. E eu não aguento a propaganda. Talvez você pense que somos capazes de nos acostumar a destinos cruéis.

Quando entrei no quarto do Comandante Ga ele perguntou:
– Já amanheceu?

— Ainda não — respondi. — Ainda temos tempo.

Tentei cuidar da melhor forma possível do Comandante Ga. Enchi meus dedos de iodo, e alguém que entrasse na sala agora pensaria que fora eu quem brutalizara o homem à minha frente. Mas quando coloquei o curativo no peito do Comandante Ga o ferimento desapareceu. Usei o rolo inteiro de esparadrapo para prendê-la.

— Estou caindo fora — eu disse. — Você gostaria de ir comigo?

Ele balançou a cabeça positivamente.

— Você não se importa em saber para onde vamos nem com os obstáculos que teremos de enfrentar?

Ele abanou a cabeça.

— Não — respondeu.

— Está pronto? Precisa se preparar?

— Não — ele repetiu. — Estou pronto.

Ajudei-o a se levantar, e depois atravessamos a 42ª Divisão até a baia de interrogatório, ele apoiado sobre mim. Na baia, acomodei-o em uma cadeira azul-bebê.

— Foi aqui que você me deu uma aspirina quando cheguei — ele disse. — Parece que não faz muito tempo.

— Não será uma viagem ruim — eu disse. — Do outro lado não haverá Pubyoks nem aguilhão nem marcadores. Com sorte seremos mandados para uma fazenda coletiva rural. Não é uma vida fácil, mas podemos começar uma nova família e servir à nossa nação no verdadeiro espírito do comunismo, com trabalho e devoção.

— Eu tive minha vida — disse o Comandante Ga. — Dispenso o resto.

Peguei dois sedativos. Como o Comandante Ga não quis um, tomei os dois.

No compartimento de suprimentos, procurei as fraldas até encontrar uma tamanho médio.

— Você quer uma? — perguntei. — Elas são para quando aparecem VIPs. Pode nos poupar de constrangimento. Tenho um tamanho grande bem aqui.

— Não, obrigado — ele respondeu.

Tirei a calça e coloquei minha fralda, usando as faixas adesivas.

– Sabe de uma coisa? Respeito você – eu disse. – Você foi o único cara que nunca falou. Você é inteligente: se tivesse contado onde está a atriz, eles o teriam matado na hora.

– Você vai me ligar a essa máquina?

Confirmei com a cabeça.

– Ele olhou para os fios e medidores de energia do piloto automático.

– Não tem mistério – ele disse. – A atriz simplesmente desertou.

– Você nunca desiste, não é mesmo? Está prestes a perder tudo, com exceção dos seus batimentos cardíacos, e ainda está tentando desviar nossa atenção.

– É verdade – ele disse. – Ela entrou num avião e voou para longe.

– Impossível. É verdade que alguns camponeses arriscam a vida e tentam atravessar um rio congelado. Mas a atriz mais importante do país, debaixo do nariz do Querido Líder? Você está insultando a minha inteligência.

Entreguei-lhe um par de botinhas de papel. Ele se ajeitou em sua cadeira azul-bebê e eu me sentei na minha. Juntos, tiramos nossos sapatos e meias e colocamos as botinhas.

– Não estou insultando-o – ele protestou. – Sabe aquelas fotos que estão no meu celular? Minha esposa e meus filhos desaparecem. Mas então, vindas de longe, fotos de uma mulher, um menino e uma menina aparecem. Será que você não vê?

– Admito que é uma boa charada. Pensei muito sobre isso. Mas sei que você matou as pessoas que amava. Não há opção.

Tirei o celular do meu bolso e usei os botões para apagar as fotos.

– Se um interrogador começar a questionar o único fato concreto... mas, por favor, não estou mais nessa posição. Não escrevo mais biografias. Só minha história me importa agora.

Coloquei meu celular em uma base de aço com algumas moedas e um distintivo com a minha identidade, onde se lia apenas "Interrogador".

Ele indicou as pulseiras de couro.

– Você vai me prender com isso?

– Tenho que prender, sinto muito. Preciso que as pessoas saibam que fui eu quem fez isso com você, e não o contrário.

Reclinei sua cadeira e depois prendi seus braços e suas pernas. Fiz-lhe o favor de deixar as fivelas folgadas.

– Peço desculpas por não ter terminado sua biografia – eu disse. – Se eu tivesse conseguido, poderia mandar sua biografia com você, então quando chegasse do outro lado você poderia ler sobre quem havia sido e se tornar o mesmo outra vez.

– Não se preocupe – ele disse. – Ela estará do outro lado. Ela me reconhecerá e me contará quem sou.

– Posso lhe oferecer uma coisa – eu disse, pegando uma caneta. – Se você quiser, pode escrever seu nome em algum lugar do seu corpo, um lugar onde não olharão, como no seu *umkyoung* ou entre os dedos do pé. Assim, mais tarde você poderá descobrir quem foi. Não estou tentando enganá-lo para descobrir sua identidade. Dou a minha palavra.

– É isso que você vai fazer?

– Não quero saber quem fui – eu disse.

– Nem sei que nome escrever – ele disse.

Ajoelhei-me para conectar todos os eletrodos ao crânio dele.

– Você sabia que estão contando a sua história pelos alto-falantes? – eu perguntei.

– Por quê? – ele quis saber.

– Não sei, mas como você não vai se arrepender no estádio de futebol amanhã, acho que eles precisarão de um novo fim para a história.

– Um fim para a minha história – ele disse. – Minha história já acabou dez vezes, e ainda assim nunca para. O fim sempre vem, mas acaba levando outra pessoa. Órfãos, amigos, oficiais comandantes, todos partem e eu fico.

Ele estava claramente se confundindo com a própria história, o que é natural quando se passa por certas atribulações.

– Este não é o seu fim – eu disse. – É um novo começo. E você não perdeu todos os amigos. Somos amigos, não é mesmo?

Ele olhou para o teto, como se nele estivesse assistindo a um desfile de pessoas que conhecera.

– Sei por que estou nesta cadeira azul – ele disse. – Mas e você?

Alinhar todos os fios vermelhos e brancos que saíam do seu crânio era como fazer uma trança.

– Este costumava ser um lugar – eu disse – onde era feito um trabalho importante. Aqui um cidadão era separado da sua história. Este era o meu trabalho. Dos dois, era a história que era preservada, enquanto a identidade era descartada. Eu não me importava com isso. Dessa forma, muitos rebeldes e contrarrevolucionários foram descobertos. É verdade que às vezes inocentes acabavam levando a culpa, mas não havia outro meio de descobrir a verdade, e, infelizmente, depois que tiramos a história de uma pessoa não podemos devolvê-la. Mas agora...

Ga virou o pescoço para olhar para mim.

– Sim?

– Agora a pessoa é perdida junto com sua vida. As duas morrem.

Ajustei o mostrador do piloto automático de Ga. Ele tinha uma mente forte, portanto o coloquei no 8.

– Conte-me novamente como a intimidade funciona – pedi.

– No final das contas, era fácil – disse Ga. – Contamos tudo a alguém, o bom, o ruim, o que o faz parecer forte, e também tudo que o deixa envergonhado. Se você matou o marido da sua esposa, precisa contar a ela. Se alguém tentou um ataque masculino contra você, deve contar isso também. Eu contei tudo, da melhor forma que pude. Talvez eu não saiba quem sou. Mas a atriz está livre. Não sei se entendo a liberdade, mas já a senti e agora ela a sente também.

Balancei a cabeça em concordância. Foi satisfatório ouvir aquilo de novo. Recuperou minha calma interior. Eu finalmente me tornara íntimo dos meus pais. E o Camarada Ga era meu amigo, mesmo apesar de ter mentido sobre a atriz estar viva. Ele digerira aquilo com tanta vontade que se tornara verdade para ele. Mesmo que pela sua lógica deturpada, ele estava contando a mim, seu amigo, a verdade absoluta.

– Vejo-o do outro lado – eu disse.

Ele fixou os olhos em algum ponto inexistente.

– Minha mãe era cantora – disse.

Quando ele fechou os olhos, liguei o interruptor.

Ele fez os movimentos involuntários de costume, os olhos piscando, o braço levantado, procurando ar como uma carpa num lago de meditação. "Minha mãe era cantora" foram suas últimas palavras, como se fossem a descrição mais precisa de quem ele fora.

Sentei na cadeira azul ao lado, mas não me dei ao trabalho de usar as pulseiras. Eu queria que os Pubyoks soubessem que eu havia escolhido meu caminho, que rejeitara seu modo de fazer as coisas. Liguei os fios e olhei para o mostrador. Não queria me lembrar de nada desse lugar, então coloquei 8,5. Entretanto, pensando bem, eu também não queria uma lobotomia, então ajustei para 7,5. E, se eu estava sendo íntimo comigo mesmo, também tinha de admitir que estava com medo da dor. Assim, acabei reduzindo para 6,5.

Tremendo de esperança e, curiosamente, arrependimento, meu dedo ligou o interruptor.

Meus braços se ergueram à minha frente. Eles pareciam os braços de outras pessoas. Ouvi um gemido e me dei conta de que era eu. Uma língua elétrica lambeu o interior do meu cérebro, como se sondasse dentes molares depois de uma refeição. Eu imaginara que a experiência fosse de dormência, mas meus pensamentos se tornaram frenéticos. Tudo era singular: o brilho de uma armadura de metal, o verde violento do olho de uma mosca. Havia apenas uma coisa, sem conexão nem contexto, como se tudo dentro da minha mente houvesse se desligado de qualquer outra coisa. Azul, couro, cadeira, eu não conseguia conectá-los. O cheiro de ozônio era forte, algo sem precedentes, assim como a incandescência da lâmpada. Os pelos finos do meu nariz ficaram arrepiados. Minha ereção erguia-se, abominável e só. Não vi pico gelado nem flor branca. Olhei em torno da sala à procura deles, mas vi apenas elementos: brilho, polimento, aspereza, sombra.

Percebi o Comandante Ga movendo-se ao meu lado. Com os braços erguidos, tudo que eu conseguia fazer era virar a cabeça um pouco para observá-lo. Um dos seus braços se liberara da pulseira. Eu o vi ajustar o mostrador para o máximo, uma dose letal. Mas eu não podia mais me preocupar com ele. Estava partindo na minha própria viagem. Logo eu estaria numa vila rural, verde, tranquila, onde as pessoas balançavam suas foices em silêncio. Haveria uma viúva lá, e não desperdiçaríamos tempo com a corte. Eu me aproximaria dela e lhe diria que gostaria de ser seu novo marido. Nós nos deitaríamos felizes, a princípio cada um do seu lado. Durante algum tempo ela teria regras. À noite, depois de eu ter cumprido meu trabalho, ficaríamos deitados ouvindo o som dos nossos filhos correndo no escuro, pegando os sapos do verão. Minha esposa teria a visão perfeita, portanto saberia quando eu apagasse a luz. Quando isso acontecesse, ela falaria comigo, dizendo-me para dormir profundamente, e quando as ondas elétricas se tornaram mais fortes na minha mente ouvi sua voz chamando um nome que logo seria o meu.

O Comandante Ga acordou de manhã com o som do motor de um avião americano. As crianças já estavam acordadas olhando para o teto. Elas sabiam que aquele não era o voo semanal para Pequim nem o gafanhoto que fazia duas viagens por mês para Vladivostok. As crianças nunca haviam ouvido um avião no céu de Pyongyang, cujo espaço aéreo era restrito. Nunca, desde os bombardeios americanos de 1951, alguém avistara um avião no céu da capital.

Ele acordou Sun Moon, e juntos eles ouviram-no ir para o norte, como se viesse de Seul: uma direção da qual nada tinha permissão para vir. Ele checou o relógio: os americanos estavam três horas adiantados. O Querido Líder ficaria furioso.

– Eles estão voando baixo para anunciar sua chegada – disse Ga. – Muito americano.

Sun Moon olhou para ele.

– Então chegou a hora.

Ele olhou nos olhos dela para ver o que restava da noite anterior, quando haviam feito amor, mas ela estava olhando para a frente, e não para trás.

– Está na hora – ela disse.

– Crianças – gritou Sun Moon –, vamos sair numa aventura hoje. Vão juntar um pouco de comida para nós.

Quando eles saíram, ela vestiu seu robe e acendeu um cigarro na janela, observando o Golias americano baixar o trem de pouso sobre o Taedong e descer em direção ao aeroporto. Então ela se virou para Ga.

– Há algo que você precisa entender – disse. – No que diz respeito ao Querido Líder, só há uma Sun Moon. Ele tem muitas garotas, um *kippumjo* inteiro, mas só eu importo. Ele pensa que eu lhe revelo tudo, que as emoções ficam claras no meu rosto, que não tenho controle sobre elas, o que torna impossível que eu conspire contra ele. Sou a única pessoa no mundo na qual ele pensa que pode confiar.

– Então hoje ele sentirá a picada.

– Não estou falando dele – ela disse. – Estou falando de você. Entenda que se o Querido Líder me perder alguém terá de pagar, e o preço será algo inimaginável. Você não pode ficar, não pode ser quem vai pagar.

– Não sei de onde você tirou essa ideia, mas...

– É você quem está tendo ideias – ela interrompeu-o. – Acho que você viu o filme e colocou na cabeça que um homem nobre fica para trás.

– Você está tatuada no meu coração. Sempre estará comigo.

– Estou falando sobre você estar comigo.

– Vamos dar um jeito – ele disse. – Prometo. Tudo vai dar certo. Você precisa confiar em mim.

– É esse tipo de conversa que me assusta – ela disse, soprando fumaça. – Isso parece algum tipo de teste de lealdade, tão doentio que nem mesmo meu marido poderia ter pensado nele.

Como era diferente saber que sua vida estava prestes a mudar, Ga pensou, e além de tudo saber o momento em que isso aconteceria. Será que Sun Moon não entendia? E tudo dependia deles. Ele teve de sorrir ao pensar na ideia de que, ao menos por uma única manhã, o rumo dos acontecimentos seria influenciado por eles.

– Esse olhar no seu rosto – ela continuou. – Até isso me deixa nervosa.

Ela se aproximou dele, e ele ficou de pé para ficar perto dela.

– Você vem comigo – ela disse. – Está entendendo? Não vou conseguir sem você.

– Jamais sairei do seu lado.

Ele tentou tocá-la, mas ela se afastou.

– Você não vai dizer que vem comigo?

– Por que você não ouve o que estou dizendo? É claro que vou.

Ela lhe dirigiu um olhar desconfiado.

– Minha irmã mais velha, meu pai, minha irmã mais nova, minha mãe, até aquele meu marido cruel, um por um foram tirados de mim. Não faça isso acontecer outra vez. Não é assim que deve ser, não quando você tem uma opção. Apenas olhe nos meus olhos e diga.

Ele fez o que ela pediu, olhou nos olhos dela.

– Você disse para sempre, e eu sou essa pessoa, para sempre. Em breve você não conseguirá mais se livrar de mim.

Depois que Sun Moon vestiu o *choson-ot* branco, pendurou o vermelho e o azul na traseira do Mustang. Ga calçou suas botas de caubói, enfiou a lata de pêssegos na mochila e apalpou o bolso para se certificar de que estava com a câmera. A menina correu atrás do cachorro com uma corda para colocar no seu pescoço.

O menino veio correndo.

– Minha armadilha de passarinho sumiu – ele disse.

– Não íamos levá-la mesmo – disse Sun Moon.

– Levar para onde? – o menino quis saber.

– Vamos fazer outra – Ga tranquilizou-o.

– Aposto que ela pegou um pássaro gigante – o menino disse. – Com asas tão fortes que voou e levou a armadilha.

Sun Moon ficou em frente ao Cinturão de Ouro do marido. Ga juntou-se a ela para contemplar as joias e os arabescos dourados, com um brilho intenso o bastante para permitir ao dono ter qualquer mulher que quisesse.

– Adeus, meu marido – ela disse, e apagou a lâmpada que iluminava o cinturão.

Depois ela se virou por um momento para olhar para a caixa do *gayageum*, alta e magnífica a um canto. A expressão em seu rosto era de pura tragédia quando ela pegou o instrumento tão simples chamado de "guitarra".

Lá fora, ele tirou uma foto do pé de feijão, seus brotos brancos se abrindo, os rebentos do melão da menina enrolados nas ripas brancas. A menina pegou o cachorro, o menino pegou um laptop, e Sun Moon carregava o detestável instrumento americano. A luz, contudo, era suave, e ele desejou que a foto não fosse para Wanda, mas para si.

Vestindo seu melhor uniforme militar, o Comandante Ga dirigiu lentamente com Sun Moon ao seu lado no assento da frente. Era uma manhã belíssima, a luz dourada iluminando o rodopio das andorinhas por entre as estufas dos jardins botânicos, seus bicos pegando como pauzinhos os insetos que voavam em nuvens. Sun Moon encostou a cabeça na janela e observou com melancolia quando eles passaram pelo zoológico e o Cemitério dos Mártires Revolucionários. Ele agora sabia que ela não tinha nenhum tio-avô enterrado ali, que era apenas a filha de um mineiro de Huchang, mas à luz da manhã ele viu como os bustos de bronze pareciam arder em uníssono. Ele observou como a mica nos pedestais de mármore brilhava, e também compreendeu que nunca mais veria uma coisa dessas. Se tivesse sorte, ele voltaria para uma prisão na mina. Mais provavelmente, seria enviado para um dos bunkers de interrogatório do Querido Líder. De qualquer modo, ele jamais voltaria a sentir o cheiro de abeto no vento ou o de sorgo sendo destilado em uma panela de barro na rua. De repente, ele saboreou a poeira que o Mustang levantava e a pressão dos pneus quando atravessaram a Ponte Yanggakdo. Ele prestou atenção ao brilho esmeralda de cada blindagem que defendia o telhado do Pavilhão da Autocrítica, e se deliciou com o brilho vermelho do contador de bebês digital sobre o Hospital-Maternidade de Pyongyang.

Ao norte, eles podiam ver a grande aeronave americana circulando o aeroporto como se fosse um longo bombardeio. Ele soube que deveria estar ensinando algumas palavras em inglês ao menino e à menina. Soube que deveria ensiná-los a denunciá-lo se algo desse errado. Contudo Sun Moon estava triste, e ele não conseguia prestar atenção a mais nada.

– Você se familiarizou com a guitarra? – ele perguntou.

Ela tocou um único acorde desajeitado.

Ele puxou o maço de cigarros.

– Posso acender um para você?

– Só depois que eu cantar – ela disse. – Fumarei quando estivermos seguros no céu. Fumarei cem cigarros naquele avião americano.

– Vamos andar de avião? – perguntou o menino.

Sun Moon ignorou-o.

– Você vai cantar uma música de despedida para a Remadora? – Ga perguntou.

– Acho que sim – disse Sun Moon.

– Qual é a música?

– Ainda não a compus – ela disse. – Quando eu começar a tocar, as palavras sairão. Estou cheia de perguntas.

Ela pegou a guitarra e tocou as cordas uma vez.

– *Há quanto tempo nos conhecemos?* – cantou.

– *Há quanto tempo nos conhecemos?* – a menina respondeu, cantando o verso como um lamento.

– *Você navegou pelos sete mares* – cantou Sun Moon.

– *Você navegou pelos sete mares* – repetiu sua filha.

Sun Moon continuou:

– *Mas agora você está no oitavo mar.*

– *No que chamamos de lar* – cantou o menino com a voz mais aguda que a da menina.

Uma sensação de satisfação preencheu Ga enquanto ele os ouvia cantar, como se uma velha lacuna estivesse sendo preenchida.

– *Alce voo, Remadora* – cantou Sun Moon –, *e deixe o mar para trás.*

A menina respondeu:

– *Voe para longe, Remadora, e deixe o oitavo mar para trás.*

– Muito bom – disse Sun Moon. – Vamos tentar juntos.

A menina perguntou:

– Quem é a Remadora?

– Estamos indo nos despedir dela – respondeu Sun Moon. – Agora, todos juntos.

A família cantou junta:

– *Voe para longe, Remadora, e deixe o oitavo mar para trás.*

A voz do menino era clara e confiante, a da menina parecia levemente alterada por uma consciência cada vez maior. Combinadas à melancolia da voz de Sun Moon, a harmonia que produziam era como um alimento para Ga. Nenhuma outra família no mundo era capaz de criar um som como aquele, e lá estava ele, no meio deles. Nem mesmo a visão do estádio de futebol foi capaz de diminuir aquela sensação.

No aeroporto, o uniforme de Ga permitiu que ele entrasse no terminal e dirigisse entre os hangares, onde, para receber os americanos, multidões haviam se reunido nas ruas de Pyongyang, cidadãos ainda segurando pastas de documentos, caixas de ferramentas e réguas de cálculo.

A Wangjaesan Light Music Band tocava "Speed Battle Haircut" para comemorar os sucessos militares do Querido Líder, enquanto uma legião de crianças usando roupas de ginástica verdes e amarelas rolavam grandes barris de plástico branco sob os pés. Através da fumaça do churrasco, Ga pôde ver cientistas, soldados e os homens do Ministro da Mobilização das Massas com tarjas amarelas organizando a grande multidão em fileiras de acordo com a estatura.

Os americanos finalmente decidiram que era seguro aterrissar. Eles se aproximaram com a grande besta, as asas mais largas do que a pista de pouso, e então pousaram entre o corredor de fuselagens de Antonovs e Tupolevs abandonadas no gramado.

Ga estacionou perto do hangar onde o Doutor Song fora interrogado depois do retorno do Texas. Ele deixou as chaves na ignição. A menina carregou as roupas da mãe, enquanto o menino levava o cachorro pela corda. Sun Moon pegou a guitarra e o Comandante Ga ficou com sua caixa. Ele podia ver à luz do sol da manhã vários corvos voando a distância.

O Querido Líder conversava com o Comandante Park quando eles se aproximaram.

Ao ver Sun Moon, o Querido Líder gesticulou para que ela levantasse os braços de forma a deixá-lo ver o vestido. Chegando mais perto, ela deu uma voltinha, a borda branca do *chima* brilhando. Depois, ela fez uma reverência. O Querido Líder pegou sua mão e a beijou. Ele tirou duas chaves de prata e indicou com a mão o compartimento de troca de Sun Moon, uma réplica em miniatura do Templo de Pohyon, com suas colunas vermelhas e suas calhas curvas. Embora não fosse maior do que uma cabine de controle para o envio de documentos, o compartimento era delicado em cada detalhe. O Querido Líder entregou-lhe uma chave e colocou a outra no bolso. Depois, disse a Sun Moon algo que Ga não conseguiu ouvir, e Sun Moon riu pela primeira vez naquele dia.

Então o Querido Líder finalmente pareceu se dar conta da presença do Comandante Ga.

– E aqui está o campeão de taekwondo da Coreia! – anunciou o Querido Líder.

A multidão aplaudiu, fazendo Brando abanar o rabo de excitação.

O Comandante Park acrescentou:

– E ele traz consigo o cachorro mais violento já conhecido.

Quando o Querido Líder riu, todos riram.

Se o Querido Líder estava furioso, pensou Ga, foi assim que demonstrou.

O avião aproximou-se deles, avançando com cuidado pelas faixas de acesso projetadas para aeronaves muito melhores. O Querido Líder virou-se para o Comandante Ga de modo a poder falar com ele em relativa privacidade.

– Não é todo dia que recebemos uma visita dos americanos – ele disse.

– Tenho a sensação de que hoje será um dia muito especial – respondeu Ga.

– Certamente – disse o Querido Líder. – Sinto que depois disso tudo será diferente para todos nós. Você não adora essas oportunidades? Novos começos, partir do zero outra vez.

O Querido Líder dirigiu um olhar divertido a Ga.

– Você nunca me contou uma coisa que sempre me deixou curioso: como saiu daquela prisão?

Ga pensou em lembrar ao Querido Líder que eles viviam numa terra onde as pessoas aprendiam a aceitar qualquer realidade que se lhes apresentasse. Ele considerou a possibilidade de comentar que a pena para quem questionava a realidade era única, a pena máxima, refrescando sua memória sobre o risco que um cidadão poderia correr por simplesmente observar uma mudança na realidade. Nem mesmo um guarda carcerário se arriscaria a esse ponto.

Contudo, em vez disso, Ga disse:

– Coloquei o uniforme do Comandante e falei como o Comandante falava. O Guarda carregava uma pedra pesada nos ombros, portanto só estava preocupado em receber permissão para colocá-la no chão.

– Sim, mas como você o forçou a fazer o que você queria, a virar a chave na fechadura e abrir os portões da prisão? Você não tinha poder sobre ele. O guarda sabia que você era o mais desprezível entre os prisioneiros, um ninguém sem nome. Mas você conseguiu que ele o libertasse.

O Comandante Ga deu de ombros.

– Acho que o Guarda olhou nos meus olhos e viu que eu havia levado a melhor sobre o homem mais perigoso do país.

O Querido Líder riu.

– Agora tenho certeza de que você está mentindo – ele disse. – Porque esse homem sou eu.

Ga também riu.

– É verdade!

A gigantesca aeronave taxiou perto do terminal. Ao se aproximar, contudo, seu motor silenciou e o avião parou. A multidão ficou olhando para as janelas escuras, esperando que o piloto avançasse em direção a dois funcionários do aeroporto que acenavam com bastões alaranjados. Em vez disso, o avião ligou os motores laterais e girou em direção à pista de decolagem.

– Eles estão partindo? – perguntou Sun Moon.

– Os americanos são mesmo insuportáveis – disse o Querido Líder. – Não existe trapaça que não sejam capazes de usar, não existem limites.

O avião taxiou, posicionou-se para a decolagem, e então voltou a desligar os motores. Lentamente o grande nariz da besta abriu-se e uma rampa de carga hidráulica foi baixada.

O avião estava a quase um quilômetro de distância. O Comandante Park começou a repreender os cidadãos reunidos para que se movessem. À luz do sol, seu rosto cheio de cicatrizes assumiu uma cor rosada quase transparente. As crianças começaram a rolar os barris em direção à pista de decolagem, enquanto massas de cidadãos cercados por soldados as seguiam. Entre as pessoas havia uma pequena frota de empilhadeiras e o carro particular do Querido Líder. As bandas, as lareiras embutidas para o churrasco e a exibição do equipamento agrícola da

República Popular Democrática da China ficaram para trás. O Comandante Ga viu o Camarada Buc em sua empilhadeira amarela tentando mover o templo onde Sun Moon deveria se trocar, mas ele era pesado demais para ser erguido. Mas ninguém cuidava da parte de trás do desfile enquanto o Comandante Ga liderava a parte da frente.

– Será que nada é capaz de inspirar os americanos? – indagou o Querido Líder enquanto avançavam. – Eles simplesmente não admiram o belo. – Ele apontou para o terminal. – Vejam o grandioso edifício de Kim Il-sung, patriota supremo, fundador desta nação, meu pai. Vejam o mosaico carmesim e dourado. E onde estacionam os americanos? Perto do banheiro do comissário de bordo e do riacho onde os aviões despejam seus detritos.

Sun Moon já transpirava. Ela e Ga trocaram um olhar.

– A moça americana se juntará a nós? – Ga perguntou ao Querido Líder.

– Que interessante você mencioná-la – respondeu o Querido Líder. – Que sorte eu me encontrar na companhia do casal mais coreano do país: o campeão da nossa arte marcial e sua esposa, a atriz do povo. Posso pedir a opinião de vocês no assunto?

– Estamos totalmente ao seu dispor – respondeu Ga.

– Recentemente – disse o Querido Líder – descobri que existe uma operação capaz de fazer o olho coreano parecer ocidental.

– Mas qual seria o propósito disso? – perguntou Sun Moon.

– Sim, qual seria o propósito? – repetiu o Querido Líder. – Não se sabe, mas a operação existe, me garantiram.

Ga sentiu que a conversa estava aos poucos entrando num território onde eles teriam de tomar todo o cuidado para não dizer a coisa errada.

– Ah, os milagres da ciência moderna – ele disse de maneira bem casual. – Que pena que a maioria é usada para propósitos cosméticos quando tantas pessoas nascem deficientes e inválidas na Coreia do Sul.

– Bem lembrado – disse o Querido Líder. – Entretanto esses avanços médicos podem ter uma aplicação social. Nesta madrugada mesmo reuni alguns cientistas de Pyongyang e lhes perguntei se um olho ocidental podia virar coreano.

– E qual foi a resposta? – perguntou Sun Moon.

– Unânime – respondeu o Querido Líder. – Através de uma série de procedimentos, qualquer mulher pode se tornar coreana, segundo eles da cabeça aos pés. Quando os médicos terminassem, ela teria se tornado tão coreana quanto as criadas da tumba do Rei Tangun.

Enquanto caminhavam, ele se dirigiu a Sun Moon:

– Diga-me – começou –, você acha que essa mulher, essa nova coreana, pode ser virgem?

Ga começou a falar, mas Sun Moon interrompeu-o:

– Com o amor do homem certo, uma mulher pode se tornar mais pura do que o útero que a gerou – ela respondeu.

O Querido Líder olhou para ela.

– É bom poder contar com a sua sabedoria – ele disse. – Mas falo sério: se os procedimentos fossem bem-sucedidos, se ela fosse completamente restaurada, vocês usariam o termo "modesta" para descrevê-la? Acham que poderíamos chamá-la de *coreana*?

Sun Moon não hesitou:

– Absolutamente não – ela respondeu. – A mulher não seria mais do que uma impostora. "Coreano" é uma palavra escrita em sangue nas paredes do coração. Nenhum americano jamais poderia usá-la. E daí que ela remou em seu barquinho? E daí que foi banhada pelo sol? As pessoas que ela amava enfrentaram a morte para que ela pudesse viver? A tristeza é a única coisa que a conecta aos que a antecederam? Sua nação foi ocupada por mongóis, chineses e opressores japoneses por dez mil anos?

– Sim, você fala como só uma verdadeira coreana poderia falar – respondeu o Querido Líder. – Mas você fala com tanto desprezo da palavra "impostor". Ela se torna ainda mais feia proferida por você. – Ele se virou para Ga. – Diga-me, Comandante, qual é a sua opinião sobre impostores? Você acha que, com o tempo, uma substituição poderia se transformar na coisa real que se deseja substituir?

– O substituto se torna genuíno – respondeu Ga – quando você o declara.

O Querido Líder ergueu as sobrancelhas, concordando com a afirmação.

Sun Moon dirigiu um olhar irritado ao marido.

— Não — ela disse, virando-se em seguida para o Querido Líder. — Ninguém pode gostar de um impostor. Um impostor sempre será algo inferior, sempre deixará o coração faminto.

Os passageiros começavam a sair do avião. Ga viu o Senador, Tommy, Wanda e alguns outros, todos acompanhados por uma equipe de segurança usando ternos azuis. Eles logo foram atacados por moscas do riacho que passava ao lado do banheiro.

O rosto do Querido Líder assumiu uma expressão de petulância, e ele disse a Sun Moon:

— Hoje você diz isso, mas ontem à noite mesmo implorou pela segurança de um certo homem: um órfão, um sequestrador, um assassino dos túneis.

Sun Moon se virou e olhou para o Comandante Ga.

O Querido Líder desviou sua atenção com sua voz.

— Ontem à noite eu lhe ofereci uma lista de presentes e agrados, cancelei uma ópera por você, e você me agradeceu implorando por ele? Não, não finja desprezar impostores.

O Querido Líder olhou para o outro lado, e Sun Moon seguiu seu olhar, desesperada para que conseguisse fitá-lo nos olhos.

— Foi você quem o fez meu marido — ela disse. — É por sua causa que eu o trato assim.

Quando ele finalmente olhou para Sun Moon, ela disse:

— E só você pode desfazer isso.

— Não, nunca dei você a ninguém. Você foi tirada de mim — disse o Querido Líder. — Na minha própria casa de ópera o Comandante Ga recusou-se a me cumprimentar com uma reverência. Então, nomeou-a o prêmio dele. Chamou seu nome na frente de todos.

— Isso foi há anos — disse Sun Moon.

— Ele a chamou e você respondeu. Você ficou de pé e o seguiu.

Sun Moon disse:

— O homem de quem você está falando está morto. Ele se foi.

— E ainda assim você não volta para mim.

O Querido Líder olhou para Sun Moon para tornar a mensagem mais direta.

– Por que você faz esses jogos? – ela perguntou. – Eu estou bem aqui, a única mulher do mundo digna de você. Você sabe disso. Foi você quem fez minha história feliz. Você foi o início dela, e só você pode ser o fim.

O Querido Líder virou-se para ela, pronto para ouvir mais, ainda com dúvida nos olhos.

– E a Remadora? – ele perguntou. – O que você sugere que eu faça com ela?

– Dê-me uma faca – disse Sun Moon. – E deixe-me provar minha lealdade.

Os olhos do Querido Líder arregalaram-se de prazer.

– Mostre os caninos, meu tigre das montanhas! – ele declarou, e, olhando em seus olhos, disse com mais suavidade: – Meu belo tigre das montanhas.

Em seguida, ele virou-se para o Comandante Ga.

– Esta é a sua esposa – disse. – Por fora, calma como a neve do Monte Paektu. Por dentro, pronta para atacar como uma mamushi das rochas aos pés imperiais.

O Senador apresentou-se com seu cortejo logo atrás. Com uma pequena reverência ao Querido Líder, ele disse:

– Senhor General do Comitê Central do Partido dos Trabalhadores da Coreia.

O Querido Líder respondeu:

– Honorável Senador do Estado democrático do Texas.

Nesse momento o Comandante Park deu um passo à frente, seguido por vários jovens ginastas. Cada criança trazia uma bandeja com um copo d'água.

– Venham, o dia está quente – disse o Querido Líder. – Vocês precisam se refrescar. Nada é mais revigorante do que a água do doce Taedong.

– O rio mais medicinal do mundo – disse Park.

Uma das crianças ergueu um copo d'água para o Senador, que estava olhando para o Comandante Park, o suor na testa escorrendo diagonalmente pelas cicatrizes. O Senador pegou o copo. A água tinha uma cor escura de jade.

– Sinto muito pelo lugar onde paramos – disse o Senador, dando um gole mínimo antes de devolver o copo. – O piloto ficou com medo de que o avião fosse pesado demais para a pista perto do terminal. Minhas desculpas também por termos passado tanto tempo taxiando. Passamos um bom tempo chamando a torre de controle para pedir instruções de pouso, mas não conseguíamos captá-la no rádio.

– Cedo, tarde, aqui, lá – disse o Querido Líder. – Essas palavras não fazem sentido entre amigos.

O Comandante Ga traduziu as palavras do Querido Líder, acrescentando no final:

– Se o Doutor Song estivesse aqui, lembrar-nos-ia de que são os aeroportos americanos que impõem controle, enquanto todos são livres para pousar na Coreia do Norte. Ele indagaria se o nosso não é o sistema de transporte mais democrático do mundo.

O Senador sorriu diante das palavras.

– Se não é nosso velho conhecido, o Comandante Ga, Ministro das Minas Carcerárias, campeão de taekwondo.

Um sorriso abriu-se no rosto do Querido Líder.

Ele disse a Ga:

– Você e os americanos parecem velhos amigos.

– Diga-me – disse Wanda –, onde está nosso amigo Doutor Song?

Ga virou-se para o Querido Líder.

– Estão perguntando pelo Doutor Song.

Com um inglês rudimentar, o Querido Líder respondeu:

– Songssi *não está mais conosco.*

Os americanos balançaram a cabeça respeitosamente diante da resposta do Querido Líder sobre a triste notícia e pelo fato de ele falar a língua dos convidados. O Senador e o Querido Líder começaram a falar rapidamente sobre relações nacionais, a importância da diplomacia e sobre um futuro brilhante. Era difícil para Ga traduzir rápido o bastante. Ele pôde ver Wanda olhando para Sun Moon, para a sua pele perfeita dentro de um *choson-ot* perfeitamente branco, com um *jeogori* tão belo que parecia brilhar de dentro, enquanto Wanda usava o terno de lã de um homem.

Quando tudo eram sorrisos, Tommy interveio e dirigiu-se ao Querido Líder em coreano:

– Do povo dos Estados Unidos – ele disse. – Oferecemos um presente: uma caneta da paz.

O Senador presenteou o Querido Líder com uma caneta, acrescentando que esperava que um acordo duradouro logo fosse assinado com ela. O Querido Líder aceitou a caneta com muito estardalhaço e em seguida bateu palmas para o Comandante Park.

– Também temos um presente a lhes oferecer – disse o Querido Líder.

– Nós também temos um presente de paz – traduziu Ga.

O Comandante Ga aproximou-se com um par de apoios para livros de chifre de rinoceronte, e Ga entendeu que o Querido Líder naquele dia não estava ali para brincar com os americanos. Ele queria mesmo infligir dor.

Tommy tomou a frente para interceptar o presente enquanto o Senador fingia não o ver.

– Talvez – disse o Senador – esteja na hora de discutir a questão que viemos tratar.

– Bobagem – disse o Querido Líder. – Venham, vamos renovar nossas relações com música e comida. Ainda temos muitas surpresas pela frente.

– Viemos por causa de Allison Jensen – disse o Senador.

O Querido Líder contraiu-se à menção do nome.

– Vocês passaram 16 horas num avião. Precisamos restaurar as forças. Quem não tem tempo para crianças com seus acordeões?

– Antes de partir, encontramos os pais de Allison – disse Tommy em coreano. – Eles estão muito preocupados com ela. Antes de seguir em frente, precisamos de uma garantia, precisamos falar com a nossa cidadã.

– Sua cidadã? – retorquiu o Querido Líder. – Primeiro, terão de devolver o que roubaram de mim. Aí sim poderemos conversar sobre a garota.

Tommy traduziu. O Senador abanou a cabeça.

– Nossa nação resgatou-a de uma morte certa nas águas – disse o Querido Líder. – Sua nação invadiu nossas águas ilegalmente, invadiu nosso barco e roubou algo de mim. Vocês vão me devolver o que me roubaram antes de eu devolver o que salvei – ele acenou. – Agora vamos nos divertir.

Uma trupe de crianças com acordeões aproximou-se e, com a precisão de profissionais, começaram a tocar "Nosso Pai é o Marechal". Os sorrisos eram uniformes e a multidão sabia em que momentos deveria bater e gritar "Eterna é a Chama do Marechal".

Sun Moon, com seus filhos atrás dela, estava colada aos pequenos acordeonistas, tudo em perfeita harmonia, todos eles unidos em júbilo por sua tarefa. Ela começou a chorar em silêncio.

O Querido Líder percebeu suas lágrimas e o fato de que ela estava mais uma vez vulnerável. Ele fez sinal para o Comandante Ga de que era hora de se preparar para a música de Sun Moon.

Ga conduziu-a no meio da multidão até a extremidade da pista, onde não havia nada além de grama e peças enferrujadas de aviões, seguindo até a cerca elétrica em torno do campo de pouso.

Sun Moon virou-se devagar, observando o nada ao seu redor.

– No que você nos meteu? – ela perguntou. – Como vamos sair dessa vivos?

– Calma – ele disse. – Respire fundo.

– E se ele me der uma faca? E se for mesmo um tipo de teste de lealdade?

Então ela arregalou os olhos.

– E se ele me der uma faca e não for um teste?

– O Querido Líder não vai lhe pedir para matar uma americana na frente de um Senador.

– Você ainda não o conhece – ela disse. – Já o vi fazer coisas diante dos meus olhos, em festas, com amigos, com inimigos. Não importa. Ele pode fazer qualquer coisa, tudo que quiser.

– Não hoje. Hoje somos nós que podemos fazer tudo.

Ela deu uma gargalhada assustada, nervosa.

– Parece fácil quando você diz. Eu quero muito acreditar nisso.

– Então por que não acredita?

– Você realmente fez aquelas coisas? – ela perguntou. – Machucou e sequestrou pessoas?

O Comandante Ga sorriu.

– Ei, eu sou o mocinho da história.

Ela riu com descrença.

– Você é o mocinho?

Ga balançou a cabeça afirmativamente.

– Acredite ou não, o herói sou eu.

E foi então que eles viram, aproximando-se a uns 2 km/h, o Camarada Buc dirigindo um guindaste feito para carregar peças de avião. Ele trazia a cabine de troca de Sun Moon.

– Eu precisava de um guindaste maior – Buc gritou. – Passamos a noite inteira construindo essa coisa. Eu não podia abandoná-la.

Quando ele soltou o templo, a madeira tremeu e gemeu, mas a chave prateada de Sun Moon virou na fechadura. Os três entraram e Buc mostrou como a parede traseira da cabine abria na dobradiça, como o portão de um curral, grande o bastante para permitir que as lâminas de uma empilhadeira entrassem.

Sun Moon esticou a mão para o Camarada Buc. Ela tocou seu rosto com as pontas dos dedos e olhou em seus olhos. Foi sua forma de agradecer. Ou talvez fosse uma despedida. Buc fitou-a pelo máximo de tempo que pôde, depois se virou e se afastou em direção à empilhadeira.

Sun Moon trocou-se na frente do marido sem sentir vergonha, e enquanto experimentava seu *goreum* perguntou a ele:

– Você realmente não tem ninguém?

Como ele não respondeu, ela insistiu:

– Nenhum pai para orientá-lo, nenhuma mãe para cantar para você? Nenhuma irmã?

Ele arrumou o laço do vestido.

– Por favor – ele disse. – Você vai se apresentar agora. Dê ao Querido Líder exatamente o que ele quer.

– Não tenho controle sobre o que canto – ela respondeu.

Logo, com o *choson-ot* azul, ela estava ao lado do seu marido e do Querido Líder. Era o clímax do número de acordeão, quando os meninos subiram uns sobre os ombros dos outros, formando três andares. Ga viu que os olhos de Kim Jong-il olhavam para baixo, que músicas infantis – animadas, cheias de entusiasmo – realmente o comoviam. Quando a música terminou, os americanos fizeram menção de bater palmas, mas não produziram som.

– Agora teremos outra música – anunciou o Querido Líder.

– Não – disse o Senador. – Primeiro, nossa cidadã.

– Minha propriedade – disse o Querido Líder.

– Garantias – disse Tommy.

– Garantias, garantias – disse o Querido Líder.

Ele virou-se para o Comandante Ga.

– Você pode me emprestar sua câmera? – perguntou.

O sorriso no rosto do Querido Líder assustou Ga mais do que nunca. Ele pegou a câmera no bolso e a entregou ao Querido Líder, que deu as costas e abriu caminho entre a multidão em direção ao seu carro.

– Aonde ele vai? – perguntou Wanda. – Ele está indo embora?

O Querido Líder entrou no banco traseiro do Mercedes preto, mas o carro não saiu do lugar.

Então o celular no bolso de Wanda produziu um bip. Quando ela examinou a tela, abanou a cabeça com descrença. Ela mostrou ao Senador e a Tommy. Ga estendeu a mão para o pequeno celular vermelho, que Wanda lhe entregou, e lá estava a foto de Allison Jensen, a Remadora, no assento traseiro do carro. Ga balançou a cabeça positivamente para Wanda e diante de seus olhos colocou o celular no bolso.

O Querido Líder voltou, agradecendo a Ga por tê-lo deixado usar sua câmara.

– Garantia dada? – perguntou.

O Senador fez um sinal e duas empilhadeiras saíram do compartimento de carga do avião. Ambas carregavam o detector de radiação japonês armazenado em uma caixa especialmente produzida para o propósito.

– Você sabe que não funcionará – disse o Senador. – Os japoneses o construíram para descobrir radiação cósmica, e não isótopos de urânio.

– Meus melhores cientistas certamente discordarão – informou o Querido Líder. – Na verdade, são unânimes em sua opinião.

– Cem por cento – acrescentou o Comandante Park.

O Querido Líder acenou.

– Mas discutamos nosso status compartilhado de nações nucleares em outro momento. Agora, um pouco de blues.

– Mas onde está a Remadora? – perguntou-lhe Sun Moon. – A música que vou cantar é para ela.

O rosto do Querido Líder assumiu uma expressão irritada.

– Todas as suas músicas são para mim – ele disse. – Sou o único para quem você deve cantar.

O Querido Líder dirigiu-se aos americanos.

– Garantiram-me que o blues é um gênero que fala diretamente com a consciência americana coletiva – ele disse. – É através do blues que as pessoas lamentam o racismo, a religião e todas as injustiças do capitalismo. O blues é para todos que conhecem a fome.

– Um em cada seis – disse o Comandante Ga.

– Um em cada seis americanos passa fome todos os dias – repetiu o Querido Líder. – O blues também canta a violência. Comandante Park, quando foi que um cidadão de Pyongyang cometeu o último crime de violência registrado?

– Sete anos atrás – respondeu o Comandante Park.

– Sete anos atrás – repetiu o Querido Líder. – Já na capital americana, cinco mil negros padecem na prisão por crimes de violência. Veja bem, Senador, seu sistema carcerário é invejado pelo mundo inteiro: confinamento com tecnologia de ponta, vigilância absoluta, capacidade para 3 milhões de presos! Contudo você não o usa para o bem da sociedade. O cidadão preso não serve em nada de motivação para os livres. E o trabalho dos condenados não alimenta a máquina nacional.

O Senador limpou a garganta:

– Como o Doutor Song diria: muito elucidativo.

– Está cansado de teoria social? – O Querido Líder abanou a cabeça, como se esperasse mais do visitante americano. – Então, dou-lhes Sun Moon.

Sun Moon ajoelhou-se na pista de cimento e colocou a guitarra de costas à sua frente. À sombra dos que a circulavam, ela olhou silenciosamente para a guitarra, como se esperasse por uma inspiração distante.

– Cante – sussurrou o Comandante Ga.

Com a ponta da bota, ele deu uma batidinha nas costas dela. Sun Moon ofegou de medo.

– Cante – ele repetiu.

Brando choramingou preso à corda.

Sun Moon começou a tocar o pescoço da guitarra, formando os acordes com as pontas dos dedos e puxando as cordas com a pena de um corujão. Cada nota soava desconexa da outra, obscura e solitária. Finalmente, com a voz grossa de um nômade *sanjo*, ela começou a cantar sobre um menino que se afastou muito para que os pais pudessem encontrá-lo.

Muitos cidadãos inclinaram a cabeça para identificar a melodia.

Sun Moon cantou:

– *Um vento frio começou a soprar e disse: "Venha, garotinho, durma nos meus lençóis brancos flutuantes".*

A partir desse verso, os cidadãos reconheceram a música e o conto de fadas de onde ela vinha, mas nenhum cantou a resposta: *Não, pequeno órfão, não se deixe congelar*. Esta era uma música ensinada para todas as crianças da capital, a fim de amenizar a situação de tantos órfãos perdidos que perambulavam pelas ruas de Pyongyang. Sun Moon continuou tocando, mas a multidão estava perplexa, irritada diante daquela interpretação tão desesperançada de uma música infantil tão alegre, que falava sobre encontrar o amor paternal do Querido Líder.

Sun Moon cantou:

– *Depois uma mina chamou o menino: "Venha, abrigue-se nas minhas profundezas".*

Ga ouviu a resposta em sua mente:

– *Fuja da escuridão, pequeno órfão. Busque a luz.*

Sun Moon cantou:

– *Então um fantasma sussurrou: "Deixe-me entrar, e vou aquecê-lo de dentro para fora".*

"*Lute contra a morte, pequeno órfão*", pensou Ga. "*Não morra esta noite.*"

– Cante da forma certa – exigiu o Comandante Park.

Mas Sun Moon continuou, cantando melancolicamente sobre a chegada do Grande Urso, sobre a linguagem especial do Urso, sobre como ele pegou o pequeno órfão e com suas garras abriu o favo de mel das abelhas. Sua voz estava carregada com as coisas que a música deixara de fora, como quão afiadas eram as garras dos ursos, as picadas do enxame de abelhas. No tom da sua voz era possível ouvir a insaciabilidade do Urso, seu apetite omnívoro implacável.

Os homens na multidão não gritaram "Compartilhem o mel do Grande Urso!".

As mulheres não ecoaram "Compartilhem a doçura dos seus feitos!".

Um tremor carregado de emoção percorreu a espinha do Comandante Ga, mas ele não sabia por quê. Era a música, a cantora, o fato de ela estar sendo cantada aqui e agora, ou era o órfão no centro de tudo? Ele só sabia que aquele era o mel dela, que era o que ela tinha para alimentá-lo.

Quando a música acabou, o estado de espírito do Querido Líder mudara completamente. Desapareceram a superfície jovial e os gestos de prazer. Seus olhos estavam apertados, as bochechas caídas.

Seus cientistas informaram que, depois de terem inspecionado o detector de radiação, eles haviam concluído que o equipamento estava intacto.

Ele fez sinal para que Park fosse buscar a Remadora.

– Vamos acabar com isso, Senador – disse o Querido Líder. – O povo da nossa nação deseja fazer uma doação de alimentos aos cidadãos famintos da sua. Quando providenciarmos isso, você poderá repatriar sua cidadã e voar para os seus assuntos mais importantes.

Quando Ga traduziu isso, o Senador disse:

– De acordo.

Para Ga, o Querido Líder se limitou a dizer:

– Diga à sua esposa que vista o vermelho.

"Se pelo menos o Querido Líder ainda tivesse o Doutor Song", pensou Ga, que se movia tão facilmente entre uma situação e outra, para quem cenas como aquela não passavam de pequenas agitações, facilmente suavizadas.

Wanda passou por ele com uma expressão surpresa no rosto.

– Sobre que diabos é aquela música? – ela perguntou.

– Sobre mim – ele respondeu, mas em seguida se afastou com o menino, a menina, sua mulher e seu cachorro.

Quando entraram no Templo de Pohyon este parecia digno de uma prece, pois o Camarada Buc colocara uma plataforma com quatro barris brancos vazios dentro dele.

– Não perguntem nada – Sun Moon disse às crianças quando tirou as tampas brancas dos barris.

O Comandante Ga abriu a caixa da guitarra e tirou o vestido prateado de Sun Moon.

– Parta nos seus próprios termos – ele disse, depois ergueu a menina e a colocou no barril. Abrindo as mãos dela, ele colocou dentro delas as sementes do melão da noite anterior.

O menino foi o próximo, e para ele Ga reservara as varetas de disparo, a linha e a pedra da armadilha de passarinho que eles haviam feito juntos.

Ele olhou para os dois, as cabecinhas para fora, proibidos de fazer qualquer pergunta, não que soubessem as perguntas certas a serem feitas – pelo menos por um bom tempo. Ga parou por um momento para olhar para os dois, para aquela coisa rara e pura que estava nascendo ali. De repente, tudo estava tão claro. Não havia essa coisa de abandono, havia apenas pessoas em posições impossíveis, pessoas que tinham esperança, ou apenas uma esperança solitária. Quando estavam diante do pior perigo, não era abandono, era um salvamento. Ga fora salvo, ele via isso agora. Sua mãe, uma bela cantora. Por causa da sua beleza, seu destino foi terrível: ela não o abandonara, mas simplesmente o salvara do que vinha à frente. E nessa plataforma, com seus quatro barris brancos, ele viu repentinamente a balsa salva-vidas com a qual eles haviam sonhado tanto a bordo do *Junma:* a balsa que os salvaria de afundar com o navio. Certa vez eles tiveram de a deixar ir embora vazia, e aqui estava ela de volta. Aqui estava ela para a carga mais essencial. Ele esticou o braço e despenteou o cabelo daquelas duas crianças confusas que nem sequer sabiam que estavam sendo resgatadas, e muito menos de quê.

Quando Sun Moon vestiu o vestido prateado, ele não se deteve para admirá-la. Em vez disso, ergueu-a, e quando ela estava no barril entregou-lhe o laptop.

– Este é o seu passe – ele disse.

– Como no nosso filme – ela respondeu, sorrindo com descrença.

– Isso mesmo. A coisa dourada que a levará para a América.

– Ouça bem – ela disse. – Há quatro barris aqui, um para cada um de nós. Sei o que está se passando na sua cabeça, mas não seja estúpido. Você ouviu minha música, viu a expressão no rosto dele.

– Você não vem conosco? – perguntou a menina.

– Psiu – disse-lhe Sun Moon.

– E Brando? – perguntou o menino.

– Ele também vai – respondeu Ga. – O Querido Líder vai dá-lo ao Senador dizendo que ele é muito violento para os cidadãos amantes da paz da nossa nação.

As crianças não sorriram.

– Nunca mais vamos ver você? – indagou a menina.

– Eu vou ver vocês – disse Ga, e entregou-lhe a câmera. – Quando vocês tirarem uma foto, ela aparecerá neste telefone.

– Do que devemos tirar fotos? – perguntou o menino.

– De qualquer coisa que vocês queiram me mostrar – ele respondeu. – Do que quer que os faça sorrir.

– Chega! – disse Sun Moon. – Fiz o que você pediu, coloquei-o no meu coração. E a única coisa que sei, que não devemos nos separar, pois nós precisamos ficar juntos não importa o que aconteça.

– Você está no meu coração também – disse Ga, e, ao ouvir a empilhadeira do Camarada Buc, fechou as tampas dos barris.

O cachorro ficou muito agitado com isso. Choramingando, Brando dava voltas em torno dos barris à procura de uma entrada.

No quarto barril o Comandante Ga enfiou o restante do conteúdo da caixa da guitarra. Fotos encheram o barril, milhares delas, todas as almas perdidas da Prisão 33 com seus nomes, datas de entrada e datas de morte.

Ga abriu a parede traseira do templo e depois orientou Buc com sinais da mão.

A cor sumira do rosto de Buc.

– Vamos mesmo fazer isso? – ele perguntou.

– Dê uma grande volta ao redor da multidão – disse-lhe Ga –, para parecer que está vindo de outra direção.

Buc levantou a plataforma e a posicionou, mas não se afastou com a empilhadeira.

– Você vai confessar, não é? – Buc perguntou. – O Querido Líder vai saber que você é o responsável?

– Confie em mim, ele saberá – respondeu Ga.

Quando Buc se virou e saiu em direção à luz, Ga ficou aterrorizado ao perceber como as pessoas dentro dos barris estavam visíveis, ou ao menos suas silhuetas, como minhocas se mexendo dentro dos seus casulos brancos.

– Acho que esquecemos de fazer buracos de ar – disse Buc.

– Apenas vá logo – Ga respondeu.

Na pista de decolagem, Ga encontrou o Querido Líder e o Comandante Ga orquestrando grupos de crianças rolando barris sobre plataformas de empilhadeiras. Os movimentos das crianças eram coreografados, mas, sem o som de uma banda ao fundo, a apresentação parecia a exibição da linha de montagem de tratores do Museu do Progresso Socialista.

Ao lado deles estava a Remadora em seu vestido dourado. Ela estava calada de pé ao lado de Wanda, usando óculos de sol pesados por trás dos quais não era possível ver seus olhos. Eles davam a impressão de que ela havia sido drogada com substâncias fortes. "Ou talvez", Ga pensou, "ele tenha mandado operar os olhos dela."

O Querido Líder se aproximou, e Ga podia ver que ele voltara a sorrir.

– Onde está Sun Moon? – ele perguntou.

– Você a conhece – respondeu Ga. – Ela precisa estar perfeita. Vai ficar ajeitando uma coisa aqui e ali até encontrar a perfeição.

O Querido Líder concordou com um aceno de cabeça.

– Pelo menos os americanos logo verão sua beleza inegável se despedir da nossa melancólica visitante. Quando estiverem lado a lado, não haverá dúvidas de quem é superior. Finalmente terei essa satisfação.

– Quando devo devolver o cachorro? – perguntou Ga.

– Este, Comandante Ga, será o último insulto.

Várias empilhadeiras passaram por Tommy e pelo Senador em direção à rampa do avião. Os dois demonstraram um interesse pela estranha carga: em um barril brilhava o vinalon azul dos macacões da brigada de trabalho, enquanto outro trazia o marrom escuro de carne para churrasco. Quando uma empilhadeira passou com fertilizantes, Tommy perguntou:

– Mas que tipo de auxílio é esse?

– O que os americanos estão dizendo? – o Querido Líder perguntou a Ga, que respondeu:

– Eles estão curiosos sobre a variedade da nossa doação.

O Querido Líder falou para o Senador:

– Garanto que todos os itens inclusos são da maior necessidade em uma nação castigada por males sociais. Deseja fazer uma inspeção?

Tommy virou-se para o Senador:

– Quer inspecionar uma empilhadeira? – ele perguntou.

Quando o Senador hesitou, o Querido Líder fez sinal para que o Comandante Park parasse uma das empilhadeiras. Ga podia ver o Camarada Buc aproximando-se do outro lado da multidão, mas, por sorte, Park gritou para que outra empilhadeira parasse. O motorista, contudo, exibiu uma expressão de terror, fingindo não ouvir e seguiu em frente. Park gritou para outro, e mais uma vez o motorista fingiu estar concentrado demais para ouvir.

– Dak-ho – gritou Park. – Sei que é você, sei que me ouviu.

O Querido Líder riu e disse a Park:

– Tente ser mais gentil.

Era difícil interpretar a expressão do Comandante Park, mas quando ele chamou o Camarada Buc sua voz estava cheia de autoridade, e Ga soube que Buc seria o homem que pararia.

A pouco menos de 10 metros de distância, a plataforma no alto, o Camarada Buc parou, e ficaria claro para qualquer um que estivesse olhando para cima que havia figuras humanas dentro dos barris.

O Comandante Ga aproximou-se do Senador, dando um tapinha nas costas dele.

O Senador olhou-o com uma expressão dura.

Ga apontou para a empilhadeira de Buc.

– Lá estão alguns barris ótimos para examinar, não é? – ele perguntou ao Senador. – Muito melhores do que o conteúdo daquela outra empilhadeira, se é que você me entende.

O Senador levou um momento para processar a mensagem. Ele apontou para a outra empilhadeira e perguntou ao Querido Líder:

– Há alguma razão para vocês não quererem que inspecionemos aquela ali?

O Querido Líder sorriu.

– Examine a que quiser, qualquer uma.

Quando as pessoas começaram a se aproximar da empilhadeira que o Senador escolheu, Brando ergueu o focinho, com o rabo balançando, e começou a latir para a empilhadeira do Camarada Buc.

– Esqueça – disse Ga ao Camarada Buc. – Não precisamos mais de você.

O Comandante Ga inclinou a cabeça diante do latido do cachorro.

– Não, espere – ele gritou para Buc, que olhou para outro lado na tentativa de não ser reconhecido.

Park ajoelhou-se ao lado do cachorro e estudou-o, em seguida dizendo a Ga:

– Esses animais supostamente são bons para detectar coisas. Dizem que eles têm um faro muito aguçado.

Ele estudou a postura do cachorro, então Park olhou entre as suas orelhas e observou para onde seu focinho apontava, vendo a empilhadeira do Camarada Buc como se ela estivesse na mira de uma arma.

– Hum – murmurou o Comandante Park.

– Comandante Park, venha até aqui – gritou o Querido Líder. – Você vai adorar isso.

Park parou por um momento para avaliar a situação e depois gritou para Buc:

– Não vá a lugar nenhum.

O Querido Líder chamou-o outra vez. Ele estava rindo.

– Venha logo, Park – ele disse. – Precisamos de um talento que só você tem.

Park e Ga se aproximaram do querido Líder, Brando puxando na outra direção.

– Dizem que os cães são animais particularmente traiçoeiros – disse Park. – O que você acha?

Ga respondeu:

– Acho que eles são tão perigosos quanto seus donos.

Eles se aproximaram da empilhadeira perto da qual estavam o Querido Líder, o Senador, Tommy, Wanda e a Remadora. Na plataforma havia dois barris e uma pilha de caixas amarradas.

– Como posso lhes servir? – perguntou Park.

– Isso é simplesmente perfeito – riu o Querido Líder. – É bom demais para ser verdade. Parece que temos uma caixa que precisa ser aberta.

O Comandante Park tirou um estilete do bolso.

– Qual é a graça? – perguntou Tommy.

O Comandante Park passou a lâmina na abertura da caixa.

Park disse:

– É que eu nunca havia usado isso numa caixa.

O Querido Líder deu uma gargalhada.

Dentro da caixa havia volumes amarrados das obras completas de Kim Jong-il.

O Querido Líder pegou um, abriu-o e em seguida inalou a tinta profundamente.

A Remadora tirou os óculos escuros, seus olhos indicando que ela estava muito sedada. Inclinando-se, ela olhou para os livros, e foi com um terror súbito que os reconheceu.

– Não! – ela disse, parecendo não estar se sentindo bem.

Tommy puxou a tampa de um barril e pegou um punhado de arroz.

– São grãos curtos – ele disse. – Não é o Japão que cultiva arroz de grãos curtos, enquanto a Coreia cultiva arroz de grãos longos?

Wanda adotou o tom de voz do Doutor Song:

– Os grãos da Coreia do Norte são os mais longos do mundo.

Pelo tom dela o Querido Líder soube que estavam cometendo um insulto, mas não sabia de que tipo.

– Mas onde é que está Sun Moon? – ele perguntou a Ga. – Vá ver por que ela está demorando tanto.

Para ganhar algum tempo, Ga falou para o Senador:

– O Doutor Song não prometeu no Texas que se um dia você visitasse nossa grande nação o Querido Líder autografaria sua obra para você?

O Senador sorriu.

– Esta pode ser a oportunidade para testarmos aquela caneta da paz.

– Nunca autografei um livro meu – disse o Querido Líder, ao mesmo tempo lisonjeado e desconfiado. – Suponho que esta seja uma ocasião especial.

– E, Wanda – disse Ga –, você queria um para o seu pai, não é mesmo? E, Tommy, não foi você que quase implorou por uma cópia assinada?

– Pensei que nunca teria essa honra – respondeu Tommy.

O Comandante Park virou-se para olhar para a empilhadeira do Camarada Buc.

Brando puxava a corda.

– Comandante Park – chamou Ga. – Venha comigo, vamos ver se Sun Moon está bem.

Park não olhou para trás.

– Um minuto – ele disse enquanto se aproximava da empilhadeira.

O Comandante Ga observou como as mãos de Buc agarravam a direção com força pelo medo, como as silhuetas nos barris se contorciam no ar quente que se esgotava. Ga abaixou-se junto a Brando, tirando a corda do pescoço do cachorro e segurando-o pelo dorso.

– Mas, Comandante Park – disse Ga.

Park parou e olhou para trás.

O Comandante Ga disse:

– Pega!

– Pega? – perguntou Park confuso.

Mas já era tarde demais, o cachorro já estava em cima dele, os dentes cravados num de seus braços.

O Senador se virou com uma expressão de horror ao ver um de seus belos catahoulas rasgar os tendões do braço de um homem. Então, dirigiu um olhar cheio de admiração para seus anfitriões ao constatar que não havia nada que a Coreia do Norte não fosse capaz de tornar maníaco e traiçoeiro.

A Remadora gritou quando o Comandante Park atacou o cachorro com o estilete, o sangue de Brando jorrando, e correu histericamente em direção ao avião. Com os braços latejando, seu corpo atlético drogado, que ficara adormecido no subsolo durante um ano inteiro, respondeu ao chamado.

Não demorou para que os pelos do cachorro estivessem pretos de sangue. Quando o Comandante Park voltou a cortá-lo, ele mordeu seu tornozelo, onde era possível ver que os dentes haviam alcançado o osso.

– Atirem nele! – gritou Park. – Atirem no maldito animal!

Agentes policiais presentes na multidão sacaram suas pistolas Tokarev. Foi então que os cidadãos começaram a correr em todas as direções. O Camarada Buc disparou com a empilhadeira através dos agentes de segurança americanos que corriam para proteger o Senador e sua delegação.

O Querido Líder ficou sozinho, confuso. Ele estava no meio de uma longa dedicatória em seu livro. Mesmo apesar de o espetáculo sangrento estar se desenrolando bem à sua frente, ele parecia não reconhecer que algo estava acontecendo sem a sua autorização.

– O que é isso, Ga? – indagou o Querido Líder. – O que está havendo?

– Um episódio de violência, senhor – respondeu Ga.

O Querido Líder soltou a caneta da paz.

– Sun Moon – ele disse, e virou-se para olhar para a cabine de troca, enfiando a mão no bolso à procura da chave prateada.

Ele começou a andar o mais rápido possível em direção à cabine, a barriga balançando dentro do seu macacão cinza. Vários dos homens do Comandante Park o seguiram, e Ga os acompanhou.

Atrás deles, um ataque prolongado, agora no chão, um cachorro que não desistia.

Na cabine de troca, o Querido Líder parou, hesitante, como se estivesse se aproximando do verdadeiro Templo de Pohyon, bastião contra os japoneses durante a Guerra Imjin do grande monge Sosan, local de repouso dos Anais da Dinastia Yi.

– Sun Moon – ele chamou, batendo na porta. – Sun Moon.

Ele enfiou a chave na fechadura, parecendo não ouvir os tiros de pistola atrás de si e o último uivo do cachorro. Lá dentro, o pequeno compartimento estava vazio. Pendurados na parede estavam três *choson-ots*: o branco, o azul e o vermelho. No chão, a caixa da guitarra. O

Querido Líder abaixou-se para abri-la. Dentro dela estava a guitarra. Ele puxou uma corda.

O Querido Líder se virou para Ga:

– Onde ela está? – perguntou. – Para onde ela foi?

Ga respondeu com outra pergunta:

– E os filhos dela?

– Isso mesmo – ele disse. – Os filhos dela também desapareceram. Mas onde ela poderia estar sem nenhuma das roupas?

O Querido Líder tocou os três vestidos, como se quisesse verificar se eram todos genuínos. Depois, cheirou a manga.

– Sim – ele disse. – São os dela.

Ao olhar para o cimento, ele percebeu algo. Quando pegou, eram duas fotos, unidas por trás por um clipe. A primeira mostrava um homem jovem, uma incerteza sinistra no rosto. Quando o Querido Líder se virou para a outra foto, viu uma figura humana contorcida no chão, coberta por terra, a boca aberta derramando mais terra.

O Querido Líder ficou chocado, jogando as fotos de lado.

Ele saiu da cabine, onde pôde ouvir os motores do avião sendo ligados, o compartimento de carga fechando. Ele olhou mais uma vez à sua volta. Confuso, olhou ainda para as nuvens.

– Mas as roupas dela estão aqui – disse. – Seu vestido vermelho está bem aqui.

O Camarada Buc chegou, desligando a empilhadeira.

– Ouvi um tiro – ele disse.

– Sun Moon desapareceu – Ga informou.

– Mas isso é impossível – disse Buc. – Onde ela poderia estar?

O Querido Líder virou-se para Ga.

– Ela não disse nada, não é mesmo? Ela disse alguma coisa sobre estar indo para algum lugar?

– Ela não disse nada, absolutamente nada – respondeu Ga.

O Comandante Park juntou-se a eles. Estava mancando.

– Aquele cachorro – disse, respirando fundo.

Park perdera muito sangue.

O Querido Líder só pensava em uma coisa.

– Sun Moon desapareceu – ele disse.

Park se abaixou, ofegando pesadamente. Ele colocou a mão boa no joelho bom.

– Detenham todos os cidadãos – disse aos seus homens. – Confirmem suas identificações. Vasculhem o terreno, chequem todas as aeronaves abandonadas e mandem alguém drenar aquela lagoa de merda.

O avião americano começou a acelerar pela pista de decolagem, o barulho dos motores tornando impossível ouvir qualquer coisa. Por um minuto eles ficaram observando, esperando até poderem falar novamente. Quando o avião alçou voo, Park entendeu tudo.

– Deixe-me pegar umas bandagens para você – disse Buc ao Comandante Park.

– Não – disse Park olhando para o chão. – Ninguém vai a lugar nenhum.

Ao Querido Líder, ele disse:

– Devemos presumir que isso tem o dedo do Comandante Ga.

– O Comandante Ga? – indagou o Querido Líder. E, apontando para Ga, perguntou outra vez: – Ele?

– Ele era amigo dos americanos – disse Park. – Agora os americanos partiram, e Sun Moon desapareceu.

O Querido Líder olhou para cima na tentativa de localizar o avião americano, os olhos vasculhando o céu lentamente. Depois ele se virou para Ga. Sua expressão era de descrença. Seus olhos se reviraram, como se examinassem todas as opções, todas as coisas impossíveis que podiam ter acontecido com Sun Moon. Por um momento seu olhar ficou completamente vazio, e Ga conhecia bem aquela expressão. Era a mesma expressão que Ga mostrara ao mundo: a de um menino que havia engolido tudo que lhe acontecera, mas que não entenderia o que elas haviam significado por um longo tempo.

– É verdade? – perguntou o Querido Líder. – Quero a verdade.

Estava tudo silencioso agora. O som do avião desaparecera.

– Agora você sabe algo sobre mim – Ga disse ao Querido Líder. – Dei a você um pedaço de mim, e agora você sabe quem realmente sou. E eu sei algo sobre você.

— Do que você está falando? — perguntou o Querido Líder. — Diga-me onde está Sun Moon.

— Tirei o que mais lhe importava — disse-lhe Ga. — Puxei a cordinha que o desfará por completo.

O Comandante Park ficou ereto, parecendo parcialmente revigorado. Ele ergueu o estilete ensanguentado.

Levantando um dedo, o Querido Líder interrompeu-o.

— Você deve me falar a verdade, filho — o Querido Líder disse a Ga numa voz lenta e severa. — Você fez alguma coisa com ela?

— Dei a você a cicatriz que tenho no meu coração — disse Ga. — Nunca mais voltarei a ver Sun Moon. Nem você. De agora em diante, isso fará de nós irmãos na mesma cicatriz.

O Comandante Park fez um sinal e dois de seus homens agarraram Ga, seus polegares afundando em seus bíceps.

— Meus rapazes da 42ª Divisão vão esclarecer essa história — Park disse ao Querido Líder. — Posso dá-lo aos Pubyoks?

O Querido Líder não respondeu. Ele se virou e olhou para o gabinete de troca, para a miniatura simples do templo com os vestidos dentro.

O Comandante Park assumiu o controle.

— Levem Ga para os Pubyoks — ele disse aos seus homens. — E podem pegar os outros motoristas também.

— Esperem! — disse Ga. — Buc não teve nada a ver com isso.

— É verdade! — bradou o Camarada Buc. — Não fiz nada!

— Sinto muito — disse o Comandante Park. — Isso gerará muita dor para ser tolerada por um só homem. Mesmo que a dividamos entre o restante de vocês, será demais.

— Querido Líder — disse Buc. — Sou eu, seu camarada mais devotado. Quem traz seu conhaque da França e seu ouriço-do-mar de Hokkaido? Quem encontrou para você todas as marcas de cigarro do mundo? Sou leal. Tenho uma família.

Então Buc chegou mais para perto:

— Não deserto — ele disse. — Nunca desertei.

Mas o Querido Líder não estava ouvindo. Ele estava olhando para o Comandante Ga.

– Não entendo você – disse-lhe o Querido Líder. – Você matou minha nêmesis. Você fugiu da Prisão 33. Poderia ter escapado para sempre. Mas você veio até aqui. Que tipo de pessoa faria isso? Quem se aproximaria de mim e jogaria fora sua vida inteira apenas para me irritar?

Ga olhou para o avião no céu e acompanhou-o com o olhar em direção ao horizonte. Uma onda de satisfação percorreu seu corpo. Um dia não era apenas um fósforo que queima depois de todos os outros. Em um dia Sun Moon estaria na América. Amanhã ela estaria em um lugar onde poderia cantar uma música que esperou a vida inteira para cantar. De agora em diante ela não mais teria de se limitar a sobreviver e resistir. E eles estavam embarcando nesse novo dia juntos.

Olhando de volta para o Querido Líder, Ga não sentiu medo de olhar nos olhos do homem que teria a última palavra. Na verdade, Ga experimentava uma estranha sensação de tranquilidade. "Eu teria me sentido assim a vida inteira", pensou Ga, "se você não existisse". Ga sentiu seu próprio senso de propósito. Ele estava sob seu próprio comando agora. Como era estranha aquela nova sensação. Talvez fosse isso que Wanda tinha em mente ao contemplar a imensidão do céu texano e lhe perguntar se ele se sentia livre. Aquela era uma sensação possível, ele sabia agora. Seus dedos estavam eletrizados por ela, assim como sua respiração, e de repente ele podia ver todas as vidas que poderia ter vivido, e essa sensação não passou sequer quando os homens do Comandante Park o derrubaram e o arrastaram pelos tornozelos em direção a um corvo.

Cidadãos, reúnam-se ao redor de seus alto-falantes! Chegou a hora do capítulo final da Melhor História Norte-Coreana do Ano, embora ela pudesse muito bem ser chamada de A Melhor História Norte-Coreana de Todos os Tempos! Não obstante, neste último episódio, a tragédia faz sua aparição inevitável, cidadãos, portanto recomendamos que vocês não ouçam o capítulo sozinhos. Busquem o conforto dos colegas de fábrica. Abracem um estranho no vagão de metrô. Também sugerimos que vocês protejam os ouvidos dos nossos camaradas mais jovens do conteúdo de hoje, já que eles ainda não conhecem a injustiça humana. Sim, hoje os americanos vão mostrar os dentes. Portanto, varram a poeira de serragem do chão das casas de moinho, juntem o algodão dos motores dos teares – usem tudo que puderem encontrar para tapar os ouvidos dos inocentes.

Finalmente chegou o momento de devolver a pobre Remadora americana, resgatada do mar perigoso pela nossa poderosa frota de pesca. Vocês devem se lembrar bem da aparição patética da americana diante da bela Sun Moon. Hoje a Remadora usava uma longa trança para imitar a própria Sun Moon. É verdade que nenhum *choson-ot*, por mais dourado, poderia esconder aqueles ombros fracos e aqueles seios desajeitados, mas pelo menos a Remadora estava numa forma melhor, já que sua dieta fora balanceada por porções saudáveis do saboroso e nutritivo sorgo. E, depois que o Querido Líder lhe deu algumas aulas de castidade, ela instantaneamente passou a parecer mais feminina, seu rosto assumiu uma expressão sóbria e sua postura tornou-se ereta.

Ainda assim, sua partida foi triste, já que ela estava voltando para a América e para uma vida de ignorância, cães e camisinhas coloridas.

Pelo menos ela possuía seus cadernos de anotação, onde copiara as sábias frases e anedotas do Querido Líder, para guiá-la. E precisamos admitir: ela pertencia ao seu povo, ainda que em sua terra nada fosse grátis: nem algas marinhas, nem a luz do sol, nem mesmo a mais básica transfusão de sangue.

Imaginem o espetáculo com o qual nosso Honorabilíssimo General Kim Jong-il recebeu os americanos, que vieram de avião a Pyongyang para pegar sua jovem Remadora. No espírito da boa cooperação, o Querido Líder estava disposto a esquecer por um dia as memórias do ataque americano a Pyongyang, do bombardeio americano da Barragem de Haesang e de quando os americanos metralharam os civis de No Gun Ri. Pelo bem da amizade, o Querido Líder decidiu não tocar no assunto do que os colaboradores americanos fizeram na Prisão de Daejeon durante o Levante de Jeju, para não mencionar as atrocidades em Ganghwa e no Vale Dae Won. Ele não ia mencionar sequer o Massacre da Liga de Bodo ou o recrutamento forçado dos nossos prisioneiros do Perímetro de Pusan.

Não, era melhor deixar o passado para trás e pensar apenas nos meninos dançarinos, no som animado dos acordeões e na alegria da generosidade, pois este dia dizia respeito a mais do que a força da troca cultural bem intencionada: a programação do Querido Líder incluía uma missão humanitária de doação de alimentos para todos os cidadãos americanos que passam fome todos os dias – um em cada seis.

A princípio, os americanos fingiram ter boas intenções, mas eles trouxeram muitos cachorros! Lembrem-se de que na América os cães recebem aulas regulares de obediência, enquanto as pessoas – os cidadãos comuns, como você e seu vizinho – não recebem nenhuma. Seria, portanto, de surpreender que depois que os americanos tiveram o que queriam – a devolução da sua rude compatriota e comida o bastante para alimentar seus miseráveis – eles tenham demonstrado sua gratidão pela agressão covarde?

Sim, cidadãos, um ataque-surpresa!

À menção de uma palavra em código, todos os cachorros rangeram os dentes e atacaram os anfitriões coreanos. Depois, as pistolas americanas começaram a disparar chumbo grosso em direção às nobres contrapartes coreanas. Foi então que uma equipe de soldados americanos agarrou Sun Moon com violência e a arrastou para seu avião ianque! Terão os americanos traçado um plano elaborado para roubar a maior atriz do mundo da nossa humilde nação? Ou terá sido a visão repentina da sua beleza transcendental em um *choson-ot* vermelho que os levou a agir inesperadamente? Mas onde estava o Camarada Buc? – é o que deve estar se perguntando o cidadão perspicaz. Não era o Camarada Buc que estava ao lado de Sun Moon para defendê-la? A resposta para essa pergunta, cidadãos, é que Buc não é mais nosso camarada. Ele nunca foi.

Preparem-se para o que acontecerá em seguida, cidadãos, e cuidado para não se deixarem levar pelo seu ímpeto de vingança. Canalizem seu ultraje para o trabalho, cidadãos, dobrando suas cotas de produção. Deixem que o fogo da ira alimente as fornalhas da produtividade!

Quando os americanos capturaram a maior atriz do nosso país, o desprezível Buc, temendo pela própria segurança, simplesmente a entregou. Então virou as costas e fugiu.

– Atirem em mim! – gritava Sun Moon enquanto era arrastada. – Atirem em mim agora, camaradas, pois não desejo viver sem a orientação benevolente do maior de todos os líderes: Kim Jong-il.

Lançando mão do seu treinamento militar, o Querido Líder mais do que depressa entrou em ação, perseguindo os covardes que haviam roubado nosso tesouro nacional. Enfrentando as balas de peito aberto, o Querido Líder correu, enquanto pombo após pombo seguia a trajetória das balas, cada uma caindo para o sacrifício patriótico!

E lá estava o covarde Comandante Ga – impostor, órfão, praticante da má cidadania – parado, apenas assistindo. Ao deparar com o Querido Líder defendendo-se de cachorros e se esquivando das balas, o espírito desse homem simples foi elevado, produzindo um zelo revolucionário que ele nunca tivera. Ao ver em primeira mão um ato de bravura suprema, Ga, o membro mais desprezível da sociedade, foi movido a servir da mesma forma aos mais elevados ideais socialistas.

Quando um soldado americano gritou "Adoções de graça!" e agarrou dois jovens ginastas, o Comandante Ga lançou-se contra eles. Apesar de lhe faltar a força e o preparo físico do Querido Líder, ele também conhecia o taekwondo. "*Charyeot!*", ele gritou para os americanos. Isso chamou a sua atenção. *"Jumbi"*, ele disse em seguida, gritando logo depois *"Sujak!"*. Foi então que os socos e chutes entraram em cena. Seus punhos voando, ele perseguiu os americanos, que batiam em retirada, abrindo caminho em meio à turbulência produzida pelos motores do avião, das balas e dos incisivos brancos em direção à aeronave, que acelerava para decolar.

Embora os motores da máquina produzissem um barulho ensurdecedor, o Comandante Ga reuniu toda a sua força coreana e, com o uso dos dons do Juche, pulou e agarrou uma asa do avião. Quando o avião decolou, alçando voo sobre Pyongyang, Ga levantou-se e, mesmo apesar do vento forte, alcançou a janela, onde viu através do vidro a Remadora rir enquanto os americanos celebravam ao som de música pop sul-coreana e, peça por peça, despiam Sun Moon da sua modéstia.

Espremendo um ferimento nos dedos para que sangrassem, o Comandante Ga escreveu slogans inspiradores nas janelas do avião e, para dar a Sun Moon a medida mais próxima que podia de determinação, escreveu em vermelho e ao contrário um lembrete do eterno amor do Querido Líder por ela – aliás, por todos os cidadãos da República Popular Democrática da Coreia! Pelas janelas, os americanos faziam gestos furiosos para o Comandante Ga, mas nenhum teve a coragem de sair para a asa e lutar com ele como um homem. Em vez disso, aceleraram o avião a uma velocidade impressionante, executando manobras de emergência e acrobacias aéreas para se livrar do tenaz hóspede – mas nenhuma acrobacia seria capaz de impedir o determinado Comandante Ga! Ele caiu e agarrou a extremidade da asa enquanto o avião sobrevoava as montanhas sagradas de Myohyang e o sagrado Lago Chon, aninhado nos picos congelados do Monte Paektu, mas finalmente perdeu os sentidos sobre a cidade-jardim de Chongjin.

Somente o alcance incrível do radar norte-coreano foi capaz de nos permitir contar o resto da história.

No ar frio e rarefeito, os dedos congelados do Comandante Ga continuavam firmes, mas os cães haviam feito um bom trabalho. Nosso camarada estava cansado. Foi então que Sun Moon, os cabelos despenteados e o rosto cheio de hematomas, foi até a janela e, com a força da sua voz patriota, cantou para ele, repetindo versos de "Nosso Pai é o

Marechal" uma vez após outra até que, no momento certo da música, o Comandante Ga sussurrou: "Eterna é a Chama do Marechal". O vento congelara o sangue em seus lábios, mas o Comandante continuou repetindo "Eterna é a Chama do Marechal".

Enfrentando os ventos fortes, ele conseguiu alcançar a janela, onde Sun Moon apontava para o mar lá embaixo. Foi então que ele viu um porta-aviões americano patrulhando agressivamente nossas águas soberanas. Ele também viu a oportunidade de finalmente se livrar dos fantasmas do passado e dos seus atos de covardia. O Comandante Ga saudou Sun Moon pela última vez e então lançou-se da asa, transformando-se em um míssil humano enquanto mergulhava em queda livre em direção às torres do navio capitalista em cuja ponte um capitão americano certamente tramava o próximo ataque-surpresa ilegal.

Não imaginem o Comandante Ga caindo para sempre, cidadãos. Imaginem Ga em uma nuvem branca. Vejam-no sob uma luz perfeita, brilhando como uma flor das montanhas geladas. Sim, imaginem uma flor no alto, tão alto que é capaz de se abaixar e apanhá-los. Sim, aqui está o Comandante Ga no alto dos céus. E por trás dele emergem, na glória do seu brilho supremo, os braços protetores do próprio Kim Il-sung.

Quando um Líder Glorioso entrega alguém a outro, cidadãos, esse alguém vive para sempre. É assim que um homem simples se torna um herói, um mártir, uma inspiração para todos nós. Portanto, cidadãos, não chorem, pois vejam bem: um busto de bronze do Camarada Ga já se encontra no Cemitério dos Mártires Revolucionários! Enxuguem suas lágrimas, camaradas, pois gerações de órfãos serão abençoadas com o nome do herói e do mártir. Para sempre Camarada Ga Chol-chun. E assim ele viverá eternamente.

AGRADECIMENTOS

Este livro contou com o apoio do National Endowment for the Arts, da Whiting Foundation e do Stanford Creative Writing Program. Partes do livro apareceram pela primeira vez nas seguintes publicações: *Barcelona Review, Electric Literature, Faultline, Fourteen Hills Review, Granta, Hayden's Ferry Review, Playboy, Southern Indiana Review, Yalobusha Review* e ZYZZYVA. O autor também gostaria de agradecer à UCSF Kalmanovitz Medical Library, onde grande parte do livro foi escrita.

Agradeço imensamente aos meus companheiros de viagem na Coreia do Norte: o doutor Patrick Xiaoping Wang, Willard Chi e o estimado doutor Joseph Man-Kyung Ha. Kyungmi Chun, bibliotecário de Estudos Coreanos de Stanford, foi de grande ajuda, assim como Cheryl McGrath, da Biblioteca Widener de Harvard. O apoio do corpo docente de redação foi inestimável, particularmente o de Eavan Boland, Elizabeth Tallent e Tobias Wolff. Obrigado também a Scott Hutchins, Ed Schwarzschild, Todd Pierce, Skip Horack e Neil Connelly, todos os quais leram versões do livro e me deram sábios conselhos.

Este romance não poderia ter tido um editor e defensor melhor que David Ebershoff. Warren Frazier, como de costume, atuou como o príncipe dos agentes literários. Agradecimentos especiais a Phil Knight, que fez de seu professor um aluno. Agradecimentos especiais também à doutora Patricia Johnson, ao doutor James Harrell e ao Honorável Gayle Harrell. Minha esposa é quem inspira meu trabalho e meus filhos lhe dão seu propósito, portanto obrigado, Stephanie, Jupiter, James Geronimo e Justice Everlasting.

Desafio ao Poder
foi impresso pela Araguaia, para a Editora Lafonte Ltda.